LE DONJON ROUGE

GEORGE R.R. MARTIN

LE DONJON ROUGE

Le Trône de Fer

★★

roman

Traduit de l'américain
par Jean Sola

Pygmalion
Gérard Watelet
Paris

Sur simple demande adressée aux
Éditions Pygmalion/Gérard Watelet, 70, avenue de Breteuil, 75007 Paris
vous recevrez gratuitement notre catalogue
qui vous tiendra au courant de nos dernières publications.

ISBN 2-85704-569-7

Pour Melinda

PRINCIPAUX PERSONNAGES

Maison Targaryen (le dragon)

Le prince Viserys, prétendant « légitime » au Trône de Fer, en exil à l'est depuis le renversement et la mort de ses père, Aerys le Fol, et frère, Rhaegar
La princesse Daenerys, sa sœur, épouse du Dothraki Khal Drogo

Maison Baratheon (le cerf couronné)

Le roi Robert, dit l'Usurpateur
Lord Stannis, seigneur de Peyredragon, et lord Renly, seigneur d'Accalmie, ses frères
La reine Cersei, née Lannister, sa femme
Le prince héritier, Joffrey, la princesse Myrcella, le prince Tommen, leurs enfants

Maison Stark (le loup-garou)

Lord Eddard (Ned), seigneur de Winterfell, Main du Roi
Benjen (Ben), chef des patrouilles de la Garde de Nuit, son frère, porté disparu au-delà du Mur
Lady Catelyn (Cat), née Tully de Vivesaigues, sa femme
Robb, Sansa, Arya, Brandon (Bran), Rickard (Rickon), leurs enfants
Jon le Bâtard (Snow), fils illégitime officiel de lord Stark et d'une inconnue

Maison Lannister (le lion)

Lord Tywin, seigneur de Castral Roc
Kevan, son frère
Jaime, dit le Régicide, frère jumeau de la reine Cersei, et Tyrion le nain, dit le Lutin, ses enfants

Maison Tully (la truite)

Lord Hoster, seigneur de Vivesaigues
Brynden, dit le Silure, son frère
Edmure, Catelyn (Stark) et Lysa (Arryn), ses enfants

DAENERYS

Deux gigantesques étalons de bronze cabrés dont les sabots se joignaient en ogive à cent pieds au-dessus de la route formaient la porte du Cheval de Vaes Dothrak. Une porte, à quoi bon ? s'interrogeait vainement Daenerys, puisqu'aussi bien la cité présumée n'avait pas de remparts... ni, apparemment, d'*édifices*. La porte ne s'en dressait pas moins là. Aussi belle qu'impressionnante, avec ses coursiers sous lesquels s'encadraient les montagnes pourpres de l'horizon, et dont les ombres prodigieuses roulaient sur la houle verte de la mer Dothrak, tandis qu'à la tête du *khalasar*, Khal Drogo, ses sang-coureurs à ses côtés, pénétrait dans la ville absente.

A nouveau monté, Viserys suivait, escortant sa sœur et ser Jorah Mormont. Depuis le jour où il s'était vu contraint de rejoindre à pied le *khalasar*, les Dothrakis l'avaient affublé du surnom dérisoire de *Khal Rhae Mhar*, « le roi claudicant ». Le lendemain, son ignorance obstinée lui fit accepter l'offre de prendre place dans une carriole, alors qu'on réservait ce genre de véhicules aux eunuques, aux infirmes, aux femmes en couches, aux grands vieillards et aux tout-petits. Il y gagna simplement le sobriquet supplémentaire de *Khal Rhaggat*, « le roi charrié ». Loin de se douter néanmoins qu'il se gaussait de lui, il se persuada que Drogo s'excusait par ce biais des avanies infligées par Daenerys. Cette dernière l'ayant prié d'épargner à son frère la honte de la vérité, ser Jorah s'inclina..., non sans observer qu'un rien de vergogne serait bienvenu. Mais, pour vaincre ensuite la répugnance du *khal* à laisser Viserys recouvrer son rang dans le cortège, elle avait dû maintes fois plaider, tout en prodiguant chacun des secrets d'alcôve appris de Doreah.

« Où est donc *la ville* ? » s'étonna-t-elle, comme on franchissait l'arche de bronze. Bordée d'antiques rapportés de toutes les contrées pillées au cours des siècles par les Dothrakis, la route plongeait dans les vagues vertes sans révéler le moindre habitat ni la moindre population.

« Plus loin, répondit ser Jorah. Au bas de la montagne. »

Par-delà la porte se discernaient, de part et d'autre, héros dérobés, dieux ravis. Les divinités oubliées de cités défuntes brandissaient vers le ciel leurs foudres mutilées. Du haut de leur trône, des rois de pierre aux traits tavelés, rongés, que la nuit des temps condamnait à l'anonymat regardaient passer la *khaleesi* sur son argenté. Aux linteaux de marbre dansaient toujours de gracieuses vierges, mais les urnes des choéphores ne déversaient plus que le vent. De-ci de-là se dressaient des monstres, à même l'herbe : noirs dragons de fer à l'orbite sertie de joyaux, griffons rugissants, mantricores tous dards dehors, et cent autres fauves innommables. De certaines statues émanait un charme inouï, d'autres se signalaient par une si terrifiante hideur qu'à peine le regard osait-il s'y poser. Selon ser Jorah, les secondes devaient provenir des Contrées de l'Ombre, au-delà d'Asshai.

« Tant de monuments, s'émerveilla Daenerys, tandis que sa pouliche ondoyait au pas, et de tant de pays... » Son frère se voulait moins impressionné. « Babioles de cités mortes », ricana-t-il. Bien qu'il exprimât prudemment ses mépris dans l'idiome des Sept Couronnes, incompréhensible à la plupart des Dothrakis, Daenerys se surprit à décocher un coup d'œil furtif vers les gens de son *khas*, derrière, afin de s'assurer que nul n'ait entendu. Il reprit, goguenard : « Le seul art dans lequel ces sauvages excellent est celui de dépouiller les peuples plus civilisés... et de tuer. » Il se mit à rire. « Ça, pour tuer, ils savent s'y prendre. Et c'est le seul intérêt qu'ils aient à mes yeux.

– Ils sont mon peuple, désormais, protesta-t-elle. Tu ne devrais pas les qualifier de sauvages, frère.

– Le dragon parle comme il veut », répliqua-t-il, toujours dans la même langue. Puis, lorgnant par-dessus l'épaule Aggo et Rakharo qui les talonnaient, il leur adressa un sourire narquois. « Tu vois ? des sauvages ! même pas capables de comprendre le langage des êtres civilisés. » Sur le bas-côté, il avisa d'un air maussade un monolithe rouillé de lichens et haut de cinquante pieds. « Nous faudra-t-il encore longtemps bringuebaler parmi ces ruines avant que Drogo me donne mon armée ? Je commence à en avoir assez d'attendre !

– Il doit d'abord présenter la princesse au *dosh khaleen* et...

– Leur rond de commères, je sais ! coupa Viserys, puis la pitrerie des prophéties sur le marmot, vous m'avez dit ça. Mais qu'en ai-je à fiche, moi ? Moi, j'en ai marre de bouffer du cheval, et la puanteur de ces sauvages me lève le cœur ! » Il renifla la large manche flottante de sa tunique où il avait imaginé de dissimuler un sachet de senteur. Piètre subterfuge, en l'occurrence, vu la crasse de son vêtement... Toutes les soieries, tous les gros lainages qu'il traînait sur lui depuis Pentos, le rude voyage les avait souillés, la sueur pourris.

« Le marché de l'Ouest fournira des mets plus au gré de Votre Majesté, dit ser Jorah d'un ton conciliant. Les négociants des cités libres y viennent vendre leurs produits. Quant au *khal*, il vous tiendra parole à son heure.

– Il y a tout intérêt, maugréa Viserys. La couronne qui m'est promise, j'entends l'obtenir. On ne moque pas le dragon. » Apercevant une espèce de figure féminine obscène équipée de six mamelles et d'une tête de furet, il s'écarta de la chaussée pour aller l'examiner de plus près.

Malgré le soulagement que lui procura cette absence momentanée, Daenerys n'en demeurait pas moins anxieuse. « Les dieux veuillent, reprit-elle dès qu'il se fut suffisamment éloigné, que le soleil étoilé de ma vie ne le fasse pas trop languir. Je ne cesse de les en prier. »

Une moue sceptique lui répliqua. « Votre frère eût été mieux inspiré de rester à Pentos pour ronger son frein. Il n'a pas sa place au *khalasar*. Illyrio l'en avait bien prévenu, pourtant...

– Il repartira dès l'instant où il tiendra ses dix mille hommes. Mon seigneur et maître lui a promis une couronne d'or. »

Ser Jorah fit entendre un grognement. « Certes, *Khaleesi*..., mais les Dothrakis conçoivent ce genre de choses tout autrement que nous autres, gens de l'ouest. Je m'échine à l'en avertir, tout comme l'a fait Illyrio, mais il refuse d'écouter. Les seigneurs du cheval sont tout sauf des commerçants. Du moment qu'il vous a vendue, Viserys croit pouvoir exiger d'ores et déjà qu'on lui paie le prix convenu. Or Khal Drogo, lui, vous considère comme un cadeau. Il ne manquera pas de répliquer par un cadeau, sûr et certain..., mais, je le répète, à son heure. D'un *khal*, nul ne saurait *exiger* de cadeau. Rien ne se réclame à un *khal*.

– Il n'est pas juste de le lanterner. » Elle prenait, sans savoir pourquoi, le parti de son frère. « Il se fait fort de balayer les Sept Couronnes avec dix mille "gueulards" dothrak. »

Un reniflement de dédain salua l'assertion. « Eût-il dix mille balais de bruyère qu'il ne balaierait pas même une étable. »

Daenerys ne se soucia pas d'affecter la surprise. « Cependant, dit-elle, que se passerait-il si un autre que lui les menait ? quelqu'un de... – de plus énergique ? Les Dothrakis seraient-ils alors vraiment capables de reconquérir le royaume ? »

Tandis que leurs chevaux remontaient côte à côte l'avenue aux déités, la réflexion fronça les traits de ser Jorah. « Dans les premiers temps de mon exil, je ne voyais en eux que des barbares à demi nus, aussi frustes que leurs montures. Vous m'auriez posé la même question à cette époque-là, princesse, je vous aurais dit qu'un millier de bons chevaliers suffiraient à en mettre en fuite cent mille.

– Et aujourd'hui ?

– Aujourd'hui, je me montrerais moins affirmatif. Ils sont meilleurs cavaliers qu'aucun des nôtres, ne connaissent littéralement pas la peur, et nos arcs sont inférieurs aux leurs. Dans les Sept Couronnes, la plupart des archers combattent à pied, retranchés derrière un mur de boucliers ou une palissade de pieux acérés. Les Dothrakis sont montés, eux ; qu'ils chargent ou retraitent n'y change rien, leurs traits demeurent aussi funestes... Et puis, ils sont *tellement* nombreux, madame ! Songez que le seul *khalasar* de Drogo peut aligner quarante mille guerriers en selle...

– Et c'est véritablement beaucoup ?

– Votre frère disposait sans doute d'autant d'hommes au Trident, convint-il, mais un sur dix tout au plus d'entre eux était chevalier. Le reste de son armée se composait de francs-coureurs, d'archers, de fantassins armés de lances et de piques. En voyant Rhaegar tomber, beaucoup lâchèrent leurs armes afin de mieux prendre leurs jambes à leur cou. Je vous en fais juge : combien de temps pareille racaille résisterait-elle à l'assaut de quarante mille "gueulards" altérés de sang ? Que lui serviraient ses hauberts de mailles et ses justaucorps de cuir bouilli quand de toutes parts grêleraient les flèches ?

– Guère, dit-elle, et pas à grand-chose. »

Il acquiesça du menton. « Remarquez toutefois, princesse, que, si les dieux ont seulement doté d'autant d'esprit que les oisons leurs seigneuries des Sept Couronnes, on n'en viendra jamais là. Les cavaliers d'ici ne se sentent aucun goût pour la guerre de siège. Ils ne prendraient pas, m'est avis, le plus faible de nos châteaux. Mais si Robert Baratheon était assez niais pour leur livrer bataille, alors...

– L'est-il ? demanda-t-elle. Je veux dire "niais" ? »

Il se garda de répondre à l'étourdie. « Il aurait dû naître en pays dothrak, dit-il enfin. Khal Drogo vous affirmerait qu'à moins d'être le dernier des lâches, on ne se réfugie pas derrière des remparts de pierre au lieu d'affronter l'adversaire l'épée au poing. L'Usurpateur en serait d'accord. Joignant la bravoure à la force physique, il est bien suffisamment... téméraire pour affronter les hordes dothrak en terrain découvert. Mais les gens de son entourage, enfin, les meneurs du bal, ne l'entendraient pas de cette oreille. Ni son frère, Stannis, ni Tywin Lannister, ni... – il cracha – Eddard Stark.

– Vous l'exécrez décidément, ce lord Stark, dit-elle.

– Il m'a dépouillé de tout ce que j'aimais, et pourquoi, je vous prie ? Pour une poignée de braconniers pouilleux ! le prix de son précieux honneur... ! » Son amertume disait assez qu'il n'était toujours pas remis de ses pertes. Il changea promptement de sujet. « Tenez, reprit-il, l'index tendu, là-bas. Vaes Dothrak. La cité des seigneurs du cheval. »

Toujours flanqué de ses sang-coureurs, Khal Drogo leur fit traverser le grand bazar du marché de l'Ouest puis emprunter d'immenses avenues. Tout écarquillée qu'elle était par la bizarrerie du spectacle environnant, Daenerys ne se laissait pas distancer. Vaes Dothrak était tout à la fois la plus vaste et la plus minuscule cité qu'elle eût jamais vue. Dix fois plus étendue, semblait-il, que Pentos, mais dépourvue de remparts comme de limites, elle avait l'air d'un simple prolongement du désert, avec ses larges rues ventées que se partageaient la poussière et l'herbe et qu'émaillaient les fleurs des champs. Autant, dans les cités libres, tours, hôtels particuliers, taudis, ponts, boutiques, édifices publics se pressaient, chevauchaient, mêlaient, autant l'antique Vaes Dothrak se prélassait langoureusement au soleil, lumineuse, arrogante et vide.

Jusqu'aux bâtiments qui étaient d'une étrangeté... ! Ici s'élevaient des pavillons de pierre ciselée, là des manoirs d'herbe aussi gigantesques que des châteaux, là des tours de bois rachitiques, ailleurs, tapissées de marbre, des pyramides à degrés, plus loin la charpente d'énormes halles ouvertes sur le ciel. « Il n'y en a pas deux de semblables..., dit-elle.

– Votre frère voit en partie juste, admit ser Jorah. Les Dothrakis ne construisent pas. Leur habitat, voilà quelque mille ans, se réduisait à un trou creusé dans la terre et recouvert d'herbe nattée. Les bâtiments que vous voyez furent édifiés par des esclaves qui, ramenés de razzias lointaines, ont tous procédé selon les usages de leurs nations respectives. »

La plupart des halles – principales incluses – offraient un aspect désert. « Mais où sont donc les habitants ? » demanda Daenerys.

Une fois dépassé le bazar, bondé de jeux, de cris, de courses, de remue-ménage, elle avait seulement aperçu, de loin en loin, quelque eunuque vaquant à ses affaires.

« Seules résident en permanence dans la cité sacrée, avec leurs esclaves et leurs serviteurs, les reines douairières du *dosh khaleen*, expliqua Mormont. Vaes Dothrak est toutefois suffisamment vaste pour héberger chacun des membres de chaque *khalasar*, dussent tous les *khals* regagner un jour simultanément le sein de la Mère, ainsi que l'ont dès longtemps prophétisé les veuves royales. Tout y est conçu dans la perspective de cette prodigieuse réunion. »

Khal Drogo fit enfin halte, non loin du marché de l'Est où aboutissaient les caravanes marchandes en provenance de Yi Ti, d'Asshai et des Contrées de l'Ombre, au pied même de l'impressionnante Mère des Montagnes, et Daenerys ne put réprimer un sourire en se rappelant les caquets de la petite favorite de maître Illyrio. Le fameux « palais » aux deux cents pièces et aux portes d'argent massif ? une salle des fêtes caverneuse en bois. Grossièrement équarris, ses murs avaient tout au plus quarante pieds de haut. Un velum de soie palpitant leur tenait lieu de toiture, et de toiture mobile puisqu'on pouvait aussi bien l'abaisser si, chose rare, survenait la pluie que le relever pour accueillir l'azur indéfini. Tout autour se voyaient, clôturées de haies, de grasses pâtures pour les chevaux, ainsi que des centaines de monticules bien ronds tout tapissés d'herbe : des maisons de terre.

Drogo s'était fait précéder par un bataillon d'esclaves auxquels, sitôt qu'il sautait de selle, chaque cavalier remettait son *arakh* et ses autres armes. L'interdiction formelle et de porter la moindre lame dans la ville et de verser le sang d'un homme libre ne souffrait nulle exception de rang. En présence de la Mère des Montagnes, les *khalasars* ennemis devaient eux-mêmes, selon ser Jorah, déposer leurs querelles et banqueter en bonne intelligence. Un décret du *dosh khaleen* stipulait qu'à Vaes Dothrak les Dothrakis n'étaient plus qu'un seul sang, un seul *khalasar*, une seule harde.

Comme Irri et Jhiqui l'aidaient à mettre pied à terre, Daenerys vit venir à elle le doyen des trois sang-coureurs de Drogo, Cohollo. Trapu, chauve, crochu de profil, il avait la bouche hérissée de dents déchiquetées par un coup de masse reçu, vingt ans plus tôt, en volant au secours du jeune *khalakka* cerné par des spadassins qui comptaient le vendre à des *khals* rivaux de son père. De fait, son existence propre avait cessé dès la naissance de Drogo. Leurs jours étaient indissociables.

Chaque *khal* possédait de même ses sang-coureurs. Au premier abord, Daenerys avait pris ceux-ci pour des espèces de gardes attachés sous serment à la personne du souverain, mais Jhiqui ne tarda pas à la détromper : bien plus que de simples gardes du corps, ils étaient pour le *khal* d'authentiques frères, son ombre même et ses plus farouches amis. Drogo les appelait « Sang de mon sang », et ce n'était pas un vain mot, car ils vivaient d'une même vie. Les traditions immémoriales des seigneurs du cheval voulaient qu'à la mort du *khal* ses sang-coureurs aussi périssent afin d'escorter sa chevauchée dans les contrées nocturnes. Succombait-il aux coups de quelque ennemi, ils ne survivaient que le temps de le venger puis le rejoignaient avec joie dans la tombe. Il était même, à en croire Jhiqui, des *khalasars* où les sang-coureurs partageaient tout avec leur *khal*, vin, tente et femmes, tout, hormis son cheval. La monture d'un homme est et demeure son apanage exclusif.

Daenerys se félicitait que Drogo ne sacrifiât point à ces usages archaïques. Le partage ne la tentait pas. Au surplus, si le vieux Cohollo la traitait plutôt gentiment, les deux autres la terrifiaient. Haggo par sa masse taciturne et sa manière menaçante de la dévisager comme une inconnue. Qhoto par ses yeux féroces et la prestesse de ses mains sadiques : pour peu qu'il la touchât, la douce peau blanche de Doreah se talait de bleus, et sa brutalité faisait parfois, la nuit, sangloter Irri. Ses chevaux eux-mêmes semblaient le craindre.

Tous trois n'en étant pas moins liés à son seigneur et maître à la vie à la mort, Daenerys devait vaille que vaille s'accommoder d'eux. Il lui arrivait même, d'ailleurs, de déplorer que son père n'eût pas disposé d'hommes de cette trempe. Car les chansons avaient beau vanter sans relâche les blancs chevaliers de la Garde comme des parangons de noblesse, de bravoure et de loyauté, le roi Aerys était bel et bien tombé sous les coups d'un des leurs, le jouvenceau superbe désormais flétri par le surnom de « Régicide », et un autre, ser Barristan le Hardi, n'avait pas craint de rallier l'Usurpateur... Et elle en venait à se demander si la félonie ne corrompait pas tous les cœurs, dans les Sept Couronnes, et à se promettre, en tout cas, de doter son fils, dès qu'il remonterait sur le Trône de Fer, de sang-coureurs qui le protégeraient contre la trahison de ses propres gardes.

« *Khaleesi*, disait cependant Cohollo dans sa propre langue, le sang de mon sang m'ordonne de vous avertir qu'il doit se rendre, cette nuit, au sommet de la Mère des Montagnes afin de rendre grâces aux dieux de son heureux retour par un sacrifice. »

Seuls les mâles, elle le savait, pouvaient se permettre de fouler le sol de la Mère. Escorté de ses sang-coureurs, le *khal* reviendrait à l'aube. « Assurez le soleil étoilé de mes jours, répondit-elle d'un air gracieux, que mes rêves l'accompagnent dans l'impatience des retrouvailles. » A dire vrai, la perspective d'une vraie nuit de repos la ravissait. Car si sa grossesse la fatiguait de plus en plus, le désir de Drogo n'en paraissait que plus insatiable, et leurs dernières étreintes l'avaient éreintée.

Doreah la mena vers le tertre creux qu'on avait préparé pour elle et son *khal.* Sous ce dais de terre régnait une obscure fraîcheur. « Un bain, s'il te plaît, Jhiqui », commanda-t-elle aussitôt, tant il lui tardait d'éliminer la poussière de la longue route et de délasser ses membres engourdis. Puis quel bonheur que de se dire : nous allons séjourner ici quelque temps, demain je ne serai pas forcée de remonter en selle... !

L'eau était bouillante, comme elle l'aimait. « Je donnerai dès ce soir ses cadeaux à mon frère, décida-t-elle, tandis que Jhiqui lui lavait les cheveux. Il faut qu'il ait l'allure d'un roi dans la cité sacrée. Cours à sa recherche, Doreah, et invite-le à dîner en ma compagnie. » Etait-ce en souvenir des ébats permis à Pentos par maître Illyrio ? Viserys se montrait moins maussade avec la jeune Lysienne qu'avec les deux servantes dothrak. « Quant à toi, Irri, va vite au bazar acheter de la viande – mais tout sauf du cheval – et des fruits.

– Cheval meilleur, objecta Irri, cheval fait mâles vigoureux.

– Il déteste ça.

– Comme voudra *Khaleesi.* »

Et, de fait, elle lui rapporta bientôt un cuissot de chèvre et une corbeille de légumes, de melons, de pommes-granates, de prunes et de fruits orientaux bizarres aux noms inconnus. Puis, tandis que ses femmes apprêtaient le repas, rôtissaient la viande avec des herbes et des piments tout en la laquant régulièrement de miel, elle étala le costume qu'elle avait fait tailler sous le sceau du secret aux mesures de Viserys : une tunique et des houseaux en crépon de lin blanc, des sandales de cuir lacées jusqu'au genou, une lourde chaîne à médaillons de bronze en guise de ceinture et une veste en peau, peinte de dragons qui crachaient le feu. Les Dothrakis le respecteraient davantage, espérait-elle, une fois qu'il aurait l'air moins gueux, et peut-être même lui pardonnerait-il, à elle, de l'avoir naguère humilié ? Sans compter qu'il demeurait, après tout, son roi – et son frère... N'étaient-ils pas tous deux le sang du dragon ?

Elle achevait de disposer ses présents – un manteau de soie sauvage, d'un vert d'herbe, avec un liséré gris pâle élu pour mettre en valeur la blondeur platine de Viserys – quand celui-ci fit irruption, traînant par le bras Doreah dont la pommette se violaçait d'une ecchymose. « Comment *oses*-tu, glapit-il en jetant brutalement la messagère à terre, me mander tes ordres par cette putain ? »

Sidérée par sa virulence, Daenerys bredouilla : « Mais ! je souhaitais seulement... Qu'as-tu dit, Doreah ?

– Veuillez me pardonner, *Khaleesi*, je..., je suis désolée, je suis allée simplement le trouver, comme vous me l'aviez commandé, et j'ai dit que... que vous comptiez sur lui ce soir...

– On ne convoque pas le dragon ! gronda-t-il. *Je suis ton roi !* J'aurais dû te renvoyer sa tête ! »

Voyant sa servante affolée, Daenerys la rassura d'une caresse. « N'aie pas peur, il ne te fera aucun mal. Quant à toi, cher frère, de grâce, pardonne-lui cet écart de langage. Je l'avais envoyée te *prier* de dîner avec moi, s'il plaisait à Ta Majesté. » Le prenant par la main, elle le mena vers le fond de la pièce. « Regarde. C'est pour toi. »

Il se renfrogna, soupçonneux. « Qu'est-ce là ?

– De quoi t'habiller de neuf. Je l'ai fait exécuter spécialement pour toi », dit-elle avec un sourire timide.

Il la dévisagea d'un air hautain. « Des guenilles dothrak. Et tu t'imagines m'accoutrer de ça.

– Je t'en prie... Ils sont plus frais, plus agréables à porter, puis je me suis dit que..., que si tu t'habillais comme eux, peut-être que les Dothrakis... » Elle n'acheva pas, de crainte de réveiller le dragon par un mot maladroit.

« Et il me faudra me tresser les cheveux, je suppose, ensuite ?

– Oh ! jamais je... » Pourquoi se montrait-il si cruel, toujours ? Elle n'avait aspiré qu'à l'aider... « D'ailleurs, la tresse se mérite par des victoires, tu sais bien. »

La dernière des choses à dire. Les prunelles lilas flambèrent de fureur. Mais il n'osa la frapper. Ni en présence des suivantes ni, à plus forte raison, quand, devant l'entrée, les guerriers du *khas* montaient la garde. Aussi se contenta-t-il de prélever le manteau pour le porter à ses narines. « Il pue le fumier. Mais comme couverture de cheval, peut-être... ?

– Doreah l'avait cousu sur mes ordres à ton intention, dit-elle, blessée. Des vêtements dignes d'un *khal*.

– A ce détail près que je suis le maître des Sept Couronnes et non l'un de tes sauvages barbouillés d'herbe et tout sonnaillants de clarines, cracha-t-il en lui empoignant le bras. Tu t'oublies, salope.

Qu'est-ce que tu crois ? Que ton ventre ballonné suffira à te préserver, si tu réveilles le dragon ? »

Ses doigts s'incrustaient si méchamment dans la chair qu'un instant Daenerys redevint la petite fille effarée de naguère, la peur lui fit saisir le premier objet que rencontra sa main libre, la ceinture qu'elle avait si fort désiré offrir à son frère, et elle l'en cingla de toutes ses forces en pleine figure.

De stupeur, il la relâcha. La tranche d'un médaillon lui avait profondément entaillé la joue, le sang ruisselait. « C'est toi qui t'oublies, dit-elle. Ta mésaventure de la mer Dothrak ne t'aurait-elle *rien* appris ? Va-t'en, maintenant, vite, ou je te fais expulser par mon *khas*. Et les dieux te gardent que Khal Drogo n'apprenne ton comportement. Il t'éventrerait pour te faire avaler tes propres entrailles. »

Viserys recula précipitamment. « Le jour où je rentrerai dans mon royaume, tu me paieras ça, salope ! » jura-t-il en se retirant, la main plaquée sur sa joue blessée.

Des gouttes de son sang avaient maculé le beau manteau de soie sauvage. Toute chamboulée, Daenerys en appliqua machinalement le tissu moelleux contre son visage et s'assit en tailleur parmi ses dons abandonnés.

« Le dîner est prêt, *Khaleesi*, annonça soudain Jhiqui.

– Je n'ai pas faim », répondit-elle avec tristesse. Elle se sentait brusquement épuisée. « Portez à ser Jorah de quoi se restaurer puis partagez-vous le reste. »

Au bout d'un moment, elle reprit : « Donnez-moi, s'il vous plaît, l'un des œufs de dragon. »

Entre les mains menues d'Irri, la coquille aux écailles vert sombre se moira de chatoiements bronze. Se pelotonnant sur le flanc, Daenerys repoussa de côté le manteau de soie pour loger l'œuf dans le nid que formaient ses petits seins sensibles et son giron renflé. Elle aimait les bercer ainsi. A cause de leur splendeur. Et parce que, parfois, leur simple contact lui procurait l'impression d'être plus forte, plus brave. Un peu comme si les dragons pétrifiés à l'intérieur lui communiquaient leur propre énergie.

Elle reposait là, blottie sur son œuf, quand elle sentit l'enfant s'agiter dans son sein..., et elle eût juré qu'il tendait la main, de frère à frère, de sang à sang. « C'est *toi*, le dragon, murmura-t-elle, le *vrai* dragon. Je le sais. Je le sais. » Un sourire lui vint aux lèvres, et elle s'endormit en rêvant du beau royaume des Sept Couronnes.

BRAN

Des flocons épars tombaient qui, au contact de son visage, fondaient telle une bruine des plus agréable. Bravement campé sur son cheval, il regardait se relever la herse de fer et s'évertuait de son mieux à feindre le calme, en dépit des battements fébriles de son cœur.

« Es-tu prêt ? » demanda Robb.

De peur de révéler son appréhension, il acquiesça d'un simple hochement. C'était la première fois qu'il sortait de Winterfell depuis son accident, mais il entendait monter aussi fièrement que le plus fier des chevaliers.

« Alors, en route. » Robb pressa les flancs de son grand hongre pommelé, et l'animal s'engagea vers le pont-levis.

« Va », souffla Bran à sa propre monture, tout en lui flattant l'encolure, et la petite pouliche bai brun se mit en mouvement. Il l'avait baptisée Danseuse, elle avait seulement deux ans, et Joseth la disait plus docile qu'il n'était permis à ses congénères. On l'avait spécialement dressée pour répondre aux rênes, à la voix et à la caresse. Jusque-là, cependant, Bran ne l'avait montée que tout autour de la cour, d'abord tenue à la longe par Hodor ou Joseth, afin qu'il s'accoutume à la selle conçue par Tyrion, puis sans aide depuis quinze jours, la faisant trotter en cercle et, de tour en tour, conquérant davantage d'assurance et d'autorité.

Dès que l'on eut franchi l'enceinte extérieure, Broussaille, Eté prirent le vent. Derrière venait Theon Greyjoy qui, équipé de son grand arc et d'un carquois bourré de matras, nourrissait de son propre aveu le projet de tuer un daim. Coiffés et vêtus de maille, quatre gardes suivaient, précédant Joseth, le palefrenier sec comme une trique promu par Robb maître d'écurie en l'absence de Hullen. Monté sur un bourricot, mestre Luwin fermait le ban. Bran eût cent fois préféré partir avec son frère, seul à seul, mais Hal Mollen, aussitôt appuyé par Luwin, s'y était formellement opposé. Qu'il fît une chute ou se blessât, le mestre entendait se trouver à même de le soigner sur-le-champ.

Au-delà des portes s'ouvrait la place du marché, déserte pour l'heure, avec ses baraques de bois. Ils descendirent les rues fangeuses du village, dépassèrent les alignements de petites maisons proprettes construites en pierres sèches et en baliveaux. Pour le moment, moins d'un cinquième d'entre elles étaient habitées, comme l'attestait le mince filet de fumée qui montait en spirales de leurs cheminées. Les autres se rempliraient peu à peu avec l'aggravation du froid. Aux premières chutes importantes de neige, aux premières rafales glacées du nord, Vieille Nan ne manquait pas de le ressasser, les fermiers délaisseraient leurs champs gelés, les fortins à l'écart de tout, chargeraient leurs charrois pour se replier sur la ville d'hiver qui, dès lors, reprendrait vie. Ce phénomène-là, Bran n'y avait jamais assisté, mais mestre Luwin en personne le prédisait plus imminent de jour en jour. Le long été s'achèverait incessamment. *L'hiver vient.*

Sur le passage de la cavalcade, certains villageois ne purent réprimer quelque angoisse à la vue des deux loups-garous, et le mouvement de recul effaré que ceux-ci suscitèrent fit choir les fagots d'un manant, mais la plupart des habitants y étaient déjà familiarisés, qui plièrent le genou devant les deux jeunes Stark, Robb les gratifiant un par un d'un signe de tête des plus seigneurial.

Compte tenu de ses jambes inertes, Bran éprouva d'abord un rien de malaise au léger tangage de sa monture, mais comme le pommeau surélevé de sa grande selle et son haut dossier lui faisaient un berceau douillet, comme le harnais qui lui ceignait la poitrine et les cuisses lui interdisait de tomber, il ne tarda guère à trouver le mouvement presque naturel, son appréhension s'estompa et, tout crispé qu'il demeurait encore, un sourire lui fleurit les lèvres.

Deux filles d'auberge se tenaient sous l'enseigne de *La Bûche qui fume*, la brasserie du coin. La plus jeune s'empourpra et se couvrit la face quand Theon les interpella puis, poussant son cheval à la hauteur de Robb, gloussa : « Cette chère Kyra ! Ça se trémousse au pieu comme une belette, mais dis-lui un mot dans la rue, des pudeurs de vierge... Je t'ai raconté le soir où elle et Bessa...

– Pas devant mon frère, veux-tu ? » coupa-t-il avec un regard de biais vers Bran.

Affectant n'avoir rien entendu, Bran détourna les yeux, mais il sentait ceux de Greyjoy peser sur ses épaules. Avec un sourire, naturellement... Ce sourire dont il abusait quelque peu, comme pour vous signifier que le monde était une blague occulte et que lui seul s'était montré assez futé pour la percer à jour. Si Robb semblait admirer le pupille de Père et se plaire en sa compagnie, Bran, lui, ne le portait guère dans son cœur.

Robb se rapprocha. « Tu t'en tires bien, Bran.

– J'ai envie de presser l'allure...

– A ta guise », sourit son aîné en prenant le trot, aussitôt imité par les loups. Bran fit claquer les rênes, Danseuse obéit instantanément, et, sur un cri de Greyjoy, le martèlement des sabots s'accéléra dans son sillage.

Le vent de la course enflait son manteau, le ployait, déployait telle une voile, la neige se précipitait pour lui fustiger le visage, et Robb, déjà loin devant, se retournait à demi, de temps à autre, pour s'assurer que le petit suivait, ainsi que les autres. Un nouveau claquement des rênes, et Danseuse adopta un galop soyeux qui ne tarda guère à réduire l'écart, tout en distançant le reste de l'escorte. A quelque deux milles du bourg d'hiver, Bran rejoignit son frère sur la lisière du Bois-aux-Loups et, tout heureux, lui lança : « Je peux ! » Monter lui semblait presque aussi délicieux que voler.

« Je te proposerais bien une compétition, blagua Robb d'un ton léger, mais tu serais capable de gagner ! »

Bran se garda de relever le défi. Sous le sourire de son frère, il percevait trop nettement une appréhension sourde. « Je n'ai pas envie, dit-il, tout en scrutant les fourrés dans lesquels s'étaient évanouis les loups. As-tu remarqué de quelle manière Eté hurlait, la nuit dernière ?

– Vent Gris non plus ne tenait pas en place », répliqua Robb. Ses cheveux auburn avaient beaucoup poussé sans qu'il en prît soin, et le poil rougeâtre qui commençait de lui ombrager la mâchoire démentait déjà ses quinze ans. « Parfois, je me dis qu'ils savent des choses..., pressentent des choses... » Il soupira. « Et moi, je ne sais jamais jusqu'à quel point je puis te parler, Bran. Que n'es-tu plus âgé...

– Mais j'ai huit ans, désormais ! protesta-t-il. De huit à quinze, la différence n'est pas si grande, et Winterfell me revient, après toi.

– C'est vrai. » A sa tristesse se mêlait un rien d'effroi. « J'ai une nouvelle à t'annoncer, Bran. Un oiseau est arrivé, cette nuit. Mestre Luwin a dû me réveiller. »

A ces mots, la panique envahit le petit. *Noires ailes, nouvelles noires*, radotait sans trêve Vieille Nan, et le proverbe n'avait cessé de s'avérer, depuis peu. Interrogé sur le sort d'Oncle Ben, le lord commandant de la Garde de Nuit en confirmait la mystérieuse disparition. Le message envoyé par Mère depuis les Eyrié n'était pas moins alarmant : sans préciser quand elle comptait revenir, il évoquait simplement la capture du Lutin. Dans un certain sens, Bran éprouvait quelque sympathie pour le nain, mais le seul nom de *Lannister* lui faisait froid dans le dos. Il avait quelque chose à voir avec les Lannister, quelque chose de personnel et qu'il aurait dû se rappeler, mais, lorsqu'il s'efforçait de définir *quoi*, un vertige s'emparait de lui, qui lui pétrifiait les entrailles. Et l'on avait eu beau le laisser dans l'ignorance des tenants et aboutissants de l'affaire Tyrion, comment méconnaître la gravité de la situation ? Robb s'était, ce jour-là, enfermé à triples verrous, des heures durant, avec mestre Luwin, Theon Greyjoy et Hallis Mollen, avant de dépêcher les plus rapides de ses estafettes porter des ordres aux quatre coins du nord. Et il avait même été question de Moat Cailin, l'antique forteresse en ruine édifiée par les Premiers Hommes au débouché du Neck... Tout cela présageait des événements dramatiques.

Et, là-dessus, nouveau corbeau, nouveau message... Désespérément, Bran voulut néanmoins espérer. « C'est Mère qui l'a expédié ? Elle va revenir ?

– Non, c'est Alyn. De Port-Réal. Jory Cassel est mort. Et Wyl, et Heward aussi. Assassinés par le Régicide. » Robb livra son visage à la neige, qui fondait comme larmes en touchant ses joues. « Puissent les dieux leur accorder de reposer en paix. »

Le souffle coupé comme par un choc en pleine poitrine, Bran demeura sans voix. Il n'était pas né que Jory commandait déjà la garde, à Winterfell. Il revivait, bouleversé, chacune des fois où celui-ci le traquait, là-haut, sur les toits du château. « Assassiner Jory ? » Il le revoyait, vêtu de maille et de plate, traverser la courtine à longues foulées, il le revoyait, installé à sa place accoutumée dans la grande salle, plaisanter pendant le dîner. « Mais qui pouvait vouloir sa mort ? Pourquoi ? »

Sans dissimuler son chagrin, Robb hocha la tête d'un air accablé. « Je l'ignore, mais..., mais il y a pire, Bran. Pendant le combat, Père s'est trouvé pris sous son cheval et fracassé la jambe... Mestre Pycelle lui a administré du lait de pavot, mais on ne sait quand..., quand il... » Comme Theon et les autres se rapprochaient, il s'empressa d'achever : « Quand il reprendra connaissance. » Sa main se porta sur la poignée de son épée et, du ton pompeux qu'il affectait lorsqu'il redevenait lord Robb, il articula : « Quoi qu'il advienne, Bran, rien de tout cela ne sera oublié, je te le promets. »

Loin de le réconforter, pareille fermeté redoubla l'anxiété du petit. « Que comptes-tu donc faire ? demanda-t-il comme Greyjoy se portait à leur hauteur.

– Theon me conseille de convoquer le ban.

– Sang pour sang », déclara ce dernier sans sourire, pour une fois. Derrière les mèches noires qui balayaient sa physionomie sombre et osseuse étincelait un regard de fauve affamé.

« Il n'appartient qu'au suzerain de convoquer le ban, objecta Bran, tandis que la neige les enveloppait dans ses tourbillons.

– Si ton père meurt, répliqua Theon, la responsabilité de Winterfell échoit à Robb.

– Mais Père ne mourra pas ! » s'insurgea Bran dans un sanglot.

Robb lui saisit la main. « Non, il ne mourra pas. Pas Père, dit-il avec calme. Toutefois..., l'honneur du nord repose pour l'heure entre mes mains. A son départ, le seigneur notre père m'a ordonné de faire preuve d'énergie pour toi, pour Rickon. Me voici presque un homme fait, Bran. »

Le petit ne put réprimer un frisson. « Je voudrais tant que Mère soit de retour ! » s'exclama-t-il douloureusement. Un coup d'œil circulaire affolé lui révéla que l'âne de mestre Luwin peinait, loin derrière, à gravir la pente d'une colline. « Et mestre Luwin ? Lui aussi préconise de convoquer le ban ?

– Lui ? il est aussi timoré qu'une vieille femme ! dit Theon, dédaigneux.

– Père n'en prisait pas moins ses avis, rappela Bran à son frère. Tout comme Mère.

– Je les écoute également, affirma Robb. J'écoute tous ceux qu'on me donne. »

Tout le bonheur que Bran s'était promis de cette première sortie s'était évaporé, précaire comme les flocons qui lui picotaient la figure et, l'un après l'autre, fondaient. Naguère encore, la seule pensée de Robb convoquant ses vassaux l'eût enthousiasmé. Elle le terrifiait, maintenant. « Si nous rentrions ? proposa-t-il. J'ai froid. »

Robb jeta un regard à l'entour. « Il nous faut retrouver les loups. Peux-tu tenir encore un peu ?

– Autant que toi. » Quoique mestre Luwin, craignant que la selle ne le blessât, eût déconseillé une trop longue promenade, Bran ne voulait pour rien au monde admettre sa faiblesse devant son frère.

La sollicitude universelle dont il était l'objet lui levait le cœur, et il ne supportait plus de s'entendre à tout bout de champ demander comment il allait.

« A la chasse aux chasseurs, alors », conclut Robb, et, poussant leurs montures, ils abandonnèrent la route royale pour s'enfoncer côte à côte dans le taillis, tandis que Theon, leur laissant prendre les devants, s'attardait à badiner avec les gardes.

Sous le charme de la futaie, Bran maintenait Danseuse au pas d'une rêne légère afin de mieux jouir du spectacle en flânant. Quelque familiers que lui fussent les bois, il avait si longtemps vécu confiné à Winterfell qu'il lui semblait les voir pour la première fois. L'arôme de résine et d'aiguilles fraîchement tombées, le parfum de feuilles mortes, d'humus et de fermentation, les effluves de fumet fauve et de feux lointains, tant de senteurs indécises et mêlées lui dilataient les narines avec volupté. La toile argentée d'une araignée-césar l'émerveilla plusieurs secondes à l'instar d'une découverte et, dans les branches d'un chêne alourdies de neige, apparut, disparut le panache d'un écureuil noir.

Derrière se perdaient peu à peu puis s'éteignirent enfin les voix des autres. Devant se percevait le vague murmure d'eaux bondissantes dont chaque pas précisait l'éclat. En atteignant les rives du torrent, l'enfant sentit des larmes lui piquer les yeux.

« Bran..., s'inquiéta Robb, qu'y a-t-il ?

– Un souvenir, simplement, répondit-il en secouant la tête. Jory nous a amenés ici, une fois, toi, moi, Jon, pour pêcher la truite. Tu te rappelles ?

– Je me rappelle, acquiesça Robb à mi-voix d'un ton monocorde.

– Comme j'allais rentrer bredouille à Winterfell, Jon me donna celles qu'il avait prises. Le reverrons-nous jamais, dis ?

– Nous avons bien revu Oncle Ben lors de la visite du roi, rétorqua son frère. Jon aussi nous arrivera un jour ou l'autre, tu verras. »

Le torrent roulant des flots perfides et véhéments, Robb mit pied à terre pour le franchir. Au plus fort du courant, l'eau lui montait à mi-cuisse. Une fois parvenu sur la berge opposée, il attacha son cheval à un arbre et retraversa pour mener Bran et Danseuse parmi les remous écumants que suscitaient souches et rochers. Sous les embruns qui l'éclaboussaient, le petit infirme se prit à sourire, à rêver qu'il avait recouvré ses forces et son intégrité physique et, renversant la tête vers les frondaisons, s'imagina grimper jusqu'au faîte des plus hauts arbres et, de là, contempler, tout autour, la forêt sous lui.

BRAN

Ils venaient d'aborder la terre ferme quand s'éleva, telle une longue bourrasque de bise mobile et plaintive parmi les troncs, le hurlement. Et Bran, prêtant l'oreille, avait tout juste prononcé : « Eté », qu'à la première se joignit une seconde voix.

« Ils ont tué quelque chose, déclara Robb en remontant en selle. Autant que j'aille à leur recherche. Attends-moi ici, Theon et les autres ne vont pas tarder.

– Je t'accompagne.

– Seul, je les retrouverai plus vite. » Déjà, il éperonnait son hongre et disparaissait.

Aussitôt, Bran eut l'impression que la forêt se refermait sur lui. La neige tombait désormais plus dru. Et si elle persistait à fondre dès qu'elle touchait le sol, chaque racine et chaque pierre et chaque branche peu à peu se fourraient de blanc. Réduit à patienter, l'enfant découvrit tout le malaise de sa position. Si ses jambes étaient insensibles, elles pendaient, inutiles, dans les étriers, et le harnais qui lui ceignait la poitrine entrait dans sa chair, l'oppressait, ses gants détrempés lui glaçaient les mains. Puis où pouvaient bien se trouver mestre Luwin, Theon, Joseth et leurs compagnons... ?

En entendant enfin le froissement de feuilles qui présageait leur survenue, il fit pivoter Danseuse, mais les hommes en loques qui émergèrent successivement sur la rive étaient inconnus de lui.

« Bonjour », dit-il nerveusement. Un coup d'œil lui avait suffi pour s'apercevoir qu'il ne s'agissait ni de fermiers ni de bûcherons, et il prit brusquement conscience du luxe vestimentaire que constituaient sa tunique flambant neuve de laine gris sombre à boutons d'argent, sa pelisse fixée aux épaules par une lourde fibule du même métal, ses bottes et ses gants fourrés.

« Tout seul, comme ça ? dit le plus grand de la bande, un chauve aux traits bestiaux et tannés par le vent. Perdu dans le Bois-aux-loups, pôv' p'tiot...

– Pas perdu du tout », répliqua Bran, à qui déplaisait la manière dont les étrangers le dévisageaient. Quatre, à première vue, mais un bref regard en arrière lui en révéla deux de plus. « Mon frère vient à peine de me quitter, et mes gardes seront là sous peu.

– Tes gardes, ah bon ? » dit un autre. Des picots grisâtres hérissaient sa face décharnée. « Et pour garder quoi, mon p'tit seigneur ? L'éping' d' ton manteau, p't'-êt' ?

– Jolie... » Le timbre était celui d'une femme, à défaut de l'aspect. Grande, maigre, avec une physionomie aussi avenante que ses compères et les cheveux dissimulés sous un bassinet de fer, elle tenait une pique en chêne noir longue de huit pieds, à pointe d'acier rouillé.

« Voyons voir », reprit le grand chauve.

A mieux l'examiner s'aggrava l'angoisse de Bran. L'individu portait des vêtements crasseux, presque en haillons, grossièrement rapiécés ici de marron, là de bleu, de vert sombre ailleurs, et qui partout tendaient vers le gris pisseux, mais son manteau, jadis, avait dû être noir. Et noires aussi, les hardes du barbu lugubre, nota tout à coup l'enfant, horrifié. En un éclair, il revit le parjure d'antan, revécut son supplice, le jour même de la découverte des louveteaux ; celui-là aussi avait porté le noir, celui-là aussi déserté la Garde de Nuit... Et les mots de Père lui revinrent en mémoire. *Rien de si dangereux qu'un déserteur. Se sachant perdu, en cas de capture, il ne recule devant aucun crime, aucune vilenie.*

« L'épingle, mon mignon, dit le chauve en tendant la main.

– Le ch'val aussi », reprit un de ses acolytes – une femme, plus trapue que Robb, à la face épatée sous des mèches filasse. « A terre, et magne-toi. » De sa manche jaillit un couteau dentelé comme une scie.

« Non, se trahit Bran, je ne peux pas... »

Il n'eut pas même le loisir de songer à faire volter Danseuse et fuir au galop que le grand malandrin saisissait la bride. « Si, tu peux, mon prince..., et tu le feras, t'as tout intérêt.

– Vise un peu, Stiv, intervint la première femme, comme il est ficelé... » Un geste de sa pique appuyait ses dires. « Ça se pourrait qu'y mente pas.

– Ficelé ? tiens tiens ! riposta l'autre en tirant un poignard de sa ceinture. Y a un truc, contre les ficelles.

– T'es infirme, ou quoi ? demanda la courtaude.

– Je suis Brandon Stark de Winterfell, flamba-t-il, et vous ferez bien de lâcher mon cheval, ou gare à vos têtes ! »

L'efflanqué barbu se mit à glousser. « Ça, c'est bien d'un Stark ! Y a qu'eux d'assez dingues pour vous menacer, quand un malin vous supplierait...

– Coupes-y la quéquette et bourres-y-en le bec, suggéra la petite femme, y la bouclera, comme ça.

– T'es aussi bête que t'es moche, Hali, repartit sa compagne hommasse. Mort, y vaut pas un sou, mais vivant... Le propre sang de Benjen Stark en otage, Mance donnerait gros.

– Au diable, Mance ! jura le chauve. T'as envie de retourner là-bas, Osha ? toi qui délires, oui... S'y s'en foutraient, les marcheurs blancs, que t'aies ou que t'aies pas d'otage ! » Et, d'un geste colère, il trancha la lanière de cuir qui maintenait la cuisse de Bran.

Brutalement assené au hasard, le coup avait entamé profondément la chair. En se penchant, l'enfant entrevit la déchirure de ses chausses, un pan de peau blafard, puis le sang gicla. Avec une stupeur où entrait une espèce de détachement singulier, il regardait s'élargir la tache écarlate ; il n'avait rien éprouvé, pas l'ombre d'une souffrance, même pas le choc. Non moins ébahi, son agresseur émit un grognement idiot.

« Bas les armes ! » Sous l'énergie de la sommation perçait un tremblement d'angoisse.

La voix de Robb. Soudain tiré de son désespoir stupide par un espoir fou, Bran releva la tête. Robb était là, bel et bien. La dépouille sanglante d'un daim jetée en travers de sa monture. Et l'épée au poing.

« Le frère, dit le barbu.

– Puis l'air féroce, ah mais ! ricana celle que les autres appelaient Hali. Tu comptes te battre avec nous, mon gars ?

– Fais pas l'idiot, avertit l'autre, Osha, en braquant sa pique. On est six contre un. Descends de cheval et jette l'épée. On te remerciera gentiment pour la bête et pour le gibier, et tu pourras partir avec ton frère. »

Il répondit par un sifflement, et l'on entendit vaguement crisser les feuilles mortes sous des pas moelleux, puis les branches basses se soulagèrent de leur faix neigeux, les fourrés s'ouvrirent, Eté et Vent Gris parurent, Eté huma l'air et se mit à gronder.

« Des loups... ! hoqueta Hali.

– Loups-garous », rectifia Bran, dûment initié par mestre Luwin et le maître-piqueux Farlen sur ce chapitre. Pour n'avoir encore atteint que la moitié de leur taille définitive, ils étaient déjà aussi grands qu'aucun loup commun, et nul œil exercé ne pouvait les confondre avec l'un de ceux-ci. Ils avaient, proportionnellement, les pattes plus longues, la tête plus forte, la truffe et la mâchoire incomparablement plus fines et plus prononcées. Enfin, quelque chose de farouche dans leur attitude, là, sous la valse lente des flocons si blancs, vous inspirait une terreur sourde. Les babines de Vent Gris dégouttaient de sang frais.

« Des chiens, déclara le grand chauve d'un air de souverain mépris.

Mais je me suis laissé dire qu'y a rien de plus chaud, la nuit, qu'une peau de loup. » Il fit un geste sec. « Attrapez-moi ça.

– *Winterfell !* » cria Robb en piquant des deux, et le hongre dévala la berge sus à la bande qui se regroupait. Un homme armé d'une hache se précipita en vociférant, et mal lui en prit, l'épée le cingla en pleine figure, lui écrabouillant les pommettes et le nez dans un geyser vermeil. Le barbu tenta d'agripper la bride, y parvint... mais, au même instant, Vent Gris fondait sur lui, qui le projeta à la renverse dans le torrent. Une gerbe d'éclaboussures étouffa son cri, sa tête disparut, sa main seule émergeait, serrée sur son poignard, mais le loup plongea à son tour, et l'écume blanche se teignit de rouge dans le courant qui les emportait.

Au milieu du lit, Osha affrontait Robb à son tour et, de sa longue pique analogue à un serpent à tête d'acier, le visait sans relâche à la poitrine, mais il parait toujours, une fois, deux fois, trois, en détournant la terrible pointe. A sa quatrième ou cinquième tentative, cependant, elle se plaça si bien en surextension qu'une seconde à peine elle manqua perdre l'équilibre, et il en profita pour charger et lui passer sur le corps.

A quelques pas de là, Eté s'était rué pour mordre Hali, mais le couteau le blessa au flanc. Avec un grondement, il se déroba, repartit à l'attaque et, cette fois, ses crocs s'arrimèrent dans le mollet de l'adversaire. Brandissant son arme à deux mains, celle-ci frappa derechef, mais le loup-garou dut sentir venir le coup, car il l'esquiva d'un bond, la gueule pleine de cuir, d'étoffe et de chair sanglante, puis, comme la femme chancelait, s'affaissait, aussitôt il se jeta sur elle et, la plaquant sur le dos, entreprit de lui fouailler les tripes.

Au vu du carnage, l'un des brigands préféra s'enfuir mais, comme il escaladait la rive opposée, Vent Gris reparut, ruisselant, et, le temps de s'ébrouer, se lançait à ses trousses, lui tranchait le jarret d'un simple coup de dents puis cherchait sa gorge, tandis qu'avec un cri d'épouvante l'homme, lentement, glissait, recroquevillé, vers les flots.

Seul demeurait désormais le grand chauve, Stiv. Tranchant vivement le harnais de Bran, il l'empoigna par le bras, tira, le fit rouler à terre, ses jambes emmêlées sous lui, un pied ballant, insensible, dans le torrent glacial, et lui appliqua son poignard sur la gorge. La lame était froide. « Arrière ! cria-t-il, ou j'ouvre le gosier du gosse ! »

Aussitôt, Robb immobilisa son cheval et, haletant, laissa retomber son bras. La furie qui l'animait jusque-là fit place à l'appréhension.

A cet instant, le regard de Bran enregistra le moindre détail de la scène. Eté qui ravageait Hali, lui tirant du ventre de longs serpents à reflets bleus. Elle qui, les yeux grands ouverts, le contemplait faire. Vivante ? morte ? impossible à dire. Le barbu et l'homme à la hache qui gisaient, inertes. Osha qui, à genoux, elle, se traînait pour récupérer sa pique. Et Vent Gris qui, tout détrempé, s'approchait d'elle à pas feutrés. « Rappelle-le ! glapit l'homme. Rappelle-les tous les deux, ou le gosse est mort !

– Ici, Vent Gris. Eté, ici », dit Robb.

Les loups se détournèrent instantanément vers lui. Mais si Vent Gris vint le rejoindre d'un trot nonchalant, Eté ne bougea pas d'un pouce. Le museau barbouillé de rouge gluant, ses yeux flamboyaient, éperdument fixés sur Bran et sur l'homme qui le menaçait.

Osha, cependant, se relevait en s'appuyant pesamment sur le talon de sa hampe. La blessure que lui avait faite Robb au bas de l'épaule saignait pas mal. A la sueur qui lui dégoulinait sur le mufle, Bran comprit que Stiv n'était pas moins terrifié que lui. « Stark, grommela le chauve, putains de Stark. » Il éleva la voix. « Tue les loups, Osha, et prends son épée.

– Tue-les toi-même, répliqua-t-elle. 'cune envie, moi, d'approcher ces monstres. »

Un instant, Stiv demeura perplexe. Il tremblait si fort que Bran sentit son sang perler sous la vibration du poignard. Et l'odeur infecte qu'il répandait ne trompait pas non plus, il puait la peur. « Hé, toi, apostropha-t-il Robb, t'as bien un nom ?

– Je suis Robb Stark, l'héritier de Winterfell.

– Et çui-là, c' ton frère ?

– Oui.

– S' tu veux qu' vive, fais ce que j' dis. Démonte. »

Une seconde, Robb hésita puis, posément, se résolut à mettre pied à terre et attendit, l'épée au poing.

« A présent, tue ces maudites bêtes. »

Robb ne bougea pas.

« Tue-les. C'est eux ou le gosse.

– *Non !* » s'écria Bran, persuadé qu'une fois les loups morts Stiv les tuerait à leur tour tous deux.

De sa main libre, celui-ci l'empoigna par les cheveux et les lui tordit jusqu'à le faire sangloter. « La ferme, estropié, t'entends ? » Il accentua la torsion. « *T'entends ?* »

Une espèce de *pincement* grave, derrière, dans les fourrés, et Stiv émit un hoquet soufflé, tandis qu'un bon pan de dard acéré lui crevait, devant, la poitrine. Une flèche. D'un rouge aussi éclatant que si on l'avait peinte.

Et le poignard cessa d'oppresser la gorge de Bran, pendant que le chauve titubait quelques secondes avant de s'effondrer, face la première, dans le torrent qui, sous les yeux agrandis de l'enfant, emporta au fil capricieux du courant les débris de la flèche et des bulles de vie.

En voyant les gardes émerger du couvert, l'épée dégainée, Osha lança à l'entour un regard affolé puis, jetant sa pique, « Grâce, messire », dit-elle à Robb.

Les hommes de Père firent une drôle de tête en découvrant le spectacle. Ils n'osaient trop regarder les loups, et, lorsqu'Eté se réattabla devant le cadavre de Hali, Joseth laissa choir son arme et, d'un pas chancelant, gagna le sous-bois pour vomir. En émergeant de derrière un arbre, mestre Luwin lui-même sembla révulsé, du moins quelques secondes, et puis, branlant du chef, il pataugea péniblement jusqu'auprès de Bran. « Tu es blessé ?

– A la jambe, mais je n'ai rien senti. »

Comme le vieux s'agenouillait pour examiner la plaie, le petit tourna la tête et aperçut Theon Greyjoy qui, debout sous un vigier, souriait, son arc à la main. Ce sourire sempiternel... Une demi-douzaine de flèches gisait à ses pieds, sur le sol moussu, mais une seule avait suffi. « Beau à voir, énonça-t-il, un ennemi mort.

– Jon le disait toujours, que tu es un con ! riposta Robb à pleine voix. Je devrais t'enchaîner dans la cour et laisser Bran un peu s'entraîner à tirer sur *toi.*

– J'escomptais plutôt des remerciements pour l'avoir sauvé.

– Et si tu avais raté ta cible ? Si tu l'avais seulement blessé, ce salaud ? fait sauter sa main ? ou touché mon frère, à sa place ? Il aurait pu porter un haubert de plates, à ton insu ! tu ne voyais que le dos de son manteau... Que serait-il arrivé, alors ? Y as-tu songé, ne fût-ce qu'un instant, Greyjoy ? »

A présent, Theon ne souriait plus. Il haussa les épaules d'un air maussade et se mit à ramasser ses flèches, une à une.

Robb se tourna vers les gardes. « Et vous, où étiez-vous ? les interpella-t-il. J'avais tout lieu de vous croire sur nos talons. »

Ils échangèrent des regards piteux. « On y était, m'sire, plaida Quent, le plus jeune, dont la barbe brune avait des frisotis soyeux. Seulement..., d'abord on a dû attendre mestre Luwin et son âne, sauf son respect, puis, bon, ensuite, hé bien, comme il y avait... » Il lança un coup d'œil furtif du côté de Theon et se détourna vivement, gêné.

« J'ai aperçu un coq de bruyère, bafouilla Theon, très embarrassé. Mais aussi, comment j'aurais su que tu laisserais le petit ? »

Une fois encore, Robb le dévisagea d'un air furibond que jamais Bran ne lui avait vu, mais il ne dit mot et, finalement, vint s'accroupir près du mestre. « C'est grave ?

– Simple estafilade. » Il trempa un linge dans le torrent pour nettoyer la plaie puis, tout en opérant : « Deux d'entre eux portaient le noir... »

Robb jeta un coup d'œil du côté où gisait Stiv, incessamment ballotté par le courant, dans son manteau pisseux. « Déserteurs de la Garde de Nuit, dit-il sombrement. De fameux corniauds, pour s'aventurer si près de Winterfell.

– Il est souvent malaisé de faire le partage entre la bêtise et le désespoir, marmonna mestre Luwin.

– On les enterre, m'sire ? demanda Quent.

– Ils ne l'auraient pas fait pour nous, répondit Robb. Coupe-leur la tête, on la renverra au Mur. Le reste, aux charognards.

– Et elle ? » souffla Quent en agitant son pouce vers Osha.

Robb s'approcha d'elle et, quoiqu'elle le dominât d'une bonne tête, elle tomba à ses genoux. « Epargnez-moi, m'sire Stark, et chuis à vous.

– A moi ? qu'aurais-je à faire d'une parjure ?

– Mais j'ai pas violé de serment ! Stiv et Wallen se sont enfuis du Mur, moi non. Y a pas de femmes, chez les corbeaux noirs... »

Theon Greyjoy s'amena de son petit air désinvolte. « Donne-la aux loups », conseilla-t-il. Furtivement, les yeux de la femme se portèrent sur ce qui restait de Hali et s'en détournèrent aussi vite. Elle se mit à grelotter. Même les gardes en semblaient malades.

« C'est une femme, dit Robb.

– Une sauvageonne, précisa Bran. Elle a dit qu'il fallait me garder en vie pour me livrer à Mance Rayder.

– Tu t'appelles comment ? la questionna Robb.

– Osha, pour servir Vot' Seigneurie », bredouilla-t-elle de sa voix rugueuse.

Mestre Luwin se redressa. « Il serait bon de l'interroger... »

Le soulagement visible de son frère frappa Bran. « Vous avez raison, mestre. Wayn. Attache-lui les mains. Elle nous accompagne à Winterfell et... vivra ou mourra, selon la véracité de ses révélations. »

TYRION

« Veux manger ? » demanda Mord d'un air mauvais. Sa grosse patte boudinée faisait miroiter la platée de haricots bouillis.

Si affamé fût-il, Tyrion Lannister refusait de s'en laisser imposer par cette sombre brute. « Du gigot d'agneau serait le bienvenu, dit-il sans quitter la litière de paille infecte où il marinait dans un angle de sa cellule. Ou bien... des pois à l'oignon, tiens, avec du pain tout chaud, du beurre, et une fiasque de vin bien épicé – brûlant, s'il te plaît – pour la descente. Ou de la bière, si ça doit te faciliter le service. Je m'en voudrais d'abuser de ta sollicitude.

– C' des fayots, grommela l'autre. Tiens. » Il tendit l'écuelle.

Tyrion poussa un soupir. Avec ses chicots brunâtres et ses prunelles de verrat, le geôlier jaugeait allégrement ses deux cent cinquante livres bon poids de crétinerie crasse. Un coup de hache lui avait jadis, sans parvenir à l'embellir que d'une cicatrice, emporté l'oreille gauche et un pan du groin, et ses manières étaient aussi délicates que son minois. Mais Tyrion avait décidément très très faim. Il avança les doigts vers la pitance.

D'un geste vif, Mord la retira, tout sourires. « Tiens », dit-il en la tenant soigneusement hors de portée.

Tout courbatu qu'il était de partout, le nain parvint à se lever, non sans maugréer : « Le même petit jeu stupide à chaque repas..., est-ce vraiment indispensable ? » A nouveau, il tenta d'attraper son bien mais, cette fois, Mord recula en traînant la savate et découvrant toute sa denture pourrie. « Tiens, nabot, là. » Il tenait maintenant l'écuelle à bout de bras, juste à l'endroit où la cellule ouvrait sur le vide, en plein ciel. « Tu veux pas manger ? Tiens..., t'as qu'à venir prendre... »

Depuis sa place, Tyrion avait les bras trop courts pour happer l'appât. Quant à s'approcher tellement du bord, il n'y songeait pas.

Une brusque poussée de l'énorme bedaine, et il ne serait plus qu'une éclaboussure, en bas, sur les rochers de Ciel, comme tant d'autres prisonniers des Eyrié au cours des siècles – trois fois rien de bouillie rouge. « Bah, tout bien réfléchi, je manque d'appétit », déclara-t-il en se retirant dans son coin.

Avec un grognement, Mord ouvrit les doigts, l'écuelle tangua dans la bourrasque et disparut, larguant aux rafales une poignée de haricots dont fut aspergée la corniche, à l'intense esbaudissement du geôlier. Sa panse en soubresautait comme du gruau.

La colère submergea Tyrion. « Bougre de fils de conne vérolée ! s'exclama-t-il, puisses-tu crever de tes règles ! »

Sur le point de sortir, Mord l'en récompensa d'un bon coup de botte ferrée dans les côtes qui l'envoya bouler dans la paille, hoquetant : « Tu me le paieras ! je te tuerai de mes propres mains..., juré ! » La lourde porte bardée de fer se referma en claquant, les clés ferraillèrent dans la serrure, et le silence retomba.

Une véritable malédiction que d'avoir une si grande gueule quand on est si petit, rumina-t-il, tout en rampant vers l'angle de la tanière que les Arryn appelaient si pompeusement leur cachot, puis en se coulant sous la maigre couverture qui résumait la literie. La seule vue de l'azur désert où se découpait, au loin, la silhouette enchevêtrée de montagnes sans fin ni cesse lui faisait déplorer la perte de la pelisse gagnée contre Marillion. La dépouille du chef de brigands pouvait bien puer le sang, le chanci, du moins était-elle douillette et chaude. Seulement, Mord l'avait repérée d'emblée...

De ses griffes aigres, la bise tirait sans trêve sur la couverture, vu l'exiguïté pitoyable de la cellule, même pour un nain. A moins de cinq pieds de la porte, là où aurait dû se trouver un mur, là où se serait trouvé un mur dans un véritable cachot, rien, le vide, les nues. Oh, pour le bon air, le soleil, la lune et les étoiles, rien à redire, à foison ! mais Tyrion n'eût pas hésité une seconde à troquer tous ces avantages pour la plus noire, la plus lugubre des oubliettes enfouies dans les entrailles de Castral Roc.

« Tu voleras, nabot ! l'avait prévenu Mord en lui faisant les honneurs du lieu. Vingt jours ou trente, au mieux cinquante, et, hop ! tu voleras... »

Les Arryn possédaient l'unique prison du royaume d'où les captifs fussent gracieusement conviés à s'évader. Après avoir, des heures durant, rassemblé son courage, Tyrion s'était, le premier jour, traîné à plat ventre jusqu'à l'extrême bord de la corniche pour aventurer sa tête au-dehors et jeter un œil vers l'abîme. Six cents pieds plus bas, sans autre obstacle que le vide. En se démanchant le col, on discernait, à droite, à gauche, au-dessus, des cellules analogues. Bref, on était là telle une abeille dans une ruche de pierre. Mais une abeille aux ailes arrachées par quelque main perverse.

Une abeille glacée par la bise qui geignait, gueulait nuit et jour. Le pire étant pourtant le sol en pente. En pente douce, assurément, très douce. Bien assez. Bien trop. Tyrion vivait dans la terreur de fermer les yeux, dans la terreur de se laisser rouler durant son sommeil et de ne se réveiller, terrifié, qu'au moment même où il basculerait. Rien d'étonnant si, dans ces cellules célestes, les prisonniers devenaient fous...

Les dieux me préservent ! avait gribouillé sur la paroi l'un des occupants précédents, d'une encre excessivement similaire à du sang, *l'azur fascine...* Avec son incurable curiosité, Tyrion s'était d'abord interrogé sur cet homme et son sort, mais il ne tarda guère à privilégier l'ignorance.

Que n'avait-il fermé sa grande gueule !

La première faute à ce maudit marmot qui le toisait, depuis un trône de barral sculpté sous les bannières lune-et-faucon. Qu'on le toisât, certes, Tyrion Lannister n'avait eu que trop loisir, depuis sa naissance et jour après jour, de s'y accoutumer, mais se laisser toiser par cet écarquillé chassieux de six ans dont les fesses avaient besoin de piles de poufs pour se jucher à hauteur d'homme, ça, c'était une rareté ! « C'est lui, le vilain ? avait demandé le mouflet, tout empêtré dans sa poupée.

– Vvvoui..., lui avait susurré la lady Lysa, du fond du moindre trône qu'elle occupait à ses côtés, tout accoutrée de bleu, toute poudrée, toute parfumée pour aguicher les prétendants qui peuplaient sa cour.

– Il est tellement *petit* ! pouffa le sire des Eyrié.

– Je te présente Tyrion le Lutin, de la maison Lannister, qui a assassiné ton père. » Puis, haussant le ton de manière à étourdir de fond en comble les murs crémeux, les piliers sveltes de la grande salle des Eyrié et à y percer le moindre des tympans, elle glapit : « *Voici le meurtrier de la Main du Roi !*

– Oh ! s'exclama étourdiment Tyrion, parce que je l'ai lui aussi tué ? »

Juste au moment où il eût mieux fait de la boucler, sa grande gueule, et de s'incliner humblement. Une évidence, à présent. Une évidence qui l'avait d'ailleurs, par les sept enfers ! frappé sur-le-champ... Si vaste et austère que fût la grande salle des Arryn, avec la froideur sinistre de ses marbres blêmes veinés de bleu, bien autrement glaciales et renfrognées s'étaient faites les dégaines, tout autour. Il était au diable, dans le Val, au diable de Castral Roc et de sa puissance, et les Lannister n'y comptaient pas d'amis. Rien ne l'eût mieux défendu que le silence et la soumission.

Et voilà où l'avait mené l'excès d'humiliation : jusqu'à lui troubler la jugeote... Tout cela pour n'avoir pu faire les derniers pas de l'interminable escalade jusqu'aux Eyrié ; parce que ses jambes torses refusaient le moindre effort supplémentaire ; et que Bron avait dû le porter, à la fin. Et voici que la fierté blessée versait de l'huile, encore et encore, sur les flammes de la colère. « A vous en croire, avait-il repris d'un ton sarcastique, je fus un petit bonhomme fort affairé ! » Et de ricaner : « Rien qu'à penser que j'ai trouvé le temps de perpétrer tant de meurtres et tant d'attentats, je n'en reviens pas ! »

Au lieu de se rappeler à qui il avait à faire... La Lysa Arryn et son demi-débile d'avorton n'avaient pourtant pas à la Cour une telle réputation d'humour, surtout quand l'esprit les prenait pour cibles !

« Lutin, riposta-t-elle froidement, vous retiendrez votre langue maligne et vous adresserez poliment à mon fils, ou, croyez-m'en, je vous donnerai sujet de le regretter. Souvenez-vous que vous vous trouvez aux Eyrié. Et en présence de chevaliers du Val, d'hommes loyaux qui chérissaient Jon Arryn. Ils sont tous prêts à mourir pour moi.

– Et vous, lady Arryn, souvenez-vous que, s'il m'arrive le moindre mal, mon frère Jaime sera trop heureux qu'ils s'exécutent. » Au moment même où il crachait ces mots, il savait pertinemment commettre une folie.

« Sauriez-vous voler, messire Lannister ? minauda-t-elle. Les nains auraient-ils des ailes ? Dans le cas contraire, vous seriez plus avisé de ravaler la prochaine menace qui vous traversera la cervelle.

– Je n'ai pas menacé, répliqua-t-il, c'était une promesse. »

A ces mots, le petit lord Robert bondit sur ses pieds, si bouleversé qu'il laissa tomber sa poupée. « Vous ne pouvez nous faire aucun mal ! piaula-t-il. Ici, personne ne peut nous faire du mal. Dites-lui, Mère, dites-lui qu'il ne peut pas nous faire du mal, ici ! » Ses spasmes nerveux annonçaient la crise.

« Les Eyrié sont inexpugnables », affirma-t-elle paisiblement. Elle attira son fils contre elle et l'enferma, bien à l'abri, dans le cercle blanc de ses bras pulpeux. « Le Lutin veut simplement nous effrayer, mon bébé joli. Les Lannister ne sont que des menteurs. Personne ne fera de mal à mon bébé joli. »

En quoi elle voyait probablement juste, la garce ! Il suffisait à Tyrion de se rappeler le calvaire de la montée pour imaginer ce que serait celui d'un chevalier contraint d'affronter, pied à pied, tout engoncé dans son armure, et jusqu'au sommet, des adversaires résolus, et ce sous une avalanche de pierres et de traits... Un cauchemar. Encore le terme était-il trop faible. Comment s'étonner, quand on les avait vus, que les Eyrié n'eussent jamais été pris ?

Néanmoins, Tyrion ne put s'empêcher de taquiner. « Inexpugnables, non, simplement malaisés d'accès. »

Du coup, le marmot entra en transe et, l'index tendu, convulsif, vers lui, s'égosilla : « Menteur ! vous êtes un *menteur* ! Faites-le voler, Mère ! je veux le voir voler ! » Aussitôt, deux gardes en manteau bleu ciel empoignèrent Tyrion par les bras, et ses pieds quittèrent le sol.

Alors, les dieux savaient ce qui serait advenu de lui si ne s'était interposée lady Stark. « Ma sœur, protesta-t-elle, depuis la place où elle se tenait, au bas des trônes, je me permets de te rappeler que cet homme est *mon* prisonnier. Je ne veux pas qu'on le maltraite. »

Après avoir fixé sur elle un long regard glacé, la Lysa se leva et, balayant les marches de ses jupes à traîne, fonça sur Tyrion mais, au lieu de le frapper, comme il le redouta un instant, commanda de le lâcher. Seulement, les hommes s'exécutèrent avec une telle brusquerie qu'en heurtant le sol ses jambes se dérobèrent sous lui, et il s'aplatit à leurs pieds.

La grande salle des Arryn salua l'exploit par une explosion tonitruante d'hilarité.

Assurément, il devait offrir un spectacle burlesque, comme il gigotait pour rassembler ses genoux et qu'une crampe atroce au mollet droit le contraignait à un surcroît de reptations vaines...

« Le petit hôte de lady Stark est trop las pour se tenir droit, commenta la garce Arryn à la cantonade. Ser Vardis ? veuillez le descendre aux cachots. Un rien de repos dans une cellule céleste lui fera le plus grand bien. »

A nouveau, les gardes l'empoignèrent sous les aisselles. Tyrion Lannister pendouillait entre eux, rouge de honte, tel un pantin secoué de spasmes dérisoires. « J'ai bonne mémoire... ! » les prévint-il tandis qu'ils l'emportaient.

Excellente, même. Mais pour quel profit ?

A titre de consolation, il s'était d'abord persuadé que son emprisonnement ne durerait point. La Lysa voulait simplement le mortifier. Puis elle le referait comparaître, et sous peu. A défaut d'elle, Catelyn Stark du moins désirerait l'interroger. Et il se promettait, alors, de surveiller sa langue plus étroitement. Quant à le tuer sans autre forme de procès, on n'oserait : il demeurait, envers et contre tout, un Lannister de Castral Roc ; verser son sang vaudrait déclaration de guerre. Il passait en tout cas son temps à se l'affirmer.

Seulement, le doute commençait à le tenailler, maintenant.

Peut-être ses ravisseurs entendaient-ils seulement le laisser pourrir là, mais il craignait de n'avoir pas la force d'y pourrir longtemps. Il s'affaiblissait de jour en jour et, dût le geôlier ne pas le faire périr de diète d'ici là, la brutalité des sévices le rendrait tôt ou tard sérieusement malade. Encore quelques nuits à grelotter de faim et de froid, et il ne manquerait pas, au surplus, de se laisser à son tour fasciner par l'azur...

L'obsédait aussi l'ignorance de ce qui se passait au-delà des murs (tant pis pour le terme impropre !) de sa cellule. Dès l'annonce de sa capture, son père avait sûrement dépêché des estafettes. Peut-être son frère menait-il même, dès à présent, des troupes dans les montagnes de la Lune ? A moins qu'il ne marchât plutôt contre Winterfell... Hormis les gens du Val, quiconque soupçonnait-il seulement où Catelyn Stark l'avait emmené ? Et comment Cersei réagirait-elle en l'apprenant ? Le roi pouvait exiger sa libération, mais quel cas ferait-il des avis de sa femme ? Tyrion connaissait trop bien les sentiments de Robert à l'endroit de sa sœur pour se bercer de la moindre illusion. Surtout avec l'actuelle Main... !

Cependant, si Cersei parvenait à conserver une once de sang-froid, elle saurait exiger de son mari qu'il le juge en personne, et Eddard Stark lui-même n'y pourrait rien redire sans compromettre l'honneur du roi. Un pareil procès, Tyrion se fût réjoui d'en courir les risques. Les Stark pouvaient bien déposer sur son seuil tous les crimes du monde, encore devraient-ils prouver leurs allégations, et ils en seraient fort en peine, apparemment ! Libre à eux de porter l'affaire devant le Trône de Fer et l'assemblée des lords, ils courraient à leur perte, voilà tout. Mais Cersei serait-elle assez futée pour le comprendre ? Ça...

Tyrion Lannister poussa un soupir accablé. Sans être dépourvue totalement d'astuce, d'une espèce d'astuce médiocre, sa sœur se laissait toujours obnubiler par sa vanité. Quitte à ressentir violemment l'outrage, elle n'en saisirait pas l'aubaine. Quant à Jaime..., Jaime était encore pire, avec sa violence, son esprit buté, sa folle irascibilité. A quoi bon dénouer ce qu'il pouvait trancher d'un coup d'épée, n'est-ce pas ?

Cela dit, lequel d'entre eux pouvait bien avoir expédié le sbire pour faire taire le petit Stark ? Et avaient-ils véritablement trempé dans la mort de lord Arryn ? En admettant l'assassinat de ce dernier, la chose, autant en convenir, avait été finement, rondement menée : des gens de cet âge, il en mourait impromptu chaque jour. Mais armer le dernier des rustres d'un poignard volé contre Brandon Stark, là, c'était d'une balourdise qui passait l'entendement.

Justement. Tout bien pesé, la singularité ne résidait-elle pas dans le *contraste*... ?

Un frisson lui parcourut l'échine. Il tenait *là* un sale soupçon. Celui que, dans cette jungle, il y avait d'autres fauves que le lion et le loup-garou. Et que, sauf erreur, quelqu'un le manipulait, lui, l'utilisait pour couvrir ses griffes. Tout ce que Tyrion Lannister pouvait exécrer.

Il lui fallait sortir d'ici, et vite. Et comme ses chances de maîtriser physiquement Mord étaient nulles, qu'il ne pouvait non plus compter sur personne pour lui procurer une échelle de corde de six cents pieds, sa liberté, la parole seule la lui rendrait. Puisque sa grande gueule l'avait fourré là, du diable si elle n'était pas capable de l'en tirer... !

Ignorant de son mieux l'inclinaison du sol et ses invites si sournoises à l'appel du vide, il se hissa debout pour marteler le guichet. « *Mord !* appela-t-il, *Mord ! à moi !* » Malgré tout son tapage, une bonne dizaine de minutes s'écoula avant qu'il ne perçût des traînements de pieds. Les gonds couinèrent, il recula d'un pas.

« Du boucan ? » grogna le geôlier, l'œil injecté de sang. Nouée autour de son poing monstrueux pendait une courroie de cuir.

Ne jamais montrer qu'on a peur, s'enjoignit Tyrion. « Ça te dirait, de devenir riche ? » demanda-t-il.

Aussitôt, Mord frappa. D'un revers somme toute indolent, mais le cuir n'en cingla pas moins assez cruellement Tyrion au bras pour le faire grincer des dents. « Boucle-la, nabot, intima-t-il d'un ton menaçant.

– De l'or, dit Tyrion, jouant les affables, il y a des monceaux d'or, à Castral Roc... » Abattue d'un coup droit, cette fois, de plein fouet, la courroie l'atteignit en sifflant si violemment aux reins, « *Aïïïeee... !* »

qu'il se retrouva à genoux, prostré. « Aussi riche que les Lannister, Mord..., haleta-t-il, le dicton, tu... »

Avec un grondement, la brute assena, cette fois, le coup en pleine figure, et la douleur fut telle qu'en rouvrant les yeux Tyrion se découvrit gisant à terre. Il ne gardait aucun souvenir de sa chute, mais ses oreilles bourdonnaient encore, et il avait la bouche pleine de sang. A tâtons, il chercha un point d'appui pour se redresser, et ses doigts agrippèrent... le vide. Il retira sa main aussi vite que s'il s'était ébouillanté, retint son souffle autant que possible. Il était tombé sur l'extrême bord de la corniche, à quelques pouces de l'azur.

« ' t' chose à dire ? » A deux mains, Mord fit claquer malicieusement la courroie et, le voyant sursauter, s'esclaffa.

Il n'osera pas me flanquer par-dessus bord, tâcha désespérément de se persuader Tyrion, tout en rampant à reculons, *Catelyn Stark me veut vivant, il n'osera pas me tuer.* D'un revers de manche, il torcha le sang qui maculait ses lèvres, sourit et dit : « Rude, celui-là, Mord. » L'autre loucha, perplexe. Etait-ce de l'ironie ? « Je saurais utiliser, moi, un homme de ta force... » Instantanément, la courroie vola vers lui, mais il fut à même de l'esquiver, cette fois, suffisamment du moins pour qu'elle porte à faux, voilà tout, sur l'épaule. « De l'or, répéta-t-il, poursuivant sa retraite en crabe, plus d'or que tu n'en verras jamais ici de ta vie. Assez d'or pour acheter des terres, des femmes, des chevaux..., pour devenir un seigneur. Lord Mord. » Il se racla la gorge et cracha dans le ciel un gros caillot de sang et de mucosités.

« T'as pas d'or », souffla le geôlier.

Mais c'est qu'il écoute... ! songea Tyrion. « On m'a allégé de ma bourse, lors de ma capture, mais cet or m'appartient toujours. Si Catelyn Stark ne rechigne pas à faire un prisonnier, jamais elle ne s'abaisserait à le dépouiller. L'honneur s'y oppose. Aide-moi, tout l'or est à toi. » La courroie vint à nouveau le pourlécher, mais sans grande conviction, comme d'une lippe un peu moqueuse, un peu dédaigneuse, alanguie. Il la saisit, l'immobilisa. « Et tu ne courras aucun risque. Je te demande simplement de délivrer un message... »

D'une saccade, Mord libéra son fouet. « Message ? » répéta-t-il, comme s'il se trouvait en présence d'un terme inconnu. La défiance ravinait profondément son front.

« Tu m'as bien entendu, lord Mord. Un message. Pour ta maîtresse. Il suffit de le lui transmettre. De lui dire... » *Lui dire quoi, au fait ? Qu'est-ce qui pourrait bien amener la Lysa à résipiscence ?* Il eut une brusque inspiration. «... lui dire que je souhaiterais confesser mes crimes. »

Devant la courroie de nouveau brandie, il se pelotonna pour encaisser la volée suivante, mais Mord ne se décidait pas à frapper. Le doute et la convoitise se disputaient son regard obtus. L'or, il le voulait, mais il redoutait une duperie. En homme manifestement dupé plus qu'à son tour. « Mensonge, grommela-t-il sombrement. Tu cherches à m'entuber, nabot.

– Je m'engagerai noir sur blanc à te tenir parole », jura Tyrion.

Un risque à courir. Certains illettrés méprisaient l'écrit ; d'autres, en revanche, éprouvaient pour lui une espèce de vénération superstitieuse, un peu comme pour une formule magique... Par bonheur, Mord était des seconds. La courroie retomba, flasque. « Noir sur blanc, l'or. Beaucoup d'or.

– Oh, *beaucoup beaucoup* d'or, promit Tyrion. La bourse n'est qu'un avant-goût, mon ami. Tu sais que mon frère porte une armure d'or massif ? » Tout bonnement d'acier doré, mais ce gros benêt n'y verrait que du feu.

Perdu dans ses pensées, le gros benêt tripotait son cuir. Il finit cependant par se raviser et sortit chercher de l'encre et du papier. Une fois le contrat rédigé, il le tourna, le retourna d'un air soupçonneux, mais Tyrion se fit pressant : « Va porter mon message, maintenant. »

Il dormait, grelottant, quand on vint enfin le chercher, tard dans la soirée. Sans souffler mot, Mord ouvrit la porte, et, de la pointe de sa botte, ser Vardis Egen titilla les côtes du captif. « Debout, Lutin. Ma dame veut te voir. »

Tout en se frottant vigoureusement les yeux, Tyrion mima une grimace fort étrangère à ses véritables sentiments. « Je conçois sans peine son désir, mais qu'est-ce qui vous fait croire que je le partage ? »

Ser Vardis se renfrogna. Pour l'avoir maintes fois croisé, du temps où, capitaine de la garde personnelle de la Main, celui-ci résidait à Port-Réal, Tyrion savait que sous sa face plate et carrée, ses cheveux blancs, sa forte carrure, se dissimulait une totale absence d'humour. « Tes désirs sont le dernier de mes soucis, nabot. Lève-toi, ou je te fais porter. »

Vaille que vaille, Tyrion se jucha sur ses pieds puis, mine de rien, observa : « Frisquet, cette nuit..., et votre grande salle, comme royaume des courants d'air, merci, aucune envie de m'enrhumer. Veux-tu être assez bon, Mord, pour m'aller quérir ma pelisse ? »

Tout rembruni par un regain de soupçons, la brute loucha, stupide.

« Ma *pelisse*, insista-t-il. Tu te souviens bien ? la fourrure de lynx que tu m'as prise pour qu'elle ne s'abîme pas...

– Apporte-lui son maudit manteau », maugréa ser Vardis.

Sans oser regimber mais non sans gratifier son prisonnier d'un regard qui jurait vengeance, Mord obtempéra. Et un sourire des plus gracieux le récompensa lorsqu'il se mit en devoir d'emmitoufler Tyrion. « Trop aimable à toi. A chaque instant où je la porterai, j'aurai pour toi une pensée émue. » La fourrure étant trop longue, il en drapa les pans sur son épaule droite et, tout à la volupté de ne plus grelotter, commanda : « Montrez-moi le chemin, ser Vardis. »

Fichées le long des murs dans des candélabres, cinquante torches embrasaient la grande salle des Arryn. La poitrine constellée de perles à l'emblème lune-et-faucon, la lady Lysa s'était affublée de soie noire, et comme elle n'était pas précisément du genre à se laisser tenter par la Garde de Nuit, Tyrion la suspecta d'avoir opté pour le grand deuil à seule fin de rehausser la solennité des aveux publics. Elle avait néanmoins sacrifié à la coquetterie d'une coiffure des plus compliquée qui s'achevait en torsade sur son sein gauche. A ses côtés, le grand trône demeurait vacant. Le petit sire des Eyrié devait roupiller dans ses convulsions. Toujours ça de gagné...

Après une profonde révérence, Tyrion s'accorda le loisir d'un bon examen circulaire. Ainsi qu'escompté, la dame avait convoqué pour la cérémonie ses chevaliers et sa maisonnée. Les traits burinés de ser Brynden Tully jouxtaient la morgue de lord Nestor Royce. Auprès de ce dernier se tenaient de farouches rouflaquettes noires qui ne pouvaient appartenir qu'à son héritier, ser Albar. La plupart des grandes maisons du Val étaient représentées. Mince comme une lame, ser Corbray. Le podagre lord Hunter. La veuve Waynwood et ses rejetons. Nombre d'autres, mais dont les armoiries lui étaient inconnues. Lance brisée, vipère verte, tour en flammes, calice ailé...

Parmi eux se trouvaient aussi plusieurs de ses compagnons d'aventure : encore mal remis, pâlot, ser Rodrik, flanqué de ser Willis Wode. Et Marillion, qui s'était déniché une harpe neuve. A cette vue, Tyrion se prit à sourire. Quoi qu'il advînt ici, cette nuit, le secret, grâces aux dieux, n'en serait pas gardé. Rien de tel qu'un de ces rhapsodes pour répandre de proche en proche et jusqu'au diable le dernier caquet.

Dans le fond, Bronn se dandinait contre un pilier, la main posée nonchalamment sur le pommeau de son épée, et ses yeux de jais ne lâchaient pas Tyrion. Celui-ci le fixa longuement. Au cas où... ?

Catelyn Stark ouvrit les hostilités. « A ce que l'on prétend, vous souhaitez confesser vos crimes ?

– Oui, madame », répondit-il.

La Lysa sourit, triomphante, à sa sœur. « Quand je te disais que, pour s'amender, les cellules célestes sont souveraines. On s'y trouve sous le regard des dieux, sans le moindre coin d'ombre où se tapir...

– Il ne me paraît guère amendé », riposta la première.

L'autre ne tint nul compte de l'observation. « A vous la parole », ordonna-t-elle à Tyrion.

Et maintenant, bien lancer les dés, songea-t-il tout en décochant à Bronn, par-dessus l'épaule, un nouveau regard furtif. « Par où débuter ? Je suis un petit bout d'homme ignoble, je le confesse. J'ai commis des crimes et des fautes innombrables, mes dames et messers. J'ai forniqué avec des putes, et pas une fois, des centaines ! J'ai désiré de tout mon cœur mille morts à mon propre seigneur de père, ainsi qu'à ma sœur, notre gracieuse souveraine. » Dans son dos, quelqu'un pouffa. « Je n'ai pas toujours bien traité mes serviteurs. J'ai joué. Il m'est même arrivé, je l'avoue à ma courte honte, arrivé de tricher. J'ai trop souvent brocardé méchamment les nobles seigneurs et les gentes dames de la Cour. » La saillie déclencha cette fois un rire éclatant. « Un jour, je...

– *Silence !* » La face poupine et pâle de la Lysa s'était empourprée. « Qu'es-tu en train de nous débiter là, Lutin ? »

Il inclina la tête, l'œil arrondi. « Mais ! ce sont mes crimes que je confesse, madame... »

Catelyn Stark avança d'un pas. « Vous êtes accusé d'avoir soudoyé un sbire pour assassiner mon fils Bran dans son lit et d'avoir tramé le meurtre de lord Jon Arryn, Main du Roi. »

Il haussa les épaules d'un air accablé. « Ces crimes-*là*, pardonnez-moi, je ne saurais m'en accuser. J'ignore tout de ces deux meurtres, absolument tout. »

La lady Lysa bondit de son trône de barral sculpté. « Je ne tolérerai pas tes sarcasmes un instant de plus ! Tu as fait ton petit numéro, Lutin, je présume que tu es content. Ser Vardis, redescendez-le au cachot..., mais trouvez-lui une cellule plus petite et nettement plus pentue.

– Est-ce *ainsi* qu'on rend la justice dans le Val ? rugit Tyrion d'une voix si tonitruante qu'un instant ser Vardis en fut pétrifié. Le sens de l'honneur y cesserait-il dès qu'on a franchi la Porte Sanglante ? Parce que je nie avoir trempé dans les crimes dont vous m'accusez, vous me condamnez à périr de froid et de faim dans une cellule à ciel ouvert ? » Il se redressa fièrement, pour que chacun pût contempler sur sa figure les traces de coups. « Où est la justice du roi ? Les Eyrié ne feraient-ils plus partie des Sept Couronnes ? Je me trouve en posture d'accusé, dites-vous. Fort bien. *J'exige un procès !* Laissez-moi parler, je veux que l'on juge ouvertement, sous le regard des dieux et le regard des hommes, si je mens ou si je dis la vérité ! »

Au murmure qui, peu à peu, envahissait la grande salle, Tyrion se vit partie gagnée. Il était de haute naissance, il était le fils du plus puissant seigneur de tout le royaume, il était le frère de la reine. On ne pouvait lui refuser un procès en bonne et due forme. Alors que les gardes en manteau bleu ciel s'avançaient déjà pour l'emmener, ser Vardis les avait arrêtés d'un geste et, du regard, consultait lady Arryn.

Laquelle tordit sa bouche en cul-de-poule en un sourire exaspéré. « Les lois du roi sont formelles : celui qui, traduit en justice, est reconnu coupable des crimes dont on l'accuse, celui-là doit payer de son sang. Nous n'entretenons pas de bourreau aux Eyrié, messire Lannister. Faites ouvrir la porte de la Lune, ser Vardis. »

A ces mots, la presse s'écarta comme par enchantement devant un vantail étroit qui, sis entre deux colonnettes de marbre, arborait, ciselé dans la blancheur du bois de barral, un croissant lunaire. Et ceux des spectateurs qui s'en trouvaient le plus près reculèrent encore lorsque deux gardes s'engouffrèrent dans la brèche humaine. Après que l'un de ces derniers eut retiré les lourdes barres de bronze qui le bloquaient, l'autre l'ouvrit vers l'intérieur. Aussitôt, le vent se rua sur leurs manteaux bleu ciel, les happa en hurlant comme pour les leur arracher. Au-delà béait, vertigineux, le firmament nocturne, clouté çà et là d'étoiles glacées, dédaigneuses.

« Voici la justice du roi », déclara la lady Arryn. Fustigée par le courant d'air, la flamme des torches flottait le long des murs et se déployait à la manière de banderoles. Par intermittence en dégouttait la poix.

« Si tu m'en crois, Lysa, intervint Catelyn, parmi les tourbillons de la bise noire, c'est de la folie. »

Sa sœur l'ignora. « Vous réclamez donc un procès, messire Lannister ? un procès vous aurez, soit. Mon fils va écouter ce que vous tenez à dire pour votre défense, et vous entendrez son verdict. Alors, vous serez libre de prendre congé... par l'une ou l'autre de ces portes. »

Elle respirait la satisfaction, remarqua Tyrion, qui n'eut garde de s'en étonner. Avec son débile de fils pour juge, qu'avait-elle à craindre d'un pareil procès ? Il jeta un coup d'œil vers leur maudite porte de la Lune. *Je veux le voir voler, Mère*, avait dit le gosse. A combien d'hommes ce sale morveux avait-il déjà fait prendre leur essor par là ?

« Je vous remercie, bonne dame, dit-il poliment, mais je ne vois pas qu'il soit indispensable de déranger lord Robert. Les dieux sont témoins de mon innocence. Je m'en remets à leur équité plutôt qu'au jugement des hommes. Qu'un combat singulier tranche le différend. »

Un éclat de rire unanime salua sa réclamation. La grande salle des Arryn en était secouée depuis les voûtes jusqu'aux fondations. Lord Nestor suffoquait, reniflait, ser Willis s'étranglait, ser Lyn Corbray gloussait, les autres se tordaient, s'époumonaient à gorge déployée, sanglotaient sans retenir leurs larmes. De ses doigts brisés, Marillion pinçait au petit bonheur sur sa harpe neuve des accords hilares. Dès qu'elles franchissaient la porte de la Lune, les bourrasques de bise elles-mêmes semblaient métamorphoser leurs mugissements en sifflets goguenards.

Le regard liquide de la Lysa s'était troublé, cependant. Tyrion l'avait bel et bien prise à contre-pied. « C'est assurément votre droit », reconnut-elle.

Le jeune chevalier dont le surcot portait la vipère verte s'avança sur ce, mit genou en terre. « Daignez m'accorder la faveur, madame, d'être votre champion.

– L'honneur m'en devrait échoir, s'interposa lord Hunter. Eu égard à l'affection que je portais à lord Arryn, permettez-moi de venger sa mort.

– En tant que grand intendant du Val, se précipita ser Albar Royce à son tour, mon père a servi loyalement lord Jon. Accordez-moi la même grâce en faveur de son fils.

– Les dieux ont beau seconder le défenseur des justes causes, intervint ser Lyn, il advient souvent toutefois que la fortune penche au profit de la plus fine lame. Et nul n'ignore, ici, se rengorgea-t-il, modeste, qui est celle-ci. »

Sur-le-champ s'en récrièrent une douzaine d'autres, à qui mieux mieux, dans l'espoir de se faire entendre. Dont fut fort déconfit Tyrion. Comment tant d'étrangers pouvaient-ils avec tant d'ardeur désirer le tuer, lui, lui qu'ils n'avaient jamais vu ? Son plan serait-il, après tout, beaucoup moins malin qu'escompté ?

La Lysa leva la main pour imposer silence à tous. « Soyez remerciés par ma voix, messires, aussi chaleureusement que par mon fils lui-même s'il était des nôtres. Les Sept Couronnes seraient fort en peine de fournir un seul chevalier aussi brave et loyal que tous ceux du Val. Que ne puis-je en ceci vous satisfaire tous. Hélas, il me faut choisir. » Elle fit un geste. « Ser Vardis Egen, mon mari vous considérait à juste titre comme son bras droit. C'est vous qui serez notre champion. »

Il s'était bizarrement abstenu jusqu'alors. « Madame, dit-il d'un ton grave en ployant le genou, veuillez m'épargner. La besogne ne me tente pas. Cet homme n'est pas un guerrier. Regardez-le. Un nain, qui m'arrive à peine à la ceinture, et mal assuré sur ses jambes. Je me déshonorerais en l'assassinant et en nommant cela "justice". »

Oh, succulent ! songea Tyrion. « Bien vu », approuva-t-il.

La Lysa le considéra fixement. « Vous réclamiez un combat singulier...

– Certes. Et je réclame un champion, tout comme vous vous en êtes adjugé un. Mon frère se fera un plaisir de prendre mon parti, j'en réponds.

– Votre inestimable Régicide se trouve à des centaines de lieues, jappa-t-elle.

– Expédiez-lui un oiseau. Je me ferai un plaisir d'attendre l'arrivée de Jaime.

– Vous affronterez ser Vardis. Dès demain.

– Toi, chanteur, répliqua-t-il en se tournant vers Marillion, veille à bien spécifier, dans la ballade que vont t'inspirer ces événements, par quel stratagème lady Arryn dénia au nain le droit de choisir un champion et le contraignit, bancal, inapte et bleu de coups, à combattre la fleur de ses chevaliers.

– Mais je ne te dénie *rien* ! s'emporta la lady Lysa d'une voix suraiguë. Nomme ton champion, Lutin..., si tu crois quiconque, ici, susceptible de mourir pour toi.

– Vous jouez sur le velours, dame. J'aurais plus tôt fait de trouver quelqu'un pour me tuer, ici. » Il promena son regard par toute la salle. Nul n'esquissa l'ombre d'un geste en sa faveur. Et il commençait à se demander sérieusement s'il n'avait pas commis là la pire des gaffes quand, enfin, vers l'arrière, se produisit comme une bousculade.

« J'assumerai la défense du nain ! » clama Bronn.

EDDARD

Un vieux rêve le hantait, un rêve où s'enchevêtraient les manteaux blancs de trois chevaliers, la couche de Lyanna, sanglante, une tour depuis longtemps ruinée.

A ses côtés chevauchaient dans son rêve, ainsi qu'ils avaient fait dans la réalité, ses amis. Le fier Martyn Cassel, père de Jory ; le fidèle Theo Wull ; l'écuyer de feu Brandon Stark, Ethan Glover ; ser Mark Ryswell, aussi modéré de langage que courtois de cœur ; le pontonnier Howland Reed ; lord Dustin, sur son puissant étalon rouge. Mais quoique leurs visages lui fussent, à l'époque, aussi familiers que le sien propre, il n'est jusqu'aux souvenirs que l'on s'était juré de n'oublier jamais qui ne s'estompent au fil des ans. Et tous ces hommes tendrement aimés se réduisaient dans son rêve à de simples ombres, à des spectres brumeux montés sur des chevaux de brume.

Le rêve n'en ressuscitait pas moins le réel enfui. A sept contre trois, mais trois tout sauf ordinaires. Campés devant la tour ronde à qui les montagnes violettes de Dorne servaient de décor, ils attendaient, dans leurs blancs manteaux que gonflait le vent. Et Ned revoyait leurs traits, non point flous, eux, mais clairs et nets comme au premier jour.

Ser Arthur Dayne, l'Epée du Matin, avec aux lèvres un petit sourire attristé. Avec la garde d'Aube, son estramaçon, qui dépassait son épaule droite.

Oswell Whent qui, genou en terre, passait et repassait la pierre sur sa lame. L'émail blanc de son heaume au sommet duquel se déployaient les ailes noires de la chauve-souris familiale.

Et, entre eux, debout dans une attitude de défi, le vieux ser Gerold Hightower, le Taureau Blanc, grand maître de la Garde.

« Je vous ai vainement cherchés, au Trident, disait Ned.

– Nous n'y étions pas, répondait ser Gerold.

– Sans quoi il en eût cuit à l'Usurpateur, ajoutait ser Oswell.

– A la chute de Port-Réal, tandis que ser Jaime tuait votre roi avec une épée d'or, je me demandais, moi, où vous vous trouviez.

– Loin, très loin, ripostait ser Gerold. Sans quoi Aerys occuperait toujours le Trône de Fer, et notre félon de frère se tordrait déjà dans les flammes des sept enfers.

– De là, j'ai gagné Accalmie pour en faire lever le siège, reprenait Ned. Messires Tyrell et Redwyne ont abaissé leurs bannières, et leurs chevaliers nous ont tous, genou en terre, juré fidélité. Je comptais vous trouver des leurs.

– Nos genoux ne sont pas si souples, rétorquait ser Arthur Dayne.

– Ser Willem Darry s'est enfui à Peyredragon, avec votre reine et le prince Viserys. Je m'attendais que vous eussiez fait voile de conserve.

– Nous respectons la bravoure et la loyauté de ser Willem, disait ser Oswell.

– Mais il n'appartient pas à la Garde, précisait ser Gerold. La Garde ne s'enfuit pas.

– Pas plus aujourd'hui qu'hier, insistait ser Arthur en coiffant son heaume.

– Nous en avons fait le serment », expliquait le vieux ser Gerold.

Alors, les six spectres se portaient aux côtés de Ned, spectres d'épées au poing. Et cela faisait sept contre trois.

« C'est maintenant que tout commence », disait ser Arthur Dayne, l'Epée du Matin. Il dégainait Aube et la saisissait à deux mains. Elle avait une pâleur laiteuse, et la lumière l'animait des palpitations de la vie.

« Non, rectifiait Ned d'une voix quelque peu navrée, c'est maintenant que tout s'achève. » Et, comme s'ensuivait une mêlée furieuse de brume et d'acier, soudain retentissait la voix éplorée de Lyanna. « *Eddard !* » criait-elle. Une rafale de pétales roses traversait un ciel sillonné de sang et bleu du bleu des yeux de la mort.

« Lord Eddard ! hélait à nouveau la voix de Lyanna.

– Promis, murmurait-il, ma Lya, promis...

– Lord Eddard », reprit en écho une voix d'homme, du fond de la nuit.

Avec un grognement de douleur, Eddard Stark ouvrit les yeux. A travers les baies de la Tour de la Main filtrait la clarté lunaire.

« Lord Eddard ? » Un spectre s'inclinait sur lui.

« Combien... – combien de temps ? » Sur les draps enchevêtrés reposait sa jambe, dans un carcan de plâtre. Un élancement pénible lui traversa le flanc.

« Six jours et sept nuits. » La voix était celle de Vayon Poole. L'intendant lui approcha des lèvres une coupe. « Buvez, messire.

– Quoi... ?

– Simplement de l'eau. Mestre Pycelle a dit que vous auriez soif. »

Il avala une gorgée. Il avait les lèvres sèches et gercées comme du parchemin. L'eau lui parut d'une douceur de miel.

« Le roi a laissé des ordres, reprit Vayon Poole, une fois la coupe vidée. Il veut s'entretenir avec vous, messire.

– Demain, dit-il. Quand j'aurai repris quelque force. » Il n'avait pas celle d'affronter Robert sur-le-champ. Le rêve l'avait laissé faible comme un chaton.

« Pardonnez-moi, messire, insista Poole, mais il a commandé que l'on vous mène devant lui dès l'instant où vous rouvririez les yeux. » Déjà, il s'affairait pour allumer une chandelle de chevet.

Ned lâcha, tout bas, un juron. La réputation de patience ne menaçait pas Robert. « Dis-lui que je suis trop las pour l'aller trouver. S'il désire m'entretenir, je le recevrai volontiers. Puisses-tu le tirer d'un sommeil de plomb. Fais-moi venir... » Il allait dire *Jory*, se souvint. «... le capitaine de ma garde. »

A peine le régisseur se fut-il retiré qu'Alyn pénétrait dans la chambre. « Messire ?

– Poole me dit que cela fait six jours, souffla Ned. Il me faut savoir ce qui s'est passé entre-temps.

– Le Régicide a pris la fuite. Le bruit court qu'il est allé d'une seule traite rejoindre son père à Castral Roc. La capture du Lutin par lady Catelyn défraie les conversations. J'ai fait doubler les factions, sauf votre respect.

– Excellente initiative. Mes filles ?

– A votre chevet chaque jour, messire. Sansa se contente de prier, mais Arya... » Il hésita. « Elle n'a pas prononcé un mot depuis qu'on vous a rapporté. Un vrai petit fauve, messire. Jamais je n'ai vu pareille colère chez une gamine.

– Quoi qu'il advienne, reprit Ned, et ceci n'est, je crains, qu'un début, je veux qu'elles soient en sécurité.

– Il ne leur arrivera rien, lord Eddard. Je vous réponds d'elles sur ma propre tête.

– Jory et les autres...

– J'ai chargé les sœurs du Silence de les convoyer jusqu'à Winterfell. Il m'a paru que Jory serait heureux de reposer auprès de son grand-père. »

De son grand-père seulement, puisqu'aussi bien son père avait été enterré là-bas, dans le sud... Martyn Cassel y avait péri, tout comme la plupart des combattants. La tour jetée bas, Ned en avait utilisé les moellons sanglants pour édifier huit cairns, sur la colline. A ce qu'on prétendait, Rhaegar nommait tour de la Joie l'édifice abattu. Ned n'y rattachait, lui, que de l'amertume. Pour s'être battus à sept contre trois, il n'y avait eu que deux survivants, lui-même et le petit pontonnier, Howland Reed. Comment voir un heureux présage dans le fait que, tant d'années après, l'eût revisité ce rêve obsédant ? « Je te félicite, Alyn », disait-il lorsque Vayon Poole reparut et, s'inclinant bien bas, déclara : « Sa Majesté est dans l'antichambre, messire ; la reine l'accompagne. »

Avec une grimace de douleur, Ned se hissa sur ses oreillers. La visite de Cersei le prenait au dépourvu. Il la trouvait elle aussi de fâcheux augure. « Introduis-les puis laisse-nous. Ce que nous avons à nous dire ne doit pas sortir de ces quatre murs. » Poole se retira sans broncher.

Robert avait pris le temps de s'habiller. Outre un pourpoint de velours noir brodé d'or au cerf couronné des Baratheon, il portait une cape d'or et un long manteau à damier noir et or. Ses doigts étreignaient le goulot d'un flacon de vin, et sa figure enluminée trahissait qu'il avait déjà bu. Cersei Lannister le suivait, coiffée d'une tiare étincelante de joyaux.

« Sire, dit Ned, veuillez m'excuser. Je ne puis me lever.

– Rien à fiche, dit le roi d'un ton bourru. Une goutte ? Vient de La Treille. Bon millésime.

– Juste une, alors, dit Ned. J'ai encore la tête lourde. Le lait de pavot.

– A votre place, un autre se réjouirait de l'avoir encore sur les épaules, attaqua la reine.

– Paix, femme ! » aboya Robert. Il tendit à Ned une coupe. « Ta jambe ? toujours douloureuse ?

– Pas mal. » La tête lui tournait passablement, mais l'avouer ne désarmerait nullement Cersei, loin de là.

« Pycelle jure ses grands dieux qu'elle va très bien se ressouder. » Puis, le sourcil froncé : « Je présume que, pour Catelyn, tu es au courant ?

– Oui. » Il prit une petite lampée de vin. « Ma femme n'a rien à se reprocher, Sire. Elle a tout bonnement exécuté mes ordres.

– Je ne suis pas content, Ned, maugréa le roi.

– Et de quel droit osez-vous porter la main sur mon sang ? s'insurgea Cersei. Pour qui vous prenez-vous donc ?

– Pour la Main du Roi, répliqua-t-il d'un ton de courtoisie glaciale. Pour l'homme chargé par le seigneur et maître de Votre Grâce de veiller à la paix du roi et d'exécuter la justice du roi.

– Vous *étiez* sa Main, corrigea-t-elle, mais, à présent...

– *Silence !* rugit le roi. Tu as posé une question, il t'a répondu. » Elle se tut, mais ivre de colère, et il revint à Ned. « Veiller à la paix du roi, dis-tu. Est-ce une façon de veiller à ma paix, sept morts...?

– Huit, rectifia la reine. Tregar a succombé ce matin à la blessure reçue de la main de lord Stark.

– Des enlèvements sur mes routes et, dans mes rues, des carnages d'ivrognes, Ned, je ne tolérerai pas cela.

– Catelyn avait une bonne raison pour s'emparer du Lutin, Sire, et...

– J'ai dit : je ne le tolérerai *pas* ! Au diable, elle et ses raisons. Tu vas lui commander de relâcher le nain sur-le-champ et faire la paix avec Jaime.

– Trois de mes hommes ont été massacrés sous mes yeux, et pourquoi ? parce que Jaime Lannister a eu la fantaisie de me *châtier*. Tu me demandes d'oublier cela ?

– Mon frère n'est pour rien dans cette histoire, dit Cersei. Au sortir d'un bordel, lord Stark était soûl. Ses gens se sont jetés sur Jaime et ses gardes aussi follement que sa femme sur Tyrion dans l'auberge du carrefour.

– Tu me connais trop pour croire ces assertions, Robert. Et si tu doutes de ma parole, interroge lord Baelish. Il se trouvait là.

– Je lui ai parlé. Il proteste être, dès avant le début du combat, parti à bride abattue chercher le guet mais confesse que vous reveniez de je ne sais quelle maison de catins.

– De *tu ne sais quelle* maison de catins ? Ne t'en prends qu'à tes yeux, Robert ! de celle où j'étais simplement allé voir ta propre fille. Sa mère l'a nommée Barra, et elle ressemble étonnamment à la première que tu engendras, dans le Val de notre adolescence commune. » Tout en parlant, il lorgnait la physionomie de la reine qui, toujours pâle, toujours impassible, ne broncha pas plus qu'un masque, ne trahit aucune émotion.

Robert, lui, s'empourpra. « Barra..., grogna-t-il. Pour me faire plaisir, je suppose ? Le diable l'emporte ! Je la croyais quand même plus sensée...

– Quinze ans tout au plus et putain, quel genre de *bon sens* attendais-tu d'elle ? », s'ébahit Ned, incrédule. Sa jambe commençait à le tourmenter rudement. Il avait grand mal à garder son sang-froid. « Cette pauvre gourde est amoureuse de toi, Robert. »

Le roi jeta un coup d'œil à Cersei. « Voilà un sujet malséant. En présence de la reine...

– Sa Grâce risque de trouver non moins malséant tout ce que j'ai à dire, riposta Ned. On m'assure que le Régicide s'est enfui. Permets-moi de le ramener devant ta justice. »

D'un air pensif, Robert faisait tournoyer le vin dans sa coupe. Puis il siffla une bonne lampée. « Non, dit-il enfin. Je ne veux plus qu'on me parle de cette histoire. Jaime t'a tué trois hommes, et toi cinq des siens. Affaire classée.

– Est-ce là ta conception de la justice ? s'indigna Ned. Dans ce cas, je suis bien aise de n'être plus ta Main. »

La reine se mit à considérer son mari. « Si personne avait eu le front de parler à un Targaryen comme il vient de te parler...

– Me prends-tu pour Aerys ? l'interrompit-il.

– Je te prends pour un *roi*. Les lois du mariage et les nœuds qui nous lient font de Jaime comme de Tyrion tes propres frères. Les Stark ont capturé l'un et contraint l'autre à s'exiler. Cet homme te déshonore comme il respire, et cela ne t'empêche pas de te tenir là, à sa botte, et de lui demander : "Ta jambe te fait mal ? T'offrirai-je une goutte de vin ?" »

La fureur violaça Robert. « Combien de fois encore me faudra-t-il te dire de tenir ta langue, femme ? »

Un mépris des mieux étudié parut sur les traits de Cersei. « Ha ! les dieux se sont bien gaussés de nous deux, dit-elle. En bonne logique, c'est toi qui devrais porter les jupes, et moi le haubert. »

A ces mots, Robert, ne se tenant plus, répliqua sans préavis par une gifle formidable qui l'envoya, sans un cri, baller contre la table et s'écrouler au sol. Plus impavide et pâle que jamais, Cersei Lannister se palpa délicatement la joue. Une rougeur la marquait déjà, qui promettait, sous peu, de s'élargir à tout le côté du visage. « J'arborerai cela comme une preuve de distinction, promit-elle.

– Arbore, arbore, mais en silence, ou je te distingue à nouveau, la prévint-il, avant de vociférer : Garde ! » Aussitôt se présenta, longue silhouette sombre dans son armure immaculée, ser Meryn Trant. « La reine est fatiguée. Reconduis-la à ses appartements. » Sans piper mot, le chevalier aida Cersei à se relever, s'effaça devant elle, et la porte se referma.

Empoignant le flacon, Robert se versa une nouvelle coupe. « Tu vois comment elle me traite, Ned. » Il s'installa dans un fauteuil et, tout en chambrant doucement son vin : « Mon épouse aimante. La mère de mes enfants. » Sa colère était retombée. Dans son regard fixe se lisait comme une tristesse mêlée d'embarras. « Je n'aurais pas dû la frapper. Ce n'était pas... – ce n'était pas *royal.* » Il se mit à examiner ses mains, stupide comme s'il les découvrait à l'instant. « J'ai toujours été d'une telle force... Personne ne peut me tenir tête, personne. Et comment veux-tu te battre, si tu n'as pas le droit de frapper ? » La vergogne le fit longuement branler du chef. « Rhaegar..., c'est Rhaegar qui a *gagné*, le diable l'emporte. J'ai eu beau le tuer, Ned, j'ai eu beau l'achever en lui enfonçant ma masse, au travers de sa maudite armure noire, dans son maudit cœur noir, il a eu beau crever à mes pieds, on a eu beau chansonner sur tous les modes mon exploit, le vainqueur, c'est encore lui, dans un sens. A lui Lyanna, maintenant, à moi *elle.* » Il vida sa coupe d'un trait.

« Sire, intervint Ned, il faut que nous parlions... »

Robert se pressa les tempes à deux mains. « Parler... Les parlotes, j'en suis malade à mourir. Dès demain, je pars chasser dans le Bois-du-Roi. Quoi que tu aies à me dire, ça peut bien attendre jusqu'à mon retour.

– Si les dieux daignent m'exaucer, je ne serai plus là quand tu reviendras. Tu m'as ordonné de regagner Winterfell – tu l'oublies ? »

Non sans devoir s'aider d'un montant du lit, Robert se remit sur pied. « Les dieux ne nous exaucent guère, Ned. Tiens, ceci t'appartient. » L'extirpant d'une poche dissimulée dans la doublure de son manteau, il jeta sur le lit le pesant insigne à la main d'argent.

« Que ça te plaise ou non, tu es ma Main, maudit sois-tu. Je t'interdis de partir. »

Les doigts de Ned se refermèrent sur la broche. Apparemment, il n'avait pas le choix. Sa jambe le lancinait, et il se sentait aussi démuni qu'un nouveau-né. « La petite targaryenne... »

Un grognement l'interrompit. « Par les sept enfers, tu ne vas pas remettre ça ! Affaire réglée. Pas un mot de plus là-dessus.

– Pourquoi t'obstiner à me vouloir pour Main, si tu refuses même de m'écouter ?

– Pourquoi ? » Il éclata de rire. « Pourquoi pas ? Il faut bien que quelqu'un gouverne ce foutu royaume ! Agrafe-toi ce putain de truc, Ned. Il te va comme un gant. Et si tu t'avises jamais de me le balancer à la gueule une fois de plus, parole..., je l'épingle à Jaime Lannister ! »

CATELYN

Comme explosaient les premiers rayons du soleil sur les cimes du Val d'Arryn, l'orient se teignit de rose et d'or. Les mains abandonnées sur la balustrade de pierre délicatement ciselée du balcon, Catelyn contemplait la marche inexorable du jour. Tout en bas, le monde passait insensiblement du noir à l'indigo, le vert clair des champs, sombre des forêts suivait pas à pas l'invasion lente de l'aurore. Du côté des Larmes d'Alyssa s'élevaient, planaient, là où le torrent fantôme éclaboussait l'épaule de la montagne avant d'entreprendre sa vertigineuse dégringolade le long de la Lance-du-Géant, des lambeaux de brume pâlots. D'imperceptibles embruns frôlaient le visage de Catelyn.

Pour avoir vu, sans jamais verser de son vivant le moindre pleur, tuer son mari, ses frères et tous ses enfants, Alyssa Arryn s'était, à sa mort, retrouvée condamnée par les dieux à pleurer sans trêve, aussi longtemps que ses pleurs n'arroseraient pas l'humus noir du Val dans lequel reposaient ceux qu'elle avait aimés. Et six millénaires avaient eu beau s'écouler depuis sa disparition, pas une goutte encore de son chagrin n'avait atteint le fond de la vallée. A quel torrent de larmes serai-je moi-même réduite, songeait Catelyn, quand mes yeux se fermeront enfin ? « Et puis ? dit-elle, sans se retourner.

– Le Régicide est en train de masser des troupes à Castral Roc, reprit ser Rodrik. Votre frère écrit qu'il y a dépêché des estafettes pour prier lord Tywin de préciser ses intentions. Sans réponse à ce jour. Edmure a également ordonné aux lords Vance et Piper de garder la passe au bas de la Dent d'Or. Il ne cédera pas, jure-t-il, un pouce de terre Tully sans l'avoir imbibé de sang Lannister. »

Catelyn se détourna du soleil levant. Si splendide fût-il, le spectacle ne l'apaisait guère ; il avait au contraire une espèce de cruauté. Comment l'aube pouvait-elle afficher tant de suavité, quand elle annonçait un crépuscule si méphitique ? « Edmure envoie des estafettes, Edmure fait mille serments, dit-elle, mais Edmure n'est pas le maître de Vivesaigues. Qu'en est-il du seigneur mon père ?

– Le message ne mentionne pas lord Hoster, madame. » Il tripota ses favoris tout neufs. Durant sa convalescence, ils avaient repoussé, aussi blancs que neige et drus qu'un roncier, le rendant vaille que vaille identique à lui-même.

« A moins de se trouver au plus mal, Père ne se serait pas déchargé sur Edmure de la défense de Vivesaigues, dit-elle, soucieuse. On aurait dû me réveiller dès l'arrivée de l'oiseau.

– A ce que prétend mestre Colemon, votre sœur a jugé préférable de vous laisser dormir.

– On aurait dû me réveiller, insista-t-elle.

– Toujours selon lui, lady Lysa se proposait de vous en parler après le combat.

– Parce qu'elle compte encore nous imposer cette sinistre farce ? » Elle grimaça. « Elle a sonné sous les doigts du nain comme un jeu d'orgues, et elle est trop sourde pour entendre l'air. Quoi qu'il arrive ce matin, ser Rodrik, nous n'avons que trop tardé à prendre congé. Ma place est à Winterfell, auprès de mes fils. Si vous vous sentez assez bien pour entreprendre ce voyage, je prierai Lysa de nous faire escorter jusqu'à Goëville. Nous y dénicherons bien un bateau...

– Un bateau ? » La seule perspective d'un nouveau périple le rendait verdâtre. Il se maîtrisa néanmoins. « Comme il vous plaira, madame. »

Sur ce, comme elle mandait les femmes de chambre que lui avait affectées sa sœur, il se retira discrètement dans le vestibule. S'il m'était possible de l'entretenir avant le duel, songea-t-elle pendant qu'on l'habillait, Lysa, peut-être, se raviserait ? Ses humeurs lui dictent sa politique, et elle change incessamment d'humeur... Qu'était devenue la jeune fille timide de Vivesaigues ? une femme tour à tour féroce, arrogante, timorée, frivole, affolée, chimérique, obstinée, vaine et, pardessus tout, *lunatique*.

Quand cet ignoble geôlier s'était présenté, l'échine basse, pour leur transmettre le prétendu souhait de Tyrion, Catelyn avait eu beau prier, conjurer de n'accorder au nain qu'une audience à huis clos, peine perdue, il avait absolument fallu que Lysa l'exhibe devant la moitié du Val. Et maintenant, cette pitrerie...

« Lannister est mon prisonnier », dit-elle à ser Rodrik, tandis qu'une fois parvenus au bas de la tour ils s'engageaient côte à côte dans le dédale blanc, glacé des Eyrié. Seule une ceinture argentée rehaussait sa robe de laine grise unie. « Je dois coûte que coûte le rappeler à ma sœur. »

Sur le seuil des appartements de lady Arryn, ils se heurtèrent à Brynden Tully qui sortait en trombe. « Vas prendre part à ce carnaval ? jappa-t-il. Te conseillerais volontiers de claquer ta sotte de sœur, si je croyais que ça puisse lui mettre un peu de plomb dans la cervelle, mais tu t'esquinterais la main pour rien !

– Il est arrivé un oiseau, de Vivesaigues, commença-t-elle, avec une lettre d'Edmure...

– Je sais, fillette. » Sa seule concession à la parure était le silure qui agrafait son manteau. « Le comble étant que je le tiens de mestre Colemon. J'ai supplié Lysa de me laisser partir au plus vite avec un millier de saisonniers, et devine ce qu'elle a osé me répondre ? "*Le Val ne saurait gaspiller ni mille épées ni une. Quant à vous, mon oncle, en tant que chevalier de la Porte, votre place est ici.*" » Par les battants ouverts dans son dos leur parvenaient des bouffées d'éclats puérils. Il décocha par-dessus l'épaule un regard noir. « Alors, je lui ai dit de me chercher un successeur, zut. Silure ou pas, je demeure un Tully. Je pars pour Vivesaigues dès ce soir. »

Catelyn en fut médiocrement surprise. « Seul ? objecta-t-elle uniquement. Vous savez aussi bien que moi ce qu'est la grand-route. Vous ne pourrez pas passer. Ser Rodrik et moi rentrons à Winterfell. Accompagnez-nous, et je vous les donnerai, moi, vos mille hommes. Vivesaigues ne se battra pas seul, Oncle. »

Après un moment de réflexion, il acquiesça subitement d'un signe. « Soit. Ça fait un fameux détour, mais ça me donne quelques chances d'arriver chez moi. Je vous attendrai en bas. » Et il partit à grandes enjambées, dans une envolée furieuse de son manteau.

Catelyn échangea un regard avec ser Rodrik, et ils se décidèrent à franchir le seuil vers les piaillements suraigus de marmot.

Les appartements de Lysa donnaient sur un bout de jardin gazonné qu'égayaient des corolles bleues et que, de toutes parts, dominaient les sveltes tours blanches. Les bâtisseurs l'avaient à l'origine conçu pour abriter un bois sacré, mais comme la forteresse se dressait directement sur la roche, on eut beau hisser depuis le Val d'invraisemblables quantités d'humus, jamais on n'obtint qu'un barral s'enracinât là. Aussi les sires des Eyrié finirent-ils par se résigner à semer de statues leur pelouse émaillée d'arbustes à fleurs. C'est en ce lieu que les deux champions devaient se combattre et remettre leur vie, ainsi que celle de Tyrion Lannister, entre les mains des dieux.

Toute récurée de frais, toute froufroutante de velours crème, et son col laiteux tout embijouté de saphirs et de pierres-de-lune, Lysa tenait sa cour, assiégée par ses domestiques, ses chevaliers, ses grands et petits vassaux, sur la terrasse dominant la lice. La plupart de ces derniers se flattaient encore de l'épouser, de partager sa couche et le trône du Val d'Arryn. Un mirage, pour autant que les yeux de Catelyn ne l'eussent point trompée, durant son séjour.

Afin d'exhausser le siège du petit Robert, on avait bricolé une estrade de bois. Juché là-dessus, le sire des Eyrié s'esclaffait et battait des mains, tout aux coups d'estoc et de taille que s'assenaient deux chevaliers de bois manipulés par un marionnettiste bossu bigarré de bleu et de blanc. Sur des tables étaient disposés des pichets de crème, des corbeilles de mûres. Les hôtes sirotaient un vin à l'orange dans des coupes d'argent ciselé. *Ce carnaval*, le mot d'Oncle Brynden... Amplement mérité.

Au cœur de ses poursuivants, Lysa riait comme une folle de quelque bon mot de lord Hunter, tout en prélevant d'un bec distingué la mûre qu'à la pointe de sa dague lui présentait ser Lyn Corbray. Ses deux grands favoris... du jour, en tout cas. Quant à choisir entre eux, fâcheux embarras. Encore plus vieux que feu Jon Arryn, Eon Hunter était goutteux, quasi infirme et, pour comble de séduction, lesté de trois fils plus querelleurs et plus cupides l'un que l'autre. Ser Lyn disposait d'atouts non moins ébouriffants : héritier d'une maison dont l'ancienneté n'avait d'égale que la dèche, il était mince et bel homme mais vaniteux, coléreux, futile... et, chuchotait-on, notoirement indifférent aux charmes cachés des dames.

Dès qu'elle aperçut Catelyn, Lysa l'enlaça de bras fraternels et lui mouilla la joue d'un bon gros baiser. « Quelle matinée radieuse, n'est-ce pas ? Les dieux nous sourient, ma douce. Un doigt de vin, si si, lord Hunter a eu l'extrême obligeance de nous le faire monter de ses propres celliers.

– Non merci. Nous devons parler.

– Après, promit Lysa, déjà détournée à demi.

– Maintenant, martela Catelyn, plus haut qu'elle n'eût souhaité, attirant par là des regards curieux. Cette comédie n'a que trop duré, Lysa. Vivant, le Lutin a de la valeur. Mort, il est tout juste bon pour nourrir les corbeaux. Et si son champion l'emportait...

– Ses chances sont des plus minces, madame, affirma lord Hunter en lui flattant l'épaule de sa main tavelée de vieillard bilieux. Le preux ser Vardis ne va faire qu'une bouchée de ce reître.

– Vraiment, messire ? dit-elle froidement. J'en doute. » Elle avait vu Bronn à l'œuvre, sur la grand-route. Qu'il eût survécu, quand périssaient tant d'autres, le hasard n'y était pour rien. Il avait l'allure souple d'une panthère, et, pour vilaine qu'elle fût, son épée semblait faire partie intégrante de son bras.

Tels des bourdons au parfum du nectar s'agglutinaient tout autour les prétendants aux faveurs de Lysa. « En telle matière, les femmes n'entendent goutte, intervint ser Morton Waynwood. Ser Vardis est un chevalier, chère dame. Tandis que l'autre, bon, racaille et compagnie, c'est tout pleutre, cette engeance-là. Utile, en bataille rangée, soit, parce que ça coudoie là son pareil au même par milliers, mais flanquez-les tout seuls, et ça trempe aussitôt ses chausses.

– Admettons donc que vous déteniez la vérité, répondit-elle d'un ton gracieux qui lui brûla les lèvres, mais que gagnerons-nous à la mort du nain ? Vous figurez-vous que Jaime Lannister nous saura gré d'avoir accordé à son frère un *procès* avant de le balancer dans le vide ?

– Qu'on le décapite, suggéra ser Lyn Corbray. En recevant la tête du Lutin, le Régicide comprendra l'avertissement. »

Lysa signifia son agacement en secouant son interminable crinière auburn. « Lord Robert veut le voir voler, décréta-t-elle, comme si la lubie du bambin résolvait le cas. Et le Lutin ne peut s'en prendre qu'à lui-même. C'est lui qui a réclamé ce duel judiciaire.

– Lady Lysa ne pouvait sans déshonneur, l'eût-elle souhaité, lui dénier ce droit », abonda lord Hunter, pontifiant.

Ignorant cette clique de flagorneurs, Catelyn reporta toutes ses forces contre sa sœur. « Je te rappelle que Tyrion Lannister est *mon* prisonnier.

– Et je te rappelle, *moi*, qu'il a assassiné mon mari. » Sa voix se fit perçante. « Puisqu'il a empoisonné la Main du Roi et fait de mon pauvre bébé un orphelin, qu'il paye, à présent ! » Et, là-dessus, toutes jupes endiablées dehors, elle cingla vers le centre de la terrasse, tandis que, prenant congé d'un hochement distant, ser Morton, ser Lyn et le reste des soupirants virevoltaient dans son sillage.

« Le croyez-vous vraiment coupable ? demanda doucement ser Rodrik quand ils se retrouvèrent tête à tête. Je veux dire du meurtre de lord Jon ? Il ne cesse de le nier, et si farouchement...

– La culpabilité des Lannister ne fait à cet égard aucun doute pour moi, dit-elle. Mais quant à l'attribuer à Tyrion, Jaime, la reine ou à tous les trois, je me garderais de rien affirmer. » Dans sa lettre à Winterfell, Lysa dénonçait nommément Cersei, et voici qu'elle affichait la même certitude à l'encontre du seul Tyrion..., parce qu'elle avait celui-ci sous la main, peut-être ? alors que celle-là se trouvait bien à l'abri, là-bas, dans le sud, derrière les remparts du Donjon Rouge, aux cent diables.

Oh, la maudite lettre ! que ne l'avait-elle réduite en cendres *avant* de la lire...

De plus en plus songeur, ser Rodrik se mit à tripoter ses favoris. « Du poison, oui..., cela pourrait indiquer le nain, ma foi. Ou Cersei. On dit que c'est l'arme des femmes, sans vous offenser, madame. Quant au Régicide..., si peu d'estime que j'aie pour lui, non, pas son genre. L'émoustille trop, la vue du sang sur sa belle épée d'or. Mais était-ce bien du poison, madame ? »

Elle se rembrunit, vaguement mal à l'aise. « Vous voyez mieux, pour que la mort paraisse naturelle ? » Dans son dos, lord Robert piaillait de plus belle. Coupé en deux par son rival, l'un des chevaliers de bois répandait au sol des flots de sciure rouge. A la vue de son neveu, elle soupira : « Pauvre gosse. Aucune espèce de discipline. A moins qu'on ne le retire à sa mère pendant quelque temps, jamais il n'aura l'énergie nécessaire pour gouverner.

– Le seigneur son père partageait votre point de vue », dit une voix près de son coude. Elle découvrit alors mestre Colemon, coupe en main. « Il projetait d'expédier son fils à Peyredragon pour qu'on l'y... l'y adopte, voyez-vous ? mais, oh ! je jase à... tort et à travers ! » Sa pomme d'Adam se démenait anxieusement par-dessus sa chaîne. « Je crains d'avoir a... busé de – du vin de lord Hunter..., fameux ! Puis la perspective du sang versé qui me... me met les nerfs en pe...

– Vous vous trompez, mestre, dit Catelyn. Il était question de Castral Roc, pas de Peyredragon, et ces tractations intervinrent, et sans l'aval de ma sœur, après le décès de la Main. »

En signe de dénégation, la tête du mestre se démena si vigoureusement, tout au bout de son long cou grotesque, qu'elle lui conféra quelque parenté avec les fantoches du marionnettiste. « Non non, je vous demande bien pardon, madame, mais c'est lord Jon qui... »

Du bas de la terrasse les étourdit une volée de cloches. D'un même mouvement, servantes et puissants seigneurs délaissèrent leurs occupations pour se précipiter vers la balustrade. Dans le jardin, deux gardes en manteau bleu ciel amenaient Tyrion Lannister. Le septon grassouillet des Eyrié les escorta jusqu'à la statue qui se dressait au centre des plates-bandes. Une espèce de créature éplorée qui, sculptée dans un marbre blanc sillonné de veines, prétendait représenter sans doute Alyssa.

« Le vilain petit homme ! glapit lord Robert, hilare. Je peux le faire voler, Mère ? Je veux le voir voler !

– Plus tard, mon bébé joli, promit-elle.

– Le procès d'abord, expliqua ser Lyn Corbray d'une voix languide, *ensuite* l'exécution. »

On introduisit un instant plus tard les champions, chacun par une extrémité opposée. Deux écuyers assistaient le chevalier, le maître d'armes des Eyrié le reître.

Vêtu d'acier de pied en cap, ser Vardis Egen avait endossé, pardessus maille et surcot matelassé, sa pesante armure de plates. De vastes spallières en rondelles, émaillées de crème et de bleu à l'emblème lune-et-faucon, le protégeaient à la jointure vulnérable des bras et du torse. Une gonnelle à l'écrevisse l'enserrait depuis la taille jusqu'à mi-cuisses, un gorgeret massif lui couvrait le col. Aux tempes de son heaume en forme de bec crochu se déployaient des ailes de rapace, et une fente étroite assurait la vision.

Face à lui, Bronn avait l'air nu. Il ne portait, sur ses cuirs bouillis, qu'un haubert noir de mailles huilées, n'était coiffé que d'un camail et d'un demi-casque à nasal. De hautes bottes de cuir et des jambières de métal préservaient tant bien que mal le bas de son corps, et des disques de fer noir cousus entre les doigts renforçaient ses gants. Néanmoins, et Catelyn le remarqua d'emblée, le reître était d'une demi-paume plus grand que son adversaire, avec le bénéfice de l'extension et, pour autant qu'elle en fût juge, n'est-ce pas... ? l'avantage d'avoir quinze ans de moins.

Face à face, Lannister entre eux, tous deux s'agenouillèrent dans l'herbe aux pieds de la femme en pleurs. Le septon tira de la bourse de soie nouée à sa ceinture un globe de cristal taillé à facettes et l'éleva au-dessus de sa tête en pleine lumière, y suscitant mille irisations qui, tels des arcs-en-ciel, se mirent à folâtrer sur le visage du Lutin. Puis, d'une voix forte, solennelle et monocorde, il implora les dieux de daigner abaisser leurs regards et servir de témoins, de sonder l'âme de l'accusé et de lui décerner en conséquence la vie et la liberté s'il était innocent, la mort s'il était coupable. L'écho des tours environnantes répercutait des bribes de psalmodie.

Après que la dernière vibration s'en fut éteinte, le septon s'empressa de fourrer le globe dans son étui pour filer plus vite, et Tyrion s'inclina pour chuchoter quelque chose à l'oreille de Bronn avant de se laisser entraîner par les gardes. Fort égayé, le reître se releva et, d'un revers de main, balaya un brin d'herbe sur son genou.

Robert Arryn, seigneur des Eyrié, Défenseur du Val, manifestait cependant la plus vive impatience en trépignant sur son perchoir et serinait : « Quand c'est qu'ils vont se battre ? » d'un ton geignard.

L'un de ses écuyers aida ser Vardis à se redresser. L'autre approcha, muni d'un bouclier triangulaire, en chêne massif, tout clouté de fer, de près de quatre pieds de haut, et lui en sangla le bras gauche. Mais quand le maître d'armes du château tendit l'équivalent à Bronn, celui-ci l'écarta d'un geste avec un crachat dégoûté. Si trois jours de poil noir hérissaient sa mâchoire et ses joues, ce n'était pourtant pas faute de rasoir, car le fil de son épée présentait le redoutable éclat de l'acier qu'on a repassé durant des heures, chaque jour, jusqu'à ce qu'il blesse au moindre contact.

Ser Vardis tendit sa main bardée d'un gantelet, et l'écuyer y plaça une somptueuse rapière à double tranchant. Des niellures d'argent d'un travail exquis évoquaient sur la lame les fluctuations de ciels montagnards ; le pommeau figurait un chef de faucon, la garde, des ailes. « Je l'avais fait réaliser pour Jon, à Port-Réal, dit Lysa à ses hôtes d'un air faraud, tandis que le chevalier testait l'arme. Il l'arborait chaque fois qu'il occupait le Trône de Fer pour suppléer le roi Robert. N'est-elle pas ravissante ? Il m'a semblé des plus délicat de faire venger Jon avec sa propre épée. »

C'était là, sans conteste, un chef-d'œuvre, mais Catelyn ne pouvait s'empêcher de penser que ser Vardis eût manié son épée personnelle avec plus d'aisance. Elle garda néanmoins sa réflexion pour elle. Autant s'épargner ces prises de bec stériles avec son étourneau de sœur.

« Mais qu'ils se battent ! » piailla lord Robert.

Ser Vardis fit face au sire des Eyrié, leva son arme en guise de salut. « Pour les Eyrié et le Val ! »

On avait installé Tyrion Lannister, sous bonne garde, à un balcon qui surplombait la lice, et c'est à sa personne que Bronn adressa un salut fugace.

« Ils n'attendent plus que tes ordres, glissa Lysa au seigneur son fils.

– *Battez-vous !* » piaula le petit, les mains tellement tremblantes qu'il dut tâtonner pour agripper les bras de son fauteuil.

Haussant son lourd bouclier, ser Vardis pivota, de même que Bronn, et leurs épées sonnèrent, une fois, deux, à titre d'essai. Le reître recula d'un pas, le chevalier, protégé par son rempart de bois, progressa d'autant, tenta de tailler, mais un saut en arrière mit Bronn hors de portée de la lame d'argent qui ne fendit que l'air. Bronn se mit à tourner vers sa droite. Vardis suivit le mouvement et, non sans interposer toujours son bouclier, se fit plus pressant, tout en plaçant soigneusement chacun de ses pas sur le sol inégal. Un imperceptible sourire aux lèvres, Bronn prit du champ. Vardis attaqua en taillant de droite et de gauche, Bronn lui échappa d'un bond léger par-dessus la saillie moussue d'un rocher, puis se mit à tracer des cercles vers la gauche, sur le flanc vulnérable de son adversaire, mal couvert là par le bouclier. Vardis essaya de lui cisailler les jambes, mais sans succès, vu l'intervalle. Bronn alla danser plus à gauche, Vardis tournicota sur place.

« Un pleutre, déclara lord Hunter. En garde, et combats, maraud ! » Des voix indignées se joignirent à la sienne.

Du regard, Catelyn consulta ser Rodrik. Lequel branla sèchement du chef. « Il veut simplement se faire poursuivre. Le poids de l'armure et de l'écu finit par épuiser l'homme le plus vigoureux. »

Depuis sa naissance, elle avait vu presque chaque jour des hommes s'entraîner, assisté jadis à une bonne cinquantaine de tournois, mais cette danse-ci était toute différente et, au moindre faux pas, fatalement mortelle... Du coup revint l'assaillir, brusquement, vivace comme de la veille, le souvenir d'un autre duel, à une tout autre époque.

... La rencontre a lieu sur la courtine inférieure de Vivesaigues. En voyant Petyr ne porter qu'un heaume, une cotte de mailles et un pectoral de plates, Brandon se désarme presque entièrement. Elle a refusé à Baelish ce qu'elle a accordé à Stark, son promis : la faveur d'arborer ses couleurs. Sous les espèces d'un mouchoir bleu pâle où elle a, de ses propres mains, brodé la truite au bond Tully. En le lui remettant, elle a plaidé la cause du rival. « Ce n'est qu'un béjaune, mais je le chéris comme un frère. Sa mort me ferait grand peine. » Alors, il a posé sur elle ses prunelles grises et froides d'homme du nord et promis d'épargner le soupirant transi.

Et voici que la lutte s'achève, à peine commencée. En homme fait, Brandon a forcé Littlefinger à parcourir la cour dans toute sa largeur, à descendre l'escalier d'eau, à subir à chaque pas, titubant, saignant de toutes parts, une averse d'acier. Il a crié : « Demande grâce ! » et à maintes reprises, mais, chaque fois, Petyr, dents serrées, multipliait les signes de dénégation, s'obstinait à résister, farouche.

Alors, Brandon, dont déjà la rivière baigne les chevilles, décide d'en finir et, d'un effroyable revers, tranche au bas des reins cuir, maille, entamant si profond la chair que, Catelyn en jurerait, la blessure doit être mortelle. Les yeux sur elle, le gamin tombe, murmure : « Cat », le sang ruisselle, écarlate, entre ses doigts gantés...

Des images si nettes, alors qu'on s'imagine avoir tout oublié... !

Les dernières qu'elle eut de lui... jusqu'à ce qu'il se la fasse amener, au Donjon Rouge, par le guet.

Quinze jours passèrent avant qu'il ne fût en état de quitter Vivesaigues, mais quinze jours durant lesquels Père avait formellement interdit qu'elle se rendît à son chevet. Lysa joignait ses soins à ceux du mestre. Si douce et timide, à l'époque ! Edmure aussi s'était déplacé pour le voir, mais Petyr l'avait éconduit, ne lui pardonnant pas d'avoir servi d'écuyer, lors de la rencontre, à Brandon. Et puis, et puis, sitôt qu'il le sut transportable, lord Hoster le réexpédia chez lui dans une litière fermée. Purger sa convalescence sur le petit doigt de roc battu par les vents qui l'avait vu naître.

Le fracas de l'acier sur l'acier pulvérisa les songes anciens. Aussi offensif du bouclier que de l'épée, ser Vardis menait la vie dure à Bronn. Sans un instant cesser de le tenir à l'œil, celui-ci battait constamment en retraite, pied à pied, parait, jamais en défaut pour déjouer l'embûche, racine ou pierre, du terrain. A l'évidence, il était plus prompt ; et s'il maintenait à distance, invariablement, l'arme élégante du chevalier, sa vilaine lame grisâtre avait déjà su taillader la plate d'épaule.

A peine commencée finit la vivacité de l'assaut, car Bronn, d'un pas de biais, se faufila derrière la statue présumée d'Alyssa et, en poussant une botte directe où il aurait dû le trouver, Vardis n'endommagea que la cuisse en marbre.

« Ils ne se battent pas pour de bon, Mère..., pleurnicha le sire des Eyrié. Je veux les voir *se battre* !

– Ils vont le faire, mon bébé mignon, le consola-t-elle. Le reître ne pourra courir toute la journée. »

Certains des seigneurs plantés là se répandaient en insultes et en quolibets, tout en lampant sec, mais, à l'autre bout du jardin, les yeux vairons de Tyrion Lannister ne lâchaient pas plus le ballet des champions que si rien d'autre au monde n'eût existé.

Aussi prompt que la foudre et toujours par la gauche, Bronn ne rejaillit auprès de l'effigie que pour assaillir, à deux mains, le flanc découvert de son adversaire qui bloqua le coup, mais si gauchement que la lame grise fusa vers sa tête et, lui faisant sonner le heaume, envoya s'écraser au diable une aile de faucon. Dans l'espoir de se ressaisir, Vardis retraita d'un pouce, bouclier brandi, sous les coups redoublés de Bronn qu'environnaient des copeaux de chêne puis auquel un nouveau pas vers la gauche entrebâilla la brèche juste assez pour frapper au ventre. L'estoc acéré mordit dans la plate, y pratiquant une encoche rutilante.

Ser Vardis n'en reprit pas moins son équilibre en avançant un pied, tandis que son épée d'argent décrivait une parabole sauvage que Bronn dévia, tout en se rejetant hors d'atteinte, par un entrechat, contre la statue, qui en tituba sur son socle. Passablement secoué, le chevalier recula, et la rotation saccadée de sa tête indiquait assez que l'étroitesse de la visière lui compliquait la recherche de l'adversaire.

« Derrière vous, ser ! » hurla lord Hunter. Trop tard. Bronn, à deux mains, abattait son arme et atteignait Vardis en plein coude droit, y écrabouillant la fragile articulation de métal. Avec un grognement de douleur, Vardis fit front, brandissant sa lame, sans que, cette fois, Bronn se dérobât. Les épées volèrent l'une vers l'autre, et le chant de l'acier, repris en écho par les blanches tours, peupla le jardin des Eyrié.

« Vardis est blessé », commenta gravement ser Rodrik.

Précision superflue. Catelyn avait des yeux pour voir, et elle voyait. Le filet de sang qui dégoulinait sur l'avant-bras. Le reflet gluant, même pas suspect, à l'intérieur de la cubitière. Et chaque parade du chevalier se faisait un rien plus lente, un rien plus basse que la précédente. Il avait beau tâcher de compenser à l'aide de son bouclier, de présenter le moins possible son flanc découvert, Bronn le déjouait toujours, par son mouvement circulaire et sa prestesse féline à s'insinuer, Bronn semblait sans cesse redoubler de force. Et ses coups laissaient des traces, désormais. Un peu partout, sur l'armure du chevalier, miroitait leur marque. Sur la cuisse droite, sur le bec du heaume, en travers du pectoral de plates, tout du long sur la face antérieure du gorgeret. Proprement sectionnée en deux, la rondelle lune-et-faucon de l'épaule droite ballottait au bout de son attache. Et trop distinctement se percevait, au travers des prises d'air et de la visière, un halètement rauque.

Tout aveuglés qu'ils étaient par leur morgue, les chevaliers et les seigneurs du Val se rendaient compte eux-mêmes du tour que prenaient les choses, mais Lysa point. « Assez joué, ser Vardis !

cria-t-elle de tout son haut, finissez-le-moi, maintenant, mon bébé commence à être fatigué ! »

Alors, il faut le porter à son crédit, le preux ser Vardis Egen puisa dans sa loyauté l'énergie d'obéir aux ordres de sa dame, dussent-ils être les derniers reçus. L'instant d'avant le voyait reculer, à demi pelotonné derrière son bouclier lacéré, l'instant d'après le vit foncer. Cette charge inopinée de taureau prit Bronn à contre-pied. Ser Vardis vint s'écraser sur lui, lui balançant à la volée son bouclier dans la figure, et il s'en fallut de rien, *de rien*, qu'il n'en fût renversé..., chancela vers l'arrière d'un pas, deux, buta contre une saillie du rocher, dut s'agripper à la statue pour ne pas tomber. Déjà, rejetant de côté son bouclier, ser Vardis se ruait sur lui. Depuis le coude jusqu'au bout des doigts, son bras droit n'était plus à présent que sang, ce qui l'obligeait à recourir à ses deux mains pour lever l'épée, mais l'énergie de son désespoir eût fendu Bronn jusqu'au nombril..., si Bronn se fût soucié d'encaisser le coup.

Or Bronn bondit hors de portée. La belle épée niellée d'argent de Jon Arryn flamboya contre le coude blanc de la pleureuse et s'y rompit net. De l'épaule, Bronn poussa l'antique effigie d'Alyssa Arryn qui oscilla pesamment puis, dans un vacarme assourdissant, renversa sous elle ser Vardis Egen.

En un clin d'œil, Bronn était sur lui et, d'un coup de pied, rejetait de côté la spallière démantibulée pour mettre à nu le défaut de l'épaule et du pectoral de plates. Immobilisé par le torse de marbre brisé, le vaincu gisait sur le flanc. Catelyn l'entendit grogner lorsque le reître empoigna son épée à deux mains et, pesant dessus de tout son poids, la lui enfonça sous l'aisselle puis dans les reins. Quelques spasmes, et ser Vardis Egen s'immobilisa.

Le silence avait pétrifié les Eyrié. Bronn retira sa coiffe et la laissa choir dans l'herbe, à ses pieds. Vilainement tuméfiée par le bouclier, sa lèvre saignait, la sueur collait ses cheveux charbonneux. Il cracha une dent cassée.

« C'est terminé, Mère ? » demanda le sire des Eyrié.

Non, lui eût volontiers répondu Catelyn, *cela ne fait que débuter.*

« Oui », dit Lysa d'un air revêche, mais d'une voix aussi froide et morte que le capitaine de sa garde.

« Je peux faire voler le petit homme, maintenant ? »

A l'autre bout du jardin, Tyrion se leva. « Pas ce petit homme-*ci*, dit-il. Ce petit homme-ci va redescendre dans la corbeille aux navets, merci mille fois.

– Vous présumez..., commença Lysa.

– Je présume que la maison Arryn se souvient de sa propre devise : *Aussi haute qu'Honneur.*

– Vous m'aviez promis que je le ferais voler... ! » couina le sire des Eyrié. Ses tremblements le reprenaient déjà.

La colère empourprait sa mère. « Les dieux ont trouvé malin de proclamer son innocence, mon enfant. Cela nous oblige à le relâcher. » Elle força le ton. « Gardes ! emmenez messire Lannister et son... *acolyte* hors de ma vue. Escortez-les à la Porte Sanglante et libérez-les. Veillez à ce qu'on leur fournisse suffisamment de chevaux et de provisions pour atteindre le Trident, et assurez-vous qu'on leur restitue ponctuellement leurs armes et leurs biens. Ils en auront le plus grand besoin, sur la grand-route.

– La grand-route... », répéta Tyrion Lannister.

Lysa s'accorda l'ombre d'un sourire de satisfaction. Elle venait de prononcer là, comprit soudain Catelyn, une espèce inédite d'arrêt de mort. Le Lutin ne pouvait non plus s'y méprendre. Il gratifia néanmoins lady Arryn d'une révérence narquoise. « A vos ordres, madame, dit-il. Le trajet, si je ne m'abuse, nous est familier. »

JON

« De ma vie je n'ai entraîné des zéros pareils ! proclama ser Alliser Thorne quand ils se furent tous rassemblés dans la cour. Vos pattes méritaient tout au plus la pelle, pas l'épée, et, n'était que de moi, vous iriez tous tant que vous êtes garder les pourceaux. Mais j'ai appris, la nuit dernière, que Gueren est en route avec cinq nouveaux. Ça fera jamais, quoi, qu'un ou deux culs dignes que j'y pisse, mais faut de la place. J'ai décidé de refiler huit d'entre vous au lord Commandant. Pour quoi foutre, ses oignons. » Et, là-dessus, d'appeler : « Crapaud. Cap-de-roc. Aurochs. Galantin. Pustule. Ouistiti. Ser Butor. » Enfin, il se tourna vers Jon. « Et le Bâtard. »

Comme Pyp lançait son épée en l'air avec un *ouahouou !* retentissant, il fixa sur lui un regard vipérin. « On vous décernera dorénavant le titre d'hommes de la Garde de Nuit, mais vous seriez encore plus stupides que ce pitre de Ouistiti si vous croyiez que c'est arrivé. Vous n'êtes encore que des morveux, vous puez le vert et l'été, vous crèverez comme des mouches, l'hiver venu. »

Sur ce viatique, ser Alliser Thorne prit congé d'eux en tournant les talons.

Les garçons qui demeuraient sous sa férule entourèrent les huit élus pour les féliciter parmi les rires et les jurons. Du plat de son épée, Halder flanquait des claques aux fesses de Crapaud, vociférant : « Crapaud, de la Garde de Nuit ! » En hennissant qu'un frère noir avait forcément un coursier, Pyp enfourcha Grenn aux épaules, et ils roulèrent à terre avec force tonneaux, bourrades, ululements. Dareon s'était précipité dans l'armurerie, d'où il ressortit brandissant une gourde de gros rouge. Or, tandis qu'une béatitude des plus comique accueillait la tournée du vin, Jon remarqua soudain que, debout sous un arbre mort, dans l'angle de la cour,

Samwell Tarly s'était isolé. « Une gorgée ? » dit-il en tendant la gourde.

L'obèse secoua la tête. « Non merci, Jon.

– Ça ne va pas ?

– Si si, très bien, vraiment, feignit-il. Je suis si content pour vous. » Il se contraignait à sourire, et son faciès lunaire avait quelque chose de gélatineux. « Tu deviendras chef de patrouille, un jour. Comme était ton oncle.

– *Est* », rectifia Jon. La seule idée que Ben Stark fût mort le révulsait. Il n'eut pas le temps de poursuivre, Halder criait : « Hé là, vous deux ! vous n'allez pas tout boire seuls ? » Au même instant, Pyp happait la gourde et, dans un éclat de rire, s'esbignait déjà quand Grenn lui saisit le bras. A quoi il répliqua par une pression du cuir si bien ajustée qu'une longue giclée vermeille atteignit Jon en pleine figure. « Ce gâchis ! hurla Halder, un si bon vin ! » Suffoqué, Jon bafouilla, fonça, cependant que Matthar et Jeren, courant se jucher sur un mur, entreprenaient de bombarder indistinctement la mêlée de boules de neige.

Le temps que Snow parvînt à se dégager, les cheveux saupoudrés de blanc, le surcot maculé de pourpre, Samwell Tarly avait disparu.

Quand Jon survint, ce soir-là, dans la salle commune, le lord Commandant le mena en personne au banc près du feu, tandis que les vétérans le saluaient au passage d'une tape au bras. Quant à Hobb Trois-Doigts, il célébra la promotion des huit par un menu spécial et les régala d'un carré d'agneau en croûte qui embaumait l'ail, les herbes et la menthe, ainsi que d'une purée de rutabagas nageant dans le beurre. « De la propre table de lord Mormont », spécifia Bowen Marsh. Suivit une salade d'épinards, de fanes de navet, de pois chiches et, pour finir, des jattes de myrtilles rafraîchies nappées de crème onctueuse.

Ils banquetaient joyeusement quand Pyp s'inquiéta : « Vous croyez qu'on va nous laisser ensemble ? »

Crapaud fit une grimace. « J'espère bien que non..., tes oreilles, j'en ai soupé !

– Ça alors ! riposta Pyp, le corbeau qui trouve noire la corneille ! Toi, Crapaud, t'es bon pour la patrouille. On va t'expédier le plus loin possible, et dare-dare. Un conseil, mon vieux : si Mance Rayder attaque, lève ta visière, ta gueule le fera détaler en hurlant. »

Seul Grenn ne s'esbaudit pas. « Patrouilleur, moi, j'espère bien...

– Pas que toi, dit Matthar, nous tous. » En prenant le noir, chacun s'engageait à arpenter le Mur et à le défendre les armes à la main, mais le corps des patrouilleurs représentait l'élite combattante de la Garde de Nuit. Lui seul osait chevaucher au-delà, lui seul ratisser la forêt hantée, tout comme les hauteurs glaciales, à l'ouest de Tour Ombreuse, lui seul affronter les géants, les sauvageons, les monstrueux ours blancs.

« Tous, non, dit Halder. Moi, c'est le Génie. Si le Mur s'écroulait, à quoi serviraient les patrouilles ? »

Le corps du Génie incluait les maçons et les charpentiers chargés d'entretenir et de restaurer les forts et les tours, les sapeurs qui creusaient les tunnels et broyaient la pierre destinée aux chaussées et aux chemins de ronde, les bûcherons qui maintenaient l'envahissante jungle à distance respectueuse. C'est lui qui, jadis, avait, contait-on, équarri dans des lacs perdus au fin fond de la forêt hantée les blocs de glace énormes, puis les avait charriés à bord de traîneaux vers le sud afin que le Mur ne cessât de s'élever plus haut, toujours plus haut. Mais des siècles s'étaient écoulés depuis lors. A présent, le Génie en était réduit à parcourir le Mur tout du long, de Tour Ombreuse à Fort-Levant, pour y repérer les indices de fusion, les failles et colmater vaille que vaille.

« Le Vieil Ours n'est pas fou, opina Dareon. Sûr et certain qu'il te versera au Génie comme Jon aux patrouilles. De nous tous, le meilleur à l'épée, le meilleur cavalier, c'est Jon, et son oncle était premier patrouilleur avant de... » Sa phrase s'effilocha quand il s'aperçut de la gaffe imminente.

« Benjen Stark est toujours premier patrouilleur », rectifia néanmoins Snow, jouant du doigt avec son bol de myrtilles. Tant pis si les autres avaient abandonné tout espoir, lui non. Il repoussa les fruits presque intacts et se leva.

« Tu ne les manges pas ? demanda Crapaud.

– Vas-y. » Il n'avait pour ainsi dire pas touché au festin. « Je serais incapable d'avaler une bouchée de plus. » Il décrocha son manteau pendu près de la porte et chaloupa vers la sortie.

Pyp le suivit. « Qu'y a-t-il, Jon ?

– Sam. Il n'était pas à table, ce soir.

– Pas son genre, rater un repas..., admit Pyp, songeur. Malade, tu crois ?

– De peur. Il va nous perdre. » Le souvenir l'assaillait du jour où lui-même avait, sur des adieux doux-amers, quitté Winterfell. Bran sur son lit de douleurs. Les cheveux de Robb sous la neige. Arya et son averse de baisers en recevant Aiguille. « Une fois que nous aurons prêté serment, des tâches diverses nous incomberont. Il se peut qu'on détache certains d'entre nous à Tour Ombreuse ou Fort-Levant. Sam va devoir continuer à s'entraîner, en compagnie de sales types comme Rast et Cuger. Sans parler des bleus qu'on amène... Les dieux seuls savent comment ils seront, mais tu peux parier que ser Alliser ne ratera pas la première occasion de le leur faire assommer. »

Pyp grimaça. « Tu as fait tout ton possible.

– Avoir fait tout son possible est insuffisant, pour le coup. »

Tenaillé de pensées funèbres, il alla rechercher Fantôme à la tour de Hardin puis, en sa compagnie, gagna les écuries. Le naseau dilaté, l'œil fou, les plus ombrageux des chevaux ruèrent dans les stalles à leur entrée. Il sella sa jument, se mit en selle et, dans des flaques de lune, s'éloigna de Châteaunoir en direction du sud. En trois bonds, le loup-garou prit les devants, le distança, se perdit de vue. La chasse étant une exigence de sa nature, Jon le laissa aller.

Il ne se proposait quant à lui nul objectif particulier, sinon de chevaucher pour chevaucher. Aussi longea-t-il le torrent quelque temps, bercé par le bruissement des eaux à demi gelées sur la roche, avant de rejoindre, à travers champs, la grand-route qui s'étirait, droit devant, pierreuse, étroite, échevelée de mauvaise herbe, et qui, pour ne rien promettre de spécial, n'éveillait que davantage de nostalgie. Elle menait, là-bas, à Winterfell, et à Vivesaigues, au-delà, Port-Réal, aux Eyrié, menait à tant d'autres lieux..., Castral Roc, l'Ile-aux-Faces, les montagnes pourpres de Dorne, les cent îles de Braavos, les ruines incessamment fumantes de Valyria. A tant et tant de lieux qu'il ne verrait jamais. Au bout de cette route s'ouvrait le monde..., et lui se trouvait ici.

Dès qu'il aurait prononcé ses vœux, le Mur, à jamais, pour unique foyer. A jamais. Jusqu'à son extrême vieillesse, comme mestre Aemon. « Je n'ai pas encore juré », marmonna-t-il. N'étant pas un hors-la-loi, n'ayant aucun crime à expier, rien ne l'obligeait à prendre le noir, rien. Venu librement, il pouvait repartir librement... Aussi longtemps du moins qu'il n'aurait pas prêté serment. Jusque-là, il suffisait de prendre son cheval. Tout planter là. Et, dès la prochaine pleine lune, retrouver Winterfell, retrouver ses frères...

Tes *demi*-frères, lui rappela une voix insidieuse. *Et, pour t'accueillir, lady Stark*. Il n'y avait pas de place à Winterfell pour lui. Ni à Port-

Réal. Pas plus qu'il n'en avait eu dans le cœur de sa propre mère. La seule pensée de cette dernière acheva de l'affliger. Qui pouvait-elle avoir été ? Comment se la figurer ? Et pourquoi Père l'avait-il abandonnée ? *Parce qu'elle était une putain. Ou bien une femme adultère, idiot. Une créature obscure et déshonorante. Seul l'excès de honte explique le mutisme absolu de lord Eddard.*

Se détournant de la grand-route, il reporta son regard vers l'arrière. Une colline lui dissimulait les feux de Châteaunoir, mais le Mur se voyait tout du long, pâle sous la lune, le Mur qui courait d'un bout à l'autre de l'horizon.

Jon Snow fit volter son cheval et prit le chemin du retour.

Du haut d'une crête, il distinguait, au loin, le faible éclat de la lampe allumée dans la chambre de lord Mormont quand Fantôme le rallia, le mufle barbouillé de rouge, et adopta le trot de la monture. Alors, Jon se reprit à ruminer si bien le cas de Samwell Tarly qu'en mettant pied à terre il savait comment agir pour le régler.

Mestre Aemon logeait, juste en dessous de la roukerie, dans une grosse tour de bois. Il y avait pour compagnons, vu son grand âge et sa santé précaire, deux hommes qui veillaient jalousement sur lui, le secondaient dans ses tâches, et dont les frères noirs brocardaient volontiers les appas. Il était, disait-on, impossible de trouver mieux dans toute la Garde de Nuit, et le mestre devait bénir, en l'occurrence, sa cécité. Courtaud, chauve et dépourvu de menton, Clydas avait d'imperceptibles prunelles roses : une taupe. Le col agrémenté d'une loupe grosse comme un œuf de pigeon, Chett devait peut-être à sa seule face violacée, cloquée, pustuleuse, son air constamment colère.

C'est ce dernier qui vint ouvrir. « Il me faut parler à mestre Aemon, dit Jon.

– Il est couché, et tu ferais mieux de l'être aussi. Reviens demain. Nous verrons alors s'il consent à te recevoir. »

Déjà l'huis se refermait, la botte de Jon s'y inséra. « Il me faut lui parler tout de suite. Demain, il sera trop tard. »

L'autre le regarda de travers. « Le mestre n'a pas l'habitude de se laisser réveiller en pleine nuit. Te rends-tu compte de l'âge qu'il a ?

– Je le sais précisément d'âge à traiter ses visiteurs plus poliment que tu ne fais, répliqua Jon. Va lui présenter mes excuses en l'assurant que je ne me permettrais pas de troubler son repos s'il ne s'agissait d'une affaire importante.

– Et si je refuse ? »

La botte était solidement ancrée dans l'entrebâillement. « Je me verrai dans l'obligation d'attendre ici toute la nuit. »

Avec un clappement de répulsion, le cerbère noir écarta le vantail pour le laisser entrer. « Dans la bibliothèque. Tu y trouveras du bois. Allume un bon feu. Que le mestre n'attrape pas froid pour tes beaux yeux. »

Les bûches crépitaient gaiement quand Chett introduisit le mestre, simplement vêtu de sa robe de chambre mais, comme il seyait, puisqu'il devait la porter même au lit, la chaîne de son ordre au cou. « Le fauteuil près du feu me fera grand plaisir », dit-il, éclairé par une bouffée de chaleur. Après l'y avoir installé commodément, Chett lui couvrit les jambes avec une fourrure et alla se camper près de la porte.

« Je suis confus de vous avoir fait réveiller, mestre, dit Jon.

– Je ne dormais pas, l'apaisa son hôte. Plus j'avance en âge, moins j'ai besoin de sommeil, et je suis si vieux... Je passe la moitié de mes nuits à ressusciter des fantômes, à me rappeler, comme d'hier, des choses abolies depuis cinquante ans. Aussi le mystère d'une visite en pleine nuit me fait-il l'effet d'une heureuse diversion. Dis-moi donc, Snow, ce qui t'amène à cette heure indue ?

– Je viens vous prier de demander que l'on retire Samwell Tarly de l'entraînement pour l'intégrer à la Garde de Nuit.

– Cette affaire n'intéresse pas mestre Aemon, protesta Chett, grognon.

– Notre lord commandant a remis l'entraînement entre les mains de ser Alliser Thorne, objecta le mestre d'un ton doux, lui, et ce dernier seul, tu ne l'ignores pas, décide si les recrues sont prêtes ou non à prononcer leurs vœux. Pourquoi, dès lors, recourir à moi ?

– Parce que vous avez l'oreille du lord commandant, répondit Jon, et que les malades et les blessés de la Garde de Nuit sont de votre ressort.

– Ton copain Samwell serait-il malade ou blessé ?

– Il ne manquera pas de l'être si vous n'intercédez pour lui. »

Sur ce, il déballa toute l'histoire sans en rien celer, pas même la part prise par Fantôme à la capitulation de Rast. Ses prunelles aveugles fixées sur les flammes, mestre Aemon écoutait en silence mais, à chaque nouveau détail, Chett achevait de se renfrogner. « A présent que nous autres ne serons plus là pour le protéger, Sam est condamné, conclut Jon. A l'épée, mieux vaut désespérer de lui. Ma petite sœur Arya le taillerait en pièces, et elle n'a même pas dix ans.

Si ser Alliser l'oblige à se battre, tôt ou tard il se fera rosser, si ce n'est tuer. »

Chett ne put davantage se contenir. « Ton gros tas, je l'ai aperçu dans la salle commune, dit-il. Un porc. Et un porc, à t'en croire, doublé d'un pleutre irrécupérable.

– Admettons, répliqua le mestre, mais dis-moi, Chett, ce qu'il nous faut faire de lui...

– Le laisser où il est. Le Mur n'a que faire de débiles. Le laisser s'entraîner jusqu'à ce qu'il soit prêt, n'importe si cela prend des années. Pour le reste, à la grâce des dieux. Libre à ser Alliser d'en faire un homme ou de le tuer.

– C'est *stupide* ! s'emporta Jon, qui dut prendre une profonde inspiration pour recouvrer son sang-froid. Un jour, je me souviens, j'ai demandé à mestre Luwin pourquoi il portait une chaîne autour du cou. »

Les doigts osseux de mestre Aemon se portèrent comme machinalement aux lourds anneaux qui formaient la sienne. « Et alors ?

– Alors, il m'a expliqué que les chaînons de son collier de mestre étaient censés lui rappeler en permanence le serment prêté de *servir.* Et comme je m'étonnais de la diversité des métaux qui le composaient, quand de l'argent seul eût été tellement plus élégant avec le gris de sa robe, il se mit à rire. “Un mestre, me dit-il ensuite, forge sa propre chaîne à force d'étude. Chacun des métaux représente un savoir distinct, l'or celui du compte et des monnaies, l'argent celui de guérir, le fer celui des arts de la guerre, et ainsi de suite. Ce entre autres significations. Car leur ensemble vise également, par exemple, à lui remémorer chacune des composantes, vois-tu ? du royaume qu'il sert. Si les lords en sont l'or et les chevaliers l'acier, ils ne sauraient à eux seuls constituer de chaîne. Pour exister, celle-ci réclame l'argent, le fer, le cuivre rouge et le cuivre jaune, l'étain, le plomb, le bronze et tous les autres métaux, lesquels incarnent qui les fermiers, qui les charrons, qui les marchands, chacun sa corporation. Ainsi, point de chaîne qui vaille, à défaut de métaux divers, point d'Etat qui vaille, à défaut des divers Etats.”

– D'où tu déduis ? s'enquit le mestre avec un sourire.

– Que la Garde de Nuit a aussi besoin de toutes sortes d'hommes. Pourquoi verser, sinon, ceux-ci dans les patrouilles ou le Génie, ceux-là dans l'Intendance ? Quand lord Randyll en personne échouerait à métamorphoser Sam en guerrier, ser Alliser n'y réussira pas non plus. On a beau marteler l'étain, si fort qu'on s'y prenne, on n'en fera jamais du fer, mais il n'en a pas moins son utilité. Pourquoi ne pas affecter Sam à l'Intendance ? »

Le minois de Chett s'en révulsa d'indignation. « Comme moi, c'est ça ? Nous faisons peut-être un boulot pépère, hein ? à la portée du dernier des lâches ? hé bien, non, morveux ! Si la Garde survit, c'est grâce à notre corps. Nous sommes chasseurs et fermiers, nous dressons les chevaux, nous trayons les vaches, stockons le bois de chauffage, faisons la cuisine..., et tes vêtements, dis, qui les coupe et les coud ? nous ! Qui convoie, depuis le sud, toutes les fournitures nécessaires ? Nous ! »

Mestre Aemon se montra moins intransigeant. « Il chasse, ton ami ?

– Il déteste chasser, dut avouer Jon.

– Sait-il labourer ? reprit le mestre. Pourrait-il mener un tombereau ? Conduire un bateau ? Abattre un bœuf ?

– Non. »

Chett éclata d'un rire venimeux. « Ces petits seigneurs délicats, j'ai déjà trop vu ce qu'ils donnent, pour peu qu'on les mette au travail ! Faites-leur baratter du beurre, et ils ont des ampoules, leurs mains saignotent. Donnez-leur une hache pour fendre du bois, et leur pied y passe. Envoyez-les...

– Je sais une tâche, coupa Jon, qu'il accomplirait mieux que quiconque.

– Oui ? » l'encouragea mestre Aemon.

Snow lança un regard furtif du côté de Chett qui, debout dans son coin, voyait rouge de tous ses furoncles. « Vous aider, dit-il et, tout d'une haleine : Il connaît le calcul, sait écrire – contrairement à Chett –, lire – alors que Clydas a la vue basse –, et il a dévoré toute la bibliothèque de son père. Il serait aussi précieux avec les corbeaux. Les bêtes ont l'air de l'aimer. Fantôme lui-même l'a adopté d'emblée. Exception faite de la chasse, Sam pourrait rendre encore mille autres services. Enfin, la Garde de Nuit est-elle en état de gaspiller les hommes ? Au lieu d'en faire périr un pour rien, qu'elle utilise ses compétences. »

Mestre Aemon avait fermé les yeux. Un instant, Jon craignit qu'il ne se fût assoupi, mais il fut bientôt détrompé. « Mestre Luwin t'a bien enseigné, Jon Snow. A ce qu'il semble, ton intelligence vaut ta lame, pour la vivacité.

– Cela signifie-t-il que Sam... ?

– Cela signifie simplement, répliqua le mestre d'un ton ferme, que je vais réfléchir à ce que tu m'as dit. Pour l'heure, je me crois tout prêt au sommeil. Reconduis notre jeune frère, Chett. »

TYRION

Ils s'étaient abrités, tout près de la grand-route, sous un hallier de trembles et, tandis que leurs chevaux s'abreuvaient au torrent, Tyrion ramassait du bois mort. Il se baissa pour cueillir une branche épineuse et fit une moue perplexe. « Cela conviendra-t-il ? Le feu n'est pas mon fort. Morrec me dispensait de ces besognes-là.

– Du *feu* ? grommela Bronn en crachant. Tu es si pressé de mourir ou quoi, nabot ? Du feu... ! Tu perds la tête ? Tu veux peut-être que nous rappliquent toutes les tribus sur des lieues à la ronde ? Tiens-le-toi pour dit, Lannister, ce guêpier, moi, j'entends m'en sortir vivant !

– Et tu comptes t'y prendre comment ? » demanda doucement Tyrion. La branche coincée sous l'aisselle, il poursuivait sa quête, incliné, l'œil aux aguets de la moindre brindille, parmi les maigres broussailles, en dépit des courbatures qui lui déchiraient l'échine depuis qu'au crépuscule ser Lyn Corbray les avait expulsés par la Porte Sanglante et, d'un air glacé, sommés d'éviter désormais le Val.

« L'épreuve de force ne nous laisserait aucune chance de nous en tirer, reprit Bronn, mais on va plus vite à deux qu'à dix, et on attire moins l'attention. Moins nous lambinerons dans ces montagnes, plus nous pourrons présumer atteindre le Trident. Forcer le train, voilà l'idée. Chevaucher la nuit, se terrer le jour, éviter la route le plus possible, ne faire aucun bruit – et se garder surtout d'allumer du feu !

– Mes compliments, soupira Tyrion. Libre à toi, Bronn, de réaliser ce plan mirifique... mais, pardon d'avance, je ne flânerai pas pour t'ensevelir.

– Parce que tu te figures me survivre, nabot ? » ricana le reître. A la place de l'incisive cassée net par le bouclier de ser Vardis Egen, son rictus s'ornait d'une brèche noire.

Tyrion haussa les épaules. « Rien de tel que tes marches forcées la nuit pour dégringoler dans un précipice et se fracasser le crâne. Je préfère, quant à moi, poursuivre mon petit bonhomme de chemin peinard. Si nous crevons nos montures sous nous, tu as beau, je le sais, priser la viande de cheval, Bronn, il ne nous restera plus qu'à essayer de seller des lynx... Enfin, pour parler franc, je doute fort que tes subterfuges empêchent les tribus de nous dénicher. On nous épie déjà de toutes parts. » Sa main gantée balaya d'un geste nonchalant les reliefs tourmentés qui les encerclaient.

« Dans ce cas, grimaça Bronn, nous sommes foutus, Lannister.

– Alors, autant que j'aie mes aises pour mourir, rétorqua Tyrion. Vivement du feu. Les nuits sont froides, dans ces parages, et un repas chaud nous réconfortera les tripes comme l'humeur. Crois-tu qu'on puisse tuer du gibier ? Bien que, dans son extrême générosité, l'obligeante lady Lysa nous ait prodigué, quel festin ! bœuf salé, pain rassis, fromage coriace, l'idée de me rompre une dent si loin du premier mestre m'est odieuse.

– La viande, je peux en trouver. » Sous les mèches noires, le regard sombre brillait de méfiance. « Je devrais vous planter là, plutôt, toi et ton feu stupide. En te piquant ton cheval, j'aurais deux fois plus de chances d'en réchapper. Que ferais-tu dès lors, nabot ?

– Je mourrais, très probablement. » Il se courba pour grossir son pauvre fagot.

« Tu n'envisages pas que j'y pourvoie moi-même ?

– Tu y pourvoirais sur-le-champ, s'il s'agissait de sauver ta peau. Quand ton copain Chiggen a pris sa flèche en plein ventre, tu n'as guère barguigné pour le faire taire. » Il lui avait effectivement tranché proprement la gorge d'une oreille à l'autre en le tirant par les cheveux. Quitte à le prétendre, après, mort de sa blessure...

« Il était perdu, de toute façon, grogna Bronn, et ses glapissements risquaient de nous mettre à dos toute la région. Il aurait agi de même envers moi..., puis ce n'était pas mon copain. On faisait route ensemble, et rien d'autre. T'y trompe pas, nabot. J'ai combattu pour toi, mais je ne t'aime pas.

– J'avais besoin de ton épée, répliqua Tyrion, pas de ton amour. » Il laissa choir au sol sa brassée de bois.

« Faut te reconnaître au moins ça, glousa Bronn, t'as autant de culot que le dernier des sbires ! Comment savais-tu que j'allais prendre ton parti ?

– Savais ? » Tyrion s'accroupit gauchement sur ses pattes torses pour échafauder le foyer. « Simple coup de dés. Vous avez secondé ma capture, à l'auberge, toi et Chiggen. Pourquoi ? Les autres y voyaient un devoir, ils s'y croyaient tenus par l'honneur de leurs maîtres, pas vous deux. N'ayant ni maître, ni devoir, et d'honneur..., passons, pourquoi vous embringuer dans tout ce micmac ? » Tirant son couteau, il se mit à tailler dans l'un des bâtons qu'il avait rassemblés de menus copeaux en guise de sarments. « Eh bien, pour le seul motif qui guide les reîtres, invariablement : l'or, l'appât de l'or. Vous vous étiez dit que lady Catelyn vous récompenserait, peut-être même qu'elle irait jusqu'à vous prendre à son service... Bon, voilà qui devrait aller, j'espère. Tu as un briquet ? »

Glissant deux doigts dans son aumônière, Bronn en extirpa un silex et le lui jeta. Tyrion l'attrapa au vol.

« Merci, dit-il. Le hic est que vous ne connaissiez pas les Stark. Si foncièrement fier, honnête et chatouilleux sur l'honneur que soit lord Eddard, son épouse est pire. Oh, certes, elle se fût fouillée d'une pièce ou deux et vous les eût plantées, l'affaire achevée, dans la paume avec un mot de grâces et une mine dégoûtée, mais quant à vous allouer mieux, bernique. Des gens qu'ils élisent pour les servir, les Stark requièrent courage, loyauté, probité sans faille, et qu'étiez-vous, Chiggen et toi ? de la racaille de bas étage, pour ne rien farder. » Il entrechoquait cependant la pierre et sa dague afin d'en tirer une étincelle. Vainement.

« Gare à ta langue, demi-portion, renifla Bronn, ou, tôt ou tard, un ombrageux te la fera bouffer.

– Refrain connu. » Il releva les yeux. « Je t'ai vexé ? Mille pardons, mais... racaille tu es, Bronn, ne t'y méprends pas. Devoir, honneur, amitié, que signifie cela pour toi ? Holà ! pas la peine que tu te tracasses, nous savons la réponse tous deux. Cela dit, tu n'es pas bouché. Dès notre arrivée dans le Val, lady Stark n'avait plus que faire de toi..., moi si, et l'unique chose dont les Lannister n'aient jamais manqué, c'est l'or. Le moment venu de lancer les dés, je t'ai escompté suffisamment futé pour saisir d'emblée le parti le plus rentable. Et tu l'as fait, par bonheur pour moi. » Il fit à nouveau sonner la pierre contre l'acier. Sans plus de succès.

« Donnez », dit Bronn en s'accroupissant à son tour. Il lui prit des mains le silex et l'arme et, dès le premier essai, fit jaillir une gerbe d'étincelles. Aussitôt s'éleva une mince volute de fumée.

« Bravo, dit Tyrion. Racaille il se peut, mais utile, indiscutablement. Et, l'épée au poing, presque aussi brillant que mon frère.

Que souhaites-tu, Bronn ? De l'or ? Des terres ? Des femmes ? Veille sur ma vie, tu auras tout ça. »

Comme Bronn soufflait doucement sur les premières braises, des flammes commencèrent à lécher le bois. « Et si vous mourez quand même ?

– Hé bien, je serai pleuré d'au moins un cœur sincère, sourit Tyrion. Moi disparu, envolé l'or. »

Le feu flambait d'un air gaillard. Bronn se leva, remit le silex dans sa bourse, lança son couteau à Tyrion. « Marché correct, dit-il. Vous pouvez compter sur mon épée..., mais n'espérez pas que je me prosterne en vous donnant du *monseigneur* à chaque crotte que vous ferez. Pas mon truc, et avec quiconque, l'obséquiosité.

– Ni l'amitié, et avec personne, je sais. Je sais aussi que tu me renierais aussi vite que lady Stark si tu y voyais le moindre profit. Mais si, un jour, tu étais tenté de me vendre, n'oublie pas ceci, Bronn : quelle que soit l'offre, je surenchéris. Pour la bonne et simple raison que *j'aime* la vie. A présent, te fais-tu fort de nous procurer à dîner ?

– Soignez les chevaux », répondit simplement le reître et, dégainant déjà le long coutelas plaqué contre sa hanche, il s'enfonça dans le fourré.

Une heure plus tard, les montures, dûment pansées, digéraient leur picotin, le feu pétillait gaiement, un cuissot de chevreau tournait par-dessus, grésillant, jutant d'aimables sifflotis. « Il ne faudrait, pour l'arroser, qu'un doigt de bon vin..., déplora Tyrion.

– Plus une femme et dix ou douze fines lames », déclara Bronn qui, assis en tailleur près des flammes, passait, repassait la pierre à aiguiser le long de sa flamberge. Et il y avait quelque chose d'étrangement réconfortant dans le crissement de l'une sous l'autre. « La nuit sera bientôt close, signala-t-il. Je monterai la première veille..., si tant est que ça serve. Il serait peut-être plus délicat de les laisser nous égorger durant notre sommeil.

– Oh, j'imagine qu'ils seront ici bien avant l'heure du coucher », lâcha Tyrion. Le fumet de la viande en train de rôtir humectait ses papilles.

Bronn le dévisagea, par-dessus le feu. « Vous avez un plan, dit-il du ton d'un simple constat, tandis que la pierre crissait sur l'acier.

– Dis plutôt un espoir, rectifia Tyrion. Sur un nouveau coup de dés.

– Dont nos vies sont l'enjeu, c'est ça ? »

Tyrion se trémoussa. « Avons-nous le choix ? » S'inclinant sur les flammes, il découpa une lichette de chevreau. « Hmmmm ! grogna-t-il d'un air d'extase, le menton tout luisant de gras. Un brin coriace, pour mon goût, sans parler du défaut d'épices, mais trêve de jérémiades. Aux Eyrié, je gambillerais au bord du précipice en rêvant de fayots bouillis.

– Vous avez néanmoins couvert d'or le geôlier...

– Un Lannister paie toujours ses dettes. »

Il avait estomaqué Mord lui-même en lui lançant la bourse de cuir. Et quels yeux, quand le bougre, les doigts empêtrés dans les cordons, entrevit les reflets de l'or ! deux éteufs de paume... « J'ai gardé l'argent, précisa Tyrion d'un sourire oblique, mais, comme promis, voici l'or. » Plus d'or que de sa vie n'en pouvait espérer extorquer un tortionnaire comme Mord à la misère de ses détenus... « Et rappelle-toi, ceci n'est jamais qu'un hors-d'œuvre. Si l'écœurement te prenait de servir ta lady Arryn, frappe à Castral Roc, et je te verserai le solde. » Lors, les mains ruisselantes de dragons d'or, le bougre était tombé à deux genoux, jurant ses grands dieux de n'y point manquer !

Pendant que Tyrion évidait en guise d'assiettes deux rouelles de pain rassis, Bronn retira la viande du feu et se mit en devoir d'y tailler de fortes tranches croustillantes au plus près de l'os. « Si nous atteignons le Trident, dit-il ce faisant, que comptez-vous faire, ensuite ?

– Hou ! m'offrir d'abord une pute, un plumard et un bon coup de vin, répondit le nain en tendant son pain pour le faire remplir de viande. Puis me rendre à Castral Roc ou à Port-Réal. Il m'y faut absolument poser un petit nombre de questions qui ne sauraient demeurer sans réponse. A propos de certain poignard. »

Le reître acheva posément de mastiquer, déglutit. « Vous disiez donc la vérité ? Il ne vous appartenait pas ? »

L'ombre d'un sourire effleura le mufle de Tyrion. « Me prendrais-tu pour un menteur ? »

Quand ils se furent rassasiés, les étoiles scintillaient, la lune poussait une corne au-dessus des cimes. Tyrion déploya sur le sol sa pelisse de lynx et s'y blottit, la tête calée sur sa selle. « Nos amis musardent...

– A leur place, je redouterais quelque traquenard, dit Bronn. Pourquoi nous afficher de la sorte, sinon pour les y attirer ? »

Un rire sous cape lui fit écho. « Alors, autant chanter, ça les terrifiera. » Et il se mit à siffler un air guilleret.

« Vous êtes cinglé, dit Bronn, tout en se dégraissant les ongles avec la pointe de son coutelas.

– Tu n'aimes plus la musique, Bronn ?

– S'il vous fallait de la musique, c'est Marillion qu'il fallait choisir pour champion. »

Tyrion se fendit jusqu'aux oreilles. « Ç'aurait été fort divertissant. Je le vois d'ici, harpe au poing, terrasser ser Vardis. » Il se remit à siffler. « Tu la connais, cette chanson ?

– On l'entend çà et là, dans les gargotes et les bordels.

– Chanson de Myr. "Les saisons de ma mie." Douce et triste, pour qui comprend les paroles. La première fille avec qui j'ai couché la fredonnait sans cesse, et je n'ai jamais pu l'extraire de ma cervelle. » Il plongea son regard dans le firmament. Par cette nuit limpide et froide, les astres dardaient sur les montagnes enténébrées des rayons aussi vifs et impitoyables que la vérité. « Je la connus par une nuit semblable à celle-ci, s'entendit-il narrer. Jaime et moi rentrions de Port-Lannis quand retentirent soudain des cris, et elle survint, courant sur la route, effarée, deux types à ses trousses, et qui gueulaient comme des possédés. Mon frère dégaina et s'élança sur eux, moi, je démontai secourir leur victime. Elle avait à peine un an de plus que moi, des cheveux sombres, elle était frêle, et sa figure vous brisait le cœur. Elle brisa du moins le mien. Née du ruisseau, malingre et malpropre mais... adorable. Comme ils avaient mis en pièces ses pauvres hardes, je l'enveloppai dans mon propre manteau puis, pendant que Jaime traquait ces salauds dans les bois, parvins à lui arracher un nom, une histoire. Fille d'un petit fermier, seule au monde depuis qu'il était mort des fièvres, elle se rendait à..., bah, nulle part, en fait.

« Lorsqu'il nous rejoignit, au petit trot, Jaime écumait de n'avoir pu saisir ses proies. Si près de chez nous, les malandrins ne s'aventuraient guère à dépouiller les voyageurs, et cette agression l'ulcérait comme un camouflet personnel. Toutefois, la fille était trop affolée pour repartir seule. Aussi proposai-je de la mener se restaurer dans la première auberge, tandis que lui-même filerait au Roc chercher des auxiliaires.

« Pour ce qui est d'elle, jamais je n'aurais cru qu'on pût avoir si faim. Tout en devisant, nous engloutîmes à nous deux près de trois poulets, vidâmes un flacon, et le vin – je n'avais que treize ans – m'échauffa le crâne, je crains. Tant et si bien que, sans savoir comment, je me retrouvai partageant son lit. Toute timide qu'elle était, je l'étais autrement plus qu'elle. Où je puisai le courage, en tout cas, mystère éternel. Elle se mit à pleurnicher quand je brisai son pucelage et, l'instant d'après, m'embrassait, me chantonnait si gentiment sa petite chanson qu'au matin j'étais amoureux.

– *Vous ?* » Rieuse était la voix de Bronn.

« Burlesque, hein ? » Tyrion siffla quelques mesures de la rengaine. « Et je l'épousai, confessa-t-il enfin.

– Un Lannister de Castral Roc, épouser la fille d'un petit fermier ? s'ébahit Bronn. Pas dû être facile facile...

– Oh, les miracles de gamin, vois-tu, quelques gros mensonges, une poignée de piécettes et un septon saoul suffisent à les opérer... N'osant pas installer ma moitié au Roc, je lui fis présent d'un cottage où, quinze jours durant, nous jouâmes à petite femme et petit mari. Sur ce, le septon dessoûlé ne trouva rien de plus pressé que d'aller révéler le pot-aux-roses au seigneur mon père. » A sa propre stupeur, il découvrait à quel point le navrait encore, après tant d'années, l'évocation de sa mésaventure. Devait-il en incriminer la fatigue, tout bonnement ? « Ainsi sombra notre ménage. » Il se mit sur son séant, fixa les flammes agonisantes. Leur maigre éclat le faisait clignoter.

« Il chassa la fille ?

– Il fit bien mieux. D'abord, il obligea mon frère à me dire la vérité. La fille était une putain, mon vieux. Jaime avait tout combiné de a à z, Port-Lannis, le retour, les bandits, tout. Il n'était que temps, selon lui, de me dépuceler. Double tarif pour une vierge, attendu que je débutais.

« Après les aveux de Jaime, lord Tywin jugea bon d'édifier toute sa maisonnée. Il fit enlever ma femme et la livra à ses gardes. On ne la paya pas trop mal. Une pièce d'argent par homme, tu connais beaucoup de putains qui réclament aussi cher ? Il me fit asseoir dans l'angle du quartier, m'ordonna de bien regarder. A la fin, elle avait tant gagné d'argent que les pièces lui glissaient des doigts, roulaient tout autour d'elle, à terre, et elle... » La fumée lui piquait les yeux. Il s'éclaircit la gorge et se détourna, sondant les ténèbres. « Lord Tywin m'avait réservé pour la fin, dit-il d'une voix paisible. Et il me donna une pièce d'or pour payer. Parce qu'en tant que Lannister, je valais davantage. »

Au bout d'un moment, il perçut à nouveau le crissement de la pierre contre l'acier. Bronn affûtait sa lame. « A treize ans comme à trente ou à trois, moi, je tuais l'homme qui m'aurait fait ça. »

Tyrion se retourna vivement et, les yeux dans les yeux : « L'occasion peut s'en présenter tôt ou tard. Je t'ai dit, souviens-toi : un

Lannister paie toujours ses dettes. D'ici là – il se mit à bâiller –, m'est avis que je vais tâcher de dormir. Tu me réveilles s'il faut mourir. »

Il s'enroula dans sa pelisse, ferma les paupières. Le sol était froid, rocailleux. Au bout d'un moment, néanmoins, Tyrion Lannister dormait. Il rêvait de son cachot céleste. A ceci près qu'il était le geôlier, cette fois, pas le prisonnier, *grand, très grand*, et qu'un fouet au poing il cinglait son père et, pied à pied, le forçait à reculer, pied à pied, vers l'abîme...

« *Tyrion !* » souffla Bronn d'un ton pressant. En un clin d'œil, Tyrion recouvra toute sa vigilance. Le feu n'était plus que braises parmi les cendres et, tout autour, des ombres avançaient en rampant. Dressé sur un genou, Bronn serrait dans une main son épée, son poignard dans l'autre. D'un geste muet, Tyrion lui signifia : *du calme*. Puis, aux ombres sournoises, il cria : « Venez donc partager notre feu ! On caille, cette nuit ! » ajoutant : « Nous n'avons pas, hélas, de vin à vous offrir, mais, pour notre chevreau, soyez les bienvenus. »

Tout mouvement s'était interrompu, mais on discernait le reflet de la lune sur le métal. « C'est notre montagne ! protesta depuis le couvert une voix caverneuse, rude, inamicale. Notre chevreau !

– Votre chevreau, soit, acquiesça Tyrion. Qui êtes-vous donc ?

– Quand tu verras tes dieux, riposta quelqu'un d'autre, dis-leur que c'est Gunthor, fils de Gurn, de la tribu des Freux, qui t'envoie ! » Des craquements de feuilles mortes, et il apparut. Maigre, casqué d'un heaume à cornes, armé d'un grand coutelas.

« Et Shagga, fils de Dolf. » La voix caverneuse, agressive. Un bloc erratique se déplaça, sur la gauche, s'érigea, prit peu à peu figure humaine. D'aspect lent et aussi massif que puissant, entièrement vêtu de peaux, un gourdin au poing droit, dans l'autre une hache, et les entrechoquant tandis qu'il s'approchait.

D'autres voix, cependant, lançaient d'autres noms : Conn et Torrek et Jaggot et... Tyrion les oubliait au fur et à mesure. Une bonne dizaine. Quelques-uns munis d'épées et de poignards. La plupart brandissant des faux, des fourches ou des piques de bois. Il attendit qu'ils eussent fini de glapir leur identité pour se présenter à son tour. « Et moi, je suis Tyrion, fils de Tywin, du clan Lannister, les lions du Roc. Nous vous paierons volontiers le chevreau.

– Que peux-tu nous donner, Tyrion, fils de Tywin ? demanda celui qui s'était dit Gunthor — leur chef, apparemment.

– L'argent que contient ma bourse, répondit Tyrion. Si mon haubert est trop grand pour moi, il irait à Conn comme un gant, et ma hache de guerre siérait infiniment mieux à la poigne de Shagga que son outil de bûcheron.

– Monnaie de singe, avorton, tout ça, dit Conn.

– Conn a raison, reprit Gunthor. A nous, ton argent. A nous, tes chevaux. Comme ton haubert, ta hache de guerre et ce poignard, à ta ceinture, à nous, tout ça. A part vos vies, tu peux rien nous donner. Comment veux-tu mourir, Tyrion, fils de Tywin ?

– Dans mon lit, le ventre plein de vin, ma queue dans la bouche d'une pucelle, et à quatre-vingts ans. »

A ces mots, le géant, Shagga, partit d'un rire gigantesque. Ses compagnons semblaient moins doués d'humour. « Prends leurs chevaux, Conn, ordonna Gunthor. Vous, tuez l'autre et capturez-moi l'avorton. Il doit pouvoir traire les chèvres et servir aux femmes de bouffon. »

Bronn bondit sur ses pieds. « Qui meurt le premier ?

– *Suffit !* dit sèchement Tyrion. Et toi, Gunthor, fils de Gurn, écoute. La puissance de ma maison ne le cède qu'à son opulence. Si les Freux nous mènent sains et saufs à travers ces montagnes, le seigneur mon père les couvrira d'or.

– Que vaut l'or d'un seigneur des plaines ? Aussi peu que les promesses d'un avorton ! répliqua Gunthor.

– Tout avorton que je puis être, rétorqua le nain, du moins ai-je le courage de faire front devant l'ennemi. Tandis que les Freux, que savent-ils faire, hormis se tapir derrière des rochers et trembler de frousse quand les chevaliers du Val viennent à passer ? »

Avec un rugissement de colère, Shagga fit sonner sa hache contre son gourdin. Jaggot darda sous le nez de l'insolent la pointe de sa pique durcie au feu. Mais Tyrion s'interdit de flancher. « Sont-ce là les meilleures armes que vous puissiez vous acheter ? lança-t-il. Assez bonnes pour égorger des moutons, peut-être..., à condition que les moutons ne se défendent pas. Les forgerons de mon père vous chieraient de meilleur acier.

– Rigole, marmot ! rugit Shagga, tu te foutras moins de ma hache quand elle t'aura coupé l'engin pour en nourrir les chèvres ! »

Mais Gunthor éleva la main. « Laisse-le parler. Les mères ont faim, et l'acier nourrit plus de bouches que l'or. Que nous donnerais-tu contre vos vies sauves, Tyrion, fils de Tywin ? Des épées ? Des lances ? Des cottes de mailles ?

– Tout ça et bien plus, Gunthor, fils de Gurn, repartit Tyrion Lannister avec un grand sourire. Car je vous donnerai en outre le Val d'Arryn. »

EDDARD

Au Donjon Rouge, la sinistre salle du Trône ne prenait jour que par de longues meurtrières, et les feux du crépuscule qui en maculaient le dallage zébraient de traînées vineuses les parois jadis ornées par les crânes de dragons. Et des tapisseries de chasse en verdures avaient beau, désormais, camoufler gaiement la pourpre lugubre du grès, Ned Stark ne pouvait se défendre de l'impression que l'édifice entier barbotait dans le sang.

Et le monstrueux siège d'Aegon le Conquérant lui en offrait une vue plongeante. Immense, hérissé de pointes et de lames acérées, tordues, déchiquetées comme à plaisir, enchevêtrées de façon grotesque, il était aussi, conformément aux dires de Robert, d'une démoniaque incommodité. Et maintenant plus que jamais, avec cette maudite jambe et ses élancements qui ne cessaient d'empirer de seconde en seconde. Surtout qu'à la longue toute la ferraille vous donnait un avant-goût du pal. Et, derrière, ces crocs d'acier : impossible de s'adosser ! *Un roi qui siège doit ignorer l'aise,* le mot d'Aegon commandant à ses armuriers de lui forger ce trône monumental avec les épées de la reddition... *Maudits soient-ils, lui et son arrogance !* songea Ned, amer, *et maudits tout autant Robert et ses parties de chasse !*

« Etes-vous absolument certains qu'il ne s'agissait pas simplement de brigands ? » s'enquit sous lui, depuis la table du Conseil, Varys, d'un ton melliflue. A ses côtés se trémoussait, nerveux, le Grand Mestre Pycelle. Et Littlefinger jouant, lui, avec une plume. Eux seuls participaient à l'audience. On avait en effet signalé la présence d'un cerf blanc dans le Bois-du-Roi, et lord Renly comme ser Barristan s'étaient joints à la chasse que suivaient aussi le prince Joffrey, Sandor Clegane, Balon Swann et la cohue des courtisans. Grâce à quoi Ned devait suppléer Robert sur ce charmant Trône de Fer...

Moindre mal encore. Il était *assis*. Tandis que, conseillers à part, le reste de l'assistance se voyait obligé de rester debout, humblement, ou de s'agenouiller. Les solliciteurs massés près des hautes portes, les chevaliers, gentes dames et puissants seigneurs le long des murs, sous les tapisseries, dans les tribunes les simples curieux, les gardes à leurs postes, revêtus de maille et distingués par l'or ou le gris de leurs manteaux, tous étaient debout.

A deux genoux, les villageois. Hommes, femmes, enfants. Déguenillés, sanglants, les traits ravagés par la peur. Derrière eux se dressaient les trois chevaliers qui les avaient amenés témoigner.

« De *simples brigands*, lord Varys ? hoqueta ser Raymun Darry d'une voix qui suait le mépris. Oh, sans l'ombre d'un doute, des brigands purs et simples ! Des brigands Lannister. »

Du seigneur au valet, tout tendait l'oreille, et le malaise général devenait palpable. Affecter la surprise, Ned n'y songeait pas. Depuis l'enlèvement de Tyrion Lannister, l'ouest était en ébullition. Castral Roc avait, de même que Vivesaigues, convoqué le ban, des armées se massaient au col de la Dent d'Or. Dans ces conditions, comment douter que les premières effusions de sang n'eussent été qu'une question de temps ? Seule demeurait pendante celle d'étancher la blessure au mieux...

D'un regard et d'un geste navrés, ser Karyl Vance, dont le beau visage était gâté par une tache lie-de-vin, désigna les pauvres suppliants. « Voilà, dit-il, les seuls rescapés du fort de Sherrer, lord Eddard. Les autres ont péri, tout comme les gens de Warbourg et du Gué-Cabot.

– Levez-vous, leur dit Ned, qui répugnait à croire quiconque en pareille posture. Debout, tous. »

Par couples ou un à un, les malheureux s'exécutèrent. Il fallut aider un vieillard. Seule une fillette à la robe maculée de sang demeura à genoux, médusée qu'elle était par ser Arys du Rouvre qui, fièrement campé au pied du trône en son armure immaculée de la Garde, avait l'air tout prêt à faire un rempart de son corps au roi..., voire à sa Main, conjectura Ned.

« Joss, dit ser Raymun Darry à un tablier de brasseur rondouillard et passablement déplumé, dis à Son Excellence ce qui s'est passé à Sherrer. »

L'homme acquiesça d'un signe. « Que Votre Majesté daigne...

– Sa Majesté, l'interrompit Ned, assez ébahi que l'on pût passer sa vie entière à quelques journées équestres du Donjon Rouge et ignorer jusqu'à l'aspect de son propre roi, Sa Majesté chasse sur l'autre rive de la Néra. » D'autant plus ébahi qu'il portait lui-même un doublet de lin blanc frappé du loup-garou gris et, au col de son manteau de lainage noir, la main d'argent de ses fonctions... Noir, blanc, gris, les nuances de la vérité. « Je ne suis que la Main du Roi, lord Eddard Stark. Dis-moi qui tu es et ce que tu sais de ces pillards.

« Je tiens... – je *tenais*... – je tenais un débit de bière à Sherrer, m' seigneur, près du pont de pierre. La meilleure bière au sud du Neck, tout le monde dit, sauf votre respect, m'seigneur. En fumée, tout ça, maintenant, comme tout le reste, m'seigneur. Y sont venus, z'ont bu tout leur soûl, répandu le reste par terre puis flanqué le feu, et m'auraient aussi répandu le sang si z'auraient m'attrapé, m'seigneur. Voilà.

– Nous ont tout brûlé, enchaîna un fermier qui se tenait à ses côtés. Sont montés du sud, à cheval, la nuit, et z'ont incendié les champs, les maisons, pareil, et tué ceusses qu'essayaient d'empêcher. Mais c'était pas des pillards, m'seigneur, m'esscuse. Z'en avaient pas après not' bétail, eux donc, à preuv' qu'y m'ont massacré ma vache, là, su' l' pré, pis laissée aux mouches et aux corbeaux.

– M'ont écrabouillé l'apprenti, moi », dit un trapu à muscles de charron, la tête bandée. Bien qu'il eût endossé ses plus beaux habits pour se présenter à la Cour, ses braies étaient rapetassées, la boue crottait sa pèlerine. « Z'y ont donné la chasse à travers champs, y z'y jetaient leurs lances comme à un lapin, et s'y s' marraient qu'y trébuche et gueule, jusqu'à temps que le gros l'a transpercé net... ! »

La fillette à genoux dut se démancher le col pour regarder Ned, là-haut, sur son trône. « Y z'ont tué ma mère aussi, Votre Majesté. Et pis y..., y... » Sa voix se perdit là-dessus, comme si elle avait oublié ce qu'elle comptait dire, et elle se mit à sangloter.

Ser Raymun Darry prit alors le relais. « A Warbourg, les habitants ont cherché refuge à la citadelle, mais comme elle était en bois, ces bandits ont empilé de la paille pour les griller vifs. Et quand les gens ont ouvert les portes pour s'ensauver, des volées de flèches les abattaient dès qu'ils se ruaient dehors. Tous, même les femmes et leurs nourrissons.

– Mais c'est abominable ! susurra Varys. Comment peut-on se montrer si féroce ?

– Y nous auraient traités pareil, dit Joss, mais, à Sherrer, c'est de la pierre. Certains voulaient nous enfumer, mais le gros leur a dit : "Y a un fruit plus mûr, en amont", et y z'ont filé sur le Gué-Cabot. »

Plus la compassion l'inclinait vers tant de misère, plus Ned se sentait pénétré par le froid de l'acier. Entre chacun de ses doigts posés sur les bras du trône émergeaient, crochues comme des serres, des pointes d'épées tordues, contournées, mais d'aucunes toujours tranchantes, trois siècles après. Le Trône de Fer tendait force pièges à l'inadvertance. Il avait fallu, d'après les chansons, mille épées pour le forger, mille épées chauffées à blanc par le seul souffle de la Terreur Noire, Balerion, et cinquante-neuf jours de martelage. Ni plus ni moins. Et pour parvenir à cette énorme bête noire agrémentée de lames de rasoir, de barbelures et de faveurs de métal mortel, à ce hideux fauteuil capable de tuer et qui, à en croire les chroniqueurs, ne s'en était pas privé...

Ce qu'il pouvait bien ficher là-dessus, Eddard Stark ne cessait de se le demander, mais il ne s'y trouvait pas moins juché, bien en vue, et ces gens-là comptaient sur sa justice. « Quelle preuve avez-vous que vos agresseurs étaient des Lannister ? demanda-t-il, roidi contre sa fureur. Portaient-ils des manteaux écarlates ? Arboraient-ils la bannière au lion ?

– Les Lannister eux-mêmes ne sont pas stupides à ce point », jappa ser Marq Piper, dressé sur ses ergots comme un coquelet. Au gré de Ned trop jeune et par trop fougueux, il n'en était que mieux l'ami intime d'Edmure Tully.

« Ils étaient tous montés et vêtus de maille, monseigneur, expliqua d'un ton calme ser Karyl. Et leur armement comportait des lances à pointe d'acier, de longues épées, des haches de guerre. Tout ce qu'il y a de plus meurtrier. » Puis, pointant son index sur l'un des survivants : « Toi. Oui, toi. Personne ne te veut de mal. Répète à la Main ce que tu m'as dit. »

Le vieux se mit à dodeliner. « Ben..., rapport à leurs chevaux, bredouilla-t-il. C'est des destriers qu'ils montaient. J'ai assez longtemps travaillé dans les écuries du vieux ser Willum, la différence, je la fais. Alors, que les dieux me confondent si une seule de ces bêtes avait jamais vu la charrue.

– Des brigands si brillamment montés..., observa Littlefinger. Peut-être avaient-ils volé ces chevaux lors d'une razzia précédente.

– Combien d'hommes comprenait leur troupe ? demanda Ned.

– Une bonne centaine », répondit Joss, tandis qu'au même instant le charron bandé avançait : « Cinquante », et une mémé, derrière : « Des miyers, m'seigneur, une armée qu'z'étaient !

– Vous ne croyez pas si bien dire, ma bonne, commenta Ned. Pas de bannières, n'est-ce pas ? Mais leur armure, vous pouvez décrire ?

L'un de vous a-t-il repéré quelque ornement ? un motif décoratif ? des devises de heaume ou de bouclier ? »

Le brasseur secoua la tête. « Désolé, m'seigneur, mais non, ce qu'on a pu voir des armures était uni. Seulement..., le type qui les conduisait, leur chef, comme qui dirait, hé bien, il était armé comme tous les autres, bon, mais on pouvait pas le confondre, ça non. A cause de sa taille, m'seigneur. Ceusses qui disent, les géants sont morts, y en a plus, ma foi, z'ont pas vu çui-là, parole. Gros comme un bœuf, et une voix..., une voix rocailleuse comme une carrière !

– *La Montagne !* s'exclama ser Marq. Comment en douter ? Cette boucherie, c'est du Gregor Clegane tout cru. »

Du fond de la salle comme des bas-côtés montèrent des murmures, et les tribunes elles-mêmes frémissaient de rumeurs. Pas plus que le grand seigneur, l'homme du peuple ne se méprenait sur la portée de l'allégation. Nommer ser Gregor Clegane revenait à insinuer la responsabilité de son suzerain, lord Tywin Lannister.

La panique des villageois faisait peine à voir. Leur attitude craintive, jusqu'alors, s'expliquait trop bien. Ils avaient précisément redouté cela. Que leurs chevaliers les eussent amenés là (de gré, ou de force ?), devant un roi qui était son beau-fils, à seule fin d'impliquer nommément lord Tywin dans ce bain de sang.

Avec une pesanteur qui fit tintinnabuler sa chaîne de grand mestre, Pycelle se leva. « Sans vous offenser, ser Marq, comment pouvez-vous affirmer l'identité de ser Gregor et de ce bandit ? Les colosses abondent, dans le royaume...

– Aussi colossaux que la Montagne-en-marche ? répliqua ser Karyl. Aucun, que je sache.

– Ni personne ici, approuva ser Raymun, péremptoire. A côté, son frère Sandor lui-même a l'air d'un chiot. Ouvrez donc les yeux, messire. Devait-il apposer son sceau sur les cadavres pour votre édification ? C'était bel et bien Gregor.

– Pourquoi ser Gregor se transformerait-il en brigand ? demanda Pycelle. Il tient en propre des gracieuses mains de son suzerain place forte et terres. Il est chevalier oint.

– Chevalier postiche ! s'indigna ser Marq. Dogue enragé de lord Tywin, oui.

– J'en appelle à vous, seigneur Main, protesta sèchement Pycelle, pour rappeler à ce *bon* chevalier que lord Tywin Lannister est le père de notre gracieuse reine.

– Soyez remercié, Grand Mestre, dit Ned, de le préciser. Nous risquions de l'oublier, sans votre intervention. »

Depuis son perchoir, il surprit des ombres qui, furtivement, s'esquivaient par le fond. Des lièvres courant se terrer, probablement... – ou des rats grignoter leur bout de fromage chez Cersei. Un coup d'œil vers les tribunes lui donna une bouffée de colère. Parmi les badauds se trouvaient septa Mordane et Sansa. Quel spectacle, pour une enfant ! Mais la nonne, évidemment, ne pouvait savoir que l'audience du jour comporterait tout autre chose que le menu fastidieux de la veille et du lendemain : pétitions banales, bisbilles de hameaux rivaux, mesquins différends de bornage...

A la table du Conseil, en bas, Petyr Baelish, blasé, semblait-il, de tripoter sa plume, tendit le col. « Dites-moi, ser Marq, ser Karyl, ser Raymun..., si je puis me permettre une question ? Tous ces forts, vous étiez bien chargés de les protéger ? Où vous trouviez-vous donc pendant que se perpétraient tous ces meurtres et tous ces incendies ?

– Je secondais le seigneur mon père au col de la Dent d'Or, répondit Karyl Vance, et ser Marq le sien. En apprenant ce qui se passait, ser Edmure Tully nous manda d'aller avec quelques troupes en quête du plus possible de survivants et d'amener ceux-ci au roi. »

Ser Raymun Darry ajouta : « Quant à moi, ser Edmure m'avait expédié devant Vivesaigues avec toutes mes forces. J'avais établi mon camp sur la rive opposée aux murs quand me parvint la nouvelle de ces forfaits. Le temps que je regagne mes propres domaines, Clegane et ses canailles avaient repassé la Ruffurque et galopaient vers les collines Lannister. »

D'un air songeur, Littlefinger se titilla la barbichette. « Et s'ils tournent bride, ser ?

– Qu'ils s'avisent de tourner bride, et leur sang irriguera la terre qu'ils ont brûlée ! s'écria ser Marq.

– Ser Edmure a garni d'hommes chaque village et chaque fort situé à moins d'une journée équestre de la frontière, indiqua ser Karyl. Le premier pillard qui s'y risquera ne l'aura pas si belle. »

Exactement ce que pourrait bien souhaiter lord Tywin, se dit Ned à part lui. *Saigner Vivesaigues en incitant ce godelureau d'Edmure à éparpiller ses épées.* Emporté par la fougue de la jeunesse, le frère de Catelyn se montrait là plus chevaleresque qu'avisé. Il allait tenter de garder chaque pouce de terre, de protéger chaque homme, chaque femme, chaque enfant qui l'appelaient « messire », et Tywin Lannister était assez sagace pour l'escompter...

« Mais alors, objectait lord Baelish au même instant, si vos domaines et vos places fortes n'ont plus rien à craindre, qu'attendez-vous du trône ?

– Les seigneurs du Trident maintiennent la paix du roi, riposta ser Raymun, et les Lannister l'ont rompue. Nous réclamons la permission de leur en demander raison, acier pour acier. Nous réclamons justice pour les bonnes gens de Sherrer, de Warbourg et du Gué-Cabot.

– Edmure pense comme nous. Nous devons rendre à Gregor Clegane la monnaie de sa pièce rouge, ajouta ser Marq, mais lord Hoster nous a imposé de demander d'abord son aval au roi. »

Ce brave vieil Hoster..., les dieux soient loués de son initiative ! Tywin Lannister était aussi renard que lion. S'il avait véritablement – et Ned n'en doutait pas le moins du monde – lâché ser Gregor pour semer la désolation, il avait toutefois pris la précaution de ne le découpler qu'à la faveur de la nuit, sans collier ni bannières, tel un vulgaire coupe-jarrets. Que Vivesaigues rende coup pour coup, Cersei et son père ne manqueraient pas de rejeter sur les Tully la rupture de la paix du roi et de piailler à l'innocence des Lannister. Et le ciel seul savait quelle version préférerait Robert...

A nouveau, Pycelle se hissait sur ses pieds. « Seigneur Main, si ces braves gens croient de bonne foi que ser Gregor a pu enfreindre ses vœux sacrés jusqu'à tuer, saccager, violer, daignez les renvoyer plaider leur cause devant son seigneur et maître. Ces crimes ne sont pas du ressort du trône. C'est à lord Tywin qu'il incombe d'en juger.

– Chez lui comme ailleurs, articula Ned, tout relève de la justice du roi. Au nord, au sud, à l'est, à l'ouest, nous ne prononçons aucune sentence qu'au nom de Robert.

– De la justice *du roi*, repartit Pycelle, effectivement. Aussi devrions-nous différer cette affaire jusqu'à ce que le roi...

– Le roi est parti chasser, coupa Ned, et il peut ne pas revenir de sitôt. Il m'a ordonné de siéger ici comme il le ferait, d'y être ses propres oreilles, sa propre voix. J'entends m'y employer avec exactitude..., non sans l'informer comme il sied, je n'en disconviens pas. » Au bas des tapisseries se détachait une figure familière. « Ser Robar Royce ? »

Celui-ci fit un pas en avant, s'inclina. « Monseigneur ?

– Votre père chasse avec le roi, je crois. Puis-je vous prier d'aller leur conter ce qui s'est dit et résolu ici, aujourd'hui ?

– J'y vais de ce pas, monseigneur.

– Alors, intervint Marq Piper, vous nous autorisez à tirer vengeance de ser Gregor ?

– Vengeance ? riposta lord Stark. Nous parlions de justice, croyais-je... A quoi servirait de mettre à feu et à sang les terres de Clegane ? A laver votre orgueil outragé, pas à restaurer la paix du roi. » Sans laisser à la véhémence du jeune chevalier le loisir de se répandre en invectives, il se tourna vers les villageois. « Gens de Sherrer, je ne saurais pas plus vous restituer vos maisons, vos récoltes, votre bétail que ressusciter vos morts mais, au nom de notre roi, Robert, j'espère être en mesure de vous accorder un rien de justice à titre de compensation. »

Les yeux fixés sur lui, l'assistance entière retenait son souffle. Lentement, rassemblant toute la vigueur de ses bras pour s'extraire du trône, au mépris des cris de sa jambe, tétanisée dans sa gangue, il se releva, roidi contre la souffrance. La souffrance, il lui fallait coûte que coûte l'ignorer. Ce n'était assurément pas le moment de laisser transparaître sa faiblesse. « Les Premiers Hommes étaient d'avis que le juge qui condamne à mort devait en personne manier l'épée. Ce principe, nous l'appliquons encore, dans le nord. Il me déplaît de me décharger sur un autre du soin de l'exécution..., mais les circonstances actuelles – il désigna son plâtre – ne me laissent guère le choix.

– *Lord Eddard !* » Parti du bas-côté ouest, l'appel attira son attention sur un beau brin de jouvenceau qui s'avançait, plein d'assurance, à longues foulées. Une fois désarmé, ser Loras Tyrell ne paraissait même plus ses seize ans. Vêtu de soie bleu pâle, il portait à sa ceinture une chaîne dont les roses d'or rappelaient l'emblème de sa maison. « Daignez m'accorder l'honneur de vous remplacer. Accordez-le-moi, monseigneur, et jamais, j'en fais serment, je ne vous faudrai.

– Voyons, ser Loras..., pouffa Littlefinger, si nous vous envoyions affronter seul la Montagne, elle nous renverrait par retour votre joli chef la bouche farcie d'une prune ! Ser Gregor n'est pas homme à tendre de plein gré son col à la justice de quiconque...

– Gregor Clegane ne me fait pas peur », répliqua ser Loras avec hauteur.

Après s'être doucement laissé retomber sur l'abominable trône biscornu d'Aegon, Ned scrutait un à un les assistants rangés le long des murs. « Lord Béric ? appela-t-il enfin, Thoros de Myr ? ser Gladden ? lord Lothar ? » Tous quatre s'avancèrent successivement. « Que chacun de vous prenne vingt hommes. Vous vous rendrez à la forteresse de Gregor et lui signifierez ma sentence. Vingt de mes propres gardes se joindront à vous. Eu égard à votre rang, lord Béric, vous exercerez le commandement. »

Le jeune Dondarrion inclina sa toison d'or rouge. « A vos ordres, lord Eddard. »

Alors, Ned éleva la voix de manière à se faire entendre de la salle entière. « Au nom de Robert, de la maison Baratheon, premier du nom, roi des Andals, de la Rhoyne et des Premiers Hommes, seigneur et maître des Sept Couronnes, protecteur du royaume, je vous charge, moi, Eddard, de la maison Stark, sa Main, de gagner à bride abattue les contrées de l'ouest, de franchir la Ruffurque du Trident sous l'étendard royal et d'appesantir la justice du roi sur le prétendu chevalier Gregor Clegane et sur chacun de ses complices. Je le répudie, le flétris, le dégrade de tous ses rang et titres, le dépossède de tous ses domaines, revenus, tenures et le condamne à mort. Puissent les dieux prendre en pitié son âme. »

Après que se fut éteint, dans un silence impressionnant, le dernier écho du sombre anathème, le chevalier des Fleurs demanda d'une voix timide : « Et moi, lord Eddard ? » Il semblait perdu.

Ned posa son regard sur lui. Vu d'en haut, Loras Tyrell paraissait du même âge que Robb. « Nul ne conteste votre valeur, ser Loras, mais c'est de justice qu'il s'agit ici, et vous ne brûlez que de vous venger. » Puis, revenant à lord Béric : « Partez dès le point du jour. En telles matières, la diligence est essentielle. » Sur ce, il brandit la main. « La séance est levée. Le trône n'entendra plus de suppliques, en ce jour. »

Alyn et Porther gravirent l'abrupte estrade de fer pour l'aider à en redescendre et comme, marche après marche, ils le soutenaient, chacun de son côté, le regard maussade de Loras Tyrell s'appesantissait sur lui. En atteignant finalement le niveau de la salle, Ned constata néanmoins que l'adolescent s'était retiré.

Littlefinger et le Grand Mestre également. Seul encore à la table du Conseil, Varys affectait de manier des paperasses. « Vous avez plus d'audace que moi, monseigneur, dit-il d'une voix sucrée.

– Comment cela ? » répliqua-t-il sèchement. Sa jambe le lancinait, et il n'était pas d'humeur à jouer sur les mots.

« Me fussé-je trouvé là-haut, j'envoyais ser Loras. Il en avait tellement envie... Sans compter que, lorsqu'on a les Lannister pour ennemis, mieux vaudrait se concilier l'amitié des Tyrell.

– Ser Loras a la vie devant lui. Il saura bien surmonter son dépit.

– Et ser Ilyn ? » L'eunuque flatta l'une de ses bajoues poudrées. « Il incarne, après tout, la justice du roi. Confier à d'autres la tâche que lui confèrent ses fonctions..., d'aucuns ne vont-ils pas l'interpréter comme un outrage délibéré ?

– Tout sauf délibéré. » Il se défiait, à la vérité, du chevalier muet, mais peut-être uniquement par aversion viscérale à l'endroit des bourreaux. « Dois-je au surplus vous le rappeler ? les Payne sont bannerets des Lannister. J'ai cru préférable de désigner des hommes que ne liait à lord Tywin aucun serment de féauté.

– Très prudent à vous, j'en conviens, susurra Varys. Il se trouve néanmoins que j'ai, par le plus grand des hasards, aperçu ser Ilyn tout au fond de la salle et, à la manière dont nous dévisageaient les prunelles pâles que vous savez, je me crois fondé à déduire qu'il ne jubilait guère, encore que, pour être sûr de rien, avec cet éternel silencieux, n'est-ce pas... ? J'espère de tout mon cœur qu'il saura lui aussi surmonter son dépit. Mais il aime si *passionnément* sa besogne... »

SANSA

« Il a refusé d'envoyer ser Loras », confia-t-elle sous la lampe à Jeyne, venue ce soir-là partager avec elle une assiette froide. Pour mieux reposer sa jambe, Père avait dîné dans sa chambre en compagnie d'Alyn, de Harwin et de Vayon Poole. Vannée par leur interminable station dans les tribunes, septa Mordane s'était excusée sur l'enflure de ses pieds. Quant à Arya, sa leçon de danse s'éternisait, naturellement...

« A cause de sa jambe, je crois, soupira-t-elle.

– De sa jambe ? s'ébahit Jeyne, mignonne comme un cœur sous ses cheveux sombres. Ser Loras s'est blessé la jambe ?

– Pas *la sienne*, bécasse, dit Sansa, tout en grignotant d'une dent distinguée son pilon de poulet. La jambe de *Père*. Elle s'entête à le tourmenter si fort ! Ça le rend irascible. Il aurait envoyé ser Loras, j'en suis convaincue, sinon. »

Elle demeurait sidérée de ce refus. Dès les premiers mots de son cher chevalier des Fleurs, elle s'était persuadée qu'elle allait assister pour de vrai à l'un des contes de Vieille Nan, voir la féerie se réaliser, sous ses yeux. Ser Gregor y jouait le monstre qu'en vrai héros ser Loras ne manquerait pas de tuer. Il n'était jusqu'à son *aspect* qui n'avérât ser Loras tel. Il était si beau, si mince, les roses d'or soulignaient si galamment la finesse de sa taille, son opulente chevelure brune lui retombait avec tant de grâce dans les yeux... Et, là-dessus, Père le *refusait* ! Elle en avait été bouleversée au-delà de toute expression. Tellement bouleversée qu'elle n'avait cessé d'exprimer son désarroi, dans les escaliers des tribunes, à septa Mordane, et pour s'entendre riposter quoi, je vous prie ? Simplement qu'une demoiselle digne de ce nom ne discutait pas les arrêts du seigneur son père.

C'est là qu'était intervenu lord Baelish. « Je serais moins affirmatif que vous, septa. Certains arrêts du seigneur son père mériteraient un brin de discussion. La sagesse de la demoiselle n'a d'égale que ses appas. » Et il balaya le sol d'une révérence d'une telle solennité qu'encore à présent Sansa doutait si c'était hommage ou dérision.

Toujours est-il que septa Mordane s'était montrée *très très* choquée que lord Baelish eût surpris leur conversation. « La petite ne faisait que jaser, messire. A l'étourdie, sans male intention. Des propos en l'air... »

Il tripota sa barbichette. « En l'air ? voire... Dis-moi, mignonne, pourquoi tu aurais envoyé ser Loras, toi ? »

Prise au dépourvu, Sansa ne put esquiver de justifier son choix par héros et monstres interposés. Le conseiller du roi sourit. « Je n'aurais certes pas invoqué ces motifs, mais... » Du pouce, il lui flatta légèrement la joue, suivant la courbe de la pommette. « La vie n'est pas une chanson, ma douce. Tu risques de l'apprendre un jour à tes cruels dépens. »

Tous ces détails-là, Sansa répugnait à les livrer à sa confidente. Rien que d'y penser la chavirait trop.

« Lord Eddard ne pouvait envoyer ser Loras, déclara sentencieusement Jeyne. Mais il aurait dû envoyer ser Ilyn. »

A ce seul nom, Sansa frissonna. La vue de ser Ilyn Payne la faisait invariablement grelotter. Elle avait l'impression que sur sa peau nue traînassait une limace morte. « Il a tout d'un *second* monstre. Je me félicite que Père ne l'ait pas choisi.

– Comme héros, toujours, lord Béric vaut bien ser Loras. Il est aussi brave que chevaleresque.

– Je présume », dit Sansa, sceptique. Sans être précisément mal de sa personne, non, Béric Dondarrion était abominablement *vieux* – près de vingt-deux ans ! Tout sauf un rival pour l'incomparable chevalier des Fleurs. Il est sûr que son coup de foudre pour lord Béric aveuglait cette pauvre idiote. Elle perdait la tête, aussi ! Oubliait-elle ce qu'était son père, un simple intendant ? Elle pouvait soupirer tout son soûl, la petite Poole... N'eût-il pas déjà le double de son âge, jamais lord Béric ne jetterait les yeux si bas !

Comme il eût été discourtois, néanmoins, de la désabuser, Sansa sirota trois gouttes de lait et changea de sujet. « J'ai rêvé que l'honneur de prendre le cerf blanc revenait à Joffrey », dit-elle. Il s'agissait plus exactement d'un vœu, mais « rêve » sonnait mieux, nul n'ignorant que les rêves sont prophétiques et que l'extrême rareté des cerfs blancs les fait réputer magiciens. Le cœur de Sansa, d'ailleurs, l'éclairait outre mesure quant à l'écrasante supériorité de son galant prince sur son royal ivrogne de père.

« Rêvé ? vraiment ? Et alors ? Est-ce que le prince Joffrey n'avait qu'à l'aborder, le toucher à main nue, sans lui faire le moindre mal ?

– Non, décida Sansa. Il l'abattait d'une flèche d'or et le rapportait à mon intention. » Dans les chansons, les chevaliers ne tuaient jamais les animaux magiques, ils se contentaient de les aborder, de les toucher à main nue, sans leur faire le moindre mal, mais elle connaissait la passion du prince pour la chasse, pour la mise à mort, notamment. Uniquement celle des bêtes, il allait de soi. Car elle était convaincue que son prince était innocent du meurtre de Jory et de ses pauvres compagnons. Le coupable, c'était son oncle, le diabolique Régicide. Quelque vive que demeurât la rancœur de Père, il n'était pas juste de blâmer Joffrey. Aussi peu juste que de la blâmer, elle, pour une faute qu'aurait par exemple commise Arya.

« J'ai vu ta sœur, cet après-midi, lâcha brusquement Jeyne, comme si elle avait lu dans ses pensées. Dans les écuries. Elle marchait sur les mains. Pourquoi fait-elle des trucs pareils ?

– S'il est une chose dont je suis sûre, c'est de ne jamais savoir les raisons d'aucun de ses agissements. » Son aversion décidée pour les écuries, cloaques puants de mouches et de fumier, l'empêchait d'y pénétrer lors même qu'elle devait monter. Aussi attendait-elle de préférence au-dehors qu'on selle son cheval et le lui amène. « Ça te fait plaisir, que je te parle de l'audience du Trône, ou non ?

– Au contraire...

– Un frère noir s'y est présenté, qui réclamait des hommes pour le Mur, seulement il était du genre vieux, puis il empestait. » Elle n'avait pas aimé ça du tout, mais du tout. Elle se figurait jusque-là les gens de la Garde de Nuit sous les espèces d'Oncle Benjen et parés du beau titre de « ténébreux chevaliers du Mur » que leur décernaient les chansons. Or tout suggérait que ce Yoren, non content d'être hideux, bossu, nourrissait des poux. Si la Garde de Nuit ressemblait véritablement à ça, pauvre Jon ! « Père a demandé s'il se trouvait dans la salle des chevaliers soucieux d'honorer leur maison en prenant le noir, mais il n'y eut pas de volontaires, alors Père lui attribua la fine fleur des prisons du roi puis le congédia. Et après, il est venu ces deux francs-coureurs des marches de Dorne, deux frères, pour vouer leurs épées au service du roi, et Père a reçu leurs serments... »

Dans un bâillement, Jeyne demanda : « Il n'y a pas de gâteaux au citron ? »

Sansa n'appréciait guère qu'on l'interrompît, mais force lui fut d'admettre que « gâteaux au citron » rendait un son plus affriolant que la plupart des événements survenus durant la séance. « Allons voir », dit-elle.

La cuisine ne recélait pas l'ombre de gâteaux au citron, mais elle finit par trahir une moitié de tarte aux fraises, et c'était en somme presque aussi bon. Elles la dégustèrent à même l'escalier, caquetant, pouffant, s'entre-chuchotant de si grands secrets qu'en se fourrant au lit Sansa se sentait presque aussi friponne qu'Arya.

Elle se réveilla dès avant le point du jour et, en somnambule, gagna sa croisée pour regarder lord Béric agencer sa troupe. L'aurore blanchissait à peine les toits quand derrière les étendards s'ébranlèrent les cavaliers, et c'était merveilleux, cette venue au monde d'une chanson... ! Le cerf couronné du roi flottait haut sur sa longue hampe, le loup-garou Stark et l'éclair fourchu Dondarrion sur des hampes de moindre taille, les épées cliquetaient, les torches vacillaient, les bannières claquaient au vent, les coursiers piaffaient, hennissants, les rayons d'or d'un soleil tout neuf filtraient au travers de la noire herse qui se relevait en grinçant, dans leur grand manteau gris et leur maille d'argent se distinguaient pour la superbe les Winterfell.

Sansa ne se tint plus d'orgueil lorsqu'elle vit Alyn, portant l'enseigne de leur maison, se porter à la hauteur de lord Béric pour quelques mots d'échange et, d'enthousiasme, elle le décréta plus beau que n'avait jamais été Jory. Il serait chevalier, tôt ou tard...

La tour de la Main lui parut si vide après qu'ils se furent évanouis que la réjouit même la venue de sa sœur pour le déjeuner. « Où sont les autres ? s'enquit Arya, tout en épluchant une orange sanguine. Père les a-t-il expédiés aux trousses du Régicide ? »

Sansa exhala un galant soupir. « Lord Béric les a emmenés trancher le chef de Gregor Clegane. » Puis, se tournant vers septa Mordane qui, armée d'une cuiller de bois, se gavait de bouillie d'avoine : « D'après vous, septa, que va faire lord Béric ? empaler la tête de ser Gregor au-dessus de sa propre porte ou la rapporter ici pour le roi ? » Elle et Jeyne s'en étaient longuement disputées la veille.

La nonne manqua s'étrangler. « Sansa ! une dame ne mêle pas semblables horreurs à sa bouillie d'avoine ! Où sont vos manières, Sansa ? Ma parole ! depuis quelque temps, vous deviendriez presque aussi grossière que votre sœur...

– Qu'a donc fait Gregor ? demanda Arya.

– Incendié une forteresse et assassiné des tas de gens, même des femmes et des enfants. »

Arya se tordit le museau en une grimace écœurée. « Jaime Lannister a assassiné et Jory, et Heward, et Wyl, et le Limier assassiné Mycah. C'est *ces deux-là* qu'on aurait dû décapiter.

– Ce n'est pas pareil, dit Sansa. Le Limier est le bouclier lige de Joffrey. Puis ton boucher d'ami s'en était pris au prince.

– Menteuse ! riposta Arya, le poing si violemment crispé sur son orange que le jus rouge lui giclait entre les doigts.

– Va, va..., décocha Sansa d'un air désinvolte, donne-moi tous les noms que tu veux, tu n'oseras plus quand je serai l'épouse de Joffrey. Il te faudra me faire la révérence et me dire "Votre Grâce". » Un cri pointu lui échappa quand l'orange, traversant la table, vint avec un *floc* visqueux la frapper en plein front puis s'effondra dans son giron. « Votre Grâce a du jus sur son auguste face », avertit Arya.

D'une serviette exaspérée, sa sœur épongea la pulpe qui lui piquait les yeux, lui dégoulinait le long du nez, mais les dégâts causés à sa belle robe de soie ivoire lui arrachèrent un nouveau cri d'indignation. « Tu es *horrible* ! piailla-t-elle. Ce n'est pas Lady, c'est toi qu'il fallait abattre ! »

Le scandale propulsa debout la septa. « Son Excellence en sera avisée. Dans vos chambres, ouste. *Ouste !*

– Même moi ? » Les yeux de Sansa se mouillèrent. « Ce n'est pas juste...

– J'en suis seul juge. Allez ! »

Sansa se retira la tête haute. Le sort l'appelait à régner, et une reine ne pleure pas. Du moins en présence de témoins. Une fois rentrée dans ses appartements, elle s'y verrouilla, se dévêtit. La sanguine avait maculé de rouge tout le devant. « Je la *hais* ! » glapit-elle puis, mettant la robe en boule, elle la jeta sur les cendres refroidies de l'âtre. Mais quand elle s'aperçut que l'orange avait également souillé sa chemise, elle ne parvint plus à réprimer ses sanglots, se dénuda avec fureur et, se ruant dans son lit, le baigna de larmes si voluptueuses qu'elle finit par se rendormir.

Il était midi quand septa Mordane heurta à la porte. « Sansa ! Votre seigneur père vous attend. »

Elle se dressa sur son séant. « Lady », murmura-t-elle. Une seconde, elle eut l'illusion que la louve se trouvait là, dans la chambre, et, d'un air triste et sagace, la dévisageait de ses prunelles d'or.

Un rêve, hélas, elle avait seulement rêvé. Elles étaient en train de gambader, toutes deux, et..., et... rien. Malgré tous ses efforts pour s'en souvenir, la suite se dérobait comme entre les doigts se dérobent les gouttes de pluie. Le rêve s'estompant, la mort recouvra Lady.

« Sansa ! » Les heurts reprirent, sèchement. « M'entendez-vous ?

– Oui, septa ! cria-t-elle. Auriez-vous l'obligeance de m'accorder un instant ? Je m'habille... » Les larmes avaient rougi ses yeux, mais elle se fit belle de son mieux.

Lorsque septa Mordane l'introduisit, parée d'une délicieuse douillette vert pâle et d'un air contrit, dans la loggia, Sansa trouva lord Eddard abîmé dans l'examen d'un immense volume relié de cuir. « Approche », dit-il, d'un ton moins sévère que redouté, dès que la nonne fut ressortie. Sa jambe plâtrée reposait, raide, sous la table. « Assieds-toi, là, près de moi. » Il referma le livre.

Déjà, Mordane reparaissait, traînant Arya qui, vêtue comme au déjeuner de sa bure et de ses cuirs miteux, se tortillait comme un chat sauvage pour se libérer. « Et voici la seconde, annonça la nonne.

– Je vous remercie, dit-il. Maintenant, j'aimerais parler seul à seul à mes filles, si vous permettez. »

Elle s'inclina et s'en fut.

« C'est Arya qui a commencé, jeta vivement Sansa, soucieuse d'avoir le premier mot. Elle m'a traitée de menteuse et lancé une orange et gâté ma robe, celle en soie, l'ivoire que m'avait donnée la reine Cersei pour mes fiançailles avec le prince Joffrey. Ça l'étouffe que j'épouse le prince. Elle ne pense qu'à *tout* salir, Père, elle déteste tout ce qui est beau, joli, magnifique.

– *Suffit*, Sansa ! » s'impatienta-t-il d'un ton qui ne souffrait pas de réplique.

Arya releva le nez. « Je suis désolée, Père. J'ai eu tort, et je prie ma sœur de bien vouloir me pardonner. »

De stupeur, Sansa demeura un instant sans voix. Mais elle ne tarda pas à se reprendre. « Et ma robe ?

– On..., je pourrais la laver, non ? suggéra la petite, sans trop de conviction.

– La laver ne servirait à rien, trancha Sansa. Dusses-tu frotter nuit et jour, la soie est *ruinée*.

– Eh bien, je... t'en ferai une neuve.

– *Toi ?* » Son menton pointa, dédaigneux. « Tu ne serais même pas capable de coudre une serpillière à cochons ! »

Père soupira. « Ce n'est pas pour parler chiffons que je vous ai fait venir. Je vous renvoie à Winterfell. »

Pour la seconde fois, Sansa demeura stupide. Il lui sembla que sa vue se brouillait à nouveau.

« Vous ne *pouvez* faire cela, dit Arya.

– S'il vous plaît..., Père, parvint enfin à bredouiller Sansa, s'il vous plaît, non. »

Il les gratifia toutes deux d'un sourire las. « Vous voici tout de même un terrain d'entente...

– Je n'ai rien fait de mal, moi, plaida Sansa. Je ne veux pas repartir. » Elle adorait Port-Réal, la pompe de la Cour, le velours, la soie, les joyaux de ses dames et de ses seigneurs, les rues si populeuses de la grand ville. Si les joutes avaient marqué l'apogée magique de son existence, il lui restait encore tant de choses à voir ! Les fêtes de la moisson, les bals masqués, les spectacles de pantomime... L'idée de perdre tout cela lui était intolérable. « Renvoyez Arya, c'est elle qui a commencé, Père, je le jure ! Moi, je serai douce et docile, vous verrez, laissez-moi seulement rester, je vous promets d'être aussi noble, aussi affable et distinguée que la reine... »

Une moue bizarre tordit la bouche de Père. « Ecoute un peu, Sansa. Si je vous renvoie, ce n'est pas pour vous être crêpé le chignon, bien que vos querelles incessantes m'assomment, les dieux le savent ! mais uniquement pour assurer votre sécurité. Alors qu'on m'a tué comme des chiens trois de mes hommes à deux pas d'ici, comment Robert réagit-il, je vous prie ? en partant *chasser* ! »

Selon sa manie répugnante, Arya se mâchouillait la lèvre. « Pourrons-nous emmener Syrio ?

– Si on s'en fiche, de ton absurde *maître à danser* ! explosa Sansa puis, comme illuminée : Mais, Père, à présent que j'y songe..., je ne *saurais* m'en aller, puisque je dois épouser le prince Joffrey ! » Tant bien que mal, elle se façonna un sourire héroïque. « Je l'aime, Père, vraiment, je l'aime, oh, je l'aime autant que la reine Naerys aimait le prince Aemon Chevalier-Dragon, autant que Jonquil aimait ser Florian..., je veux devenir sa reine et puis lui faire ses bébés !

– Ecoute un instant, ma douce, dit-il gentiment. Quand tu seras grande, nous te fiancerons à un grand seigneur digne en tous points de toi – fort, brave, magnanime et tout et tout. Jamais je n'aurais dû te promettre à Joffrey. Il n'a rien, crois-moi, de ton prince Aemon.

– Si, *tout* ! insista-t-elle, et c'est *lui* que je veux, pas quelqu'un de brave et de magnanime. Ensemble, nous serons tellement heureux, toujours, vous verrez, heureux comme dans les chansons... Et je lui donnerai un fils aux cheveux d'or et qui sera roi, un jour, de tout le royaume, le plus grand roi qui fut jamais, vaillant comme le loup-garou et fier comme le lion ! »

Arya grimaça. « Avec Joffrey pour père, sûrement pas ! c'est un menteur et un couard... Puis c'est un cerf, pas un lion. »

Les yeux de Sansa s'emplirent à nouveau de larmes. « *Faux !* s'insurgea-t-elle et, emportée par son chagrin : Il n'a rien, tu m'entends ? rien de ce vieil ivrogne de roi !

– *Bons dieux !* grommela Père, l'air comme abasourdi,... de la bouche des bambins... » Là-dessus, il héla Mordane puis dit à ses filles : « Une galère marchande vous ramènera chez nous. C'est le moyen le plus rapide, et, de nos jours, la grand-route est moins sûre que la mer. Le temps que je trouve le bon bâtiment, et vous embarquez, avec septa Mordane et des gardes comme auxiliaires..., ah, oui, ainsi que Syrio Forel, s'il y consent, naturellement. Mais ne soufflez mot de cela. Mieux vaut que personne n'ait vent de nos plans. Nous en reparlerons demain. »

Tout en redescendant sous la houlette de septa Mordane, Sansa pleurait à chaudes larmes la fin de son conte de fées. Fini les tournois, fini la Cour, fini son prince et tous les rêves, on allait tout lui retirer, tout, tout, on allait la renfermer dans ce lugubre Winterfell grisâtre et l'y emmurer pour jamais. Son existence s'achevait dès avant d'avoir débuté.

« Arrêtez donc de pleurnicher ! intima la nonne d'un ton sévère. Votre seigneur père sait pertinemment situer votre intérêt le mieux compris.

– Ce n'est pas si grave, Sansa, voulut la consoler sa sœur. Nous allons prendre une galère... – toute une aventure ! et puis nous retrouverons Bran et Robb, et Vieille Nan, et Hodor, et les autres... » Elle lui prit doucement le bras.

« *Hodor !* ricana Sansa, Hodor... – tu devrais l'épouser, tiens ! Hirsute et bête et laide comme je te vois, vous serez parfaitement assortis ! » Se dégageant brutalement, sur ces entrefaites, elle se précipita dans sa chambre et s'y barricada.

EDDARD

« La souffrance est un don des dieux, lord Eddard, lui assena le Grand Mestre Pycelle. Elle indique que l'os se ressoude et que la chair se cicatrise. Rendez grâces.

– Je rendrai grâces lorsqu'elle cessera de me lanciner. »

Le vieillard déposa sur la table de chevet un flacon bouché. « Du lait de pavot, pour le cas où elle passerait les limites du tolérable.

– Je dors déjà beaucoup trop.

– Le sommeil est le meilleur des médecins.

– J'eusse préféré vous décerner la palme. »

Un pâle sourire accueillit la pointe. « Je me félicite de vous voir en si belle humeur, monseigneur. »

Ployant l'échine pour se rapprocher, il lui glissa en confidence : « Il est survenu un corbeau, ce matin. Avec une lettre adressée à la reine par le seigneur son père. Mieux vaut, je pense, que vous le sachiez.

– Noires ailes, nouvelles noires, s'assombrit Ned. Eh bien ?

– Votre décision d'envoyer des hommes contre ser Gregor a grandement courroucé lord Tywin, murmura Pycelle, ainsi que je l'appréhendais. Vous me rendrez cette justice que je n'ai cessé, durant l'audience, de mettre en garde le Conseil...

– Libre à lui de se courroucer », répliqua Ned. Chaque élancement de sa jambe lui remémorait l'odieux sourire de Jaime Lannister et Jory mort entre ses bras. « Libre à lui d'écrire à la reine autant de lettres qu'il voudra. Libre à lui, quand lord Béric chevauche sous la bannière personnelle du roi, de s'essayer à entraver la marche de la justice, il en devra dès lors répondre à Robert. Le seul passe-temps que Sa Majesté prise plus haut que la chasse est de guerroyer contre qui bafoue son autorité. »

Comme le Grand Mestre s'écartait, sa chaîne cliqueta d'un ton réprobateur. « Soit. Je reviendrai vous visiter demain. » Rien qu'à le voir rassembler ses affaires d'une main fébrile et se hâter de prendre congé, Ned ne douta guère qu'il ne se rendît de ce pas chuchoter chez la reine. *Mieux vaut, je pense, que vous le sachiez...* Voire. Comme si Cersei ne l'avait pas précisément chargé de transmettre, mine de rien, les menaces de son cher père ! La réplique, espérait-il, la ferait grincer de toutes ses superbes dents. Certes, il se fiait en Robert infiniment moins qu'il ne l'affichait, mais il ne discernait pas la moindre nécessité d'en informer la reine.

Sitôt délivré de Pycelle, il réclama une coupe d'hydromel. Pour vous embrumer aussi la cervelle, ce breuvage-là n'était pas si nocif, et Ned entendait conserver sa lucidité. Une question le taraudait : qu'aurait fait Jon Arryn, s'il avait assez vécu pour agir, une fois au courant ? A moins qu'il ne fût mort pour *avoir agi...*

A y ressonger, quelle bizarrerie que la vie. Comment se pouvait-il qu'en dépit de sa candeur l'enfance distinguât parfois ce sur quoi, malgré son expérience, s'aveuglait la maturité ? Lorsque Sansa serait adulte, se promit-il, il lui conterait de quelle manière elle l'avait brusquement dessillé. Il avait suffi qu'à l'étourdie, sous le coup de la colère, elle déclarât : *Il n'a rien, tu m'entends ? rien de ce vieil ivrogne de roi !* pour qu'en lui s'insinuât, d'emblée, glacée comme la mort, la vérité si longuement cherchée. *La voilà, l'épée qui tua Jon Arryn,* comprit-il alors, *et elle fera périr également Robert, d'une mort plus lente mais non moins sûre.* Une jambe cassée se remet, à la longue, mais il est telles trahisons qui suppurent et putréfient l'âme.

Une heure après le départ de Pycelle se présenta Littlefinger, en manteau à rayures blanc et noir, doublet prune brodé d'un moqueur de jais. « Je ne serai pas long, monseigneur, annonça-t-il, lady Tanda m'attend pour un déjeuner tête à tête, et je la soupçonne de me rôtir quelque veau gras. S'il l'est autant que sa douce fille, je ne vois d'autre issue que de crever d'apoplexie. A propos, votre jambe ?

– En feu, douloureuse, et des démangeaisons qui me rendent fou. »

L'autre dressa un sourcil. « Tâchez donc, à l'avenir, de ne plus laisser tomber de cheval dessus. Je venais vous conjurer de guérir au plus tôt. Le royaume s'énerve. Varys a surpris des rumeurs alarmantes du côté de l'ouest. Castral Roc voit affluer reîtres et francs-coureurs, et ce n'est toujours pas l'étincelante conversation de lord Tywin qui les y peut attraire...

– Des nouvelles du roi ? demanda Ned. Seulement combien de temps il compte chasser ?

– Vu ses prédilections, je présume que la forêt le retiendrait volontiers jusqu'à ce que la reine et vous-même soyez morts de vieillesse, répliqua Petyr avec un demi-sourire. Faute de quoi, nous le reverrons dès qu'il aura tué quelque chose. Pour autant que je sache, on a débuché le cerf blanc..., ses restes, du moins. Des loups l'avaient découvert les premiers, n'en laissant guère plus à Sa Majesté qu'une ramure et un sabot. Robert n'a recouvré un semblant de sang-froid qu'en s'entendant promettre un monstre de sanglier au plus profond des bois. Dès lors, le monde peut crouler : il le lui faut. Joffrey nous est revenu ce matin, avec les Royce, ser Balon Swann et une vingtaine d'autres. Le restant suit toujours le roi.

– Le Limier ? » s'inquiéta Ned, le sourcil froncé. De la clique Lannister tout entière, Sandor Clegane lui semblait le plus redoutable, à présent que ser Jaime s'était réfugié auprès de son père.

« Oh, rentré sur les talons du prince, puis droit chez la reine. » Il sourit. « J'aurais de bon cœur donné cent cerfs d'argent pour être un brin de paille dans le foin quand il a appris que lord Béric était en route afin de lui décoller son frère.

– Même un aveugle s'apercevrait qu'il exècre Gregor.

– A ce détail près, holà ! qu'il lui *appartenait* d'exécrer Gregor, et pas à vous de le tuer... Certes, une fois que Dondarrion nous aura écimé cette bonne Montagne, les terres et les biens Clegane écherront à Sandor, mais quant à me retenir de pisser jusqu'à ce qu'il éructe un merci, bonjour, pas son genre. Et maintenant, vous ne m'en voudrez pas, je cours rejoindre lady Tanda et ses veaux gras. »

En gagnant la porte, il aperçut, posée sur la table, la somme du Grand Mestre Malleon et, d'un doigt nonchalant, l'ouvrit : « *La Généalogie et l'histoire des grandes maisons des Sept Couronnes. Avec le portrait de maint puissant seigneur, mainte noble dame et de leurs enfants*, lut-il, hoho ! Mais ce doit être palpitant. Un somnifère, monseigneur ? »

Une brève seconde, Ned envisagea de tout lui révéler, mais l'ironie sempiternelle de Littlefinger ne laissait pas que de l'indisposer. Il le trouvait par trop retors, avec ses petits sourires toujours près d'éclore. « Jon Arryn en faisait son étude quand il tomba malade », dit-il d'un ton neutre, à seule fin de tâter le terrain.

Mais le terrain, comme accoutumé, se déroba : « Dans ce cas, il dut accueillir le trépas comme une délivrance ! » Lord Petyr Baelish s'inclina et, fort de sa boutade, s'éclipsa.

En guise d'exutoire, Eddard Stark s'offrit *a parte* la satisfaction d'un juron. Exception faite de ses propres gens, il ne pouvait, dans cette maudite ville, se reposer sur personne. Littlefinger avait eu beau le seconder dans son enquête et cacher Catelyn, sa promptitude à sauver sa précieuse peau lors du guet-apens, Ned ne la digérait pas. Varys ? pis encore. Pour en savoir tant et agir si peu, bien la peine de multiplier les protestations de loyauté ! Le Grand Mestre, lui, se montrait davantage de jour en jour la créature de Cersei. Quant à ser Barristan, que conseillerait-il, vieux et rigide comme il l'était ? d'accomplir son devoir...

Et les échéances se rapprochaient dangereusement. Sous peu, le roi rentrerait de ses chasses, et l'honneur obligerait Ned à l'aller trouver, tout lui révéler. Dans trois jours, *la Charmeuse du Vent* prendrait le large avec, à son bord, grâce à Vayon Poole, Sansa et Arya. Elles atteindraient Winterfell avant la moisson. Et il ne pourrait plus, elles parties, invoquer le soin de leur sécurité pour se justifier ses propres moratoires.

Son cauchemar de la nuit passée le hantait, cependant. Lord Tywin avait fait déposer au pied du Trône de Fer, drapés dans les manteaux écarlates de sa garde privée, les cadavres des enfants de Rhaegar. Un subterfuge très malin. Le sang jurait moins, sous ce somptueux déploiement de rouge. Là-dessous gisaient la jeune princesse, encore en chemise, nu-pieds, et le petit... – le petit... !

Pareille chose ne devait pas se reproduire. Qu'advînt, avec un second roi fou, un second ballet de meurtre et de vengeance, et le royaume sombrerait. Il fallait coûte que coûte trouver un moyen de sauver les enfants.

Robert savait se montrer clément. Ser Barristan n'était nullement le seul bénéficiaire de son pardon. Pycelle, Varys ou lord Balon Greyjoy avaient jadis compté parmi ses ennemis, et il les avait néanmoins admis à son amitié et même, sous réserve qu'ils lui jurent fidélité, confirmés dans leurs honneurs et dans leurs charges. Dans la mesure où il avait affaire à la bravoure et la probité, Robert honorait et respectait dûment ses adversaires.

Mais, en l'occurrence, tout différait : c'est à percer l'âme que, tel un poison ténébreux, s'était acharné le poignard. Et cela, Robert ne le pardonnerait jamais, pas plus qu'il n'avait pardonné à Rhaegar. *Il les tuera tous*, frémit Ned.

Garder le silence, alors ? Impossible aussi. Il avait des devoirs vis-à-vis de Robert, du royaume, de l'ombre de Jon Arryn... et de Bran, qui sans nul doute avait trébuché sur un pan de la vérité. Pourquoi aurait-on, sinon, tenté de le faire assassiner ?

En fin d'après-midi, Ned manda celui de ses hommes qu'en raison de sa corpulence les enfants appelaient Gros Tom et qui, de son vrai nom Tomard, s'était vu appeler, du fait de la mort de Jory et du départ d'Alyn, au commandement de la garde privée. Cette promotion n'allait pas sans inquiéter vaguement lord Stark. Non que le balourd aux favoris rouges ne fût aussi solide et loyal qu'amène et infatigable, ni qu'il fût absolument dépourvu de capacités, mais il avait près de cinquante ans et s'était, même en son jeune âge, illustré par son peu d'énergie. Du coup, Ned se demandait s'il n'aurait pas dû réfléchir à deux fois avant d'expédier la moitié de ses gens – et ses meilleures lames, comme par hasard... – aux trousses de Gregor Clegane.

« J'ai besoin de ton aide, dit-il lorsque, de l'air un peu craintif qu'il prenait toujours quand son maître le convoquait, se présenta devant lui Tomard. Mène-moi dans le bois sacré.

– Est-ce bien prudent, lord Eddard ? Avec votre jambe et le reste ?

– Peut-être pas. Mais indispensable. »

Tomard appela Varly, et Ned, les bras passés autour de leurs épaules respectives, entreprit de descendre le rude escalier puis, à cloche-pied, de franchir la courtine. « Tu doubleras la garde de la tour, dit-il à Gros Tom. Que personne n'y entre ou n'en sorte sans ma permission. »

Tom papillota. « C'est qu'on est d'jà pas mal débordés, m'seigneur, 'vec Alyn et les aut' pus là...

– Quelque temps seulement. Tu n'as qu'à rallonger les quarts.

– Bien, m'seigneur. » Il hésita. « Puis-je m'permett' d' vous d'mander pourquoi...

– Mieux vaut pas », coupa Ned, sèchement.

Le bois sacré était désert, comme toujours, ici, dans cette citadelle vouée à leurs dieux du sud. Ned sentit hurler sa jambe quand ses compagnons l'aidèrent à s'étendre dans l'herbe, auprès de l'arbre-cœur. « Je vous remercie. » Il tira de sa manche un pli scellé du loup-garou. « Va remettre ceci tout de suite, je te prie. »

Après un coup d'œil à l'adresse, Tomard se pourlécha nerveusement les lèvres. « Mais, m'seigneur...

– Obéis, Tom. »

Combien dura son attente, dans le silence du bois sacré, il n'aurait su dire. Tout était si paisible, ici. L'épaisseur des murs étouffait si bien l'éternel tapage du château que, sans même tendre l'oreille, on entendait le doux ramage des oiseaux, le crissement timide des grillons, le bruissement des feuilles sous la brise. Quoique l'arbre-cœur fût un vulgaire chêne au tronc brun, sans face sculptée, Ned percevait distinctement la présence de ses dieux à lui. Il lui semblait même que sa jambe le tourmentait moins.

Le crépuscule empourprait les nuages, au-dessus des tours et des murs violacés, quand elle parut, seule, ainsi qu'il l'en avait priée, et, pour une fois, vêtue sans afféterie : verts de chasse et bottes de cuir, manteau brun. Une fois repoussé le capuchon se révéla l'ampleur de l'ecchymose. Non plus d'un prune virulent mais tendant au jaune, et l'œdème s'était résorbé, mais nul ne pouvait se méprendre sur son origine.

« Pourquoi ici ? demanda-t-elle de son haut.

– Pour que les dieux en soient témoins. »

Elle prit place sur l'herbe à côté de lui. La grâce animait ses moindres mouvements. Ses prunelles avaient le ton des frondaisons d'été, la brise folâtrait avec ses boucles d'or. Et sa beauté, qu'il avait dès longtemps cessé de remarquer, le frappait à présent. « Je sais, dit-il, la vérité quant à la mort de Jon Arryn.

– Ah bon ? » Elle le dévisagea, circonspecte comme une chatte. « Et c'est pour me le confier que vous m'avez dérangée, lord Stark ? Est-ce une charade ? Ou bien projetez-vous de vous emparer de ma personne, comme votre épouse s'est emparée de mon frère ?

– Eussiez-vous cru cela, vous ne seriez pas venue. » Il lui effleura la joue. « Il vous avait déjà frappée ?

– Une ou deux fois, dit-elle en s'écartant un peu. Mais pas au visage. Jaime l'aurait tué, fût-ce au péril de sa propre vie. » Son regard se chargea de défi. « Mon frère en vaut cent comme votre ami.

– Votre frère ? souffla-t-il, ou votre amant ?

– Les deux. » Elle revendiquait les choses sans broncher. « Depuis notre plus tendre enfance. Et pourquoi non ? Trois siècles durant, les Targaryens ont bien préservé la pureté de leur sang par des mariages entre frère et sœur. Jaime et moi sommes d'ailleurs plus que frère et sœur. Nous ne formons qu'un seul être en deux corps. Dès le sein, nous partagions tout. Au dire de notre vieux mestre, Jaime tenait mon pied quand il vint au monde. Quand il est en moi, je me sens... entière. » L'ombre d'un sourire effleura ses lèvres.

« Mon fils Bran... »

A son crédit, Cersei ne se détourna pas. « Il nous vit. Vous aimez vos enfants, n'est-ce pas ? »

La même question que Robert, le jour de la mêlée... La réponse fut identique : « De tout mon cœur.

– Je n'aime pas moins les miens. »

Confronté à pareil dilemme, songea-t-il en un éclair, *la vie d'un gosse inconnu contre celle de Robb, de Sansa, d'Arya, de Bran et de Rickon, comment me comporterais-je ? Et, pis encore, comment se comporterait* Catelyn, *s'il lui fallait choisir entre Jon et la chair de sa chair ?* Il l'ignorait. Suppliait de toute son âme de l'ignorer toujours.

« Tous les trois sont de Jaime », reprit-il. Ce n'était pas une question.

« Dieux merci. »

La graine est vigoureuse, avait, et à juste titre, protesté Jon Arryn jusque dans l'agonie. Tous ces bâtards, des cheveux noirs, d'un noir de nuit, tous sans exception. Comme lors de la dernière union, quelque quatre-vingt-dix ans plus tôt, du cerf et du lion. De Tya Lannister et de Gowen Baratheon, troisième fils du lord en titre, était seulement issu un garçon mort en bas âge. Muet sur son nom, le Grand Mestre Malleon le décrivait toutefois comme *un gros et vif rejeton mâle, né chevelu de tous ses cheveux noirs*. Trente ans auparavant, l'épouse, née Baratheon, d'un Lannister lui avait donné trois filles et un fils, tous à cheveux noirs. Et, si loin qu'il eût remonté le fil des pages jaunies, Ned avait invariablement noté le même phénomène : l'or le cédait au jais.

Pantois d'ailleurs qu'un chacun se fût, le nez en permanence sur l'évidence, et quelle ! criante : les traits, l'aspect des trois petits princes, tout..., abusé, comme lui-même, tout ce temps.

« Douze années, reprit-il. Comment se fait-il que vous n'ayez pas eu d'enfants du roi ? »

Elle dressa le col d'un air provocant. « Votre Robert m'a bien engrossée, une fois, dit-elle avec un souverain mépris, mais une femme dénichée par Jaime sut me récurer. Il ne s'en est même pas douté. Pour parler sans fard, je tolère à peine ses attouchements, et voilà des années que je m'épargne son étreinte. Sa jouissance, je la lui procure par des expédients, lorsque d'aventure il délaisse assez longuement ses putes pour tituber jusqu'à mon lit. N'importe au reste la manière, il est d'ordinaire tellement soûl qu'il n'en conserve aucun souvenir au réveil. »

Au moins le mérite de la franchise..., nausées à la clef. « Je le revois comme d'hier, le jour de son accession au trône, enchaîna-t-il néanmoins d'un ton placide, je revois sa mine, royale de pied en cap. Tel qu'il était pour lors, des milliers d'autres femmes l'auraient aimé, passionnément aimé. Que vous a-t-il donc fait, que vous le haïssiez d'une telle haine, vous ? »

Dans la pénombre flamboyèrent les prunelles vertes. Une vraie lionne, ainsi que l'indiquait son sceau. « Je l'ai haï dès le premier instant de notre nuit de noces. Quand, me chevauchant et me besognant, l'haleine vineuse, il me souffla au nez : *Lyanna* – le nom de votre sœur ! »

A ces mots, Ned Stark entrevit une pluie de pétales de roses bleu pâle et fut, un instant, tenté de pleurer. « Je ne sais lequel de vous deux plaindre davantage. »

La reine prit un air narquois. « Gardez pour vous votre pitié, lord Stark. Moi, je n'en ai cure.

– Vous savez ce que je *dois* faire.

– Dois ? » Sa main vint se poser sur la jambe valide, juste au-dessus du genou. « Un homme digne de ce nom fait ce qu'il veut, non ce qu'il doit. » En guise de promesses on ne peut plus câlines, ses doigts lui flattaient imperceptiblement la cuisse. « Le royaume a besoin d'une Main de fer. Joff n'aura l'âge que dans des années. Nul n'aspire à la guerre, moi moins que quiconque. » Sa main lui frôla le visage, les cheveux. « Si les amis peuvent devenir ennemis, les ennemis peuvent devenir amis, Ned. Ta femme est à mille lieues d'ici, mon frère a pris la fuite. Sois bon pour moi, Ned, et je te jure que tu n'auras pas à le regretter.

– Avez-vous fait la même offre à Jon Arryn ? »

Elle le gifla.

« Je porterai ce soufflet, dit-il sans s'émouvoir, comme un signe d'honneur.

– *L'honneur !* cracha-t-elle. Comment osez-vous me jouer, à moi, les nobles seigneurs ? Pour qui me prenez-vous ? Vous avez vous-même un bâtard, je l'ai même vu de mes propres yeux. Qui était la mère, je vous prie ? Une paysanne de Dorne, violée pendant que brûlait sa chaumière ? Une catin ? Ou bien cette affligée de sœur, la lady Ashara qui, m'a-t-on dit, se précipita dans la mer ? Pourquoi, dites-moi ? Pour son frère tué, pour son enfant volé ? Dites-moi donc en quoi, mon très *honorable* lord Eddard, vous différeriez de Robert, de moi ou de Jaime ?

– En ceci pour le moins que je ne tue pas les enfants. Vous feriez bien de m'écouter, madame, je ne me répéterai pas. Quand le roi reviendra de sa chasse, j'irai de ce pas lui révéler la vérité. Vous serez alors loin, si vous m'en croyez. Vous-même et vos enfants, les trois, et pas à Castral Roc. A votre place, je m'embarquerais pour les cités libres ou même pour une destination plus lointaine, les îles d'Eté ou le port d'Ibben. Aussi loin que pourra vous pousser le vent.

– L'exil, dit-elle. Une coupe bien amère à boire...

– Une coupe autrement plus douce que celle que votre père servit aux enfants de Rhaegar... et plus généreuse que vous ne le méritez. Vos père et frères auront tout intérêt à vous accompagner. Tout l'or de lord Tywin ne sera pas de trop pour vous assurer une existence confortable – et louer des épées, sans quoi point de sécurité. Car, n'en doutez pas, la fureur de Robert vous traquera sans relâche, en quelque lieu que vous cherchiez refuge, et jusque dans l'au-delà, s'il le faut. »

La reine se leva. « Et de ma propre fureur, lord Stark, demanda-t-elle d'un ton doux, pas un mot ? Que ne vous êtes-vous emparé jadis de la couronne ? elle était à prendre... Jaime m'a conté comment, l'ayant trouvé juché sur le Trône de Fer, le jour de la prise de Port-Réal, vous l'aviez contraint d'en descendre. Il vous suffisait de gravir les marches et de vous asseoir. Quelle erreur navrante.

– Vous ne sauriez vous figurer combien d'erreurs j'ai pu commettre, répliqua-t-il, mais je récuse celle-ci.

– Et pourtant, c'était une erreur, messire, insista Cersei. Lorsqu'on s'amuse au jeu des trônes, il faut vaincre ou périr, il n'y a pas de moyen terme. »

Elle rabattit son capuchon pour dissimuler l'outrage fait à son visage et, sans autre forme de procès, planta Ned là, dans les ténèbres du chêne-cœur et le grand silence du bois sacré, sous un firmament d'indigo. Une à une émergeaient les premières étoiles.

DAENERYS

Le cœur fumait dans la fraîcheur du soir, quand, les bras rougis jusqu'au coude, Khal Drogo vint le déposer, cru et sanguinolent, devant elle. A quelques pas derrière, auprès de la dépouille de l'étalon sauvage, étaient agenouillés dans le sable les sang-coureurs, poignards de pierre au poing. A la lueur mouvante, orangée des torches qui cernaient la haute margelle crayeuse du puits, le sang de l'animal faisait comme une mare de bitume.

Daenerys palpa la tendre enflure de son sein. La sueur qui lui emperlait la peau dégoulinait, goutte à goutte, le long de son front. Elle sentait attaché sur elle le regard des vieilles, des douairières devineresses de Vaes Dothrak qui, du fond de leurs faces ratatinées, dardaient de sombres prunelles, aussi brillantes que silex poli. Il ne fallait pas flancher, pas montrer d'effroi. *Je suis le sang du dragon*, se dit-elle comme, prenant à deux mains le cœur, elle le portait à ses lèvres et, *le sang du dragon !* mordait à belles dents dans la chair élastique et fibreuse.

Le sang tiède lui emplit la bouche et ruissela sur son menton. Le goût..., le goût la menaçait de nausées, mais elle se força de mastiquer, déglutir. A condition toutefois que la mère le mangeât intégralement, le cœur d'étalon était, aux yeux du moins des Dothrakis, censé procurer au fils vigueur, promptitude et intrépidité. Mais qu'elle répugnât au sang ou vomît la viande, et les présages en étaient moins fastes : l'enfant risquait de venir au monde soit mort-né, soit débile, ou monstrueux, voire de sexe féminin.

Bien qu'au cours des deux dernières lunes sa grossesse l'eût passablement barbouillée, Daenerys s'était, sur les conseils d'Irri, préparée de son mieux pour la cérémonie en ingurgitant, soir après soir, afin de s'accoutumer vaille que vaille à la saveur, des bolées de sang semi-caillé, ainsi qu'en mâchant jusqu'à la névralgie des lichettes de cheval séché. Enfin, dans l'espoir que la faim lui faciliterait l'ingestion puis la rétention de la viande crue, elle s'était depuis la veille imposé de jeûner.

De par la compacité même de sa texture, le cœur de l'étalon sauvage se prêtait mal à la morsure comme à la section, il fallait s'acharner pour le déchiqueter, puis chaque bouchée nécessitait une interminable rumination. Et comme l'acier se trouvait strictement interdit dans le périmètre sacré de Vaes Dothrak que définissait l'ombre de la Mère des Montagnes, force était de s'y employer bec et ongles. L'estomac soulevé, houleux, Daenerys poursuivait néanmoins, barbouillée jusqu'aux yeux du sang qui, de-ci de-là, regiclait en geysers tiédasses.

Aussi rigide et impassible devant ces agapes qu'un bouclier de bronze, la dominait de toute sa stature Khal Drogo. Sa longue tresse noire rutilait d'huile. Des anneaux d'or paraient sa moustache, des clochettes d'or sa coiffure et des médaillons d'or massif sa ceinture, mais il avait le torse nu. Pour peu qu'elle se sentît près de défaillir, Daenerys, les yeux cramponnés sur lui, agrippés à lui, mordait, mastiquait, déglutissait, mordait, mastiquait, déglutissait, mordait, mastiquait, déglutissait. Si bien que, vers la fin du festin macabre, elle crut surprendre dans les sombres yeux en amande, mais comment en jurer ? le visage du *khal* ne trahissait guère ses pensées ni ses sentiments..., une étincelle noire de fierté.

Le terme advint enfin, l'ultime bouchée se fraya passage, convulsivement. Alors seulement Daenerys, doigts et joues poisseux, reporta son regard vers les vieilles, les devineresses du *dosh khaleen*.

« *Khalakka dothrae mr'anha !* » proclama-t-elle avec son plus bel accent, *un prince chevauche en mon sein !* Jour après jour, elle avait répété la formule sous la direction de Jhiqui.

La doyenne des douairières, une espèce de sarment tordu, fripé, borgne à l'œil charbonneux, brandit au ciel ses bras noueux. « *Khalakka dothrae !* glapit-elle d'une voix stridente, *le prince chevauche !*

– *Il chevauche !* lui firent écho ses commères. *Rakh ! Rakh ! Rakh haj !* » proclamèrent-elles, *un mâle ! un mâle ! un solide mâle !*

Telle une volière de gosiers de bronze éclata soudain la clameur des cloches, une trompe de guerre entonna sa sombre note à pleine gorge, et les vieilles se mirent à chanter. Sous leurs vestes de cuir bariolé ballaient, luisantes d'huile et de sueur, leurs mamelles arides. Les eunuques à leur service jetèrent dans un grand brasero de bronze des brassées d'herbes sèches, et des volutes épaisses montèrent embaumer la lune et les étoiles. La foi dothrak célébrait en effet dans la course nocturne des constellations l'innombrable galop de chevaux de feu.

Comme la fumée s'élevait, peu à peu moururent les chants et, pour mieux lire dans l'avenir, la doyenne des devineresses abaissa sa paupière unique. Le silence se fit, total. Au loin, Daenerys percevait, par-dessus l'infime clapotis du lac et le grésillement résineux des torches, l'appel intermittent des oiseaux de nuit. Quasiment réduits à des orbites ténébreuses concentrées sur elle, les Dothrakis retenaient leur souffle.

Drogo lui posa la main sur le bras. A la seule crispation des doigts, elle devina de quel effroi le *khal* lui-même, en dépit de toute sa puissance, pouvait se trouver saisi lorsque le *dosh khaleen* plongeait ses regards dans les fumées de l'avenir. Derrière elle, ses deux servantes ne se tenaient plus d'anxiété.

La devineresse finit enfin par rouvrir son œil et leva les bras. « J'ai vu ses traits, déclara-t-elle d'une voix presque imperceptible et tremblante, j'ai entendu le tonnerre de ses sabots.

– Le tonnerre de ses sabots ! reprirent en chœur ses commères.

– Il chevauche aussi prompt que le vent et, dans son sillage, son *khalasar* inonde la terre, des myriades d'hommes, avec au poing des *arakhs* aussi étincelants que la lame des faux. Farouche comme une tornade sera ce prince. Ses ennemis trembleront devant lui, leurs femmes verseront des larmes de sang et, la chair en deuil, s'abandonneront. Les clochettes de sa chevelure sonneront l'annonce de sa venue et, à son seul nom frémiront sous leurs tentes en pierre les faces-de-lait. » Secouée de spasmes, elle fixait sur Daenerys un regard comme épouvanté. « Le prince chevauche, et c'est lui, l'étalon qui montera le monde.

– *L'étalon qui montera le monde !* » lui firent écho toutes les voix de l'assistance, en une clameur d'enthousiasme à fracasser la nuit.

La sorcière borgne vrilla Daenerys d'un regard aigu. « De quel nom l'appellera-t-on, l'étalon qui monte le monde ? »

Elle se leva pour répondre. « On l'appellera Rhaego », dit-elle, usant pour ce faire des termes enseignés par Jhiqui. D'un geste instinctif, ses mains se portèrent à son ventre pour le protéger, lorsque les Dothrakis poussèrent un tonitruant : « *Rhaego !* », rugirent au firmament : « *Rhaego ! Rhaego ! Rhaego !* »

Elle en était encore tout étourdie lorsque, suivi de ses sang-coureurs, Drogo vint la retirer du puits. La foule leur fit cortège sur la voie des dieux qui, de la Porte des Chevaux, menait à la Mère des

Montagnes via le cœur même de Vaes Dothrak. En tête avançaient, escortées de leurs eunuques et de leurs esclaves, les sorcières du *dosh khaleen*. Passablement branlantes sur leurs vieilles jambes, certaines soutenaient leur marche à l'aide de longues cannes sculptées, d'autres allaient d'un port aussi majestueux qu'aucun des seigneurs du cheval. Chacune d'entre elles avait été *khaleesi*, jadis ou naguère. Mais la mort de son seigneur et maître avait entraîné l'accession d'un nouveau *khal* à la tête des cavaliers, d'une *khaleesi* nouvelle à ses côtés, et l'ancienne était, comme ses semblables, venue là régner collectivement sur la vaste nation dothrak. Mais s'il n'était *khal*, si puissant fût-il, qui ne s'inclinât devant la science et l'autorité du *dosh khaleen*, la simple idée d'en faire un jour partie, de gré ou de force, n'en donnait pas moins la chair de poule à Daenerys.

Après ces douairières venaient les autres : Khal Ogo et son fils, le *khalakka* Fogo, Khal Jommo et ses femmes, les principaux chefs du *khalasar* de Drogo, les servantes de Daenerys, les serviteurs et les esclaves du *khal*, toute une cohue d'inconnus. Les cloches sonnaient, les tambours battaient cependant tout du long sur un rythme pompeux. Les héros, les dieux dérobés aux peuples disparus n'étaient plus, sur les bas-côtés, que des ombres furtives dans les ténèbres. Aux flancs du cortège couraient d'un pas léger, torche au poing, des esclaves, et la mobilité des flammes vacillantes animait tour à tour statues et monuments bizarres d'un semblant de vie.

« Le sens, quoi, Rhaego ? » lui demanda tout à coup Drogo, rassemblant le peu d'éléments de la langue des Sept Couronnes qu'elle avait tâché de lui inculquer à leurs moments perdus. Il apprenait vite, d'ailleurs, quand il s'appliquait, mais sa prononciation demeurait si confuse et barbare que ser Jorah pas plus que Viserys ne comprenaient un traître mot de ses propos.

« Rhaegar, mon frère, était un farouche guerrier, expliqua-t-elle, soleil étoilé de ma vie. Sa mort précéda ma naissance, et ser Jorah dit qu'il fut le dernier dragon. »

Il abaissa son regard vers elle. Son visage cuivré avait l'air d'un masque, mais elle eut l'impression que la longue moustache alourdie d'anneaux d'or dissimulait l'amorce d'un sourire. « Nom bon, Dan Arès femme, lune de mes jours », dit-il.

Ils chevauchèrent jusqu'au lac paisible et frangé de roseaux que les Dothrakis nommaient le Nombril du Monde. De ses profondeurs avait émergé, contait Jhiqui, le premier homme, montant le premier cheval.

Le cortège s'immobilisa sur la berge herbeuse, tandis que, se dévêtant, Daenerys laissait choir une à une à terre ses soieries souillées puis, nue, pénétrait à pas comptés dans le lac qui, affirmait Irri, n'avait pas de fond. Mais elle sentit, comme elle avançait parmi la haute roselière, céder sous ses orteils un limon moelleux. Sur les eaux noires et calmes flottait la lune, incessamment éparpillée, reformée au gré des rides que suscitait le moindre geste de l'intruse, elle-même hérissée de toute sa chair pâle par la lente progression du froid vers le haut des cuisses et l'appréhension du baiser qu'il allait plaquer sur leurs lèvres intimes. Sur le pourtour de sa bouche comme sur ses mains, le sang de l'étalon formait désormais une croûte. Joignant ses doigts en coupe, elle éleva les eaux sacrées au-dessus de sa tête et, sous les yeux du *khal* et de la foule, les y laissa ruisseler, en guise de lustration pour elle-même et pour l'enfant à naître. Elle entendait chuchoter dans son dos les vieilles du *dosh khaleen.* Que pouvaient-elles bien se dire ?

A sa sortie du bain, elle claquait des dents. Doreah se précipitait pour lui enfiler une robe de soie peinte quand, d'un geste, Khal Drogo l'arrêta. Avec une espèce de complaisance, il promenait son regard de la gorge arrondie au délicat renflement du sein et, sous les pesants médaillons d'or qui lui ceignaient la taille, ses culottes en peau de cheval trahissaient l'urgence de son désir. Daenerys vint à sa rencontre, l'aida à se délacer. La prenant aux hanches, il la souleva aussi aisément qu'il eût fait d'un enfant. Les clochettes de sa chevelure tintèrent comme en confidence. Sa peau sentait encore le sang de cheval.

Tandis qu'elle lui jetait les bras autour des épaules et enfouissait son visage au creux de son cou, il s'insérait en elle. Trois vives saccades et, murmurant d'une voix rauque : « *L'étalon qui montera le monde !* », il la mordait durement à la gorge et, tout en se dégageant, répandait sa semence en elle et le long de ses cuisses. Alors seulement, Doreah fut admise à draper sa maîtresse de soie capiteuse, Irri à lui enfiler ses sandales.

Pendant qu'il se relaçait, Khal Drogo jeta un ordre, et on amena les chevaux sur les bords du lac. A Cohollo revint l'honneur d'aider la *khaleesi* à enfourcher l'argenté. Eperonnant son étalon, Drogo s'élança au triple galop sur la voie des dieux que nimbait d'un éclat laiteux la lune sertie d'étoiles. Montée comme elle l'était, Daenerys le suivit sans peine.

On avait, ce soir-là, roulé le velum de soie qui servait de toiture à la grande salle du *khal*, si bien qu'à leur entrée la clarté lunaire y pleuvait à verse comme au-dehors. Du fond de trois brasiers cernés de pierre s'élevaient des flammes hautes de dix pieds. Le fumet des viandes rôties, l'odeur aigrelette du lait de jument fermenté, le vacarme et la presse rendaient l'atmosphère suffocante. Les lieux étaient déjà bondés. Pêle-mêle s'y entassaient les hôtes à coussins comme ceux à qui ni leur nom ni leur rang n'avaient permis de prendre part à la cérémonie. Tous les yeux se fixèrent sur Daenerys lorsque, ayant franchi le vaste portique d'accès, elle entreprit de remonter au pas l'allée centrale. De toutes parts fusaient des commentaires sur ses seins, son ventre, des ovations saluaient la vie qui s'y incarnait. Sans trop comprendre ce qu'on lui criait, elle finit néanmoins par saisir, mugi par mille voix, les mots familiers : « *L'étalon qui montera le monde !* »

Le martèlement des tambours et l'appel des cors s'enlaçaient vers le firmament. Des femmes à demi vêtues dansaient en tournoyant sur des tables basses où s'amoncelaient pièces de viande et pyramides colorées de prunes, dattes, pommes-granates. Nombre des convives avaient déjà abusé du kéfir, mais Daenerys n'en avait cure. Ici, dans la cité sacrée, ne pouvait retentir le fracas des *arakhs*. Le sang ne coulerait pas.

Mettant pied à terre, Khal Drogo gagna sa place sur l'estrade. Les *khals* Jommo et Ogo qui, à la tête de leurs *khalasars* respectifs, l'avaient précédé à Vaes Dothrak se virent décerner l'honneur de siéger l'un à sa droite, l'autre à sa gauche. Leurs sang-coureurs à tous trois s'installèrent juste au-dessous d'eux et, un degré plus bas, les quatre épouses de Jommo.

A son tour, Daenerys démonta, tendit à un esclave la bride de l'argenté puis, tandis qu'Irri et Doreah disposaient ses coussins, s'inquiéta de ne pas voir son frère. Si comble et longue que fût la salle, elle l'eût immédiatement repéré, avec sa pâleur, l'argent de sa chevelure et sa défroque de mendiant.

Elle parcourut du regard les tablées populeuses qui longeaient les murs. Assis en tailleur autour des victuailles y banquetaient, qui sur des nattes éculées, qui sur de banales galettes, des guerriers à tresse encore plus courte que leur virilité. Mais il n'y avait là que faces de cuivre et prunelles noires. Vers le centre de la salle, elle distingua, non loin du brasier médian, ser Jorah Mormont. Une place qui, pour être relativement modeste, traduisait le respect qu'inspirait aux Dothrakis la prouesse de son épée. Mandé par l'intermédiaire de Jhiqui, il arriva sur-le-champ, ploya le genou devant elle. « Pour vous servir, *Khaleesi* », dit-il.

Elle tapota le coussin mafflu vacant à ses côtés. « Asseyez-vous et causons, voulez-vous ?

– C'est un honneur que vous me faites », répondit-il en s'y installant, jambes croisées. Aussitôt, un esclave vint lui présenter, à deux genoux, un plateau de figues fraîches. Une, mûre à point, le tenta, qu'il se mit à déguster.

« Où donc est passé mon frère ? demanda Daenerys. Il devrait être déjà là...

– J'ai aperçu Son Altesse ce matin même. Elle m'a dit se rendre au marché de l'Ouest pour tenter de trouver du vin.

– Du vin ? » s'étonna-t-elle. Contrairement aux Dothrakis, Viserys ne pouvait souffrir, elle le savait, le goût du kéfir. C'était donc pour boire autre chose qu'il fréquentait si volontiers depuis quelque temps les caravaniers des bazars ? pour boire qu'il semblait plus friand de leur compagnie que de la sienne ?

« Oui, du vin, confirma Mormont. Sans compter qu'il mijote de recruter pour sa future armée parmi les spadassins qui escortent les caravanes. » Une servante déposa devant lui un pâté de sang. Le prenant à deux mains, il l'attaqua d'emblée.

« Est-ce bien prudent ? s'alarma-t-elle. Il n'a pas d'or pour les solder. Et s'ils le trahissent ? » Les notions d'honneur, de fidélité n'embarrassaient guère ce genre d'hommes, et l'Usurpateur ne manquerait pas de donner un bon prix de la tête du prétendant... « Vous auriez dû l'accompagner pour veiller sur lui. N'êtes-vous pas son épée lige ?

– Nous nous trouvons à Vaes Dothrak, rappela-t-il. Pas plus question, ici, de porter d'acier que de verser le sang humain.

– On n'en meurt pas moins. Jhogo me l'a dit. Certains négociants se font escorter d'eunuques colossaux qui étranglent en un tournemain les voleurs avec quelques brins de soie.

– Espérons qu'alors votre frère aura suffisamment de jugeote pour ne rien voler. » D'un revers de main, il essuya sa bouche graisseuse puis, se penchant vers Daenerys, grommela : « Il s'était mis en tête de vous chiper les œufs de dragon, mais je l'ai prévenu que je lui trancherais la main s'il osait seulement les toucher. »

Un instant trop suffoquée pour trouver ses mots, elle finit par bredouiller : « Les œufs..., mais ! ils sont... ils sont à moi ! maître Illyrio me les a offerts..., en présent de noces..., et pourquoi Viserys... ? de simples pierres...

– Au même titre, enfant, que des rubis, des diamants, des opales de feu..., mais à ceci près que les œufs de dragon sont infiniment plus rares. Les négociants avec lesquels il s'amuse à boire troqueraient volontiers leur membre viril contre ne fût-ce qu'une seule de ces pierres-là. En possession des trois, Viserys serait à même de se payer tous les ruffians du monde. »

Loin de la connaître, elle n'avait jusqu'alors pas même soupçonné leur valeur. « Dans ce cas..., elles lui reviendraient de plein droit. Pourquoi les voler ? Il n'a qu'à les demander. Il est, après tout, mon frère..., et mon roi légitime.

– Votre frère, incontestablement.

– Vous ne comprenez pas ma position, ser, protesta-t-elle. Ma mère est morte en me donnant le jour, mon père, mon frère Rhaegar lui-même l'avaient précédée dans la tombe. Sans Viserys pour me parler d'eux, j'ignorerais jusqu'à leurs noms. Il était l'unique survivant. L'unique. Je n'ai que lui.

– Vous n'*aviez* que lui, rectifia ser Jorah. Ce temps-là n'est plus, *Khaleesi*. A présent, vous appartenez à la nation dothrak. Vous portez l'étalon qui montera le monde. » Il tendit sa coupe, et un esclave la lui emplit de kéfir. Une odeur sure de fermentation s'exhala du laitage épaissi de grumeaux.

Daenerys la chassa de la main. Elle en éprouvait des nausées, et le risque de restituer le cœur qu'elle avait eu tant de peine à ingurgiter ne la tentait pas. « De quoi s'agit-il ? demanda-t-elle, ce fameux étalon ? Ils m'en ont rompu les oreilles sans que je comprenne... !

– L'étalon en question est le "*khal* des *khals*" annoncé depuis des siècles et des siècles par les prophéties. Réunis sous son sceptre en un seul *khalasar*, les Dothrakis chevaucheront, à ce qu'elles prétendent, jusqu'aux confins du monde, et tous les peuples seront son troupeau.

– Oh ! s'exclama-t-elle d'une voix menue, tandis que sa main se portait à son ventre en une caresse instinctive. Je l'ai appelé Rhaego.

– Un nom propre à glacer le sang de l'Usurpateur. »

Soudain, Doreah secoua le coude de sa maîtresse. « *Madame !* chuchota-t-elle d'un ton pressant, votre frère... »

Les yeux de Daenerys se portèrent vivement vers le bas bout de l'immense salle à ciel ouvert et y découvrirent Viserys, avançant dans sa direction. Sa démarche indiquait assez que, du vin, il en avait trouvé..., ainsi qu'un simulacre de courage.

Il portait toujours ses soies écarlates maculées, crottées de la route, un manteau, des gants de velours jadis noir et tout décoloré par le soleil, des bottes éculées, craquelées. La crasse qui collait ses cheveux hirsutes amortissait leur blondeur platine. A sa ceinture s'affichait, dans son fourreau de cuir, une interminable rapière qui, sur son passage, aimantait tous les yeux et suscitait, telle une marée sans cesse croissante, un murmure orageux de jurons, de menaces, de malédictions. La musique se tut sur un roulement frénétique de percussions.

Daenerys eut l'impression que la peur lui broyait le cœur. « Allez à lui, haleta-t-elle à l'intention du chevalier qui se leva aussitôt, arrêtez-le, amenez-le-moi, dites-lui pour les œufs, il les aura, si c'est ce qu'il veut. »

Mais déjà, d'une voix avinée, Viserys beuglait : « Où est ma sœur ? Elle m'invite, je prends la peine de venir, et vous... – vous osez commencer sans moi ? de quel droit ? – nul ne mange avant le roi ! Où est-elle ? elle a intérêt, la garce, à se terrer ! le dra... dragon... »

S'immobilisant auprès du plus vaste des trois brasiers, il jeta un regard circulaire sur les Dothrakis. Des cinq mille hommes qui se trouvaient là, une poignée tout au plus pouvaient comprendre ses paroles. Mais il n'était pas nécessaire de parler sa langue pour s'apercevoir instantanément qu'il était ivre.

Mormont accourait, cependant, qui lui chuchota quelques mots à l'oreille, le prit par le bras, mais Viserys se dégagea. « Bas les pattes ! on ne touche pas le dragon sans sa permission ! »

Daenerys jeta un coup d'œil anxieux vers le haut de l'estrade. Drogo disait quelque chose aux *khals* qui le flanquaient. Jommo eut un grand sourire, Ogo s'esclaffa carrément.

Les éclats de rire attirèrent l'attention de Viserys. « Khal Drogo, bafouilla-t-il d'un ton qui pouvait passer pour poli, me voici pour le festin. » Plantant là ser Jorah, il fit mine de monter rejoindre les trois *khals*, mais Drogo se dressa et, en dothrak, éructa dix ou douze mots trop rapides pour Daenerys, pointa l'index. « Il dit que votre place n'est pas sur l'estrade, traduisit Mormont à Viserys, mais là-bas. »

Viserys regarda dans la direction indiquée. Tout au fond, dans un angle sombre à souhait pour en épargner le spectacle à l'élite des cavaliers, croupissait la lie de la lie : bleusaille en panne de sang versé, vieillards à glaucomes et rhumatismes, arriérés mentaux, stropiats. Loin des mets, plus loin de la moindre espérance d'égards. « Ce n'est pas la place d'un roi ! s'insurgea-t-il.

– Place, si, répliqua Drogo dans son âpre sabir, pour va-nu-pieds roi. » Il claqua dans ses mains. « Carriole ! Amenez carriole pour *Khal Rhaggat* ! »

Au seul rappel de l'infâme sobriquet se déployèrent si instantanément l'hilarité, les huées de cinq mille gorges que Daenerys eut beau voir ser Jorah hurler quelque chose dans l'oreille de Viserys, l'hystérie collective lui interdit d'en rien percevoir, pas plus que des invectives qui défigurèrent son frère avant que les deux hommes n'en vinssent aux mains et que, d'un coup de poing, Mormont n'expédiât l'adversaire à terre.

Qui dégaina.

Les flammes du foyer voisin firent flamber l'acier nu de reflets sanglants. « *Arrière !* » siffla Viserys. Il se remit cahin-caha sur pied, tandis que ser Jorah reculait d'un pas, puis, brandissant, sans seulement s'aviser que la salle entière, indignée, l'abreuvait d'imprécations, l'épée d'emprunt censée devoir à Pentos, naguère, lui conférer des dehors d'altesse plus souveraine, effectua par-dessus sa tête de pitoyables moulinets. Et tout autour s'exaspérait la fureur de la foule...

Terrifiée, Daenerys poussa un cri inarticulé. Si son frère ignorait à quel châtiment l'exposait son geste, elle le savait, elle, et inéluctable.

Viserys l'entendit, la chercha des yeux, finit par la découvrir. « Ah..., mais la voilà ! » dit-il avec un rictus, avant de tituber vers elle, tout en ferraillant comme afin de se frayer passage parmi des cohues d'ennemis, quoique nul ne tentât de lui barrer la route.

« L'épée..., supplia-t-elle, éperdue, s'il te plaît... ! Viserys, il ne faut pas..., c'est interdit ! Jette-la, viens t'asseoir près de moi, là, sur ces coussins... Tu veux boire, manger ? je... Ou les œufs de dragon ? tu les auras, mais jette seulement l'épée... !

– Ecoute-la donc, bougre d'imbécile ! pesta ser Jorah, tu préfères nous faire écharper ? »

Viserys éclata de rire. « Ils ne peuvent pas ! Dans leur sacrée cité, personne n'a le droit de verser le sang, personne..., excepté *moi.* » De la pointe de sa rapière, il piqua la gorge de Daenerys, glissa lentement vers le ventre bombé. « J'exige, dit-il, ce que je suis venu réclamer. J'exige la couronne promise par ton Drogo. Il t'a achetée mais toujours pas payée. Dis-lui que j'exige le prix convenu, sans quoi rien de fait, je t'emmène. Toi et les œufs. Mais pas son putain de bâtard, ça non, qu'il le garde, je le lui laisse. Même que je vais... » La lame atteignit le nombril et, creusant les soieries, accrut sa pression. Non sans stupeur, Daenerys se rendit compte, brusquement, que son frère, cet étranger qu'elle avait du moins si longtemps tenu pour son frère, pleurait. Pleurait et riait, simultanément.

De loin, très très loin, lui parvinrent aussi les sanglots de Jhiqui, affolée d'avoir à traduire, hoquetant que le *khal* ne manquerait pas de la faire lier à la queue de son cheval et traîner jusqu'au sommet de la montagne. « Ne crains rien, dit-elle en l'enlaçant, c'est moi qui vais m'en charger. »

Or, après qu'elle s'y fut risquée, sans trop savoir si ses connaissances de la langue lui permettraient de se faire entendre, Khal Drogo prononça quelques phrases dont la sécheresse prouvait à l'envi qu'il avait compris puis entreprit de quitter l'estrade. « Qu'a-t-il dit ? » s'alarma, déjà flageolant, l'étranger qu'elle avait eu pour frère tant d'années durant.

Les convives observaient désormais un silence si unanime qu'à chaque pas de Drogo tintaient aussi distinctement qu'un glas les clochettes de sa chevelure. Telles des ombres de cuivre le talonnaient ses sang-coureurs. Un froid mortel saisit Daenerys de la tête aux pieds. « Il te promet une couronne d'or dont la magnificence fera frémir quiconque la contemplera. »

Le soleil étoilé de sa vie l'ayant entre-temps rejointe, elle lui glissa un bras autour de la taille et, sur un mot de lui, les sang-coureurs se découplèrent. Qotho saisit les bras de l'étranger qu'était devenu Viserys pour sa sœur, Haggo lui brisa le poignet d'une simple torsion de ses mains énormes, et Cohollo n'eut plus qu'à cueillir l'épée entre les doigts flasques. Sa posture des plus fâcheuse n'éclairait toujours pas Viserys qui piailla : « Non ! vous ne pouvez pas me toucher ! je suis le dragon ! le *dragon*, vous entendez ? et je vais être *couronné* ! »

Alors, Drogo déboucla sa ceinture. Les médaillons en étaient d'or pur, et chacun d'eux, ciselé dans la masse, avait la grosseur d'un poing d'homme. Sur ordre du *khal*, des esclaves accoururent, qui retirèrent un grand chaudron du feu et, après en avoir déversé le ragoût à même le sol, le replacèrent sur les braises. Drogo y jeta sa ceinture et, d'un air impassible, en regarda les médaillons virer au rouge et perdre peu à peu leur forme. Dans ses prunelles d'obsidienne chatoyaient et dansaient les flammes. Enfin, il enfila posément, sans accorder ne fût-ce qu'un clin d'œil à l'étranger, d'épaisses mitaines d'équitation que lui tendait l'un des serviteurs.

Et, soudain, s'éleva le hurlement suraigu, bestial qu'arrache au lâche le face à face avec sa propre mort. Mais Viserys pouvait bien hurler, ruer, se tordre, pleurnicher comme un chiot, pleurer comme un marmot, les trois Dothrakis le maintenaient bel et bien captif. Ser

Jorah s'était, quant à lui, glissé près de Daenerys. Il lui mit la main sur l'épaule.

« Détournez-vous, princesse, par pitié !

– Non. » Elle reploya seulement ses bras autour de son ventre lorsque Viserys, jugeant bon de la prendre pour dernier recours, haleta : « S'il te plaît..., dis-leur..., Daenerys ! fais qu'ils... – sœurette... »

Quand l'or fut parvenu à un point de fusion suffisant, Drogo tendit les bras par-dessus les flammes, saisit le chaudron, rugit : « Couronne voici ! Couronne pour roi-carriole ! » et le renversa d'un coup sur la tête de l'étranger que Daenerys avait eu pour frère.

Le son qu'émit Viserys Targaryen lorsque le coiffa cet abominable heaume de fer, ce son n'avait rien d'humain. Ses pieds trépignèrent frénétiquement la terre battue, s'alanguirent, s'immobilisèrent. Sur sa poitrine dégoulinaient peu à peu d'énormes larmes d'or qui, en se figeant, consumaient le tissu de soie écarlate..., mais sans qu'eût seulement perlé la plus infime goutte de sang.

Il n'était pas le dragon, songea Daenerys avec un bizarre détachement. *Le feu ne tue pas un dragon.*

EDDARD

Il se trouvait, comme tant d'autres fois auparavant, déambuler dans les cryptes de Winterfell. Les rois de l'Hiver le regardaient passer de leurs yeux de glace, et les loups-garous couchés à leurs pieds grondaient, le museau pointé. Et il parvenait de la sorte, enfin, devant la tombe où reposait son père, flanqué de Brandon et de Lyanna. « *Promets-moi, Ned* », chuchotait l'effigie de sa sœur. Parée de guirlandes de roses bleu pâle, elle versait des pleurs de sang.

Le cœur battant, Eddard Stark se dressa brusquement, tout entortillé dans ses couvertures. Une noirceur de poix lui dérobait la chambre, et quelqu'un cognait à la porte. « Lord Eddard ! appelait-on sans ménagements.

– Un instant. » Trop comateux encore pour se soucier de sa nudité, il tituba de meuble en meuble, à tâtons, finit par ouvrir. Sur le seuil se tenaient Tomard, un poing en l'air, prêt à insister, Cayn, avec un bougeoir, et, entre eux, l'intendant personnel du roi.

Les traits de ce dernier se gardaient si bien de rien exprimer qu'on les eût pris sans dommage pour de la pierre. « Seigneur Main, déclara-t-il, Sa Majesté réclame votre présence. Sur-le-champ. »

Ainsi donc, Robert était revenu de sa chasse ? Pas trop tôt... « Juste le temps nécessaire pour m'habiller. » Laissant l'émissaire attendre à l'extérieur, il se fit aider de Cayn pour enfiler une tunique de lin blanc, des culottes fendues du côté du plâtre, couvrir ses épaules d'un manteau gris que vint agrafer l'insigne de sa fonction, se ceignit enfin les reins d'une lourde chaîne d'argent où, anodin dans sa gaine, il glissa le poignard valyrien.

Tout n'était qu'ombre et silence dans le Donjon Rouge lorsque, appuyé sur Cayn et Tomard, il traversa la courtine intérieure. Presque au ras des créneaux mûrissait, pleine bientôt, la lune. Un garde en manteau d'or arpentait le chemin de ronde.

Les appartements royaux se trouvaient retranchés, derrière une douve sèche hérissée de piques et des murs épais de douze pieds, dans le quadrilatère trapu de la citadelle de Maegor, château dans le château niché au cœur même du formidable ensemble fortifié. Au bout du pont-levis qui commandait l'accès se tenait, tel un spectre armé d'acier blanc dans la lueur lunaire, ser Boros Blount. Au-delà campaient deux autres chevaliers de la Garde : ser Preston Greenfield au bas de l'escalier, ser Barristan devant l'entrée de la chambre du roi. *Trois hommes en manteaux blancs*, se souvint Ned, non sans un étrange frisson. La pâleur de ser Barristan le disputait à celle de son armure. Elle indiquait suffisamment qu'il se passait un événement de la dernière gravité. L'intendant de Robert ouvrit, annonça : « Lord Eddard Stark, Main du Roi.

– Amène-le-moi », commanda Robert, d'une voix bizarrement pâteuse.

Des feux flambaient dans les cheminées jumelles qui se faisaient face aux deux extrémités, barbouillant les murs, les dalles, le plafond de rougeoiements sinistres, et la chaleur vous suffoquait. Au chevet de Robert, couché sous son baldaquin, rôdait le Grand Mestre Pycelle. Lord Renly allait et venait sans trêve devant les fenêtres aux volets fermés. Des serviteurs s'affairaient en tous sens, portant des bûches ou faisant bouillir du vin. Assise au bord du lit, Cersei Lannister, ébouriffée comme à l'arraché du sommeil, mais l'œil on ne pouvait moins assoupi – vrillé sur les survenants. Appuyé sur ses gens, Ned semblait cependant n'avancer qu'avec une extrême lenteur, en homme encore perdu dans ses rêves.

On n'avait même pas débotté le roi. La courtepointe jetée sur lui laissait ses pieds à découvert. De la boue séchée, des brins d'herbe maculaient le cuir. A terre gisait, éventré, déchiqueté, un doublet vert. Des taches brun rouge encroûtaient le tissu. L'atmosphère empestait la fumée, le sang, la mort.

« Ned... », murmura le roi dès qu'il l'aperçut. Il était livide. « Approche... Plus près. »

Toujours secondé par ses hommes, Ned obtempéra de son mieux, s'agrippa d'une main au montant du lit. Un regard lui suffit pour juger l'état désespéré du roi. « Que s'est-il... ? » La question s'étrangla dans sa gorge.

« Un sanglier. » Lord Renly portait encore sa tenue de chasse et un manteau éclaboussé de sang.

« Un démon, exhala Robert. Ma faute. Enfers et damnation. Trop de vin. Raté mon coup.

– Et vous autres, où étiez-vous tous ? » Ned interpellait lord Renly. « Où étaient ser Barristan et la Garde ? »

La bouche du jeune homme se contracta. « Mon frère nous avait commandé de rester à l'écart et de le laisser forcer la bête seul. »

Ned souleva la couverture.

On avait fait l'impossible pour brider la plaie, mais elle persistait à béer de toutes parts. Pour avoir à ce point dévasté l'adversaire de l'aine au nombril, le sanglier devait être équipé d'un boutoir vraiment phénoménal. Déjà noirs de caillots, les pansements imbibés de vin qu'avait appliqués le Grand Mestre dégageaient une odeur infecte. Le cœur au bord des lèvres, Ned laissa retomber sa main.

« Pue, dit Robert. Puanteur de mort. Va pas croire que je la sens pas. M'a bien eu, le salopard, hein ? Me l'a... payé, n'empêche, Ned. » Le sourire était aussi insoutenable que la blessure, pourpres les dents. « En plein dans l'œil, mon coutelas. Demande-leur si c'est pas vrai. 'mande-leur.

– C'est vrai, murmura lord Renly. Nous avons rapporté la dépouille, comme il l'exigeait.

– Pour le festin, souffla Robert. A présent, laissez-nous. Tous. Il me faut parler avec Ned.

– Mais, mon cher seigneur..., commença Cersei.

– J'ai dit : *dehors*, rétorqua-t-il d'un ton bougon qui rappelait vaguement son ancienne irascibilité. Qu'y a-t-il là qui passe ta cervelle, femme ? »

Rassemblant ses jupes avec sa dignité, elle se dirigea vers la porte, aussitôt imitée par Renly et consorts. Seul musarda Pycelle qui, d'une main tremblante, affecta d'offrir au mourant une coupe emplie d'une liqueur blanche. « Du lait de pavot, Sire, crut-il judicieux d'expliquer. Buvez. Contre la douleur. »

D'un revers de main, Robert balaya la coupe. « Au diable, tes potions, vieil âne ! Je dormirai bien assez tôt. Va-t'en. »

En se retirant, le Grand Mestre gratifia Ned d'une moue navrée.

« La peste soit de toi, Robert ! » jura Ned, quand ils se retrouvèrent tête à tête. Sa jambe le mettait à si rude épreuve qu'il en voyait trouble. A moins que le chagrin ne lui embuât l'œil. Il se laissa choir sur le lit, tout près de l'ami. « Pourquoi te montrer toujours tellement têtu ?

– Ah, va te faire foutre, Ned ! riposta crûment le roi. Je l'ai tué, ce salaud, non ? » Une lourde mèche de cheveux noirs lui barrait les yeux. « Dû faire pareil avec toi. Vous permets même pas de chasser tranquille. Dans mes pattes, ton ser Robar. La tête de Gregor. Très affriolant. Rien dit au Limier. Laissé Cersei lui faire la surprise. » Son rire s'acheva sur un grognement de douleur. « Les dieux me pardonnent, maugréa-t-il en ravalant son agonie. Pour la petite. Daenerys. Qu'une gosse, tu avais raison... Et voilà... La petite, le sanglier. Les dieux..., pour me punir... » Une quinte de toux le prit, qui poissa de rouge la barbe noire. « Tort, eu tort, je... – qu'une gosse... Littlefinger, Varys et même mon frère..., bons à rien... personne pour me dire non, sauf toi, Ned..., que toi... » Sa main se leva, esquissa péniblement un geste – l'ombre d'un geste –, retomba. « Encre, papier. Là, sur la table. Ecris ce que je vais dicter. »

Ned étala la feuille sur son genou, saisit la plume. « A vos ordres, Sire.

– "Ceci est le testament par lequel moi, Robert, de la maison Baratheon, premier du nom, roi des Andals" et cætera – flanque-moi tous ces maudits titres, tu sais ça sur le bout du doigt – ..., "commande à Eddard, de la maison Stark, seigneur de Winterfell, Main du Roi, d'assumer, à ma... – ma mort, les fonctions de régent et de Protecteur du royaume..., de gouverner en mes... lieu et place, jusqu'à ce que mon fils Joffrey ait atteint l'âge de régner."

– Robert... » Il voulait dire : *Joffrey n'est pas ton fils*, mais les mots refusèrent de sortir. Sur les traits de Robert se lisait trop nettement la mort pour qu'il trouvât la force de lui infliger ce surcroît d'agonie terrible. Aussi se contenta-t-il, tête à nouveau baissée, de substituer à « mon fils Joffrey » les termes « mon héritier », falsification qui lui fit aussitôt l'effet d'une souillure indélébile. *Que de mensonges nous fait proférer l'amour*, songea-t-il. *Veuillent les dieux me pardonner.* « Et puis ?

– Et puis..., tout le baratin nécessaire. Protéger, défendre les nouveaux dieux et les anciens, tu connais toutes les formules. Rédige. Je signerai. Tu l'exhiberas au Conseil après ma disparition.

– Robert..., s'étrangla-t-il, tu ne dois pas mourir, il ne faut pas m'imposer cela. Le royaume a besoin de toi. »

Le roi lui prit la main, l'étreignit à la broyer. « Quel... – quel sale menteur tu fais, Ned Stark, articula-t-il dans une grimace de douleur. Le royaume... ! le royaume sait... quel roi exemplaire je fus. Aussi détestable qu'Aerys. L'indulgence des dieux ne sera pas de trop.

– Non, protesta Ned, pas détestable comme lui, Sire. Bien moins détestable, et de loin. »

Robert s'extirpa l'ébauche d'un sourire rouge. « Au moins dira-t-on que mon dernier acte..., je l'ai accompli convenablement. Tu ne te déroberas pas. Tu vas gouverner, désormais. Tu détesteras ça plus encore que je ne faisais..., mais tu t'en tireras très bien. Terminés, tes gribouillages ?

– Oui, Sire. » Il lui tendit le document. Le roi y traça son paraphe à l'aveuglette et le lui rendit barbouillé de sang. « Il faudrait des témoins, pour l'apposé du sceau.

– Sers le sanglier, lors du banquet funèbre, graillonna le roi. Avec une pomme dans la gueule. La peau croustillante. Bouffe ce salaud. M'en branle, si tu le dégueules. Promets-moi, Ned. »

Promets-moi, Ned, reprit en écho la voix de Lyanna.

« Promis.

– La petite..., Daenerys. Qu'elle vive. Si tu peux, si... – s'il n'est pas trop tard... Dis-leur... Varys, Littlefinger..., les laisse pas la tuer. Et assiste mon fils, Ned. Rends-le... meilleur que moi. » Un spasme le crispa. « Les dieux m'aient en compassion.

– Ils le feront, vieux, affirma Ned, ils le feront. »

Le roi ferma les yeux, parut se détendre. « Tué par un cochon, ronchonna-t-il. A crever de rire, mais ça fait trop mal. »

Rire ne tentait pas Ned. « Je les rappelle ? »

Un vague signe de tête, puis : « A ta guise. Dieux de dieux, pourquoi fait-il si *froid*, ici ? »

Aussitôt mandés, les serviteurs se hâtèrent de charger le feu. La reine était partie. Un léger poids de moins..., à défaut de mieux. Que Cersei possédât une once de bon sens et, dès avant l'aube, elle aurait filé avec sa marmaille. Elle n'avait déjà que trop tardé.

Sans paraître la regretter, le roi Robert assigna le rôle de témoins à son frère et au Grand Mestre pendant qu'il imprimait son sceau dans la cire jaune versée par Ned sur ses dernières volontés. « A présent, donnez-moi de quoi cesser de souffrir et laissez-moi mourir. »

Pycelle s'empressa de lui apprêter une nouvelle mixture et, cette fois, le roi but si goulûment que, lorsqu'il repoussa la coupe, des gouttelettes blanches achevaient de lui engluer la noirceur du poil. « Vais-je rêver ? »

La réponse lui vint de Ned. « Oui, Sire.

– Bon ! sourit-il. J'embrasserai Lyanna de ta part, Ned. Charge-toi de mes enfants, toi. »

Ned eut l'impression qu'on lui retournait un couteau dans le ventre. Cette prière le laissait sans voix pour mentir. Puis il se souvint des bâtards : la petite Barra, tétant à en perdre le souffle, et Mya, dans le Val, et Gendry, à sa forge, et les autres, tous... Et il finit par ânonner : « Je... – je veillerai sur eux comme s'ils étaient les miens. »

Robert approuva d'un signe et ferma les paupières. Peu à peu, sa tête creusait les coussins, ses traits s'apaisaient sous l'influence du lait de pavot. Le sommeil l'engloutit enfin.

Un léger tintement de chaînes tira Ned de son hébétude. Le Grand Mestre Pycelle se rapprochait. « Je ferai de mon mieux, monseigneur, mais la gangrène s'y est mise. Il leur a fallu deux jours pour le ramener. Quand j'ai visité la plaie, il était trop tard. Je puis atténuer les souffrances de Sa Majesté, mais les dieux seuls pourraient la guérir, désormais.

– Le délai, combien ? demanda Ned.

– Un autre serait déjà mort. Jamais je n'ai vu personne se cramponner si farouchement à la vie.

– Mon frère a toujours fait preuve d'une exceptionnelle vigueur, intervint lord Renly. Peut-être pas de sagacité, mais de vigueur, oui. » Son front luisait, moite, tant la touffeur rendait irrespirable l'atmosphère. Mais tel qu'il était, là, debout, si beau, si brun, si jeune, on l'aurait pris pour le fantôme de Robert. « Le sanglier, il l'a zigouillé. Les tripes lui sortaient du ventre, et il s'est quand même arrangé pour le zigouiller, le sanglier. » Sa voix vibrait d'admiration.

« Robert n'a jamais été homme à quitter le champ de bataille tant que s'y dressait la silhouette d'un ennemi », confirma Ned.

A l'extérieur, ser Barristan Selmy continuait à monter la garde sur le palier. « Mestre Pycelle vient d'administrer le lait du pavot, lui dit-il. Le roi repose. Sauf autorisation expresse de ma part, que personne ne l'importune.

– Bien, monseigneur. » En deux jours, il avait pris cent ans. « J'ai manqué à la foi jurée...

– Si loyal soit-il, aucun chevalier ne saurait protéger un roi contre soi, déclara Ned. Robert adorait chasser le sanglier. Je l'en ai vu tuer des centaines. » Sans jamais lâcher pied, reculer d'un pouce, le jarret bandé, les deux poings serrés sur la lance, et vomissant, pendant que celui-ci chargeait, des flots d'invectives au fauve, attendant l'ultime fraction de seconde, attendant de le voir quasiment sur lui pour l'abattre, d'un coup, d'un seul, stupéfiant de force et d'efficacité... « Nul ne pouvait se douter que ce sanglier serait le dernier.

– C'est généreux à vous, lord Eddard, de parler ainsi.

– Je ne fais que reprendre les propos du roi. Il a incriminé le vin. »

Le chevalier hocha sa tête chenue d'un air accablé. « Sa Majesté chancelait en selle, effectivement, lorsqu'on délogea le verrat de sa bauge. Elle tint néanmoins à l'affronter seule.

– Au fait, ser Barristan, susurra Varys, impressionnant de calme, ce fameux vin, qui le lui servait ? »

L'eunuque s'était approché si doucement que sa voix fit tressaillir Ned. Vêtu d'une robe de velours noir dont les pans balayaient le sol, il était tout poudré de frais.

« Le roi buvait à même sa propre gourde, affirma ser Barristan.

– Une seule gourde ? La chasse donne tellement soif...

– Je n'ai pas compté. Plus d'une, en tout cas. Son écuyer les renouvelait au fur et à mesure qu'il le demandait.

– Tant de zèle à s'assurer, reprit Varys, que Sa Majesté soit toujours en mesure de se rafraîchir, n'est-ce pas touchant ? »

La bouche brusquement amère, Ned se souvint des deux blondinets houspillés, le jour de la mêlée, pour la cuirasse trop étroite. Et de Robert contant la scène, le soir même, en se tenant les côtes.

« Lequel des écuyers ?

– L'aîné, dit ser Barristan, Lancel.

– Je vois je vois, reprit Varys, doucereux. Un garçon robuste. Fils de ser Kevan Lannister, neveu de lord Tywin et cousin de la reine. Espérons que le cher enfant ne se reproche rien. On est tellement vulnérable, à cet âge innocent, tellement. Si je me rappelle... ! »

Jeune, il avait dû l'être, forcément. Mais innocent, ça... « A propos d'enfants, dit Ned, Daenerys Targaryen. En ce qui la concerne, Robert a changé de sentiment. Quelques mesures que vous ayez prises, annulez, je le veux. Immédiatement.

– Hélas, soupira Varys, immédiatement risque fort de signifier trop tard. Je crains que les oiseaux ne soient déjà en l'air. Mais je ferai tout mon possible, monseigneur. Daignez m'excuser. » Il s'inclina, s'évanouit dans l'escalier. A peine entendait-on le murmure feutré de ses sandales sur la pierre, de marche en marche.

Appuyé sur Tomard et Cayn, Ned retraversait le pont-levis quand lord Renly, surgissant à son tour de la lugubre citadelle de Maegor, le héla : « Lord Eddard ! Auriez-vous l'obligeance de m'accorder un instant ? »

Ned s'arrêta. « Volontiers. »

Renly se porta à sa hauteur. « Congédiez vos gens. » Ils se trouvaient au milieu du tablier, surplombant la douve. Le clair de lune argentait la forêt de piques qui la hérissait.

Sur un simple geste de Ned, Tomard et Cayn courbèrent l'échine et se retirèrent à distance respectueuse, tandis que Renly contrôlait d'un coup d'œil furtif qu'aux deux extrémités ser Boros, devant, ser Preston, derrière, ne pouvaient entendre. « Ce document. » Il se pencha, chuchota : « C'est pour la régence ? Mon frère vous y désigne comme Protecteur ? » Puis, sans attendre la réponse : « J'ai à ma disposition, monseigneur, en plus des trente hommes de ma garde personnelle, des amis sûrs, tant chevaliers que seigneurs. D'ici une heure, je me fais fort de vous procurer cent épées.

– Et qu'aurais-je à faire de cent épées, messire ?

– *Frapper !* Tout de suite, tant que le château dort. » Après avoir, à nouveau, lorgné du côté de ser Boros, il haleta, plus bas encore : « Il faut séparer Joffrey de sa mère, il faut s'emparer de lui. Protecteur ou pas, l'homme qui tient le roi tient aussi le royaume. Nous prendrions aussi Tommen et Myrcella. Une fois ses enfants en nos mains, Cersei n'osera plus rien contre nous. Le Conseil vous confirmera comme Protecteur et vous confiera la tutelle de Joffrey. »

Ned le dévisagea froidement. « Robert n'est pas mort, pas encore. Les dieux peuvent l'épargner. Dans le cas contraire, je convoquerai le Conseil pour qu'il prenne connaissance du testament et avise à la succession. Mais je ne déshonorerai pas les dernières heures de votre frère en versant le sang dans ses propres appartements et en arrachant de leurs lits des enfants terrifiés. »

Roidi comme une corde d'arc, lord Renly recula d'un pas. « Chaque seconde que vous perdez en atermoiements, Cersei la gagne pour ses propres préparatifs. Au moment où Robert mourra, peut-être sera-t-il trop tard... pour nous deux.

– Prions donc qu'il ne meure pas.

– Gageure.

– Il arrive que les dieux se montrent compatissants.

– Pas les Lannister. » Sur ces mots, il tourna les talons pour regagner la tour où se mourait son frère.

En retrouvant ses propres appartements, Ned se sentait vanné, navré, mais il n'était pas question de chercher à se rendormir, surtout pas. *Lorsqu'on s'amuse au jeu des trônes,* avait conclu Cersei, lors de l'entrevue dans le bois sacré, *il faut vaincre ou périr*... Ne venait-il pas de commettre une faute, en refusant l'offre de lord Renly ? Certes, toutes ces intrigues lui répugnaient, certes, on se déshonorait, à menacer des enfants, mais... Mais si Cersei préférait la lutte à la fuite, il risquait, lui, d'en avoir le plus grand besoin, des cent épées – entre autres... – de Renly.

« Va me chercher Littlefinger, dit-il à Cayn. S'il n'est chez lui, prends autant d'hommes qu'il faudra et fouillez tous les cabarets, tous les bordels de Port-Réal pour le retrouver et me l'amener avant le point du jour. » Cet ordre donné, il se tourna vers Tomard. « *La Charmeuse du Vent* lève l'ancre à la marée, ce soir. Tu as choisi l'escorte ?

– Dix hommes, Porther à leur tête.

– Vingt, et sous ton commandement. » Sachant Porther brave mais fort en gueule, il préférait confier ses filles à quelqu'un de plus souple et de plus solide.

« Bien, m' seigneur, dit Tom, sans pouvoir s'empêcher d'ajouter : Dirai pas qu'chuis fâché d' quitter c' pat'lin, ça... Commençais à languir la femme !

– En remontant vers le nord, vous passerez non loin de Peyredragon. Tu y délivreras un message de ma part. »

L'inquiétude écarquilla Tom, qui bafouilla : « A... – à Peyredragon, m'seigneur ? » L'ancien berceau de la maison Targaryen jouissait d'une sinistre réputation.

« Dis au capitaine Qos de hisser mes couleurs dès qu'il sera en vue de l'île. On doit s'y défier des visiteurs inopinés. S'il se montre récalcitrant, demande-lui son prix et paie sans marchander. Ma lettre, tu la remettras en mains propres à lord Stannis Baratheon. A personne d'autre. Ni son intendant, ni son capitaine des gardes, ni même sa femme. Lord Stannis en personne et lui seul.

– Bien, m'seigneur. »

Une fois seul, lord Eddard Stark s'affaissa sur un siège, comme fasciné par la flamme de la bougie qui brûlait près de lui sur la table. Pendant un moment, le chagrin le submergea. Il n'aspirait à rien tant que d'aller se réfugier dans le bois sacré, s'y agenouiller devant l'arbre-cœur et prier, prier pour les jours de Robert, son plus que frère de jadis. Tôt ou tard, on murmurerait qu'il avait, lui, Eddard Stark, trahi son ami, son roi en déshéritant ses enfants... Il en était réduit à espérer que les dieux se montrent plus perspicaces, et que Robert sache exactement à quoi s'en tenir, là-bas, dans le pays par-delà la tombe.

Il reprit en main l'ultime message du roi. Un simple rouleau, crissant sous les doigts, de parchemin blanc scellé de cire dorée, quelques mots rapides, des traînées de sang. Etait-elle mince, la différence entre victoire et défaite, entre vie et mort !

Il saisit une feuille vierge, trempa la plume dans l'encrier. *A Sa Majesté Stannis, de la maison Baratheon*, inscrivit-il. *A l'heure où vous parviendra cette lettre, votre frère, Robert, notre roi durant ces quinze dernières années, sera mort. Il chassait dans le Bois-du-Roi quand un sanglier...*

Au fur et à mesure que la main rampait vers le point final, choisissant chaque terme avec soin, les signes déjà tracés semblaient, sur la page, se tordre et se gondoler. Lord Tywin et ser Jaime n'étaient hommes ni l'un ni l'autre à souffrir leur disgrâce sans regimber ; ils préféreraient la lutte à la fuite. Quelque circonspect que l'eût, d'évidence, rendu le meurtre de Jon Arryn, lord Stannis devait absolument regagner Port-Réal, et d'urgence, avec toutes ses forces, avant que les Lannister ne fussent à même de marcher.

Sa tâche achevée, il signa *Eddard Stark, seigneur de Winterfell, Main du Roi, Protecteur du royaume*, sécha le papier, le plia en quatre, fit fondre à la flamme la cire à sceller.

Sa régence ne durerait guère, réfléchit-il, tandis que la cire s'amollissait. Le nouveau roi désignerait une Main à son gré, le laissant enfin libre de rentrer chez lui. A l'idée de Winterfell, un pâle sourire lui vint aux lèvres. Le désir le tenaillait d'entendre à nouveau résonner le rire de Bran, d'emmener Robb, faucon au poing, d'observer les jeux de Rickon. De plonger dans un sommeil sans rêves, au creux de son propre lit, les bras noués autour de sa dame, oh, Catelyn...

Il appliquait le loup-garou dans la cire blanche quand reparut Cayn. Desmond l'accompagnait. Littlefinger se trouvait entre eux. Ned les remercia puis les congédia.

Sous sa cape d'argent parsemée de moqueurs, lord Baelish portait une tunique à manches bouffantes de velours bleu. « Je suppose que des félicitations s'imposent », lâcha-t-il, tout en s'asseyant.

Ned lui décocha un regard de travers. « Le roi est blessé. Il se meurt.

– Je sais. Et je n'ignore pas non plus qu'il vous a nommé Protecteur du royaume.

– Et d'où tenez-vous cette belle nouvelle, messire ? » demanda-t-il, non sans avoir, malgré lui, vérifié d'un coup d'œil que le testament posé près de lui, sur la table, était toujours scellé.

« Varys l'insinue pas mal, et vous venez juste de m'en fournir la confirmation.

– Les diables emportent Varys et ses oisillons ! s'exclama-t-il, la bouche tordue de colère. Catelyn voyait juste, il pratique la magie noire. Je n'ai aucune confiance en lui.

– Merveilleux. Vous faites des progrès. » Il se pencha en avant. « Toutefois, je gage que vous ne m'avez point fait traîner jusqu'ici, au plus noir de la nuit, pour m'entretenir de l'eunuque.

– Non, admit Ned. J'ai pénétré le secret pour lequel Jon Arryn fut assassiné. Robert ne laissera pas d'enfants légitimes. Joffrey, Tommen sont des bâtards. La reine les a eus de ses relations incestueuses avec Jaime Lannister. »

Littlefinger dressa un sourcil. « Choquant, dit-il d'un ton propre à suggérer qu'il n'était nullement choqué. La fille aussi ? Sans doute. De sorte qu'à la mort du roi...

– Le trône échoit de droit à l'aîné des frères de Robert, Stannis. »

D'un air méditatif, Petyr se mit à tripoter sa barbichette. « Selon toute apparence, effectivement. A moins...

– *A moins*, messire ? Il n'y a pas là d'*apparence*. Stannis est l'héritier. De fait, indiscutable, et rien...

– Stannis ne saurait, sans votre aide, s'emparer du trône. Vous feriez sagement d'appuyer Joffrey. »

Un regard lapidaire accueillit le conseil. « N'avez-vous pas un brin d'honneur ?

– Oh, un *brin*..., sûrement, riposta-t-il nonchalamment. Ecoutez-moi jusqu'au bout, maintenant. Stannis n'est pas de vos amis – ni des miens. Ses frères eux-mêmes ne peuvent le blairer. Il est en fer, dur, inflexible. Il ne manquera pas de nous donner une Main nouvelle, un Conseil nouveau. Tendez-lui la couronne et, certes, il vous remerciera, mais il ne vous aimera pas pour autant. Et son avènement signifiera guerre. Il ne connaîtra pas un instant de repos sur son trône avant que Cersei et ses bâtards soient morts. Croyez-vous donc que lord Tywin va se prélasser, pendant que l'on forgera sur mesures la pique destinée à la tête de sa propre fille ? Castral Roc se soulèvera, et pas seul. Robert a su puiser en lui-même la force de pardonner aux partisans d'Aerys dans la mesure où ils lui juraient loyauté. Stannis n'est pas si clément. Il n'aura pas plus oublié le siège d'Accalmie que n'osent l'espérer les sires Tyrell et Redwyne. Tout homme qui s'est battu sous la bannière du dragon ou insurgé avec Balon Greyjoy n'aura que trop motif d'alarme. Juchez Stannis sur le Trône de Fer et, garanti, le royaume entier saignera.

« Examinez à présent le revers de la pièce. Joffrey n'a que douze ans, monseigneur, et Robert vous a conféré la régence. En tant que Main du Roi, Protecteur du royaume, le pouvoir est à vous, lord Stark. Vous n'avez qu'un geste à faire pour le conquérir. Faites la paix avec les Lannister. Relâchez le Lutin. Mariez Joffrey à Sansa. Mariez votre cadette à Tommen, à Myrcella votre héritier. Joffrey n'atteindra l'âge de régner que dans quatre ans. Et si, d'ici là, il ne vous considère comme un second père, hé bien..., quatre années font un fameux bail, monseigneur... Amplement suffisant pour disposer de lord Stannis. Et qu'entre-temps Joffrey se révèle un fauteur de troubles, qui nous empêcherait de divulguer son petit secret et de porter lord Renly au trône ?

– *Nous ?* » hoqueta Ned en écho.

Un haussement d'épaules désinvolte le lui confirma. « Vous aurez forcément besoin d'un quidam qui vous soulage de l'excès des charges. Mes prix, je vous jure, seraient modiques.

– Vos prix. » Sa voix se chargea d'un mépris glacial. « Ce que vous suggérez porte un nom, lord Baelish : trahison.

– Uniquement en cas d'échec.

– Vous oubliez, répliqua Ned. Vous oubliez Jon Arryn. Vous oubliez Jory Cassel. Et vous oubliez ceci. » Dégainant le poignard, il le posa bien en vue sur la table, entre eux. Un pan d'os de dragon et d'acier valyrien, aussi effilé que la frontière entre bien et mal, vrai et faux, vie et mort. « Ils ont envoyé un sbire égorger mon fils, lord Baelish. »

Celui-ci poussa un soupir contrit. « Je crains en effet d'avoir oublié, monseigneur. Veuillez me pardonner. Pendant un moment, j'ai omis de me souvenir que je m'adressais à un Stark. » Une moue équivoque effleura ses lèvres. « Ainsi, ce sera Stannis, et la guerre ?

– L'héritier, c'est lui. La question du choix ne se pose pas.

– Loin de moi l'idée d'en démentir le Protecteur. Qu'attendez-vous de moi, dès lors ? Pas mes sages avis, en tout cas.

– Je m'efforcerai de mon mieux d'oublier votre... – vos sages avis, dit Ned, sans dissimuler son dégoût. Je vous ai fait venir pour vous demander l'aide promise à Catelyn. A l'heure qu'il est, nous nous trouvons tous en danger. Robert m'a nommé Protecteur, soit, mais, aux yeux du monde, Joffrey n'en demeure pas moins son fils et son héritier. La reine dispose d'une douzaine de chevaliers et d'une centaine d'hommes d'armes prêts à lui obéir, quoi qu'elle ordonne, aveuglément... Ils suffiraient à submerger le peu qui me reste de ma propre garde. Pour autant que je sache, en outre, son frère Jaime se mettrait en route à l'instant même pour Port-Réal, suivi de troupes Lannister.

– Et vous-même n'avez pas d'armée. » Il s'amusait, du bout du doigt, à faire tourner lentement le poignard sur la table. « On peut considérer comme insignifiant l'intervalle câlin qui sépare lord Renly et les Lannister. Royce le Bronzé, ser Balon Swann, ser Loras, lady Tanda, les jumeaux Redwyne..., autant de gens qui possèdent ici, à la Cour, une suite d'épées liges et de chevaliers.

– La garde personnelle de Renly comprend seulement trente hommes, et ses amis sont encore moins bien pourvus. C'est trop peu, fussé-je assuré que tous se résolvent à me rallier. Il me faut coûte que coûte les manteaux d'or. Le guet comporte deux mille hommes, et qui ont juré de défendre le château, la ville et la paix du roi.

– Hoho ! mais quand la reine proclame un roi et la Main un autre, duquel des deux sont-ils censés garantir la paix ? » D'une pichenette, il fit pirouetter le poignard sur place. Après des tours et des tours qui l'animaient d'une espèce de dandinement, la lame perdit peu à peu son élan, lambina, finit par s'arrêter, pointée vers la poitrine de Littlefinger. « Voilà, vous la tenez, votre réponse ! sourit-il. Ils suivent qui les paie. » Il se rejeta en arrière et, de ses yeux gris-vert où pétillait la raillerie, le dévisagea effrontément. « Vous portez votre honneur comme on porte une armure, Stark. Vous vous figurez à l'abri, dedans, alors qu'il ne sert qu'à vous alourdir et à rendre pénible chacun de vos gestes. Regardez-vous en face, un bon coup. Vous savez pourquoi vous m'avez convoqué. Vous savez de quelle besogne vous voulez me voir me charger. Vous savez qu'il faut en passer par là..., mais comme la chose n'est pas *honorable*, les mots vous restent en travers du gosier. »

La nuque nouée de colère, Ned ne parvint qu'à contenir les paroles irrémédiables qui le suffoquaient.

A la fin, Petyr se mit à rire. « Ah ! votre requête, je devrais vous contraindre à la formuler, mais je n'aurai pas cette cruauté..., remettez-vous, mon bon seigneur, allons. Au nom de l'amour que je porte à Cat, j'irai de ce pas trouver Janos Slynt et vous ourdir la possession du guet. Six mille pièces d'or y devraient suffire. Un tiers pour le commandant, un tiers pour les officiers, un tiers pour la troupe. Il serait évidemment possible de les avoir pour moitié moins, mais je préfère ne rien risquer. » Il se fendit d'un grand sourire et, saisissant délicatement le poignard entre index et pouce, le lui tendit, garde en avant.

JON

Il déjeunait de gâteaux aux pommes et de boudin quand Samwell Tarly vint s'affaler auprès de lui. « On me convoque au septuaire ! souffla-t-il d'un ton transporté. Qui l'aurait cru ? on me retire de l'entraînement ! je vais prêter serment en même temps que vous !

– Non... ! vraiment ?

– Vraiment. Je seconderai mestre Aemon pour la bibliothèque, les oiseaux. Il avait justement besoin de quelqu'un qui sache lire et écrire.

– Exactement ton rayon, dit Jon avec un sourire.

– Il faut y aller, non ? s'inquiéta Sam. Si j'étais en retard et qu'ils changent d'avis... »

En traversant la cour parsemée d'herbes folles, il bondissait presque d'exaltation. Par cette journée tiède et ensoleillée, les flancs du Mur suintaient goutte à goutte en menus ruisselets, si bien que la glace en miroitait, toute scintillante.

A l'intérieur du septuaire, le globe de cristal taillé captait les flots de lumière que déversait la baie méridionale et les éparpillait sur l'autel en éclaboussures irisées. En apercevant Sam, la bouche de Pyp s'affaissa, béante, et Crapaud bourra les reins de Grenn, mais nul n'osa piper. Le septon Celladar paraissait lui-même, contre sa coutume, à jeun, son encensoir allait et venait sans à-coups, et la fragrance qui, peu à peu, saturait l'atmosphère évoqua pour Jon l'oratoire de lady Stark et, par ce biais, le spectre aimé de Winterfell.

Les officiers supérieurs se présentèrent en corps : mestre Aemon, soutenu par Clydas ; ser Alliser, plus revêche et glacé que jamais ; le lord commandant Mormont, magnifique dans un pourpoint de laine noire à fermoirs de griffes d'ours argentées. Sur leurs talons marchaient les doyens des trois ordres : rubicond, le lord intendant, Bowen Marsh, et le bâtisseur en chef, Othell Yarwick, et ser Jaremy

Rykker qui, en son absence, suppléait Benjen Stark à la tête des patrouilleurs.

Mormont vint se planter devant l'autel. Sur sa puissante calvitie folâtrait l'arc-en-ciel. « Vous êtes venus à nous, débuta-t-il, hors-la-loi, qui braconnier, qui débiteur, qui voleur, violeur ou assassin. Vous êtes venus à nous enfants. Vous êtes venus à nous solitaires, enchaînés, sans amis, sans honneur. Vous êtes venus à nous riches, et vous êtes venus à nous pauvres. Certains d'entre vous portent le nom d'orgueilleuses maisons, d'autres des noms de bâtards, et d'autres pas de nom du tout. Cela n'a aucune importance. Cela relève d'un temps révolu, désormais. Sur le Mur, nous formons tous une seule maison.

« Ce soir, à l'heure où le soleil couchant confronte chacun d'entre nous au regroupement des ténèbres, vous aurez à prononcer vos vœux. Dès l'instant où vous l'aurez fait, vous vous retrouverez frères jurés de la Garde de Nuit. Vos crimes seront effacés, vos dettes épongées. Mais vous serez également tenus de répudier vos engagements antérieurs, tenus d'oublier vos rancunes antérieures, d'oublier indistinctement torts anciens et amours anciennes. Ici, vous repartez à neuf.

« Le membre de la Garde de Nuit voue son existence au royaume. Pas à un roi, ni à un suzerain, ni à l'honneur de telle ou telle maison, ni à l'or, la gloire ou l'amour d'une femme – au *royaume*, et à ses habitants, tous ses habitants. Le membre de la Garde de Nuit ne prend pas d'épouse, pas plus qu'il n'engendre de fils. Notre épouse est devoir, notre amante honneur. Et vous êtes les seuls fils que nous aurons jamais.

« On vous a appris les termes de vos vœux. Méditez-les sérieusement avant de les prononcer car, une fois que vous aurez pris le noir, vous ne pourrez plus revenir sur vos pas. La désertion est punie de mort. » Le Vieil Ours marqua une pause avant de lancer : « S'il en est, parmi vous, qui souhaitent quitter notre compagnie, qu'ils le fassent, maintenant, qu'ils partent, personne ne les blâmera. »

Nul ne bougea.

« Voilà qui est bel et bon, reprit-il. Vous pourrez prononcer vos vœux ici même, au crépuscule, en présence de septon Celladar et du chef de votre ordre. Est-il dans vos rangs un adepte des anciens dieux ? »

Jon se leva. « Moi, messire.

– Je suppose, alors, qu'à l'instar de ton oncle tu désires prêter ton serment devant un arbre-cœur ?

– Oui, messire. » Les dieux du septuaire ne lui étaient rien. Le sang des Premiers Hommes coulait toujours dans les veines des Stark.

Dans son dos, il entendit Grenn chuchoter : « Y a pas de bois sacré, ici, si ? J'en ai jamais vu.

– 'videmment ! lui chuchota Pyp en retour. Tu verrais pas un troupeau d'aurochs sur la neige avant qu'y t'aient piétiné dedans !

– Si fait que je l'verrais ! s'embourba Grenn, et même de vach'ment loin. »

Au même instant, Mormont en personne lui confirmait sa pertinence. « Châteaunoir n'a que faire d'un bois sacré, puisqu'au-delà du Mur se dresse la forêt hantée, telle qu'elle était à l'aube des temps, bien avant que les Andals ne nous apportent les Sept, depuis le continent. A une demi-lieue d'ici, tu trouveras un bosquet de barrals et, pourquoi non ? tes dieux.

– Messire... » Ebahi, Jon se retourna. Samwell Tarly, debout, torchait convulsivement ses paumes moites sur sa tunique. « Est-ce que je pourrais..., moi aussi..., y aller ? Pour prêter mon serment à cet... arbre-cœur ?

– La maison Tarly vénère aussi les anciens dieux ?

– Non, messire », bredouilla Sam d'une petite voix saccadée. Les officiers supérieurs l'effaraient, Jon le savait, et le Vieil Ours plus que quiconque. « J'ai reçu mon nom, comme mon père et son père et tous les Tarly depuis mille ans, dans la lumière des Sept, au septuaire de Corcolline.

– Et pourquoi diable voudrais-tu abjurer les dieux de ton père et de ta maison ? s'étrangla ser Jaremy Rykker.

– La Garde de Nuit est dorénavant ma maison, dit Sam. Les Sept n'ont jamais exaucé mes prières. Peut-être les anciens dieux les exauceront-ils.

– Hé bien, à ton aise, mon garçon », dit Mormont, avant d'enchaîner, sitôt que Sam se fut rassis, Jon également : « Nous avons affecté chacun d'entre vous, compte tenu de nos besoins, à celui des ordres qui convient le mieux à ses aptitudes et ses forces. » Bowen Marsh s'avança, lui tendit une feuille qu'il déroula pour annoncer fina lement : « Halder, génie. » Halder acquiesça d'un hochement guindé. « Grenn, patrouilles. Albett, génie. Pypar, patrouilles. » Pyp battit des oreilles à l'adresse de Jon. « Samwell, intendance. » Un gros ouf, et Sam s'épongea le front avec un chiffon de soie. « Matthar, patrouilles. Dareon, intendance. Todder, patrouilles. Jon, intendance. »

Intendance ? Un moment, Jon demeura stupide. Mormont devait avoir lu de travers. Et, déjà, il esquissait le geste de se lever, bouche ouverte pour dénoncer l'erreur..., quand il comprit : scrutant d'un air gourmand sa physionomie brillaient, telles des billes aiguës de jais, les prunelles de ser Alliser.

Le Vieil Ours reploya la liste. « Vos chefs respectifs vous informeront des tâches qui vous incombent. Puissent tous les dieux vous préserver, frères. » Il les gratifia d'un petit salut et se retira. Ser Alliser le suivit, presque souriant. Jamais Jon ne lui avait vu d'expression si proche du contentement.

« A moi, les patrouilleurs », appela sur ce ser Jaremy Rykker. Sans lâcher Jon du regard, Pyp se leva lentement. Ses oreilles étaient écarlates. Un large sourire aux lèvres, Grenn semblait n'avoir pas compris qu'un détail clochait. Matt et Crapaud les rejoignirent, et ser Jaremy les précéda tous quatre vers la sortie.

« Ingénieurs », clamèrent les joues creuses d'Othell Yarwick. Halder et Albett s'en furent dans son sillage.

Alors, Jon traîna sur l'entour un regard malade d'incrédulité. Sur mestre Aemon, dont la face aveugle se tendait vers la lumière qu'il ne pouvait voir. Sur le septon, tripotant à l'autel ses verroteries. Sur Sam et Dareon, toujours à leur banc. Un obèse, un chanteur... *et moi.*

Le lord intendant Bowen Marsh croisa ses doigts grassouillets. « Samwell, tu seconderas mestre Aemon à la bibliothèque et la roukerie. Comme Chett part servir d'auxiliaire aux chenils, tu occuperas sa cellule, afin que le mestre t'ait nuit et jour sous la main. Tu prendras le plus grand soin de lui. Eu égard à son âge, et parce qu'il nous est infiniment précieux.

« Toi, Dareon, j'ai ouï dire que tu as maintes fois chanté à la table de puissants seigneurs qui t'accordaient le gîte et le couvert. Nous t'envoyons à Fort-Levant. Ton gosier n'y sera peut-être pas inutile à Cotter Pyke lors de ses tractations avec les galères marchandes. Nous payons un prix exorbitant pour le bœuf salé comme pour le poisson mariné, et l'huile d'olive qu'on nous expédie est franchement infecte. Va te présenter dès ton arrivée à Borcas, il saura t'occuper entre deux bateaux. »

Son sourire, enfin, se porta sur Jon. « Notre lord commandant t'a expressément requis pour son service personnel, Jon. Une cellule t'attend dans sa tour, juste en dessous de ses appartements.

– Et en quoi consisteront mes occupations ? demanda-t-il d'un ton acerbe. A lui passer les plats ? A lui attacher ses culottes ? A trimballer de l'eau bouillante pour son bain ?

– Certes. » Tant d'insolence l'avait renfrogné. « A porter ses messages, également, entretenir son feu, changer chaque jour ses draps et ses couvertures, exécuter enfin chacun de ses ordres et te plier à ses moindres désirs.

– Me prenez-vous pour un larbin ?

– Non », dit mestre Aemon, depuis le fond du septuaire. Clydas l'aida à se lever. « Nous t'avons pris pour l'un des nôtres... Nous nous sommes peut-être abusés. »

Faute de mieux, Jon réprima une furieuse envie de partir en claquant la porte. Comptait-on donc qu'il passerait le restant de ses jours à baratter du beurre et à faufiler des doublets, comme une gonzesse ? « Me permettez-vous de me retirer ? demanda-t-il sèchement.

– A ta guise », répondit Bowen Marsh.

Escorté de Sam et Dareon, il regagna, muet, la cour. Sous le beau soleil, étincelait, du faîte au pied, le Mur. La fonte de la glace en sillonnait le flanc d'innombrables griffures fluides. Mais Jon était si ulcéré qu'il eût volontiers écrabouillé, là, tout de suite, le colosse et envoyé aux cent diables l'univers entier.

« Jon ! l'apostropha soudain Sam, comme enthousiasmé. Minute ! ne vois-tu pas ce qui t'arrive ? »

Jon faillit lui sauter à la gorge. « Ce qui m'arrive ? Un coup fourré de ce salopard d'Alliser ! Voilà ce que je vois ! Il voulait m'humilier, c'est fait. »

Dareon le considéra furtivement. « L'intendance, c'est idéal pour nos pareils, Sam, mais pas pour lord Snow.

– Je suis meilleur bretteur et meilleur cavalier qu'aucun d'entre vous ! fulmina Jon, ce n'est pas *juste* !

– Juste ? renifla Dareon. La garce m'attendait, à poil comme à sa naissance, elle me tirait, dans l'embrasure de sa fenêtre..., et tu me parles de *justice* ? » Il s'éloigna à grandes enjambées.

« L'intendance n'a rien de honteux, reprit Sam.

– Parce que tu crois que je rêve de passer ma vie à laver des caleçons de vieux ?

– Ce vieux est le lord commandant de la Garde de Nuit, lui rappela Sam. Tu seras nuit et jour en sa compagnie. Oui, tu lui verseras son vin, oui, tu lui referas son lit, mais tu seras aussi son secrétaire privé, son adjoint lors des réunions, son écuyer sur le champ de bataille, tu seras partout comme son ombre, à ses côtés. Tu sauras tout, tu prendras part à tout..., et le lord intendant l'a bien spécifié, c'est Mormont *en personne* qui t'a réclamé !

« Quand j'étais petit, mon père exigeait ma présence à ses côtés, chaque fois qu'il tenait sa cour dans la salle d'audiences. Et je l'accompagnai de même à Hautjardin, lorsqu'il alla ployer le genou devant lord Tyrell. Mais, par la suite, il commença d'emmener Dickon, m'abandonnant à la maison, et, dans la mesure où mon petit frère y siégeait, ne se soucia plus de me faire subir ses interminables séances. C'est son *héritier* qu'il voulait près de lui, vois-tu ? Pour l'éduquer par son exemple, pour lui apprendre à écouter, regarder. Et voilà pourquoi, tu paries ? Mormont t'a choisi, Jon. Quel autre motif pourrait-il avoir ? Il veut te bichonner en vue du *commandement* ! »

Que répondre à cela ? A Winterfell, effectivement, lord Eddard associait volontiers Robb à tous les débats. Sam aurait-il raison ? Même un bâtard, prétendait-on, pouvait s'élever jusqu'aux postes clés, dans la Garde de Nuit... Il objecta néanmoins, buté : « Je n'ai jamais demandé ça.

– Nul d'entre nous n'est là pour *demander* », lui serina Sam.

Le comble de l'humiliation.

Couard ou non, ce gros veau de Sam s'était inventé le courage d'assumer en homme son sort. *Au Mur, on n'a que ce que l'on gagne*, lui avait vertement répliqué Oncle Ben, lors de leur ultime entrevue. *Tu n'es pas patrouilleur. Tu n'es qu'un bleu. Le parfum de l'été flotte encore sur ta personne*. S'il était vrai que les bâtards fussent, ainsi qu'on le ressassait, plus précoces, ailleurs, que les gosses ordinaires, au Mur, en revanche, le même dilemme : grandir ou mourir, s'imposait à tous.

« Tu fais bien de me le rappeler, soupira-t-il, confus. Je me comportais en enfant gâté.

– Tu restes, alors ? Nous prononcerons ensemble nos vœux ? »

Il se contraignit à sourire. « Comment décevoir l'attente des dieux anciens ? »

Ils se mirent en route à la tombée du jour. Le Mur ne possédant de portes au sens strict ni à Châteaunoir ni sur aucun point de ses quelque cent quarante lieues, ils entraînèrent leurs montures le long de l'étroit tunnel qui, percé à même la glace, sinuait dans le noir vers la face nord. Embrelicoquées de lourdes chaînes, trois grilles de fer barraient successivement le passage et, pendant que Bowen Marsh les décadenassait, il fallut chaque fois patienter. Sans trop penser, de préférence, à la masse en suspens... Le silence et le froid de la tombe, mais en plus frileux, plus assourdissant. Si bien qu'en apercevant, au-delà, soudain, les dernières lueurs du crépuscule sur l'inconnu, Jon ne put se défendre d'éprouver un soulagement singulier.

Tout autre fut la réaction de Sam. Il épia les entours, angoissé. « Les sau... – sauvageons, dis ? Ils... n'oseraient jamais... venir si près ? Si près du Mur – si... ?

– Aucun risque. » Jon se mit en selle et, lorsqu'il y vit à leur tour le lord intendant et l'escorte de patrouilleurs, glissa deux doigts dans sa bouche et siffla. Fantôme, aussitôt, déboula du tunnel.

« Tu comptes emmener ce fauve ? s'irrita Bowen Marsh, qu'un brusque écart de son bourrin avait manqué désarçonner.

– Oui, messire. » Museau pointé, le loup-garou prenait le vent, s'élançait. Le temps de le dire, il avait traversé la large bande de terrain plus ou moins défriché que barbelaient de folles herbes et disparu sous le couvert.

Sitôt franchie l'orée débutait un monde différent. Pour y être allé maintes fois chasser en compagnie de Père, de Jory, de Robb, Jon connaissait aussi bien que personne le Bois-aux-Loups qui cernait Winterfell. Identique était en tous points la forêt hantée. Seulement, l'impression qu'elle suscitait n'avait pas grand-chose de familier.

Fallait-il exclusivement l'imputer au fait que l'on se savait désormais de l'autre côté du monde ? Cela changeait tout, dans un sens. La moindre ombre paraissait plus sombre, plus lourd de présages le moindre bruit. La densité des fûts, des frondaisons tuait les feux du crépuscule. Au lieu de crisser sous les sabots, la maigre croûte de neige émettait des craquements d'os. Le vent se mêlait-il d'agiter les feuilles, leur bruissement vous courait le long de l'échine comme un doigt gelé. Maintenant qu'on avait le Mur non plus devant soi mais derrière, les dieux seuls savaient ce que réserverait le prochain pas – ou le suivant...

Le soleil se noyait peu à peu sous les arbres lorsqu'ils atteignirent leur destination : une menue clairière au plus profond des bois. Neuf barrals y formaient un cercle approximatif. Soufflé lui-même, Jon vit Sam Tarly s'écarquiller. Même dans le Bois-aux-Loups ne s'en rencontraient jamais groupés plus de deux ou trois. Un bosquet de neuf était proprement inouï. Sanguinolent à l'endroit, noirâtre à l'envers, un épais tapis de feuilles mortes jonchait la ronde de ces géants blêmes et lisses comme des squelettes, et leurs neuf effigies, saignantes de sève caillée, se dévisageaient mutuellement, l'œil rutilant d'un rouge de rubis. Bowen Marsh commanda de laisser les chevaux à l'extérieur du cercle. « Ce lieu-ci est sacré. Ne le profanons pas. »

Après y avoir pénétré, Samwell Tarly pivota lentement sur place afin d'examiner tour à tour chacune des faces. Il n'y en avait pas deux de semblables. « Les anciens dieux, murmura-t-il. Ils nous observent.

– Oui. » Jon s'agenouilla. Sam s'agenouilla près de lui. Et, tandis que, vers l'ouest, s'estompait une vague rougeur, qu'à la grisaille succédait le noir, ils prononcèrent ensemble leurs vœux.

« Oyez mes paroles et soyez témoins de mon serment, récitèrent-ils, emplissant d'une même voix l'obscurité croissante du bois sacré. La nuit se regroupe, et voici que débute ma garde. Jusqu'à ma mort, je la monterai. Je ne prendrai femme, ne tiendrai terres, n'engendrerai. Je ne porterai de couronne, n'acquerrai de gloire. Je vivrai et mourrai à mon poste. Je suis l'épée dans les ténèbres. Je suis le veilleur au rempart. Je suis le feu qui flambe contre le froid, la lumière qui rallume l'aube, le cor qui secoue les dormeurs, le bouclier protecteur des royaumes humains. Je voue mon existence et mon honneur à la Garde de Nuit, je les lui voue pour cette nuit-ci comme pour toutes les nuits à venir. »

La forêt reforma tout autour le silence.

« Vous vous étiez agenouillés enfants, proclama Bowen Marsh d'un ton solennel, à présent, relevez-vous hommes de la Garde de Nuit. »

Jon tendit la main à Sam pour l'aider à se redresser, et les patrouilleurs les entourèrent, la bouche fleurie de sourires et de félicitations. Seul s'abstint ce vieux machin raboteux de forestier, Dywen. « Faudrait mieux r'partir, m'sire, bougonna-t-il à l'adresse du lord intendant. V'là qu'y fait noir, et y a comme une odeur, c'te nuit, qu' j'aim' point... »

Au même instant reparut, sans un bruit, Fantôme, entre deux barrals. *Fourrure blanche et prunelles rouges*, s'aperçut Jon, avec une bouffée d'angoisse. *Comme les arbres...*

Dans sa gueule, le loup-garou charriait quelque chose. Quelque chose de noir. « Qu'a-t-il dégoté là ? grimaça Bowen Marsh.

– Ici, Fantôme. » Jon s'agenouilla. « Apporte. »

Or, comme le loup trottinait sagement vers lui, il entendit Sam inspirer comme un qui suffoque.

« Bonté divine ! s'étrangla Dywen, une main... »

EDDARD

L'aube grisaillait à peine la fenêtre quand un fracas de sabots tira lord Eddard du sommeil qui l'avait brièvement terrassé à même sa table. Relevant la tête, il jeta un œil vers la cour. Vêtus de maille et de cuir, des hommes en manteaux écarlates y faisaient en cercle, à grand cliquetis d'épées, leur exercice matinal et galopaient sus à des mannequins bourrés de paille. A son tour, Sandor Clegane ébranla la terre battue en fonçant comme un furieux, lance à pointe d'acier au poing, contre un simulacre de tête qui explosa littéralement, sous les ovations et les blagues de toute la clique Lannister.

Serait-ce pour ma gouverne que se donne cette brave exhibition ? Dans ce cas, Cersei était encore plus cinglée qu'il ne l'imaginait. *Le diable soit d'elle ! Pourquoi ne s'être pas enfuie ? Je lui laissais toutes ses chances, et au-delà...*

Temps bouché, matinée lugubre. Lors du déjeuner, Sansa, jouant toujours les inconsolables, bouda, refusa de rien avaler, mais Arya dévorait avec un appétit d'ogre. « Syrio dit qu'avant d'embarquer, ce soir, nous avons largement le temps d'une dernière leçon, dit-elle. Puis-je, Père ? Tous mes bagages sont bouclés.

– Une courte, alors. Et qui te laisse le temps, je te prie, de te baigner et te changer. Je veux que tu sois prête pour midi, compris ?

– Pour midi, promis. »

Sansa leva le nez de son assiette. « Si vous lui permettez, à elle, de prendre une leçon de danse, pourquoi m'interdire, à moi, d'aller faire mes adieux au prince Joffrey ?

– Je l'accompagnerais volontiers, lord Eddard, proposa Mordane. Ainsi ne risquerait-elle pas de manquer le bateau.

– Il serait imprudent, maintenant, d'y aller, Sansa. Désolé. »

Les yeux de la petite s'emplirent de larmes. « Mais *pourquoi* ?

– Votre seigneur père sait ce qui convient, Sansa, morigéna la septa. Vous n'avez pas à discuter ses décisions.

– Ce n'est pas *juste* ! » S'écartant de la table avec emportement, elle renversa sa chaise et, tout en pleurs, quitta la loggia en courant.

Septa Mordane se dressa, mais Ned la fit rasseoir d'un signe. « Laissez. J'essaierai de lui faire comprendre les choses quand nous aurons tous regagné Winterfell sains et saufs. » Elle obtempéra, déférente, et se remit à mastiquer.

Une heure plus tard se présentait le Grand Mestre Pycelle, l'échine affaissée comme si les chaînes de son état lui étaient soudain devenues trop lourdes. « Monseigneur, dit-il, le roi Robert n'est plus. Veuillent les dieux lui accorder le repos éternel.

– Non, riposta Ned. Il abominait le repos. Veuillent les dieux lui accorder les amours et les rires, avec la joie de justes batailles. » Il éprouvait un sentiment de vide étrange. Bien qu'il s'attendît à pareille visite, les formules de circonstance venaient de tuer quelque chose en lui. Il aurait de bon cœur donné tous ses titres pour la liberté de pleurer..., mais il était la Main de Robert, et l'heure tant redoutée venait de sonner. « Soyez assez bon pour mander nos collègues ici même. » Gardée par un Tomard équipé de consignes strictes, la tour de la Main pouvait offrir quelque garantie de sécurité. Il n'eût pas tant juré des chambres du Conseil...

« Sur l'heure, monseigneur ? clignota Pycelle. Les affaires du royaume n'ont rien de si urgent que, demain, la première douleur passée...

– Sur l'heure, maintint-il d'un ton calme mais inflexible. C'est indispensable. »

Le vieillard s'inclina. « Si tel est le bon plaisir de Votre Excellence. » Il appela ses serviteurs et, après les avoir dépêchés, se complut à prendre le fauteuil et la coupe de bière au miel qu'on lui proposait.

D'une blancheur éblouissante en son armure d'écailles émaillées, sa cape immaculée se présenta le premier ser Barristan Selmy. « Messires, dit-il, ma place est désormais auprès du jeune roi. Daignez me permettre d'aller l'occuper.

– Votre place est ici, ser », répliqua Ned.

Là-dessus survint, toujours vêtu de velours bleu, toujours drapé d'argent rehaussé de moqueurs mais les bottes poudreuses, Littlefinger. « Messires... » Il minauda un sourire sans destinataires, se tourna vers Ned. « Pour la modeste mission que vous m'aviez confiée, soyez sans crainte, lord Eddard. »

EDDARD

Une nuée de lavande annonça l'entrée plus feutrée que jamais de Varys, à point rosi par un bon bain, récuré, poudré dans ses moindres plis et replis. « Les oisillons chantent en ce jour une chanson chagrine, émit-il tout en s'asseyant. Le royaume pleure. Nous commençons ?

– Dès que lord Renly sera là », dit Ned.

Varys le régala d'une œillade éplorée. « Je crains que lord Renly n'ait quitté la ville.

– Quitté la ville ? » C'était là perdre un allié.

« Une heure avant l'aube. En empruntant, pour prendre congé, l'une des portes de derrière. Avec ser Loras Tyrell. Quelque cinquante de leurs gens les accompagnaient. » L'eunuque soupira. « Aux dernières nouvelles, ils galopaient assez vivement vers le sud. A destination d'Accalmie, sans doute, ou de Hautjardin. »

Renly et ses cent épées, point final. Il exhalait de cette défection une odeur pour le moins fâcheuse, mais qu'y faire ? Il exhiba le testament. « Le roi m'a appelé, la nuit dernière, à son chevet pour me dicter ses dernières volontés. Lord Renly et le Grand Mestre servaient de témoins lorsque Robert y apposa son sceau. A charge au Conseil d'en prendre connaissance à titre posthume. Auriez-vous l'obligeance, ser Barristan ? »

Le Grand Maître de la Garde examina le document. « Le sceau du roi Robert, intact. » Il le rompit, lut, résuma : « Par les présentes, lord Eddard Stark est nommé Protecteur du royaume. Il assurera les fonctions de régent jusqu'à ce que l'héritier ait atteint l'âge requis. »

Et, de fait, il l'a, songea Ned, mais en se gardant d'en aviser les autres. Il se défiait par trop de Pycelle et de Varys. Quant à ser Barristan, comme il était engagé d'honneur à défendre et protéger celui qu'il tenait pour son nouveau roi, il ne lâcherait pas volontiers le parti de Joffrey. De quelque amertume que le recrût la nécessité de ruser, Ned se savait non moins obligé à des douceurs diplomatiques et à un imperturbable sang-froid, bref tenu de jouer le jeu tant que la régence ne lui serait pas assurée de manière claire, nette et définitive. Le problème de la succession, il serait toujours temps de le régler, une fois les filles repliées à Winterfell et lord Stannis de retour en force à Port-Réal.

« Je saurais donc gré au Conseil d'entériner le vœu de Robert et de confirmer ma désignation comme Protecteur du royaume », dit-il en scrutant les physionomies à l'entour. Quelles pensées pouvaient bien dissimuler les paupières à demi closes de Pycelle ? Le petit sourire nonchalant de Littlefinger ? Le papillonnement fiévreux des pattes de Varys ?

A cet instant, la porte s'ouvrit, Gros Tom aventura son nez. « Excusez, messires, mais l'intendant du roi... »

Sans le laisser achever, ce dernier força le passage, s'inclina. « Vos Honneurs... Sa Majesté commande au Conseil privé de la rejoindre incontinent dans la salle du trône. »

S'attendant que Cersei frapperait promptement, Ned répliqua sans s'émouvoir : « Sa Majesté n'est plus. Nous vous accompagnerons néanmoins. Une escorte, Tom, je te prie. »

Littlefinger lui offrit un bras secourable dans l'escalier. Varys, Pycelle et ser Barristan les suivaient de près. A l'extérieur les attendaient déjà, formés sur deux rangs, des hommes d'armes vêtus de maille et coiffés d'acier – huit, en tout et pour tout – dont le vent cinglait les manteaux gris. Dans la cour ne s'apercevait point d'écarlate Lannister mais, meilleur augure, l'or du guet abondait aux portes et aux créneaux.

Devant l'entrée de la salle du trône plantonnait au demeurant Janos Slynt qui, armé de plate noire filetée d'or et son heaume à haut cimier coincé sous l'aisselle, les favorisa d'une courbette roide, avant de faire ouvrir devant eux les vantaux de chêne hauts de vingt pieds et bardés de bronze.

L'intendant pénétra le premier, psalmodiant : « Hommage et salut à Sa Majesté, Joffrey, des maisons Baratheon et Lannister, premier du nom, roi des Andals, de Rhoynar et des Premiers Hommes, suzerain des Sept Couronnes et Protecteur du royaume ! »

A l'autre bout, là-bas, au diable, Joffrey, juché sur le Trône de Fer. Soutenu par Littlefinger et suivi de ses compagnons, lord Eddard Stark, à cloche-pied, clopina cahin-caha vers ce mioche qui, de son propre chef, se proclamait roi. Ce même trajet, il l'avait jadis, pour la première fois, effectué à cheval et l'épée au poing, afin de forcer, sous l'œil attentif des dragons targaryens, Jaime Lannister à décamper. Joffrey s'y résignerait-il aussi aisément... ?

Cinq chevaliers de la Garde – les cinq disponibles, en l'absence de ser Jaime et ser Barristan – étaient rangés en demi-cercle au bas du trône. De pied en cap armés d'acier émaillé sous leur long manteau pâle, et le bras gauche dissimulé par la blancheur éblouissante du bouclier. Flanquée de ses deux cadets, Cersei Lannister se tenait derrière ser Boros et ser Meryn. Des dentelles de Myr, aussi mousseuses que de l'écume, agrémentaient sa robe vert de mer. A l'annulaire, une bague d'or, sertie d'une émeraude grosse comme un œuf de pigeon. Tiare assortie.

Brochant sur le tout, là-haut, parmi les barbelures de ferraille tarabiscotées, le prince Joffrey, doublet de brocart d'or, cape écarlate de satin. Un degré plus bas, Sandor Clegane, bombant le torse. Maille et plate fuligineuses, heaume au limier hargneux.

En arrière du trône, vingt gardes Lannister, ceints de leurs épées, manteaux écarlates, cimiers au lion.

Littlefinger avait toutefois tenu parole. Le long des murs, devant les chasses et les batailles tissées pour Robert, se pressaient, rigides et vigilants, doigts crispés sur la hampe de lances à pointes de fer noir et longues de cinq coudées, les rangs dorés du guet. A cinq contre un, face aux Lannister.

Lorsqu'enfin Ned s'immobilisa, les élancements de sa jambe le suppliciaient si sauvagement que force lui fut de rester cramponné à l'épaule de Littlefinger.

Joffrey se dressa. Rebrodée d'or, sa cape écarlate arborait d'un côté cinquante lions rugissants, cinquante cerfs cabrés de l'autre. « Plaise au Conseil, clama-t-il, de prendre toutes dispositions que se doit en vue de mon couronnement, lequel aura lieu, je le veux, sous quinzaine. Pour l'heure, loyaux conseillers, mon bon plaisir sera d'accueillir vos serments de fidélité. »

Ned exhiba le testament. « Puis-je vous prier, lord Varys, de montrer ceci à Sa Grâce, dame Lannister ? »

L'eunuque s'empressa, Cersei parcourut le document. « Protecteur du royaume, lut-elle. Serait-ce là votre bouclier, messire ? Un chiffon de papier ? » Elle le déchira en deux, puis en quatre, en huit, le laissa dédaigneusement choir, voleter, s'éparpiller au sol.

« C'étaient les volontés du roi... ! protesta ser Barristan, scandalisé.

– Nous avons un nouveau roi, répliqua-t-elle. Lors de notre dernier entretien, lord Eddard, vous m'avez donné un conseil. Permettez-moi de vous rendre la politesse. Ployez le genou, messire. Ployez le genou et jurez fidélité à mon fils, et nous vous autoriserons à vous démettre, en tant que Main, pour aller achever paisiblement vos jours dans les grisailles du désert que vous nommez votre demeure.

– Que ne le puis-je », riposta-t-il d'un air navré. A vouloir coûte que coûte, ici, maintenant, forcer le succès, elle ne lui laissait pas le choix. « Votre fils n'a aucun droit au trône qu'il occupe. Le seul héritier légitime de Robert est lord Stannis.

– *Menteur !* glapit Joffrey, pourpre de fureur.

– Que veut-il dire, Mère ? geignit la princesse Myrcella. N'est-ce pas Joff, maintenant, le roi ?

– Vous vous condamnez vous-même par de tels propos, lord Stark, décréta Cersei. Saisissez-vous de ce félon, ser Barristan. »

Le Grand Maître de la Garde hésita. En un clin d'œil, les Stark le cernèrent, acier nu dans leurs gantelets de maille.

« Après les mots, les actes, reprit Cersei, félonie caractérisée. » Puis, insidieuse : « Vous figureriez-vous, messire, que ser Barristan soit l'unique obstacle ? » Un crissement métallique des plus alarmant appuya ses dires : le Limier venait de dégainer. Les cinq chevaliers de la Garde et les vingt Lannister se groupèrent à ses côtés.

« *Tuez-le !* vociféra le roitelet du haut de son trône. *Tuez-les tous ! Je vous l'ordonne !*

– Vous m'y contraignez..., dit Ned à Cersei, avant de se tourner vers Janos Slynt. Arrêtez la reine et ses enfants, commandant. Qu'il ne leur soit fait aucun mal, mais qu'on les ramène sous bonne escorte à leurs appartements pour y être étroitement gardés.

– Hommes du guet ! » appela Slynt en coiffant son heaume. Cent manteaux d'or accoururent, lances brandies.

« Je ne veux pas de sang versé, repartit Ned à l'adresse de Cersei. Dites à vos gens de déposer leurs armes, et personne... »

D'une brusque poussée, le manteau d'or le plus proche venait d'enfoncer sa lance dans le dos de Tomard, dont les doigts soudain flasques lâchèrent l'épée, tandis qu'émergeait de son ventre, à travers cuir et maille, un pan de fer rouge et luisant. Avant que sa lame n'eût touché terre, Gros Tom était mort.

Ned hurla, mais trop tard. Janos Slynt en personne avait déjà tranché la gorge de Varly. Cayn pirouetta dans un éclair d'acier, débanda sous une volée de coups son adversaire immédiat, parut, une seconde, sur le point de se frayer passage..., et le Limier se jeta sur lui, qui lui trancha d'abord le poignet droit puis le mit à genoux, fendu de l'épaule au sternum.

Tandis qu'on massacrait les Stark, tout autour, Littlefinger préleva délicatement dans son fourreau le poignard de Ned et l'en piqua sous le menton. « Ce n'est *pourtant* pas faute de vous avoir prévenu..., sourit-il, et d'un sourire merveilleusement contrit, qu'il ne fallait pas vous fier à moi. »

ARYA

« Haut ? » jeta Sylvio Forel en taillant vers la tête, et *clac !* firent les épées de bois.

« Gauche ! » et sa lame siffla, celle d'Arya surgit en trombe, *clac !*, il cliqueta des dents.

« Droit ! » dit-il, puis, pressant l'attaque : « Bas ! gauche ! gauche ! » à nouveau : « Gauche ! » de plus en plus vite, plus agressif, et elle reculait pied à pied, parait coup sur coup.

« Botte ! » prévint-il, et elle, comme il se fendait, bondit de côté, balaya l'assaut, tailla vers l'épaule et faillit, *faillit* si bien faire mouche, oh, d'un poil ! qu'un sourire lui échappa, sous la mèche en sueur qui lui battait les yeux.

« Gauche ! » fredonnait cependant sans répit Syrio, « bas ! gauche ! gauche ! » son épée n'étant que vapeur dans la Petite Galerie, *clac ! clac ! clac ! clac !* saturée d'échos, « haut ! gauche ! droit ! gauche ! bas ! *gauche !!!* »

La latte l'atteignit en haut de la poitrine, et d'une piqûre d'autant plus douloureuse et plus foudroyante qu'elle avait surgi mieux à contre-pied. « *Ouille !* » cria-t-elle. Un fameux bleu en perspective, à l'heure du coucher, quelque part, au large. *Chaque gnon vaut une leçon*, se récita-t-elle, *chaque leçon se solde par un progrès*.

Syrio recula. « Te voilà mort. »

Elle fit une moue boudeuse, s'emporta : « Vous avez triché ! Dit "gauche" et frappé à droite.

– Exact. Et te voilà une fille morte.

– Mais vous avez *menti* !

– Ma langue, oui. Mais mon bras, mes yeux criaient la vérité. Seulement, tu n'y voyais goutte.

– Si fait. Je ne vous ai pas quitté du regard !

– Regarder n'est pas voir, fille morte. Le danseur d'eau voit, lui. Viens, pose l'épée... Voici venu le moment d'écouter. »

Elle le suivit jusqu'à la banquette du mur où il s'installa. « Sylvio Forel était première épée du Grand Amiral de Braavos, tu le sais, mais sais-tu comment il parvint à le devenir ?

– Vous étiez la plus fine lame de la ville.

– Exact, mais en quoi ? Alors que les autres étaient plus forts, plus vites, plus jeunes, en quoi Sylvio Forel les surclassa-t-il tous ? Je vais te le dire. » Du bout du doigt, il se tapota doucement la paupière. « Le coup d'œil, le coup d'œil authentique, le voilà, le cœur du sujet.

« Ecoute un peu. Les bateaux de Braavos font voile, aussi loin que souffle le vent, jusqu'en des contrées baroques et fabuleuses d'où leurs capitaines ramènent des bêtes extravagantes pour la ménagerie du Grand Amiral. Des bêtes comme tu n'en as jamais vu : et des chevaux zébrés, et d'immenses machins tapissés de taches, à col d'échassier, et des cobayes poilus gros comme des vaches, et des mantécores venimeuses, et des tigres équipés de poches pour leurs petits, et d'effroyables lézards debout, aux mâchoires garnies de faux... Sylvio Forel les a vus, tous ces trucs.

« Or, le jour en question, sa première épée venant de mourir, le Grand Amiral me mande chez lui. Nombre de bretteurs m'y ont précédé, qu'il a tous éconduits sans qu'on sût pourquoi. Moi, je me présente et le trouve assis, un gros chat jaune sur les genoux. "Un de mes capitaines, dit-il tout de go, me l'a rapporté d'une île au-delà du soleil levant. As-tu jamais vu *sa pareille* ?"

« Et moi, je réponds : "Des milliers, chaque nuit, dans les venelles de Braavos." Du coup, il se met à rire et, le jour même, je suis nommé première épée. »

Arya tordit le nez. « Je ne comprends pas. »

Il cliqueta des dents. « La prétendue merveille était un chat vulgaire, ni plus ni moins. Mes compétiteurs s'attendaient tellement à quelque animal faramineux qu'ils s'y sont abusés. "De cette taille... !" s'ébahissaient-ils, bien que rien ne le différenciât du commun de ses congénères, hormis la graisse, car, nourri à la table de son maître, il paressait comme un pacha. "Et ces oreilles minuscules, c'est inouï !" Il les avait seulement perdues en combats de gouttière. Bref, le dernier des matous, mais comme le Grand Amiral disait "elle", les autres n'y virent que du feu. Tu saisis ? »

Elle prit le temps de la réflexion. « Et vous voyiez, vous, l'évidence.

– Exact. La seule chose à faire est d'ouvrir les yeux. Le cœur ment, la tête joue cent tours, les yeux seuls voient juste. Regarde avec tes yeux. Ecoute avec tes oreilles. Goûte avec tes papilles. Flaire avec ton nez. Sens avec ta peau. Que la pensée *suive*, au lieu de précéder, et dès lors advient la connaissance de la vérité.

– Exact », dit-elle, épanouie.

Il s'accorda un sourire. « M'est avis qu'à notre arrivée dans ton sacré Winterfell, l'heure sera venue de te mettre l'aiguille en main.

– Oui ! s'enflamma-t-elle. Il me tarde tellement de montrer à Jon que... »

Dans son dos venaient de s'ouvrir à la volée les grandes portes de bois. Le fracas la fit pirouetter.

Sous l'arceau du seuil se dressait, cinq Lannister derrière lui, l'un des chevaliers de la Garde, armé de pied en cap mais la visière relevée. Aux favoris rouges, à l'œil flasque, Arya reconnut leur hôte, à Winterfell, lors de la visite royale, ser Meryn Trant. Sous les manteaux rouges à morions d'acier léonins se discernaient hauberts de mailles et cuir bouilli. « Arya Stark, dit Trant, viens avec nous, petite. »

Elle se mâchouilla la lèvre, indécise. « Que me voulez-vous ?

– Ton père désire te voir. »

Elle avança d'un pas, Syrio Forel la retint par le bras. « Et pourquoi lord Eddard envoie-t-il des Lannister au lieu de ses propres gens ? C'est curieux...

– Garde ton rang, maître à danser, rétorqua l'autre. Ceci ne te concerne pas.

– Ce n'est pas *vous* qu'enverrait mon père », dit Arya, ressaisissant son épée de bois. Dont gloussèrent les Lannister.

« Repose le bâton, petite. Je suis frère juré de la Blanche-Epée.

– Comme le Régicide quand il tua le vieil Aerys, riposta-t-elle. Je n'ai pas à vous accompagner si je ne veux pas. »

La réplique le fit sortir de ses gonds. « Emparez-vous d'elle », ordonna-t-il, avant d'abaisser sa visière.

Dans un cliquetis soyeux de maille, trois de ses hommes se mirent en mouvement. Brusquement affolée, Arya se récita : *La peur est plus tranchante qu'aucune épée*, pour tenter d'apaiser son cœur.

Syrio Forel s'interposa, sur ces entrefaites, latte tapotant sa botte. « Pas un pas de plus. Etes-vous des hommes ou des chiens, pour menacer un gosse ?

– Tire-toi, le vieux », grogna un Lannister.

Le bâton siffla, fit sonner le heaume. « Je suis Syrio Forel, et je vais t'enseigner le respect.

– De quoi, bâtard chauve ? » L'homme dégaina, le bâton reprit son vol à une vitesse aveuglante, et Arya perçut simultanément, sur un *crac* formidable, un quincaillement sur les dalles et un beuglement : « Ma *main* ! »

L'insolent pouponnait ses cinq doigts brisés.

« Rapide, pour un maître à danser, commenta Meryn.

– Lambin, pour un chevalier, repartit Syrio.

– Tuez-le, dit l'autre, et amenez la fille. »

Les quatre Lannister intacts dégainèrent, et le blessé, de la main gauche, tira un poignard en crachant.

Cliquetant de toutes ses dents, Syrio Forel se laissa glisser en posture de danseur d'eau pour ne s'offrir à l'adversaire que de profil. « Petite Arya, déclara-t-il sans lui accorder un regard ni cesser une seconde d'épier les autres, nous voici bons pour danser, aujourd'hui. Mieux vaut t'en aller, maintenant. Cours vite retrouver ton père. »

A contrecœur, et uniquement parce qu'il lui avait appris à obéir aveuglément, « *Prompt comme un daim*, murmura-t-elle.

– Exact », dit-il, tandis que se resserrait l'étau Lannister.

Le poing fermement serré sur sa propre latte, elle entreprit de battre en retraite. A le regarder, maintenant, elle comprenait qu'il s'était jusque-là, lors de leurs duels, contenté de badiner. Les Lannister et leur acier l'enveloppaient sur trois côtés. De la maille couvrait leur torse et leurs bras, des braguettes d'acier leur doublaient les chausses, mais du simple cuir les gainait aux jambes. Ils avaient les mains nues, leurs heaumes un nasal mais point de visière.

Sans attendre qu'ils fussent sur lui, Syrio volta sur la gauche à une vitesse qu'Arya n'eût jamais crue possible, contra une épée, tourbillonna pour en esquiver une autre, et comme son deuxième adversaire, déséquilibré, boulait dans le premier, lui botta le train : tous deux s'affalèrent. Un troisième les enjamba pour tailler à la tête du danseur d'eau, mais celui-ci plongea sous la lame en frappant d'estoc vers le haut, et l'homme s'écroula en hurlant : le sang giclait à flots du trou rouge qu'avait occupé jusqu'alors l'œil gauche.

Voyant se relever les précédents, Syrio taillada la face de l'un et décoiffa l'autre. L'homme au poignard abattit son arme, mais le heaume seul encaissa le coup, tandis que le bâton volait écrabouiller une genouillère. Avec un juron, le dernier manteau chargea, cisaillant à deux mains l'espace et, grâce à une cabriole à droite de Syrio, prit au défaut de l'épaule son copain nu-tête alors qu'il se démenait pour s'agenouiller, lui ravageant dans un cri strident et maille et cuir et chair, mais il n'eut pas le temps de libérer la lame que Syrio Forel lui faisait avaler sa glotte. Un cri rauque, et, s'étreignant le col, il basculait en arrière. Sa face, déjà, se marbrait de noir.

Des ennemis, cinq gisaient, blessés ou morts ou moribonds, quand Arya atteignit la porte qui desservait les cuisines, à l'arrière, et qu'avec un juron, « Bougres de corniauds ! » défourailla ser Meryn Trant.

Syrio Forel reprit la posture, cliqueta des dents. « Petite Arya, déclara-t-il, sans lui accorder un regard, va-t'en, maintenant. »

Il avait dit : *Regarde avec tes yeux...* Elle vit : le chevalier, blanc de pied en cap, les jambes et la gorge et les mains cuirassées de fer, l'œil à l'abri sous son névé de heaume, et redoutable acier au poing. Là-contre, épée de bois, justaucorps de cuir. « Syrio, cria-t-elle, *fuyez* !

– La première épée de Braavos ne fuit pas », fredonna-t-il comme ser Meryn taillait dans sa direction. Il esquiva d'un entrechat, son bâton se fit moins que brume et, en un clin d'œil, eut martelé l'adversaire à la tempe, au coude, au gosier, bois sourd contre métal clinquant du heaume, de la cubitière, du gorgeret. Arya, médusée, demeurait. Ser Meryn avança, Syrio recula, contra le premier assaut, bondit à l'écart du deuxième, dévia le troisième.

Le quatrième trancha la latte, en éparpilla mille échardes, entra dans le cœur de plomb.

Pivotant à même un sanglot, Arya prit ses jambes à son cou.

En trombe, elle traversa la cuisine et l'office, s'y faufilant, malgré la panique qui l'aveuglait, parmi les cuistots et les marmitons, se trouva brusquement devant une mitronne chargée d'un plateau, la culbuta sous une ondée capiteuse de miches chaudes et, talonnée par des vociférations, balança vivement, face à un boucher colossal qui, rougi jusqu'aux coudes, exorbité, lui barrait la route, dépeçoir en main, finit par le tourner.

En un éclair affluaient dans sa cervelle toutes les leçons reçues de Syrio Forel. *Vite comme un daim. Silencieux comme une ombre. La peur est plus tranchante qu'aucune épée. Preste comme un serpent. Calme comme l'eau qui dort. La peur est plus tranchante qu'aucune épée. Fort comme un ours. Intrépide comme une louve. La peur est plus tranchante qu'aucune épée. Qui a peur de perdre a déjà perdu. La peur est plus tranchante qu'aucune épée. La peur est plus tranchante qu'aucune épée.* La poignée de sa latte était gluante de sueur lorsqu'elle atteignit, hors d'haleine, le palier de la tourelle et, une seconde, s'y pétrifia : haut ? bas ? Grimper menait, par le pont couvert qui enjambait la petite cour, droit à la tour de la Main, mais on compterait précisément qu'elle eût emprunté cet itinéraire. *Ne jamais faire le geste escompté.* Elle dévala quatre à quatre le colimaçon qui, à force de tournicoter, débouchait sur l'antre d'un cellier. Empilés sur une hauteur de vingt pieds, des fûts de bière s'y discernaient, panse à panse, à la faveur de la maigre lumière qu'au ras de la voûte diffusaient d'étroits soupiraux.

Cul-de-sac. Point d'autre issue que par la voie d'accès... Mais elle n'osait pas remonter, ne pouvait pas non plus demeurer là. Il lui fallait retrouver Père et l'aviser du guet-apens. Père la protégerait.

Fourrant la latte dans sa ceinture, elle entreprit d'escalader les futailles et, par bonds successifs, se rapprocha d'un soupirail vers lequel, agrippée des deux mains aux aspérités de la pierre, elle se hissa. Percée dans un mur épais de trois pieds, l'ouverture formait une espèce de tunnel pentu. Arya s'y inséra, se tortilla vers la blancheur du jour et, une fois parvenue au niveau du sol, lorgna, par-delà la courtine, la tour de la Main.

Défoncée, rompue comme à coups de hache, la lourde porte pendait sur ses gonds. En travers des marches gisait, face contre terre, un cadavre aux épaules rougies sous la maille. Enchevêtré sous lui, son manteau. Un manteau de laine grise à bordure de satin blanc, découvrit-elle avec horreur. Qui ?

« *Oh non...* », souffla-t-elle. Que se passait-il donc ? Où donc était Père ? Pourquoi les manteaux rouges étaient-ils donc venus la chercher ? Elle se souvint brusquement des propos de la barbe jaune, le jour où elle avait découvert les monstres : *Une Main est bien morte, pourquoi pas deux ?* Des larmes lui vinrent aux yeux. Elle arrêta de respirer pour tendre l'oreille. Et depuis la tour de la Main lui parvinrent, parmi le tohu-bohu de combats, le fracas de l'acier contre l'acier, des éclats de voix, des gémissements. Impossible de retourner là. Père...

Trop effrayée d'abord pour esquisser un geste, elle ferma les yeux. On avait tué Jory, Wyl, Heward, on avait tué – qui n'importait guère... – le garde du perron, là, on tuerait peut-être aussi Père, on la tuerait elle-même, si on l'attrapait. « *La peur est plus tranchante qu'aucune épée* », dit-elle à haute voix, mais la conjuration n'opéra point. Bien joli que de se prétendre danseur d'eau, quand Syrio Forel, authentique danseur d'eau, lui, le chevalier blanc l'avait probablement tué, qu'elle n'était, de toute façon, rien d'autre qu'une fillette éperdue, seule, et dérisoire avec son bâton.

Elle finit néanmoins par se couler dehors et, l'œil aux aguets, se redressa. Le château semblait désert. Semblait. *Jamais* le Donjon Rouge n'était désert. Ses habitants devaient se terrer, simplement, portes verrouillées. Après un regard nostalgique aux fenêtres, là-haut, de sa chambre, Arya, collée contre le mur et glissant d'ombre en ombre, s'éloigna de la tour de la Main. Elle essaya de se convaincre qu'elle partait chasser des chats..., seulement, le chat, c'était elle, à présent, et, en cas de capture, la mort assurée.

Parmi les édifices elle s'insinua, franchit des murs, attentive à se préserver de toute surprise sur ses arrières en se plaquant le plus possible au grès. Elle abordait la courtine intérieure quand y surgirent à toutes jambes une douzaine de manteaux d'or équipés de maille et de plate, mais elle préféra, faute de savoir à quel bord ils appartenaient, se pelotonner dans l'ombre et attendre qu'ils fussent passés. Et, sans autre encombre, elle parvint aux écuries.

Près de la porte, elle trouva Hullen, leur grand écuyer de toujours, à Winterfell, recroquevillé dans une mare de sang. On l'avait si sauvagement massacré que sa tunique avait l'air constellée de fleurs écarlates. A pas de loup, elle s'approcha, persuadée qu'il était mort, mais il ouvrit les yeux, chuchota : « Arya Sous-mes-pieds... Il faut... il faut... » Un caillot mousseux lui souilla la bouche. Une à une y crevaient des bulles. « ...avertir ton... le seigneur ton père... » Ses paupières se refermèrent, il ne dit plus rien.

A l'intérieur, des cadavres encore. Un palefrenier qu'elle avait eu pour compagnon de jeux. Trois autres des gardes de Père. Aban-donné près de l'entrée, un fourgon chargé de coffres et de ballots. L'attaque avait dû se produire alors que les victimes s'affairaient en vue du départ vers les docks. Quelques pas furtifs, et elle reconnut Desmond. Qui, naguère, se faisait si fort, main sur le pommeau, de protéger Père... Couché sur le dos, il fixait le plafond d'un regard aveugle où nageaient les mouches. A ses côtés gisait un manteau rouge sous son heaume à mufle de lion. Mort, bien mort. Mais rien qu'un. *Chaque épée du nord en vaut dix de cette bougraille du sud*, prétendait Desmond. « Espèce de *menteur* ! » grogna-t-elle et, prise de fureur, elle lui donna un coup de pied.

Affolées dans leurs stalles par l'odeur du sang, les bêtes hennissaient, bronchaient, renâclaient. Arya n'avait qu'une idée en tête, en prendre une et filer, quitter ce château, quitter cette ville. Ensuite, il lui suffirait de suivre la grand-route pour aboutir à Winterfell. Elle décrocha du râtelier selle, bride, harnais.

Comme elle s'avançait, ainsi lestée, derrière le fourgon, un coffre tombé à terre lui attira l'œil. Heurté durant le combat ou brusquement lâché lors du chargement, il s'était fracassé, son couvercle ouvert, et son contenu répandu. Reconnaissant là les soieries, satins et velours qu'elle refusait d'endosser, elle songea que pour son voyage, des vêtements chauds, quoique..., et puis, mais oui...

Elle s'agenouilla dans la crotte et, parmi les parures éparpillées, découvrit un gros manteau de laine, une jupe de velours et une tunique de soie, quelques sous-vêtements, une robe brodée par Mère expressément pour elle et, souvenir de sa petite enfance, une gourmette en argent qu'elle pourrait vendre puis, rejetant de côté le couvercle à demi disloqué, tâtonna dans le coffre en quête d'Aiguille. Elle l'y avait cachée tout au fond, sous les piles de vêtements, mais la chute avait si bien chamboulé toutes choses qu'elle commençait à craindre que quelqu'un n'eût volé l'épée quand ses doigts en éprouvèrent la rigidité sous un tas de chiffons soyeux.

« La *v'là* ! » chuinta quelqu'un derrière elle

Elle sursauta, pivota. A deux pas se dressait, souriant d'un air fourbe, un jeune palefrenier vêtu d'un justaucorps souillé d'où dépassait un pan de chemise pisseux. Ses bottes étaient couvertes de fumier, et il maniait une fourche. « Qui êtes-vous ? demanda-t-elle.

– A'm'connaît point, mais j'la connaissons, moué, mêm' ben. La fille au loup.

– Aidez-moi à seller un cheval, pria-t-elle en farfouillant de nouveau dans le coffre pour saisir Aiguille. Mon père est la Main du Roi. Il vous récompensera.

– Ton père ? 'l est *mort*, dit-il, savatant vers elle. C'la reine qu'a m'récompens'ront. Par ici, p'tiot'.

– *Bas les pattes !* » Sa main se referma sur la garde d'Aiguille.

« *Par ici*, j' 'vons dit. » Et il lui empoigna brutalement le bras.

Aussitôt furent oubliées toutes les leçons de Syrio Forel, et la terreur n'en suscita qu'une, celle de Jon Snow, la toute première.

Avec une force hystérique, elle frappa d'estoc, de bas en haut.

Aiguille traversa le justaucorps de cuir, la viande blanchâtre du ventre et ressortit entre les omoplates de l'individu qui, lâchant sa fourche, émit un petit son bizarre, à mi-chemin du soupir et du hoquet. Ses mains se refermèrent sur la lame. « Dieux d'dieux..., geignit-il, tandis que s'empourprait le pan de sa chemise, r'tir'moué ça. » Et il mourut lorsqu'elle retira ça.

Les chevaux menaient un tapage d'enfer. Epouvantée par le spectacle de la mort, Arya contemplait, sans un mot, le corps. En s'effondrant, le type avait dégueulé du sang, le sang coulait à gros bouillons de ses tripes ouvertes, et il barbotait dans le sang. Ses paumes étaient deux plaies sanglantes. Elle recula lentement, Aiguille toute rouge au poing. Il fallait partir. Partir loin d'ici. N'importe où. Quelque part où ne l'atteindrait plus l'air accusateur de ces yeux.

Rattrapant précipitamment le harnachement, elle courut vers sa jument mais, sur le point de la seller, ses bras retombèrent, accablés du désespoir brutal que seraient fermées les portes du château. Celles de l'arrière ? Sous bonne garde, vraisemblablement. Peut-être les gardes ne la reconnaîtraient-ils pas ? S'ils la prenaient pour un garçon, peut-être la laisseraient-ils... ? non. Ils auraient pour consigne de ne laisser sortir *personne*. Qu'ils la connaissent ou pas n'y changerait rien.

Restait une autre issue par où s'échapper...

La selle lui glissa des mains, toucha terre avec un bruit sourd et une bouffée de poussière. Le caveau des monstres... Encore fallait-il le retrouver. Saurait-elle ? Rien de moins sûr, mais elle devait essayer.

De retour à ses nippes, elle enfila le manteau dont les vastes plis camoufleraient Aiguille, noua le reste en saucisson, le fourra sous son bras, gagna d'un pas furtif le fond de l'écurie et, entrebâillant la porte, examina les alentours. Au loin se percevait un cliquetis d'épées. Le cri d'un blessé, quelque part, lui glaça les moelles. Descendre, là-bas, l'escalier sinueux, longer les petites cuisines et la porcherie, voilà ce qu'il fallait refaire, comme l'autre fois, sur les traces du matou noir, seulement... Seulement, ce chemin-là menait droit devant les casernes des manteaux d'or. Impraticable. Elle s'efforça d'en concevoir un autre. En passant par l'autre côté du château, il lui serait possible de se couler le long des murs surplombant la Néra puis, à travers le bois sacré..., oui, mais. Mais d'abord, il y avait la cour à traverser, au nez et à la barbe des sentinelles du rempart.

Et jamais elle n'y en avait tant vu. Des manteaux d'or, pour la plupart, équipés de piques. Certains la connaissaient de vue. Comment réagiraient-ils s'ils la voyaient traverser en courant, minuscule de là-haut ? Seraient-ils capables de l'identifier ? S'en soucieraient-ils ?

Il fallait partir, *et tout de suite*, se disait-elle, mais, au moment de s'élancer, la panique la paralysait.

Calme comme l'eau qui dort, chuchota contre son oreille une voix flûtée. De saisissement, elle manqua laisser choir ses frusques. Elle regarda vivement tout autour, mais il n'y avait personne d'autre dans l'écurie qu'elle, les chevaux, les morts.

Silencieux comme une ombre, entendit-elle. Sa propre voix, ou celle de Syrio ? Elle n'eût su dire, mais cela calma bizarrement ses transes.

Et elle sortit.

Le risque le plus fou qu'elle eût pris de sa vie. Alors qu'elle mourait d'envie de courir se tapir, elle s'obligea à *marcher*, à traverser posément la cour, pas après pas, comme un qui a tout son temps et rien à craindre de quiconque. Elle eût juré sentir fourmiller, telles des punaises, les yeux sous ses vêtements, à même sa peau, mais pas une fois ne leva les siens. Qu'elle vît leurs regards, et son courage l'abandonnerait, elle le savait, et elle lâcherait son paquet, se mettrait à courir, en larmes, comme un bambin, et là, ils l'auraient. Aussi ne cessa-t-elle de fixer le sol, et si, lorsqu'elle atteignit enfin, de l'autre côté, l'ombre du septuaire royal, elle était en nage et glacée, aucun haro du moins n'avait retenti, ni le moindre appel.

Elle trouva le septuaire ouvert et désert. Seuls y brûlaient, au sein d'un capiteux silence, une cinquantaine de cierges dévots. Deux de plus ou de moins..., se persuada-t-elle, les dieux ne lui en voudraient pas. Après les avoir enfouis dans ses manches, elle s'esbigna par une fenêtre. Se faufiler jusqu'à l'impasse où elle avait acculé le matou lui fut dès lors un jeu d'enfant, mais ensuite elle s'égara. Pendant plus d'une heure, elle erra, n'enfilant fenêtre après fenêtre que pour s'en extirper aussitôt après, sautant des murs et, silencieuse comme une ombre, cherchant sa voie de cave en cave. Elle entendit pleurer une femme, une fois. Finalement se profila tout de même l'étroit soupirail qui plongeait vers les oubliettes où, dans le noir, les monstres guettaient sa venue.

Après y avoir balancé le balluchon, elle courut la chance de repartir en vitesse rallumer un cierge à un feu entr'aperçu durant ses vagabondage. De fait, celui-ci tombait en cendres et, tandis qu'elle soufflait sur les braises, des voix se rapprochaient dangereusement. A peine s'éclipsait-elle par la fenêtre, les doigts reployés autour d'une flamme précaire, que s'ouvrait la porte, mais elle n'eut cure de savoir sur qui.

Cette fois, les monstres la laissèrent froide. Quasiment l'air de vieux copains. Elle éleva la lumière au-dessus de sa tête. Chacun de ses pas faisait mouvoir leurs ombres sur les parois comme s'ils se tournaient pour la regarder passer. « *Des dragons* », chuchota-t-elle en tirant Aiguille de sous son manteau. La lame paraissait bien frêle et les dragons bien gros, mais le contact de l'acier lui procura un certain mieux-être.

L'interminable corridor aveugle, au-delà du seuil, se révéla aussi ténébreux qu'elle se le rappelait. Sa main gauche – la bonne – étreignait Aiguille, sa droite le cierge. Entre ses phalanges dégouttait la cire chaude. L'accès au puits se trouvant à gauche, elle prit à droite. Quelque chose en elle était tenté par le triple galop, mais le risque de souffler la flamme l'effrayait par trop. Elle entendait couiner des rats, discerna même, à la lisière de la lumière, deux minuscules rougeoiements, mais les rats, elle s'en fichait. Pas du reste. Il était si facile, par ici, de se cacher. De se cacher, comme elle du barbu bifide et du magicien... Peu s'en fallait qu'elle ne vît, debout contre le mur, là, les doigts recourbés en griffes et les paumes encore sanguinolentes, le palefrenier qu'elle avait tué. Il pouvait, tapi dans un angle, attendre, prêt à bondir. Il la verrait venir de loin, la flamme vacillante... Ne valait-il pas mieux, tout compte fait, l'éteindre ?

La peur est plus tranchante qu'aucune épée, chuchota la petite voix intérieure, et Arya, tout à coup, se remémora les cryptes de Winterfell. Bien autrement lugubres que ces lieux-ci, se dit-elle. Elle y était descendue pour la première fois tout enfant. Robb les menait, elle et Sansa et Bran, alors pas plus grand que maintenant Rickon. Une seule chandelle les éclairait tous, et les yeux du petit s'élargirent à la vue des rois de l'Hiver, de leurs physionomies de pierre, des loups lovés à leurs pieds, des épées de fer leur barrant le giron.

Robb les conduisit jusqu'au fin fond, par-delà Grand-Père et Brandon et Lyanna, pour leur montrer leurs propres tombes. Terrifiée à l'idée qu'elle pourrait s'éteindre, Sansa ne lâchait pas des yeux la grosse chandelle qui s'amenuisait. Vieille Nan lui avait en effet conté que l'araignée pullulait là, et le rat gros comme un limier. Son appréhension fit sourire Robb. « Bagatelle, ici, que tes rats et tes araignées. » Il chuchota : « Nous nous trouvons sur la promenade des morts, et... » A cet instant précis s'exhala, funèbre à vous flanquer la chair de poule, une espèce de râle caverneux. Bran empoigna la main d'Arya.

Alors, du caveau béant, pas à pas, émergea, livide, ululant sa soif de sang, le spectre, et, pendant qu'avec des piaillements stridents Sansa se ruait vers l'escalier, que Bran cramponnait ses hoquets à la jambe de Robb, elle-même, loin de décamper, boxait l'apparition – tout bonnement Jon, barbouillé de farine – en clamant : « Espèce d'idiot ! Terrifier ce petit... », sans autre succès qu'un concours de fous rires si inextinguible des deux aînés qu'en moins de rien leurs benjamins s'étouffaient de même.

Ce vieux souvenir fit sourire Arya et, dès lors, les ténèbres ne recélèrent plus de terreurs. Le palefrenier ? mort, bel et bien, tué par elle, et elle le tuerait de nouveau s'il s'avisait de lui sauter dessus. Elle rentrait à la maison, là. A la maison, tout irait mieux. Le granit gris de Winterfell la mettrait à l'abri, là.

Elle plongea résolument vers le fond des ténèbres où là-bas, loin, loin, la précédait l'écho mat de ses propres pas.

SANSA

Ils vinrent prendre Sansa le surlendemain.

Elle élut une simple robe en laine gris sombre et de coupe sage qu'agrémentaient toutefois, au col et aux poignets, de riches broderies. Ce fut toute une affaire que d'en agrafer, sans camérières, les fermoirs d'argent. Ses doigts lui semblaient gauches et boudinés. Et Jeyne Poole avait beau partager sa réclusion, pas question de compter sur Jeyne. Déjà bouffie d'avoir tant pleuré son père, elle n'était capable que de sangloter.

« Je suis sûre que ton père va bien, déclara Sansa, une fois dûment boutonnée. Je prierai la reine de te le laisser visiter. » Tant de bienveillance devait, n'est-ce pas, suffire à réconforter Jeyne ? hé bien non, Jeyne se contenta d'exhiber ses yeux rouges et gonflés avant de pleurer de plus belle. Tellement *enfant*... !

Bon, elle avait elle-même versé des larmes, le premier jour. Même renfermée, porte close et à triple verrou, derrière les puissantes murailles de la citadelle de Maegor, comment n'être pas terrifiée, je vous prie, lorsque le carnage avait débuté ? Elle avait grandi, certes, au son de l'acier dans la cour, et il ne s'était guère écoulé de jour depuis sa naissance où le fracas des épées n'eût frappé son ouïe, mais savoir les combats devenus réels modifiait les choses du tout au tout, dans un sens. De sorte que ce qu'elle entendait ne ressemblait à rien de connu, pas plus que ce concert, littéralement inouï, d'imprécations rageuses et de grognements de douleur, d'appels à l'aide et de râles et de cris d'agonie. Dans les chansons, les chevaliers ne glapissaient point ni n'imploraient merci – jamais.

Et voilà pourquoi elle avait tant versé de pleurs, le premier jour, tant conjuré, à travers la porte, qu'on lui dise au moins ce qui se passait, tant réclamé Père et septa Mordane et le roi et son prince charmant. A ses requêtes, s'ils les perçurent, les hommes qui la gardaient opposèrent un silence farouche. La porte ne s'ouvrit qu'une fois, tard dans la soirée, et seulement pour propulser dans la pièce, bleue de coups, tremblante, Jeyne qui, d'emblée, piailla : « *Ils sont en train de tuer tout le monde !* » avant de déballer longuement son sac. Sa porte fracassée à la masse de guerre par le Limier. L'escalier de la tour de la Main jonché de cadavres. Les marches poisseuses de sang... Bref, tant et si bien que force fut à Sansa de sécher ses yeux pour tenter d'étancher ceux de son amie, et qu'elles finirent par s'endormir dans le même lit, se berçant embrassées l'une l'autre comme deux sœurs.

Pire encore fut le lendemain. Le réduit qui leur servait de geôle se trouvait tout en haut de la plus haute tour de la citadelle de Maegor. De là, Sansa distinguait la conciergerie de cette dernière. Abaissée, l'énorme herse de fer. Relevé, le pont jeté sur la douve sèche qui, au cœur même du château, faisait de la forteresse un bastion retranché. Equipés de piques et d'arbalètes rôdaient sur les remparts des gardes Lannister. On ne se battait plus. Un silence funèbre s'appesantissait sur le Donjon Rouge. Seule l'agrémentait de ses hoquets et pleurnicheries l'intarissable Jeyne Poole.

On les nourrissait, cependant : lait, pain frais, fromage pour le déjeuner, poulet rôti, légumes verts à midi et, tard dans la soirée, ragoût de boeuf et d'orge, mais sans daigner répondre à aucune question de Sansa. Et si, le même soir, des femmes vinrent de la tour de la Main lui apporter sa garde-robe, avec quelques-uns des effets de Jeyne, elles avaient l'air presque aussi terrifiées que cette dernière et, au premier mot qu'elle leur adressa, la fuirent comme une pestiférée. Quant aux factionnaires, ils s'obstinaient à lui interdire de mettre le nez dehors.

« S'il vous plaît..., les suppliait-elle avec autant d'instance qu'elle devait entreprendre chacun toute la journée, il faut absolument que je revoie la reine ! j'ai à lui parler... Elle voudra bien, je sais qu'elle voudra bien. Dites-lui que je souhaite la voir..., s'il vous plaît ! Ou, à défaut d'elle, vous m'obligeriez infiniment..., au prince Joffrey ? Nous devons nous marier, quand nous serons plus grands... »

La nuit venait quand se mit à battre un gros bourdon. A son timbre sombre et vibrant qu'aggravait la lenteur de ses pulsations, l'horreur envahit Sansa. Puis, comme il sonnait, sonnait, sonnait, d'autres cloches lui firent écho, depuis le Grand Septuaire de Baelor, sur la colline de Visenya. Et leur rumeur sinistre roulait sur la ville, à l'instar du tonnerre annonçant l'imminence de la tempête.

« Qu'y a-t-il ? demanda Jeyne en se bouchant les oreilles. Pourquoi sonne-t-on les cloches ?

– Le roi est mort. » Sansa n'eût pu dire comment elle le savait, et pourtant elle le savait. La pesanteur des voix de bronze et leur résonance qui, sans trêve ni répit ni cesse, obsédait la pièce étaient lugubres comme un chant de deuil. Quelque ennemi s'était-il abattu sur le Donjon Rouge et avait-il assassiné Robert ? Cela eût expliqué les affrontements de la veille.

De question en question, elle avait fini par sombrer dans un sommeil agité, perplexe, effaré. Son beau Joffrey régnait-il désormais ? L'avait-on tué, lui aussi ? Elle tremblait pour lui, elle tremblait pour Père. Si seulement on lui disait de quoi il retournait... !

Joffrey lui apparut en songe sur le trône. Assise à ses côtés, vêtue de brocart d'or et couronne en tête, elle voyait tous les gens de sa connaissance venir à elle et lui rendre hommage, le genou ployé.

Enfin, le matin suivant, ser Boros Blount venait en personne la prendre pour la mener devant la reine.

Avec ses pattes courtes et arquées qu'écrasait un torse démesuré, son nez camus, ses joues pochées de bajoues, sa tignasse d'étoupe grise, il n'était pas précisément joli, ser Boros. Mais il appartenait à la Garde royale et, ce jour-là, portait du velours blanc. Au col de son manteau de neige chatoyait enfin l'or d'un mufle de lion. Deux rubis figuraient les prunelles. « Vous êtes superbe, ce matin, ser Boros, et d'une magnificence ! » s'extasia-t-elle. Une dame se doit d'être gracieuse en toutes circonstances, et elle entendait se comporter coûte que coûte en dame.

« Vous de même, madame, répliqua-t-il d'un ton neutre. Sa Grâce attend. Venez. »

Sur le palier se tenaient des gardes. Des Lannister en manteau rouge et heaume au lion. Sansa se contraignit à leur souhaiter le bonjour au passage et à leur sourire gracieusement. C'était la première fois qu'on lui permettait de sortir depuis que, l'avant-veille, ser Arys du Rouvre l'avait menée là. « Pour te mettre à l'abri, ma douce, avait dit Cersei. S'il advenait le moindre mal à son trésor, Joffrey ne me pardonnerait jamais. »

Contre son attente, ser Boros la conduisit non pas vers les appartements royaux mais à l'extérieur de la citadelle de Maegor. Sur le pont-levis rabaissé, des ouvriers faisaient descendre au fond des douves un homme encordé. Un simple coup d'œil édifia Sansa : sur les formidables piques de fer était empalé un corps. Elle se détourna vivement, de peur de rien demander, de peur d'en trop voir, de peur d'identifier le malheureux.

L'œil étrangement mort, un autre membre de la Garde, ser Mandon, les introduisit dans la salle du Conseil. La reine s'y trouvait, assise au haut bout d'une longue table jonchée de paperasses, de bougies, de pains de cire à cacheter. Jamais Sansa n'avait vu d'ameublement si somptueux. Le paravent sculpté, les deux sphinx de l'entrée la laissèrent notamment pantoise.

« Votre Grâce, dit ser Boros, voici la petite. »

Pour s'être bercée que Joffrey se trouverait avec sa mère, Sansa dut encore déchanter. Mais, si son prince n'était pas là, trois des conseillers du roi y étaient : lord Baelish siégeait à la gauche de la reine, le Grand Mestre Pycelle vis-à-vis d'elle, et là-dessus papillonnait lord Varys, odorant comme un massif de fleurs. Tous trois étaient habillés de noir. Un frisson glacé parcourut Sansa. Vêtements de deuil...

Parée d'une robe de soie noire montante au corsage constellé de sombres rubis dont la taille, en gouttelettes, évoquait autant de larmes de sang, Cersei lui adressa un sourire qu'elle ne manqua pas de trouver on ne pouvait plus suave et plus affligé. « Sansa, ma douce, dit-elle, j'ai su que tu demandais à me voir. Je suis navrée de n'avoir pu, faute de loisir, accéder à ton vœu plus tôt. Il y a tant à faire pour rétablir l'ordre... J'espère seulement que mes gens ont pris grand soin de toi ?

– Je ne saurais trop me louer de leur délicatesse et de leurs attentions, répondit-elle en dame des plus gracieuse, ni me montrer suffisamment touchée que Votre Grâce daigne s'en inquiéter. Toutefois, s'il m'est permis de le déplorer, tous refusent de nous parler, de nous informer de ce qui s'est passé...

– *Nous ?* » Cersei semblait sidérée.

« Nous avons mis avec elle la fille de l'intendant, expliqua ser Boros. Nous ne savions qu'en faire. »

La reine fronça le sourcil. « La prochaine fois, demandez. » Sa voix s'était durcie. « Les dieux savent de quels racontars elle aura farci la cervelle de Sansa !

– Oh non, protesta Sansa, Jeyne meurt de peur. Elle n'arrête pas de pleurer. Ne pourrait-on la laisser voir son père ? Je lui ai promis de le demander... »

Le Grand Mestre Pycelle affala ses lourdes paupières.

« Il va bien, n'est-ce pas ? » s'alarma-t-elle. On avait beau s'être battu, qui pouvait s'en prendre à un simple intendant ? Vayon Poole ne portait seulement pas d'épée...

La reine considéra tour à tour chacun des conseillers. « Je ne tolérerai pas que l'on tourmente Sansa pour rien. Qu'allons-nous faire de sa jeune amie, messires ? »

Littlefinger se poussa le col d'un air confidentiel. « Je la caserai.

– Pas en ville, exigea la reine.

– Me prenez-vous pour un idiot ? »

Elle ne releva pas. « Ser Boros ? Menez cette fille chez lord Baelish et dites à ses gens de la garder jusqu'à ce qu'il vienne la prendre. Dites-lui, à elle, qu'il l'emmènera voir son père. Cela devrait la calmer. Je veux qu'elle ait disparu avant le retour de Sansa.

– Votre Grâce peut y compter », dit le chevalier qui, s'inclinant très bas, prit congé sur-le-champ dans un déploiement de blancheur superbe.

De plus en plus déconcertée, Sansa balbutia : « Je... je ne comprends pas... Où se trouve le père de Jeyne ? Pourquoi ne pas charger ser Boros de la mener directement auprès de lui ? Pourquoi s'en remettre à lord Baelish ? » Après s'être juré de se conduire en dame, d'imiter les façons nobles de la reine et l'énergie de Mère, voilà que, brusquement, la submergeait à nouveau l'effroi. Elle faillit, une seconde, éclater en sanglots. « Où l'envoyez-vous ? Elle est si gentille ! elle n'a rien à se reprocher...

– Sauf de t'avoir bouleversée, répliqua la reine d'un air câlin. Nous ne saurions admettre cela. Assez là-dessus, maintenant. Lord Baelish veillera personnellement à ce que Jeyne soit traitée au mieux, je te le garantis. » Elle tapota le siège à ses côtés. « Assieds-toi, Sansa. J'ai à te parler. »

Comme elle prenait place, un nouveau sourire engageant de Cersei ne parvint pas le moins du monde à la rasséréner. Moins l'angoissaient la manière onctueuse qu'avait Varys de nouer, dénouer ses doigts ou l'obstination de Pycelle à fixer d'un œil somnolent les paperasses placées sous son nez que l'impudence avec laquelle Littlefinger la dévisageait, lui donnant l'impression d'être entièrement nue. Elle en avait la chair de poule.

« Tant de douceur, reprit la reine en lui posant une main soyeuse sur le poignet. Et tant de beauté. Tu sais, j'espère, combien nous t'aimons, Joffrey et moi.

– *Vraiment ?* » Elle en avait le souffle coupé. En oublia Littlefinger. Son prince l'aimait. Rien d'autre ne comptait.

La reine se reprit à sourire. « Moi, je te considère presque comme ma propre fille. Et je sais quel amour tu portes à Joffrey. » Elle hocha la tête d'un air accablé. « Il nous faut, hélas, t'annoncer de graves nouvelles. A propos du seigneur ton père. Tu dois te montrer brave, enfant. »

Prononcés d'un ton calme, ces mots glacèrent d'autant mieux Sansa. « Qu'y a-t-il ?

– Votre père est un félon, ma chère », lâcha lord Varys.

Le Grand Mestre leva sa vénérable tête. « De mes propres oreilles, j'ai entendu lord Eddard promettre à Robert, notre roi bien-aimé, qu'il protégerait les jeunes princes à l'instar de ses propres enfants. Et pourtant, sitôt celui-ci disparu, il réunit le Conseil restreint pour dépouiller le prince Joffrey de ses droits au trône.

– Non ! s'insurgea Sansa. Il n'a pas fait cela ! Il ne *l'a pas fait* ! »

La reine prit une lettre, une lettre toute déchirée, tout encroûtée de sang, mais dont le sceau rompu était bel et bien celui de Père, le loup-garou nettement imprimé sur la cire blanche. « Nous l'avons trouvée sur le capitaine de vos gardes, Sansa. Elle est adressée au frère de feu mon époux, Stannis, et l'invite à prendre la couronne.

– S'il vous plaît, Votre Grâce, il ne peut s'agir que d'une méprise..., hoqueta Sansa, défaillante et terrorisée, s'il vous plaît ! Faites venir Père, et il vous dira, lui, cette lettre n'est pas de lui..., le roi était son ami !

– Robert le croyait, du moins, dit la reine. Cette trahison lui eût brisé le cœur. Rendons grâces aux dieux, qu'il n'ait pas vécu pour en être témoin... » Elle soupira. « Enfin, tu vois, Sansa ma douce, dans quelle horrible situation ceci nous a plongés. Tu es innocente de ces forfaits, nous le savons tous, mais il n'empêche que tu es la fille d'un félon. Comment pourrais-je te laisser épouser mon fils ?

– Mais je l'*aime* ! » gémit-elle, aussi désemparée que folle de peur. Qu'allait-on lui faire ? Qu'avait-on fait de Père ? Les choses n'étaient pas censées se passer ainsi ! Elle devait épouser Joffrey, on les avait promis l'un à l'autre, ils étaient fiancés, elle en avait même rêvé... Il n'était pas juste de la priver de lui en raison de ceci ou cela que Père avait pu faire ou non.

« Je ne le sais que trop, enfant, reprit Cersei, tellement, tellement aimable, et de sa voix la plus veloutée. Serais-tu venue me voir et me révéler que ton père projetait de t'enlever à nous si l'amour ne t'avait guidée ?

– C'était bien par amour ! confirma-t-elle avec élan. Père me refusait même la permission de vous dire adieu... » Bien qu'elle fût la facilité même, l'obéissance même et tout et tout, la fille en or, une furie, ce matin-là, une furie digne d'Arya, pour échapper à septa Mordane et braver son seigneur et père. Jamais elle n'avait rien fait de si téméraire et jamais ne s'y fût risquée sans son amour extrême pour Joffrey. « Il allait me ramener à Winterfell et me marier à je ne sais quel obscur chevalier. Et j'avais beau dire : "C'est Joff que je veux", il faisait la sourde oreille. » Alors, elle n'avait plus rien espéré que du roi. Le roi, lui, *commanderait* à Père de la laisser à Port-Réal et de la marier au prince Joffrey. Il en avait le pouvoir, elle le savait, mais il lui faisait affreusement peur. Parce qu'il parlait toujours si fort, et d'une voix si rocailleuse ! parce qu'il était ivre presque tout le temps. Et, si tant est d'ailleurs qu'on la laissât le voir, il se contenterait probablement de la renvoyer à lord Eddard. Aussi se rendit-elle droit chez la reine afin de lui ouvrir son cœur. Et, non contente de l'écouter, de la remercier gentiment..., la reine avait prié ser Boros de l'escorter de ce pas à la citadelle de Maegor et de l'y faire étroitement garder. Quelques heures plus tard débutaient les combats, dehors. « S'il vous plaît..., conclut-elle, il *faut* me permettre d'épouser Joffrey, vous verrez quelle bonne épouse je serai pour lui, toujours ! et quelle reine aussi..., je le jure ! juste comme vous... »

Cersei jeta un regard à la ronde. « Messires du Conseil, que vous dit de son plaidoyer ?

– Pauvre petite..., susurra Varys. Un amour si candide et si vrai. Il serait cruel, Votre Grâce, de le rebuter..., mais que faire ? son père est un criminel... » Ses mains douillettes esquissaient, en signe d'impuissance et de consternation, le geste de se savonner.

« Tôt ou tard, la graine de félon donne spontanément de la félonie, opina Pycelle. Cette enfant n'est encore que douceur mais, d'ici dix ans, qui sait quelles traîtrises elle tramera ?

– *Non !* protesta Sansa, horrifiée. Pas moi ! jamais je... je ne saurais trahir Joffrey, je l'aime ! j'en fais serment, je l'aime vraiment !

– Oh..., bouleversant, commenta Varys. Et, néanmoins, le dicton : "Bon sang ne saurait mentir" est d'une effroyable véracité.

– Elle me rappelle sa mère et non pas son père, déclara paisiblement lord Petyr Baelish. Regardez-la. Les cheveux, les yeux. On jurerait Cat au même âge. »

La reine la dévisagea d'un air chagrin qui n'empêcha pas Sansa de discerner de la bonté dans le vert limpide de ses prunelles. « Vois-tu, mon enfant, dit-elle, si je pouvais absolument te croire différente de ton père, eh bien, rien ne me ferait plus de plaisir que de te voir épouser mon Joffrey. Je sais qu'il t'aime de tout son cœur. » Elle soupira. « Je crains, hélas, que lord Varys et le Grand Mestre n'aient raison. Le sang parlera. Il me suffit de ressonger à la manière dont ta sœur a lancé son loup sur mon fils.

– Je ne suis pas comme Arya, répliqua-t-elle étourdiment. Elle a le sang du traître, moi pas. Moi, je suis bonne, demandez à septa Mordane, elle vous dira, je n'ai qu'un seul désir, être la femme aimante et loyale de Joffrey. »

Sur son visage s'appesantit de manière quasi tactile le regard scrutateur de Cersei. « Je suis certaine que tu penses ce que tu dis. » Elle se tourna vers les assistants. « Il me semble, messires, que, si le reste de sa parentèle devait demeurer loyal, ce serait un grand pas de fait pour notre tranquillité. »

Les doigts perdus dans sa vaste barbe, le Grand Mestre Pycelle plissa son vaste front d'un air méditatif. « Lord Eddard a trois fils...

– Des gosses, dit lord Baelish avec un haussement d'épaules. Lady Catelyn et les Tully m'inquiéteraient davantage. »

La reine prit la main de Sansa entre les deux siennes. « Tu sais écrire, n'est-ce pas ? »

Sansa acquiesça d'un signe énergique. Désespérément nulle en calcul, elle écrivait et lisait en revanche mieux qu'aucun de ses frères.

« J'en suis fort aise. Peut-être y aura-t-il encore moyen de vous unir, Joffrey et toi...

– Que devrais-je faire ?

– Ecrire à madame ta mère et à ton frère, l'aîné..., comment se nomme-t-il, déjà ?

– Robb.

– Robb, voilà. La nouvelle de la trahison de ton père ne manquera pas de leur parvenir sous peu. Mieux vaudrait la leur mander toi-même. Il te faut leur conter de quelle manière lord Eddard a trahi son roi. »

Si follement qu'elle désirât obtenir Joffrey, Sansa ne se sentait pas le courage de satisfaire le vœu de Cersei. « Mais jamais il... je ne... Je ne saurais que dire, Votre Grâce... »

La reine lui tapota la main. « Nous te le dicterons, enfant. L'essentiel est que tu presses lady Catelyn et ton frère d'observer la paix du roi.

– Il leur en cuirait d'y manquer, ajouta Pycelle. Au nom de l'amour que tu leur portes, tu dois les presser d'emprunter les voies de la sagesse.

– Madame ta mère va être abominablement inquiète, reprit Cersei, tu dois la rassurer, lui dire que tu te portes comme un charme, que nous veillons sur toi, que nous te traitons bien, que nous sommes à tes petits soins. Puis tu les prieras de venir à Port-Réal jurer fidélité à Joffrey lorsqu'il montera sur le trône. S'ils acceptent..., hé bien, nous saurons alors qu'il n'y a pas de tare dans ton sang, et quand fleurira ta féminité, tu épouseras le roi dans le Grand Septuaire de Baelor, à la face des dieux et des hommes... »

...épouseras le roi... A ces mots s'accéléra le souffle de Sansa, mais elle hésitait encore. « Peut-être que... S'il m'était permis de voir mon père, de lui parler de...

– Trahison ? suggéra lord Varys.

– Tu me déçois, Sansa, dit la reine, avec un regard d'une dureté minérale. Nous t'avons informée des crimes de ton père. Si tu es aussi loyale que tu le prétends, pourquoi désirer le revoir ?

– Je... je voulais seulement dire... » Ses yeux s'humectaient. « Il n'est pas... s'il vous plaît ! il n'a pas été... blessé ou... ou...

– On ne lui a fait aucun mal.

– Mais... que va-t-il advenir de lui ?

– Il appartient au roi d'en décider », pontifia le Grand Mestre.

Au roi ! D'un battement de paupières, Sansa refoula ses larmes. Ainsi, Joffrey était roi, à présent ? Quelque forfait qu'eût perpétré Père, non, son prince charmant ne lui toucherait pas un cheveu. Elle en était sûre, il lui suffirait d'aller trouver Joff, d'implorer sa miséricorde, et il l'écouterait. Il *devait* l'écouter, il l'aimait, de l'aveu même de la reine. Bien sûr, il serait forcé de punir Père, les seigneurs comptaient là-dessus, mais peut-être le renverrait-il simplement à Winterfell, s'il ne l'exilait plutôt dans l'une des cités libres, au-delà du détroit. Quelques années tout au plus. Entre-temps, elle et Joffrey seraient mari et femme. Et, une fois reine, elle saurait persuader Joff de rappeler Père et de lui accorder son pardon.

Seulement..., si Mère ou bien Robb commettaient quelque acte séditieux, convoquer le ban, par exemple, ou refuser de faire allégeance, ou *n'importe quoi*, tout irait mal. Son Joffrey était bon, généreux, elle le savait dans son cœur, mais un roi ne peut transiger avec des rebelles. Elle devait le leur faire comprendre, elle le *devait* !

« Je... j'écrirai la lettre », dit-elle.

Alors, aussi radieuse qu'une belle aurore, Cersei Lannister s'inclina et l'embrassa gentiment sur la joue. « Je savais que tu le ferais.

Joffrey sera tellement fier, quand je lui apprendrai de quelle bravoure et de quelle intelligence tu as fait preuve aujourd'hui. »

Finalement, on lui dicta quatre lettres : une pour Mère, une pour ses frères, à Winterfell, une pour son grand-père, lord Hoster Tully, à Vivesaigues, et une pour sa tante, lady Lysa, aux Eyrié. La tâche achevée, des crampes paralysaient ses doigts, l'encre les maculait et les empoissait. Varys exhiba le sceau de Père. Elle fit chauffer la cire blanche à la flamme d'une chandelle, la versa soigneusement, et l'eunuque y imprima lui-même le loup-garou de la maison Stark.

Jeyne Poole avait disparu avec toutes ses affaires quand, escortée de ser Mandon Moore, Sansa retrouva la citadelle de Maegor. Fini les pleurnicheries, songea-t-elle avec gratitude. Néanmoins, le départ de son amie jetait comme un froid dans la chambre, et le feu qu'elle alluma ne le dissipa point. Elle attira un siège au plus près de l'âtre, prit l'un de ses livres favoris, et se perdit dans les aventures de Jonquil et Florian, de lady Shella et du chevalier Arc-en-Ciel, et dans les amours réprouvées du vaillant prince Aemon pour la reine du roi son frère.

Et ce n'est qu'à une heure avancée de la nuit que, sur le point de se laisser sombrer dans le sommeil, Sansa s'aperçut qu'elle avait omis de s'enquérir du sort d'Arya, sa sœur.

JON

« Othor, grommela ser Jaremy Rykker. Pas l'ombre d'un doute. Et Jafer Flowers. » Du pied, il retourna le cadavre, dont la face plâtreuse darda vers le ciel assombri des prunelles bleues, très bleues. « Ils accompagnaient Ben Stark. Tous les deux. »

Des hommes d'Oncle, songea Jon. De sa cervelle engourdie remontaient pêle-mêle son désir de partir avec eux, ses adjurations. *Bons dieux. Quel bleu je faisais. S'il avait accepté de m'emmener, ce pourrait être moi, ça...*

L'avant-bras droit de Jafer s'achevait, à hauteur du poignet, par une bouillie de barbaque et d'esquilles hideuse. A présent, la main cisaillée par les crocs de Fantôme flottait dans un bocal de vinaigre, chez mestre Aemon. L'autre, la gauche, intacte, était aussi noire que le manteau du mort.

« Miséricorde ! » marmonna le Vieil Ours. Sautant à bas de son bidet, il en tendit les rênes à Jon. Il faisait une chaleur si anormale, ce matin-là, qu'emperlé d'énormes gouttes de sueur son vaste crâne avait tout d'un melon scintillant de rosée. Comme le cheval, épouvanté par la proximité des cadavres, culait à rompre sa bride et, l'œil fou, menaçait de se cabrer, Jon dut à toute force l'entraîner à l'écart. Ses congénères éprouvaient d'ailleurs une répugnance flagrante pour ces parages, et le bâtard la concevait trop bien.

Plus invincible était celle des chiens. La meute s'était révélée inutilisable. Il avait suffi que Bass, le maître piqueux, prétende leur faire flairer la main sectionnée pour que, pris de démence et le poil hérissé, les limiers se mettent à hurler, se démènent pour fuir. Et, maintenant encore, ils grognaient, geignaient tour à tour, tiraient à rebours sur leur laisse, au grand dam de Chett qui fulminait en vain contre leur couardise.

Fantôme n'avait, lui, pas demandé mieux que de servir de guide.

Un bois, voilà tout, se répétait Jon, *et des morts, voilà tout*. Enfin, quoi, il en avait déjà vu, des morts... !

La nuit précédente, son rêve de Winterfell était revenu le hanter. Il errait dans le château désert à la recherche de Père, parvenait aux cryptes et, pour la première fois, s'y aventurait. Alerté dans les ténèbres par le raclement de la pierre contre la pierre, il se retournait et voyait s'ouvrir, un à un, noirs, glacés, les caveaux. Et les rois morts en émergeaient, titubants, quand il s'éveilla, nuit de poix, le cœur déchaîné. Et Fantôme eut beau, d'un bond, venir le rejoindre et lui fourrer sa truffe par tout le visage, la terreur persistait, tenace, irrépressible. Alors, n'osant se rendormir, il avait préféré gagner le faîte du Mur et y marcher, marcher, marcher jusqu'à ce que poignent, à l'est, les premières lueurs de l'aube. *Un rêve, voilà tout. Je suis frère de la Garde de Nuit, maintenant, pas un bambin perclus d'effroi.*

A demi dissimulée derrière les chevaux se tassait, sous le couvert, la masse de Samwell Tarly. Le suif de sa face lunaire était blanchâtre et grumeleux comme lait caillé. Sans s'être encore jeté dans le premier fourré pour dégueuler tripes et boyaux, du moins n'avait-il eu garde d'accorder fût-ce un seul coup d'œil aux charognes. « Peux pas voir ça, chuchota-t-il lamentablement.

– Tu dois, lui souffla Jon tout bas, de manière que nul n'entende. Mestre Aemon t'a bien envoyé pour être ses yeux, non ? A quoi riment des yeux, s'ils sont clos ?

– A rien, mais... – mais je suis si lâche, Jon ! »

Jon lui posa une main sur l'épaule. « Nous avons avec nous une escouade de patrouilleurs, et les chiens, sans compter Fantôme. Tu ne risques absolument rien, Sam. Vas-y, là, regarde. C'est le premier regard qui coûte. »

Sam acquiesça d'un hochement gélatineux. Vaille que vaille, il rassemblait manifestement le peu de courage qu'il pouvait avoir. Lentement, lentement, sa tête pivota. Ses yeux s'agrandirent, mais Jon le tenait d'une main ferme pour l'empêcher de se détourner.

« Dites donc, ser Jaremy, bougonna brusquement le Vieil Ours, Ben Stark avait bien emmené six hommes ? Où sont passés les autres ?

– Je serais bien aise de le savoir », répliqua Rykker en branlant du chef.

Ce qui n'eut à l'évidence pas l'heur de plaire à Mormont. « Deux de nos frères massacrés presque en vue du Mur..., et vos patrouilleurs n'ont rien entendu, rien vu ? La Garde de Nuit serait-elle tombée si bas ? Ne ratisserait-elle plus ces bois ?

– Si, messire, mais...

– Ne monte-t-elle plus de factions ?

– Si, mais...

– Ce type – il désignait la dépouille d'Othor – porte un cor de chasse. Me faut-il présumer qu'il soit mort sans en avoir sonné ? Ou que vos hommes sont tous atteints de surdité comme de cécité ? »

Les traits crispés par la colère, Rykker regimba : « Aucun cor n'a sonné, messire, mes patrouilleurs l'auraient entendu. Je manque d'hommes pour multiplier les sorties à mon gré..., et c'est sur vos propres ordres que, depuis la disparition de Benjen, nous nous cramponnons au Mur bien plus étroitement que par le passé. »

Le Vieil Ours grommela. « Mouais. Bien. Advienne que pourra. » Il fit un geste d'impatience. « Sont morts de quoi ? »

Ser Jaremy s'accroupit près de celui qu'il avait identifié comme Jafer Flowers et l'empoigna par les cheveux. Cassants comme de la paille, ceux-ci lui restèrent dans la main. Avec un juron, le chevalier administra une pichenette à la face. Béante comme un four apparut, en travers du cou, une plaie boursouflée de caillots séchés. La tête ne tenait plus au corps que par quelques faisceaux de tendons blafards. « Coup de hache.

– Ouais, maugréa le bûcheron Dywen. Probablement celle que portait Othor, messire. »

Les dents déjà serrées pour réprimer l'émeute de son déjeuner, Jon se força tout de même à examiner le second cadavre. Apparemment, la hache avait disparu. Mais si le sieur Othor avait été gros et moche de son vivant, la mort ne l'améliorait pas. Jon se souvenait parfaitement de lui, beuglant des couplets obscènes le jour du départ. Révolu, son temps de chanter. De la bidoche blême, à l'exception des mains. Noires. Comme celles de Jafer. Des croûtes craquelées fleurissaient chacune des plaies qui, telles des cloques, lui constellaient torse, bas-ventre, gorge. Et ses yeux, grands ouverts, bleus d'un bleu de saphir, fixaient obstinément le ciel.

Ser Jaremy se releva. « Les sauvageons aussi possèdent des haches.

– Parce que vous croyez, l'apostropha Mormont, que c'est du boulot de Mance Rayder ? Si près du Mur ?

– Qui d'autre, sinon, messire ? »

Jon aurait pu le lui dire. Il savait qui, tous savaient qui, mais aucun d'entre eux ne voulait prononcer ce nom. *Les Autres ? une fable, voilà tout, une fable tout juste bonne à faire trembler les marmots. A supposer qu'ils aient jamais vécu, ils n'étaient plus depuis huit mille ans.* Il se sentait grotesque que d'y simplement songer. Il était un homme, à présent, un frère noir de la Garde de Nuit, que diable, et non plus le gamin qui, jadis, se blottissait aux pieds de Vieille Nan avec Bran, Robb et Arya !

Le lord commandant, cependant, ne se tenait pas pour battu, qui renifla : « Si Ben Stark avait essuyé une attaque des sauvageons à une demi-journée équestre de Châteaunoir, il serait venu chercher des renforts pour traquer les tueurs aux cent diables et m'en rapporter les têtes.

– A moins qu'ils ne l'aient eu également », objecta Rykker du tac au tac.

Comme un coup de couteau, ces mots, toujours et encore. Il semblait stupide, après tant de temps, de se raccrocher à l'espoir qu'Oncle Ben vivait, mais Jon Snow n'avait pas pour vertu première l'aisance à se résigner.

« Ça fait près de six mois qu'il nous a quittés, messire, poursuivait ser Jaremy. Vu l'immensité de la forêt, les sauvageons ont pu lui tomber dessus n'importe où. Je parierais que, seuls survivants du groupe, ces deux-ci regagnaient dare-dare l'abri du Mur..., mais l'ennemi les a interceptés. Hier au plus tard, les cadavres sont encore frais...

– *Non* », couina Samwell Tarly.

Qui fut sidéré, c'est Jon. Ce timbre énervé, pointu, était bien le dernier qu'il s'attendît d'entendre. La seule vue des officiers paralysait l'obèse, et la patience n'entrait pour rien dans la réputation de Rykker. Qui cingla, glacial : « Je ne t'ai pas demandé ton avis, mon gars.

– Laissez-le parler, ser », intervint Jon, machinalement.

Les yeux de Mormont voltigèrent de Sam à Jon et de Jon à Sam. « S'il a vraiment quelque chose à dire, soit. Viens par ici, garçon. A peine si on te voit, derrière ces chevaux. »

Aussitôt inondé de sueur, Sam se débusqua néanmoins. « Messire, c'est... ce n'est pas d'hier ou... regardez... le sang...

– Oui, et alors ? grogna Mormont, horripilé, quoi, le sang ?

– Plein sa culotte, qu'à y zyeuter ! » s'exclama Chett, et tous les patrouilleurs de se tenir les côtes.

Sam s'épongea le front. « Vous... vous voyez, là où Fantôme... le loup-garou de Jon... où il a arraché la... la main ? hé bien le... le moignon n'a pas saigné... regardez... » Il battit l'air, bizarrement.

« Mon père..., l-l-lord Randyll, il m'ob... je l'ai pas mal de fois regardé écorcher les bêtes, quand..., après... » Comme affectée d'un fort roulis, sa tête ballottait sur un flan de fanons. Maintenant qu'il avait regardé les corps, il semblait incapable de s'en détourner. « Quand c'est... frais, le sang coule encore, messires. Plus tard..., plus tard, il se coagule comme une... une gelée, épaisse et... et... » Il verdissait à vue d'œil. « Cet homme..., regardez son poing, que des... *croustillant...* sec... comme... »

Et Jon comprit tout à coup. Dans la tranche blême du poignet déchiqueté, les veines se tordaient comme des vers de fer. Le sang s'y résolvait en une poudre noire. Mais ser Jaremy demeura sceptique. « S'ils étaient morts depuis plus d'un jour, mon gars, ils commenceraient à se décomposer. Ils ne sentent même pas. »

Fier de son flair au point de se targuer de prédire infailliblement la venue de la neige, le vieux Dywen se coula plus près des cadavres et huma. « Bon, c' pas des jasmins mais..., m'sire a raison, bernique, c' pue pas la carne.

– Ils... ils ne pourrissent pas. » Sam les désigna d'un index boudiné qui tremblait à peine. « Regardez, il n'y a pas... pas de vermine ou de... d'asticots ni rien... Ils sont restés là, dans les bois, par terre, et les... les bêtes n'y ont pas touché..., sauf Fantôme. A part ça, ils sont... ils sont...

– Intacts, acheva Jon en douce. Et Fantôme est un cas spécial. Les chiens et les chevaux refusent, eux, de s'en approcher. »

L'évidence, pour un chacun. La patrouille échangeait des regards anxieux. Les sourcils froncés, Mormont lorgnait les cadavres, lorgnait la meute. « Amène, Chett. »

Chett s'y employa, mais il eut beau tirer sur les laisses, tempêter, jurer, distribuer des coups de botte, rien n'y fit, les limiers s'arc-boutaient des quatre pieds en gémissant lamentablement. Il tenta de n'en forcer qu'un, une lice, elle résista, babines retroussées sur un grondement, se démena comme pour retirer son collier, finit par se jeter sur Chett qui, lâchant prise, tomba à la renverse, et, d'un bond par-dessus, détala ventre à terre dans le taillis.

« Tout... tout ça est faux de bout en bout », reprit Tarly, consciencieusement. « Le sang..., il y a bien des taches de sang sur leurs vêtements et sur... sur leur chair, du sang séché, durci, mais... il n'y en a pas une goutte par terre ni... nulle part. Avec ces... ces... ces... » Il s'efforça de déglutir, prit une longue goulée d'air. « Avec ces *plaies*... plaies terribles..., il devrait y avoir du sang de tous les côtés. Non ? »

D'une bonne succion, Dywen déblaya ses molaires en bois. « S' pourrait qu'y sont pas morts ici. 'n a pu l's apporter là pour nous. 'ne 'spèce d'avertiss'ment. » Puis, les yeux baissés d'un air méfiant. « Chuis p't-êt' couillon, mais j' sais pas qu' l'Othor, avant, l'avait l's yeux bleus. »

Rykker s'ébahit, pour le coup. « Ni Flowers... », lâcha-t-il en se tournant vivement pour l'examiner.

Un silence de plomb tomba sur les bois. Seules l'émaillaient, mêlées au souffle poussif de Samwell Tarly, les succions juteuses de Dywen. Jon s'accroupit près de Fantôme.

« *Brûlez-les* », chuchota finalement quelqu'un. L'un des patrouilleurs, mais lequel ? « Ouais, brûlez-les », haleta un autre.

Le Vieil Ours branla une vigoureuse dénégation. « Pas encore. Je veux que mestre Aemon puisse se rendre compte. Nous les ramenons au Mur. »

Seulement, il est des ordres plus faciles à donner qu'à exécuter. On enveloppa bien les dépouilles dans des manteaux, mais lorsque Hake et Dywen prétendirent en ficeler une sur un cheval, la bête s'emballa, hennit, rua, se cabra, mordit même Ketter accouru à la rescousse, et l'on ne fut pas plus heureux avec les autres : la plus placide devenait folle dès qu'on tentait de lui imposer ce faix-là. Tant et si bien que force fut de couper des branches, d'improviser des brancards rudimentaires et de les charrier à pied. Et il était midi largement sonné quand put débuter le retour.

« Vous allez me fouiller ces bois, commanda Mormont à Rykker comme s'ébranlait le convoi. Chaque arbre, chaque rocher, chaque fourré, chaque pouce d'humus sur une étendue de dix lieues. Mettez-y tous vos hommes et, s'ils n'y suffisent, empruntez à l'intendance des chasseurs et des forestiers. Si Ben et ses compagnons sont par là, morts ou vifs, je veux qu'on me les retrouve. Et s'il s'y niche n'importe qui *d'autre*, je veux le savoir. Pistez-le, prenez-le, vivant si possible. Compris ?

– Compris, messire. On va s'y atteler. »

Là-dessus, Mormont se mit à ruminer, muet. Conformément à ses attributions, Jon ne le lâchait pas d'un sabot. Il faisait un temps gris, couvert et moite, le genre de temps à vous faire désirer la pluie. Pas un souffle ne faisait frissonner les feuilles et, dans cette atmosphère de buanderie, les vêtements vous collaient à la peau. Quelle chaleur. Excessive. Le Mur larmoyait à force, il le faisait depuis des jours et des jours. A se demander, parfois, s'il ne rétrécissait pas...

Les vieux appelaient *été des esprits* ce type de canicule ; à les entendre, la saison larguait, tout compte fait, ses spectres, et le froid ne tarderait pas à prendre la relève, un long hiver succédant forcément à un long été. Et cet été-ci durait depuis dix ans. Il avait débuté quand Jon marchait à peine.

Après avoir quelque temps trotté à leurs côtés, Fantôme finit par s'évanouir au fond de la futaie. Sans lui, Jon se sentait comme dévêtu. La moindre ombre entrevue éveillait un malaise et, malgré lui, les rabâchages de Vieille Nan revinrent l'assaillir, il entendait presque distinctement l'intarissable marmottement ponctué par le sempiternel *clic clic clic* du tricot. *Des ténèbres, à cheval, surgirent alors les Autres. Ils étaient froids, ils étaient morts, ils exécraient le fer, le feu, le contact du soleil et toutes les créatures vivantes à sang chaud. Comme ils progressaient vers le sud, montés sur leurs cadavres de chevaux livides et menant les hordes d'assassinés, devant eux tombèrent un à un les places fortes et les villes et les royaumes des humains. Ils nourrissaient leurs serviteurs défunts avec la chair des enfants des hommes...*

Lorsqu'enfin se profila le Mur, là-bas, vague silhouette encore à l'horizon sur les frondaisons torturées d'un chêne séculaire, Jon éprouva un soulagement indicible. Soudain, Mormont tira sur les rênes et, se retournant sur sa selle, aboya : « Tarly ? ici ! »

Sam poussa sa jument mais, à lire l'effroi de sa physionomie, nul doute qu'il ne s'attendît à quelque réprimande. « Si gras que tu sois, tu ne manques pas de jugeote, mon garçon, gronda le Vieil Ours. Du bon boulot, là-bas. Toi aussi, Snow. »

A voir Sam virer du vert à l'écarlate et s'empêtrer vainement la langue à bafouiller des politesses, Jon ne put réprimer un sourire.

Dès qu'ils eurent atteint l'orée, Mormont éperonna son rude bourrin pour le mettre au trot. Au même instant, Fantôme débouchait en trombe à leur rencontre, les babines rouges et se pourléchant. Là-haut, sur le Mur, les sentinelles saluèrent l'approche de la colonne au son lugubre et graillonneux du cor. Une seule note tenue qui, sur des milles et des milles, ébouriffa la forêt, que la paroi de glace répercuta – HouOuOuOuOuOuOuoooooooooooooooooooooooooo... – dont peu à peu s'éteignirent les vibrations. Une seule note. En code : retour de patrouille. *Au moins j'aurai été patrouilleur pendant une journée*, songea Jon. *Et nul ne pourra, quoi qu'il advienne, me le dénier.*

La figure congestionnée, Bowen Marsh les attendait, fébrile, à la première grille du boyau de glace. « Il est arrivé un oiseau, messire, haleta-t-il tout en la décadenassant, il vous faut venir, vite !

– Qu'y a-t-il encore ? » se hérissa le Vieil Ours.

Avant de répondre, Marsh décocha un regard torve du côté de Jon. « C'est mestre Aemon qui a la lettre. Vous le trouverez dans votre loggia.

– Bien. Jon ? Occupe-toi de mon cheval. Et dis à ser Jaremy d'entreposer les corps dans un magasin jusqu'à la visite du mestre. » Et il s'en fut à longues enjambées farcies de grommellements.

Pendant qu'ils ramenaient les bêtes aux écuries, Jon se sentit avec un profond malaise la cible de tous les regards. Tout affairé qu'il fût à malmener ses recrues, dans la cour, ser Alliser Thorne s'interrompit lui-même, un demi-sourire aux lèvres, pour le dévisager. Planté sur le seuil de l'armurerie, Donal Noye le manchot lança, lui : « Les dieux te gardent, Snow ! »

Sent mauvais, se dit-il. *Très mauvais.*

On transporta les cadavres dans l'une des cambuses noires qui, creusées dans la glace à la base même du Mur, servaient à conserver la viande, le grain, voire la bière, quelquefois. Avant de panser le sien, Jon contrôla que, dûment étrillé, abreuvé, le cheval de Mormont disposait d'une mangeoire pleine et, sa tâche achevée, se mit en quête de ses amis. Grenn et Crapaud montaient la garde, mais il découvrit Pyp dans la salle commune. « Que se passe-t-il ?

– Le roi est mort », chuchota Pyp.

La nouvelle l'abasourdit. Si vieux et gras que lui eût paru Robert Baratheon, lors de sa visite à Winterfell, il l'avait trouvé passablement gaillard encore et, depuis lors, nulle rumeur de maladie n'avait circulé. « Tu tiens ça d'où ?

– Un garde a entendu Clydas lire la lettre à mestre Aemon. » Il se pencha d'un air confidentiel. « Désolé, Jon. Il était l'ami de ton père, n'est-ce pas ?

– Aussi proche qu'un frère, autrefois. » Une question le tarabustait : Joffrey garderait-il Père comme Main ? Probablement pas. Dans ce cas, lord Eddard regagnerait Winterfell, et les filles aussi. Peut-être lord Mormont lui accorderait-il la permission de leur rendre visite, alors ? Quel bonheur ce serait que de revoir Arya, de causer avec Père ! *Je l'interrogerai sur ma mère*, résolut-il. *Maintenant que je suis un homme, il n'est que temps d'apprendre la vérité. Fût-elle une pute, je m'en contrefiche, je veux savoir.*

« Hake prétend que les morts étaient des hommes de ton oncle, c'est vrai ?

– Oui. Deux des six qui l'accompagnaient. Un bon bout de temps qu'ils sont morts, seulement... les corps sont bizarroïdes.

– Bizarroïdes ? » Pyp brûlait de curiosité. « Comment ça, bizarroïdes ?

– Sam te dira. » Il n'avait aucune envie d'en parler. « Il me faut aller voir si le Vieil Ours a besoin de moi. »

En gagnant, seul, la tour de la Commanderie, une sourde appréhension le travaillait au point que, dans les yeux des frères en faction, il crut lire une exagération de solennité. « Le Vieil Ours est dans sa loggia, lui dit l'un. Il te réclamait. »

Jon acquiesça d'un hochement. Un peu contrit de n'être pas venu directement, il se hâta jusqu'à l'étage, non sans se répéter : *Il veut du vin, ou du feu dans sa cheminée, voilà tout.*

Le corbeau salua son entrée en criant : « *Grain !* » d'un ton courroucé, « *grain ! grain ! grain !* »

« N'en crois rien, maugréa Mormont, je viens juste de lui en donner. » Assis près de la fenêtre, il lisait une lettre. « Sers-moi une coupe de vin et emplis-en une pour toi.

– Pour moi, messire ? »

Mormont leva les yeux vers lui. D'un air compatissant, impossible de s'y méprendre. « Tu as bien entendu. »

Nullement dupe qu'il repoussait ainsi l'échéance, Jon se mit à verser avec un excès de soin mais, la chose faite – et elle le fut bien trop tôt –, plus moyen de se dérober. « Assieds-toi, mon garçon, commanda Mormont. Bois. »

Jon demeura debout. « C'est de mon père qu'il s'agit, n'est-ce pas ? »

Le Vieil Ours tapota la lettre du doigt. « De ton père et du roi, grogna-t-il. Je ne vais pas te mentir, c'est grave. Du diable si je m'attendais, à mon âge, à jamais voir un nouveau roi, quand Robert était deux fois moins vieux que moi et fort comme un taureau. » Il sirota une gorgée. « Il avait la passion de la chasse, à ce qu'il paraît. Nos passions nous détruisent toujours, petit. Rappelle-toi ça. Mon fils était fou de son tendron de femme. Une écervelée. Sans elle, jamais il n'aurait seulement songé à vendre ces braconniers. »

A tout cela, Jon n'entendait goutte. « Je ne comprends pas, messire. Qu'est-il arrivé à mon père ?

– Je t'ai dit de t'asseoir », éructa Mormont. « *T'asseoir !* » glapit le corbeau. « Et de boire, crebleu. C'est un ordre, Snow. »

Jon prit un siège et trempa ses lèvres.

« Lord Eddard a été jeté en prison. On l'accuse de trahison. Il aurait comploté avec les frères de Robert pour écarter le prince Joffrey du trône.

– Non ! s'emporta Jon. Cela ne se peut. Jamais Père ne trahirait le roi.

– Vrai ou faux, je n'ai pas à me prononcer. Ni toi.

– Mais c'est un *mensonge* ! » s'enferra Jon. Comment pouvait-on ? Accuser Père de traîtrise..., étaient-ils tous devenus fous ? Comme si lord Eddard Stark pouvait jamais se déshonorer ! Comme...

Il a procréé un bâtard, insinua une petite voix. *Quel honneur y avait-il là ? Et ta mère, dis ? Il n'en prononçait même pas le nom...*

« Et maintenant, messire ? On va l'exécuter ?

– Ça, je l'ignore... Je compte envoyer une lettre. Dans le temps, j'ai connu certains des conseillers du roi : le vieux Pycelle, lord Stannis, ser Barristan... De quelque crime que soit coupable ou innocent ton père, il est un grand seigneur. On doit lui accorder licence de prendre le noir pour se joindre à nous. Les dieux savent à quel point nous manquons d'hommes de sa trempe. »

Effectivement, des grâces de cet ordre avaient été prononcées pour des cas similaires, par le passé... Pourquoi lord Eddard n'en bénéficierait-il pas ? Père ici ! L'idée faisait un drôle d'effet. Et un effet drôlement désagréable. Dépouiller Père de Winterfell ? le contraindre à endosser le noir ? mais cela serait monstrueux, tellement inique ! A moins que telle fût sa seule chance de salut...

Joffrey l'accorderait-il seulement ? Son outrecuidance à l'endroit de Robb et de ser Rodrik, dans la cour de Winterfell, n'annonçait guère de mansuétude. La présence de Jon ? bien beau déjà s'il l'avait remarquée, les bâtards ne méritant pas même l'hommage de ses mépris. « Le roi daignera-t-il vous écouter, messire ? »

Le Vieil Ours haussa les épaules. « Un roitelet... Je veux croire qu'il écoutera sa mère. Si seulement le nain se trouvait près d'eux ! Il est l'oncle du gosse, et son séjour ici lui a permis de mesurer notre dénuement. Une catastrophe, vois-tu ? qu'il soit prisonnier de madame ta mère.

– Lady Stark n'est pas ma mère ! » rappela-t-il vertement. Il n'avait eu personnellement qu'à se louer de Tyrion Lannister. Un véritable ami. Quant à elle... S'il arrivait malheur à lord Eddard, on pourrait autant le reprocher à Catelyn Tully qu'à Cersei Lannister. « Et mes sœurs, messire ? Arya et Sansa ? elles se trouvaient avec Père. Sauriez-vous... ?

– Pycelle ne les mentionne pas, mais il est impossible qu'on ne les traite pas avec égards. Je m'enquerrai d'elles dans ma lettre. » Il hocha longuement la tête. « Voilà qui nous tombe dessus au pire moment.

Juste quand le royaume risque d'avoir le plus pressant besoin d'un roi à poigne... Cela nous promet des jours sombres et des nuits glacées, toute ma carcasse m'en avertit... » Puis, appesantissant sur Jon un regard aigu : « Et toi, garde-toi bien de faire une sottise, s'il te plaît. »

Il s'agit quand même de mon père ! avait-il envie de gueuler, mais à quoi bon ? Cet argument-là, Mormont se refuserait à l'admettre. Il se sentait la gorge sèche, s'imposa de boire une gorgée de plus.

« Ton devoir est ici, désormais, lui rappela son chef. Ton ancienne existence s'est achevée le jour où tu as pris la tenue noire.

– *Noire !* » lui fit écho, d'une voix rauque, son corbeau, mais il poursuivit, impavide : « Ce qu'ils feront à Port-Réal ne nous concerne nullement. » Faute de réponse, il termina son vin et reprit : « Tu peux t'en aller. Je n'aurai plus besoin de toi aujourd'hui. Demain, je compte que tu m'aideras à rédiger cette fichue lettre. »

Sans même s'en apercevoir, Jon se leva, quitta la loggia. Il ne reprit conscience que dans l'escalier, sur la pensée : *Il s'agit de mon père, il s'agit de mes sœurs, et cela ne me concernerait nullement ?*

L'un des gardes, dehors, lui dit avec un bon regard : « Courage, mon gars, les dieux sont cruels. »

Ils sont au courant, saisit-il. « Mon père n'est pas un traître ! » s'étrangla-t-il. Au fond de sa gorge, les mots eux-mêmes semblaient conspirer à le suffoquer. Le vent se levait, le froid, dans la cour, reprenait ses droits. L'été des esprits tirait à sa fin.

Le reste de l'après-midi s'écoula comme dans un rêve. Ses allées et venues, ses faits et gestes, ses paroles ou ses interlocuteurs, Jon eût été fort en peine d'en rendre compte. Il ne percevait nettement que la présence constante et muette de Fantôme à ses côtés. Elle le réconfortait. *Les filles n'ont même plus ça*, songeait-il. *Leurs loups pouvaient les sauvegarder, mais Lady est morte et Nymeria perdue. Les voilà toutes seules au monde.*

Vers le soir, le vent tourna carrément au nord, virulent. On l'entendait couiner contre le Mur et fustiger les parapets quand Jon pénétra dans la salle commune pour le dîner. Hobb avait concocté un civet de venaison riche de carottes, d'orge et d'oignons. Rien qu'à s'en voir servir une double portion et attribuer le quignon croustillant, Jon sut à quoi s'en tenir. *Il est au courant.* Un regard circulaire, et les têtes se détournèrent vivement, les yeux s'esquivèrent avec discrétion. *Ils sont tous au courant.*

Ses amis l'investirent, eux. « Nous avons demandé au septon d'allumer un cierge à l'intention de ton père », annonça Matthar. Et Pyp de carillonner : « C'est un mensonge, nous savons tous que c'est un mensonge, *même* Grenn sait que c'est un mensonge. » Grenn confirma d'un hochement convaincu. Sam lui étreignit la main. « Puisque tu es mon frère, maintenant, il est mon père, à moi aussi. Si tu veux ressortir prier les anciens dieux parmi les barrals, je t'accompagne. »

Une offre vraiment stupéfiante, de la part d'un Sam. Et sincère, partie du cœur. *Ils sont mes frères. Autant que Robb, Bran et Rickon...*

Un rire explosa, là-dessus, un rire aussi cinglant et cruel qu'un fouet, celui de ser Alliser Thorne qui lança à la cantonade : « Pas qu'un bâtard, holà ! un bâtard de *traître* ! »

Mais déjà Jon avait bondi sur la table, poignard au poing et, comme Pyp se cramponnait à sa jambe, la dégageait, dévalait entre les convives et envoyait valser le bol que tenait l'ennemi. Le civet vola de toutes parts, éclaboussant les frères. Thorne recula. On beuglait, autour, mais Jon n'entendait rien, qui, d'un coup direct à la face, en eût crevé les maudits yeux glacés si Sam ne s'était interposé à temps, tandis que, tel un singe, Pyp se cramponnait à ses épaules, que Grenn lui maintenait le bras et que Crapaud lui arrachait l'arme des doigts.

Plus tard, bien plus tard, après qu'on l'eut ramené sous bonne escorte à sa cellule, Mormont, son corbeau sur l'épaule, descendit le voir. « Je t'avais pourtant prévenu : pas de sottises, mon gars... !

– *Gars !* » fit chorus l'oiseau.

Mormont secoua la tête d'un air écœuré. « Quand je pense... Et je fondais tant d'espoirs sur toi. »

Il lui fit retirer son poignard, son épée, puis le consigna dans sa cellule jusqu'à ce qu'un conseil de guerre statue sur son sort, et, peu soucieux d'être désobéi, ordonna d'en garder la porte, interdit toutes visites mais, afin d'épargner au reclus le tourment d'une solitude trop rigoureuse, lui concéda Fantôme pour compagnie.

« Mon père n'est pas un félon », dit Jon au loup, après qu'on les eut laissés tête à tête. Les yeux sur lui, le loup, muet, ne cilla. Jon se laissa glisser à terre, le dos au mur et, les bras autour des genoux, se mit à fixer la chandelle placée sur la table près de son grabat. La flamme oscillait, vacillait, mobilisait l'ombre à l'entour, le froid semblait s'aggraver, l'obscurité s'accentuer. *Je ne fermerai pas l'œil, cette nuit*, songea-t-il.

Il dut s'assoupir néanmoins, car il s'aperçut brusquement que la chandelle s'était consumée, qu'il avait les jambes engourdies et nouées de crampes. Dressé sur ses pattes arrière, Fantôme grattait à la porte.

Fou, ce qu'il avait grandi. « Qu'y a-t-il, Fantôme ? » appela-t-il tout bas. Le loup tourna la tête, le toisa, les crocs découverts sur un grondement silencieux. *Il est fou ?!* « Fantôme..., c'est moi », murmura-t-il, le plus paisiblement qu'il put. Il tremblait, cependant, des tremblements irrépressibles. Depuis quand faisait-il si froid ?

Fantôme s'écarta de la porte. Ses griffes en avaient profondément entaillé le bois. Jon le regarda, de plus en plus anxieux. « Quelqu'un dehors, là, n'est-ce pas ? » chuchota-t-il. Aplati au sol, le loup rampait à reculons, l'échine hérissée. *Le garde. Le garde qu'on a laissé sur le seuil. Fantôme le sent à travers la porte, voilà tout, rien d'autre.*

Lentement, il se mit sur pied. Il grelottait sans y pouvoir mais déplorait de n'avoir plus d'épée. Trois pas rapides le menèrent jusqu'à la porte. Il saisit la poignée, tira sans ambages, le couinement des gonds faillit de peu le faire bondir.

Recroquevillé comme un pantin de son sur les marches étroites, le garde le dévisageait. Le dévisageait, oui, encore qu'à plat ventre. Mais sa tête était à l'envers.

Impossible. Impossible à la tour de la Commanderie. Gardée nuit et jour. Impossible. C'est un cauchemar. Je suis en train de faire un cauchemar.

Mais Fantôme se faufila dehors, grimpa quelques marches, s'arrêta pour regarder Jon qui, soudain, entendit la chose : un imperceptible crissement de botte contre la pierre, le bruit d'un loquet qu'on tourne. Cela provenait de l'étage au-dessus. Des appartements du lord commandant.

Un cauchemar ? sans doute, mais éveillé.

L'épée du garde se trouvait encore au fourreau. Jon s'agenouilla pour la dégainer. La solidité de l'acier dans son poing lui rendit un rien de hardiesse, et il commença à monter derrière Fantôme et ses pas feutrés. A chaque détour du colimaçon l'épiaient en tapinois des ombres. Aussi progressait-il avec circonspection, tâtant d'estoc chaque obscurité suspecte.

Tout à coup retentit, strident, le croassement du corbeau de Mormont. « *Grain !* piaillait-il, *grain ! grain ! grain ! grain ! grain ! grain !* » Fantôme ne fit qu'un bond, Jon le suivit à quatre pattes. La porte de la loggia béait, grande ouverte, le loup s'y précipita, mais Jon, lame en main, s'immobilisa sur le seuil, le temps d'accommoder. Les lourds rideaux tirés sur les fenêtres entretenaient dans la pièce des ténèbres d'encre. « *Qui va là ?* » cria-t-il.

Alors, il discerna la chose, ombre au sein des ombres, qui se glissait vers la porte de la cellule où couchait Mormont, la chose, une forme humaine vêtue de noir, manteau noir et capuchon noir..., mais dont les yeux, sous le capuchon, brûlaient d'un feu glacé, bleu, si bleu... !

Fantôme bondit. L'homme et le loup tombèrent, enchevêtrés, sans un cri, sans un grognement, roulèrent au sol en écrasant un siège, renversèrent une table chargée de papiers, tandis que le corbeau, dans des battements d'ailes affolés, persistait à piailler : « *Grain ! grain ! grain ! grain !* », et qu'avec l'impression d'être aussi aveugle que mestre Aemon, Jon se glissait, le dos au mur, vers la première baie pour en arracher le rideau. Alors, à la faveur du clair de lune qui, d'un coup, inonda la loggia, il distingua des mains noires enfouies dans la fourrure blanche, de sombres doigts boursouflés qui serraient son loup à la gorge, et Fantôme avait beau claquer des mâchoires, se tortiller, flageller l'air de ses quatre pattes, il ne parvenait pas à se libérer.

Jon n'eut même pas le loisir d'une quelconque peur. Il se rua en hurlant et, de toutes ses forces, de tout son poids, abattit son arme. Mais si l'acier trancha bel et bien manche et peau et os, cela rendit un son si *faux*, l'odeur qu'exhala la chose était si puissante et si froide, si extravagante que Jon faillit en dégobiller. Surtout que le bras gisait bien au sol mais, dans une flaque de lune, les doigts noirs persistaient à se démener. Fantôme, enfin, parvint à dénouer l'étreinte de l'autre main et, toute langue hors, à ramper à l'écart.

Comme la chose au capuchon levait une face blême, Jon l'y frappa sans hésitation. L'épée fracassa la pommette et, arrachant la moitié du nez, fendit la joue suivante au ras des yeux, de ces yeux..., de ces yeux... qui persistaient à flamboyer d'un bleu si bleu, d'un bleu minéral, d'un bleu d'astre. Et, soudain, Jon le reconnut et recula épouvanté. *Othor, bons dieux. Il est mort, il est mort. J'ai vu son cadavre. Vu, vu, vu, de mes propres yeux.*

Il sentit quelque chose agripper sa cheville. Des doigts noirs se crispèrent sur son mollet. Le bras lui escaladait prestement la jambe en griffant la laine et la chair. Avec un cri de dégoût sauvage, Jon inséra vivement la pointe de l'épée entre sa cuisse et l'horrible bête et, d'une pesée, l'envoya baller. Elle persista à se convulser, les doigts à s'ouvrir et se refermer.

Une embardée propulsa le cadavre. Il ne saignait pas. Ne souffrait apparemment pas de son amputation ni de sa figure quasiment sectionnée en deux. Jon brandit à nouveau son arme. « Au large ! » ordonna-t-il, mais d'une voix devenue perçante. « *Grain !* piaillait le corbeau, *grain ! grain !* » A terre, tel un serpent blême à tête en forme de doigts noirs, le bras coupé gigotait toujours comme pour s'extirper de la manche en loques. Fantôme s'abattit dessus, y planta ses dents, les phalanges craquèrent, tandis que Jon, frappant le cadavre au col, sentait l'acier mordre et pénétrer à fond.

Alors, le mort se jeta sur lui si brutalement qu'il le culbuta.

La table renversée le cueillit entre les épaules, et le choc lui coupa le souffle. L'épée ? où était l'épée ? maudite épée ! il l'avait perdue... Sa bouche s'ouvrit sur un hurlement, la chose y engouffra ses doigts de charogne, et il eut beau, tout en dégueulant, tenter de se dégager, la chose était trop lourde, et la main ne cessait de s'enfoncer, glaciale, vers l'arrière-gorge, parmi les glaires, s'enfonçait à force, et la face hideuse se plaquait contre sa figure, emplissait le monde. Du givre couvrait ses yeux, des paillettes bleues. Les ongles de Jon éraflaient une chair glaciale, ses pieds ruaient en vain contre des jambes insensibles, et il mordait en vain, cognait en vain, cherchait l'air en vain...

...quand, tout à coup, plus de poids sur lui, et les doigts battaient en retraite, mais il ne parvint qu'à se laisser rouler sur le côté, dégueulant, tremblant. Fantôme avait pris le relais. Il regarda le loup enfouir ses crocs dans les tripes de la chose, les tirer, les déchiqueter, il regarda cette horreur pendant une éternité sans trop comprendre, à demi conscient, finit par se rappeler qu'il devait chercher son épée et vit lord Mormont qui, nu comme un ver, encore assommé de sommeil, se tenait sur le seuil avec une lampe à huile, et, au sol, le bras qui, tout mutilé, rongé qu'il était, tressautait spasmodiquement en direction de ses orteils.

Il voulut jeter un cri d'alarme, il n'avait plus de voix. Il se releva en chancelant, repoussa le bras d'un coup de pied et arracha si brusquement la lampe à Mormont que la flamme manqua s'éteindre. « *Brûle !* croassa le corbeau, *brûle ! brûle ! brûle !* »

Une pirouette, et Jon repéra le rideau abandonné sur le plancher. A deux mains, il y projeta la lampe. Le métal se creva, le verre explosa, l'huile se répandit, le tissu imbibé s'embrasa tout d'une pièce avec un somptueux vrombissement. Et plus douce qu'aucun baiser jamais reçu parut à Jon la chaleur qui lui rôtissait le visage. « Fantôme ! » cria-t-il.

Aussitôt, le loup lâcha sa proie pour le rejoindre, et comme la chose déjà se démenait pour se redresser, malgré les serpents noirs que déversait son ventre, Jon plongea sa main dans la fournaise, y saisit une bonne poignée d'étoffe enflammée et en parsema le cadavre. *Faites qu'il brûle, ô dieux*, priait-il ce faisant, *pitié, pitié, faites qu'il brûle !*

BRAN

Les Karstark arrivèrent par un matin venteux, frisquet. De leur château de Karhold, ils amenaient trois cents cavaliers et près de deux mille fantassins, dont la pâleur du soleil levant faisait au loin scintiller les piques. Un tambour les précédait, qui, sur une caisse plus grosse que lui, martelait, *boum boum boum boum*, une marche lente et caverneuse.

Juché sur les épaules d'Hodor, Bran lorgnait leur approche, depuis une échauguette du rempart, à travers la longue-vue de bronze de mestre Luwin. En tête venait, sous les bannières nocturnes frappées de la blanche échappée radieuse, lord Rickard en personne. A ses côtés caracolaient ses fils, Harrion, Eddard et Torrhen. Ils avaient du sang Stark dans les veines, à en croire Vieille Nan, depuis des centaines d'années, mais il n'y paraissait pas, trouva-t-il, avec leur aspect massif, leur mine farouche, la barbe drue qui leur dévorait le visage, les cheveux qui leur pendaient plus bas que la clavicule et leurs pelisses de peaux d'ours, de phoque ou de loup.

Avec eux, le ban serait au complet. Escortés chacun de ses propres troupes, les autres seigneurs se trouvaient déjà là. Bran mourait d'envie de se joindre à leurs chevauchées, d'aller voir de près les maisons d'hiver, désormais pleines à craquer, d'aller coudoyer la cohue qui, désormais, déferlait, le matin, sur la place du marché, bondait les rues défoncées par les roues, durcies par les sabots..., mais Robb lui avait interdit de quitter le château. « Nous ne pouvons gaspiller d'hommes pour assurer ta sécurité.

– J'emmènerais Eté...

– Ne fais pas ton gosse avec moi. Tu sais trop à quoi t'en tenir. Avant-hier encore, l'un des hommes de lord Bolton a poignardé l'un de ceux de lord Cerwyn à *La Bûche qui fume*. Mère ferait mégisser ma peau si je te laissais prendre le moindre risque. » Et comme, pour ce dire, il avait adopté le ton péremptoire du Robb seigneurial, affaire classée, point d'appel...

La mésaventure du Bois-aux-Loups motivait cette intransigeance, comment s'y tromper, lui qu'elle obsédait encore durant son sommeil ? Elle l'avait révélé démuni comme un nouveau-né, aussi incapable de se défendre que Rickon..., sauf que Rickon aurait au moins donné des coups de pied. Quelle humiliation. Robb étant presque un homme, lui-même l'était, vu le peu d'années d'intervalle entre eux. Il aurait dû pouvoir se protéger par ses propres moyens.

Voilà seulement un an – *avant* –, il l'aurait visitée, la ville d'hiver, quitte à s'esbigner, tout seul, en escaladant les remparts. A l'époque, rien ne l'empêchait de dégringoler quatre à quatre les escaliers, d'enfourcher son poney pas plus que de sauter de selle, ni de manier suffisamment bien son épée de bois pour faire mordre la poussière au prince Tommen. Et voici qu'il en était réduit à regarder, passivement, réduit à utiliser la lorgnette de mestre Luwin. Celui-ci lui avait appris à identifier chacune des bannières : Glover, le poing ganté de mailles, argent sur champ de gueules, et Mormont, l'ours noir, et Bolton de Fort-Terreur, l'écorché hideux, et Corbois, l'orignac, et Cerwyn, la hache de guerre, et Tallhart, les trois vigiers, et Omble, l'effroyable rugissement du titan aux chaînes brisées...

Quant aux têtes des lords, de leurs fils et de leur escorte de chevaliers, il eut tout loisir de se les assimiler durant les banquets de Winterfell. Comme la grand-salle elle-même n'était pas assez vaste pour accueillir tous les bannerets à la fois, Robb les traitait à tour de rôle et lui attribuait invariablement le siège placé à sa droite, honneur qui ne manquait pas de lui valoir, de-ci de-là, des regards de travers. De quel droit, s'il vous plaît, prenait-il le pas sur nos seigneuries, ce mioche, et infirme, en plus ?

« Ça en fait combien, maintenant ? demanda-t-il à mestre Luwin pendant que lord Karstark et les siens s'engageaient sous les portes d'enceinte.

– Douze mille hommes, ou peu s'en faut.

– Et de chevaliers ?

– Guère, dit le mestre avec une pointe d'agacement. On ne saurait être chevalier sans avoir d'abord monté la veille dans le septuaire puis reçu l'onction des sept huiles destinée à consacrer les vœux. Dans le nord, rares sont les grandes maisons qui adorent les Sept. La plupart persistent à honorer les anciens dieux et ne désignent pas de chevaliers..., mais ces seigneurs ni leurs enfants ni leurs lames liges n'en sont pour autant moins susceptibles de bravoure, d'honneur et de loyauté. Qu'un *ser* précède son nom ne préjuge pas de la valeur d'un homme, je te l'ai déjà dit et répété cent fois.

– Cependant, insista Bran, combien de chevaliers ? »

Le vieux soupira. « Trois cents, peut-être quatre..., contre trois mille lances d'armes qui ne sont pas ointes.

– Lord Karstark est le dernier, reprit Bran d'un air songeur. Robb va l'inviter, ce soir.

– Assurément.

– Et ils... ils partiront dans combien de temps ?

– Il faut que ce soit bientôt ou jamais. La ville d'hiver est archibourrée de soudards, et le pays finira dévoré si tout ce joli monde-là ne décampe incessamment. Afin d'opérer leur jonction avec Robb, d'autres – hobereaux des Tertres et gens des paluds, lord Manderly, lord Flint – stationnent déjà tout au long de la route royale. Les hostilités sont déjà ouvertes dans le Conflans, et le Conflans n'est pas la porte à côté, sais-tu ?

– Je sais... », dit Bran d'un ton presque aussi misérable que ses sentiments, tout en retournant le tube de bronze contre son interlocuteur. Fou, ce que le haut de son crâne s'était clairsemé. La peau transparaissait, rose. Ça faisait un effet bizarre, voir Luwin d'en haut quand vous l'aviez depuis toujours regardé d'en bas mais, avec Hodor pour monture, après tout, vous toisiez l'univers entier. « J'en ai assez de regarder. Remmène-moi au château, Hodor.

– Hodor ! » fit Hodor.

La manche de mestre Luwin engloutit la lunette. « Le seigneur ton frère n'aura pas de temps à te consacrer, Bran. Il lui faut accueillir lord Karstark et ses fils et leur souhaiter la bienvenue.

– Je ne compte pas le déranger. Je veux aller dans le bois sacré. » Il posa la main sur l'épaule d'Hodor. « Hodor ? »

Creusées à même le granit, des encoches tenaient lieu d'échelle à l'intérieur de l'échauguette. Sans cesser pour si peu de fredonner ses rengaines monocordes, Hodor entreprit gaillardement la descente, au risque de donner quelque vague à l'âme au gamin, calé sur son dos dans un siège d'osier. Pour confectionner celui-ci, mestre Luwin s'était inspiré de la hotte où les bonnes femmes charrient leurs fagots, et où il avait suffi de pratiquer des ouvertures pour les jambes, tout en renforçant le harnais de manière à répartir au mieux le poids de l'enfant. Pour avoir moins d'agrément que de monter Danseuse –

mais Danseuse ne pouvait accéder partout –, ce moyen de locomotion vous mortifiait tout de même moins que d'être, comme un poupon... ! porté dans les bras. Hodor aussi semblait l'apprécier mais, avec Hodor, comment affirmer quoi que ce soit ? Le seul tintouin restait le passage des portes, car il arrivait à Hodor de vous *oublier*, et il s'y engouffrait à vous fracasser le crâne contre le linteau.

Depuis près de quinze jours que ne cessaient les allées et venues, les deux herses demeuraient relevées, sur ordre de Robb, et abaissé entre elles, même au plus fort de la nuit, le pont-levis qui les desservait. Une longue colonne de lanciers d'armes coiffés de morions de fer noir et drapés dans des manteaux de laine noire à la blanche échappée des Karstark franchissait les douves et pénétrait dans le château lorsque Bran atteignit le niveau de la cour. Avec un sourire béat qui ne s'adressait qu'à lui-même ou au tapage de ses bottes sur les madriers, Hodor la longea au trot, sans se soucier des regards torves des cavaliers. L'un d'eux s'esclaffa, mais Bran refusa de s'en formaliser. « Tu vas attirer les regards..., l'avait averti mestre Luwin lors de sa première sortie en tel équipage. On va te lorgner, jaser, certains se moquer. » *Qu'ils se moquent*, songea-t-il. Dans sa chambre, certes, les moqueries lui étaient épargnées, mais il n'allait pas passer sa vie au lit, non ?

Au moment de s'engager sous la voûte, il se fourra deux doigts dans la bouche, siffla, et son loup vint ventre à terre à sa rencontre, jetant la panique parmi les bêtes des lanciers. Un étalon qui se cabra en hennissant, l'œil fou, manqua même de désarçonner son maître dans un concert de cris et d'imprécations. A moins d'être accoutumés à l'odeur des fauves, les chevaux étaient tous pris de frénésie quand ils la flairaient, mais, bah, ceux-ci se calmeraient comme les autres, une fois Eté disparu. « Au bois sacré », rappela-t-il à Hodor.

Une indescriptible cohue bouleversait Winterfell lui-même. La cour retentissait du fracas des haches et des épées, du roulement des fourgons, d'aboiements de chiens. De sa vie, Bran n'avait vu tant d'étrangers, pas même lors de la visite du roi Robert. Dans l'antre béant de l'armurerie, il entraperçut Mikken qui, le torse luisant de sueur, forgeait à grands coups sonores de frappe-devant.

Après avoir tâché de ne point trop broncher lorsqu'Hodor avala de son trot allègre un seuil scabreux, il se retrouva suivre une longue venelle à peine éclairée. Quitte à soutenir sans peine l'allure, Eté levait par intermittence vers lui ses prunelles d'or fluide, mais le moyen, dites, de le caresser, depuis le faîte du colosse ? partie remise...

BRAN

Au sein du chaos tapageur qu'était devenu le château, le bois sacré formait comme un îlot de paix dans la tempête. Hodor se faufila de fût en fût parmi le dru des vigiers, des chênes, des ferrugiers jusqu'à l'étang de l'arbre-coeur et, toujours fredonnant, s'immobilisa sous les branches noueuses de ce dernier. A deux mains, Bran en saisit une pour se hisser hors de la hotte, en extraire ses jambes mortes, et il demeura dans cette posture, oscillant en suspens, la face enfouie dans la lie des feuilles, jusqu'à ce qu'Hodor s'avisât de l'en tirer pour le déposer sur la pierre lisse, tout au bord de l'eau. « Je veux rester seul un moment, dit-il alors. Va te tremper, va.

– Hodor ! » acquiesça Hodor avant de s'évanouir dans l'ombre vers la lisière où, juste sous la façade de l'hostellerie qu'elle tapissait de mousse, fumait nuit et jour une source chaude assez abondante pour alimenter trois réservoirs. Or, si Hodor haïssait l'eau froide, si la menace du savon le rendait agressif comme un chat sauvage acculé, rien ne l'enchantait comme de s'immerger dans le plus bouillant des bassins, d'y trôner des heures durant, non sans offrir à la moindre bulle venue des fonds vert noir cloquer à la surface l'écho de rots tonitruants.

Quant à Eté qui, une fois désaltéré, s'était allongé près de lui, Bran se mit à le grattouiller sous la mâchoire, et tous deux goûtèrent de conserve un moment de sérénité. Ces lieux, Bran les avait toujours chéris, même *avant*, mais il éprouvait de plus en plus d'attrait pour eux. Le barral lui-même avait cessé de l'effrayer, et, tout obsédant qu'il demeurait, le regard sanglant de sa face blême lui procurait désormais une espèce de réconfort. Les dieux veillaient sur sa personne, se disait-il. Les anciens dieux, les dieux des Stark, des Premiers Hommes et des enfants de la forêt, les dieux de *Père*. Il puisait dans leur vue un sentiment de sécurité totale, et le silence absolu du bois favorisait l'essor de sa pensée. Il n'avait jamais tant pensé que depuis sa chute, tant pensé, tant rêvé, tant conversé avec les dieux.

« Faites que Robb ne parte pas », pria-t-il tout bas. Sa main songeuse balayait l'eau froide, ses yeux songeurs admiraient s'élargir les rides jusqu'à l'autre bord. « Faites qu'il reste. Ou, s'il faut vraiment qu'il s'en aille, faites qu'il nous revienne sain et sauf, ainsi que Mère et Père et les filles. Et faites..., oh, faites que Rickon comprenne. »

Depuis qu'il avait appris le départ incessant de Robb pour la guerre, le benjamin s'était ensauvagé comme orage hivernal, abattu tantôt, tantôt furibond. Après avoir refusé toute nourriture et, non content de pleurer, sangloter à longueur de nuit, fini par boxer Vieille

Nan lorsqu'elle avait prétendu l'assoupir par une berceuse, le lendemain, il disparaissait. De sorte qu'il fallut mobiliser la moitié du château pour le retrouver, non sans mal, terré dans les cryptes. Encore voulut-il, armé d'une épée rouillée subtilisée à l'un des feus rois, tailler des croupières à ses libérateurs. Les assaillit également, tel un démon vomi par les ténèbres et aussi détraqué que son maître, Broussaille qui, babine baveuse, œil sulfureux, mordit Gage au bras, Mikken à la cuisse, et que seule l'intervention conjointe de Robb et Vent Gris réduisit à merci. Depuis lors, Farlen le tenait enchaîné au chenil, et Rickon, inconsolable de sa solitude, en profitait pour pleurer tant et plus...

Dans ces conditions, mestre Luwin déconseillait à Robb de quitter Winterfell, et Bran plaidait dans le même sens, tant pour lui-même que pour Rickon, mais peine perdue, Robb hochait seulement la tête et répétait, buté : « Je ne tiens pas à partir. Je le *dois.* »

Ce n'était pas entièrement faux. Quelqu'un devait effectivement aller tenir le Neck et appuyer les Tully contre les Lannister, Bran en convenait, mais ce quelqu'un n'était pas *forcément* Robb. Son frère aurait pu confier le commandement à Hal Mollen ou Theon Greyjoy ou l'un des principaux bannerets. Mestre Luwin l'en pressait du reste instamment, mais Robb ne l'entendait pas de cette oreille. « Jamais le seigneur mon père ne tolérerait d'envoyer des hommes à la mort en restant lui-même blotti comme un pleutre entre les murs de Winterfell. » Le ton, la pose, tout, Son Excellence Robb le lord.

Il lui semblait d'ailleurs presque un étranger, maintenant, métamorphosé, lord pour de vrai, quoiqu'il n'eût pas encore seize ans révolus. Même les vassaux de Père y paraissaient sensibles, qui, chacun à sa manière, le mettaient à l'épreuve : Roose Bolton et Robett Glover en revendiquant tous deux, l'un tout sourire et blagueur, l'autre d'un ton brusque, l'honneur de diriger les hostilités ; la corpulente Maege Mormont en lui rappelant vertement, forte de ses cheveux gris et de sa cotte de mailles virile, qu'il pouvait être son petit-fils, qu'elle n'avait pas d'ordre à recevoir de lui..., mais il se trouva qu'équipée d'une petite-fille elle eût été trop heureuse de la lui donner. De verbe onctueux, lui, lord Cerwyn s'était comme par hasard fait escorter de sa fille, accorte et dodue jouvencelle de trente printemps qui, toujours assise à la gauche de son papa, jamais ne détachait les yeux de son assiette. A défaut de donzelles à caser, le jovial lord Corbois se fendait en présents : un cheval tel jour, un cuissot de venaison tel autre, une trompe de chasse en argent repoussé le lendemain, cela sans rien réclamer en retour..., strictement rien, hormis, s'il vous plaît, messire, certain fortin pris à son grand-père et le privilège de giboyer au nord de certaine crête et la permission de barrer le cours de la Blanchedague.

A chacun, Robb répondait avec une courtoisie légèrement distante qui, digne à tous égards de Père, ployait les désirs à sa volonté.

Et lorsque lord Omble, que ses hommes surnommaient Lard-Jon, parce qu'aussi grand qu'Hodor il avait deux fois son ampleur, menaça de retirer ses forces s'il se retrouvait marcher derrière les Cerwyn ou les Corbois, « Vous auriez tort de vous en priver, répliqua Robb, avant d'ajouter, tout en grattant Vent Gris derrière les oreilles : Nous nous ferons un plaisir, sitôt débarrassés des Lannister, de remonter vers le nord vous débusquer de votre forteresse et de vous pendre comme parjure. » Hors de lui, Lard-Jon balança un pichet de bière dans l'âtre et, entre autres aménités, beugla qu'un bleu pareil devait pisser des myosotis puis, comme Hallis Mollen tentait de s'interposer, il le jeta à terre d'un coup de poing, renversa une table d'un coup de pied et dégaina la plus énorme et la plus laide des épées que Bran eût jamais contemplée, tandis que comme un seul homme se dressaient le long des bancs, prêts à l'imiter, ses fils, frères et lames liges.

Or, sans s'émouvoir pour si peu, Robb n'eut qu'un mot à dire et, le temps d'un clin d'œil et d'un grondement, lord Omble s'étalait à terre, son arme valsait à trois pieds de lui, deux doigts manquaient à sa main sanglante. « Le seigneur mon père, commenta Robb, m'a appris que dénuder l'acier contre son suzerain se payait de mort, mais sans doute vous proposiez-vous simplement de me couper ma viande ? » Les tripes liquéfiées, Bran regarda le colosse qui, vaille que vaille, se relevait, la lippe rougie de sucer ses moignons..., mais sa stupeur ne connut plus de bornes en l'entendant partir d'un rire colossal et rugir : « Ta viande... ! » entre deux hoquets, « bigrement *coriace*, ta viande ! »

Et de devenir, là-dessus, le bras droit de Robb, son champion le plus intraitable, et de clamer à tous échos que ce mouflet de seigneur-là, parole, c'était du pur Stark, que diable ! et qu'il serait avisé de plier les genoux devant, si l'on n'avait une furieuse envie de se les faire boulotter...

Triomphe inespéré mais triomphe coûteux. Le soir même, après que les feux s'étaient consumés dans la grande salle, Bran voyait survenir dans sa chambre un Robb blême et défait. « J'ai cru qu'il allait me tuer, confessa-t-il. Rien qu'à sa manière d'envoyer Mollen bouler comme il aurait fait de Rickon, hein ? bons dieux, je crevais de frousse ! Et il n'est pas le plus dangereux..., seulement le plus fort en gueule. Sais-tu ce qui m'obsède exclusivement quand, sans jamais piper mot, lord Roose se contente de me fixer ? l'idée de la pièce où, à Fort-Terreur, les Bolton suspendent la peau de leurs ennemis.

– Ce n'est qu'une fable de Vieille Nan ! » protesta Bran. Mais sa voix manquait quelque peu d'assurance. « Non ?

– J'ignore. » Il secoua la tête d'un air accablé. « Lord Cerwyn prétend emmener sa fille dans le sud. Pour n'être pas privé de ses petits plats, dit-il. Theon affirme que je la trouverai dans mon paquetage, une nuit. Et moi, je voudrais tellement... tellement que Père soit là... ! »

Le seul point sur lequel ils fussent entièrement d'accord, Bran comme Rickon et comme Robb le lord. Une même nostalgie de Père. Mais lord Eddard se trouvait à des milliers de lieues, captif en quelque cul-de-basse-fosse, ou traqué, fuyant au péril de ses jours, voire mort, déjà. Apparemment, nul ne savait au juste, chaque nouveau voyageur déballait sa version, de préférence plus horrible que la précédente. Empalées sur des piques, les têtes des gardes de Père pourrissaient aux créneaux du Donjon Rouge. Le roi Robert avait péri de la main même de lord Eddard. Les Baratheon assiégeaient Port-Réal. Lord Eddard s'était réfugié dans le sud avec cette canaille de Renly. Arya et Sansa avaient été assassinées par le Limier. Mère avait trucidé le Lutin et pendu son cadavre aux murs de Vivesaigues. Lord Tywin Lannister marchait sur les Eyrié, brûlant et massacrant tout sur son passage. Un soûlard allait jusqu'à claironner partout que, revenu d'entre les morts, Rhaegar Targaryen recrutait à Peyredragon une armée prodigieuse de héros mythiques pour revendiquer le trône de ses pères.

Et ni moins cruelle ni plus crédible ne parut la réalité lorsqu'un corbeau survint, chargé d'une lettre scellée du sceau personnel de Père et cependant rédigée de la main de Sansa. « Elle dit qu'avec ses complices, les frères du roi, il s'est rendu coupable de félonie... » La mine de Robb devant cet infâme torchon, jamais, jamais Bran ne l'oublierait. « Le roi Robert n'est plus. Mère et moi nous voyons sommés d'aller là-bas jurer fidélité à Joffrey. Sansa dit que nous devons nous montrer loyaux. Qu'elle se fait fort, lorsqu'elle aura épousé Joffrey, d'obtenir de lui la grâce de notre père. » Son poing se referma sur la lettre, en fit une boule. « Et elle ne dit rien d'Arya, rien, ne fût-ce qu'un mot, rien. Maudite soit-elle ! Elle est folle, ou quoi ? »

En son for, Bran se sentait glacé. « Elle a perdu son loup », dit-il, sans forces face au ressouvenir du jour où quatre des Stark avaient rapporté du sud les restes de Lady et où, dès avant qu'ils n'eussent franchi le pont-levis, Eté, Broussaille et Vent Gris s'étaient mis ensemble à hurler, hurler, hurler d'une voix tendue, désolée... A l'ombre du premier donjon s'étendait, ses stèles mouchetées de pâles lichens, le cimetière où, durant des éternités, les sires de l'Hiver avaient déposé leurs serviteurs fidèles, et c'est là qu'on ensevelit Lady, pendant qu'erraient, telles des ombres inapaisées, ses frères loups parmi les tombes. Elle était partie pour le sud, et voilà, seuls revenaient ses os.

Tout comme Grand-Père, le vieux lord Rickard, et l'oncle Brandon, son fils, et deux cents de ses meilleurs hommes. On n'en avait revu aucun. Et Père à son tour, parti pour le sud, avec Arya et Sansa et Jory et Hullen et Gros Tom et les autres. Et puis Mère avec ser Rodrik, et *eux* non plus n'étaient toujours pas revenus... Et voilà que Robb voulait partir aussi. Bon, pas pour Port-Réal, pas pour aller jurer fidélité, mais pour Vivesaigues, et l'épée au poing. Sous peine, sûr et certain, de faire exécuter Père, s'il était vraiment prisonnier. Une perspective qui terrifiait Bran au-delà de toute expression. « S'il faut absolument que mon frère parte, veillez sur lui, adjura-t-il les anciens dieux dont les yeux rouges ne le lâchaient pas, et veillez aussi sur ses hommes, sur Hal, sur Quent et sur leurs compagnons, sur lord Omble, sur lady Mormont et sur tous leurs pairs. Sur Theon, je suppose, également. Ô dieux, veillez sur eux, je vous en supplie, gardez-les de tout mal. Aidez-les à battre les Lannister, sauvez Père et ramenez-les tous à la maison. »

Un soupir de brise émut le bosquet, les feuilles sanglantes bruirent, chuchotèrent. Eté découvrit ses crocs. « Les entends, mon gars ? »

La voix fit tressaillir Bran. Sur la rive opposée se dressait, à l'ombre d'un vieux chêne qui dissimulait quelque peu ses traits, l'imposante Osha. Malgré les fers qui l'entravaient, la démarche de la sauvageonne savait demeurer aussi silencieuse que celle d'un chat. Contournant l'étang, Eté vint la flairer. Elle eut un geste de recul.

« Ici, Eté », appela Bran et, non sans la humer une dernière fois, le loup-garou bondit le rejoindre et se fourrer entre ses bras. « Que viens-tu faire ici, *toi* ? » Il ne l'avait pas revue depuis sa capture et savait seulement qu'elle travaillait aux cuisines.

« Ce sont aussi mes dieux, dit-elle. Il n'y en a pas d'autres, au-delà du Mur. » Déjà plus longs, châtains, touffus, ses cheveux lui donnaient, tout comme la vulgaire robe de bure brune qui avait supplanté la maille et le cuir, un air moins hommasse. « Gage me laisse parfois faire mes prières, quand le besoin m'en prend, et moi, je le laisse faire sous ma jupe, quand le besoin l'en prend. Ça compte pas, pour moi. J'aime bien l'odeur de la farine sur ses mains, puis il est pas brutal comme Stiv. » Elle esquissa une vilaine révérence. « Bon, je te quitte. Y a des chaudrons à récurer.

– Non, reste, commanda-t-il. Explique-moi ce que tu voulais dire avec "entendre les dieux". »

Elle le scruta. « Tu demandais, ils répondaient. Ouvre tes oreilles, écoute, tu entendras. »

Il s'exécuta. « Ce n'est que le vent, reprit-il, sceptique, au bout d'un moment. Les feuilles qui frissonnent.

– Et c'est qui qu'envoie le vent, tu crois, si c'est pas les dieux ? » Un imperceptible cliquetis de fer, elle s'assit sur l'autre rive, en face de lui. Fixés par Mikken et reliés par une lourde chaîne, des anneaux de métal cerclaient ses chevilles ; à condition de mesurer ses pas, elle pouvait marcher mais dans aucun cas courir ni grimper ni monter à cheval. « Ils te voient, mon gars. Ils t'entendent parler. Ton frisson de feuilles, c'est quand ils répondent.

– Et ils disent quoi ?

– Ils sont tristes. Le seigneur ton frère, ils pourront rien pour lui, là où il va. Les anciens dieux n'ont aucun pouvoir, dans le sud. On a coupé tous les barrals, là-bas, depuis des milliers d'années. Comment veux-tu qu'ils veillent sur ton frère quand ils n'ont plus d'yeux ? »

Il n'avait pas envisagé les choses sous cet angle et en fut effrayé. Si les dieux eux-mêmes étaient impuissants à secourir son frère, de quel espoir se bercer, dès lors ? A moins qu'Osha n'entendît de travers... Il dressa l'oreille et, à nouveau, tâcha d'écouter. La tristesse, oui, peut-être, mais rien de plus.

Le frisson des feuilles s'amplifia, suivi de foulées feutrées, d'un fredonnement sourd, et Hodor émergea des arbres au petit bonheur, nu, hilare. « Hodor !

– Nos voix qui ont dû l'attirer, dit Bran. Tu as oublié de te rhabiller, Hodor.

– Hodor ! » acquiesça Hodor. Il ruisselait du col aux pieds, fumait dans l'air frais. La toison brune et drue qui couvrait son corps lui faisait comme une fourrure. Entre ses jambes dodelinait, copieuse, sa virilité.

Osha le jaugea d'un sourire acide. « Hé ben, ça, c'est du gros calibre ! S'il a pas du sang de géant, moi, je suis la reine.

– Des géants, mestre Luwin affirme qu'il n'y en a plus. Qu'ils sont tous morts, de même que les enfants de la forêt. Qu'à part les vieux os que les charrues déterrent par-ci par-là il n'en reste rien.

– Qu'il aille faire un tour au-delà du Mur, ton mestre Luwin, riposta-t-elle, et il en trouvera, ou eux le trouveront. Mon frère en a tué une. Dix pieds de haut qu'elle avait, et qu'une chétive, encore. On en a su de douze et treize pieds. De fameux trucs, eux aussi, tout poil tout dents, que les femmes ont des barbes comme les maris, va faire un peu la différence. Elles prennent pour amants des mâles humains, et c'est de là que viennent les sang-mêlés. Avec nous, c'est beaucoup plus dur. Leurs hommes sont tellement gros qu'avant de lui faire un gosse ils t'ont fendu la fille en deux. » Elle lui sourit. « Mais tu sais pas de quoi je cause, hein, mon gars ?

– Si fait ! » protesta-t-il avec véhémence. L'accouplement, il connaissait, pour avoir vu cent fois les chiens, dans la cour, et regardé un étalon saillir une jument. Mais en parler lui causait un profond malaise. Il se retourna vers Hodor. « Retourne prendre tes vêtements, Hodor. Va t'habiller.

– Hodor ! » Empruntant le même chemin qu'à l'aller, Hodor se coula parmi les branches basses dans le taillis.

Il est décidément *de taille monstrueuse*, songea Bran en le regardant s'éloigner. « Il y a vraiment des géants, au-delà du Mur ? demanda-t-il, à demi convaincu.

– Des géants, et pire que les géants, mon petit seigneur. J'ai tenté d'avertir ton frère quand il m'interrogeait, lui et ton mestre et votre goguenard de Greyjoy. Les vents froids se lèvent, et les hommes qui s'éloignent de leurs feux ne reviennent pas... ou, s'ils reviennent, ils ne sont plus des *hommes*, seulement des choses animées, avec des yeux bleus et des mains noires et glacées. Pourquoi crois-tu que je filais vers le sud avec Stiv et Hali et cette bande d'imbéciles ? Et ce brave doux dingue entêté de Mance qui se figure qu'il va tenir..., comme si les marcheurs blancs, c'était comme vos patrouilles, il en sait quoi ? Libre à lui, si ça l'amuse, de se titrer roi-d'au-delà-du-Mur, qu'est-ce qu'il est ? rien qu'une vieille corneille noire de plus évadée de votre Tour Ombreuse. Il n'a jamais goûté l'hiver. Tandis que moi, mon petit, j'y suis *née*, là-bas, comme ma mère et sa mère et la mère de sa mère, on en est, nous, du Peuple Libre, et on se souvient. » Elle se leva dans un cliquetis de ferraille. « Ton petit seigneur de frère, j'ai bien tenté de l'avertir, et hier encore, dans la cour. "M'sire Stark ?", j'ai appelé, polie, déférente et tout, tu crois qu'il m'a vue ? transparente ! et cette andouille en sueur de Lard-Jon Omble me gargouille : "Pousse-toi !" Tant pis, je dis. Je vais traîner mes fers et fermer ma gueule, là. Pas pires sourds que ceux qu'écoutent pas.

– A *moi*, dis-le ? Robb m'écoutera, je le sais.

– Maintenant ? Verrons... Dis-lui toujours ceci, petit, dis-lui qu'il part du mauvais côté. C'est au *nord* qu'il devrait mener ses épées. Au nord, tu entends ? pas au sud. »

Bran hocha du chef. « Je le lui dirai. »

Mais Robb, ce soir-là, ne présidait pas le banquet dans la grande salle. Afin de mettre la dernière main aux plans de la longue marche à venir, il recevait à dîner dans la loggia lord Rickard, lord Omble et la fine fleur des bannerets. A Bran échut donc la tâche de le suppléer au haut bout de la table et d'y traiter les fils de lord Karstark et des amis triés sur le volet. Tous occupaient déjà leur place quand Hodor l'apporta à la sienne et s'agenouilla près de la cathèdre afin de permettre à deux serviteurs de l'extirper de sa hotte. Le silence s'était fait instantanément, l'assistance entière faite un seul regard des plus éprouvant quand Hallis Mollen annonça : « Brandon Stark de Winterfell, messires.

– Soyez les bienvenus dans nos foyers, dit Bran avec quelque raideur, et permettez-moi de vous offrir le pain et le vin en l'honneur de notre amitié. »

L'aîné des Karstark, Harrion, s'inclina, ses frères l'imitèrent, mais, comme ils se rasseyaient, Bran saisit, par-dessus le vacarme des coupes à vin, de cruelles bribes des propos qu'échangeaient à voix basse les deux cadets. « ...mourir que vivre comme ça », marmonna l'homonyme de Père, Eddard, et Torrhen : « ...bablement brisé dedans comme dehors, et trop lâche pour en finir. »

Brisé, songea-t-il avec amertume en prenant son couteau. N'était-il plus à présent que cela, brisé ? Bran le Brisé ? « Je refuse d'être brisé, chuchota-t-il d'un ton farouche à mestre Luwin, assis à sa droite. Je veux être chevalier.

– On appelle parfois mon ordre "les chevaliers de l'esprit", répliqua Luwin. Tu es d'une intelligence hors norme quand tu t'y emploies, Bran. N'as-tu jamais envisagé l'éventualité de porter une chaîne de mestre ? Tu as des moyens d'apprendre illimités.

– C'est la *magie* que je veux apprendre. La corneille m'a promis que je volerais. »

Le vieillard soupira. « Je puis t'enseigner l'histoire, l'art de guérir, la botanique, je puis t'enseigner la langue des corbeaux, la manière de bâtir un château ou de diriger un bateau d'après les étoiles, je puis t'enseigner à marquer les saisons, mesurer les jours, et l'on pourrait t'enseigner mille autres choses encore à la citadelle de Villevieille. Quant à la magie, Bran, aucun homme ne serait en mesure de te l'enseigner.

– Les enfants, si ! protesta Bran. Les enfants de la forêt. » Cela lui remémora la promesse faite à Osha, et il informa Luwin de leur conversation dans le bois sacré.

Le mestre écouta poliment avant de déclarer : « Ta sauvageonne devrait donner à Vieille Nan des leçons de contes à dormir debout. Je lui reparlerai, si tu le désires, mais il vaudrait mieux ne pas ennuyer ton frère avec ces inepties. Bien assez de tourments l'accablent sans qu'il se ronge à propos de géants et de cadavres coureurs de bois. Ce sont les Lannister qui détiennent le seigneur ton père, Bran, pas les enfants de la forêt. » Il lui posa gentiment sa main sur le bras. « Songes-y sérieusement, enfant. »

Aussi, deux jours plus tard, Bran se retrouva-t-il, bien campé sur Danseuse grâce à ses harnais, faire dans la cour, sous les murs de la conciergerie, ses adieux à Robb, alors que l'aurore empourprait les nues fouettées par la bise.

« Te voici dorénavant le seigneur et maître de Winterfell », lui dit celui-ci. Il montait un étalon tout bourru de gris dont son écu gris et blanc de bois bardé de fer et frappé d'un mufle agressif de loup-garou barrait le flanc. Ceint d'une épée et d'un poignard, il portait, sous sa vaste pelisse, une cotte de mailles grise enfilée sur des cuirs blanchis. « A toi d'occuper ma place, comme j'ai fait celle de Père, en attendant notre retour.

– Je sais », répliqua Bran du fond de sa misère. Jamais il ne s'était senti si petit, si seul, si terrorisé. Il ignorait comment s'y prendre pour être lord.

« Suis les avis de mestre Luwin et prends soin de Rickon. Dis-lui bien que je reviendrai, sitôt achevée la guerre. »

Le petit avait refusé de descendre. Une flamme de défi dans ses yeux rougis, il campait dans sa chambre, là-haut. « *Non !* avait-il opposé aux prières de Bran, *PAS d'adieux !* »

« Je l'ai fait, gémit Bran, mais il répond que personne ne reviendra.

– Il ne peut tout de même pas rester éternellement un bambin. Il est un Stark, enfin, soupira Robb, et il aura bientôt quatre ans... !

De toute façon, Mère sera là sous peu. Et je ramènerai Père, promis. »

Sur ces mots, il fit volte-face et s'en fut au trot, flanqué de Vent Gris, sous la voûte sombre où les précédait Hallis Mollen avec la blanche enseigne de la maison Stark flottant tout en haut d'un grand étendard cendré. A sa droite et sa gauche chevauchaient Lard-Jon et Theon Greyjoy, derrière venaient en double file leurs chevaliers, et l'acier des lances étincelait dès l'orée de l'ombre et du soleil.

Bran, cependant, ruminait les propos d'Osha. *Il part du mauvais côté*, songeait-il avec un malaise accru. Une seconde, il eut envie de galoper à ses trousses pour crier gare, mais cette seconde d'hésitation permit à son frère de franchir la herse et de disparaître, il était trop tard.

De là-bas, derrière les remparts du château, monta, confuse, une clameur. Celle, il devina, des vivats par lesquels citadins et fantassins saluaient le passage de Robb ; saluaient lord Stark, saluaient le sire de Winterfell, sur son gigantesque étalon, dans sa longue pelisse enflée par le vent, le saluaient, lui et Vent Gris courant à ses côtés... *Jamais, non, jamais ils ne me salueront de la sorte, moi, ne m'acclameront de la sorte*, comprit-il avec désespoir. Le départ de Père, le départ de Robb pouvaient bien lui valoir le titre, jusqu'à leur retour, de seigneur et maître de Winterfell, il n'en demeurait pas moins Bran le Brisé. Même pas capable de descendre seul de sa propre selle. A moins de tomber.

Après que les acclamations lointaines se furent peu à peu éteintes dans le silence, après que le dernier homme eut quitté la cour, Winterfell prit un air de mort, un air d'abandon. D'un simple coup d'œil, Bran examina ce qu'il lui restait d'entourage. Des femmes, des enfants, des vieux et... Hodor. Hodor qui, malgré sa masse impressionnante, avait une mine égarée de gosse épouvanté. Qui demanda tristement : « Hodor ?

– Hodor », acquiesça Bran – mais ça signifiait quoi ?

DAENERYS

Son plaisir pris, Drogo délaissa la couche de nattes et se redressa de toute sa hauteur. A la lueur rougeâtre du brasero, sa peau prenait le sombre éclat du bronze, et sur son torse se discernait vaguement le tracé de cicatrices anciennes. Ses cheveux d'encre dénoués cascadaient librement le long de ses épaules et, dans son dos, beaucoup plus bas que la ceinture. Sur sa virilité palpitait un reflet des braises. Une moue dédaigneuse anima la moustache du *khal.* « L'étalon qui monte le monde n'a que faire de sièges en fer. »

Daenerys s'accouda pour mieux admirer sa fière prestance et sa beauté. Elle éprouvait une tendresse particulière pour sa chevelure intacte d'éternel vainqueur. « Les prophéties disent que l'étalon galopera jusqu'aux confins de la terre, dit-elle.

– La terre s'achève aux noirceurs de la mer salée », riposta-t-il du tac au tac. Puis, tout en humectant dans une cuvette d'eau chaude une serviette pour éponger la sueur et l'huile de sa peau : « Aucun cheval ne peut franchir l'eau vénéneuse.

– Il y a dans les cités libres des nuées de bateaux, lui dit-elle, sans craindre de ressasser. Des chevaux de bois munis de cent jambes et qui volent à travers les flots sur des ailes gonflées de vent. »

Mais Drogo coupa court. « Assez parlé de sièges de fer et de chevaux de bois. » Il laissa choir la serviette et commença de s'habiller. « Aujourd'hui, j'irai fourrager et chasser, femme, annonça-t-il enfin, une fois enfilée sa veste peinte, et comme il bouclait sa large ceinture alourdie de médaillons d'argent, de bronze et d'or.

– Très bien, approuva-t-elle, soleil étoilé de ma vie. » Il emmènerait ses sang-coureurs et chevaucherait des heures et des heures en quête de quelque *hrakkar*, le grand lion blanc des plaines environnantes, et, en cas de victoire, rentrerait si fier et de si bonne humeur que peut-être accepterait-il tout de même d'entendre raison... ?

Des fauves il n'avait pas peur, ni d'aucun homme qui eût jamais respiré au monde, mais la mer était une autre affaire. Aux yeux des Dothrakis, toute eau dont ne peut s'abreuver le cheval avait quelque chose de méphitique, voire démoniaque, et le gris-vert sans trêve en mouvement des plaines océanes les emplissait d'une répugnance superstitieuse. A maints égards, elle l'avait constaté, Drogo surpassait en audace de cent coudées les autres seigneurs du cheval..., mais à celui-ci, non. Si seulement elle parvenait à lui faire poser le pied sur un bateau...

Après que le *khal* et ses compagnons se furent mis en route, armés de leurs arcs, elle manda ses servantes. Elle se sentait si grasse et si gauche, à présent, qu'elle s'en remettait à la vigueur et la dextérité de leurs soins plus volontiers que naguère encore, où l'embarrassaient pas mal leurs privautés babillardes et papillonnantes, et, une fois astiquée, récurée, polie, parée de soieries flottantes, envoya Jhiqui quérir ser Jorah pendant que Doreah la coiffait.

Mormont s'empressa d'accourir. Sa tenue de cheval, culotte de crin, veste peinte, révélait la rude toison noire qui tapissait son large torse et ses bras musculeux. « Que puis-je pour votre service, ma princesse ?

– Parler à mon seigneur et maître. Tout en prétendant que l'étalon qui monte le monde gouvernera la terre entière, il se refuse à passer la mer. Il envisage de mener son *khalasar*, dès après la naissance de Rhaego, piller les contrées de la mer de Jade. A l'est.

– C'est qu'il n'a jamais vu les Sept Couronnes..., dit-il d'un air préoccupé. Elles ne lui sont rien. S'il lui arrive seulement d'y penser, sans doute se représente-t-il des îles, une poignée de bourgades agrippées au rocher, telles Lorath ou Lys, et battues de flots déchaînés. Moyennant quoi, l'opulence orientale a de tout autres séductions.

– Mais c'est vers *l'ouest* qu'il doit marcher ! se désola-t-elle. Aidez-moi, s'il vous plaît, à le lui faire entendre... » Elle avait beau n'avoir jamais vu non plus les Sept Couronnes, il lui semblait néanmoins les connaître : Viserys l'en avait tellement bassinée ! Viserys lui avait si souvent promis de l'y ramener ! Mais Viserys était mort, à présent, et mortes avec lui ses promesses...

« Les Dothrakis n'agissent qu'à leur heure et qu'en fonction de leurs propres motifs, répondit-il. Prenez patience, princesse. Ne commettez pas l'erreur de votre frère. Nous rentrerons tôt ou tard chez nous, je vous le garantis. »

Chez nous ? L'expression la consterna, soudain. Il avait son Ile-aux-Ours, ser Jorah, mais elle, elle ? En quoi consistait son chez soi ? Quelques fables, des noms déclinés avec autant de solennité que les termes d'une prière, le souvenir de plus en plus flou d'une porte rouge... Lui faudrait-il, en définitive, considérer Vaes Dothrak comme sa maison ? à jamais ? et les vieillardes du *dosh khaleen* comme une préfiguration de son propre avenir ?

Ser Jorah dut lire sa détresse sur son visage, car il reprit : « Une grande caravane est arrivée la nuit dernière, *Khaleesi*. Quatre cents chevaux en provenance de Pentos, via Norvos et Qohor, sous les ordres du capitaine-marchand Byan Votyris. Peut-être aura-t-il une lettre d'Illyrio. Que diriez-vous d'une visite au marché de l'Ouest ? »

Elle secoua son marasme. « Oui... Volontiers. » La survenue d'une caravane y suscitait toujours une espèce de résurrection. Vous ne saviez jamais quelles merveilles on offrirait cette fois à vos convoitises, et puis quel bonheur que d'entendre à nouveau parler valyrien, fût-ce à la manière des cités libres ! « Demande ma litière, Irri.

– J'avertis votre *khas* », dit Mormont en se retirant.

En compagnie de Khal Drogo, elle eût monté son argenté. Comme les femmes enceintes, chez les Dothrakis, ne mettaient quasiment pied à terre que sur le point d'accoucher, confesser sa faiblesse en présence de son mari lui répugnait. Mais puisqu'il était à la chasse, elle n'allait pas se refuser le plaisir de se prélasser sur des coussins moelleux, bien à l'abri du soleil derrière ses rideaux de soie rouge, alors que les porteurs parcourraient le désert de Vaes Dothrak. Ser Jorah se mit en selle pour l'escorter, ainsi que ses trois servantes et les quatre hommes de son *khas*.

Le temps était chaud, le ciel sans nuages et d'un bleu profond, la brise embaumait par intermittence l'herbe et l'humus, la lumière et l'ombre alternaient dans la litière au fur et à mesure qu'elle atteignait, passait les monuments volés. Tout en se laissant bercer par le balancement, Daenerys scrutait ces physionomies de rois oubliés, de héros devenus poussière, ou se demandait si ces dieux de villes incendiées conservaient le pouvoir d'exaucer les vœux.

Si je n'étais le sang du dragon, songea-t-elle avec mélancolie, *ceci pourrait être chez moi*. Elle était *khaleesi*, possédait un homme vigoureux, un cheval rapide, des femmes pour la servir, des guerriers pour assurer sa sécurité, une place de choix lui serait, l'âge venu, réservée au sein du *dosh khaleen*..., et dans son ventre prospérait un fils appelé à enfourcher le monde. De quoi satisfaire la plus exigeante..., mais pas le dragon. Viserys mort, elle était le dernier, le tout dernier. Et, comme l'enfant qu'elle portait, la semence de rois et de conquérants. Elle se devait de ne pas oublier cela.

Cerné de clapiers de brique, de parcs à bétail, de guinguettes blanchies à la chaux, le marché de l'Ouest n'était qu'un vaste quadrilatère de terre battue sur la lisière duquel émergeaient, telles des croupes de monstres infernaux, des monticules dont la gueule noire ouvrait sur les ténèbres et la fraîcheur de caves servant d'entrepôts. A l'intérieur de l'espace ainsi délimité s'enchevêtrait un labyrinthe d'échoppes et d'allées bossueuses qu'ombrageaient des velums en herbe tissée.

S'ils découvrirent, à leur arrivée, une centaine de négociants et de camelots affairés qui à déballer ses denrées, qui à installer sa boutique, le marché n'en parut pas moins vide et morne à Daenerys, dont la tête bourdonnait encore au souvenir des bazars grouillants de Pentos et autres cités libres. En fait, avait expliqué ser Jorah, les caravanes de l'est et de l'ouest passaient moins par Vaes Dothrak pour vendre à ses habitants que pour s'échanger leurs marchandises respectives. Dans la mesure où elles respectaient la paix de la cité sacrée, ne profanaient point la Mère des Montagnes ou le Nombril du Monde et sacrifiaient à la tradition d'offrir aux commères du *dosh khaleen* les présents honorifiques de grain, de sel et d'argent, les Dothrakis les laissaient aller et venir sans les molester – ni, en vérité, trop comprendre à quoi pouvaient bien rimer toutes ces salades de vente et d'achat.

L'étrangeté du marché de l'Est, où tout vous déconcertait, les images, les odeurs, les bruits, attirait aussi Daenerys, et elle y passait souvent des matinées entières à grignoter des œufs d'arbre ou du pâté de locuste ou des nouilles vertes, à écouter ululer d'une voix perchée les jeteurs de charmes, à bader devant la cage d'argent des mantécores, le gigantisme des éléphants gris, les rayures blanc et noir des cavales du Jogos Nhai, et tout autant la divertissaient les gens : sombres et pompeux Asshai'i, Qartheens blêmes et dégingandés, Yi Tiyens pétillants sous leurs bibis à queue de singe, vierges guerrières aux tétons percés d'anneaux de fer et aux joues serties de rubis de Bayasabhad, Shamyriana et Kayakayanaya, rien ne la rebutait, pas même l'aspect terrifiant des Hommes de l'Ombre, avec leurs tatouages sur tout le corps et leurs faces masquées. Oui, le mirage et la magie étaient bien là au rendez-vous, mais...

Mais le marché de l'Ouest exhalait un parfum de chez-soi.

Comme Irri et Jhiqui l'aidaient à descendre de sa litière, ses narines se dilatèrent en reconnaissant les senteurs violentes et si familières, autrefois, dans les ruelles de Tyrosh, de Myr : le poivre et l'ail..., qu'elle en eut un sourire ému. Là-dessous stagnaient les entêtants patchoulis de Lys. Des esclaves passèrent, avec des carreaux de dentelles compliquées, des coupons de lainages aux vives couleurs : tout Myr derechef. Par les allées rôdaient, casque de cuivre et tunique mi-longue en coton piqué bouton d'or, ceinture de cuir tressé, fourreau vide leur battant la cuisse, les gardes de caravane. Planté derrière son étal, un armurier présentait des corselets d'acier damasquinés d'or et d'argent, des heaumes en forme d'animaux fantastiques. Sa voisine immédiate, un joli brin de femme, proposait les ors ciselés de Port-Lannis : bagues, broches, torques d'un travail exquis, médaillons de rêve pour les ceintures, sous la protection d'un eunuque énorme, glabre et muet qui, suant à tremper ses velours, fripait un mufle de molosse dès qu'on s'approchait. En face, un drapier adipeux de Yi Ti débattait avec un homme de Pentos le prix d'une teinture verte, et la queue de singe de son chapeau singeait chacun de ses hochements.

« Quand j'étais petite, conta Daenerys à ser Jorah tandis qu'ils poursuivaient leur déambulation d'échoppe en échoppe dans la pénombre, j'adorais jouer dans le bazar. C'était si *vivant*, cette cohue, ces cris, ces rires, et toutes ces merveilles, oh, à regarder..., nous n'avions guère les moyens de rien nous offrir..., sauf, à la rigueur, une saucisse, de-ci de-là, ou des doigts d'épices... On en trouve, dans les Sept Couronnes, des doigts d'épices ? du genre qu'on fait à Tyrosh ?

– Ce sont des gâteaux, n'est-ce pas ? Je ne saurais dire, princesse. » Il s'inclina. « Voulez-vous m'excuser un instant ? Je vais chercher le capitaine pour lui demander s'il n'aurait pas de lettres à notre adresse.

– Très bien. Je vous accompagne...

– Inutile de vous déranger. » Il se détourna d'un air agacé. « Amusez-vous. Je vous rejoins dès que j'ai terminé. »

Bizarre, songea-t-elle en le regardant s'éloigner en jouant des coudes parmi les badauds. Pourquoi ne voulait-il pas d'elle ? Il désirait peut-être simplement lever une femme après l'entrevue invoquée... Des putains escortaient souvent les caravanes, puis certains hommes avaient, quant au déduit, d'étranges pudibonderies. Elle haussa les épaules. « Allons », dit-elle à sa suite.

Pendant que ses filles flânaient, elle s'arrêta tout à coup. « Oh, regarde ! s'écria-t-elle à l'intention de Doreah, voilà justement les saucisses dont je parlais ! » Elle indiquait l'appentis où une petite vieille ratatinée faisait griller sur une pierre à feu de la viande et des oignons. « On y met tout plein d'ail et de piment rouge. » Dans son ravissement, elle insista pour que les autres en dégustent une aussi. Mais si ses servantes, tout sourires et tout gloussements, n'en firent qu'une bouchée, les hommes de son *khas* reniflèrent d'abord la leur d'un nez soupçonneux. « Elles n'ont pas le goût de mes souvenirs, dit Daenerys après quelques coups de dents.

– C'est qu'à Pentos je les fais au porc, s'excusa la vieille, mais tous mes cochons sont morts pendant la traversée de la mer Dothrak. J'ai dû y mettre du cheval, *Khaleesi*, mais les épices sont bien les mêmes.

– Ah... » Elle en était toute désappointée, mais Quaro, du coup, trouva ça si bon qu'il en voulut une seconde, et Rakharo, piqué au vif, en ingurgita trois de plus pour le surpasser, ce qui le fit roter si fort que Daenerys, enfin, pouffa du meilleur gré du monde.

« Vous n'aviez pas ri depuis le couronnement du *Khal Rhaggat* votre frère, dit Irri. C'est plaisant à voir, *Khaleesi*. »

Cette remarque lui arracha un sourire presque confus. Il était doux de rire, oui, *vraiment*. Comme une fillette redevenue.

Au cours de leur promenade, qui occupa la moitié de la matinée, elle remarqua un magnifique manteau de plumes des îles d'Eté et en accepta le présent, quitte à offrir en retour au marchand un médaillon d'argent de sa ceinture. On procédait de la sorte, en pays dothrak. Un oiseleur la fit à nouveau rire en faisant prononcer son nom par un perroquet rouge et vert, mais elle refusa de se laisser tenter. Que ferait-elle, dans un *khalasar*, d'un perroquet rouge et vert, je vous prie ? Mais elle prit une douzaine de flacons d'huiles parfumées ; elles embaumaient sa petite enfance ; il lui suffisait de les respirer pour revoir instantanément la grosse maison à la porte rouge. Et, voyant Doreah fascinée par une amulette de fertilité sur l'étal d'un magicien, elle la prit aussi pour la lui donner. Restait maintenant à trouver quelque chose pour Irri et Jhiqui...

En tournant un coin, ils tombèrent sur un marchand de vins qui présentait aux passants des coupes guère plus grandes qu'un dé à coudre de ses divers crus. « Mes rouges moelleux ! criait-il tout d'une haleine en un dothrak parfait, tastez de mes rouges moelleux de Lys, de Volantis, de La Treille ! de mes blancs de Lys, ma poire de Tyrosh, mon vin de feu, mon vin poivré, mes nectars vert pâle de Myr ! et des bruns de fumeplant, tastez-moi ça, des surets d'Andal, j'en ai, j'ai de tout, tastez ! » Mince, menu, mignon, boucleté d'un blond capiteux d'arômes à la façon de Lys, il s'inclina bien bas devant Daenerys. « Une larme pour la *khaleesi* ? J'ai un rouge moelleux de Dorne, madame..., hm ! le chant suave de la prune et de la cerise sur une basse somptueuse de chêne noir ! Un baril, une coupe, un soupçon ? Une larme, et vous donnerez mon nom à votre enfant ! »

Elle sourit. « Bien que mon fils ait déjà un nom, je goûterai volontiers votre vin d'été, répondit-elle en valyrien – dans l'espèce de valyrien que pratiquaient les cités libres, et y recourir avait, si longtemps après, une saveur étrange. Mais juste un soupçon, je vous prie. »

Il avait dû la prendre pour une Dothraki, au vu de ses vêtements, de ses cheveux huilés, de son teint hâlé, car, à l'entendre parler, il s'écarquilla. « Native de... Tyrosh, madame ? Se peut-il ?

– J'ai beau parler la langue de Tyrosh et porter le costume dothrak, je suis originaire de Westeros, des royaumes du Crépuscule. »

Doreah se porta près d'elle. « Vous avez l'honneur de parler à Daenerys Targaryen, Daenerys du Typhon, *khaleesi* des cavaliers dothrak et princesse des Sept Couronnes. »

Il tomba à genoux. « Princesse, dit-il, l'échine ployée.

– Relevez-vous, commanda-t-elle. J'ai toujours envie de goûter votre fameux vin d'été. »

Debout d'un bond, il s'écria : « Ça ? piquette de Dorne ! indigne d'une princesse. J'ai un rouge sec de La Treille d'un craquant, d'une succulence ! Daignez me permettre de vous en offrir un baril... »

Durant ses séjours dans les cités libres, Khal Drogo s'était entiché de vins fins. Un si noble cru ne manquerait pas de lui agréer. « Vous m'en voyez confuse, messire, c'est trop d'honneur, murmura-t-elle gracieusement.

– Tout l'honneur est pour moi. » Il fourragea dans ses réserves et y dénicha un tonnelet de chêne, l'exhiba. Gravé au fer rouge y figurait un pampre. « Le sceau Redwyne, indiqua-t-il. Tout droit de La Treille. Incomparable.

– Nous le dégusterons ensemble, Khal Drogo et moi. Aggo ? Porte-le à ma litière, veux-tu ? » Le marchand regarda, radieux, le Dothraki le soupeser.

Daenerys ne s'aperçut de la présence de ser Jorah qu'en l'entendant dire : « *Non.* » D'un ton inaccoutumé, cassant. « Repose-moi ça, Aggo. »

Le jeune homme la consulta du regard. Elle avoua d'un signe sa perplexité. « Quelque chose qui ne va pas, ser ?

– Une petite soif que j'ai. Mets en perce, toi. »

Le marchand se rembrunit. « C'est un vin pour la *khaleesi*, pas pour les gens de votre acabit, mon bon. »

Mormont se colla contre l'éventaire. « Si tu ne le mets pas en perce sur-le-champ, c'est ton crâne qui va l'ouvrir. » Il ne portait évidemment pas d'armes, mais ses mains lui en tenaient suffisamment lieu, de fortes mains, dures, dangereuses, aux phalanges hérissées de poils noirs. Après une seconde d'hésitation, le marchand saisit son maillet, fit sauter la bonde.

« Verse », ordonna ser Jorah. Leurs yeux en amandes allumés d'une flamme noire, les quatre guerriers du *khas* se déployèrent sur ses arrières, vigilants.

« Ce serait un crime que de boire un cru de cette qualité sans le laisser respirer », protesta l'homme. Il n'avait pas reposé son maillet.

La main de Jhogo se porta vers le fouet coincé dans sa ceinture mais Daenerys, du bout des doigts, arrêta son geste. « Faites ce que dit ser Jorah », dit-elle. On s'attroupait, autour.

Il lui décocha un coup d'œil maussade. « Comme il vous plaira, princesse. » Et, forcé de lâcher son maillet pour soulever le tonnelet, il emplit deux de ses coupes minuscules, et ce avec tant d'adresse que pas une goutte ne s'en perdit.

Ser Jorah en préleva une et la huma, plus sombre que jamais.

« Quel bouquet, non ? questionna l'homme avec un sourire. Sentez-vous ce fruité, ser ? L'arôme de La Treille. Tâtez-en, messire, et dites-moi si ce vin n'est pas le plus riche et le plus délicat qu'ait jamais connu votre palais. »

Ser Jorah le lui tendit. « Tu goûtes d'abord.

– Moi ? » Il se mit à rire. « Je ne suis pas digne d'un tel cru, messire. Et il faut être le dernier des marchands de vins pour siffler ses propres articles. » Le sourire demeurait affable, mais le front luisait de sueur.

« Vous *boirez*, dit-elle d'un ton glacial. Videz la coupe, ou je dis à mes hommes de vous tenir pendant que ser Jorah vous ingurgite tout le baril. »

Il haussa les épaules, tendit la main mais, au lieu de saisir la coupe, attrapa le tonnelet et, à deux mains, le lança sur elle. D'une bourrade, ser Jorah la jeta sans ménagements de côté, encaissa lui-même à l'épaule le projectile qui acheva sa trajectoire en s'éventrant au sol, tandis que Daenerys trébuchait, perdait l'équilibre en criant : « *Non !* » les mains tendues pour amortir la chute... et que Doreah, lui empoignant le bras au vol, la retenait si fermement qu'elle tomba non sur le ventre mais sur ses jambes repliées.

L'homme, cependant, ne faisait qu'un bond par-dessus son étal, filait comme un dard entre Aggo et Rakharo, bouscula Quaro qui, d'instinct, cherchait à dégainer son *arakh* absent, dévala l'allée, mais déjà sifflait le fouet de Jhogo, déjà la lanière se déroulait, qui s'enroula autour de la jambe du fugitif, l'envoyant bouler tête la première dans la poussière.

Une douzaine de gardes en jaune étaient accourus. Avec eux se trouvait le maître en personne de la caravane, le capitaine marchand Byan Votyris, minuscule natif de Norvos à la peau tannée comme du vieux cuir, au visage barré d'une oreille à l'autre par des bacchantes du plus beau bleu. Sans que quiconque eût prononcé un mot, il parut savoir ce qui s'était passé. « Emmenez-moi cet individu ! commanda-t-il avec un geste méprisant. Le bon plaisir du *khal* disposera de lui. » Puis, tandis que deux de ses hommes replantaient celui-ci sur ses pieds : « Ses biens vous reviennent aussi, princesse, veuillez en accepter le don. En gage trop faible de mes regrets que l'un des miens ait osé commettre pareil forfait. »

Doreah et Jhiqui aidèrent leur maîtresse à se relever. La terre buvait goulûment le vin empoisonné. « Comment saviez-vous ? demanda-t-elle, toute tremblante, à ser Jorah. *Comment ?*

– Je ne savais pas, *Khaleesi*. Je l'ai su quand il a refusé de boire, et parce que la lettre de maître Illyrio me faisait tout craindre. » Ses yeux sombres balayèrent l'assistance. Que des étrangers. « Venez. Mieux vaut ne pas en parler ici. »

Tout au long du retour, Daenerys lutta contre les larmes. Cette amertume qui lui asséchait la gorge, elle n'avait que trop lieu de l'identifier : la peur. Des années durant, elle avait vécu dans la peur de Viserys, dans la peur affreuse de réveiller le dragon. Et une peur bien pire la tenaillait maintenant. Ce n'était plus seulement pour elle qu'elle avait peur, mais pour son enfant. Et cette peur, il devait y être sensible, car il s'agitait sans répit. Dans l'espoir de l'arraisonner, l'apaiser, de l'encourager, elle flattait doucement l'orbe de son sein, murmurait : « Tu es le sang du dragon, gros benêt », dans le balancement de la litière, tous rideaux tirés, « tu es le sang du dragon, et rien ne saurait effrayer le dragon. »

Une fois rendue sous le tertre herbeux qui lui tenait lieu de demeure, à Vaes Dothrak, elle congédia tout son monde, à l'exception de ser Jorah. « A présent, parlez, lui intima-t-elle en s'allongeant sur ses coussins. L'Usurpateur ?

– Oui. » Il produisit un parchemin roulé. « Une lettre de maître Illyrio à l'adresse de Viserys. Robert Baratheon offre terres et titres à qui le débarrassera de vous ou de votre frère.

– Ou de mon frère ? hoqueta-t-elle en un sanglot mâtiné d'un éclat de rire, il n'est donc pas encore au courant ? Il se doit d'anoblir Drogo ! » Son rire était cette fois mâtiné d'un sanglot. « Et de moi, dites-vous ? De moi seule ?

– De vous et de votre enfant, confessa-t-il, penaud.

– Hé bien non. Il n'aura pas mon fils. » Elle n'allait pas se mettre à pleurer. Elle n'allait pas se mettre à grelotter. *Voilà*, se dit-elle, *l'Usurpateur a réveillé le dragon.* Et ses yeux se portèrent sur les œufs de dragon, nichés dans leur sombre écrin de velours. Les sautes d'humeur de la lampe en faisaient scintiller tour à tour les écailles et les environnaient d'une aura moirée de particules écarlate, or, bronze. Des souverains au milieu de leurs courtisans.

A quoi céda-t-elle, soudain ? à un accès de démence issu de la peur ? ou à quelque étrange prescience enfouie dans son sang ? Mystère total... Toujours est-il qu'elle entendit sa propre voix dire à ser Jorah : « Allumez le brasero.

– Pardon, *Khaleesi* ? » Il la regardait d'un drôle d'air. « Il fait si chaud ! Vous êtes sûre que... ? »

Sûre comme jamais. « Oui. Je... j'ai comme un frisson. Allumez le brasero. »

Il s'inclina. « Puisque vous le souhaitez. »

Dès que les charbons eurent pris, elle le renvoya. Il lui fallait être seule pour accomplir ce qu'elle devait accomplir. *C'est de la folie*, se dit-elle en retirant de son nid douillet l'œuf écarlate et noir. *De la folie pure. Il va seulement se craqueler, brûler, et il est si beau... Ser Jorah me traitera d'idiote si je le détruis*, et pourtant, pourtant...

Dans le berceau de ses deux paumes, elle le porta jusqu'au feu et le projeta au milieu des braises incandescentes. Etait-ce une hallucination ? Comme altérées de chaleur, les noires écailles émettaient, sous les petits coups de langue pressés des flammes, un vague et sombre rougeoiement. L'un après l'autre, les deux autres œufs vinrent prendre place auprès du premier, puis Daenerys se recula, suffocante d'appréhension.

Et elle attendit, fascinée, que les charbons ne fussent plus que cendres. Par le trou de fumée s'élevaient en virevoltant, s'échappaient des étincelles aériennes. Les vagues de chaleur enrobaient les œufs de halos mouvants. Et c'était là tout.

Rhaegar, votre frère, fut le dernier dragon, l'avait avertie ser Jorah. Elle contemplait tristement les œufs. Qu'avait-elle donc escompté ? Vivants voilà mille et mille années, de jolis cailloux, voilà ce qu'ils étaient désormais, sans plus. Ils ne pouvaient produire de dragon. Un dragon se composait d'air et de feu. De chair en vie, pas de pierre morte.

Les cendres étaient dès longtemps refroidies lorsque reparut Khal Drogo. Cohollo menait un cheval de somme en travers duquel pendait la dépouille d'un grand lion blanc. Dans un éclat de rire, le *khal* bondit à bas de son étalon pour faire admirer plus vite à Daenerys sa jambe zébrée par les griffes du *hrakkar* au travers des guêtres. « Je te ferai faire un manteau de sa peau, lune de mes jours », promit-il.

Mais après qu'elle lui eut conté l'incident du marché, sa belle humeur s'évanouit, et il sombra dans un profond silence.

« Cet empoisonneur était le premier, l'avertit ser Jorah, il ne sera pas le dernier. L'appât d'un titre va déchaîner les témérités. »

Au bout d'un moment, Drogo sortit enfin de son mutisme. « Ce vendeur de poisons a voulu fuir la lune de mes jours. Il a mérité de courir derrière elle, et il le fera. A toi, Jhogo, et à toi, Jorah l'Andal, à chacun d'entre vous je dis : choisissez n'importe quel cheval de mes troupeaux, il vous appartient. N'importe lequel, hormis mon rouge et l'argenté que j'ai offert en présent de noces à la lune de mes jours. C'est ma gratitude qui vous fait ce cadeau.

« Et à Rhaego, fils de Drogo, l'étalon qui montera le monde, à lui aussi je garantis un don. A lui, je donnerai ce siège de fer qu'occupait le père de sa mère. Je lui donnerai les Sept Couronnes. Moi, Drogo, je m'y engage, sur ma foi de *khal*. » Il brandit le poing vers le ciel et clama : « J'emmènerai mon *khalasar* vers l'ouest jusqu'au rebord du monde et je ferai ce qu'aucun *khal* n'a jamais fait, je monterai les chevaux de bois sur les flots noirs de la mer salée. Je tuerai les hommes vêtus de fer et jetterai bas leurs maisons de pierre. Je violerai leurs femmes, j'emmènerai leurs enfants comme esclaves et je rapporterai leurs dieux brisés à Vaes Dothrak, afin qu'ils se prosternent aux pieds de la Mère des Montagnes. Cela, j'en fais serment, moi, Drogo, fils de Bhargo. Devant la Mère des Montagnes, je le jure, et que les astres m'en soient témoins. »

Dès le surlendemain, le *khalasar* quittait Vaes Dothrak et cinglait cap au sud et à l'ouest par les vastes plaines. Khal Drogo marchait en tête, monté sur son grand étalon rouge, Daenerys près de lui sur son argenté. Juste derrière et enchaîné à celui-ci par la gorge et par les poignets titubait, nu et nu-pieds, le marchand de vins. Il trotterait, si Daenerys adoptait le trot, galoperait si elle adoptait le galop. On ne lui ferait aucun mal..., aussi longtemps qu'il tiendrait le coup.

CATELYN

Si la distance et les nappes de brouillard empêchaient de les distinguer nettement, les bannières se révélaient néanmoins blanches, à la faveur d'effilochures et de brèves trouées, blanches et frappées en leur centre d'une tache sombre qui ne pouvait être que le loup-garou Stark, gris sur son champ de glace. Sans plus douter du témoignage de ses propres yeux, Catelyn immobilisa sa monture et se recueillit sur une fervente action de grâces. Les dieux étaient bons. Elle arrivait à temps.

« Ils nous ont attendus, madame, dit ser Wylis Manderly, conformément aux promesses du seigneur mon père.

– N'abusons pas de leur patience, ser. » Brynden Tully éperonna son cheval et partit au grand trot, sa nièce à ses côtés.

Ser Wylis et son frère, ser Wendel, suivirent, à la tête de leur troupe, dans les quinze cents hommes : quelque vingt chevaliers, autant d'écuyers, deux cents lanciers, bretteurs et francs-coureurs montés, le reste à pied, muni de tridents, de piques, de pertuisanes. Eu égard à son âge, près de soixante ans, et à sa corpulence, qui lui interdisait de monter, lord Wyman était demeuré en arrière pour assurer la défense de Blancport. « Si je m'étais jamais attendu à revoir éclater la guerre, j'aurais boulotté un peu moins d'anguilles, avait-il dit à Catelyn en l'accueillant au débarqué, panse en avant, claques à deux mains, doigts aussi gras que des saucisses. Mais n'ayez crainte, mes garçons vous amèneront saine et sauve auprès de votre fils. »

Les « garçons » étaient en l'occurrence plus âgés qu'elle, et ils avaient à ses yeux le fâcheux mérite de tenir un peu trop du papa. Il ne manquait à ser Wylis qu'une poignée d'anguilles pour ne plus pouvoir enfourcher son cheval, et c'était tant pis pour la pauvre bête. Quant à ser Wendel, le cadet, elle l'eût décrété son plus bel obèse sans la concurrence hélas vérifiée de ses père et frère. Néanmoins, si Wylis se montrait taciturne et gourmé, Wendel gueulard et turbulent, force était de leur concéder à tous deux le bénéfice ostentatoire de crânes aussi pelés qu'aucun fessier de nouveau-né par-dessus des moustaches de morse, et de sembler ne posséder ni l'un ni l'autre un seul vêtement que n'agrémentassent des traces de gloutonnerie. A ces détails près, d'assez bonnes gens, et qu'elle aimait bien. Elle allait, grâce à eux et comme leur père l'avait promis, revoir Robb, rien d'autre ne comptait.

Elle remarqua avec satisfaction que son fils avait, même à l'est, dépêché des guetteurs. Les Lannister auraient beau, s'ils venaient, arriver du sud, cet excès de prudence était un bon point. *Mon fils mène une armée à la bataille*, se dit-elle, à demi incrédule encore. Si fort qu'elle craignît pour lui et pour Winterfell, elle ne pouvait se défendre d'en éprouver quelque fierté. Mais, simple adolescent l'année précédente, qu'était-il à présent ?

En reconnaissant les Manderly à leurs armoiries – la sirène blanche émergeant, trident au poing, d'une mer bleu-vert –, des estafettes les saluèrent avec chaleur, avant de les mener sur une éminence suffisamment sèche pour dresser le camp. Ser Wylis ordonna la halte et, pendant qu'il mettait pied à terre afin de veiller à l'établissement des feux et au pansage des bêtes, son frère poursuivit, en compagnie de Catelyn et de son oncle, afin d'aller transmettre l'hommage de son père à leur suzerain.

Moelleux et humide sous les sabots, le terrain s'abaissait doucement devant eux, parsemé de fosses d'où s'exhalaient de lentes volutes bleuâtres, biffé de chevaux en lignes, encombré de fourgons que bossuaient quartiers de bœuf salé et pains de munition. Sur un escarpement rocailleux qui dominait les collines environnantes se dressait un pavillon tendu de toile à voile et au-dessus duquel flottait, familier, l'orignac Corbois, brun sur champ tango.

Juste au-delà, les échappées de brouillard trahissaient par instants les murs et les tours de Moat Cailin..., enfin, leurs vestiges. D'énormes blocs noirs de basalte qui, chacun de la taille d'une métairie, gisaient éparpillés, culbutés tels des cubes de bois par un caprice d'enfant gâté, certains à demi enfouis dans la tourbe du marécage. Tout ce qui subsistait, en définitive, d'une enceinte jadis aussi majestueuse que celle de Winterfell. Quant au donjon de bois, pourri depuis un bon millier d'années, plus rien, pas même une poutre, n'indiquait son emplacement. De l'énorme forteresse des Premiers Hommes, seules se dressaient encore en tout et pour tout trois tours..., trois des vingt qu'à en croire les conteurs elle comportait initialement.

La tour du Concierge conservait un air assez gaillard, épaulée qu'elle demeurait par deux pans du rempart. Campée dans les fondrières à l'ancien point de jonction des murs ouest et sud, la tour du Pochard penchait comme un homme en train d'alimenter le caniveau. Et l'élégante et hautaine tour des Enfants, où la légende voulait que les enfants de la forêt eussent imploré leurs dieux sans nom d'ouvrir les vannes du déluge, avait perdu la moitié de son couronnement : on eût dit que quelque bête phénoménale avait mordu dans les créneaux puis postillonné les moellons vers les vasières d'alentour. Ces trois spectres étaient verts de mousse et, enraciné sur le flanc nord de la tour du Concierge, un arbre tordait ses branches empêtrées dans les linceuls blêmes et visqueux de la fantomaire.

« Miséricorde ! s'écria ser Brynden à l'aspect des lieux. C'est *ça*, Moat Cailin ? mais ce n'est qu'un piège à...

– ...morts, termina Catelyn. Je conçois d'autant mieux votre réaction, mon oncle, que ce fut la mienne, la première fois, mais Ned me démontra que, malgré ses dehors, ce *ramas de ruines* était tout sauf bénin. Ses trois dernières tours verrouillent intégralement les accès. L'ennemi, d'où qu'il vienne, se voit forcé de passer entre elles. Le marais qu'elles commandent est impraticable : la tourbe et les sables mouvants conspirent à vous y engloutir, et il pullule de serpents. Pour attaquer l'une d'elles, une armée devrait s'embourber jusqu'à la ceinture avant de franchir une douve infestée de lézards-lions puis d'escalader des murs gluants de mousse, et ce constamment sous le tir des archers postés dans les deux autres. » Elle régala Brynden d'un souris lugubre. « Et dès la tombée de la nuit, dit-on, rôdent des esprits vengeurs, lémures et larves glacés du nord, assoiffés de sang du midi. »

Il pouffa sous cape. « Fais-moi souvenir de ne point m'attarder. Aux dernières nouvelles, j'étais un méridional. »

Des étendards claquaient au sommet des tours : à celle du Pochard l'échappée Karstark, sous le loup-garou, de même que le titan Omble à celle des Enfants ; mais celle du Concierge arborait les seules armes Stark : c'est là que Robb avait établi ses quartiers. Catelyn s'y rendit, suivie de ses deux compagnons, par l'espèce de caillebotis de bûches et de madriers qui, jeté au travers des champs de fange vert et noir, contraignait leurs montures à tâtonner sans cesse.

CATELYN

Elle trouva Robb, entouré des bannerets de son père, dans une salle où les vents coulis ne privaient pas un feu de tourbe, au fond d'un âtre bitumeux, de vous enfumer. Assis à une table de pierre massive, devant un monceau de cartes et de paperasses, il devisait d'un air attentif avec Roose Bolton et Lard-Jon. S'il ne remarqua pas d'abord l'entrée de sa mère, son loup le fit, qui, allongé près du foyer, dressa instantanément la tête et darda ses prunelles d'or dans celles de Catelyn, qui le trouva décidément plus gros qu'il n'était permis. Une à une cependant se taisaient les voix, et ce silence inopiné ne manqua pas d'alerter Robb qui leva les yeux. « *Mère !* » s'étrangla-t-il, vaincu par l'émotion.

Elle brûlait de courir à lui, de baiser son cher front, de l'embrasser, de l'étreindre si étroitement qu'il ne risquerait jamais rien..., mais la présence de tant de témoins la retint, elle n'osa pas. Le rôle d'homme qu'il tenait à présent, elle ne voulait pas l'en déposséder. Aussi demeura-t-elle au bas bout du bloc de basalte qui servait de table, tandis qu'à pas feutrés Vent Gris venait lui flairer la main. « Tu as de la barbe », dit-elle à Robb.

Il se massa la mâchoire avec une soudaine gaucherie. « Oui. » Il avait le poil plus flamboyant que les cheveux.

« J'aime bien. » Elle caressa doucement la tête du loup. « Elle te fait ressembler à ton oncle Edmure. » Par jeu, Vent Gris lui mordilla les doigts puis regagna sa place au coin du feu.

Ser Helman Tallhart eut le premier la présence d'esprit de lui succéder auprès d'elle en venant offrir ses respects et, s'agenouillant, pressa le front contre sa main. « Vous êtes plus belle que jamais, lady Catelyn. Une vision bienvenue, en ces temps troublés... » Les Glover l'imitèrent, Galbart puis Robett, suivis de lord Omble et de chacun des autres tour à tour. Theon Greyjoy fut le dernier. « Je n'aurais pas espéré de vous voir en ces lieux, madame, dit-il en s'agenouillant.

– Je n'avais pas envisagé d'y venir avant de débarquer à Blancport et d'apprendre, de la bouche de lord Manderly, que Robb avait convoqué le ban. Vous connaissez son fils, ser Wendel. » Celui-ci s'avança et s'inclina aussi bas que son volume l'y autorisait. « Et mon oncle, ser Brynden, qui a quitté le service de ma sœur pour le mien.

– Le Silure..., dit Robb. Merci de vous joindre à nous, ser. Nous avons besoin de braves de votre trempe. Quant à vous, ser Wendel, je suis heureux de vous compter des nôtres. Et ser Rodrik, Mère ? Il m'a manqué.

– Il est en route pour le nord. Je l'ai nommé gouverneur et chargé de tenir Winterfell jusqu'à notre retour. Tout précieux qu'est mestre Luwin comme conseiller, l'art de la guerre lui est étranger.

– Craignez rien de ce côté-là, lady Stark, intervint Lard-Jon de sa basse tonitruante. Winterfell risque rien. Nous lui foutrons bientôt notre épée dans le trou du truc, sauf votre respect, au Tywin Lannister, le Donjon Rouge a déjà plus qu'à libérer Ned.

– Une question, madame, si vous permettez. » Roose Bolton, sire de Fort-Terreur, ne disposait que d'un faible organe mais, quand il parlait, les gros bras faisaient silence pour écouter. Et ses yeux d'une pâleur bizarre, presque incolores, avaient un regard des plus dérangeant. « On prétend que vous détenez le fils de lord Tywin, le nain... L'avez-vous amené ? On tirerait un bon parti, selon moi, d'un pareil otage...

– Je détenais effectivement Tyrion Lannister, mais il n'est plus en mon pouvoir. » L'aveu suscita un brouhaha de consternation. « Je le déplore autant que vous, messires, les dieux ont jugé bon de le libérer, non sans que ma sotte de sœur leur donne un sérieux coup de pouce. » Si déplacé qu'il fût d'afficher ses dédains, la rancœur du départ des Eyrié la taraudait trop. Comme elle offrait d'emmener lord Robert à Winterfell et de l'y garder quelques années comme fils adoptif, osant arguer que la compagnie d'autres garçons lui serait bénéfique, Lysa était entrée en transes. « Essaie seulement de me voler mon bébé..., et je te préviens que, sœur ou pas, c'est par la porte de la Lune que tu sortiras ! » Folle à lier. Inutile, après cela, d'ajouter un mot.

Le désir de la questionner plus avant se lisait sur tous les visages. Elle coupa court en levant la main. « Assez sur ce chapitre, nous aurons bien assez le temps d'y revenir. Mon voyage m'a éreintée. J'aimerais causer tête à tête avec mon fils. Vous voudrez bien me pardonner, messires. »

Sur ce congé sans réplique, lord Corbois sut s'incliner en parangon de civilité, et tous se retirèrent à sa suite. « Vous aussi, Theon », spécifia-t-elle en voyant le peu d'empressement de Greyjoy. Il sourit et sortit.

De la bière et du fromage traînaient sur la table. Catelyn emplit une corne, s'assit, but une gorgée et examina son fils. Elle le trouva grandi, son bouchon de barbe le vieillissait. « Edmure avait seize ans quand lui poussèrent ses premiers favoris.

– Je vais sur mes seize ans.

– Mais tu en as quinze. Quinze, et te voici à la tête d'une armée. Conçois-tu que je m'en inquiète, Robb ? »

Il prit un air buté. « Il n'y avait personne d'autre.

– Personne ? Qui sont donc les hommes que je viens de voir, s'il te plaît ? Roose Bolton, Rickard Karstark, Galbart et Robett Glover, le Lard-Jon, Hellman Tallhart..., tu pouvais confier le commandement à *n'importe lequel* d'entre eux. Bonté divine ! tu pouvais même envoyer Theon, encore que ma préférence personnelle n'irait pas à lui.

– Ils ne sont pas des Stark.

– Ils sont des *hommes*, Robb, et des hommes aguerris. Voilà moins d'un an, tu maniais une épée de bois. »

Une lueur de colère alluma ses yeux pour s'éteindre aussi vite, et il redevint un gamin, tout à coup. « Je sais, dit-il d'un air désemparé. Allez-vous me... me renvoyer à Winterfell ? »

Elle soupira. « Il le faudrait. Tu n'aurais jamais dû partir. Mais je n'ose pas, pas maintenant. Tu t'es trop avancé. Un jour, ces seigneurs te considéreront comme leur suzerain. Si je te réexpédiais, à présent, comme un marmot qu'on envoie au lit sans dîner, ils ne manqueraient pas de s'en souvenir et de se gausser dans leurs coupes. Or, l'heure viendra où tu devras t'en faire respecter, voire craindre un brin, et le ridicule empoisonne la crainte. Si fort que je désire te préserver, je ne te jouerai pas ce tour-là.

– Soyez-en remerciée, Mère. » Sous la formule guindée perçait un énorme soulagement.

Tendant la main par-dessus la table, elle lui toucha les cheveux. « Tu es mon premier-né, Robb. Il me suffit de te regarder pour me rappeler le jour où tu vins au monde, cramoisi de cris. »

Manifestement gêné du contact, il se leva, s'approcha de l'âtre. Vent Gris se frotta la tête contre sa jambe. « Vous savez... pour Père ?

– Oui. » La mort subite de Robert et la chute de Ned l'avaient terrifiée au-delà de toute expression, mais elle préféra n'en rien laisser paraître. « Lord Manderly m'en a informée dès mon arrivée à Blancport. Des nouvelles de tes sœurs ?

– J'ai reçu une lettre, dit-il, tout en flattant la gorge du loup. Une autre vous était adressée par la même occasion, mais à Winterfell. » Retournant à la table, il fourragea parmi les documents qui l'encombraient, finit par en extraire une pièce toute chiffonnée. « Voici celle que m'a écrite Sansa. Je n'ai naturellement pas emporté la vôtre. »

Percevant dans le ton une réticence alarmante, elle lissa les pliures, se mit à lire, et sur sa physionomie se succédèrent sans transition l'anxiété, la stupeur, la colère et, finalement, l'effroi. « C'est de Cersei, pas de ta sœur, dit-elle, une fois au bout. Le véritable message est dans ce que tait Sansa. Sous ce papotage à propos de la gentillesse et de la délicatesse des Lannister..., j'entends, moi, tout susurré qu'il est, le son d'une menace. Ils la retiennent en otage et entendent bien la garder.

– Et pas un mot d'Arya..., signala-t-il, anéanti.

– Non. » Ce que cela signifiait, elle n'y voulait pas songer, pas encore, pas en ce lieu.

« J'avais espéré... qu'avec le Lutin..., un échange... » Il récupéra la lettre et, à la manière dont il la froissa dans son poing, Catelyn comprit que ce n'était pas la seconde fois. « Quelles nouvelles des Eyrié ? J'ai écrit à tante Lysa pour réclamer son aide. A-t-elle convoqué le ban du Val ? Les chevaliers d'Arryn vont-ils se joindre à nous ?

– Un seul. Le meilleur, mon oncle..., mais en tant que Tully. Ma sœur n'est pas près de s'aventurer au-delà de sa Porte Sanglante. »

Il accusa le coup. « Que *faire*, Mère ? J'ai beau avoir concentré toute cette armée, dix-huit mille hommes, je... je ne suis pas sûr... » Il l'interrogeait du regard, l'œil trop brillant. En un instant s'évapora le jeune lord si fier, en un instant reparut l'enfant, un gamin de quinze ans quémandant des réponses auprès de sa mère.

Pas de ça !

« De quoi as-tu si peur, Robb ? demanda-t-elle d'une voix douce.

– Je... » Il se détourna pour lui dérober la première larme. « Si nous marchons..., dussions-nous vaincre..., les Lannister détiennent Sansa – et Père. Ils les tueront, non ?

– Ils veulent nous le faire croire.

– Vous voulez dire qu'ils mentent ?

– Je l'ignore, Robb. Je ne sais qu'une chose, tu n'as pas le choix. Si tu te rends à Port-Réal pour faire allégeance, on ne te permettra jamais d'en repartir. Si tu regagnes Winterfell la queue entre les jambes, tes vassaux en profiteront pour te mépriser, quelques-uns même pour passer, peut-être, aux Lannister et, débarrassée de ce sujet de crainte, la reine aura les mains libres en ce qui concerne ses prisonniers. Notre meilleur espoir, notre *seul* espoir véritable, est que tu parviennes à battre l'adversaire en rase campagne. Et si, par bonheur, tu t'emparais de lord Tywin ou du Régicide, eh bien, là, ton idée d'échange aurait de fortes chances d'aboutir, mais tel n'est pas le point crucial. Aussi longtemps que ta puissance les forcera de te redouter, ils ne toucheront pas un cheveu de Ned ou de ta sœur. Cersei est assez maligne pour comprendre de quel levier elle disposerait pour obtenir la paix, si la guerre en venait à tourner contre elle.

– Et si la guerre ne tourne *pas* contre elle ? Si elle tourne contre nous ? »

Elle lui prit la main. « Robb..., je ne vais pas te maquiller la vérité. Si tu perds, nous sommes tous perdus sans retour. Ce n'est pas en l'air que l'on dit : "Rien que de la pierre au cœur de Castral Roc." Souviens-toi des enfants de Rhaegar. »

Dans les yeux juvéniles, elle lut la peur, mais aussi la résolution. « Dans ce cas, je ne perdrai pas ! protesta-t-il.

– Dis-moi ce que tu sais des combats du Conflans, reprit-elle, afin de sonder s'il était bien prêt.

– Voilà moins de quinze jours s'est déroulée une bataille dans les collines au pied de la Dent d'Or. Oncle Edmure avait envoyé lord Vance et lord Piper tenir le col, mais le Régicide a fondu sur eux et les a mis en fuite. Lord Vance a été tué. Aux dernières nouvelles, lord Piper se repliait, talonné par le Régicide, sur Vivesaigues afin d'opérer sa jonction avec votre frère et le reste des bannerets. Mais il y a pire. Pendant qu'ils se battaient au col, lord Tywin les tournait par le sud avec une seconde armée. On la dit plus importante encore que celle de Jaime.

« Père devait être au courant, car il a dépêché contre elle, sous la bannière personnelle du roi, un petit contingent dont il a confié le commandement à un petit seigneur du sud, lord Erik, Derik ou quelque chose d'approchant, non sans le faire accompagner, entre autres chevaliers, par ser Raymun Darry et, à en croire la lettre, appuyer par une partie de ses propres gardes. Seulement, il s'agissait d'un traquenard. A peine lord Erik eut-il traversé la Néra que les Lannister lui tombaient dessus, du diable les couleurs royales ! et Gregor Clegane le prit à revers lorsqu'il voulut battre en retraite par le Gué-Cabot. Il se peut que ce lord Erik et quelques autres en aient réchappé, nul ne sait au juste, mais ser Raymun y a péri, ainsi que la plupart de nos hommes de Winterfell. Il paraîtrait que lord Tywin a bouclé la route royale et marche à présent plein nord sur Harrenhal, incendiant tout sur son passage. »

De mal en pis, songea Catelyn. La gravité de la situation passait ses plus sombres prévisions. « Tu comptes l'affronter ici ? demanda-t-elle.

– S'il se risque aussi loin, mais personne n'y croit. J'ai néanmoins averti le vieil ami de Père, Howland Reed, à Griseaux. Si les Lannister s'aventurent dans le Neck, ils se feront saigner à chaque pas par les gens des paluds, mais Galbart Glover dit lord Tywin trop fin renard pour commettre cette bévue, et Roose Bolton en est d'accord. Il collera au Trident, selon eux, et prendra un par un les châteaux des seigneurs riverains jusqu'à ce que se retrouve isolé Vivesaigues. Il nous faut donc descendre à sa rencontre. »

Cette seule idée la glaça jusqu'aux moelles. Quelle chance de succès avait-il, à quinze ans, contre des chefs de guerre aussi chevronnés que Jaime et Tywin Lannister ? « Est-ce bien prudent ? Ici, tu te trouves en position de force. On assure qu'à Moat Cailin les vieux rois du Nord repoussèrent victorieusement des forces dix fois supérieures aux leurs.

– Certes, mais nos stocks de fournitures et de provisions fondent comme neige au soleil, et il serait malaisé de vivre sur un pays pareil. Nous attendions lord Manderly, ses fils sont là, il faut nous mettre en route. »

Par son truchement, c'est la voix des bannerets qu'elle entendait, convint-elle. Au fil des ans, elle avait hébergé nombre d'entre eux à Winterfell et, en compagnie de Ned, chauffé ses mains à leur foyer, pris place à leur table. Elle savait, elle, quels hommes ils étaient, chacun dans son genre. Mais Robb s'en doutait-il, lui ?

Leurs avis, du reste, ne manquaient pas de bon sens. Les forces assemblées là par son fils ne ressemblaient en rien aux armées permanentes qu'entretenaient les cités libres ni aux escouades du guet soldées en bel et bon argent. La pâte qui les composait provenait pour la plus grande part de gens du petit peuple : métayers, journaliers, pêcheurs, bergers, fils d'aubergistes, de tanneurs ou de boutiquiers, et une once de francs-coureurs et de reîtres avides de rapine servait de levain. Ils répondaient à l'appel des seigneurs..., mais à titre fort provisoire. « Se mettre en route est très joli, riposta-t-elle, mais *pour où* ? et dans quel dessein ? Que projettes-tu ? »

Il hésita. « Lard-Jon pense qu'il faut imposer la bataille à lord Tywin en le prenant au dépourvu, mais les Glover et les Karstark trouveraient plus sage de le tourner pour aller renforcer Oncle Edmure face au Régicide. » D'un air malheureux, il plongea ses doigts dans la masse auburn de sa chevelure. « Ce qui me tracasse, c'est de penser que, lorsque nous atteindrons Vivesaigues... Je ne suis pas certain...

– Sois certain, lui dit-elle, ou rentre à la maison et reprends ton épée de bois. Tu ne peux te permettre ces airs indécis sous le nez d'hommes comme Roose Bolton et Rickard Karstark. Ne t'y méprends pas, Robb, ils sont tes bannerets, pas tes amis. Tu t'es désigné pour commander ? *Commande.* »

Manifestement estomaqué, il parvint à bredouiller, finalement : « Bien, Mère.

– Je repose ma question : que projettes-*tu* ? »

En travers de la table, il étala une vieille carte de cuir aux tons passés et quelque peu loqueteuse d'avoir été roulée, déroulée, mata le reploiement maniaque du bord supérieur en y déposant son poignard. « Les deux plans qu'on me suggère ont des qualités, mais..., voyez. Si nous essayons de tourner lord Tywin, nous risquons d'être pris en tenaille par le Régicide. Quant à l'attaquer..., nos indicateurs sont unanimes, il possède plus de fantassins et de cavaliers que moi. Et Lard-Jon a beau prétendre que peu importe, si nous le prenons au déculotté, moi, je doute qu'avec toute son expérience le vieux Lannister baisse jamais ses braies.

– Bravo », dit-elle. Assis, là, perplexe devant sa carte, il avait certaines des intonations de Ned. « Continue.

– Je serais tenté, moi, de laisser à Moat Cailin une petite garnison composée pour l'essentiel d'archers, d'emmener le gros de mes forces par la grand-route et, au-delà du Neck, de les diviser. L'infanterie poursuivrait, pendant que la cavalerie franchirait la Verfurque aux Jumeaux. » Son doigt marquait l'itinéraire. « En apprenant que nous avons fait mouvement vers le sud, lord Tywin se portera au nord pour affronter notre principale armée, manœuvre qui laissera la seconde libre de galoper sur la rive gauche jusqu'à Vivesaigues. » Sans aller jusqu'à sourire, il se rejeta contre le dossier de son siège, point trop mécontent de lui-même mais affamé d'un bout d'éloge.

Les yeux attachés à la carte, elle fronça le sourcil. « Tu mettrais une rivière entre tes deux armées...

– *Et* entre Jaime et Tywin ! » s'enflamma-t-il. Et, sans plus réprimer son sourire : « Après le gué des Rubis, la Verfurque est infranchissable tout du long vers l'amont jusqu'au pont des Jumeaux, mais c'est lord Frey qui le contrôle..., et il est vassal de Grand-Père, non ? »

Lord Frey le Tardif, songea-t-elle. « Oui..., mais mon père s'est toujours défié de lui. Fais de même.

– Je n'y manquerai pas, promit-il. Mais dites-moi votre sentiment... ? »

Elle était impressionnée, malgré qu'elle en eût. *Il a l'allure d'un Tully, mais il n'en est pas moins le fils de son père, et Ned l'a bien formé.* « Quelle armée commanderais-tu ?

– La seconde », répondit-il sans l'ombre d'une hésitation. Tout son père, à nouveau. Ned ne manquait jamais d'assumer la tâche la plus périlleuse.

« Et la première ?

– Lard-Jon ne cesse de répéter qu'il faut écrabouiller Tywin. Je pensais lui en laisser l'honneur. »

Son premier faux pas. Mais comment le lui signaler sans blesser sa sécurité de béjaune ? « Ton père m'a dit un jour n'avoir jamais connu d'homme plus intrépide. »

Il s'épanouit. « Vent Gris lui a dévoré deux doigts, et ça l'a fait *rire* ! Donc, vous m'approuvez ?

– Ton père n'est pas intrépide, insinua-t-elle, il se contente d'être brave, c'est très différent... »

Il médita la chose un moment. « L'armée de l'est constituera le seul obstacle entre Tywin et Winterfell, dit-il, tout pensif. Enfin..., le seul avec ce que je laisserai d'archers à Moat Cailin. Ainsi, pas d'intrépide, c'est cela ?

– C'est cela. Il faut à ce poste du sang-froid, selon moi, de la rouerie, pas de la témérité.

– Roose Bolton..., grommela-t-il aussitôt. Ce type me fait froid dans le dos.

– Hé bien, prions qu'il fasse le même effet à lord Tywin. »

Robb acquiesça d'un signe et entreprit d'enrouler la carte. « Le temps de donner mes ordres, et je vous compose une escorte pour regagner Winterfell. »

Jusque-là, Catelyn s'était fouetté les flancs pour ne pas flancher, par amour pour Ned, par amour pour ce bougre de brave opiniâtre qu'était son fils. Elle avait jusque-là repoussé son désespoir, sa peur, tels des vêtements importuns..., et voilà, brusquement, qu'elle s'apercevait n'avoir cessé de les porter quand même.

« Je ne vais pas à Winterfell, s'entendit-elle annoncer, non moins déconcertée par l'afflux des larmes qui sans préavis brouillaient sa vision. Père est peut-être à l'agonie, derrière les remparts de Vivesaigues. Mon frère est assailli de toutes parts. Je dois me rendre auprès d'eux. »

TYRION

C'est Chella, fille de Cheyk, de la tribu des Oreilles Noires, qui, partie en éclaireur, rapporta la nouvelle qu'une armée campait au carrefour. « Je dirais forte de vingt mille hommes, d'après les feux. Les bannières sont rouges, avec un lion d'or.

– Votre père ? demanda Bronn.

– Ou mon frère. Nous ne tarderons pas à savoir. » Il examina sa bande de brigands dépenaillés : près de trois cents Sélénites, Oreilles Noires, Faces Brûlées, Freux, simple embryon de l'armée qu'il espérait former. Les autres clans, Gunthor, fils de Gurn, s'attachait pour l'heure à les soulever. Au fait, que ferait le sire Lannister, son seigneur et père, de cette racaille accoutrée de peaux de bêtes et armée de bricoles d'acier volées ? Il ne savait à vrai dire qu'en faire lui-même. Qu'était-il au juste, leur chef ou leur prisonnier ? Un peu des deux, la plupart du temps... « Mieux vaut, je pense, que j'y aille seul.

– Mieux pour Tyrion, fils de Tywin », riposta Ulf, au nom des Sélénites.

Passablement terrible à voir, Shagga surgit à son tour. « Shagga, fils de Dolf, n'aime pas ça. Shagga ira avec le bout d'homme, et si le bout d'homme ment, Shagga lui coupera l'en...

– Oui oui, pour nourrir les chèvres, acheva Tyrion d'un ton las. Je t'en donne ma parole de Lannister, je reviendrai, Shagga.

– Pourquoi devrions-nous te croire sur parole ? » Petite et sèche et plate comme un garçon, Chella n'était pas idiote. « Les seigneurs des basses-terres ont déjà cent fois menti aux clans.

– Tu me blesses, Chella. Je nous croyais si bons amis, maintenant... Mais comme tu voudras. Tu m'accompagnes, ainsi que Conn et Shagga pour les Freux, Ulf pour les Sélénites et Timett, fils de

Timett, pour les Faces Brûlées. » Au fur et à mesure qu'il les nommait, les leurs échangeaient des regards défiants. « Vous autres, attendez ici que je vous envoie chercher. Et, pendant mon absence, *tâchez* donc de ne vous point trop entre-tuer ni entre-estropier. »

Sur ce, il éperonna sa monture et partit au trot, sans offrir d'autre choix que de suivre ou de se laisser distancer, toutes choses égales d'ailleurs à ses yeux, du moment qu'on ne lui imposait pas d'en *débattre* le cul par terre trente-six heures d'affilée. La barbe, avec les clans, était cette foutaise que lors des palabres il fallait essuyer le caquet de chaque imbécile, grâce à quoi se discutait le moindre *truc*, et à l'infini. Même les bonnes femmes avaient le droit de jacasser. Et étonnez-vous, après ça, que la plus sérieuse menace qu'ils aient fait peser depuis des siècles sur le Val n'excède pas un petit raid minable de-ci de-là ! Il entendait rectifier le tir.

Bronn chevauchait à ses côtés. Derrière s'étaient décidés vite vite – non sans un bout de piapia grognon – les cinq élus, sur leurs bidets chétifs, dégaine de poneys mais sabot de chamois.

Les Freux allaient de conserve, Ulf et Chella de même, eu égard aux liens étroits de leurs deux tribus, mais Timett, fils de Timett, caracolait seul. Ce n'était qu'un cri, dans les montagnes de la Lune, pour redouter les Faces Brûlées qui, non contents de mortifier leur chair au fer rouge, passaient pour agrémenter leurs festins de bébés rôtis. Et, au sein même de son propre clan, Timett s'était rendu redoutable dès l'adolescence en se faisant sauter l'œil gauche avec la pointe incandescente de son poignard. De quoi rester songeur quand la coutume, avait appris Tyrion, se contentait d'un téton, d'un doigt, voire, au mieux (pour les plus braves, ou les plus tordus), d'une simple oreille. Bref, l'exploit de Timett avait si fort intimidé ses délicieux potes qu'ils s'étaient dépêchés de le nommer « main rouge » – quelque chose, apparemment, comme premier couteau.

« J'aimerais bien savoir ce que s'est fait grésiller leur roi », avait dit Tyrion à Bronn en apprenant la chose, et Bronn, rigolard, s'était empoigné la culotte... mais, s'agissant de Timett, Bronn lui-même tenait sa langue en respect. Qu'un homme fût assez dément pour se mutiler de la sorte, sa clémence envers l'ennemi, on imaginait.

Postés au sommet de tours de pierres sèches, des guetteurs les repérèrent comme ils abordaient le piémont, et Tyrion vit même un corbeau prendre son essor. A un détour de la grand-route, entre deux promontoires rocheux, lui apparut le premier barrage : un remblai de terre haut de quatre pieds. A flanc de falaise, une douzaine d'arbalétriers. Il fit arrêter ses compagnons hors de portée et s'avança, seul. « Qui commande, ici ? » cria-t-il.

L'homme ne tarda guère à se montrer, et moins encore à lui procurer une escorte en le reconnaissant. Au trot, ils longèrent des champs incendiés, des ruines de fortins noircies, dévalèrent de colline en colline vers le Conflans et la Verfurque du Trident. Tyrion ne vit pas de cadavres, mais des vols de corneilles et de corbeaux charognards infestaient le ciel. On s'était battu, dans le coin, et récemment.

A une demi-lieue du carrefour se dressait une barricade hérissée d'épieux et tenue par un peloton d'arcs et de piques. Au-delà, le camp, à perte de vue. Des centaines de feux brandissaient un doigt de fumée vers les nues. Adossés à des troncs, des hommes revêtus de maille aiguisaient leur lame. En bout de hampes implantées dans le sol bourbeux flottaient les bannières si familières.

Un groupe de cavaliers fonça les intercepter comme ils approchaient de la redoute. Le chevalier de tête portait une armure d'argent sertie d'améthystes et un manteau à rayures pourpre et argent. Une licorne figurait sur son bouclier, et de son heaume à tête de cheval jaillissait un cône en spirale long de deux pieds. Tyrion s'immobilisa pour le saluer. « Ser Flement. »

Ser Flement Brax releva sa visière. « Tyrion ! s'ébahit-il. Nous craignions tous que vous ne soyez mort, messire, ou... » Il jeta un regard perplexe du côté des cinq brutes. « Ces... gens qui vous accompagnent...

– Des amis de cœur, doublés de serviteurs loyaux. Où trouverai-je le seigneur mon père ?

– Il a pris ses quartiers à l'auberge du carrefour. »

Tyrion se mit à rire. Tiens donc ! Tout compte fait, les dieux savaient peut-être se montrer justes... « Je veux le voir immédiatement.

– Bien, messire. » Il fit volter son cheval, jeta des ordres d'une voix brève. On retira trois rangées d'épieux pour pratiquer une chicane où Tyrion s'engouffra, suivi de ses gens.

Le camp de lord Tywin couvrait des lieues et des lieues. Peu ou prou les vingt mille hommes estimés par Chella. Le commun campait à la belle étoile, mais des tentes abritaient les chevaliers, et quelques puissants seigneurs s'étaient fait dresser des pavillons aussi vastes que des maisons. Tyrion remarqua le bœuf rouge Prester, le sanglier moucheté Crakehall, l'arbre embrasé Marpheux, le blaireau Lydden. Des chevaliers le hélaient au passage, des hommes d'armes demeuraient bouche bée devant son équipage.

Shagga ne badait pas moins. Il n'avait à coup sûr vu de toute sa vie tant de soldats, d'armes, de chevaux. Pour garder nettement mieux la face, les autres chenapans n'étaient assurément pas moins époustouflés. De mieux en mieux. Plus les impressionnerait la puissance des Lannister, plus dociles ils se montreraient.

S'il ne subsistait guère plus du village que de vagues monceaux de gravats et des fondations calcinées, l'auberge et ses écuries coïncidaient grosso modo avec le souvenir. Sauf qu'on avait érigé un gibet dans la cour, et qu'un cadavre s'y balançait, couvert de corneilles. L'arrivée de Tyrion les fit décoller dans un beau chahut de couacs rauques et de plumes noires. Il mit pied à terre et leva les yeux vers les reliefs de la dépouille. Les oiseaux lui avaient becqueté les orbites, le gras des joues, les lèvres, dénudant les dents écarlates en un hideux sourire. « Le gîte, le couvert et un pichet de vin, voilà tout ce que je désirais... », lui rappela-t-il avec un soupir de reproche.

Des palefreniers se risquèrent d'un pas frileux vers les arrivants. Shagga refusa de leur confier son cheval. « Ils ne te voleront pas ta rosse, affirma Tyrion. Tout ce qu'ils veulent, c'est l'étriller, lui donner de l'avoine et de l'eau. » Il n'eût pas été superflu non plus d'étriller Shagga, mais le signaler pouvait paraître un défaut de tact. « Tu as ma parole qu'on ne lui fera que du bien. »

Non sans un regard furibond, Shagga consentit à lâcher les rênes. « Ce cheval appartient à Shagga, fils de Dolf ! rugit-il à l'adresse du palefrenier qui le lui prenait.

– S'il ne te le rend pas, tu lui couperas son engin pour nourrir les chèvres, promit Tyrion. Si tu parviens à en trouver. »

Une couple de gardes en manteau rouge et heaume à mufle de lion se tenaient sous l'enseigne, de part et d'autre du seuil. Il reconnut leur capitaine. « Mon père ?

– Dans la salle commune, messire.

– A boire et à manger pour mes gens. Veille qu'on n'y manque pas. » Sur ces mots, il pénétra dans l'auberge et y tomba effectivement sur Père.

Tywin Lannister, sire de Castral Roc et gouverneur de l'Ouest, conservait, en dépit de ses quelque cinquante-cinq ans, la verdeur d'un homme de vingt. La jambe longue, l'épaule large et le ventre plat, il était, même assis, d'une stature impressionnante. Frappait non moins la sécheresse musculeuse de ses bras. Du jour où il avait vu son opulente chevelure d'or menacer de battre en retraite, il s'était fait tondre le crâne : jamais de demi-mesures. Il rasa de même lèvre et menton mais, en guise de favoris, préserva le rude roncier doré qui, de l'oreille à la mâchoire, lui dévorait la plus grande partie de la joue. Des pépites d'or roulaient dans ses yeux vert pâle. Aussi un fol plus fol qu'il n'est commun s'était-il jadis amusé à dire que même la merde de lord Tywin avait des chatoiements d'or. D'aucuns prétendaient l'impudent toujours en vie, quelque part au fin fond des entrailles de Castral Roc.

Lord Tywin partageait avec l'unique frère qui lui restât, ser Kevan, un pichet de bière quand entra Tyrion. Massif, demi-chauve et barbu d'une éteule jaune qui soulignait ses fortes mandibules, le chevalier fut le premier à l'apercevoir. « Tyrion ? s'étonna-t-il.

– Mon oncle, s'inclina le nain. Et le seigneur mon père. Quelle joie de vous trouver ici. »

Sans broncher de son siège, lord Tywin lui infligea un long regard scrutateur. « Ainsi donc, le bruit de ton décès était infondé.

– Navré de vous désappointer, Père. Surtout, ne me sautez pas au cou, j'aurais scrupule à vous coûter le moindre effort. » Avec une conscience aiguë du roulis dont, pas après pas, ses pattes torses affligeaient sa démarche, il traversa la pièce vers leur table. Pour peu que son père condescendît à baisser son regard jusqu'à lui, invariablement le torturait le sentiment global et détaillé de ses tares et de sa difformité. « Aimable à vous de partir en guerre pour ma personne, reprit-il en escaladant un siège avant de s'emplir une chope au pichet paternel.

– C'est à toi que nous devons l'ouverture des hostilités, que je sache, répliqua lord Tywin. Jamais ton frère Jaime ne se serait de si bonne grâce laissé capturer par une simple femme.

– En quoi nous différons, lui et moi. Sans compter qu'il est plus grand, peut-être l'aurez-vous remarqué. »

Son père ignora le quolibet. « L'honneur de notre maison était en jeu. Je ne pouvais que sauter en selle. Nul ne verse impunément le sang Lannister.

– *Je rugis* », rayonna Tyrion. Leur devise. « Pour parler vrai, on n'a versé aucune goutte du mien, encore qu'une ou deux fois il s'en soit fallu d'un cheveu. Morrec et Jyck ont été tués.

– Tu vas me réclamer de quoi les remplacer, je présume.

– Soyez sans inquiétude, Père, je m'en suis procuré par moi-même une poignée. » Il avala une gorgée de bière, pour goûter. Brune, puissamment fermentée, d'une épaisseur à vous donner presque envie de mastiquer. Excellente, en somme. A déplorer que Père ait pendu l'aubergiste. « Comment marchent vos opérations ?

– Assez bien, en l'occurrence, intervint son oncle. Ser Edmure avait éparpillé des troupes sur la frontière pour interrompre nos incursions. Ce qui nous a permis de les anéantir pour la plupart l'une après l'autre, ton père et moi, avant qu'elles ne parviennent à se regrouper.

– Ton frère s'est couvert de gloire. Il a écrasé les lords Vance et Piper à la Dent d'Or et battu à plate couture le gros des Tully sous les remparts de Vivesaigues. Les seigneurs du Conflans se sont débandés, et il a fait prisonniers ser Edmure et nombre de ses chevaliers et bannerets. Avec les rares rescapés, lord Nerbosc s'est replié sur Vivesaigues, et Jaime les y assiège. Le reste est allé se terrer chacun dans sa place forte.

– Ton père et moi marchions alternativement. Grâce à la retraite de Nerbosc, la chute de Raventree n'a pas fait un pli, et lady Whent a rendu Harrenhal, faute d'hommes pour le défendre. Ser Gregor a brûlé les Piper, les Bracken et...

– Plus d'adversaires, alors ?

– Pas tout à fait. Les Mallister tiennent toujours Salvemer, et Walder Frey concentre ses troupes aux Jumeaux.

– Bagatelle, trancha lord Tywin. Frey n'entre jamais en campagne qu'il n'ait d'abord subodoré les effluves de la victoire, et il ne flaire actuellement que décombres. Quant à Jason Mallister, il n'a pas les moyens de se battre seul. Que Jaime s'empare de Vivesaigues, et ils n'auront tous deux rien de plus pressé que de ployer le jarret. A moins que les Stark et les Arryn n'interviennent contre nous, je considère d'ores et déjà la guerre comme gagnée.

– Si j'étais vous, glissa Tyrion, je ne m'inquiéterais pas outre mesure des Arryn. Les Stark seraient autrement coriaces. Lord Eddard...

– ...est notre otage, acheva son père. Tant qu'il pourrit dans son cachot du Donjon Rouge, il ne risque pas de nous opposer d'armée.

– Certes, approuva ser Kevan, mais son fils a convoqué le ban, et il campe à Moat Cailin avec des troupes conséquentes.

– Avant la trempe, il n'est pas d'épée redoutable, déclara lord Tywin. Le petit Stark n'est qu'un marmot. Nul doute qu'il ne soit grisé par le mugissement des cors de guerre et l'ondulation des bannières au vent, mais il faut tôt ou tard en venir à la boucherie et, là, m'est avis qu'il manque d'estomac. »

Fou, se disait Tyrion, ce que les choses étaient devenues intéressantes, durant son absence. « Et que fiche donc notre bravache de monarque pendant que s'accomplit cette "boucherie" ? s'enquit-il. Par quels arguments décisifs mon adorable sœur l'a-t-elle entortillé pour qu'il consente à l'incarcération de son Ned favori ?

– Robert Baratheon est mort, l'avisa son père. Ton neveu règne à Port-Réal. »

Tyrion manqua d'air, pour le coup. « Cersei, voulez-vous dire. » Il s'envoya une nouvelle lampée de bière. Avec Cersei gouvernant aux lieu et place de son mari, le royaume pouvait s'attendre à pas mal de chamboulements.

« Si tu envisages si peu que ce soit de te rendre utile, j'ai du travail pour toi. Marq Piper et Karyl Vance vadrouillent sur nos arrières et asticotent nos terres, en amont de la Ruffurque. »

Tyrion émit un *tt tt* rétif. « Contre-attaquer..., les petits fielleux ! En temps ordinaire, Père, je me ferais une joie de châtier tant de goujaterie mais, voyez-vous, je suis requis ailleurs par une affaire urgente.

– Ah bon ? » Lord Tywin n'en semblait pas autrement frappé. « Nous avons aussi deux arrérages de Ned Stark qui jouent les nuisibles en harcelant nos fourrageurs. Ce hobereau de Béric Dondarrion, un freluquet qui se prend pour un preux, et son compère, ce charlatan de prêtre adipeux qui cabotine avec un brandon d'épée. Tu ne serais pas capable de me régler ça, des fois, pendant que tu déguerpis ? Sans trop saboter la besogne ? »

D'un revers de main, Tyrion s'essuya les lèvres puis s'illumina. « Ah, Père, voilà qui me réchauffe le cœur ! Penser que vous iriez jusqu'à me confier..., quoi, vingt hommes ? cinquante ? Etes-vous sûr de pouvoir en gâcher autant ? Enfin, n'importe. S'il m'advient de croiser Thoros et lord Béric, je leur flanque une fessée. » Il dégringola de son siège et, en canard, approcha d'un buffet où, parmi des fruits, trônait une forme de fromage d'un blanc marbré. « Toutefois, j'ai d'abord à tenir un certain nombre d'engagements personnels, poursuivit-il tout en se taillant une tranche. Il me faut, en plus de trois mille heaumes et autant de hauberts, des épées, des piques, des pointes de lance en acier, des masses et des haches de guerre, des gantelets, des gorgerets, des jambières, des corselets de plates, des fourgons pour transporter le tout... »

Derrière lui, la porte s'ouvrit avec un tel fracas qu'il manqua laisser tomber son fromage, tandis que ser Kevan bondissait en jurant, et que le capitaine de faction volait littéralement à travers la pièce s'écraser contre la cheminée, et il s'affaissait à peine dans les cendres froides, son heaume à mufle de lion de biais, que, sur son genou large comme un tronc d'arbre, Shagga lui brisait en deux son épée, en jetait les morceaux et pénétrait dans la salle à pas d'éléphant, non sans s'y faire précéder de sa puanteur, plus avancée que celle du fromage et sans rivale entre quatre murs. « Et tiens-toi ça pour dit, chaperon rouge, gronda-t-il, la prochaine fois que tu dégaines contre Shagga, fils de Dolf, Shagga te coupe ton engin et le fait rôtir !

– Tiens ! pas de chèvres ? » dit Tyrion en mordant dans son fromage.

Les quatre autres entrèrent à leur tour, ainsi que Bronn, lequel adressa au nain un haussement d'épaules consterné.

« Qu'est-ce que c'est que ça ? demanda lord Tywin, froid comme neige.

– Ils m'escortaient à la maison, Père. Puis-je les garder ? Ils ne mangent guère. »

Personne ne sourit. « De quel droit osez-vous, espèces de sauvages, faire irruption dans nos conseils ? demanda ser Kevan, altier.

– Sauvages, bouseux ? » Conn aurait pu être beau, une fois lavé. « Nous sommes des hommes libres, et les hommes libres siègent de droit aux conseils de guerre.

– Lequel est le seigneur-lion ? interrogea Chella.

– Deux vieux... », lâcha Timett, fils de Timett, du haut de ses moins de vingt ans.

La main de ser Kevan se porta à la garde de son épée, deux doigts de lord Tywin suffirent à lui immobiliser le poignet. Il conservait sa mine imperturbable. « Aurais-tu oublié les bonnes manières, Tyrion ? Tu serais aimable de nous présenter nos... charmants invités. »

Tyrion se lécha les doigts. « Volontiers. Gente damoiselle Chella, fille de Cheyk, des Oreilles Noires.

– Je ne suis pas damoiselle, protesta-t-elle. Mes fils ont déjà totalisé cinquante oreilles.

– Puissent-ils en trancher cinquante de plus. » Il se dandina vers les suivants. « Conn, fils de Coratt, et Shagga, fils de Dolf – Castral Roc en chevelu, ne trouvez-vous pas ? –, Freux tous deux. Ulf, fils d'Umar, des Sélénites. Timett, fils de Timett, main rouge des Faces Brûlées. Enfin, voici Bronn, reître sans affidation décidée. Il a déjà changé deux fois de camp depuis le peu de temps que j'ai le privilège de le connaître, vous devriez vous entendre tous deux comme larrons en foire, Père. » Puis, aux susnommés : « Permettez-moi de vous présenter mon seigneur de père, Tywin, fils de Tytos, de la maison

Lannister, sire de Castral Roc, gouverneur de l'Ouest, bouclier de Port-Lannis, ancienne et future Main du Roi. »

Lord Tywin se leva, compassé, correct. « La réputation de bravoure des clans guerriers des montagnes de la Lune a retenti jusque dans l'ouest. Quel bon vent vous a fait descendre de vos forteresses, messires ?

– Chevaux, dit Shagga.

– Promesse de soie et d'acier », dit Timett, fils de Timett.

Tyrion allait se mettre en devoir d'exposer au seigneur son père comment il comptait transfigurer le Val d'Arryn en un désert fumant, l'occasion lui en fut ravie, la porte s'ouvrait derechef à la volée sur un messager qui, non sans un coup d'œil de travers aux jolis compagnons de Tyrion, vint ployer le genou devant lord Tywin. « Ser Addam m'envoie vous avertir, messire. L'ost des Stark s'est mis en mouvement par la grand-route. »

Lord Tywin Lannister ne daigna pas sourire, lord Tywin Lannister ne souriait *jamais*, mais Tyrion n'en savait pas moins lire l'expression du plaisir sur sa physionomie, et le plaisir s'y lisait bel et bien. « Ainsi, le louveteau quitte sa tanière pour venir folâtrer parmi les lions..., dit-il d'un ton tranquille et satisfait. Splendide. Va dire à ser Addam de se replier. Pas d'affrontement avant notre arrivée, mais du harcèlement sur les flancs. Je veux qu'il me l'attire plus au sud.

– A vos ordres. » L'estafette se retira.

« Notre position est bonne, ici, signala ser Kevan. Proches du gué, environnés de fosses et de pointes. Puisqu'ils descendent, je dis : laisse-les venir et se briser d'eux-mêmes contre nous.

– Et si le marmot barguigne ? S'il se dégonfle à la vue du nombre ? répliqua lord Tywin. Plus vite je serai débarrassé des Stark, plus tôt j'aurai les mains libres pour régler son compte à Stannis Baratheon. Fais battre la générale et avertis Jaime que je marche contre Robb Stark.

– A ta guise. »

Fasciné, mais d'une fascination noire, Tyrion regarda son père se retourner vers les demi-sauvages. « Les montagnards des clans passent pour des guerriers sans peur.

– Et c'est la vérité, répondit Conn le Freux.

– Leurs femmes aussi, précisa Chella.

– Accompagnez-moi contre mes ennemis, et vous aurez tout ce que vous a promis mon fils, et davantage encore.

– Vous voudriez nous payer avec notre argent ! riposta Ulf, fils d'Umar. Quel besoin avons-nous des promesses du père quand nous avons celles du fils ?

– Qui parle de *besoin* ? Mon offre était de pure courtoisie. Rien ne vous oblige à vous joindre à nous. Simplement, les hommes de l'hiver sont faits de glace et de fer, et mes plus braves chevaliers eux-mêmes ont peur de les affronter. »

Oh, le madré ! pensa Tyrion avec un sourire crochu.

« Les Faces Brûlées n'ont peur de rien. Timett, fils de Timett, accompagnera les lions.

– Où vont les Faces Brûlées, toujours les précèdent les Freux ! s'enflamma Conn. Nous marchons aussi.

– Shagga, fils de Dolf, leur coupera l'engin pour nourrir les corbeaux.

– Nous viendrons, seigneur-lion, acquiesça Chella, fille de Cheyk, mais à condition que le bout d'homme votre fils vienne aussi. Il a acheté sa vie avec des promesses. Aussi longtemps que nous ne tiendrons pas l'acier de sa rançon, sa vie continue de nous appartenir. »

Lord Tywin jeta sur son fils ses yeux pailletés d'or.

« Joie », dit Tyrion avec un sourire de résignation.

SANSA

La salle du Trône était nue. On avait décroché les chasses chères au roi Robert, et elles gisaient dans un coin, sommairement amoncelées.

Ser Mandon Moore alla rejoindre, au bas du trône, deux de ses collègues de la Garde. Abandonnée à elle-même, pour une fois, Sansa musait dans les parages de la porte. Sa complaisance avait eu beau lui mériter de la reine une totale liberté de mouvements dans l'enceinte du château, elle n'en était pas moins partout sous bonne escorte. Et quoique Cersei parât cette dernière de l'appellation flatteuse « garde d'honneur pour ma future bru », Sansa ne s'en trouvait guère honorée ni flattée.

« Libre dans l'enceinte du château » lui permettait certes d'aller et venir à sa guise dans le Donjon Rouge, mais sous parole de n'en point sortir, parole du reste aussi extorquée que donnée de grand cœur. Franchir les murs ? impossible. Les manteaux d'or de Janos Slynt veillaient aux portes nuit et jour, et non moindre était la vigilance des manteaux rouges Lannister. Puis où aller, si tant est qu'elle pût s'esquiver ? Déjà bien beau qu'on la laissât parcourir la cour, cueillir des fleurs dans le jardin de Myrcella, se rendre au septuaire et y prier pour Père, parfois même dans le bois sacré, puisqu'aussi bien les Stark demeuraient fidèles aux anciens dieux.

Comme Joffrey devait, en ce jour, accorder l'audience inaugurale de son règne, elle observait chaque chose d'un œil anxieux. Sous les baies de l'ouest, une ligne de Lannister, une ligne de soldats du guet sous celles de l'est. Pas trace de petites gens ni de gens du commun mais, sous la tribune, un groupe de seigneurs, grands et petits, sans cesse en mouvement. Pas plus de vingt, quand ils auraient été une centaine, les jours ordinaires, du temps de Robert.

Afin de voir le mieux possible, elle se glissa parmi eux, saluant d'un murmure chacun de ceux qu'elle reconnaissait : Jalabhar Xho et sa peau d'ébène, le morne ser Aron Santagar, les jumeaux Redwyne – alias l'Horreur et le Baveux – ..., mais aucun ne parut la reconnaître, *elle*. Ou, s'ils le firent, ce fut avec l'espèce de recul que suscite l'aspect d'un lépreux. En la voyant approcher, lord Gyles enfouit son visage dans ses mains d'un air de souffrance et affecta une quinte de toux. Et lorsque ce jovial poivrot de ser Dontos ouvrit la bouche pour un bonjour, aussitôt ser Balon Swann lui chuchota à l'oreille, et il se détourna.

Que d'absents, d'ailleurs... ! Où donc étaient-ils passés ? Pas un seul visage amical. Tous les regards fuyaient le sien. Ou la traversaient comme un fantôme, une morte prématurée.

Assis seul à la table du Conseil, mains jointes dans sa barbe, le Grand Mestre Pycelle semblait assoupi. A pas aussi pressés que silencieux, lord Varys parut à son tour et, un instant plus tard, lord Baelish franchissait, le sourire aux lèvres, les grandes portes du fond. A le voir, au passage, échanger quelques mots affables avec ser Balon et ser Dontos, Sansa eut soudain l'impression qu'une nuée de papillons folâtraient dans son ventre. *Peur ? de quoi ? je n'ai aucune raison d'avoir peur, tout finira bien, Joffrey m'aime, et la reine aussi, elle l'a bien dit.*

La voix d'un héraut retentit : « Sa Majesté Joffrey Baratheon Lannister, premier du nom, roi des Andals, de Rhoynar et des Premiers Hommes, seigneur et maître des Sept Couronnes. Sa Grâce madame sa mère, Cersei Lannister, reine régente, Lumière de l'Ouest, Protecteur du royaume. »

Etourdissant de blancheur dans une armure à plates, ser Barristan Selmy les introduisit. Ser Arys du Rouvre escortait la reine, ser Boros Blount, Joffrey. Ainsi les compagnons de la Blanche Epée se retrouvaient-ils – en l'absence de ser Jaime – au complet. Le prince charmant de Sansa (non, son *roi*, maintenant !) grimpa deux à deux les marches du trône, pendant que Cersei allait s'installer auprès du Conseil. Par-dessus son pourpoint de panne noire à crevés cramoisis, Joff portait une éblouissante cape montante de brocart d'or, et sur sa tête étincelait une couronne d'or sertie de rubis et de diamants noirs.

Son œil toisa la salle et croisa ceux de Sansa. Il sourit, s'assit et prit la parole. « Le devoir d'un roi consiste autant à châtier les félons qu'à récompenser les féaux. Grand Mestre Pycelle, veuillez faire lecture de mes décrets. »

Celui-ci se leva pesamment. Un col d'hermine et des attaches d'or rehaussaient sa somptueuse robe de gros velours rouge. De l'une de ses vastes manches alourdies de broderies d'or, il retira un parchemin, le déroula et se mit à décliner une longue liste de personnes sommées, au nom du roi et du Conseil, de comparaître et de jurer fidélité à Joffrey. Faute de quoi elles se verraient convaincues de traîtrise et privées de leurs terres et titres au profit du trône.

Tandis qu'il les énonçait une à une, Sansa retenait son souffle. Lord Stannis Baratheon, sa femme et sa fille. Lord Renly Baratheon. Lord Royce et ses fils. Ser Loras Tyrell. Lord Mace Tyrell, ses frères, oncles et fils. Le prêtre rouge Thoros de Myr. Lord Béric Dondarrion. Lady Lysa Arryn et son fils, lord Robert. Lord Hoster Tully, son frère, ser Brynden, et son fils, ser Edmure. Lord Jason Mallister. Lord Bryce Caron des Marches. Lord Tytos Nerbosc. Lord Walder Frey et son héritier, ser Stevron. Lord Karyl Vance. Lord Jonos Bracken. Lady Shella Whent. Doran Martell, prince de Dorne, et tous ses fils... *Tant de gens*, pensa-t-elle, pendant que Pycelle poursuivait l'interminable litanie, *il va falloir une myriade de corbeaux pour transmettre tous ces mandements.*

Enfin retentirent, presque en dernier, les noms que Sansa redoutait d'entendre depuis le début. Lady Catelyn Stark. Robb Stark. Brandon Stark. Rickon Stark. Arya Stark. A celui-ci, Sansa s'étrangla. *Arya.* S'ils l'assignaient à se présenter pour prêter serment..., cela signifiait qu'Arya s'était enfuie, à bord de la galère... et qu'elle devait, maintenant, se trouver, saine et sauve, à Winterfell...

Le Grand Mestre enroula la liste et, après l'avoir engloutie dans sa manche gauche, en extirpa une autre de sa manche droite, s'éclaircit la gorge et reprit : « En lieu et place du traître Eddard Stark, le bon plaisir de Sa Majesté est que Tywin Lannister, sire de Castral Roc et gouverneur de l'Ouest, assume désormais les fonctions de Main du Roi et, en tant que tel, parle avec sa voix, mène ses armées contre ses ennemis, soit l'exécuteur de son royal vouloir. Ainsi en a décidé le roi. Le Conseil restreint opine dans le même sens.

« En lieu et place du traître Stannis Baratheon, le bon plaisir de Sa Majesté est que Sa Grâce madame sa mère, la reine régente Cersei Lannister, qui s'est toujours montrée son plus ferme soutien, siège en son Conseil restreint pour l'aider à gouverner en toute sagesse et toute justice. Ainsi en a décidé le roi. Le Conseil restreint opine dans le même sens. »

Parmi les seigneurs qui l'entouraient, Sansa perçut un léger murmure, mais qui s'éteignit presque instantanément. Pycelle poursuivait déjà.

« Le bon plaisir de Sa Majesté est aussi que son loyal serviteur Janos Slynt, commandant du guet de Port-Réal, soit dès à présent élevé à la dignité de lord et fieffé de la ci-devant résidence de Harrenhal et des domaines et privilèges y afférents, ce à titre perpétuel pour ses descendants. Sa Majesté ordonne en outre à *lord* Slynt de prendre place toutes affaires cessantes au Conseil restreint pour aider celui-ci à régir le royaume. Ainsi en a décidé le roi. Le Conseil restreint opine dans le même sens. »

Du coin de l'œil, elle aperçut un mouvement du côté de l'entrée : Janos Slynt venait d'apparaître, accueilli par un murmure nettement plus fort et plus indigné, cette fois. Et les seigneurs dont l'altière ascendance se perdait dans l'aube des temps ne s'écartèrent qu'avec répugnance devant le manant et sa bouille de batracien déplumé. Cousues sur son doublet de velours noir, des écailles dorées quincaillaient sourdement à chacun de ses pas sous son manteau de satin à damiers or et noir. Deux vilains têtards qui devaient être sa progéniture le précédaient, titubant sous un bouclier de métal plus grand qu'eux. Il avait adopté pour blason, d'or sur champ nocturne, une pertuisane sanglante dont le seul aspect donna la chair de poule aux bras de Sansa.

Une fois lord Slynt attablé près de lui, Pycelle reprit : « Vu, enfin, qu'en ces temps d'émeute et de félonie inaugurés si récemment, hélas, par le décès brutal de notre bien-aimé Robert, les jours et la sécurité du roi Joffrey sont d'une importance vitale pour le royaume, le Conseil opine que... » Il se troubla, se tourna vers la reine.

Elle se dressa. « Ser Barristan Selmy, veuillez avancer. »

Debout jusqu'alors au pied du trône et impassible comme une statue, ser Barristan mit un genou en terre et s'inclina très bas. « Je suis aux ordres de Votre Grâce.

– Levez-vous, ser Barristan, dit-elle. Vous pouvez retirer votre heaume.

– Madame ? » Au comble de la stupeur, le vieux chevalier obtempéra.

« Vous avez si longtemps servi le royaume et avec une si constante fidélité, ser, qu'il n'est personne, homme ou femme, dans les Sept Couronnes qui ne vous doive des remerciements. Je crains malheureusement que l'heure de la retraite n'ait à présent sonné. Le bon plaisir du roi et du Conseil est que vous déposiez ce pesant fardeau.

– Ce... fardeau ? Je crains de... Je ne... »

Le tout nouveau lord Slynt intervint d'une voix sèche et péremptoire : « Sa Grâce vous en informerait-elle avec trop de ménagements ? Vous êtes relevé du commandement de la Garde. »

Debout, là, le souffle court sous ses cheveux blancs, l'imposant chevalier parut se rétrécir. « Mais, Votre Grâce, dit-il enfin, la Garde se compose de frères jurés... Nos vœux nous engagent à vie. La mort seule peut relever le Grand Maître de sa charge inviolable.

– La mort de qui, ser Barristan ? » Toute soyeuse qu'elle était, la voix de Cersei Lannister portait jusqu'au fond de la salle. « La vôtre ou celle de votre roi ?

– Vous avez laissé tuer mon père ! accusa Joffrey du haut du Trône de Fer. Vous êtes trop vieux pour protéger quiconque. »

Comme le chevalier levait les yeux vers son nouveau roi, Sansa trouva pour la première fois qu'il trahissait son âge. « Sire, dit-il, j'avais vingt-deux ans lorsqu'on fit choix de moi pour la Blanche Epée. On exauçait là mon unique rêve, ma seule ambition depuis mon premier contact avec une épée. Je renonçai à toute prétention sur la demeure de mes ancêtres. La jeune fille qui devait devenir ma femme épousa mon cousin, je n'avais cure de terres ou de fils, ma vie entière serait exclusivement consacrée au royaume. C'est Gerold Hightower en personne qui me fit prononcer mes vœux... de garder le roi de toutes mes forces..., de donner mon sang pour le sien... J'ai combattu aux côtés du Taureau Blanc et du prince Lewyn de Dorne..., aux côtés de ser Arthur Dayne, l'Epée du Matin. Avant de servir votre père, j'ai été l'un des boucliers du roi Aerys et, auparavant, de son père, Jaehaerys... Trois rois...

– Tous morts, précisa Littlefinger.

– Vous avez fait votre temps, conclut Cersei Lannister. Autour de sa personne, Joffrey veut des hommes jeunes et vigoureux. Le Conseil a décidé que ser Jaime Lannister vous succéderait comme Grand Maître des Frères Jurés de la Blanche Epée.

– Le Régicide..., déclara ser Barristan d'un ton de souverain mépris. Le faux chevalier qui a profané sa lame dans le sang du roi qu'il avait juré de défendre.

– Veuillez mesurer vos propos, ser, menaça la reine. C'est de notre frère bien-aimé que vous parlez, du sang même de votre roi. »

D'un ton plus doux que les précédents, lord Varys prit la parole à son tour : « Nous ne sommes pas des ingrats, ser. Avec sa générosité coutumière, lord Tywin Lannister consent à vous accorder un vaste et beau domaine au nord de Port-Lannis, en bordure de mer, de l'or et des gens à suffisance pour vous bâtir une puissante résidence, et des serviteurs pour veiller à combler vos moindres désirs. »

Les yeux de ser Barristan flambèrent durement. « Une pièce où crever, des larbins pour me flanquer au trou, grand merci, messires..., je crache sur votre pitié ! » Levant les mains, il défit les agrafes de son manteau, et le lourd vêtement blanc glissa de ses épaules et s'affaissa pli sur pli au sol. L'y suivit, avec un *boum*, son heaume. « Je suis chevalier », les avisa-t-il. Il ouvrit les clapets d'argent de son corselet, le laissa choir de même. « Je mourrai chevalier.

– Chevalier à poil, m'est avis... », railla Littlefinger.

Tous éclatèrent de rire, Joffrey sur son trône comme les seigneurs, debout, de l'assistance, Janos Slynt comme Cersei et Sandor Clegane, tous, même les autres membres de la Garde, ses cinq frères encore l'instant d'avant. *Sûrement ce qui doit le blesser le plus*, songea Sansa. Son cœur à elle bondissait vers le noble vieillard qui se tenait là, pourpre d'humiliation, trop colère pour répliquer. Qui, finalement, dégaina.

Dans le coin de Sansa, quelqu'un avala sa glotte. Ser Boros et ser Meryn s'avançaient, menaçants, ser Barristan les cloua d'un regard hautain. « N'ayez pas peur, messers, votre roi s'en tirera indemne..., et pas grâce à vous. Je serais encore capable, et sans peine, comme dans du beurre, de vous massacrer, tous les cinq. Allez, allez vous aplatir sous le Régicide, aucun de vous n'est digne de porter le blanc. » Il jeta son épée au pied du Trône de Fer. « Tiens, mon gars. Fais-la fondre et joins-la aux autres, si ça te chante. Tu en auras plus de jouissance que des cinq autres dans ces mains-là. Il se pourrait un jour que lord Stannis l'honore de son séant. »

D'un pas pesant qui sonnait sur les dalles et que répercutait la nudité des murs, il entreprit de gagner la sortie, là-bas, loin, loin. Seigneurs et dames s'écartèrent sur son passage, dans un silence qui ne cessa qu'après que les pages eurent refermé sur lui les grands vantaux de chêne bardé de bronze. Alors seulement, Sansa perçut à nouveau quelques vagues bruits : des chuchotements, des remous gênés, le froissement de quelque papier du côté du Conseil. « Il m'a appelé *mon gars*..., pleurnicha Joffrey d'une voix de bambin. Il a aussi parlé d'Oncle Stannis...

– Propos en l'air, minimisa Varys. Insignifiants...

– Mais s'il était du complot ? complice de mes oncles ? je veux qu'on l'arrête ! qu'on le mette à la question ! » Personne ne bougeant, il haussa le ton : « J'ai dit : "*Je veux qu'on l'arrête !*" »

A la table du Conseil, Janos Slynt se leva. « Mes manteaux d'or vont s'en occuper, Sire.

– Bon », dit le roi Joffrey. A grandes enjambées, *lord* Janos se dirigea vers la porte, suivi de ses deux affreux qui, forcés de doubler le pas, cahotaient sous les armoiries démesurées de la *maison* Slynt.

« Sire, intervint Littlefinger, si nous reprenions, avec votre permission ? Les sept ne sont plus que six. Il nous faut une nouvelle épée pour compléter votre Garde... »

Joffrey retrouva le sourire. « Mère, dites-leur.

– Le roi et son Conseil sont tombés d'accord qu'il n'est aucun homme, dans les Sept Couronnes, plus à même de garder et protéger Sa Majesté que son bouclier lige Sandor Clegane.

– Que te dit, Chien ? » demanda le roi Joffrey.

Bien fin qui fût parvenu à rien lire sur les traits dévastés du Limier. Il réfléchit un long moment. « Pourquoi pas ? Je n'ai ni terres ni épouse à renoncer, puis, dans le cas contraire, qui s'en soucierait ? » La partie calcinée de sa bouche se gondola. « Mais je vous préviens, je ne prononcerai pas les vœux de chevalier.

– Les Frères Jurés de la Garde ont toujours été chevaliers, déclara ser Boros d'un ton ferme.

– Jusqu'à présent », rétorqua le Limier, plus rauque et râpeux que jamais, et ser Boros n'eut garde d'insister.

En voyant s'avancer le héraut, Sansa comprit qu'arrivait son heure. D'une main fébrile, elle lissa sa jupe. Malgré le deuil qu'elle portait par déférence pour la mémoire du défunt roi, elle s'était tout spécialement souciée de mettre en valeur sa beauté. Elle portait la robe de soie ivoire que lui avait offerte la reine et ruinée Arya mais qui, teinte en noir, ne montrait plus trace de tache et, après des heures de perplexité devant sa cassette, s'était finalement décidée pour l'élégance toute simple d'une simple chaîne d'argent.

Déjà, le héraut clamait : « S'il est quiconque, en ce lieu, qui souhaite soumettre d'autres sujets à Sa Majesté, qu'il parle, à présent, ou qu'il se retire en silence. »

Elle se sentit défaillir, s'intima : *Maintenant, je dois le faire maintenant. Puissent les dieux m'en donner le courage.* Elle fit un pas puis un autre. Devant elle s'écartaient en silence seigneurs et chevaliers, tous les regards pesaient sur ses épaules. *Je dois être aussi forte que dame ma mère.* « Sire », appela-t-elle d'une voix fluette et tremblante.

La position dominante du Trône de Fer offrait à Joffrey un point de vue incomparable sur toute la salle. Aussi fut-il le premier à la voir. « Approchez, madame », dit-il en souriant.

Encouragée par ce sourire, elle se sentit belle, elle se sentit forte. *Il m'aime, oui, il m'aime.* La tête haute, enfin, elle s'avança, sans excès de lenteur ni excès de hâte. Elle ne devait pas leur laisser voir, surtout, son excès d'angoisse.

« Lady Sansa, de la maison Stark ! » proclama le héraut.

Elle s'immobilisa sous le trône à l'endroit précis où gisaient en tas le corselet, le heaume et le grand manteau blanc de ser Barristan. « Avez-vous quelque chose à dire au roi et au Conseil, Sansa ? demanda la reine depuis sa place.

– Oui, Votre Grâce. » De peur d'abîmer sa robe, elle s'agenouilla sur le manteau puis leva les yeux vers son prince, là-haut, sur son effroyable trône. « Plaise à Votre Majesté, Sire, de m'accorder miséricorde pour mon père, lord Eddard Stark, naguère encore Main du Roi. » Elle avait répété la formule cent fois.

La reine soupira. « Sansa, vous me décevez. Que vous ai-je dit sur le sang des traîtres ?

– Votre père s'est rendu coupable des plus grands crimes, madame, fit chorus le Grand Mestre Pycelle.

– Oh, pauvre petite..., s'apitoya Varys. Un agnelet, messires, elle ne sait ce qu'elle demande... »

Mais elle n'avait d'yeux que pour Joffrey. *Il doit m'entendre, il doit !* Le roi se tortilla sur son séant. « Laissez-la parler, ordonna-t-il. Je veux entendre sa requête.

– Soyez-en remercié, Sire. » Elle sourit, mais d'un sourire timide et secret, dédié à lui seul. Il écoutait. Exactement comme escompté.

« La trahison est une mauvaise herbe, pontifia Pycelle. A moins de l'extirper, d'anéantir racine et tige et graine, il en poussera dans tous les fossés.

– Nieriez-vous le crime de votre père ? insinua lord Baelish.

– Non, messires. » Pas si sotte. « Je sais qu'il mérite un châtiment. Je ne demande que miséricorde. Je sais que le seigneur mon père doit être accablé de remords. Il était l'ami du roi Robert, il l'aimait, vous le savez tous, il l'aimait. Il ne voulait pas être Main. Il n'a cédé qu'aux instances du roi. On a dû le tromper, lui mentir. Lord Renly ou lord Stannis ou... ou *quelqu'un*. Il a fallu qu'on lui mente, sans quoi... »

Les mains agrippées aux bras de son trône, le roi Joffrey se pencha en avant. Entre ses doigts saillaient des pointes d'épées brisées. « Il a dit que je n'étais pas le roi. Pourquoi l'a-t-il fait ?

– Il avait la jambe cassée ! répliqua-t-elle passionnément. Elle lui faisait tellement mal..., mestre Pycelle lui donnait du lait de pavot, et on dit que le lait de pavot emplit la tête de nuages. Il n'aurait jamais dit cela, sinon.

– Une foi d'enfant..., s'émerveilla Varys. Tant de douceur et de candeur... Mais ne dit-on pas, au fait, que la sagesse sort souvent de la bouche des innocents ?

– La trahison est la trahison », riposta Pycelle du tac au tac.

Au-dessus, Joffrey ne cessait de se balancer. « Mère ? »

Cersei Lannister considéra Sansa d'un air pensif. « Si lord Eddard consentait à confesser son crime, dit-elle enfin, nous ne douterions plus de son repentir. »

Joffrey se hissa sur pied. *Par pitié*, le conjura mentalement Sansa, *par pitié, montrez-vous le roi que vous êtes, je le sais, bon, généreux, noble, par pitié.*

« Avez-vous rien d'autre à ajouter ? demanda-t-il.

– Seulement que..., puisque vous m'aimez, vous m'accorderez cette faveur, mon prince. »

Il la détailla de pied en cap. « Vos douces paroles m'ont touché, dit-il d'un ton galant, non sans hocher la tête comme pour signifier que tout irait bien. Je ferai ce que vous demandez..., mais que votre père avoue, d'abord. Qu'il avoue et me reconnaisse pour roi, ou point de miséricorde pour lui.

– Il le fera ! protesta-t-elle, le cœur envolé de joie, oh, je suis sûre qu'il le fera ! »

EDDARD

La paille puait la pisse. Le cachot ne possédait ni soupirail ni lit ni même de tinette. Une porte grise de bois noueux, épais de cinq pouces et renforcé de fer, des murs de grès rougeâtre encroûtés de salpêtre, voilà tout ce qu'il s'en rappelait, pour l'avoir entrevu quand on l'y jetait. Une fois la porte claquée sur lui, plus rien de visible, ténèbres absolues, cécité totale. A douter de n'être pas aveugle.

Ou mort. Enterré avec le roi. « Ah, Robert, Robert », murmura-t-il en persistant, malgré la douleur qui lancinait sa jambe au moindre geste, à tâtonner la pierre froide. Lui revint en mémoire la grosse blague de Robert, en bas, dans les cryptes de Winterfell, sous l'œil réprobateur des vieux rois de l'Hiver. *Ce que le roi bouffe, la Main s'en farcit la merde.* Et de rire, de rire. Pourtant faux, mon vieux. *Le roi meurt, enterrée, la Main.*

Le cachot se trouvait sous le Donjon Rouge, à des profondeurs que n'osait concevoir son imagination. Il se remémorait les vieilles histoires courant sur Maegor le Cruel faisant mettre à mort tous les ouvriers du château pour empêcher qu'ils n'en révèlent les secrets.

Maudits fussent-ils, tous ! Et Littlefinger et Slynt et ses manteaux d'or et Cersei et le Régicide et Pycelle et Varys et Barristan, tous ! y compris Renly, le propre sang du roi, pour s'être esbigné à l'heure où l'on avait le plus besoin de lui ! Puis il finissait par s'en prendre à lui-même. « *Imbécile !* criait-il dans le noir, triple bougre d'imbécile aveugle ! »

Sous son nez, dans le noir, flottait le beau visage de Cersei Lannister. Le soleil se perdait dans sa chevelure, elle souriait d'un sourire imperceptiblement railleur. « Quand on s'amuse au jeu des trônes, chuchotait-elle, on gagne ou on meurt. » Il avait joué, il avait perdu, et ses hommes avaient payé de leur sang le prix de son inconsistance.

En pensant à ses filles, il eût de bon cœur sangloté, mais les larmes se refusaient. Il demeurait encore et toujours un Stark de Winterfell, sa rage et son chagrin gelaient à cœur fendre en son for, voilà tout.

S'il se tenait tout à fait immobile, sa jambe le torturait moins. Aussi s'efforçait-il de rester le plus longtemps possible couché sans un mouvement. Combien de temps ? Impossible à dire, sans soleil ni lune. Puis il aurait fallu voir pour encocher le mur. Il fermait les yeux, les rouvrait : nulle différence. Il dormait, s'éveillait, dormait à nouveau. Du sommeil, du réveil, quel était le pire, il ne savait. S'assoupissait-il, les rêves affluaient, des rêves sombres, abominables, des rêves de sang, de parjures. S'éveillait-il, que faire d'autre que penser ? et ses pensées conscientes étaient plus noires encore que ses cauchemars. Celle de Catelyn était aussi douillette qu'un lit d'orties. Où se trouvait-elle ? Que faisait-elle ? Et la reverrait-il jamais ?

Les heures se faisaient jours, à son sentiment du moins. Une douleur sourde élançait sa jambe, et cela démangeait, sous le plâtre. Sa cuisse était brûlante. Pas un bruit, hormis sa propre respiration. Au bout d'un temps indéterminable, il se mit à parler tout haut, à seule fin d'entendre une voix. De peur de céder à la folie, il échafaudait des plans, se bâtissait dans le noir des châteaux d'espoir. Il pouvait compter sur le monde extérieur. A Peyredragon, Accalmie, les frères de Robert, libres, eux, de leurs mouvements, levaient des armées. Alyn et Harwin regagneraient Port-Réal avec ses autres gardes dès qu'ils en auraient terminé avec Gregor. A la première nouvelle de son arrestation, Catelyn soulèverait le nord, et les seigneurs du Conflans, ceux de la montagne et du Val voleraient se joindre à elle.

Le souvenir de Robert le travaillait de plus en plus. Il le revoyait tel qu'en sa fleur, superbe et svelte sous son heaume aux amples andouillers, masse au poing, campé sur son destrier comme un dieu cornu. Il entendait son rire dans les ténèbres, il voyait ses yeux, deux lacs de montagne lumineux et bleus. « Vise-nous un peu, Ned ! disait-il. En être venus là, bons dieux ! toi dans ce trou, moi saigné par un porc..., quand nous avions conquis un trône, comment se peut-il ? »

Je t'ai manqué, Robert, répondit-il à part lui. Il ne pouvait prononcer les mots. *Je t'ai menti, je t'ai caché la vérité. Je les ai laissés te tuer.*

Le roi l'entendit pourtant. « Bougre d'imbécile, avec ta raideur d'échine ! maugréait-il, ton maudit orgueil et sa surdité ! Ça nourrit son homme, la fierté, Stark ? Ça les protégera, tes enfants, l'honneur ? »

Sa face se craquela peu à peu, des fissures la labourèrent, il leva la main et, brusquement, arracha le masque. C'était non pas Robert, derrière, loin de là, mais Littlefinger, avec son sourire goguenard. Et, lorsqu'il ouvrit la bouche, ses mensonges prirent leur essor, métamorphosés en teignes grisâtres.

Ned somnolait quand il entendit des pas dans le couloir, et il crut d'abord les rêver. Cela faisait si longtemps qu'il en était réduit au son de sa propre voix. Puis il se sentait si fiévreux, sa jambe le mettait à un tel supplice. Ses lèvres avaient la sécheresse du vieux parchemin. Quand la lourde porte grinça sur ses gonds, l'irruption brutale de la lumière lui blessa les yeux.

Un geôlier lui fourra dans les mains une cruche. Frais était le contact de l'argile tout embuée, fraîche l'eau dont il se gorgeait si avidement qu'il en ruisselait dans sa barbe. Et il but, il but jusqu'au moment où l'arrêta l'idée qu'il allait se rendre malade. « Depuis combien de temps... ? » demanda-t-il d'une voix faible.

Avec son museau de rat, son poil élimé, son haubert de mailles et sa demi-cape de cuir, l'homme avait tout l'air d'un épouvantail. « Pas parler ! grogna-t-il en lui arrachant la cruche.

– S'il te plaît..., mes filles... » Mais déjà la porte couinait. Tout ébloui par les ténèbres refermées, il baissa la tête sur sa poitrine et se pelotonna dans la litière. Elle ne puait plus la pisse et la merde. Ne sentait plus rien du tout.

Plus de différence non plus entre la veille et le sommeil. Du fond des ténèbres rampaient vers lui des souvenirs aussi vivaces que des cauchemars.

A nouveau, il avait dix-huit ans, en cette année du printemps perfide, et il descendait des Eyrié pour le tournoi de Harrenhal. Verte était l'herbe, d'un vert intense, la brise embaumait le pollen. Chaudes journées, nuits fraîches et saveur exquise du vin. Il entendait retentir, intact, le rire si particulier de Brandon pendant que Robert accomplissait des prouesses folles dans la mêlée, son rire à le voir démonter les cavaliers de droite et de gauche. Il revoyait Jaime Lannister, si blond, si jeune en sa blanche armure d'écailles, s'agenouiller dans l'herbe, face au pavillon royal, et prononcer son serment de défendre et protéger Aerys le Fol. Et il revoyait ensuite comme d'hier ser Oswell Whent aider l'adolescent à se relever, et ser Gerold Hightower en personne, le Taureau Blanc, Grand Maître de la Garde, lui agrafer aux épaules le manteau de neige. Et les six épées blanches se trouvaient là pour accueillir leur nouveau frère.

Il revoyait les joutes et le triomphe que s'y tailla Rhaegar Targaryen. Le prince héritier portait précisément la même armure qu'à son dernier jour. Des plates noires miroitantes où scintillait le fameux dragon de rubis tricéphale. Une plume de soie écarlate flottait dans son sillage au rythme de son coursier, et aucune lance ne semblait capable de le toucher. Il culbuta Brandon, culbuta Yohn Royce le Bronzé, culbuta même le splendide ser Arthur Dayne, l'Epée du Matin.

Il revoyait Robert et Jon Arryn et le vieux lord Hunter badiner pendant que le prince, après avoir culbuté de même ser Barristan lors de l'ultime épreuve, faisait à cheval le tour de la lice, et il revoyait le moment où tous les sourires étaient morts parce que Rhaegar, dépassant sa femme, Elia Martell, princesse de Dorne, venait de déposer la couronne de beauté dans le giron de Lyanna : une couronne, la revoyait-il ! de roses d'hiver, bleues d'un bleu de givre.

Ned Stark tendit vivement la main pour s'en saisir, mais sous les pâles pétales bleutés se dissimulaient force épines. Il les sentit, cruelles, acérées, griffer sa peau, il vit le sang dégoutter lentement le long de ses doigts et..., et il s'éveilla, tremblant, dans le noir.

Promets-moi, Ned, avait chuchoté sa sœur de son lit sanglant. Pour avoir aimé le parfum des roses d'hiver.

« Pitié ! hoqueta-t-il, je deviens fou... »

Les dieux dédaignèrent l'appel.

A chaque visite du geôlier, il se disait : un jour de plus. D'abord, il avait tenté d'en obtenir un mot, quelque nouvelle de ses filles et du monde extérieur, mais sans autre succès que des grognements et des coups de pied, puis, les crampes de la faim aidant, s'était contenté de réclamer à manger. Non moins vainement. Pas de nourriture. Les Lannister comptaient sans doute le faire périr d'inanition. « Non », se dit-il. Si Cersei avait voulu sa mort, elle l'aurait fait massacrer comme ses hommes dans la salle du trône. Elle le voulait vivant. Au désespoir, harassé, mais vivant. Avec son frère aux mains de Catelyn, elle n'oserait le tuer. Trop dangereux pour le Lutin.

Du dehors lui parvint un raclement de chaînes, la porte grinça. Appuyé d'une main à la paroi humide, il se tendit vaille que vaille vers la lumière. L'éclat d'une torche le fit loucher. « Du pain... ! s'enroua-t-il.

– Du vin », répondit une voix qui n'était pas celle du rat. Plus râblé, courtaud, l'homme portait néanmoins la même demi-cape de cuir, un morion d'acier surmonté d'une pointe le coiffait. « Buvez, lord Eddard. » Il lui poussa une gourde entre les doigts.

Bien que le timbre lui parût singulièrement familier, Ned mit un moment à l'identifier. « *Varys ?* » douta-t-il enfin, suffoqué. Il toucha la figure du visiteur. « Non, je..., ce n'est pas un rêve. Vous êtes bien là. » Des picots de poil noir, rêches sous la main, hérissaient les grosses joues molles de l'eunuque. Métamorphosé en geôlier poivre et sel, Varys empestait la sueur, la vinasse. « Comment avez-vous... ? Quelle sorte de magicien êtes-vous... ?

– Soiffard, dit Varys. Buvez, messire. »

Les doigts de Ned pétrirent le cuir velu. « Le même poison que pour tuer Robert ?

– Vous m'offensez, s'affligea-t-il. Personne n'aime les eunuques, décidément... Donnez. » Il s'envoya une giclée qui macula d'un filet rouge un coin de ses lèvres mafflues. « Sans égaler le cru que vous me fîtes déguster le soir du tournoi, pas plus vénéneux que le tout-venant, conclut-il en se torchant la bouche d'un revers de manche. Tenez. »

Ned tâta d'une gorgée. « De la lie. » Il se crut sur le point de tout restituer.

« Le sort commun, déglutir l'aigre avec le doux. Les grands seigneurs comme les eunuques. Votre heure a sonné, messire.

– Mes filles... ?

– La cadette a échappé à ser Meryn et filé. J'ai été incapable de la retrouver. Les Lannister aussi. Une bénédiction, là, car notre nouveau roi ne la porte pas dans son cœur. L'aînée est encore promise à Joffrey. Cersei la serre de près. Elle est venue l'autre jour à l'audience prier que l'on vous épargne. Dommage que vous n'ayez pas été là, elle vous aurait ému. » Il prit un air penché. « Vous n'ignorez pas, je présume, que vous êtes un homme mort, lord Eddard ?

– La reine ne me tuera pas », dit-il. La tête lui tournait. Le vin était fort, et il tombait dans un estomac vide depuis trop longtemps. « Catelyn... Catelyn tient son frère...

– *Pas le bon*, soupira Varys. Sans compter qu'il lui a glissé entre les doigts. Il a dû mourir depuis, selon moi, quelque part dans les montagnes de la Lune.

– S'il en est ainsi, tranchez-moi la gorge, qu'on en finisse. » Sonné par le vin, il se sentait à bout, nauséeux.

« Votre sang est le dernier de mes désirs. »

Ned se renfrogna. « Pendant qu'on massacrait ma garde, vous vous teniez près de la reine, tout yeux mais muet comme une carpe.

– Et j'agirais de même aujourd'hui. Si ma mémoire est bonne, je me trouvais là sans armes, sans armure et cerné d'épées Lannister. »

Il le considéra d'un air curieux, encensa du chef. « Quand j'étais jeune et encore entier, je courais les cités libres avec une troupe de comédiens. Ils m'enseignèrent que tout homme a un rôle à jouer, dans l'existence comme sur les tréteaux. Il en va de même à la Cour. La justice du roi se doit d'être redoutable, le Grand Argentier frugal, le Grand Maître de la Garde brave... et le patron des mouchards obséquieux, cauteleux, dénué de scrupules. Un indicateur courageux serait d'aussi piètre usage qu'un chevalier couard. » Il empoigna de nouveau la gourde et s'accorda une lampée.

Après avoir longuement scruté sa physionomie dans l'espoir de dénicher une once de véracité sous la bosse du cabotinage et les attributs postiches de la virilité, Ned reprit une goulée de vin qui, cette fois, descendit à peu près sans heurt. « Pouvez-vous me tirer de ce trou ?

– Je pourrais, mais de là à *vouloir*... Non. On se poserait des questions, et les réponses mèneraient à moi. »

Ned n'escomptait pas davantage. « Votre impudence vous honore.

– Un eunuque n'a pas d'honneur, et une araignée ne saurait s'offrir le luxe des scrupules, monseigneur.

– Accepteriez-vous au moins de transmettre un message ?

– Cela dépendrait du message. Je vous procurerai volontiers de l'encre et du papier, si vous le souhaitez. Et quand vous aurez écrit la lettre à votre guise, je la prendrai, la lirai et la délivrerai ou non, au mieux de mes propres buts et de mes intérêts.

– Vos propres buts. Et quels sont-ils, lord Varys ?

– La paix, répliqua celui-ci sans hésiter. S'il se trouvait à Port-Réal une âme qui désespérait sincèrement de préserver les jours de Robert Baratheon, je fus cette âme-là. » Il soupira. « Durant quinze ans, je l'ai protégé contre ses ennemis, mais contre ses amis j'étais impuissant. Quelle folle crise d'extravagance a pu vous pousser à informer la reine que vous saviez la vérité sur la naissance de Joffrey ?

– Une folle crise de compassion.

– Ah. Bien sûr. Vous êtes un honnête homme et un homme d'honneur, lord Eddard. J'ai souvent tendance à l'oublier. J'en ai croisé si peu. » Il jeta un regard circulaire sur le cachot. « Je comprends pourquoi, quand je vois ce que vous ont valu l'honneur et l'honnêteté. »

Ned renversa sa tête contre la pierre humide et ferma les yeux. Sa jambe refaisait des siennes. « Le vin du roi..., vous avez interrogé Lancel ?

– Mais naturellement. Les gourdes venaient de Cersei, qui avait précisé : "Le cru favori de Robert." » Il haussa les épaules. « L'existence du chasseur est un défi permanent au danger. Si le sanglier ne l'avait eu, Robert aurait fait une chute de cheval, une vipère l'aurait mordu, une flèche perdue frappé..., la forêt est l'abattoir des dieux. Ce n'est pas le vin qui a tué le roi, c'est votre *compassion.* »

La confirmation que Ned appréhendait par-dessus tout. « Que les dieux me pardonnent.

– S'il en est, je veux croire qu'ils le feront. De toute manière, la reine n'aurait pas tardé à agir. Robert était en passe de se rebiffer, elle devait s'en défaire afin d'avoir les coudées franches à l'encontre de ses beaux-frères. Stannis et Renly, les deux font la paire. Le gantelet de fer et le gant de velours. » Du dos de la main, il s'épongea les lèvres. « Vous vous êtes conduit de façon stupide, mon bon. Que n'avez-vous écouté Littlefinger quand il vous pressait de soutenir Joffrey !

– Comment... comment diable êtes-vous au courant ? »

Varys se mit à sourire. « Je le suis, comment ne vous regarde pas. Et je sais aussi que, demain, la reine viendra vous voir. »

Ned souleva lentement ses paupières. « Pour quoi faire ?

– Cersei vous redoute, messire..., mais elle a d'autres ennemis qu'elle redoute davantage encore. Son bien-aimé Jaime est déjà aux prises avec les seigneurs riverains. En ses Eyrié de roche et d'acier, Lysa Arryn campe sur le qui-vive, et ce n'est pas la tendresse qu'elles se portent mutuellement qui les ruinera. A Dorne, les Martell ruminent toujours le meurtre d'Elia et de ses enfants. Et voici qu'à la tête d'une armée du nord votre fils traverse le Neck.

– Robb n'est qu'un gamin ! se récria Ned, consterné.

– Un gamin suivi d'une armée. Mais qu'un gamin, je vous l'accorde. Ses nuits blanches, Cersei les doit surtout aux frères du roi..., lord Stannis notamment. Il est l'unique prétendant légitime, sa réputation de stratège n'est plus à faire, et nul ne l'ignore inaccessible à la pitié. Le dernier des monstres est ici-bas moitié moins terrifiant qu'un homme éperdu d'équité. Personne ne sait ce qu'a fabriqué Stannis à Peyredragon, mais je suis prêt à parier qu'il y collectait plus d'épées que de coquillages. La hantise de Cersei est de se dire : “Et s'il débarque, pendant que mes père et frère s'échinent à battre les Stark et les Tully ? s'il se proclame roi ?” Elle vit dans la hantise de voir valser la jolie tête blonde de Joffrey... et de perdre la sienne, par-dessus le marché, mais c'est avant tout pour son fils qu'elle craint, j'en suis convaincu.

– Stannis Baratheon est l'authentique héritier de Robert. Le trône lui revient de droit. J'applaudirais à son avènement.

– Ttt ttt. Voilà qui ne serait pas du goût de Cersei... Il se peut que Stannis conquière la couronne, mais si vous n'apprenez à tenir votre maudite langue, il ne restera de vous pour l'ovationner qu'un crâne en putréfaction. Allez-vous tout flanquer par terre, alors que Sansa a su plaider votre cause avec tant de suavité ? Vous auriez tort de refuser la grâce que l'on s'apprête à vous offrir. Cersei n'est pas idiote, un loup domestiqué lui serait autrement utile qu'un loup mort.

– Vous voudriez me voir *servir* la femme qui a tué mon roi, massacré mes hommes et estropié mon fils ? balbutia Ned, encore plus abasourdi qu'indigné.

– Je voudrais vous voir servir le royaume. Dites à la reine que vous confesserez vos noirs forfaits, dites-lui que vous ordonnerez à votre fils de déposer les armes et proclamerez la légitimité de Joffrey. Offrez de dénoncer Stannis et Renly comme usurpateurs et comme félons. Notre lionne aux yeux verts vous sait homme d'honneur. Si vous lui concédez la paix qui lui faut et le loisir de régler son compte à Stannis, si vous lui jurez d'emporter son secret dans la tombe, elle vous accordera, m'est avis, de prendre le noir et d'aller paisiblement finir vos jours sur le Mur, auprès de votre frère et de l'espèce de fils que vous y avez. »

A l'entendre évoquer Jon, la vergogne submergea Ned, et un chagrin inexprimable. Oh, le revoir, lui parler, posément... ! La douleur fulgura sous le plâtre immonde, irradia, le fit grimacer, ses doigts s'ouvrirent et se refermèrent malgré lui convulsivement. « Est-ce là votre conception personnelle des choses, haleta-t-il, ou êtes-vous de mèche avec Littlefinger ? »

La question parut impayable à l'eunuque. « Plutôt épouser le Bouc Noir de Qohor ! En fait d'intrigues tortueuses, Littlefinger vient bon second dans les Sept Couronnes. Oh, je lui donne à becqueter de-ci de-là des tuyaux friands, mais juste assez pour qu'il me *croie* son homme..., exactement comme j'autorise Cersei à se le figurer aussi.

– Et exactement comme vous m'invitez moi-même à me l'imaginer. Dites-moi, lord Varys, qui servez-vous véritablement ? »

Il sourit d'un air fin. « Mais le royaume, mon cher seigneur, vous serait-il possible d'en douter ? J'en fais serment sur ma virilité perdue, je sers le royaume, et le royaume a besoin de paix. » Il acheva de vider la gourde, la jeta de côté. « Bref, votre réponse, lord Eddard ? Promettez-moi de dire à la reine ce qu'elle brûle d'entendre durant sa visite.

– Si je m'abaissais jusque-là, c'est que ma parole sonnerait aussi creux qu'une armure vide. La vie ne m'est pas précieuse à ce point.

– Tant pis. » L'eunuque se leva. « Et celle de votre fille, messire ? A quel prix l'estimez-vous ? »

Un frisson glacé lui perça le cœur. « Ma fille...

– Vous ne me faisiez pas l'injure de croire que j'avais oublié votre charmante enfant, n'est-ce pas ? Eh bien, soyez tranquille, la reine s'en souvient aussi.

– *Pas ça... !* s'étrangla Ned. Au nom des dieux, Varys, disposez de moi comme vous l'entendrez, mais laissez ma fille en dehors de vos manigances. Sansa n'est qu'une fillette...

– Tout comme Rhaenys, rappelez-vous, la fille de Rhaegar... Un petit bijou d'enfant, plus jeune encore que les deux vôtres. Elle avait un petit chaton noir qu'elle appelait Balerion, vous saviez cela ? Je me suis toujours demandé ce qu'il était advenu de lui. Elle aimait à se persuader qu'il était le véritable Balerion, la Terreur Noire de jadis, mais je suppose que les Lannister ont eu tôt fait de lui apprendre la différence entre un chaton et un dragon, le jour où ils ont fracassé sa porte. » Il poussa un long soupir vanné, le soupir de qui charrierait dans un sac sur ses frêles épaules toutes les misères du monde. « Le Grand Septon m'a dit un jour : "Plus nous péchons, plus nous souffrons." Si cela est vrai, lord Eddard, dites-moi..., pourquoi la pire souffrance échoit-elle toujours aux innocents quand vous autres, grands seigneurs, vous amusez au jeu des trônes ? Méditez cela, voulez-vous, en attendant la reine. Non sans réserver une petite place à la pensée suivante : la prochaine personne que vous verrez vous apportera de deux choses l'une, ou bien du lait de pavot pour atténuer vos douleurs et du pain, du fromage... ou bien la tête de Sansa.

« Le choix, cher seigneur et Main, dépend de vous, de vous *seul.* »

CATELYN

Comme l'ost, agglutiné sur la route entre les noires fondrières du Neck, marquait le pas avant de se déverser peu à peu vers le Conflans, l'anxiété de Catelyn s'exacerbait. Elle avait beau les dissimuler derrière un masque sévère et serein, ses craintes ne la taraudaient pas moins, qui empiraient lieue après lieue. Ereintée par ses jours d'angoisse et ses nuits troublées, elle serrait les dents au moindre corbeau qui la survolait.

Elle craignait pour le seigneur son père et augurait le pire de son silence. Elle craignait pour son frère et conjurait les dieux de le préserver d'aventure s'il lui fallait affronter le Régicide en rase campagne. Elle craignait pour Ned et pour ses filles, elle craignait pour ses benjamins abandonnés à Winterfell. Et cependant, réduite qu'elle était à ne rien pouvoir pour aucun, elle se débattait pour éviter le plus possible de songer à eux. *Tu dois préserver ton énergie pour Robb*, se morigénait-elle. *Il est le seul que tu puisses aider. Tu dois te montrer aussi farouche, aussi inflexible que le nord, Catelyn Tully. Fini de jouer à la Stark, maintenant, tu dois être Stark autant que ton propre fils.*

Robb chevauchait en tête, sous la blanche bannière battante de Winterfell. Chaque jour, il priait l'un ou l'autre de ses vassaux de l'y venir joindre afin de deviser tout en marchant ; il honorait chacun de même, évitait de favoriser quiconque, écoutait comme savait écouter le seigneur son père et, comme lui, mesurait les avis de l'un à l'aune des avis de l'autre. *Fou, ce qu'il a appris de Ned*, se disait-elle en l'épiant, *mais aura-t-il appris suffisamment ?*

Escorté d'une centaine de piques et d'autant de chevau-légers, le Silure avait pris les devants pour éclairer les mouvements et sonder le terrain. Les rapports de ses estafettes ne la rassuraient guère. Si lord Tywin se trouvait encore à pas mal de journées au sud, le sire du Pont, Walder Frey, Walder le Tardif... avait concentré près de quatre mille hommes dans ses citadelles de la Verfurque.

« Tardif, une fois de plus », murmura Catelyn en l'apprenant. Il refaisait le coup du Trident, le maudit ! Tout tenu qu'il était de répondre à la convocation du ban en ralliant à Vivesaigues les forces Tully, bernique, planqué dans son coin.

« Quatre mille hommes..., répéta Robb, d'un ton moins irrité que perplexe, à l'intention de Robett Glover, son compagnon du jour. Lord Frey ne peut se flatter de combattre les Lannister seul. Il compte assurément joindre ses forces aux nôtres...

– Assurément ? glissa Catelyn, qui s'était portée à leur hauteur, distançant quelque peu l'avant-garde qui, telle une forêt de lances, d'étendards, de piques, se déployait progressivement dans la plaine. Je serais moins affirmative. Ne présume rien de sa part, tu t'épargneras toute déconvenue.

– Votre père est son suzerain...

– Il est des gens, Robb, qui transigent plus volontiers que d'autres sur leurs serments. Les relations de lord Walder avec Castral Roc ont toujours été trop cordiales, au gré de mon père. L'un de ses fils a épousé la sœur de lord Tywin. En soi, la chose n'a guère de portée, bien sûr. Vu la tripotée d'enfants qu'il a procréés tout au long de sa longue vie, lord Walder s'est trouvé fort en peine de leur procurer des partis à tous. Néanmoins...

– Vous lui supposez l'intention de nous trahir en faveur des Lannister, madame ? » demanda gravement Glover.

Elle soupira. « Pour parler franc, je doute même que lord Frey sache à quoi s'en tenir sur les intentions de lord Frey. Il combine la cautèle de son grand âge à un appétit juvénile, et l'astuce ne lui a jamais fait défaut.

– Il nous faut coûte que coûte les Jumeaux, Mère ! s'enflamma Robb. On ne peut franchir la rivière que là, vous le savez.

– Oui. Et Walder Frey l'ignore moins que quiconque. »

Ils campèrent ce soir-là sur la lisière méridionale du marécage, à mi-distance de la route royale et de la Verfurque. Theon Greyjoy leur y apporta des nouvelles circonstanciées. « Ser Brynden me prie de vous mander sa première escarmouche avec les Lannister. Une douzaine d'éclaireurs qui n'iront pas de sitôt éclairer la chandelle de lord Tywin. » Il souligna d'un sourire son jeu de mots. « Ser Addam Marpheux, qui commande leur détachement, se replie vers le sud en pratiquant la tactique de la terre brûlée. Il sait plus ou moins où nous nous trouvons, mais le Silure garantit qu'il ignorera notre division en deux corps.

– A moins que ne l'en avise lord Frey, riposta sèchement Catelyn. Veuillez avertir mon oncle dès votre arrivée, Theon, d'avoir à poster ses meilleurs archers, nuit et jour, autour des Jumeaux et à leur faire abattre tout corbeau qui s'en envolerait. Je ne veux pas que lord Tywin soit informé des mouvements de mon fils.

– Ser Brynden y a déjà paré, madame, répondit Theon avec un sourire penché. Quelques oiseaux de plus, et nous tiendrons un bon pâté. Je vous réserverai leurs plumes pour un chapeau. »

Elle aurait dû s'attendre que son oncle la devancerait d'une bonne tête. « La réaction des Frey, pendant qu'on incendie leurs champs et pille leurs places ?

– Les gens de lord Walder et ceux de ser Addam se sont déjà battus de-ci de-là. A moins d'une journée de cheval d'ici, nous avons découvert deux patrouilleurs Lannister pendus haut et court qui servaient de pâture aux corneilles. Toutefois, le gros des troupes de lord Walder demeure massé aux Jumeaux. »

Le sceau typique du Tardif, songea-t-elle avec rancœur. Se réserver, patienter, guetter, ne prendre aucun risque, à moins de s'y trouver contraint.

« S'il n'a pas esquivé la confrontation, c'est peut-être qu'il envisage de tenir ses engagements », dit Robb.

Elle persista dans son scepticisme. « Défendre ses domaines est une chose, ouvrir les hostilités contre lord Tywin une tout autre. »

Son fils se retourna vers Theon. « Le Silure a-t-il découvert un passage guéable, ailleurs ? »

Un signe de tête négatif lui répondit. « La rivière est grosse, le courant rapide. Ser Brynden est formel, pas question de franchir à gué, du moins si au nord.

– Il me *faut* la franchir, pourtant ! s'emporta Robb. Oh, j'imagine qu'à la nage nos chevaux y parviendraient, mais pas avec des cavaliers en armes. Il nous faudrait fabriquer des radeaux pour transporter sur l'autre rive tout notre barda d'acier, heaumes, maille, lances..., et nous n'avons pas les arbres nécessaires. Ou pas le loisir, avec lord Tywin en marche vers le nord... » Son poing martela le vide.

« Il serait stupide à lord Frey de tenter de nous barrer la route, reprit Theon avec sa légèreté coutumière de jeune fat. Nous sommes cinq fois plus nombreux. Au besoin, nous prendrons les Jumeaux, Robb.

– Pas sans peine, avertit Catelyn, et pas d'un seul coup. Et, pendant que vous monteriez votre siège, lord Tywin viendrait vous prendre à revers. »

D'un coup d'œil, Robb les consulta l'une et l'autre comme s'ils pouvaient être dépositaires de la solution, et cette candeur anxieuse lui donna un instant l'air de n'avoir même plus quinze ans, malgré flamberge, haubert et joues bouchonnées de barbe. « Que ferait le seigneur mon père ? la questionna-t-il.

– Il trouverait un moyen de passer, dit-elle. A tout prix. »

Le matin suivant, c'est Brynden en personne qui se présenta. Si le silure d'obsidienne agrafait toujours son manteau, il s'était défait de son pesant harnachement de chevalier de la Porte en faveur d'une tenue maille et cuir plus commode de simple estafette.

Il sauta toutefois à bas de sa monture d'un air tout sauf alerte. « On s'est battu sous les remparts de Vivesaigues, annonça-t-il, la bouche amère. Nous tenons la chose d'un prisonnier. Le Régicide a écrasé l'armée d'Edmure et mis en déroute les sires du Conflans. »

Une main glacée broya le cœur de Catelyn. « Mon frère ?

– Blessé, capturé. Lord Nerbosc et les survivants se sont réfugiés dans le château, et Jaime les y a investis de toutes parts. »

Les traits de Robb s'étaient creusés. « Mais il nous faut dare-dare franchir cette damnée rivière, si nous voulons conserver le moindre espoir de les secourir à temps !

– Pas facile à réaliser..., objecta son oncle. Lord Frey a retiré toutes ses forces derrière ses murs, et ses portes sont archi-closes et archi-verrouillées.

– Le diable l'emporte ! s'exclama Robb. Si ce vieil imbécile ne se ravise et ne m'accorde le passage, je me verrai réduit à faire un bonnet d'âne de ses Jumeaux, pour l'y engoncer jusqu'aux oreilles, et tant pis pour lui s'il n'apprécie pas !

– Assez trépigné, veux-tu ? C'est puéril, intervint Catelyn d'un ton sec. En présence d'un obstacle, passe pour un gosse de ne songer que bourrades et ruades, un seigneur, lui, doit apprendre à obtenir parfois de la diplomatie ce que ne garantit la force. »

La rebuffade l'empourpra jusqu'à la nuque. « Daignez m'expliquer votre pensée, Mère, dit-il humblement.

– Les Frey contrôlent le passage depuis six siècles et, en six siècles, ils n'ont jamais failli à faire valoir leur droit de péage.

– Qu'est-ce à dire ? Que *veut*-il de nous ? »

Elle sourit. « Mystère. A nous de le découvrir.

– Et si je préfère ne point acquitter le péage ?

– Alors, autant battre en retraite sur Moat Cailin, risquer la bataille rangée contre lord Tywin... ou te faire pousser des ailes. Je ne vois que ces trois solutions. » Sur ces mots, elle talonna sa monture et planta là son fils, l'abandonnant à ses réflexions. Il eût été malvenu à sa mère de le froisser en ayant l'air, au moment décisif, de le supplanter. *Lui as-tu enseigné la prudence au même titre que la bravoure, Ned ?* interrogeait-elle l'absent. *Lui as-tu enseigné l'art de s'agenouiller ?* Tant de braves peuplaient les cimetières des Sept Couronnes pour avoir dédaigné les mérites de la souplesse...

Midi approchait quand leur avant-garde parvint en vue des Jumeaux, résidence et siège des sires du Pont.

Si preste et profonde que fût en ce lieu la Verfurque, les Frey l'avaient enjambée des siècles auparavant et s'étaient enrichis en percevant péage d'un chacun. Porté sur une arche massive de pierre grise, le tablier était assez large pour permettre à deux charrettes de se croiser. En son milieu, la tour de l'Eau commandait tant la rivière que la route par le jeu de ses meurtrières, de ses archères et de ses herses. L'ensemble de l'ouvrage avait requis les soins de trois générations. Après quoi, les Frey l'avaient flanqué à chaque extrémité, pour en interdire l'accès sans leur permission, d'un puissant donjon de bois, bientôt rebâti en pierre.

Ainsi se présentaient les Jumeaux depuis des centaines d'années : de part et d'autre de la tour de l'Eau, deux châteaux identiques en tout point, d'aspect trapu, formidable et rébarbatif, retranchés derrière un haut rempart doublé de douves et percé d'énormes portes de chêne et de fer, couvraient les deux culées du pont, lesquelles aboutissaient elles-mêmes à l'intérieur d'une seconde enceinte copieusement fortifiée, avec herse et barbacane.

Pas besoin d'être grand clerc pour comprendre au premier coup d'œil l'inanité des présomptions de Robb. Et d'autant plus qu'épées, piques et scorpions hérissaient les murs, que s'apercevaient des archers à la moindre archère, au moindre créneau, que la herse était abaissée, les portes closes et barricadées.

En voyant comment on les accueillait, le Lard-Jon se mit à jurer, blasphémer, lord Rickard Karstark s'assombrit, muet, Roose Bolton énonça simplement : « Il serait vain de tenter l'assaut, messires.

– Tout comme de tenter le siège sans une autre armée pour bloquer le château de la rive opposée », commenta, lugubre, Helman Tallhart. Au-delà des eaux vertes et torrentueuses, le jumeau de l'ouest se dressait comme l'exact reflet de celui de l'est. « En eussions-nous même le temps. Ce qui n'est certes pas le cas. »

Comme les seigneurs du nord se perdaient à détailler les fortifications, une poterne en saillie s'ouvrit, une passerelle s'abattit par-dessus la douve, et une douzaine de chevaliers montés vinrent vers eux, menés par quatre des innombrables rejetons de lord Walder, sous la bannière aux tours jumelles, bleu sombre sur gris argenté. Ser Stevnon Frey, l'héritier présomptif, prit la parole. Si ses frères avaient tous des museaux de belette, il bénéficiait, lui, à soixante ans passés (il était plusieurs fois grand-père), d'un museau de belette très vieille et très fatiguée. Il se montra néanmoins passablement poli. « Le seigneur mon père vous salue et vous demande qui conduit cette puissante armée.

– Moi. » D'un coup d'éperon, Robb se détacha du groupe. Il était armé de pied en cap, l'écu frappé du loup-garou battait contre sa selle, et Vent Gris l'escortait.

Quelque mal qu'il eût à maîtriser les écarts et les piaffements rétifs de son hongre effrayé par la proximité du loup, Catelyn discerna une lueur malicieuse dans les yeux gris glauque du vieux chevalier. « Le seigneur mon père tiendrait à honneur de vous recevoir à sa table et de savoir ce qui lui vaut votre visite. »

La formule fit parmi les bannerets l'effet ravageur d'un projectile de catapulte. Ce ne fut qu'un cri pour désapprouver, jurer, contester, grommeler, huer.

« Gardez-vous d'accepter, messire, conseilla Galbart Glover, il faut vous défier de lord Walder. »

Roose Bolton acquiesça d'un signe. « Entrez là-dedans, vous êtes à sa merci. Rien ne l'empêchera de vous vendre aux Lannister, de vous jeter dans un cul-de-basse-fosse ou de vous trancher la gorge, s'il lui prend fantaisie.

– S'il souhaite nous parler, qu'il ouvre ses portes, et nous serons *tous* volontiers ses hôtes, déclara ser Wendel Manderly.

– Ou bien qu'il sorte et vienne ici même négocier avec Robb, ouvertement, au vu de ses hommes et des nôtres », suggéra son frère, ser Wylis.

Catelyn avait beau partager leurs réserves, la mine de ser Stevron la persuadait outre mesure qu'il n'était pas satisfait de pareils propos. Quelques mots de plus, et la cause serait perdue. Elle devait agir, et vite. « *C'est moi qui irai*, dit-elle d'une voix forte.

– Vous, madame ? » Tout le front de Lard-Jon se plissa.

« Mère, êtes-vous sûre ? » A l'évidence, Robb ne l'était pas.

« Parfaitement, bluffa-t-elle avec effronterie. Lord Walder est banneret de mon père. Je le connais depuis ma naissance. Il ne saurait me vouloir que du bien. » *A moins que son intérêt ne lui dicte l'inverse*, compléta-t-elle en son for, mais si proférer certains mensonges s'imposait, certaines vérités ne supportaient que le silence.

« Le seigneur mon père sera ravi de s'entretenir avec lady Catelyn, affirma ser Stevron. Pour gage de nos dispositions amicales, le plus jeune de mes frères ici présents, ser Perwyn, demeurera des vôtres jusqu'à la fin de l'entrevue.

– Nous le traiterons en hôte de marque, dit Robb, tandis que ce dernier démontait et tendait les rênes à l'un des siens. Ayez seulement l'obligeance de ramener madame ma mère avant la tombée du jour. Je n'entends pas m'attarder ici.

– Bien, messire », acquiesça ser Stevron avec un hochement poli. Aussitôt, Catelyn pressa son cheval et, sans un regard en arrière, se laissa envelopper par les émissaires et les gens de lord Frey.

Au dire de Père, le Tardif était le seul seigneur des Sept Couronnes susceptible de mettre en campagne une armée tirée de ses aiguillettes. Et, de fait, elle ne mesura pleinement la justesse de la réflexion qu'en se voyant accueillie, dans la grand-salle du château de l'est, par vingt fils survivants (ser Perwyn eût fait le vingt et unième) de celui-ci, trente-six petits-fils, dix-neuf arrière-petits-fils et une flopée de filles, petites-filles, bâtards et petits-bâtards.

A quatre-vingt-dix ans, le bonhomme se présentait, sous sa calvitie tavelée, comme un résidu de belette rose, trop podagre pour tenir debout sans étais. Sa toute nouvelle épouse – la huitième –, un tendron de seize ans, frêle et pâle, marchait à côté de la civière sur laquelle il fit son entrée.

« Quelle joie que de vous revoir après tant d'années, messire », dit Catelyn.

Il loucha vers elle d'un air méfiant. « Ça, j'en doute. Epargnez-moi vos gracieusetés, lady Catelyn, j'ai passé l'âge de les gober. Qu'est-ce qui vous amène ? Votre fils est-il trop fier pour se présenter lui-même devant moi ? Qu'ai-je affaire à *vous* ? »

Catelyn n'était encore qu'une fillette lors de sa dernière visite aux Jumeaux mais, à l'époque, lord Walder se distinguait déjà par son caractère irascible, une langue acérée, des manières de malotru. Les ans s'étant, apparemment, complu à l'empirer, elle devrait peser ses moindres mots et se cramponner pour ne point s'offenser de chaque rebuffade.

« Père, intervint ser Stevron d'un ton de reproche, vous vous oubliez. Lady Stark est ici sur votre invitation.

– Je te *cause*, toi ? Tu n'es pas encore lord Frey, que je sache ! je suis encore en vie... J'ai l'air mort, peut-être ? J'ai besoin de tes avis, peut-être ?

– Il est malséant de parler de la sorte en présence de notre noble invitée, Père, insista l'un des plus jeunes fils.

– Et voilà mes bâtards qui se mêleraient de m'apprendre la courtoisie..., geignit lord Walder. Le diable vous emporte, je parlerai comme je l'entends ! Quand j'ai reçu sous mon toit trois rois et autant de reines, tu te figures que les leçons de tes pareils, Ryger, me sont nécessaires ? Ta mère trayait des chèvres, la première fois où je lui fis don de ma semence. » Après avoir parfait l'outrage en congédiant le jeune homme, pourpre de honte, d'un claquement de doigts, il gesticula vers deux autres de ses rejetons. « Danwell ! Whalen ! veux m'asseoir. »

Tous deux le soulevèrent du brancard et l'emportèrent jusqu'au siège des Frey, vaste cathèdre de chêne noir au dossier sculpté en forme de tours reliées par un pont. A pas timides, lady Frey vint lui envelopper les jambes d'une couverture, et, lorsqu'il se vit dûment installé, le vieillard somma Catelyn d'avancer et lui planta sur la main un baiser revêche et parcheminé. « Là ! conclut-il, maintenant que me voici quitte des galanteries, mes fils me feront peut-être la grâce de fermer leurs gueules. A quoi dois-je celle de votre visite, madame ?

– Je viens vous prier, messire, d'ouvrir vos portes, répondit-elle avec civilité. Mon fils et les seigneurs de son ban n'ont pas de désir plus ardent que de franchir la Verfurque et de poursuivre leur chemin.

– Sur Vivesaigues ? » Il ricana doucement. « Oh, pas besoin de pérorer, pas besoin. Je ne suis pas encore aveugle. Ni sénile. Je sais encore lire une carte.

– Sur Vivesaigues », confirma-t-elle. Il ne servait à rien de le nier. « Où, je le confesse, je m'attendais à vous trouver. Vous êtes bien toujours banneret de mon père, n'est-ce pas ?

– *Hé !* souffla-t-il d'une manière équivoque à souhait, mi-rire de gorge mi-grognement. J'ai d'ailleurs convoqué mes épées, ça oui, même qu'elles sont ici, vous les avez vues au rempart. Et bien résolu à marcher sitôt que mes forces seraient au complet. Enfin..., à envoyer mes fils. Voilà longtemps que moi, je ne marche plus, lady Catelyn. » A la ronde, il chercha un témoin à décharge, pointa l'index vers un grand diable voûté d'une cinquantaine d'années. « Ça, bien résolu, dis-lui, Jared, dis-lui.

– Effectivement, madame, confirma ce fils du second lit. Sur mon honneur.

– Est-ce ma faute, reprit le père, si votre benêt de frère s'est fait rosser avant même que nous n'ayons pu nous mettre en route ? » Il se laissa retomber en arrière sur ses coussins et, l'œil en biais, feignit de la défier de contester sa version des choses. « Le Régicide, à ce qu'on m'a dit, lui est entré dedans comme une hache dans du beurre. Pourquoi mes garçons devraient-ils courir dans le sud au-devant de la mort ? Tous les gens qui s'y sont risqués remontent à bride abattue vers le nord, maintenant. »

A l'entendre déblatérer sur ce mode maussade et pleurard, Catelyn l'eût de grand cœur embroché et mis à rôtir, mais une autre urgence la requérait : l'accès au pont, qu'elle devait négocier coûte que coûte avant la soirée. Elle affecta le plus grand sang-froid. « Raison de plus. Nous devons atteindre Vivesaigues, et sans délais. Où pourrions-nous aller parler, messire ?

– Mais nous sommes en train de parler... », gémit-il, non sans pointer déjà son museau rose et tavelé de tous côtés pour mordre. « Pas fini de lorgner, vous autres ? glapit-il à sa descendance, dehors, tous ! Lady Stark souhaite m'entretenir en privé. Peut-être a-t-elle des visées sur ma personne, *hé !* Dehors, tous, allez donc chercher à vous rendre utiles, pour une fois. Oui, femme, toi aussi. Zou, zou, *zou !* » Tandis que s'écoulaient vers la sortie ses fils, petits-fils, filles, bâtards, neveux, nièces, il se pencha vers elle et, en confidence : « Ils n'attendent qu'une chose, ma mort. Stevron s'impatiente depuis quarante ans, mais je persiste à le désappointer. *Hé !* Mourir juste pour qu'il me succède, à quoi bon, je vous le demande ? Je m'en garderai.

– Vous promettez de vivre centenaire, m'est avis.

– Sûr que *ça* les mettrait hors d'eux. Oh, sûr sûr. Maintenant, parlez, que désirez-vous ?

– Nous désirons passer.

– Oh, *vraiment* ? Vous n'y allez pas par quatre chemins. Et pourquoi devrais-je vous l'accorder ? »

Une seconde, la colère la submergea. « Si vous étiez assez vigoureux pour monter à vos propres créneaux, lord Frey, vous seriez en mesure de constater que mon fils a vingt mille hommes sous vos murs.

– Ce qui fera vingt mille cadavres tout frais à l'arrivée de lord Tywin, riposta-t-il vertement. Si vous voulez m'effrayer, vous perdez votre temps, madame. Votre mari croupit dans un cachot de traître sous le Donjon Rouge, votre père est malade, peut-être à la mort, et

Jaime Lannister tient votre frère aux fers. Qu'ai-je à redouter de vous ? Ce fils dont vous faites si grand état ? Si je vous oppose fils pour fils, madame, il m'en restera dix-huit encore quand tous les vôtres seront morts.

– Vous avez juré fidélité à mon père », rappela-t-elle.

Il dodelina, souriant. « Oh, oui, j'ai prononcé quelques paroles de ce genre, mais j'ai aussi juré fidélité à la Couronne, il me semble. Avec l'accès de Joffrey au trône, vous voici, vous, votre fils et cette bande de nigauds, dehors, des rebelles, ni plus ni mieux. Eussé-je seulement l'once de bon sens que les dieux concèdent au dernier des poissons, j'apporterais mon aide aux Lannister pour vous ecrabouiller.

– Pourquoi vous abstenir ? » le défia-t-elle.

Il émit un reniflement dédaigneux. « Lord Tywin le fier et le splendide, gouverneur de l'Ouest, Main du Roi, holà ! le grand homme que *ça* nous fait, lui et son or ceci et son or cela, ses lions ci et ses lions là ! Vous pariez ? s'il bouffe trop de fayots, il pète juste comme moi mais, *lui*, pas question qu'il l'admette jamais, oh, non. Qu'a-t-il donc fait, *lui*, pour étaler toujours et partout pareille bouffissure ? Rien que deux fils, dont un petit monstre tout biscornu ! Si je lui oppose, à *lui*, fils pour fils, il m'en restera dix-neuf encore, dix-neuf et *demi* quand les siens seront morts ! » Il se mit à glousser. « Si lord Tywin souhaite mon aide, il peut foutrement me la *demander.* »

Juste l'ouverture qu'attendait Catelyn. « Moi, je vous demande votre aide, messire, dit-elle humblement. Et, par ma voix, ce sont mon père et mon frère et mon mari et mes fils qui vous la demandent. »

Il lui brandit au nez un index osseux. « Gardez vos paroles sucrées, madame. Les paroles sucrées, ma femme me les prodigue à mon gré. Vous l'avez vue ? seize ans, la fleurette, et tout miel pour moi seul. J'aurai un fils d'elle, l'année prochaine, à pareille époque, ou je me trompe fort. Et si je le désignais, *lui*, pour mon héritier, dites, voilà-t-y pas qui mettrait les autres gentiment hors d'eux ?

– Elle vous en donnera beaucoup, j'en suis persuadée. »

Il hocha du chef. « Le seigneur votre père s'est abstenu de paraître à mon mariage. Injurieux, je dis. Fût-il mourant. Il n'avait pas davantage assisté au précédent. Il m'appelle lord Frey le Tardif, vous savez. Me croit-il mort ? Je ne suis pas mort, et je lui survivrai comme j'ai survécu à son père. Votre famille m'a toujours pissé dessus, pas la peine de le nier ni de mentir, vous le savez pertinemment. Voilà des années, j'allai trouver votre père et lui suggérai d'unir son fils à ma fille. Pourquoi non ? J'en avais une en tête, du gâteau, juste un peu plus âgée qu'Edmure, quelques années, mais j'étais prêt, si elle le laissait froid, à lui en proposer plein d'autres, des vieilles, des jeunes, des vierges, des veuves, enfin, n'importe quoi, pour lui complaire. Eh bien non, lord Hoster a fait la sourde oreille. En me régalant de paroles sucrées, d'échappatoires, quand tout ce que je *voulais*, moi, c'était me débarrasser d'une fille.

« Et votre sœur, ah, celle-là..., même engeance. Il y a quoi ? un an, pas davantage, Jon Arryn était encore Main du Roi, je suis allé en ville voir jouter mes fils. Pas Stevron et Jared, ils sont trop vieux, maintenant, mais Danwell et Hosteen, Perwyn aussi, du reste, et deux de mes bâtards tâtaient de la mêlée. Si je m'étais attendu qu'ils me couvrent à ce point de honte, croyez-moi, jamais je ne me serais imposé le tintouin d'un pareil voyage. Qu'avais-je à faire, je vous prie, de courir les routes pour voir Hosteen démonté par ce garnement de Tyrell ? Un morveux, ser Marguerite ou Capucine qu'on l'appelle, un truc comme ça, la moitié de son âge... Et Danwell, culbuté par un chevalier trois fois rien ! Ces deux-là, je me demande, certains jours, s'ils sont bien de moi. Ma troisième était une Crakehall, et toutes les Crakehall sont des garces. Enfin..., baste, elle est morte que vous n'étiez même pas née, vous vous en fichez, hein ?

« Je parlais de votre sœur. J'ai offert à lord et lady Arryn de prendre pour pupilles à la cour deux de mes petits-fils et de me confier leur lardon ici, aux Jumeaux. Ils auraient déparé la cour, peut-être, mes petits-fils ? Du gâteau, tous les deux, pas tapageurs, polis. Walder est le fils de Merrett, Walder comme moi, et le second..., *hé !* comment, déjà... ? Walder aussi, peut-être, on les appelle toujours Walder pour leur attirer mes faveurs, mais son père... ? C'était qui, son père, déjà ? » Son museau se fripa. « Bon, n'importe, de toute façon lord Arryn n'a voulu ni de l'un ni de l'autre, et ça, par la faute de madame votre sœur. Un glaçon, comme si j'avais suggéré de vendre son gosse à un batteur d'estrade ou d'en faire un eunuque, et quand lord Arryn a dit qu'il allait l'envoyer chez lord Stannis à Peyredragon, sortie en trombe, sans un mot de regrets ! et la Main n'a plus eu à m'offrir que de plates excuses... Belle jambe, des excuses, non ? »

Catelyn se crispa, mal à l'aise. « J'avais cru comprendre que le fils de Lysa, c'est lord Tywin qui devait le prendre pour pupille ?

– Non. Lord Stannis, répliqua-t-il, hérissé. Vous pensez peut-être que je confonds lord Stannis et lord Tywin ? Ils ont beau être deux trous du cul et se croire tous les deux trop nobles pour chier, je suis encore capable de les distinguer ! Si vieux que vous me trouviez, madame, pardon, j'ai toute ma tête, toute ma mémoire ! Même que je sais toujours par quel bout se prennent les femmes, ah mais ! Vous verrez, vous verrez si mon actuelle ne m'a pas donné un fils d'ici un an... Ou une fille, et alors tant pis. Mais, garçon ou fille, bien braillard, bien ridé, bien rouge, et tel qu'elle n'aura pas l'embarras du choix : Walder ou Walda ! »

Le soin de régler judicieusement cette question-là, Catelyn le laissait sans trop de peine à lady Frey. « Ainsi, Jon Arryn allait confier son fils à lord Stannis, vous en êtes sûr et certain ?

– Oui, oui, oui. Quelle importance, puisqu'il est mort ? Et vous, vous dites que vous désirez traverser ?

– Oui.

– Eh bien, pas moyen ! crissa-t-il. A moins que je ne le permette, et pourquoi devrais-je ? Les Tully et les Stark n'ont jamais été de mes amis. » Avec un sourire coquet qui réclamait une réponse, il se rejeta contre le dossier, se croisa les bras.

Il ne s'agissait plus que de marchander.

Au ras des collines de l'ouest se boursouflait un soleil saignant quand s'ouvrirent les portes du château. Le pont-levis s'abaissa en grinçant, la herse se releva, et lady Catelyn Stark la franchit pour rejoindre Robb et ses bannerets. Dans son sillage, ser Jared Frey, ser Hosteen Frey, ser Danwell Frey et le bâtard de lord Walder, Ron Rivers, menant une longue colonne d'hommes équipés de piques et vêtus de maille d'acier bleue, drapés de manteaux gris argenté, qui, dans un ordre impeccable, ébranlèrent les madriers d'un piétinement sourd.

Au galop, son fils vint au-devant d'elle, escorté de Vent Gris. « C'est fait, dit-elle. Lord Walder consent à te laisser passer. Il t'accorde aussi ses épées, sauf quatre centaines qu'il se réserve pour tenir les Jumeaux. Si tu m'en crois, tu lui confieras autant de tes propres hommes – tant archers que spadassins – pour renforcer sa garnison..., mais donne-leur pour chef quelqu'un dont tu sois absolument sûr. Pour rafraîchir, en cas de défaillance, la mémoire de lord Frey.

– Bien, Mère, acquiesça-t-il, l'œil attaché sur les rangs de piques. Il me semble... Que vous dirait de ser Helman Tallhart ?

– Pertinent.

– Et lui..., qu'a-t-il exigé de nous, lui ?

– S'il t'est possible de t'en priver, j'aurais besoin de quelques hommes pour escorter à Winterfell deux de ses petits-fils. J'en ai accepté la tutelle. Deux gamins, huit et sept ans. Walder et Walder, semble-t-il. Bran ne sera pas mécontent, je pense, d'avoir des compagnons à peu près de son âge.

– Et c'est tout ? Deux pupilles ? Plutôt bon marché pour...

– Le fils de lord Frey, Olyvar, nous accompagnera, coupa-t-elle. Il te tiendra lieu d'écuyer personnel. Son père aimerait le voir fait chevalier, le moment venu.

– Ecuyer... » Il haussa les épaules. « Bon, parfait. S'il est...

– Il est également entendu qu'au cas où ta sœur Arya nous reviendrait saine et sauve, elle épouserait le dernier fils de lord Walder, Elmar, dès l'âge requis. »

Il ne dissimula pas son désarroi. « Arya n'aimera pas ça du tout...

– Et toi, tu dois épouser l'une de ses filles dès la fin des hostilités, conclut-elle. Sa Seigneurie daigne te laisser choisir n'importe laquelle. Dans le tas, paraît-il, tu ne manqueras pas de trouver de quoi te chausser. »

Il eut le cran de ne pas flancher. « Je vois.

– Tu consens ?

– Puis-je me permettre de refuser ?

– Pas si tu veux passer le pont.

– Je consens », dit-il d'un ton solennel. Jamais elle ne l'avait trouvé si viril qu'en cet instant-là. Si le dernier des gosses était susceptible de tripoter l'épée, il fallait être un seigneur pour conclure, et en pleine connaissance de cause..., un pacte matrimonial.

La nuit tombait lorsqu'ils traversèrent, une lune cornue flottait sur la rivière. En double file, tel un gigantesque serpent d'acier, l'armée s'engouffrait par la porte du château de l'est, franchissait la cour, contournait le donjon, passait le pont, s'insinuait dans le château de l'ouest et débordait enfin sur la rive droite.

Catelyn chevauchait en tête, en compagnie de son fils, de son oncle et de ser Stevron. Derrière eux, neuf dizaines de cavaliers, chevaliers, lanciers, francs-coureurs et archers montés. Le transbordement général prit des heures. De tout cela, sa mémoire ne restitua guère que le martèlement d'innombrables sabots sur les ponts-levis et de brèves images : lord Frey qui, depuis sa litière, contemplait l'interminable défilé ; les prunelles attentives qui constellaient les pertuis de la voûte, sous la tour de l'Eau.

Comme prévu, la majeure partie de l'ost : piques, archers, multitude surtout de fantassins, demeura néanmoins sur la rive gauche, sous les ordres de Roose Bolton. Robb lui avait commandé de poursuivre vers le sud et d'y affronter la puissante armée de lord Tywin.

Pour le meilleur ou pour le pire, les dés en étaient lancés.

JON

« Comment va, Snow ? demanda lord Mormont, grincheux.

– *Va !* croassa son corbeau, *va !*

– Bien, messire, mentit Jon..., haut et fort, comme pour étoffer ses dires d'un semblant de véracité. Et vous ? »

Mormont se rembrunit d'un cran. « Comme un homme qu'un mort a tenté de tuer. Le moyen de se sentir en forme, après ça ? » Il se gratta sous le menton. Les flammes ayant endommagé sa barbe broussailleuse, il avait dû la sacrifier. De vagues touffes repoussaient, qui lui donnaient l'air d'un vieillard minable et mauvais coucheur. « Tu n'as pas bonne mine. Ta main ?

– En voie de guérison. » Pour preuve, il ploya, déploya ses doigts emmaillotés. En fait, les bandages de soie montaient à mi-hauteur de son avant-bras droit mais, durant sa macabre besogne, il ne s'était pas seulement douté qu'il se brûlait si sévèrement. Sur le moment, rien, la douleur – royale... – n'était survenue qu'après. De la peau cramoisie, craquelée, cloquée suintaient des humeurs et, grosses comme des gardons, des pustules hideuses, gonflées de sang noir, boursouflaient l'intérieur des doigts. « Sauf que j'en garderai les cicatrices, aucune séquelle, affirme le mestre.

– Va pour les cicatrices. On porte constamment des gants, au Mur.

– Il n'est que trop vrai, messire. » Ce n'étaient pas les cicatrices qui tracassaient Jon mais leur contexte, leurs implications. Il avait d'abord souffert mille morts, malgré le lait de pavot que lui prodiguait mestre Aemon. Sa main lui donnait l'impression d'être toujours en flammes, de brûler nuit et jour. Il n'éprouvait quelque soulagement qu'en la plongeant dans des cuvettes de neige et de glace pilée. Grâces aux dieux, personne, hormis Fantôme, ne l'avait vu se tordre et entendu geindre comme un possédé. Et bagatelle encore que cela, comparé à ce qui l'assaillait depuis qu'il avait enfin *recouvré* le sommeil. Un cauchemar abominable où il combattait un cadavre aux mains noires, aux yeux bleus... et qui avait les traits de Père. Impossible, *cela*, de le dire au Vieil Ours.

« Hake et Dywen sont revenus hier soir, reprit celui-ci. Aussi bredouilles, quant à ton oncle, que leurs devanciers.

– Je sais. » Il s'était traîné jusqu'à la salle commune pour souper avec ses amis, et le chou blanc de la patrouille y défrayait chaque conversation.

« Tu sais, maugréa le vieux. Comment se fait-il que tout le monde soit toujours au courant de tout, par ici ? » Il ne se souciait manifestement pas d'obtenir de réponse. « Il semblerait qu'à part ces deux..., disons *créatures*, mais sûrement pas hommes, de toute manière, bref, il n'en rôdait pas d'autres. Les dieux soient loués pour cela. Davantage, et..., bon, intolérable, rien que d'y penser. Quoique, davantage, il en viendra, tôt ou tard. Ma vieille carcasse me le prédit, et mestre Aemon confirme. Les bises se lèvent, l'été s'achève, et l'hiver vient, un hiver comme ce monde-ci n'en a jamais vu de pareil. »

L'hiver vient. Jamais la devise des Stark n'avait rendu son si lugubre et si prophétique aux oreilles de Jon. « On prétend aussi, messire..., balbutia-t-il, qu'il est arrivé un oiseau, hier soir...

– En effet. Et alors ?

– J'avais espéré des... un mot de mon père.

– *Père !* ricana l'antique corbeau tout en arpentant l'échine de son maître avec des hochements narquois, *Père !* »

Par-dessus l'épaule, lord Mormont tenta de lui clouer le bec, mais la damnée bestiole se jucha d'un bond sur son crâne et, battant des ailes, s'en fut à travers la pièce se poser au ras du plafond. « Deuil et boucan, grommela Mormont, tout le mérite des corbeaux. Et j'endure cette vermine... Si j'avais reçu des nouvelles de lord Eddard, tu te figures que je ne t'aurais pas envoyé chercher ? Bâtard ou pas, tu es et demeures son sang. Il s'agissait de ser Barristan Selmy. On l'a renvoyé de la Garde, apparemment. Pour donner sa place à ce mâtin fou de Clegane. Et, maintenant, on le recherche comme traître. Ces imbéciles ont envoyé le guet s'emparer de lui, mais il leur a zigouillé deux types avant de s'enfuir. » Le reniflement qui suivit ne laissait pas l'ombre d'un doute sur l'estime que lui inspiraient les gens capables de recourir aux services des manteaux d'or contre un chevalier fameux comme Barristan le Hardi. « Des ombres blanches hantent nos bois, des morts inapaisés parcourent nos demeures, et un *mioche* occupe le Trône de Fer », éructa-t-il avec dégoût.

Le corbeau éclata d'un rire strident. « *Mioche ! mioche ! mioche ! mioche !* »

Le Vieil Ours, se souvint Jon, avait fondé le meilleur de ses espérances sur ser Barristan. Celui-ci tombé, qui prêterait la moindre attention à l'appel au secours de la Garde de Nuit ? Il serra le poing. La douleur fusa de ses doigts brûlés. « Rien sur mes sœurs ?

– Le message ne mentionnait ni elles ni lord Eddard. » Il haussa les épaules en homme excédé. « Ils n'ont peut-être même pas reçu ma lettre. Le mestre l'a bien envoyée en double exemplaire, et par ses meilleurs oiseaux, mais va donc savoir ! Le plus probable est que Pycelle n'a pas daigné répondre. Ni la première ni la dernière fois. Nous comptons pour rien, j'ai peur, à Port-Réal, moins que rien. Ils ne nous disent que ce qu'ils veulent bien nous laisser savoir, et ce n'est pas grand-chose... »

Et toi, songea Jon avec rancœur, *tu ne me dis que ce que tu veux bien me laisser savoir, et c'est moins encore*. Que Robb eût convoqué le ban et fût descendu guerroyer dans le sud, pas un mot, pas l'ombre... Il n'en avait eu vent que par Samwell Tarly qui, non sans ressasser jusqu'à plus soif : « Je ne devrais pas, je ne devrais pas », lui avait, la veille, révélé en catimini la teneur de la lettre adressée à mestre Aemon. On devait considérer que les opérations de son frère ne le regardaient pas ? Eh bien, si, désolé, elles le touchaient au-delà de toute expression. Robb partait se battre, et lui non. Si souvent qu'il se répétât : « Ma place est ici, maintenant, sur le Mur, parmi mes nouveaux frères », peine perdue, le remords persistait, sa place était là-bas, vacante. Une lâcheté.

« *Grain !* glapissait cependant le corbeau, *grain ! grain !*

– Oh..., la ferme ! intima le Vieil Ours. Quand auras-tu récupéré le plein usage de ta main, Snow ?

– Bientôt, paraît-il.

– Bon. » Sur la table qui les séparait, lord Mormont déposa une grande épée gainée de métal noir relevé d'argent. « Là. Tu seras fin prêt, dès lors. »

D'un vol mou, le corbeau redescendit se poser sur la table et s'y pavana, la tête inclinée vers l'épée, l'œil arrondi de curiosité. Jon hésita. Que diable signifiaient ces propos sibyllins ? « Messire ?

– Les flammes avaient fait fondre l'argent du pommeau, calciné la garde et la poignée. Cuir caduc, vieux bois, rien que de banal, hein ?

Quant à la lame, bah..., la lame, il faudrait des flammes cent fois plus ardentes pour l'endommager. » D'une poussée, il fit glisser le fourreau sur les rudes planches de chêne. « J'ai fait rénover le reste. Prends.

– *Prends !* reprit en écho le corbeau, rengorgé, *prends ! prends !* »

Non sans gaucherie, Jon prit l'épée en main. Dans sa main *gauche*, la droite demeurant trop à vif et maladroite sous ses pansements. Puis il dégaina pieusement et l'éleva à hauteur de ses yeux.

Taillé dans une pierre pâle lestée de plomb pour compenser la longueur de la lame, le pommeau figurait un mufle de loup menaçant dans les orbites duquel étaient sertis des éclats de grenat. Vierge encore de toute trace de sueur et de sang, du cuir noir et lisse garnissait la poignée. D'un bon demi-pied plus long que ceux dont Jon s'était jusqu'alors servi, le fer lui-même, effilé pour l'estoc autant que pour la taille, était incisé de trois onglets profonds. Tandis qu'en véritable estramaçon Glace se maniait à deux mains, cette épée-ci ressortissait au genre intermédiaire des une-et-demie dites « bâtardes ». Mais on avait, à la manipuler, l'impression, malgré ses dimensions, d'une légèreté proprement inédite. L'examen de profil révélait le grain feuilleté du métal et la manière inimitable de le forger, reforger, pli selon pli, incessamment. « C'est de l'acier valyrien, messire », s'émerveilla Jon. Père lui avait suffisamment fait les honneurs de Glace pour qu'il reconnût la sensation, l'aspect.

« En effet. Elle appartenait à mon père, et à son père avant lui. Les Mormont l'ont portée cinq siècles durant, et je l'avais moi-même transmise à mon fils quand je pris le noir. »

Il me donne l'épée de son fils, se dit Jon, au comble de l'incrédulité. Elle possédait un équilibre exquis. Ses tranchants luisaient sous la lumière d'un éclat troublant. « Votre fils...

– Mon fils a couvert d'opprobre la maison Mormont. Du moins a-t-il eu l'élégance de laisser l'épée quand il s'est enfui. Ma sœur me l'a renvoyée, mais sa seule vue me remémorait trop cruellement l'infamie de Jorah, j'ai préféré la mettre de côté, l'oublier. Et ne m'en suis de fait ressouvenu qu'après qu'on l'eut trouvée dans les décombres de ma chambre. Son pommeau d'origine – une tête d'ours, mais méconnaissable à force d'usure – était en argent. J'ai pensé qu'un loup blanc t'irait mieux. Et comme le Génie comprenait un lapidaire distingué... »

Vers l'âge de Bran, Jon avait comme tous les gosses rêvé d'accomplir d'insignes exploits. D'un songe à l'autre, les détails changeaient, mais un leitmotiv y reparaissait fréquemment : il se voyait sauvant Père de la mort. Et, là-dessus, lord Eddard l'avouait pour Stark en plaçant Glace dans sa main. Une chimère puérile... dont, même à l'époque, il n'était pas dupe. Espérer brandir pour de bon l'épée de son père, aucun bâtard ne s'en pouvait seulement bercer. Quel homme abject faudrait-il être pour déposséder son propre frère de privilèges innés ? *Je n'ai pas plus de droits à celle-ci*, se dit-il, *qu'à Glace*. Une crispation brusque de ses doigts brûlés fit fulgurer la douleur jusqu'au fond de sa chair. « Vous me faites là grand honneur, messire, mais...

– Epargne-moi tes *mais*, mon gars, l'interrompit Mormont. Sans ta bête et toi, je n'aurais pas les fesses calées sur ce siège. Tu t'es bravement battu et, mieux encore..., as su penser prompt. *Le feu !* Oui, parbleu, nous aurions dû le savoir. Nous aurions dû nous en *souvenir*. Ce n'est pourtant pas la première fois qu'arrive la Longue Nuit. Oh, évidemment, ça fait un bail, huit mille ans, tu parles..., mais si la Garde de Nuit ne se souvient pas, qui le fera ?

– *Kilfra !* claironna l'éternel jaseur, *kilfra !* »

En vérité, les dieux avaient bel et bien entendu la prière de Jon, cette nuit-là ; en s'attachant à ses vêtements, le feu avait consumé le mort comme si sa chair n'était que cire à chandelle et ses os que sarments séchés. Il suffisait à Snow de fermer les yeux pour revoir la chose tituber dans la loggia, buter dans les meubles et s'effondrer une fois de plus, se démener contre les flammes. Le plus obsédant restant la figure nimbée d'un halo ardent dont les cheveux brasillaient comme de la paille et dont la chair fondait, s'affaissait peu à peu, bourbeuse, révélant pan après pan le rictus blanchâtre et pulvérulent des pommettes, méplats, de la denture, des maxillaires...

De quelque force démoniaque que l'horrible chose issue d'Othor fût possédée, le feu en avait eu raison, ne laissant subsister que des cendres banales et de vagues vestiges carbonisés. Et, néanmoins, Jon l'affrontait encore et encore, dans ses cauchemars..., sauf que, désormais, c'étaient les traits de lord Eddard que ravageait le feu, c'était la peau de Père qui grésillait, se fissurait, noircissait, c'étaient les yeux de Père qui se liquéfiaient en larmes gélatineuses le long de ses joues. Et, sans comprendre d'où provenait ni à quoi rimait cette métamorphose, Jon en éprouvait une épouvante indicible.

« C'est peu payer la vie que donner une épée, conclut Mormont. Prends-la, et plus un mot là-dessus, compris ?

– Oui, messire. » Sous ses doigts, le cuir cédait doucement, comme si l'arme entreprenait d'elle-même, déjà, de se façonner à la poigne de son nouveau maître. Lequel devait se sentir honoré, savait le devoir et l'était, mais...

Vous n'êtes pas mon père, vous. A son corps défendant, son esprit sécrétait les objections muettes. *Mon père est lord Eddard Stark. Et l'on pourrait me donner cent épées que je ne l'oublierais pas, lui.* De là, toutefois, à dire à lord Mormont : « C'est de l'épée d'un autre que je rêve... »

« Et pas de politesses non plus, reprenait le Vieil Ours. Ravale-moi tes remerciements. L'acier s'honore de faits, non de mots. »

Jon acquiesça d'un hochement. « Porte-t-elle un nom, messire ?

– Elle en portait un, jadis. On l'appelait Grand-Griffe.

– *Griffe !* clama le corbeau, *griffe !*

– Grand-Griffe lui sied. » Il fit un bout d'essai, tailla dans le vide, et quoiqu'avec sa main gauche il se sentît passablement déconcerté, pataud, néanmoins l'acier lui fit l'effet de voler, comme doté d'une volonté propre, dans son véritable élément. « Les loups ont des griffes, tout comme les ours. »

La réflexion parut du goût de Mormont. « Sans doute. Il te faudra probablement la porter à l'épaule. Au moins jusqu'à ce que tu aies grandi de quelques pouces. Et t'exercer aussi à la manier à deux mains. Quand tu seras tout à fait remis, ser Endrew t'initiera, si tu veux.

– Ser Endrew ? » Le nom lui était inconnu.

« Ser Endrew Torth. Un brave type. Il va nous arriver incessamment de Tour Ombreuse. Notre nouveau maître d'armes. Ser Alliser Thorne est parti hier matin pour Fort-Levant. »

Jon abaissa l'épée. « Et pourquoi ? » questionna-t-il sottement.

Mormont s'ébroua. « Qu'est-ce que tu crois ? tout bonnement parce que je l'y ai *expédié*. Avec la main de Jafer Flowers. A charge pour lui de s'embarquer pour Port-Réal et d'aller la mettre sous le nez du mioche royal. Ça devrait tout de même l'impressionner, le jeune Joffrey... puis, avec son titre de chevalier consacré, sa haute naissance, les vieux amis qu'il possède à la Cour, Thorne se laissera moins facilement ignorer, je présume, que le plus glorieux de nos freux.

– *Freux !* glapit le corbeau non sans, pensa Jon, une pointe confraternelle d'indignation.

– Cette mission, poursuivit Mormont, imperturbable, présente en outre l'avantage d'interposer mille lieues entre lui et toi sans que personne y voie une sanction. » Il brandit sur Jon un index sévère.

« Mais ne va pas pour autant te figurer que j'approuve ta couillonnade de l'autre jour. La bravoure a beau racheter pas mal de bourdes, l'âge n'excuse rien, tu n'es plus un gosse. L'épée que tu tiens est une épée d'homme, c'est un homme que va réclamer son maniement. J'entends que tu te conduises en homme, dorénavant.

– Oui, messire. » Il la réinséra dans le fourreau bagué d'argent. Qu'elle ne fût pas celle qu'il eût choisie ne l'empêchait pas d'être un noble présent, et plus noble encore était la manière dont il se voyait délivré de la malfaisance de ser Alliser.

Le Vieil Ours se gratta le menton. « J'avais oublié combien ça démange en poussant, la barbe, dit-il. Qu'à le subir, de toute façon. Tu te sens suffisamment bien pour reprendre tes fonctions ?

– Oui, messire.

– Bon. Va faire froid, cette nuit, je prendrais volontiers du vin chaud. Trouve-moi un rouge pas trop acide, et ne mégote pas sur les épices. Et préviens Hobb que, s'il s'avise de me redonner du mouton bouilli, c'est *lui* que je ferai bouillir. Son dernier gigot était gris. Même l'oiseau n'en a pas voulu. » Du pouce, il lui caressa le crâne, déclenchant un graillon rauque de satisfaction. « Va, maintenant. J'ai à travailler. »

Du fond de leurs niches, les gardes sourirent en voyant Jon dévaler l'escalier, l'épée dans sa bonne main. « Joli joujou », dit l'un, « Pas volé, Snow », un autre. Il leur sourit en retour, mais le cœur n'y était pas. Il aurait dû être content, se le répétait, n'y parvenait pas. Sa main lui faisait mal, il avait la bouche mauvaise de colère, mais de colère contre qui ? pourquoi ? il n'en savait rien.

Planqués non loin de la tour du Roi, nouvelle résidence du lord commandant, cinq ou six de ses amis guettaient sa sortie. Ils avaient eu beau suspendre une cible aux portes de la grange à blé, ils avaient beau faire semblant de parfaire leur talent d'archers, leur feinte ne le trompa pas. A peine débouchait-il, d'ailleurs, que Pyp le hélait : « Holà ! ramène-toi par ici, qu'on y jette un œil...

– A quoi ? » demanda-t-il.

Déjà, Crapaud se rabattait sur lui. « A tes miches, mon mignon, pardi !

– L'épée, lâcha Grenn, montre voir un peu. »

Jon les toisa d'un regard noir. « Vous saviez... ! »

Pyp eut un sourire finaud. « On est pas tous si bouchés que Grenn.

– Tu parles ! renchérit celui-ci. Plus bouchés, oui. »

Halder haussa les épaules pour se disculper. « J'ai assisté Pate pour sculpter le pommeau, et c'est ton cher Sam qui est allé à La Mole acheter les grenats.

– Quoiqu'on le savait même avant, gaffa Grenn derechef. Rudge aidait Donal Noye à la forge quand le Vieil Ours y a apporté l'épée.

– *L'épée !* » réclama Matt. Les autres reprirent en chœur : « *L'épée ! l'épée ! l'épée !* »

Jon dégaina Grand-Griffe et leur fit admirer sous toutes les coutures sa lame bâtarde où le soleil pâlichon traînassait des luisances fatales et sombres. « Acier valyrien, déclara-t-il d'un ton pompeux pour tenter de paraître aussi fier et ravi qu'il aurait dû l'être.

– On m'a causé d'un type qui possédait un rasoir d'acier valyrien, dit Crapaud. 'l a voulu s'en servir et s'est décapité.

– Bien que la Garde de Nuit existe depuis des milliers d'années, glissa Pyp de son air le plus malicieux, on parie que lord Snow est le premier frère jamais honoré pour avoir anéanti la tour de la Commanderie ? »

Dans l'hilarité générale, Jon lui-même ébaucha un sourire. Si l'incendie déclenché par lui n'avait à vrai dire nullement anéanti la formidable tour de pierre, il en avait fameusement décarcassé les deux étages supérieurs, ceux-là mêmes où logeait Mormont. Mais nul ne s'en affligeait outre mesure, puisqu'il avait également détruit le cadavre meurtrier d'Othor.

Quant à l'autre spectre, le manchot ci-devant nommé Jafer Flowers, une douzaine d'épées l'avaient finalement déchiqueté aussi..., mais non sans qu'il eût d'abord assassiné cinq hommes, dont ser Jaremy Rykker qui venait de le raccourcir et s'en croyait quitte quand l'autre, tirant son propre poignard, tout décapité qu'il était, le lui avait plongé dans le ventre. Ni la force ni le courage ne pouvaient prévaloir contre des adversaires invulnérables, puisque déjà morts, et dont ne protégeaient guère ni les armes ni les armures.

Cette pensée lugubre acheva d'assombrir l'humeur de Jon. « Il me faut aller voir Hobb pour le souper du Vieil Ours », dit-il d'un ton brusque en replaçant Grand-Griffe dans son fourreau. Si bien intentionnés fussent-ils, ses amis ne comprenaient rien. Comment, pour être honnête, l'auraient-ils pu, d'ailleurs ? Ils ne s'étaient pas trouvés face à face avec Othor, eux, ils n'avaient pas dû affronter la lueur bleuâtre de ses prunelles mortes, ils n'avaient pas éprouvé le contact glacial de ses phalanges noires. Et ils ignoraient aussi qu'on se battait dans le Conflans. Oui, comment auraient-ils rien pu comprendre, dans ces conditions ? Il les planta là sèchement, s'en fut à grands pas maussades et affecta même de ne pas entendre Pyp l'appeler.

Comme on l'avait réinstallé dans son ancienne cellule depuis l'incendie, c'est vers la tour à demi ruinée de Hardin qu'il se dirigea. Pelotonné près de la porte, Fantôme dormait, mais il leva la tête en reconnaissant le bruit familier des bottes. Dans le rouge de ses yeux, plus sombres que des grenats, se lisait plus de perspicacité que dans ceux des hommes. Jon s'agenouilla, lui grattouilla l'oreille et, lui montrant le pommeau : « Regarde ! c'est toi... »

Le loup flaira son effigie de pierre et lui dédia un bref coup de langue qui rendit à Jon l'ombre d'un sourire. « C'est toi qu'on devrait honorer », lui dit-il... et, soudain, les circonstances dans lesquelles il l'avait découvert, ce fameux jour enneigé d'été, lui revinrent en mémoire. Déjà, on repartait avec les autres chiots quand il perçut, lui, comme un vagissement, tourna bride et le trouva, là, menu flocon de fourrure presque invisible, blanc sur blanc. *Tout seul, à l'écart du reste de la portée. Ils l'avaient repoussé parce qu'il était différent.*

« Jon ? »

Il leva les yeux. Devant lui, Samwell Tarly se dandinait avec embarras, tout rouge et emmitouflé dans une pelisse tellement copieuse qu'il avait tout d'une marmotte prête à hiberner.

« Sam. » Il se leva. « Qu'y a-t-il ? Tu veux voir l'épée ? » Il était sûrement au courant, puisque les autres l'avaient été.

L'obèse déclina d'un signe véhément. « Je devais hériter de l'épée de mon père, dans le temps. Corvenin. Lord Randyll me la laissait tenir, de-ci de-là, j'en étais malade chaque fois. De l'acier valyrien, superbe, mais si coupant ! j'avais peur de blesser l'une de mes sœurs. Elle reviendra à Dickon, désormais. » Il épongea ses paumes moites sur son manteau. « Je... Euh... Mestre Aemon souhaite te voir. »

Ce n'était pas l'heure du pansement. Subodorant un coup fourré, Jon fronça le sourcil. « Me voir ? » La mine piteuse de Sam valait un discours. « Tu as dégoisé, c'est ça ? reprit-il, rageur. Tu lui as dit que tu m'avais dit !

– Je..., c'est lui..., je ne voulais pas, Jon..., il m'a demandé..., c'est-à-dire..., je crois qu'il savait, il voit des choses qu'on ne voit pas, nous, personne...

– Il est *aveugle* ! s'emporta Jon, écœuré. Je connais le chemin, merci. » Et il lui tourna le dos, le laissant bouche bée, pantelant.

Il trouva mestre Aemon occupé à nourrir ses oiseaux dans la roukerie. Clydas l'escortait de cage en cage avec un baquet de barbaque en vrac. « Vous vouliez me voir, paraît-il ? »

Le mestre hocha la tête. « Il ne paraît pas. Donne-lui le baquet, Clydas. Il aura peut-être la bonté de daigner m'aider. » Sans un mot, l'albinos bossu transmit son fardeau et dévala l'échelle. « Jette-leur simplement la viande à travers les barreaux, reprit Aemon, le reste, ils s'en chargeront. »

Le baquet coincé sous son bras droit, Jon plongea sa main gauche dans le tas saignant. Aussitôt, les corbeaux, dans un vacarme assourdissant d'ailes noires et de cris stridents, vinrent battre la claire-voie de métal. On avait découpé leur pâture en lichettes longues d'un tiers de doigt. Il en prit une bonne poignée, la jeta dans la première cage, et le tapage s'exacerba de *croâ* rauques et de chamailleries. Deux des plus gros oiseaux se disputant un morceau de choix dans un tourbillon de plumes envolées, il s'empressa de distribuer une poignée supplémentaire. « Celui de lord Mormont aime les fruits, le blé...

– Une rareté. La plupart de ses congénères mangent volontiers du grain, mais ils préfèrent nettement la viande. Elle les rend forts, et je les soupçonne de priser la saveur du sang. Comme les hommes, à cet égard..., et tous dissemblables, comme les hommes. »

Ne trouvant rien à répliquer, Jon continua de jeter la viande, mais non sans se perdre en conjectures. Pourquoi l'avoir convoqué ? La réponse ne manquerait pas de venir, mais à l'heure de mestre Aemon, et mestre Aemon n'était pas homme à se bousculer.

« S'il est également possible d'entraîner les ramiers et autres pigeons à porter des messages, reprit-il effectivement, le corbeau les surclasse en force, en taille, en hardiesse, il est incomparablement plus intelligent, mieux à même de se défendre contre les faucons, mais... sa noirceur et son penchant pour les cadavres le font abhorrer de certains dévots. Baelor le Vénérable a pourtant essayé de replacer toute l'espèce de pair avec les colombes, tu savais cela ? » Avec un sourire, ses prunelles laiteuses se posèrent sur Jon. « La Garde de Nuit aime mieux les corbeaux. »

Barbouillée de rouge jusqu'au poignet, la main de Jon s'immobilisa dans le baquet. « Les sauvageons nous traitent de corneilles, à ce que prétend Dywen, dit-il, mal à l'aise.

– La corneille est le parent pauvre du corbeau. Mais ils sont tous deux des mendiants en noir, haïs, méconnus. »

Mais enfin, de quoi parlait-on, et dans quel but ? se demandait Jon, de plus en plus perplexe. En quoi cette compote de colombes et de corbeaux le concernait-elle, lui ? Si le vieil homme avait quelque chose à lui dire, pourquoi ne pas le faire sans détour ?

« Dis-moi, Jon... T'es-tu jamais demandé *pourquoi* les hommes de la Garde de Nuit ne prennent pas femme et ne procréent pas ? »

Jon haussa les épaules. « Non. » Il reprit sa tâche, les doigts de la main gauche poisseux de sang, la droite lancinée par le poids du baquet.

« C'est pour ne pas aimer, décréta mestre Aemon, parce que l'amour bannit l'honneur et tue le devoir. »

Tout abasourdi qu'il fut de cette assertion, Jon ne souffla mot de son désaccord. Le mestre étant centenaire et officier supérieur de la Garde de Nuit, comment se permettre de le contredire ?

Mais le vieillard parut percevoir ses réserves. « Dis-moi, Jon ? S'il advenait par malheur que le seigneur ton père dût choisir entre l'honneur, d'une part, et les êtres qu'il chérit, de l'autre, que ferait-il ? »

Ce qu'il... ? Sur le point d'affirmer que jamais lord Eddard, fût-ce par amour, ne consentirait à se déshonorer, il hésita. La sournoise petite voix s'était mise à chuchoter : *Engendrer un bâtard, où était l'honneur, là-dedans ? Et ses devoirs vis-à-vis de ta mère, qu'en a-t-il fait ? Il ne prononçait même pas son nom...* « Il agirait selon sa conscience, répondit-il..., et d'un ton d'autant plus péremptoire qu'il désirait davantage rattraper son atermoiement. Oui, coûte que coûte.

– Alors, lord Eddard constitue l'exception sur dix mille. La plupart d'entre nous ne possédons pas tant de force d'âme. Que pèse l'honneur, contre l'amour d'une femme ? Que pèse le devoir, contre un nouveau-né qu'on étreint..., ou contre le souvenir d'un frère qui sourit ? Du vent, des mots. Des mots, du vent. Nous ne sommes que des créatures humaines, et les dieux nous ont créées en vue de l'amour. C'est là notre auguste gloire, là notre auguste tragédie.

« Les hommes qui fondèrent la Garde de Nuit savaient que seul leur courage protégerait le royaume, au nord, contre les ténèbres. Pleinement conscients que toute divergence interne de fidélité minerait la détermination commune, ils renoncèrent solennellement au mariage et à la paternité.

« Ils n'en avaient pas moins des frères et des sœurs. Des mères ne leur en avaient pas moins donné le jour, des pères leurs noms. Ils n'en provenaient pas moins d'une centaine de royaumes querelleurs.

Trop justement persuadés que, si les temps sont susceptibles de changer, l'homme est immuable, ils jurèrent solennellement que la Garde de Nuit ne prendrait jamais de parti dans les batailles intestines d'une patrie dont sa vocation l'appelait à préserver l'intégrité.

« Ils tinrent parole. Lorsqu'Aegon se proclama roi sur la dépouille d'Harren le Noir, le frère de celui-ci disposait, en tant que lord commandant du Mur, de dix mille épées. Il ne bougea pas. A l'époque où les Sept Couronnes n'étaient pas un vain mot, il ne se passait pas de génération sans que trois ou quatre d'entre elles ne s'entredéchirent. La Garde ne s'en mêla pas. Quand, franchissant le détroit, les Andals balayèrent les royaumes des Premiers Hommes, les fils des souverains déchus demeurèrent à leur poste, conformément à leur serment. Et il en fut toujours ainsi, de quelque côté que l'on sonde la nuit des temps. Telle est la rançon de l'honneur.

« Un lâche peut être aussi brave que quiconque, en l'absence de tout danger. Et chacun remplit ses devoirs quand les devoirs ne coûtent rien. Avec quelle aisance se suit, dans ces conditions, le chemin de l'honneur ! Mais tôt ou tard vient pour tout homme l'heure où cesse l'aisance, l'heure inéluctable des choix contraignants. »

Quelques corbeaux se gobergeaient encore. De longs filaments de barbaque leur pendaient au bec. Les autres semblaient n'avoir d'yeux que pour Jon. Des dizaines de petits yeux noirs pesants comme des crampons. « Et mon heure est venue..., c'est cela que vous voulez dire ? »

Mestre Aemon se tourna vers lui et, de ses prunelles mortes et blanchâtres, le *scruta*. Sous ce regard inconcevable qui le perçait à jour jusqu'au fond du cœur, Jon se sentait démuni, nu. Empoignant le baquet à deux mains, il en balança tout le fond, bribes de bidoche, jus sanguinolent, à travers les barreaux, en éclaboussant même les corbeaux qui s'envolèrent à grands cris furieux. Les plus prompts se curaient l'aile, happaient, gobaient avec voracité. Il laissa tomber bruyamment le baquet.

Le vieil homme lui posa sur l'épaule une main décharnée, tavelée. « Dur, hein, mon garçon ? dit-il doucement. Oh, oui. C'est toujours si dur..., choisir. Hier comme demain, toujours. Je sais.

– Vous ne savez *pas* ! répliqua Jon avec amertume. Personne ne sait. Tout bâtard que je suis, il demeure mon *père*... »

Aemon soupira. « N'as-tu rien entendu de ce que j'ai dit, Jon ? Tu te crois le premier ? » Il secoua sa tête chenue d'un air indiciblement las. « Les dieux ont jugé bon, par trois fois, d'éprouver mes vœux. La première quand j'étais gosse, la deuxième au plus fort de mon âge viril, la troisième dans ma vieillesse, quand ma vigueur s'était enfuie, ma vue affaiblie, mais, le croiras-tu ? ce dernier choix me déchira autant que le premier. Mes corbeaux apportaient les nouvelles du sud, des nouvelles plus noires que leurs noires ailes, la ruine de ma maison, la mort de ma race, la disgrâce, la désolation. Qu'aurais-je pu faire là contre, aveugle, décrépit, débile ? Hé bien, tout réduit que j'étais à une impuissance de nourrisson, le deuil me poignait de rester dans mon coin d'oubli, là, pendant qu'on massacrait le malheureux petit-fils de mon frère et son propre fils et même, même les bambins... »

Ses yeux brillants de larmes déconcertaient Jon. « Qui êtes-vous donc ? » demanda-t-il froidement, malgré l'espèce d'épouvante qui sourdait en lui.

Un sourire édenté fit trembloter les vieilles lèvres. « Rien d'autre qu'un mestre de la Citadelle, attaché au service de Châteaunoir et de la Garde de Nuit. Dans mon ordre, on répudie son nom de famille le jour où l'on prononce ses vœux et prend le collier. » Il toucha la chaîne de mestre qui pendouillait à son col maigre et flétri. « Mon père était Maekar, premier du nom, mon frère Aegon lui succéda à ma place. Mon grand-père m'appela Aemon en l'honneur du prince Chevalier-Dragon, son oncle ou son père, selon qu'on ajoute foi à telle ou telle tradition. Oui, Aemon...

– Aemon... *Targaryen ?* s'étrangla Jon, presque incrédule.

– Avant, dit le vieil homme. Avant. Ainsi, tu vois, Jon, je *sais*... et, sachant, je me garderai de te dire : "*Reste*" ou "*Va-t'en.*" A toi seul de choisir et de vivre ton choix jusqu'à ton dernier souffle. Comme je l'ai fait. » Sa voix se réduisit à un murmure. « Comme je l'ai fait... »

DAENERYS

La bataille achevée, Daenerys poussa l'argenté dans les champs de mort. Ses servantes et les hommes de son *khas* suivaient, la bouche fleurie de blagues joviales.

Les sabots dothrak avaient littéralement labouré la campagne, y enfouissant seigles et lentilles, tandis que flèches et *arakhs* irriguaient de sang ces sillons d'un nouveau genre. Des chevaux à l'agonie tordaient l'encolure en hennissant sur son passage. Des blessés geignaient, suppliaient, leurs adjurations s'éteignaient au fur et à mesure que progressait le *jaqqa rhan*, l'escouade des miséricordes, qui, hache d'armes au poing, moissonnait indistinctement têtes de morts et têtes de vivants. Derrière, arrachant aux cadavres les dards meurtriers pour en emplir leurs hottes, bourdonnaient des essaims de fillettes. Bons derniers enfin, les chiens faméliques, efflanqués qui, par bandes à demi sauvages, traînaient constamment dans le sillage du *khalasar*.

Noires de mouches, hérissées de traits, des milliers de charognes jonchaient les parages : les moutons, premières victimes de l'affreux carnage opéré d'abord par les hommes de Khal Ogo. Une folie sanguinaire que ne se fût permise aucun de ceux de Drogo, Daenerys le savait. A quoi rimait, s'il vous plaît, de gaspiller ses munitions contre des brebis tant qu'il restait des pâtres à massacrer ?

De la ville incendiée montaient, roulaient sans trêve à gros bouillons puis s'effilochaient vers les nues d'un bleu minéral des panaches de fumée noire. Au bas des remparts de torchis effondrés galopaient en tous sens des cavaliers qui, à grands coups de fouet, chassaient des décombres fumants les hardes de survivants. Mais si les femmes et les enfants du *khalasar* d'Ogo affichaient, malgré la défaite et la captivité, malgré l'esclavage auquel ils étaient promis, des dehors intrépides et une fierté farouche, tout autre était l'attitude des citadins, et

Daenerys conservait un souvenir trop aigu de ses propres peurs pour ne pas s'apitoyer sur leur sort. Des mères, pour la plupart, qui, livides et l'œil fixe, allaient d'un pas chancelant, tirant par la main des marmots en larmes. Peu d'hommes, et seulement des vieux, des lâches, des infirmes.

Il s'agissait là, selon ser Jorah, de Lhazaréens, surnommés Agnelets par les Dothrakis. Avec leur teint cuivré, leurs yeux en amande, ils ne différaient pourtant guère, à première vue, de ceux-ci, mais un examen moins superficiel révélait, sous leurs cheveux noirs tondus au plus près du crâne, des figures plates aux traits épatés. Issus du sud du méandre, assurait Khal Drogo, pasteurs et végétariens, ils profanaient les nobles herbages de la mer Dothrak en y menant paître du mouton trivial.

Un gamin prétendit déguerpir et gagner le fleuve, un cavalier le tourna, le rabattit sur ses poursuivants qui, l'enfermant dans leur cercle, se le renvoyèrent comme une balle en le cinglant au visage, éperdu ; tel, au galop, le talonna, lui zébrant les cuisses de traînées sanglantes, tel, de sa lanière, lui emprisonna la cheville, l'envoya mordre la poussière et l'y réduisit à de si piteuses reptations que, la partie finissant par perdre tout intérêt, une bonne flèche entre les épaules la termina.

Daenerys retrouva ser Jorah non loin des portes fracassées. Il avait enfilé sur sa cotte de mailles un surcot vert sombre et portait des gantelets, des jambières et un heaume nu d'acier gris anthracite. Quitte à s'être fort esclaffés de sa couardise en le voyant endosser son armure, la première fois, les Dothrakis avaient tôt fait de ravaler leurs quolibets et de changer d'avis lorsque, épée contre *arakh*, le plus bruyant des goguenards se fut en moins de rien vidé de sa dernière goutte de sang.

En se portant au-devant d'elle, il releva sa visière. « Votre seigneur et maître vous attend dans la ville.

– Il n'est pas blessé, au moins ?

– Des égratignures, rien de sérieux. Il a tué deux *khals* en ce jour. Ogo, d'abord, puis son fils et successeur Fogo. Maintenant que ses sang-coureurs ont paré sa chevelure des clochettes qui ornaient jusqu'alors celle des vaincus, chaque pas de Khal Drogo tinte plus glorieusement que par le passé. »

Ogo et Fogo... Ceux-là mêmes qui occupaient la place d'honneur aux côtés du soleil étoilé de sa vie le jour du couronnement de Viserys. Mais cela se passait à Vaes Dothrak, au pied de la Mère des

Montagnes, dans la cité sainte où, rivalités abolies, tous les cavaliers se retrouvaient frères. Dans l'herbe, hors de là, les inimitiés recouvraient leurs droits. Le *khalasar* d'Ogo assiégeait déjà la ville quand il s'était vu attaquer par celui de Drogo. Les Agnelets s'étaient-ils bercés de quelque espérance en apercevant, du haut de leurs murs, le nuage de poussière soulevé par la seconde horde ? Certains, peut-être, les plus jeunes ou les plus naïfs. Les malheureux assez niais pour persister à croire qu'exauçant leurs supplications les dieux leur envoyaient des libérateurs...

Jetée à plat ventre, au bord de la route, sur un monceau de cadavres par l'un de ses libérateurs, une jeune fille – *mon âge à peu près...* – sanglotait sur une longue note suraiguë tandis qu'il l'écartelait et que, mettant pied à terre, de nouveaux cavaliers s'attroupaient pour prendre la relève. Telle était la variété de libération promise aux Agnelets par les Dothrakis.

Je suis le sang du dragon, s'invectiva-t-elle en se détournant, dents serrées contre les haut-le-cœur de la compassion.

« La plupart des guerriers d'Ogo se sont enfuis, disait cependant ser Jorah. Nous n'en avons pas moins fait quelque dix mille prisonniers. »

Esclaves, songea-t-elle. Khal Drogo les emmènerait vers l'aval dans quelqu'un des ports de la Baie des Serfs. Elle en aurait pleuré mais devait se montrer forte et se répétait : *C'est cela, la guerre, la guerre ressemble à cela et, sans cela, point de Trône de Fer.*

« J'ai conseillé au *khal* de se rendre à Meeren, reprit le chevalier. Il les y négociera plus avantageusement qu'avec une caravane de négriers. Comme une épidémie a ravagé la ville l'an dernier, m'écrit Illyrio, les bordels paient deux fois plus cher les jouvencelles en bon état, et trois fois les garçons de moins de dix ans. S'il en survit un assez grand nombre au voyage, nous pourrons nous offrir autant de bateaux qu'il en faut, plus les équipages pour les manœuvrer. »

Dans leur dos, la fille qu'on violait se mit à émettre un son déchirant qui tenait de la plainte animale et, entremêlé de hoquets humains, montait, montait, montait sans répit, pathétique et inexorable. Du coup, la main de Daenerys se crispa violemment sur les rênes, obligeant l'argenté à virer sur place. « Dites-leur d'arrêter, commanda-t-elle.

– Pardon, *Khaleesi* ? s'étonna Mormont.

– Vous avez très bien entendu. Faites cesser cela. » Puis, en dothrak des plus rauque, elle intima aux hommes de son *khas* : « Jhogo, Quaro, Aggo, Rakharo, secondez ser Jorah. Pas de viols. »

Ils échangèrent un coup d'œil ahuri.

Le chevalier poussa son cheval près d'elle. « Princesse, souffla-t-il, votre humanité vous honore, mais vous vous méprenez. Il en a été ainsi de tout temps. Ces hommes ont versé le sang pour le *khal.* Ils ne réclament à présent que leur récompense. »

De l'autre côté de la route, la fille poursuivait toujours son intolérable et bouleversante litanie stridente. Un second guerrier avait pris la place du premier.

« C'est une Agnelet, dit Quaro dans sa rude langue. Elle n'est rien, *Khaleesi.* Elle doit s'estimer honorée par les cavaliers. Les hommes de son peuple couchent avec les moutons, c'est connu.

– C'est connu, confirma Irri en écho.

– C'est connu, acquiesça Jhogo, depuis le grand étalon gris qu'il avait reçu de Drogo. Mais si ses cris offusquent votre oreille, *Khaleesi*, Jhogo va vous apporter sa langue. » Il tira son *arakh.*

« Je ne veux pas qu'on lui fasse de mal, répliqua-t-elle. Je la revendique. Exécutez mes ordres, ou Khal Drogo vous en demandera raison.

– *Ai, Khaleesi* », s'inclina Jhogo en poussant sa monture. Quaro et les autres suivirent, carillonnant de toute leur chevelure.

« Accompagnez-les, ordonna-t-elle à ser Jorah.

– Comme il vous plaira. » Il lui décocha un regard bizarre. « Vous êtes bien la sœur de votre frère, en tout cas.

– De Viserys ? s'étonna-t-elle, interdite.

– Non. De Rhaegar. » Et il s'en fut au galop.

A l'interpellation brutale du jeune *khashi* répondit d'abord un concert rigolard des violeurs, puis un homme se mit à vociférer, dont en un éclair l'*arakh* de Jhogo fit voler la tête, et les malédictions succédaient à l'hilarité, les mains se tendaient vers les armes quand Aggo, Quaro et Rakharo survinrent à leur tour. Le premier la désigna du doigt, là-bas, sur son argenté. Les cavaliers la toisèrent d'un regard noir. L'un d'eux cracha par terre, mais les autres, non sans murmures, se dispersèrent vers leurs montures.

Entre-temps, celui qui chevauchait la fille avait poursuivi sa besogne, apparemment trop occupé à en jouir pour s'apercevoir seulement de la scène qui se déroulait à deux pas. Ser Jorah le rappela brusquement sur terre en l'empoignant d'une main de fer et en l'envoyant rouler dans la boue, mais le Dothraki rebondissait déjà sur ses pieds, un poignard au poing, quand Aggo lui perça la gorge d'une flèche. Alors, Mormont releva la fille d'entre les cadavres et, l'enveloppant dans son propre manteau barbouillé de rouge, la mena vers Daenerys. « Que faut-il en faire ? »

L'œil agrandi sur un regard vide, les cheveux empoissés de sang, la misérable tremblait de tous ses membres. « Panse ses blessures, Doreah. Ton aspect physique devrait lui paraître moins redoutable que celui de nos gens. Les autres, avec moi. » Et elle poussa son cheval dans la ville.

Le spectacle y était bien pire. Nombre de maisons flambaient encore, et la funèbre miséricorde du *jaqqa rhan* avait jonché les rues et ruelles tortueuses de cadavres décapités. De toutes parts sévissait le viol. A chaque nouvelle scène de ce genre, Daenerys immobilisait sa monture et dépêchait les *khashis* terminer l'affaire en revendiquant la victime pour son esclave. Mais si l'une d'elles, une femme mûre, trapue, camuse, lui en bafouilla vaille que vaille en valyrien des bénédictions, elle n'obtint des autres qu'un coup d'œil noir et inexpressif. « Elles se défient de moi », songea-t-elle, attristée. Puis n'était-ce pas empirer leur sort que de les sauver ?

« Nous ne pouvons les réclamer toutes, enfant, sermonna Mormont après que les guerriers du *khas* en eurent pris une quatrième sous leur protection.

– Je suis la *khaleesi*, lui rappela-t-elle, l'héritière des Sept Couronnes et le sang du dragon. Il ne vous appartient pas de me dicter ce que je puis faire ou non. » Un geyser de flammes et de fumée leur signifia, là-bas, quelque part, l'effondrement d'un édifice, et ils discernèrent, à travers le vacarme ambiant, des appels terrifiés, des plaintes, des vagissements.

Ils découvrirent enfin Khal Drogo assis face à l'entrée d'un temple de torchis cubique et massif dont les murs aveugles étaient coiffés d'un énorme dôme bulbeux comme un oignon brun. A ses côtés se dressait, plus haute que lui, une pyramide de têtes. Fichée dans le gras de son bras qu'elle traversait de part en part se voyait l'une des courtes flèches en usage chez les Agnelets. Le sang qui couvrait en outre son flanc gauche faisait sur sa poitrine nue l'effet d'une éclaboussure de peinture crue. Ses trois sang-coureurs lui tenaient compagnie.

De plus en plus épaissie par sa grossesse, Daenerys démonta pesamment, aidée de Jhiqui, et vint s'agenouiller devant le *khal*. « Tu es blessé, soleil étoilé de ma vie. » Sans avoir pénétré bien profondément, l'*arakh* avait emporté le sein gauche, et un pan de chair et de peau sanglante pendait sur le torse à la manière d'un chiffon trempé.

« Qu'une écorchure, lune de mes jours, répondit-il en valyrien. Un sang-coureur de Khal Ogo. Pour ça, je le tue, et Ogo aussi. » D'un mouvement de tête, il fit sonnailler ses clochettes. « Ogo, tu entends ? et Fogo, son *khalakka*, puis *khal* après que je le tue.

– Aucun homme ne peut tenir tête au soleil étoilé de ma vie, dit-elle, au père de l'étalon qui montera le monde. »

A cet instant surgit un cavalier qui, d'un bond, fut à terre et, s'adressant à Haggo, soulagea sa bile de façon si torrentueuse que Daenerys ne comprit pas un mot. Mais le géant la foudroya d'un regard torve avant de se tourner vers son *khal.* « Cet homme est Mago, du *khas* de Ko Jhaquo. Il accuse la *khaleesi* de lui avoir dérobé sa proie, une fille agnelet dont la monte lui revenait. »

Drogo demeura impassible, mais une lueur de curiosité animait ses prunelles noires quand il les reporta sur Daenerys. « Dis-moi ce qu'il en est, lune de mes jours », commanda-t-il en dothrak.

Elle s'en expliqua dans la même langue, en termes simples et directs, afin de se faire mieux comprendre de lui, mais elle ne parvint finalement qu'à le rembrunir. « La guerre le veut ainsi, grommela-t-il. Ces femmes étant nos esclaves, désormais, nous sommes libres d'en disposer à notre guise.

– Ma guise à moi est de les préserver, riposta-t-elle, non sans s'alarmer de cet excès d'audace. Si tes guerriers veulent les monter, qu'ont-ils besoin de les brutaliser ? Fais qu'ils les gardent pour épouses, fais qu'elles prennent place dans le *khalasar* et portent vos enfants. »

Des sang-coureurs, Qotho s'était toujours montré le plus hostile. Il éclata de rire. « Le cheval procrée-t-il avec la brebis ? »

Quelque chose dans l'intonation lui rappelant Viserys, elle se tourna vers lui, folle de colère. « Le dragon se repaît de cheval comme de brebis. »

Drogo ne put réprimer un sourire. « Devient-elle agressive, hein ! s'exclama-t-il. C'est mon fils, l'étalon qui montera le monde, qui l'embrase de son propre feu. Doucement, Qotho... Si la mère ne te réduit en cendres sur-le-champ, le fils te foulera dans la poussière. Quant à toi, Mago, tiens ta langue et cherche pour monture une autre Agnelet. Celles que voici appartiennent à ma *khaleesi.* » Il voulut flatter la main de Daenerys, mais le geste esquissé lui arracha une grimace si irrépressible qu'il préféra se détourner.

Elle eut l'impression que sa douleur à lui irradiait, presque aussi violente, jusqu'en elle-même. Les blessures étaient plus graves que ne l'avait laissé entendre ser Jorah. « Où sont les guérisseurs ? » demanda-t-elle d'un ton impérieux. Le *khalasar* en possédait de deux sortes : femmes stériles et esclaves eunuques. Les premières concoctaient des potions de simples et prononçaient des incantations, les seconds maniaient le couteau, l'aiguille et les cautères. « Pourquoi ne viennent-ils pas soigner le *khal* ?

– C'est le *khal* en personne qui a renvoyé les imberbes, *Khaleesi* », l'informa le vieux Cohollo. Elle s'aperçut alors que lui-même arborait une profonde entaille à l'épaule gauche.

« Nous avons pas mal de blessés, grogna Drogo d'un air buté. Il faut les panser en priorité. Cette flèche-ci n'est qu'une piqûre de mouche, et cette petite plaie-ci rien de plus qu'une cicatrice supplémentaire dont m'enorgueillir aux yeux de mon fils. »

Mais des spasmes convulsaient les muscles dénudés par l'*arakh*, le sang ruisselait tout le long du bras. « Ce n'est pas à Khal Drogo d'attendre, protesta-t-elle. Va nous chercher ces eunuques, Jhogo, et ramène-les au plus tôt.

– Dame Argentée, dit une voix de femme derrière elle, je me fais fort de soigner le Grand Cavalier, moi. »

L'offre émanait de l'esclave mûre, trapue, camuse, qui, seule, avait exprimé sa gratitude.

« Le *khal* n'a que faire des soins de femmes qui couchent avec les moutons ! jappa Qotho. Tranche-lui la langue, Aggo. »

Aggo l'empoignait déjà aux cheveux pour s'exécuter, poignard en main, quand Daenerys l'arrêta d'un geste. « Non. Elle m'appartient. Laisse-la parler. »

Après avoir furtivement scruté les antagonistes, il abaissa son arme.

« Je n'y entendais pas malice, fiers cavaliers », reprit la femme. Elle parlait couramment le dothrak. Si lacérées qu'elles fussent, encroûtées maintenant de fange et de sang, ses robes, taillées dans des tissus de laine des plus délicats et rehaussées de broderies, attestaient un rang fastueux. Malgré ses efforts pour les recouvrir, ses seins lourds débordaient son corsage en loques. « Je ne suis pas tout à fait ignare en l'art de guérir.

– Qui es-tu ? demanda Daenerys.

– Je m'appelle Mirri Maz Duur. J'ai épousé le dieu du temple que vous voyez là.

– *Maegi* », grommela Haggo, tripotant son *arakh*. A son regard sombre, Daenerys se rappela le sens du terme et une histoire abominable contée par Jhiqui, un soir, au coin du feu. Créatures abjectes, sans âme et maléficieuses, les *maegis* passaient pour forniquer avec les démons, pratiquer la plus noire des sorcelleries, se glisser près des hommes au plus fort de la nuit pour leur pomper à mort l'énergie vitale.

« Guérisseuse, simplement, rétorqua Mirri Maz Duur.

– Guérisseuse de moutons ! ricana Qotho. Tue cette *maegi*, sang de mon sang, je dis, en attendant l'arrivée des imberbes. »

Daenerys dédaigna son intervention. A ses yeux à elle, la matrone, banale et mafflue, n'avait rien d'une *maegi*. « D'où tiens-tu ta science, Mirri Maz Duur ?

– D'abord de ma mère, épouse divine avant moi. Elle m'enseigna tous les charmes et les incantations le mieux propres à séduire le Pâtre Suprême, ainsi que les recettes d'onguents et de fumigations à base de feuilles, de racines et de baies. Puis, jeune et belle encore, je me rendis en caravane à Asshai pour étudier auprès des mages. Comme des bateaux de maints pays abordent aux contrées de l'Ombre, j'y passai de longues années à apprendre les méthodes curatives de peuples lointains. Une chantelune de Jogos Nhai me dota de ses berceuses de parturition, une femme de votre propre nation des sortilèges d'herbe, de grain, de cheval, et un mestre des terres du Crépuscule ouvrit un corps à mon intention pour me révéler les arcanes dissimulés sous la peau.

– Un mestre ? interrogea ser Jorah.

– Il se nommait Marwyn, précisa-t-elle, en valyrien, cette fois. Il venait de par-delà la mer. Des Sept Pays, à ce qu'il disait. Ceux du Crépuscule, où les hommes sont vêtus de fer et où gouvernent les dragons. C'est grâce à lui que j'en connais la langue.

– Un mestre à Asshai... ! s'ébahit Mormont. Dis-moi donc, épouse divine, ce que ce Marwyn portait au cou.

– Une chaîne composée de toutes sortes de métaux, messire de Fer, et si étroite qu'on l'eût dite conçue pour l'étrangler. »

Il se tourna vers Daenerys. « Seuls en portent de semblables les mestres initiés dans la citadelle de Villevieille, et ils sont experts en l'art de guérir.

– Soit, mais pourquoi désirerait-elle secourir mon *khal* ?

– Parce que l'humanité ne forme, nous a-t-on appris, qu'un seul et unique troupeau, répliqua Mirri. Le Pâtre Suprême m'a envoyée sur terre afin de soigner ses agneaux, en quelque lieu que je les rencontre. »

Qotho lui administra une gifle retentissante. « Nous ne sommes pas des moutons, *maegi* !

– Assez ! s'enflamma Daenerys. Elle m'appartient. Je ne tolérerai pas qu'on la maltraite. »

Khal Drogo grogna. « Il faut bien extirper la flèche, Qotho.

– Oui, Grand Cavalier, confirma la femme, tout en massant sa joue contusionnée. Et, à moins de la nettoyer et de la recoudre, la plaie de votre poitrine s'infectera.

– Dans ce cas, vas-y, commanda-t-il.

– Mes instruments et mes potions se trouvent à l'intérieur du temple, Grand Cavalier. C'est là qu'ils opèrent avec le plus d'efficacité.

– Je vais t'y porter, sang de mon sang », proposa Haggo.

Drogo l'écarta d'un geste. « Besoin d'aucun homme », ronchonna-t-il d'un ton farouche, et il se dressa, superbe et dominateur, sans même sembler s'aviser du sang qui jaillissait de sa plaie rouverte. Daenerys se précipita. « Je ne suis, moi, qu'une femme, murmura-t-elle. Aussi peux-tu t'appuyer sur moi. » Il lui posa son énorme main sur l'épaule et, à peine soutenu de la sorte, pénétra dans le sanctuaire, suivi de ses sang-coureurs, tandis que, sur un ordre d'elle, ser Jorah et les guerriers du *khas* en gardaient l'entrée pour prévenir tout incendie jusqu'à la fin de l'intervention.

Après avoir franchi des enfilades de vestibules, ils parvinrent dans la haute salle que surplombait la coupole. Des ouvertures invisibles y diffusaient d'en haut un semblant de jour. Plantées de loin en loin dans des appliques le long des parois, des torches se consumaient en flammes fuligineuses. Des peaux de mouton jonchaient le sol de terre battue. « Là », dit Mirri Maz Duur, désignant le bloc de pierre veinée de bleu qui tenait lieu d'autel et autour duquel se discernaient en bas-relief des scènes pastorales. Après que Khal Drogo s'y fut étendu, la guérisseuse jeta dans un brasero une poignée de feuilles sèches d'où s'élevèrent instantanément des bouffées de fumée capiteuse. « Vous feriez mieux d'attendre à l'extérieur, dit-elle aux assistants.

– Nous sommes le sang de son sang, répliqua Cohollo. Nous attendrons ici. »

Qotho s'approcha d'elle à la toucher. « Sache-le, femme du dieu Agneau, cause le moindre tort au *khal*, et tu le paieras au centuple. » Il dégaina son dépeçoir et lui en fit admirer le fil.

« Elle ne lui en causera aucun », affirma Daenerys. L'âge de Mirri, sa face épatée, son nez plat lui inspiraient une confiance aveugle. Puis ne l'avait-elle pas elle-même, en outre, arrachée de vive force aux griffes des violeurs ?

« S'il vous faut rester, alors aidez-moi, reprit la femme à l'adresse des sang-coureurs. Le Grand Cavalier est trop fort pour moi. Maintenez-le pendant que je retirerai la flèche. » Laissant retomber jusqu'à sa ceinture les lambeaux de tissu qui lui voilaient tant bien que mal le buste, elle ouvrit un buffet sculpté, se mit à fourrager parmi des fioles, des coffrets, des rasoirs, des aiguilles et, une fois parée, brisa le fer barbelé de la flèche puis tira sur le bois tout en psalmodiant dans sa propre langue une mélopée monotone. Ensuite, elle versa sur les plaies du vin mis à bouillir sur le brasero, sans que Khal Drogo, quitte à la cribler d'invectives, esquissât le moindre mouvement. Après avoir pansé la plaie du bras avec un emplâtre de feuilles humides, elle en vint à celle de la poitrine et l'enduisit d'un baume verdâtre avant d'y rabattre le pan sanglant jusqu'alors en berne. Le *khal* grinça des dents, ravala un cri, tandis qu'armée d'une aiguille d'argent et d'une bobine de fil de soie elle entreprenait de brider la chair. Enfin, cela fait, elle barbouilla toute la zone d'un onguent pourpre, la tapissa d'une bonne couche de feuilles et enserra le tout dans un bandage en peau d'agneau. « Vous devrez absolument dire les prières que je vous indiquerai et garder le pansement tel quel dix jours et dix nuits, dit-elle, quelques fièvre et démangeaisons que vous éprouviez. Et vous conserverez, au bout du compte, une fameuse cicatrice. »

Drogo se rassit, toutes clochettes tintinnabulant. « Les cicatrices sont mon dernier souci, femme brebis. » La flexion de son bras lui arracha une vilaine grimace.

« Ne buvez ni vin ni lait du pavot, prévint-elle. Si pénible que soit la douleur, il faut que le corps garde intacte sa vigueur pour combattre les esprits putrides.

– En ma qualité de *khal,* objecta-t-il, je méprise la douleur et bois ce que je veux. Cohollo ? ma veste. » Le vétéran s'empressa.

« Tout à l'heure, dit Daenerys à l'affreuse Lhazaréenne, tu as parlé de berceuses de parturition...

– Aucun secret de la couche sanglante ne m'est inconnu, Dame Argentée, et de ma vie je n'ai perdu de nouveau-né.

– Mon temps approche. Je souhaiterais que tu m'assistes, le moment venu, si cela t'agrée. »

Khal Drogo se mit à rire. « Avec les esclaves, lune de mes jours, commande, au lieu de prier. Elle obéira. » Il sauta à bas de l'autel. « Venez, mon sang. Les étalons piaffent, la place est en cendres, il est temps de partir. »

Haggo lui emboîta le pas, mais Qotho s'attarda le temps de planter un regard mauvais dans les yeux de Mirri Maz Duur. « Souviens-toi, *maegi,* la santé du *khal,* ou il t'en cuira.

– Comme il te plaira, cavalier, répliqua-t-elle tout en rassemblant ses pots et ses fioles. Le Pâtre Suprême veille en permanence sur ses ouailles. »

TYRION

En haut d'une colline qui dominait la route royale s'élevait le pavillon de lord Tywin. Au-dessus flottait fièrement sur sa hampe le grand étendard écarlate et or. Non loin, à l'ombre d'un orme, avait été dressée sur des tréteaux une longue table de pin brut que recouvrait une nappe d'or. Là dînait, en compagnie de ses principaux bannerets et chevaliers, le sire de Castral Roc lorsque se présenta Tyrion.

Il arrivait tard, éreinté par tant d'heures en selle, d'humeur aigre, et d'autant plus cruellement conscient du spectacle cocasse que devait offrir sa pauvre démarche chaloupée le long de la pente au bout de laquelle affronter son seigneur de père. Aussi, du fond de sa détresse exténuée, se prit-il à penser que pour se refaire, cette nuit-là, rien ne vaudrait une bonne cuite. Le crépuscule brunissait, où, tel un ballet d'étincelles, s'entrecroisait le fusement fugace des lucioles.

On servait déjà les viandes : cinq cochons de lait croustillants à point, chacun le museau farci de fruits différents, dont le fumet lui mit l'eau à la bouche. « Veuillez m'excuser, dit-il en prenant place aux côtés de son oncle.

– Peut-être ferais-je mieux de t'affecter à l'enterrement de nos morts, Tyrion, observa lord Tywin. Si tu te montres aussi ponctuel au combat qu'aux repas, tout sera terminé quand tu daigneras survenir.

– Oh, Père, vous me mettrez bien de côté un paysan ou deux, rétorqua-t-il. Pas davantage, j'aurais trop scrupule à vous sembler glouton. » Il se versa une coupe de vin et reporta toute son attention sur le rôti qu'on découpait. La couenne grillée crissait sous le couteau, la chair juteuse suintait. Rien de si friand n'avait frappé ses yeux depuis une éternité.

« D'après les estafettes de ser Addam, les troupes des Stark ont fait mouvement vers le sud à partir des Jumeaux, reprit son père, une fois son tranchoir empli de viande. Ils ne doivent plus guère se trouver qu'à une journée de marche d'ici.

– Par pitié, Père, je suis sur le point de manger.

– La perspective d'en venir aux prises avec le petit Stark te couperait-elle l'appétit, Tyrion ? Elle décuplerait celui de ton frère Jaime.

– J'aimerais mieux en venir aux prises avec ce cochon. Il est au moins deux fois plus tendre, et Robb Stark n'a jamais exhalé fumet si suave. »

L'acariâtre oiseau qui, sous le nom de lord Lefford, assurait l'intendance des fournitures et munitions, tendit le col. « J'espère que vos sauvages ne partagent pas vos répugnances, ou nous aurions bien gaspillé notre bon acier.

– Mes sauvages feront le meilleur usage de votre bon acier, messire », riposta-t-il. A la mine que tirait l'autre en s'entendant réclamer des armes et des armures pour les trois cents diables qu'Ulf avait ramenés en piémont, vous eussiez juré qu'on le sommait de leur fourguer le pucelage de ses filles.

Lord Lefford se renfrogna plus avant. « J'ai aperçu, aujourd'hui encore, le grand chevelu, celui qui a exigé *deux* haches de guerre, les noires, à double fer convexe, en acier.

– Shagga a un faible, il aime tuer des deux mains..., confessa Tyrion, tandis qu'on déposait enfin devant lui un tranchoir plein de viande fumante.

– Il portait toujours, ficelée dans le dos, sa hache à bois.

– Le drame de Shagga est de penser que trois haches, hélas, valent mieux que deux. » Avançant le pouce et l'index à travers la table, il préleva dans la salière une bonne pincée dont il saupoudra généreusement sa portion.

Ser Kevan se pencha à son tour. « Nous avions idée de te placer, toi et tes charmants barbares, à l'avant-garde, quand la bataille débutera. »

« Avoir idée » n'advenait guère à ser Kevan que lord Tywin ne l'eût devancé. Tyrion, qui venait tout juste de piquer une lichette sur la pointe de son poignard et qui s'apprêtait à l'insérer dans sa bouche, laissa retomber sa main. « L'avant-garde ? » répéta-t-il d'un ton dubitatif. Ou bien son seigneur de père éprouvait un respect tout neuf à l'endroit de ses capacités, ou bien il sautait là sur l'occasion de se débarrasser de son encombrante personne à point ne coûte. Des deux hypothèses, quelle était la bonne, Tyrion croyait plus ou moins le savoir.

« Ils ont un air assez féroce..., insista ser Kevan.

– Féroce ? » Comme un serin, s'aperçut-il, son oncle étant la serinette. Alors que Père le jaugeait, jugeait, soupesait le moindre de ses mots. « Pas seulement l'air, avec votre permission. La nuit dernière, un Sélénite a poignardé un Freux pour une saucisse. Aussi, tout à l'heure, pendant qu'on installait le camp, trois Freux lui ont-ils sauté dessus et ouvert proprement la gorge. A seule fin de récupérer la saucisse, il se peut, j'ignore. Bronn est parvenu à empêcher Shagga de châtrer le mort, une veine ! mais Ulf persiste à réclamer la rançon du sang, et Conn et Shagga s'entêtent à refuser de la lui payer.

– L'indiscipline de la soldatesque incombe toujours à son chef », proféra lord Tywin.

Oui, Jaime était un meneur-né, les hommes le suivaient d'enthousiasme et, s'il le fallait, prêts à mourir pour lui. Non, ce don-là, lui-même ne le possédait pas. Les loyautés, il les achetait à prix d'or, et il invoquait son nom pour se faire obéir. « Si je comprends bien, messire, n'est-ce pas, un homme *de taille* saurait s'en faire redouter ? »

Lord Tywin se tourna vers son frère. « Si les ordres qu'il donne à ses hommes doivent rester lettre morte, l'avant-garde n'est peut-être pas sa place. Il se sentirait sans doute plus à son aise à l'arrière. Si nous le préposions à la garde du train ?

– Epargnez-moi ces gentillesses, Père, fuma-t-il. Si vous n'avez pas d'autre commandement à m'offrir, je conduirai votre avant-garde. »

Son père le dévisagea. « Je n'ai pas parlé de commandement. Tu serviras sous ser Gregor. »

Tyrion prit une bouchée de porc, la mastiqua, finit par la recracher rageusement.

« Décidément, je n'ai pas faim, conclut-il en se laissant choir sans grâce à bas du banc. Veuillez m'excuser, messires. »

Après que son père lui eut condescendu une inclination de tête en guise de congé, il tourna les talons et s'en fut, cible ulcérée de tous les regards. Comme il tanguait, roulait dans la descente, une salve de rires explosa dans son dos, mais il affecta l'ignorer. Pussent-ils, tous tant qu'ils étaient, crever étouffés par leurs cochons de lait !

A la faveur de la nuit close, les bannières avaient noirci. Le camp Lannister s'étendait sur des lieues entre la route et la rivière. Dans cette pagaille d'hommes, d'arbres, de chevaux, rien de si aisé que se perdre, et Tyrion s'y perdit. Il dépassa une douzaine de grands pavillons, une centaine de feux où mitonnaient des mets divers. Parmi les tentes filaient toujours les lucioles, telles d'infimes météorites. Des bouffées de saucisse à l'ail lui dilataient les narines, de-ci de-là, si tentantes, si savoureuses, si chargées d'épices que son ventre vide en grouillait d'émoi. Au loin, des voix entonnaient quelque refrain obscène. Gloussant comme une volaille passa en courant, nue sous son manteau d'ombre, une femme dont le poursuivant trébuchait, ivre mort, de racine en souche. Au-delà, deux lanciers, face à face de part et d'autre d'un ruisselet, s'exerçaient, le torse luisant de sueur dans la pénombre glauque, à frapper-parer.

Nul ne prenait garde à lui. Nul ne lui adressait la parole. Nul n'avait cure de sa personne. Une immense armée l'entourait, vingt mille hommes à la botte ou la solde de la maison Lannister, et il était seul.

Soudain, le sombre rire de Shagga fracassa les ténèbres, et il se guida sur ses grondements pour rallier les Freux dans leur encoignure de nuit. Conn, fils de Coratt, agita dans sa direction une chope de bière. « Tyrion Bout-d'Homme ! par ici ! bienvenue au foyer des Freux ! nous avons un bœuf !

– Première nouvelle..., Conn, fils de Coratt. » L'énorme carcasse rouge crevait les yeux, embrochée qu'elle était sur un formidable brasier par un épieu gros comme un petit arbre. Un *véritable* petit arbre, en fait. La graisse et le sang dégouttaient de la bête que faisaient tourner lentement deux Freux. « Merci de l'invitation. Fais-moi avertir quand il sera cuit. » Un événement qui, à vue de nez, avait une maigre chance de survenir avant le début des hostilités. Là-dessus, il reprit sa marche.

Chaque clan cuisinait à l'écart des autres. Les Oreilles Noires ne mangeaient pas avec les Freux, les Freux ne mangeaient pas avec les Sélénites, et personne ne mangeait avec les Faces Brûlées. La modeste tente que Tyrion était arrivé à soustraire à la lésine de lord Lefford avait été plantée au centre des quatre feux. Il y trouva ses nouveaux serviteurs affairés à vider une outre de vin avec Bronn. Non content de lui dépêcher pour veiller à ses moindres besoins un palefrenier et un valet de chambre, lord Tywin avait poussé la sollicitude jusqu'à lui enjoindre de prendre un écuyer. Tous faisaient cercle autour d'un petit tas de braises. Une fille leur tenait compagnie. Mince, brune et, semblait-il, pas plus de dix-huit ans. Un moment, Tyrion détailla ses traits, puis il repéra des arêtes parmi les cendres. « Qu'avez-vous mangé ?

– Des truites, m'sire, dit le palefrenier. Attrapées par Bronn. »

Truites, songea-t-il. *Cochons de lait. Maudit soit mon père*. La vue des arêtes lui mettait l'âme en deuil et les tripes en ébullition.

Son écuyer, un garçon qui, pour son malheur, portait le nom de Podrick Payne, ravala un bredouillis stupide. Lointain cousin de ser Ilyn, le bourreau royal, il était presque aussi taciturne..., mais pas pour le même motif. Tyrion lui avait d'emblée fait tirer la langue, pour s'en assurer. « C'en est bien une, pas d'erreur. Il te faudra seulement apprendre, un de ces jours, à t'en servir. »

Pour l'heure, il ne se sentait pas la patience de l'essorer pour tenter d'en tirer un semblant de pensée. Se voir infliger un pareil nigaud... Subodorant là quelque raffinement de vilenie maligne, il préféra se consacrer à la donzelle. « C'est elle ? » demanda-t-il à Bronn.

Elle se leva, gracieuse, mais, du haut de ses cinq pieds, voire davantage, semblait le toiser. « Oui, m'sire, et capable de causer sans intermédiaire, sauf votre respect. »

Il pencha la tête de côté. « Tyrion, de la maison Lannister. Les hommes m'appellent le Lutin.

– Ma mère m'a nommée Shae. Les hommes m'appellent... fréquemment. »

Bronn éclata de rire, Tyrion se contenta de sourire. « Dans la tente, Shae, si ce n'est pas trop exiger. » Il lui souleva la portière, s'effaça pour la laisser passer et, une fois à l'intérieur, s'agenouilla pour allumer une chandelle.

Si dure fût-elle, la vie de soldat n'allait pas, au fond, sans compensations. Partout où l'on trouve un camp ne manquent pas de se trouver les satellites des armées. Fort de ce beau principe, Tyrion avait, dès le débotté, expédié Bronn en quête d'un brin de putain. « L'idéal serait une jeunesse raisonnable et un minois aussi joli que possible. Si elle s'est lavée de temps à autre dans l'année, je m'estimerai comblé. Sinon, lave-la. Surtout n'omets ni de lui dire qui je suis ni de la prévenir *de quoi* j'ai l'air. » Feu Jyck négligeait souvent ce dernier détail, et le regard qu'avaient parfois les filles en découvrant le grand seigneur qui se plaisait à louer leurs charmes..., ce regard-là, Tyrion ne tenait guère à l'essuyer une nouvelle fois.

Elevant la chandelle, il l'examina plus précisément. Bronn ne s'était pas si mal débrouillé. Svelte avec de petits nichons fermes et des yeux de biche, elle avait un sourire tour à tour timide, insolent, canaille. Ce qui n'était pas pour déplaire à Tyrion. « Je m' déshabille, m'sire ?

– Un moment. Tu es vierge, Shae ?

– Comme il vous plaira, m'sire, dit-elle d'un air virginal.

– La vérité, petite, voilà ce qui me plairait.

– Va v' coûter deux fois plus... »

Ils allaient s'entendre à merveille ! « Je ne suis pas un Lannister pour rien. L'or, j'en ai des masses, et je suis généreux, tu verras, mais... mais je compte exiger de toi beaucoup plus que ton entrecuisse, encore que ton entrecuisse je la veuille aussi. Il te faudra partager ma tente, me verser mon vin, trouver désopilantes mes plaisanteries, frictionner mes pauvres guibolles après chaque journée de chevauchée et..., que je te garde un jour ou un an, bref aussi longtemps que nous serons ensemble, n'accueillir aucun autre homme dans ton pieu.

– Marché conclu. » Elle empoigna le bas de sa robe de bure légère, la remonta d'un mouvement moelleux par-dessus sa tête, la jeta de côté. Rien, dessous, rien d'autre que Shae. « S'y pose pas c'te chandelle, m'sire finira par s' brûler les doigts. »

Il la posa donc, prit la main de Shae dans la sienne et l'attira doucement à lui. Elle se pencha, l'embrassa. Sa bouche avait un goût de miel et de girofle, à tâtons ses mains expertes dégrafaient sans hésitation ni excès de hâte.

Elle s'ouvrit pour l'accueillir avec des mots tendres, chuchotés à souhait, des frissons, de menus râles de plaisir. Sans doute feignait-elle, mais quelle importance ? elle feignait à la perfection. A *cet* égard, le souci de la vérité vraie ne le tourmentait point.

Quel besoin il avait eu d'elle, il en prit ensuite brusquement conscience, tandis qu'elle reposait dans ses bras. D'elle ou d'une autre similaire. Cela faisait en somme près d'un an qu'il n'avait pas couché avec une femme. Depuis avant son départ pour Winterfell en compagnie de Jaime et du roi Robert. La mort pouvait l'emporter le lendemain, ou le surlendemain, et, dans ce cas, plutôt descendre dans la tombe avec l'image de Shae qu'avec celle du seigneur son père, de Lysa Arryn ou de lady Catelyn Stark.

Le contact soyeux du sein pressé contre son flanc, voilà qui était plaisant, très plaisant. Une chanson trotta dans sa cervelle. Paisiblement, tout bas, il se mit à la siffloter.

« C'est quoi, m'sire ? murmura Shae dans son cou.

– Rien. Rien de plus qu'une rengaine d'adolescence. Dors, ma douce. »

Quand elle eut refermé les paupières et que sa respiration fut redevenue bien calme, bien régulière, il se dégagea d'elle peu à peu, tendrement, de peur de troubler son sommeil, et, nu comme un ver, se glissa au-dehors, enjamba l'écuyer, contourna la tente pour lâcher de l'eau.

Assis en tailleur sous un châtaignier, non loin de l'endroit où ils avaient attaché leurs chevaux, Bronn, pas même somnolent, repassait le fil de son épée. Le sommeil commun semblait inconnu de lui. « Où l'as-tu trouvée ? demanda Tyrion tout en soulageant sa vessie.

– Piquée à un chevalier. Il rechignait d'abord à s'en séparer, mais votre nom l'a fait changer quelque peu d'avis..., ça et mon poignard sous son menton.

– Mes compliments ! répliqua-t-il d'un ton acerbe, tout en se secouant vigoureusement. Je pensais t'avoir dit : *Trouve-moi une pute, et sans me faire d'ennemi.*

– Les mignonnes étaient toutes débordées. Mais si vous préférez vraiment une maritorne édentée, je me ferai un plaisir d'aller la restituer. »

Tyrion se rapprocha en clopinant. « Le seigneur mon père taxerait cela d'insolence et t'en récompenserait par un séjour au fond de la mine.

– Heureux pour moi que vous ne soyez pas votre père, riposta Bronn. Une autre avait plein de pustules autour du pif. Vous séduirait-elle ?

– Moi, te briser le cœur ? répliqua-t-il du tac au tac. Tant pis, je garderai Shae... Mais aurais-tu, d'aventure, noté le *nom* du chevalier à qui tu l'as prise ? J'aimerais autant, durant la bataille, ne l'avoir pas pour voisin. »

Avec une vivacité de félin et des grâces félines, Bronn rebondit sur ses pieds, fit miroiter sa lame. « Durant la bataille, c'est moi que tu auras pour voisin, nabot. »

Tyrion hocha la tête. Sur sa peau nue passait le souffle tiède de la nuit. « Veille que j'en réchappe, et tu pourras dire ton prix. »

Bronn fit sauter sa flamberge de la main droite dans la gauche et fouetta le vide. « Qui pourrait souhaiter tuer un type de ton acabit ?

– Le seigneur mon père, et d'un. Il m'a flanqué à l'avant-garde.

– J'en ferais autant. Un petit homme avec un grand bouclier..., tu vas damner les archers.

– Je te trouve singulièrement spirituel, déclara Tyrion. Je dois être dingue. »

Bronn glissa l'épée dans son fourreau. « Sans l'ombre d'un doute. »

Quand Tyrion eut regagné la tente, Shae se laissa rouler sur un coude et chuchota d'une voix pâteuse : « M' suis réveillée, m'sire était parti.

– M'sire est de retour. » Il se glissa près d'elle.

Elle lui faufila sa main entre les cuisses, et l'examen fut concluant. « Oui oui », souffla-t-elle en le flattant.

Interrogée sur l'homme à qui Bronn l'avait prise, elle nomma le plus infime des vassaux d'un hobereau infinitésimal. « T'as rien à craindre de c' typ'-là, m'sire, assura-t-elle sans cesser de le besogner. C'est un petit homme...

– Et moi, que suis-je, s'il te plaît ? Un géant ?

– Oh, oui..., ronronna-t-elle, mon géant Lannister à moi. » Sur ce, elle l'enfourcha et, durant un certain temps, faillit presque l'en persuader. Si bien qu'il sombra le sourire aux lèvres...

...et se réveilla en sursaut dans les ténèbres. Des trompes mugissaient, Shae lui secouait l'épaule. « M'sire ! hoquetait-elle, m'sire ! faut t' réveiller ! J'ai peur..., qu' c' qui s' passe ? »

Complètement sonné, il se dressa sur son séant, repoussa la couverture. Les cors beuglaient dans la nuit des appels sauvages et pressants, haletaient : Vite ! vite ! vite ! parmi des vociférations, des hennissements, mais rien, pas même le fracas des piques, rien ne lui parlait encore de combat. « Les sonneries de mon père, dit-il. Branlebas. Je croyais Stark à une journée de marche... »

Shae secoua la tête d'un air égaré, la pupille dilatée, l'œil blanc.

En maugréant, Tyrion se mit sur pied d'une embardée, se propulsa cahin-caha vers l'extérieur en hélant l'écuyer. Des plaques de brume pâle stagnaient dans le noir, des griffes blêmes s'appesantissaient au-dessus de la rivière, des fantômes de bêtes et d'hommes s'affrontaient à tâtons, s'enchevêtraient en plein bitume frisquet, l'aube se gardait de poindre, et l'on sellait ici, chargeait des fourgons là, ailleurs éteignait les feux. A nouveau, les cuivres s'époumonèrent : *Vite ! vite ! vite !* Des chevaliers enfourchaient d'un bond les destriers qui renâclaient, des hommes d'armes achevaient en courant de boucler leurs baudriers. En travers du seuil, Pod, lui, ronflotait posément. De l'orteil, Tyrion lui botta les reins. « Mon armure ! hurla-t-il, et sans lambiner ! » Du brouillard émergea Bronn, au trot, déjà tout armé, déjà monté, déjà coiffé de son demi-heaume cabossé. « Tu sais ce qui se passe ? questionna Tyrion.

– Le petit Stark nous a filoutés d'une marche. Il a profité de la nuit pour descendre en catimini la grand-route et, à moins d'un mille au nord, maintenant, son armée se range en ordre de bataille. »

Vite ! haletaient les trompes, *vite ! vite ! vite !*

« Veille à ce que nos gens des clans soient fin prêts. » Il se coula dans la tente. « Où sont mes affaires ? jappa-t-il à Shae. Là. Non ! le cuir, que diable... Oui. Mes bottes ! »

Le temps de s'habiller, et l'écuyer lui exhibait l'armure, ou ce qui devait passer pour tel. Certes, Tyrion en possédait une, et de plate, et en bel et bon acier massif, et artistement taillée au plus juste de son corps difforme, mais elle était demeurée, contrairement à lui, bien peinarde, elle, à Castral Roc. Ce qui l'avait contraint à s'accommoder de la quincaille hétéroclite dénichée dans les réserves de lord Lefford : haubert et coiffe de mailles, gorgeret d'un chevalier mort, gantelets et jambières à écailles, poulaines d'acier, ceci décoré, cela nu, rien d'assorti, tout inajustable et bringuebalant. Si le corselet désirait un torse plus ample, on n'avait trouvé pour le crâne démesuré qu'un coquin de heaume en forme de cuvier surmonté d'une pique triangulaire haute d'un bon pied.

Pendant que Shae secondait Pod au bouclage, agrafage, verrouillage de l'accoutrement, Tyrion lui dit : « Si je meurs, pleure-moi.

– Qu'en sauras-tu ? tu s'ras mort...

– Je le saurai.

– M'étonnerait pas, d' ta part. » Elle lui enfonça jusqu'aux épaules le coquin de heaume, et Pod le fixa au gorgeret. Tyrion boucla lui-même sa ceinture qu'alourdissaient poignard et braquemart. Entre-temps, le palefrenier lui avait amené sa monture, un formidable bai brun non moins pesamment caparaçonné que lui-même. Il fallut l'aider à se mettre en selle. Il avait l'impression de peser des tonnes. Pod lui tendit ensuite son bouclier, dense bille de ferrugier bardée d'acier comme à plaisir, et enfin sa hache d'armes. Alors, Shae prit du recul pour l'admirer. « M'sire a un' dégaine terrib.

– M'sire a la dégaine d'un nabot fagoté dans une armure dépareillée, riposta-t-il aigrement, mais merci quand même pour la gentillesse. Si la bataille tourne mal, Podrick, reconduis madame saine et sauve à la maison. » Il la salua de sa hache, fit volter son cheval et partit au trot, l'estomac tellement noué que c'en était pénible, tandis que, derrière, ses serviteurs se hâtaient de plier la tente. A l'est, l'horizon rosissait vaguement aux premiers rayons du soleil encore invisible. A l'ouest, encore indigo, le ciel demeurait piqueté d'étoiles. Etait-ce là sa dernière aurore ?... et un indice de couardise que de se le demander ? Est-ce qu'avant une bataille Jaime contemplait jamais la mort ?

Un cor, au loin, lança une longue note lugubre qui vous glaçait les moelles. Tout en enfourchant leurs petits bourrins, les montagnards gueulaient à tue-tête, échangeaient jurons et quolibets. Nombre d'entre eux titubaient, ivres, et le soleil levant dissipait les derniers bouchons de brouillard quand Tyrion parvint à entraîner son monde. Devant, le peu d'herbe qu'avaient épargné les chevaux flanchait à l'infini sous la rosée, comme si quelque dieu flâneur avait d'une main négligente parsemé la terre entière de diamants. Derrière venait, clan par clan, chacun suivant ses propres meneurs, la cohue sauvage.

Et peu à peu s'épanouissait à la lueur de l'aube, telle une gigantesque rose de fer aux épines ardentes, l'armée de lord Tywin Lannister.

Chargé du centre, ser Kevan avait brandi ses étendards à même la route royale. De part et d'autre se disposèrent sur trois longues lignes les archers à pied qui, debout, carquois à la ceinture, entreprirent de bander calmement leurs arcs. Dans les intervalles, les piques formaient le carré. Derrière, en rangs pressés, les hommes d'armes, équipés de lances, d'épées, de haches. Trois cents chevaux de charge entouraient ser Kevan, les lords bannerets Lefford, Lydden, Serrett et tous leurs vassaux.

Exclusivement composée de cavalerie, l'aile droite comptait quelque quatre mille hommes lourdement revêtus d'armures. Plus des trois quarts des chevaliers se trouvaient là, massés de manière à constituer comme un formidable poing d'acier. Ser Addam Marpheux en avait le commandement. Son étendard se déploya, brandi par un porte-enseigne, sous les yeux mêmes de Tyrion : un arbre embrasé, couleur d'orange et de fumée. Derrière flottaient déjà, parmi bien d'autres, l'unicorne violet de ser Flement, le sanglier moucheté Crakehall, le coq de combat Swyft...

Le seigneur son père vint, quant à lui, prendre place sur la colline de la veille avec la réserve : une puissante force mixte de cinq mille hommes. Son commandement de prédilection. Parce qu'il lui permettait de tenir invariablement le haut du pavé, de regarder la bataille se dérouler à ses pieds, d'engager ses troupes où et quand il l'estimait le plus opportun.

Il vous éblouissait, même de si loin, le seigneur son père. L'armure de bataille de Tywin Lannister enfonçait, et comme ! les dorures de son fils Jaime. Piqué, surpiqué d'innombrables strates de brocart d'or, son manteau plombait si superbement qu'à peine frissonnait-il, fût-ce au plus furieux de la charge, et il avait une telle ampleur qu'en selle il dissimulait presque entièrement l'arrière-train de l'étalon. Et comme, évidemment, nulle agrafe ordinaire n'eût suffi à le maintenir, une mignonne paire de lionnes ramassées pour bondir le fixaient aux épaules. Leur pareil, un mâle à crinière ébouriffante, rugissait, griffes fouettant l'air, à plat ventre au sommet du heaume. Et, naturellement, ces trois fauves étaient d'or, avec des prunelles de rubis. Quant à l'armure elle-même, de plates en acier massif émaillé d'écarlate sombre, gantelets et jambières en étaient rehaussés d'arabesques damasquinées d'or ; ses rondelles affectaient la forme d'échappées de soleil dorées, dorées étaient toutes ses attaches, et l'acier rouge avait été si merveilleusement poli qu'il semblait flamber à la barbe de l'astre levant.

A présent, Tyrion distinguait le roulement sourd des tambours adverses. Cela lui remémora la dernière image qu'il eût conservée de Robb Stark : assis dans la cathèdre de son père, à Winterfell, dans la grande salle, avec au poing une épée nue qui miroitait. Puis la manière dont les loups-garous avaient surgi de l'ombre, convergeant vers lui. Et il les revit en un éclair, lui faisant face et grondant, claquant des dents, babines retroussées. Le garçon s'en faisait-il accompagner pour guerroyer aussi ? L'idée le troubla.

L'armée du nord devait être épuisée, après cette marche forcée... Qu'avait bien pu projeter le garçon ? De les surprendre pendant qu'ils dormaient ? Probablement pas. Si critiquable qu'on le trouvât sur d'autres chapitres, Tyrion Lannister se voulait tout sauf un imbécile.

L'avant-garde se massait sur la gauche. Il repéra d'abord l'étendard : trois chiens, noirs sur champ jonquille. Juste au-dessous, ser Gregor, monté sur l'étalon le plus colossal qu'eût jamais vu Tyrion. Bronn lui jeta un coup d'œil, grimaça un sourire. « A talonner toujours durant une bataille. »

Tyrion le scruta d'un regard aigu. « Et pourquoi cela ?

– Des cibles magnifiques. Sur le terrain, ce type, il attirera l'œil de tous les archers. »

Avec un éclat de rire, Tyrion considéra la Montagne sous ce nouvel angle. « Je n'y avais jamais songé, je confesse. »

En tout cas, Clegane ne se souciait pas d'éblouir, lui ; d'acier brut et d'un gris de suie, son armure de plates avouait un usage intensif mais n'arborait ni fanfreluches ni blason. Pour désigner leurs positions respectives aux hommes, il pointait son épée, un estramaçon qu'il branlait d'une seule main comme s'il se fût agi d'une menue badine. « Le premier qui détale, je l'abats moi-même ! hurlait-il lorsqu'il aperçut Tyrion. Lutin ! A vous la gauche. Tenez la rivière. Si vous pouvez. »

La gauche de la gauche... Pour le tourner, il faudrait aux Stark des chevaux capables de courir sur l'eau. Il mena ses hommes vers la berge. « Regardez ! cria-t-il en tendant sa hache. La rivière. » Un édredon de brume pâlot couvrait encore le lit des flots, mais on les voyait, par-dessous, tourbillonner, d'un vert vénéneux. Les bords étaient bourbeux, envahis de roseaux. « La rivière est à nous. Quoi qu'il advienne, collez à la rive. Ne la perdez jamais de vue. Ne laissez passer aucun ennemi entre elle et nous. S'ils osent salir nos eaux, tranchez-leur l'engin pour nourrir les poissons. »

Une hache dans chaque main, Shagga les choqua l'une contre l'autre comme des cymbales et tonna : « *Bout-d'Homme !* » D'autres Freux reprirent le cri, bientôt imités par les Sélénites et les Oreilles Noires, puis tous scandèrent d'une seule voix, tandis que les Faces Brûlées compensaient leur propre mutisme en transformant épées et piques en crécelles : « *Bout-d'Homme ! Bout-d'Homme ! Bout-d'Homme !* »

Tyrion fit parcourir tout un cercle à son cheval pour mieux examiner les lieux. Onduleux et inégal ici, le terrain se révéla uni mais fangeux le long de la rivière, en pente douce jusqu'à la grand-route, caillouteux et accidenté au-delà, vers l'est. Et si quelques arbres ponctuaient le flanc des collines, la campagne, à peu près partout défrichée, était dévolue aux cultures. Son cœur martelait sa poitrine au rythme des tambours, une sueur froide lui glaçait le front sous l'épaisse coiffe de cuir et d'acier. Ser Gregor ne cessait de galoper le long des lignes en gueulant et gesticulant. Pas plus que la précédente, son aile ne comprenait de fantassins, mais, au lieu de se composer de chevaliers et de lanciers lourds, elle intégrait comme avant-garde toutes les raclures de l'ouest : archers montés en justaucorps de cuir, essaims confus de francs-coureurs et de reîtres indociles, rustres ballottés sur des bêtes de labour et armés de la flambe à papa, rouillée, de fourches et de faux, semi-bleus racolés dans les bouges de Port-Lannis..., plus lui-même et ses malotrus.

« Pâture à corbeaux », marmonna Bronn, formulant crûment les réticences de Tyrion. Lequel put seulement acquiescer d'un signe. Son seigneur de père avait-il perdu la tête ? Pas de piques, trop peu d'archers, trois fois rien de chevaliers de rien – les mal-armés, les sans-armure –, et tout ça sous les ordres d'une brute épaisse à qui la rage tenait lieu d'esprit..., comment diable son père pouvait-il escompter que cette caricature de bataillon tiendrait sa gauche ?

Il n'eut pas le loisir d'approfondir la question. Les tambours s'étaient tellement rapprochés que leur battement courait sous sa peau et flanquait la tremblote à ses mains. Bronn dégaina et, tout à coup, l'ennemi parut, mit en ébullition le faîte des collines et, à pas comptés, déborda, frangé d'un mur de piques et de boucliers.

Sacrebleu ! vise-moi tout ça..., s'écarquilla Tyrion, fort impressionné, bien que l'avantage du nombre revînt à son père, il le savait. En tête venaient les capitaines, sur leurs destriers cuirassés d'acier, tout du long chevauchaient des porte-enseigne avec leurs étendards. En un éclair, il identifia l'orignac Corbois, l'échappée Karstark, la hache Cerwyn... et les tours jumelles Frey, bleu sur gris. Autant pour le seigneur son père, si péremptoire à vous assener que lord Walder ne bougerait mie. De toutes parts flottait le blanc de la maison Stark, partout galopaient, bondissaient les loups-garous gris, selon qu'en bout de hampe les bannières claquaient ou se déployaient. *Où est donc le garçon ?* se demanda Tyrion.

Un cor sonna. *Harooooooooooooooooooooooooo*, hurlait-il, et l'interminable tenue lugubre de sa voix vous faisait grelotter comme les ululements de la grande bise du nord. Les trompes Lannister eurent beau répliquer par un *ta-RA ta-RA rata TAAAAAAA* d'airain provocant, Tyrion ne put s'empêcher de leur trouver quelque chose de chétif, d'anxieux. Il sentit barboter dans ses tripes une espèce de gargouillis vaguement liquide qui lui souleva le cœur, et sa seule espérance fut de ne pas mourir dans ses déjections.

Comme s'éteignaient les fanfares, un chuintement siffla sur sa droite, là où stationnaient les archers, et une nuée de flèches décrivit entre la route et lui sa sombre parabole. L'ost du nord prit le pas de course en hurlant, mais les traits Lannister qui grêlaient par centaines, par milliers sur lui transformèrent en plaintes les glapissements de ceux qui titubaient, tombaient, pendant qu'une deuxième volée prenait son essor et qu'une troisième s'encochait déjà sur les cordes.

Les trompes claironnèrent à nouveau *ta-TAAA ta-TAAA ta-RA ta-RA ta-TAAAAAA*, ser Gregor fit mouliner son énorme épée, rugit un ordre, des milliers de gorges répondirent par une clameur à laquelle Tyrion mêla sa propre voix tout en éperonnant sa monture, et l'avant-garde se rua. « La rivière ! cria-t-il à ses hommes, souvenez-vous, collez à la rivière ! » Toujours à leur tête quand ils adoptèrent le petit galop, il se vit coup sur coup dépassé en trombe par Chella, braillarde à vous cailler les sangs, et les ululements furieux de Shagga, puis tout chargea dans leur sillage, le laissant, lui, dans un nuage de poussière.

Là-bas devant s'était formé en arc de cercle pour les attendre de pied ferme un double hérisson de piques et d'acier retranché derrière un rempart d'écus frappés de l'échappée Karstark. Placé en pointe d'un coin de vétérans lourdement armés, Gregor Clegane s'y heurta le premier mais, au dernier moment, la moitié des chevaux refusèrent l'obstacle et se débandèrent. Les autres, enferrés au poitrail, s'effondrèrent, et Tyrion vit s'abattre une douzaine d'hommes tandis que, l'encolure éraflée par une pique barbelée, l'étalon de la Montagne se cabrait, lui, battant l'air de ses sabots ferrés, puis, éperdu, fonçait dans les rangs et, quoique frappé de toutes parts, crevait le mur de boucliers par sa seule masse. Les affres de son agonie furibonde forcèrent l'adversaire à s'écarter tant bien que mal et, lorsqu'il s'écroula enfin, les naseaux rougis, ruant et mordant jusqu'à son dernier râle ensanglanté, Gregor bondit, intact, brandissant son irrésistible estramaçon.

Alors que, talonné par une tornade de Freux, Shagga se précipitait dans la brèche ainsi ouverte avant qu'elle n'eût pu se refermer, Tyrion se surprit à piauler : « Faces Brûlées ! Sélénites ! Suivez-moi ! », ce qui était plutôt cocasse, car la plupart le *précédaient*. Il entr'aperçut Timett, fils de Timett, bondir en pleine course à bas de son bourrin frappé à mort, discerna un Sélénite empalé sur une lance Karstark, vit le cheval de Conn ruer dans les reins d'un homme, une pluie de flèches s'abattre sur la mêlée – qui les décochait ? impossible à dire, mais elles pleuvaient indistinctement sur les Stark et les Lannister, rebondissant sur l'acier ou crevant la viande... Levant son bouclier, Tyrion se dissimula derrière, de son mieux.

Le hérisson se défaisait, les fantassins du nord reculaient sous l'assaut des cavaliers du sud. Tyrion vit Shagga prendre en pleine poitrine un lancier qui lui courait follement sus, il vit progresser sa hache à travers maille et cuir et muscles et côtes et poumons, seul en dépassait le manche, et le cadavre, à droite, demeurait debout, pendant qu'à gauche, avec sa seconde hache, Shagga fendait en deux un bouclier, le cadavre oscillait, titubait, finissait, comme invertébré, par s'affaler quand Shagga, rugissant, fit sonner ses deux haches en les entrechoquant.

Là-dessus, c'est lui-même qu'il vit enveloppé par l'ennemi, et sa bataille s'étriqua dès lors aux quelques pouces de terrain que foulait sa propre monture. Un homme d'armes le visant au torse, il repoussa la pique en abattant sa hache puis, comme l'homme battait un entrechat de recul afin de récidiver, piqua des deux droit dessus. Assailli cependant par trois adversaires à la fois, Bronn décapitait le plus pressant et, d'un revers, atteignait l'un des autres en pleine figure.

Dardée sur Tyrion depuis la gauche, une lance vint en vrombissant se ficher dans le bois de son bouclier avec un *boum* bizarre. Il volta pour se précipiter sur l'agresseur, mais il eut beau pivoter tout autour, celui-ci s'était déjà couvert de son propre écu, la grêle de coups de hache ne faisait voler que des copeaux de chêne, et lorsque l'homme glissa, perdit pied et tomba à la renverse, toujours comme une tortue sous sa carapace, il se retrouva hors d'atteinte et, peu soucieux de démonter, Tyrion le planta là en faveur d'un dos sur lequel il abattit de biais son arme avec une violence dont le contrecoup le fulgura jusqu'à l'épaule. Du moins y gagna-t-il une seconde de répit qu'il mit à profit pour tirer sur les rênes et s'inquiéter de la rivière. Et il finit par la trouver, mais loin sur sa droite. Il s'était bel et bien laissé tourner.

Affalé sur son cheval le dépassa l'un des Faces Brûlées, le ventre crevé par une pique qui lui ressortait au niveau des reins. On ne pouvait plus rien pour lui mais, voyant l'un des gens du nord accourir dans l'espoir d'empoigner la bride, Tyrion chargea.

L'homme fit face, épée brandie. Sec et de haute taille, il portait un long haubert de mailles et des gantelets articulés d'acier, mais il avait perdu son heaume, et une vaste entaille au front lui barbouillait les yeux de traînées sanglantes. Tyrion le visa au visage, mais le grand diable détourna le coup en s'écriant : « Tu vas mourir, nabot ! » et se mit à pivoter sur place au centre du cercle où l'enfermait Tyrion tout en le hachant sans relâche à la tête et aux épaules, mais l'acier toujours sonnait contre l'acier, et ce dernier ne tarda guère à comprendre qu'il avait affaire à plus rapide et vigoureux que lui. Où diable était donc ce coquin de Bronn ? « Meurs ! » grogna l'homme en lui assenant une botte féroce, et à peine Tyrion eut-il le temps de relever son bouclier que celui-ci lui explosait au nez et lui échappait des mains, fracassé. « *Meurs !* » aboya le spadassin qui, le pressant de plus près encore, lui porta, cette fois à la tempe, une volée si retentissante qu'il crut sa cervelle envahie de cloches, tandis qu'en se retirant pour frapper derechef l'épée farcissait le heaume d'affreux raclements. Or, l'homme arborait un sourire triomphal quand sa bouche béa sur un hurlement... Preste comme un aspic, le destrier venait de mordre, emportant la joue jusqu'à l'os. Enfouissant alors sa hache en plein milieu du crâne, « A *toi* de mourir », dit Tyrion, et l'autre obtempéra.

Il tâchait de libérer son fer quand « *Eddard !* » vociféra quelqu'un, « *Pour Eddard et pour Winterfell !* » Tel un bolide fondait sur lui un chevalier qui, par-dessus sa tête, faisait tournoyer une plommée hérissée de pointes, et les destriers se heurtèrent de plein fouet avant que Tyrion pût ne fût-ce qu'ouvrir le bec pour appeler Bronn, et il eut l'horrible impression qu'en écrabouillant la pièce fragile qui le protégeait les pointes pulvérisaient son coude gauche. La hache ? plus de hache. Il tenta d'agripper son épée, mais la plommée tournoyait à nouveau, droit sur son visage. Un *crac !* abominable, et ce fut la chute. De la rencontre avec le sol, aucun souvenir lorsqu'il rouvrit les yeux. Au-dessus, le ciel et rien d'autre. Il se laissa rouler sur le flanc, voulut se relever, la douleur lancina chacune de ses fibres, l'univers souffrit mille morts. Le chevalier qui l'avait abattu le dominait de toute la hauteur de son destrier. « Tyrion le Lutin ! mugit-il. Tu es à ma merci. Te rends-tu, Lannister ? »

Oui, songea-t-il, mais sans parvenir à le proférer. Puis, tandis que sa gorge émettait une espèce de coassement, il se débattit pour s'agenouiller, tâtonna en quête d'une arme, épée, poignard, n'importe quoi...

« Te rends-tu ? » Vus d'en bas dans leur carapace d'acier comme au travers d'une vapeur, le cheval et le cavalier semblaient colossaux. Au bout de sa chaîne, la plommée décrivait un orbe alangui. Les mains gourdes et le fourreau vide, le regard brouillé, Tyrion entendit : « Rends-toi ou meurs », discerna le fléau d'armes qui tournoyait de plus en plus vite.

Sautant sur ses pieds, il piqua du heaume dans le ventre du cheval. Avec un ignoble hennissement, l'animal se cabra, tenta de se dégager de la mort, tandis que ses entrailles sanglantes suffoquaient Tyrion, s'écroula d'un bloc comme une avalanche. Les premières sensations de Tyrion furent que des matières fétides encombraient sa visière et que quelque chose lui écrasait un pied. Il gigota pour se libérer, la gorge si nouée qu'à peine réussit-il à gargouiller : « ...rends... », d'un ton mourant.

« Oui », geignit une voix qu'étranglait l'agonie.

Il débarbouilla sa visière des immondices qui l'aveuglaient. Le cheval gisait à un pas de là. La jambe emprisonnée dessous, le chevalier répéta : « Oui. » Le bras qu'il avait utilisé pour tenter d'amortir sa chute reposait selon un angle extravagant. Sa main valide farfouilla dans les parages de la ceinture, dégaina une épée, la lança aux pieds de Tyrion. « Je me rends, messire. »

Abasourdi, le nain s'agenouilla, ramassa l'arme. Son coude en profita vilainement pour se rappeler à son bon souvenir. Apparemment, la bataille s'était déplacée au loin. Sur cette partie-ci du terrain, plus personne, hormis d'innombrables cadavres. Déjà les corbeaux resserraient leur vol circulaire et se posaient pour becqueter. Ser Kevan avait déporté son centre à la rescousse de l'avant-garde, et sa puissante armada de piques rejeté les gens du nord contre les collines. Elle se heurtait désormais le long des versants contre un nouveau mur de boucliers, cette fois ovales et renforcés de cabochons de fer. Mais là-dessus survint une nuée de flèches meurtrières qui creusa de larges brèches dans la palissade improvisée. « M'est avis que vous prenez la déculottée, ser », dit-il au chevalier captif sous sa bête. L'homme ne souffla mot.

Le martèlement de sabots grimpant la pente dans son dos fit pirouetter Tyrion, bien que le supplice de son coude l'empêchât quasiment de soulever l'épée. Bronn tira sur les rênes en le toisant de pied en cap.

« Tu t'es révélé d'un piètre secours, lâcha Tyrion.

– Vous ne vous en êtes pas si mal tiré par vos seuls moyens, semble-t-il. Sauf que vous avez paumé la pointe de votre heaume... »

Machinalement, Tyrion tâta le faîte de son couvre-chef et le trouva écimé net. « Je ne l'ai point *paumée*. Je sais pertinemment où elle se trouve. Tu vois mon cheval, quelque part ? »

Le temps de retrouver celui-ci, et la réserve de lord Tywin vint, annoncée par une sonnerie de trompes, ratisser la berge. Tyrion regarda son père traverser le champ de bataille à bride abattue sous l'étendard écarlate et or. Cinq cents chevaliers l'entouraient, dont le soleil faisait pétiller les lances, et dont la charge éparpilla comme éclats de verre les vestiges des lignes Stark.

Vu l'enflure de son coude qui, sévèrement comprimé par l'armure, élançait rageusement, Tyrion n'essaya même pas de se joindre au carnage mais, en compagnie de Bronn, partit en quête de ses propres hommes. Nombre d'entre eux gisaient parmi les morts. Amputé d'un bras, Ulf, fils d'Umar, baignait dans une mare de sang, parmi une douzaine de ses Sélénites. Shagga s'était effondré sous un arbre, criblé de flèches, et la tête de Conn au creux de son giron. Tyrion les crut morts tous deux mais, lorsqu'il démonta, les yeux de Shagga se rouvrirent. « Ils ont tué Conn, fils de Coratt. » La mort avait épargné la beauté de Conn, affectée seulement d'un trou vermeil en pleine poitrine. Il fallut que Bronn l'aidât à se relever pour que Shagga parût enfin s'apercevoir des flèches qui le hérissaient et qu'il arracha une à une avec une invective pour chaque avarie qu'elles avaient causée à sa tenue de maille et de cuir et des miaulements de nouveau-né lorsque d'aventure elles s'étaient enfoncées dans la chair et qu'il fallait d'une secousse les en extirper. Chella, fille de Cheyk, les surprit dans cette occupation et leur exhiba son trophée personnel : quatre oreilles. Enfin, ils trouvèrent Timett et ses Faces Brûlées affairés à dépouiller des cadavres. Des quelque trois cents hommes qu'avait menés à la bataille Tyrion Lannister, la moitié tout au plus avaient survécu.

Laissant les morts aux bons soins des vivants, il expédia Bronn prendre livraison du chevalier captif et partit lui-même à la recherche de son père. Assis au bord de la rivière, lord Tywin sirotait du vin dans une coupe enrichie de gemmes, tandis que son écuyer le débarrassait de son pectoral de plates. « Une belle victoire, dit ser Kevan en apercevant son neveu. Tes barbares se sont bien battus. »

D'un vert glauque pailleté d'or et si froides qu'elles vous fichaient des frissons, les prunelles du seigneur son père pesaient sur le nain. « Fut-ce une surprise pour vous, Père ? demanda-t-il. Cela bouleversa-t-il vos plans ? Car nous étions bien censés nous laisser massacrer, n'est-ce pas ? »

Lord Tywin vida sa coupe d'un air impassible. « J'avais disposé les hommes les moins disciplinés sur la gauche, en effet. J'escomptais qu'ils lâcheraient pied. En bleu qu'il est, Robb Stark devait se montrer plus brave qu'avisé. J'avais donc espéré qu'en voyant notre gauche enfoncée, il se précipiterait follement dans la faille, sous couleur de nous débander. Après l'avoir laissé s'enferrer jusqu'à la garde, ser Kevan aurait pivoté pour le prendre de flanc et le rejeter dans la rivière pendant que je donnais moi-même la réserve.

– Et il vous parut des plus judicieux non seulement de me placer au cœur de cette belle boucherie mais de me tenir dans l'ignorance de vos brillants projets.

– Une déroute factice est non seulement moins convaincante, rétorqua son père, mais je n'incline guère à confier mes projets à un homme qui s'acoquine avec des reîtres et des sauvages.

– Dommage que mes sauvages aient amoché votre ballet. » Il retira son gantelet d'acier et, non sans tressaillir, tant la douleur de son bras s'apparentait à des coups de poignard, le laissa choir à terre.

« Le petit Stark s'est révélé d'une prudence supérieure à son âge et à mon attente, convint lord Tywin, mais une victoire est une victoire. Tu es blessé, semble-t-il. »

TYRION

Le bras droit de Tyrion était empoissé de sang. « Trop aimable à vous d'y prendre garde, Père, grommela-t-il entre ses dents crispées. Serait-ce abuser que de requérir les soins de l'un de vos mestres ? A moins toutefois que ne vous séduise par trop l'idée d'avoir pour fils un nain *manchot*...

– *Lord Tywin !* » Le ton pressant de l'appel fit que son père se retourna avant d'avoir pu répondre et se dressa en voyant ser Addam Marpheux sauter vivement de selle et mettre un genou en terre. La robe du cheval était blanche d'écume, sa bouche saignait. Du genre exigu sous ses cheveux roux sombre qui lui descendaient à l'épaule, ser Addam portait une armure d'acier bronzé sur le pectoral de laquelle était gravé en noir l'arbre embrasé de sa maison. « Nous avons fait prisonniers un certain nombre de leurs chefs, messire. Lord Cerwyn, ser Wylis Manderly, Harrion Karstark, quatre des Frey. Lord Corbois est mort, mais je crains que Roose Bolton ne nous ait échappé.

– Et le gamin ? » demanda lord Tywin.

L'autre hésita. « Il ne se trouvait pas avec eux, messire. On dit qu'il a traversé aux Jumeaux avec la plus grande partie de sa cavalerie et qu'il fonce à toute allure sur Vivesaigues. »

Un bleu, se souvint Tyrion, qui, *en bleu qu'il est, devait se montrer plus brave qu'avisé*... N'eût-il si fort souffert qu'il se fût esclaffé de grand cœur.

CATELYN

Les bois foisonnaient de murmures.

Au creux de la vallée, la lune éclaboussait d'œillades les flots bondissants du torrent sur son lit rocheux. Les destriers, sous le couvert, renâclaient sourdement en frappant du sabot l'humus spongieux tapissé de feuilles, les hommes trompaient fébrilement leur impatience en blaguant tout bas. Et en permanence tintaient des piques, cliquetait la maille, mais sans produire elles-mêmes guère plus qu'un froufrou feutré.

« Cela ne devrait plus tarder, madame », chuchota Hallis Mollen. Il avait revendiqué l'honneur de la protéger, durant la bataille prochaine, et cet honneur lui revenant de droit en tant que capitaine des gardes de Winterfell, Robb avait consenti. Elle avait autour d'elle trente hommes chargés de veiller à sa sécurité et, au cas où les choses tourneraient mal, de la ramener saine et sauve à Winterfell. Son fils aurait souhaité en détacher cinquante, elle s'y était opposée, dix suffiraient, n'avait-il pas besoin de toutes ses épées ? Leur paix s'était faite à trente, mais de mauvais gré mutuel.

« Cela viendra à son heure », souffla-t-elle. Et, cela venu, la mort serait au rendez-vous. Celle de Hal, peut-être... ou sa propre mort, ou celle de Robb. Nul n'était à l'abri, nul assuré de vivre. Elle se contentait d'attendre, de tendre l'oreille aux murmures des bois pardessus la rengaine étouffée du torrent, de laisser se jouer la brise tiède dans ses cheveux.

Attendre ? son lot de toujours, après tout. Elle avait passé sa vie à attendre ses hommes. « Guette mon retour, chaton », le refrain de Père à chacun de ses départs pour la Cour, la foire ou la guerre. Et elle guettait déjà, patiemment, là-haut, sur les remparts de Vivesaigues au bas desquels coulaient, coulaient, coulaient les flots mêlés de la Ruffurque et de la Culbute. Et il ne revenait pas toujours au jour dit, et les jours passaient, passaient bien souvent sans qu'elle cessât de monter sa veille aux créneaux, d'épier par les meurtrières jusqu'à la seconde où lui apparaissait, trottant là-bas le long des rives, lord Hoster sur son vieux hongre brun. « M'as-tu guetté ? demandait-il en se penchant pour l'étreindre, bien guetté, chaton ? »

Brandon Stark l'avait à son tour priée de l'attendre. « Je ne serai pas long, ma dame, avait-il promis. Et l'on nous mariera dès mon retour. » Et, finalement, le jour venu, c'est son frère, Eddard, qui se tenait près d'elle dans le septuaire...

Ned. Qui, au bout d'une petite quinzaine, l'avait lui aussi quittée, les lèvres fleuries de serments, pour aller guerroyer. La laissant néanmoins mieux que sur des paroles, la laissant attendre leur fils. Neuf lunes avaient crû, décru, et Robb était né, à Vivesaigues, alors que son père ferraillait encore dans le sud. Incertaine si Ned le verrait jamais, elle l'avait enfanté dans la douleur et le sang. Son fils, son fils à elle. Un si petit être, à l'époque...

Et voilà qu'elle l'attendait à nouveau, Robb..., qu'elle l'attendait à son tour, lui, lui et Jaime Lannister, le chevalier doré dont chacun s'accordait à dire qu'il n'avait jamais su s'imposer d'attendre, fût-ce un seul instant. Ser Brynden lui-même ayant décrit le Régicide comme « un fébrile, un irascible tout feu tout flammes », Robb s'était résolu à miser leurs vies et leur meilleur espoir de victoire sur la véracité de cette assertion.

Avait-il peur ? elle n'en décelait rien. Il circulait parmi les hommes, frappant l'épaule de celui-ci, plaisantant avec celui-là, aidant un troisième à calmer sa monture nerveuse. A chacun de ses mouvements tintait doucement son armure. Seule sa tête était nue. En épiant folâtrer la brise dans les mèches auburn si semblables aux siennes, sa mère s'étonnait de le retrouver soudain si grandi. Quinze ans, et déjà presque de sa taille à elle...

Faites qu'il grandisse encore davantage, implora-t-elle les dieux. *Faites qu'il célèbre ses seize ans, ses vingt ans, ses cinquante. Faites qu'il devienne aussi grand que son père, faites qu'il serre un jour son propre fils dans ses propres bras. Je vous en prie, je vous en supplie, je vous en conjure.* Et plus elle regardait ce grand jeune homme tout barbu de neuf que talonnait un loup-garou, plus elle s'abîmait à le contempler, moins elle pouvait s'empêcher de le revoir tel qu'il était à Vivesaigues, tant d'années plus tôt, minuscule et blotti contre sa poitrine.

A la seule pensée de Vivesaigues, elle frissonna, malgré la tiédeur de la nuit. *Où sont-ils ?* s'alarma-t-elle. Se pouvait-il qu'Oncle Brynden se fût abusé ? Tant de choses dépendaient de la pertinence de ses avis... ! Parti en éclaireur avec trois cents piques, il était revenu convaincu que Jaime ne se doutait de rien. « Ma tête à couper, là-dessus. Aucun oiseau ne lui est parvenu, mes archers s'y sont employés. Nous avons aperçu quelques-uns de ses patrouilleurs, mais ceux qui nous ont vus n'iront plus le lui rapporter. Il aurait dû se montrer moins ladre. Il n'est manifestement pas au courant.

– L'importance de son armée ? s'enquit Robb.

– Douze mille fantassins, mais éparpillés en trois camps autour du château, chacun coupé des autres par les rivières, répondit le Silure, avec le sourire en creux des vertes années. Le siège en règle de Vivesaigues exige ce dispositif, mais il va les perdre, soyez tranquilles. Deux ou trois mille cavaliers.

– Ce qui fait encore trois contre un..., observa Galbart Glover.

– Exact, mais ser Jaime a une lacune.

– A savoir ? demanda Robb.

– La patience. »

Leurs propres troupes s'étaient renforcées depuis le départ des Jumeaux. Lord Jason Mallister était venu de Salvemer les grossir des siennes à la hauteur des sources de la Bleufurque, et la chevauchée forcenée vers le sud avait tout du long rameuté de nouvelles recrues, chevaliers obscurs, hobereaux, soudards sans maître relancés naguère vers le nord par la cinglante débâcle d'Edmure sous les remparts de Vivesaigues. Et l'on avait brûlé les étapes, sans autre souci que de ne pas crever les chevaux, sans autre espoir que d'atteindre la place à l'insu de Jaime Lannister, de l'atteindre avant qu'il ne fût averti. Sous peu, maintenant, sonnerait l'heure décisive.

Sous l'œil de Catelyn, Robb se mit en selle. De deux ans plus âgé que lui, de dix plus jeune et plus anxieux, le fils de lord Frey, Olyvar, lui tenait la bride et, après avoir dûment arrimé le bouclier, lui tendit son heaume. Une fois celui-ci abaissé sur les traits bien-aimés, un grand chevalier campé sur un étalon gris supplanta l'enfant de sa chair. Il faisait sombre, sous les arbres, le clair de lune ne perçait guère les frondaisons. Aussi ne discerna-t-elle sous la visière, lorsque Robb se tourna de son côté, que du noir. « Il me faut parcourir les lignes, Mère. Père dit que l'on doit se montrer à ses hommes, avant la bataille.

– Alors, va, dit-elle. Qu'ils te voient.

– Pour leur donner du cœur au ventre », précisa-t-il.

Et qui me donnera du cœur au ventre, à moi ? se demanda-t-elle mais, sans mot dire, elle s'arracha un sourire pour lui. Le grand étalon gris pivota et, au pas, peu à peu, se détacha d'elle, Vent Gris dans son ombre, et, derrière, la garde rapprochée s'ébranla, se referma. En finissant par accepter les trente protecteurs qu'il lui imposait, elle avait insisté pour qu'il se fît protéger de même et obtenu l'approbation des bannerets. Sur ce, nombre de leurs fils réclamèrent l'honneur d'escorter celui qu'ils s'étaient pris à nommer le Jeune Loup. Des trente compagnons faisaient partie Torrhen Karstark et son frère, Eddard, Patrek Mallister et P'tit-Jon Omble, Daryn Corbois, Theon Greyjoy et rien moins que cinq des innombrables descendants de lord Walder Frey, ainsi que des hommes plus mûrs, tels Robin Flint et ser Wendel Manderly, et même une femme, Dacey Mormont, fille aînée de lady Maege et future dame de l'Ile-aux-Ours, grand échalas de six bons pieds qui s'était, à l'âge où la plupart des filles se voient offrir des poupées, vu affubler d'une masse d'armes. Le choix de tel ou tel de préférence à eux-mêmes ou aux leurs ne manqua pas d'aigrir certains seigneurs, mais Catelyn avait balayé leurs doléances. « L'en-jeu est non pas le mérite de vos maisons respectives mais la vie et l'intégrité de mon fils. »

Non sans se redire *a parte* jusqu'à l'obsession : *Et si l'on en vient là, trente y suffiront-ils ? Six mille y suffiront-ils ?*

Un oiseau, quelque part, au loin, lança l'appel timide mais aigu d'un trille si vibrant qu'elle le sentit courir comme une main gelée le long de son échine. Un autre y répondit, puis un troisième, un quatrième, et cet appel, toutes ses années de Winterfell le lui avaient bien assez rendu familier... Grièches des neiges. Au plus fort de l'hiver, parfois, vous les aperceviez, quand sur le bois sacré s'appesantissaient blancheur et silence. Des oiseaux septentrionaux.

Ils viennent, songea-t-elle.

« Ils viennent, madame », chuchota Hal Mollen. Sa spécialité, vous assener les évidences. « Les dieux soient avec nous. »

Elle acquiesça d'un signe. Autour d'eux se reformait la poignante paix des bois. Elle entendait, dans le mutisme universel, avancer pas à pas, là-bas mais de plus en plus proche, l'inexorable, sous les espèces d'un piétinement nombreux de chevaux, d'un cliquetis d'armures, d'épées, de piques, d'une rumeur de voix humaines d'où fusait tantôt un rire, tantôt une imprécation.

Des éternités s'écoulèrent, sombrèrent successivement. Les bruits se faisaient plus distincts. Elle perçut davantage d'esclaffements, un rugissement impérieux, les gerbes d'éclaboussures du torrent que l'on traversait puis retraversait. Un cheval s'ébroua. Un homme jura. Et puis elle le vit enfin, lui..., ne fit que l'entrevoir, une infime fraction de seconde, à travers les branches, en bas, dans la vallée, mais elle sut que c'était lui. Impossible, même à distance, de confondre avec quiconque ser Jaime Lannister, bien que le clair de lune argentât les dorures de son armure et l'or de sa chevelure tout en noircissant l'écarlate de son manteau. Il ne portait pas de heaume.

Le temps de paraître, et il avait, tel un mirage éclatant, disparu, éteint, ravalé par l'ombre des arbres. D'autres le suivaient, de longues colonnes de chevaliers, de lames liges, de francs-coureurs. Quelque trois quarts de sa cavalerie.

« Il n'est pas homme à camper sous sa tente en attendant que ses charpentiers bâtissent des tours de siège, avait affirmé ser Brynden. Il a déjà conduit trois excursions de chevaliers pour détruire un fortin rétif et traquer les bandes qui l'asticotent. »

Avec un geste d'assentiment, Robb s'était penché sur les cartes dressées par Oncle à son intention. Ned lui avait appris à les étudier. « Alors, vous allez me l'asticoter *là*, dit-il, l'index planté sur l'une d'elles. Quelques centaines d'hommes, pas davantage. Bannières Tully. Quand il se sera jeté à vos trousses, nous, nous l'attendrons – son doigt se déplaça d'un pouce vers la gauche – *ici*. »

Ici. Un nid de silence bien feutré de feuilles et juché dans la nuit, le clair de lune et l'ombre en haut de versants bien touffus, bien drus qui, tout en s'éclaircissant peu à peu, dévalaient mollement jusqu'au bord des berges.

Ici, d'où son fils, bien en selle sur l'étalon gris, se retournait vers elle une dernière fois et, en guise de salut, levait son épée.

Ici, où, de l'amont, à l'est, leur parvenait à présent, roulant le long de la vallée, la longue sonnerie grave de cor par laquelle Maege Mormont leur signalait le refermement de la trappe sur les derniers cavaliers de Jaime Lannister.

Et Vent Gris, la tête rejetée en arrière, se mit à hurler.

D'un hurlement qui frappa si violemment Catelyn Stark qu'elle se prit à grelotter. D'un hurlement d'autant plus terrible et terrifiant qu'il recélait une authentique musicalité. Un instant, elle éprouva quelque chose comme un semblant de compassion pour les Lannister, en bas. *Ainsi donc, voilà comment cela sonne, la mort*, se dit-elle.

HAArooooooooooooooooooooooooooooooo, répondit, depuis la colline opposée, le cor de Lard-Jon. A l'est et l'ouest, les trompes Mallister et

Frey claironnèrent à leur tour vengeance. Du côté du nord, à l'endroit où, se resserrant, la vallée formait un coude presque à angle droit, celles de lord Karstark joignirent leurs voix graves et lugubres à ce sombre concert, tandis que du torrent montaient des ruades et des vociférations.

Or les bois murmurants parurent exhaler tout leur souffle d'une seule haleine lorsque les archers cachés par Robb sous les frondaisons décochèrent leurs flèches et que des ténèbres jaillit une éruption de cris d'hommes et de chevaux. Autour de Catelyn, les lances se levèrent et, la terre et les feuilles cessant d'en camoufler les cruelles pointes, l'acier se mit à miroiter crûment. Sur un nouveau soupir des flèches, elle entendit Robb clamer : « *Winterfell !* » et, à la tête de ses hommes, s'élancer dans la pente, au trot, loin d'elle.

Alors, immobile en selle au cœur de sa garde et Hal Mollen à ses côtés, Catelyn attendit, attendit comme elle avait toujours attendu, attendu Père, attendu Brandon, attendu Ned. De son poste, presque en haut de la crête, elle ne pouvait, à cause des arbres, quasiment rien voir de ce qui se passait en contrebas. Le temps d'un, deux, quatre battements de cœur, et les bois semblèrent ne plus renfermer qu'elle-même et ses protecteurs. La verdure avait absorbé tous leurs compagnons.

En regardant toutefois juste en face, elle aperçut les cavaliers de Lard-Jon émerger du ténébreux couvert. Ils formaient une longue ligne, une ligne sans fin, mais réduite, et durant quoi ? moins d'une seconde, au flamboiement furtif des lances dans le clair de lune, un peu comme si des myriades de brins de saule panachés d'argent s'étaient échappés de la lisière vers le cours d'eau.

Elle cligna des paupières et, non, c'étaient là seulement des hommes se précipitant tuer, tuer ou mourir.

Après quoi, la bataille proprement dite, elle n'y assista point, n'en eut, répercuté par la vallée, que le spectre sonore. Le *crac !* d'une lance brisée, le fracas des épées, les clameurs « Lannister ! », « Winterfell ! », « Tully ! », « Vivesaigues et Tully ! ». Aussi préféra-t-elle, après s'être vainement écarquillée, clore les paupières afin d'écouter mieux, et les combats se firent, dès lors, aussi vivants que s'ils se fussent déroulés à l'entour immédiat. Les sabots labouraient le sol juste à ses côtés, juste à ses côtés rejaillissait l'eau des gués sous les bottes de fer, elle percevait avec une effroyable netteté le vacarme ligneux des lames heurtant les boucliers, le crissement de l'acier sur l'acier, le sifflement des flèches, le grondement des tambours, la terreur panique de mille chevaux. C'est à ses pieds mêmes que des hommes vociféraient, sacraient, imploraient merci et l'obtenaient – ou pas –, vivaient

– ou mouraient. Les crêtes environnantes semblaient se complaire en combinaisons bizarres de bruits et d'échos fallacieux. Une fois, elle entendit, aussi distinctement que s'il s'était trouvé à deux pas d'elle, la voix de Robb appelant : « A moi ! A moi ! » Et elle entendit Vent Gris grogner, gronder, elle entendit ses longs crocs happer une chair et la déchirer, tandis qu'une bête et son cavalier mêlaient leurs cris de douleur et d'horreur. N'y avait-il qu'un seul loup ? difficile de l'affirmer...

Peu à peu cependant s'amenuisait le vacarme et, lorsqu'il s'éteignit enfin, le loup semblait seul maître du terrain, qui se reprit à hurler comme l'aurore empourprait peu à peu l'orient.

Quand reparut Robb, il montait non plus son étalon gris mais un hongre pie. Sur son bouclier, l'effigie du loup se révélait passablement déchiquetée. Mais si de profondes entailles avaient mis à nu le cœur du chêne, Robb lui-même paraissait intact. De plus près, toutefois, Catelyn repéra le sang noir qui maculait son gantelet de mailles et la manche de son surcot. « Tu es blessé... »

Il leva la main, ouvrit, reploya les doigts. « Non, dit-il. C'est... le sang de Torrhen, peut-être, ou... » Il secoua la tête. « J'ignore au juste. »

Derrière lui remontaient, crasseux, cabossés, contents, des tas et des tas d'hommes. A leur tête cheminaient Theon et le Lard-Jon, traînant entre eux ser Jaime Lannister qu'ils jetèrent aux pieds du cheval de Catelyn Stark. « Le Régicide », crut devoir spécifier Hal.

Lannister releva la tête. « Lady Stark », dit-il à deux genoux. D'une balafre en travers du crâne dégoulinait le sang sur l'une de ses joues, mais les premières lueurs de l'aube suffisaient à redorer l'or de sa chevelure. « Je vous offrirais volontiers mon épée, mais je l'ai, semble-t-il, égarée.

– Ce n'est pas votre épée que je veux, ser. Donnez-moi mon frère. Donnez-moi mes filles. Donnez-moi mon seigneur et maître.

– Je crains de les avoir également égarés.

– Dommage, répliqua-t-elle froidement.

– Tue-le, Robb, intervint Greyjoy d'un ton pressant. Fais sauter sa tête.

– Non, trancha celui-ci tout en retirant son gant ensanglanté. Il nous est plus utile vivant que mort. Et le seigneur mon père a toujours réprouvé le meurtre des captifs après la bataille.

– Ce qui est d'un sage, approuva ser Jaime, et d'un homme d'honneur.

– Emmenez-le et mettez-le aux fers, proféra Catelyn.

– Faites comme le dit dame ma mère, ordonna Robb, et assurez-vous qu'il soit fortement gardé. Lord Karstark va souhaiter voir sa tête sur une pique.

– Et comment ! tonitrua le Lard-Jon en gesticulant, pendant que l'on emmenait panser puis enchaîner Lannister.

– Et pourquoi lord Karstark voudrait-il sa mort ? » s'informa Catelyn.

Le regard de Robb se perdit du côté des bois. Un regard sombre et méditatif qu'il tenait de Ned. « Il... il les a tués de sa main...

– Les fils de lord Karstark, expliqua Galbart Glover.

– Les deux, reprit Robb. Eddard et Torrhen. Ainsi que Daryn Corbois.

– Nul ne saurait contester sa bravoure ou la lui reprocher, déclara Glover. Quand il s'est vu perdu, il a rallié ses gens pour remonter coûte que coûte vers le nord et, si possible, atteindre lord Robb et le jeter bas. Il a bien failli, d'ailleurs...

– Son épée, il l'a *égarée* dans la nuque d'Eddard Karstark, après avoir tranché la main de Torrhen et fendu le crâne à Daryn Corbois, dit Robb. Et il ne cessait, entre-temps, de hurler mon nom. Si tous trois n'avaient tenté de l'arrêter...

– ...c'est moi qui pleurerais, et non lord Karstark, acheva sa mère. Tes hommes ont tenu leur serment, Robb. Ils sont morts en protégeant leur suzerain. Porte leur deuil. Rends hommage à leur valeur. Mais pas maintenant. Le loisir te manque pour t'affliger. Tu as eu beau trancher la tête du serpent, les trois quarts de son corps persistent à étrangler le château de mon père. Nous avons gagné une bataille, pas la guerre.

– Mais *quelle* bataille, madame ! s'embrasa Theon Greyjoy. Le royaume n'a pas vu de victoire comparable depuis celle du Champ de Feu. Parole ! Les Lannister ont perdu dix fois plus d'hommes que nous, ce matin. Nous avons fait prisonniers près d'une centaine de chevaliers et dix ou douze bannerets, dont lord Westerling, lord Banefort, ser Garth Verchamps, lord Estren, Mallor le Dornien, ser Tytos Brax... et, madame, *et !* en plus de Jaime, trois Lannister, les propres neveux de lord Tywin, deux des fils de sa sœur et un de l'un de ses défunts frères, n'est-ce...

– Et lord Tywin ? coupa Catelyn, auriez-vous d'aventure pris lord Tywin, Theon ?

– Non, confessa-t-il, pris de court.

– Alors, la guerre est loin d'être terminée. »

Robb releva la tête, repoussa les mèches qui lui tombaient sur les yeux. « Ma mère a raison. Vivesaigues nous attend toujours. »

DAENERYS

Une épouvante sourde envahissait Daenerys rien qu'à percevoir le bourdonnement monotone et presque inaudible des mouches et à les voir resserrer lentement leur ronde autour de Khal Drogo.

Pour avoir déjà dépassé le zénith, le soleil se montrait encore impitoyable. Du faîte rocheux des mamelons environnants s'exhalaient des bouffées bouillantes. Et la sueur ruisselait goutte à goutte entre les seins gonflés de la *khaleesi*. Pas un bruit, hormis le *clop clop* cadencé des sabots, le tintement rythmique des clochettes dans la chevelure de Drogo, et la rumeur sourde, à l'arrière, du *khalasar* en marche.

Les mouches la fascinaient.

Des mouches aussi grosses que des abeilles, et grasses, violacées, luisantes. Des *mouches-à-sang*, comme on les nommait en dothrak. Des *mouches* à demeure dans les marécages et les eaux stagnantes et qui, non contentes de sucer le sang des hommes autant que des chevaux, pondaient leurs œufs dans les morts et les moribonds. Drogo les exécrait. Pour peu que l'une approchât de lui, sa main se détendait avec autant de promptitude qu'un serpent pour mordre et la happait au vol. Jamais il ne ratait son coup. Il la tenait ensuite enfermée suffisamment de temps dans son énorme poing pour en savourer les bourdonnements frénétiques. Enfin, ses doigts se crispaient et, lorsqu'il les rouvrait, sa paume ne contenait plus qu'une bouillie rouge.

Pour l'heure, l'une d'elles batifolait sur la croupe de l'étalon. Un furieux battement de queue l'en chassa. Les autres folâtraient dans les parages de Drogo, plus près, de plus en plus près. Sans qu'il réagît. Ses yeux demeuraient fixés sur les collines brunes, à l'horizon, ses mains laissaient pendouiller les rênes. Sous sa veste peinte se discernait, couverte d'un emplâtre en feuilles de figuier, toute craquelée, la boue bleue qui tapissait sa plaie. Un pansement confectionné tout spécialement par les femmes-aux-herbes. Faute de supporter les brûlures et les démangeaisons de celui de Mirri Maz Duur, il l'avait arraché six jours plus tôt, non sans la maudire et la qualifier de *maegi*. La boue l'apaisait davantage, ainsi que le vin opiacé que les femmes-aux-herbes lui donnaient à boire. Et, depuis trois jours, il buvait plus que de raison, du kéfir ou de la bière au poivre quand ce n'était pas du vin opiacé.

Mais à peine touchait-il à sa nourriture, il passait ses nuits à s'agiter, geindre, se débattre, et, bien assez consternée déjà par l'émaciation criante de ses traits, Daenerys achevait de s'alarmer en constatant que les exploits mêmes de Rhaego – il la tourmentait sans relâche et lui meurtrissait le sein par des ruades d'étalon – ne parvenaient plus à le tirer de son apathie. Et son visage, au réveil, elle le découvrait, matin après matin, creusé de quelque nouveau sillon de souffrance. Et ce mutisme, maintenant... Elle s'en affola. Depuis leur départ, à l'aube, il n'avait pas prononcé un mot. Lui adressait-elle la parole, il ne répondait que par un grognement. Et, depuis midi, même plus cela.

Une mouche-à-sang se posa sur l'épaule nue du *khal*. Une autre, en tournoyant, finit par atterrir au coin de la mâchoire et, d'une allure saccadée, rampa vers la commissure des lèvres. Comme assoupi par le pas régulier de son étalon, Khal Drogo se contenta d'osciller vaguement dans le tintement des clochettes.

Daenerys pressa les flancs de l'argenté pour se rapprocher. « Messire ? appela-t-elle d'une voix douce. Drogo ? Soleil étoilé de ma vie... ? »

Il parut ne pas entendre. La mouche-à-sang se coula sous un pan de moustache, escalada la joue, prit ses aises au creux du pli de chair, non loin de la narine. Daenerys s'étrangla : « *Drogo !* » leva gauchement la main, lui toucha le bras.

Il chancela, bascula comme au ralenti, tomba lourdement de selle. Les mouches s'éparpillèrent une seconde puis reprirent posément leur ronde, prêtes à s'abattre, au-dessus du corps inanimé.

« Non ! » s'écria Daenerys en tirant sur les rênes et, sans se préoccuper de son ventre, pour une fois, elle sauta à terre et courut le secourir.

Il gisait sur un maigre tapis d'herbe brunie par la canicule et, quand elle s'agenouilla près de lui, poussa un cri de douleur. De sa gorge montait un halètement rauque, et il la regardait sans la reconnaître. Il hoqueta : « Mon cheval. » Elle chassa les mouches de sa poitrine, en écrasa même une comme il l'aurait fait. Sa peau, sous les doigts, semblait en feu.

Quelque peu en arrière, elle entendit les sang-coureurs du *khal* prendre le galop sur un cri de Haggo et, un instant plus tard, Cohollo bondissait à bas de sa monture. « Sang de mon sang », dit-il en tombant à deux genoux. Les deux autres demeurèrent en selle.

« Non... ! grogna Khal Drogo en se démenant dans les bras de Daenerys. Dois monter. Chevaucher. Non !

– Il est tombé de cheval », déclara Haggo, l'œil fixe, du haut du sien. Sa large face était impassible, mais sa voix avait la pesanteur du plomb.

« Il ne faut pas dire cela ! protesta Daenerys. Nous avons bien assez marché pour aujourd'hui. Nous camperons ici.

– Ici ? » Haggo jeta un regard à l'entour. La région était brune, aride, inhospitalière. « Le pire endroit possible pour camper.

– Ce n'est pas à une femme de nous ordonner la halte, grommela Qotho. Dût-elle être une *khaleesi*.

– Nous campons ici, répéta-t-elle. Haggo, va les avertir que c'est un ordre de Khal Drogo. Si l'on te demande pourquoi, réponds que mon heure approche et que je ne saurais poursuivre. Cohollo, ramène les esclaves pour dresser la tente du *khal*. Immédiatement. Qotho...

– Je n'ai pas d'ordres à recevoir de vous, *Khaleesi*, riposta-t-il.

– Va me chercher Mirri Maz Duur », acheva-t-elle néanmoins. L'épouse divine devait se trouver dans la longue file d'Agnelets réduits en servage. « Ramène-la avec son coffre. »

Il la toisa d'un œil acéré comme du silex. « La *maegi* ! » Il cracha. « Je n'en ferai rien.

– Si, répliqua-t-elle. Ou, à son réveil, Drogo saura comment et pourquoi tu m'as défiée. »

Ecumant de rage, il tourna la tête de son cheval et le lança dans un galop furieux..., mais elle savait qu'il lui ramènerait Mirri Maz Duur, quelque déplaisir qu'il en éprouvât. Entre-temps, les esclaves dressèrent la tente de Khal Drogo sous un ressaut déchiqueté de roches noires dont l'ombre apportait un semblant de relâche à l'infernale chaleur de l'après-midi. On n'en suffoquait pas moins, sous le voile de soie, quand, aidée d'Irri et de Doreah, Daenerys y transporta Drogo. On avait, conformément à ses instructions, jonché le sol d'épais tapis bariolés, capitonné les angles avec des piles de coussins, et Eroeh, la jeune fille effarouchée qu'elle avait secourue sous les murs de la ville prise, s'affairait à un brasero. Elles déposèrent Drogo sur une natte tressée. « Non, marmonnait-il en valyrien, non, non. » C'était tout ce qu'il disait, tout ce qu'il semblait capable de dire.

Doreah lui retira tour à tour sa ceinture de médaillons, sa veste et ses culottes, pendant que Jhiqui s'agenouillait pour lui délacer ses sandales de monte. Irri voulait quant à elle nouer les portières afin de laisser entrer un peu d'air, mais sa maîtresse le lui interdit. L'idée d'exhiber aux yeux de quiconque l'état de faiblesse et de délire où se trouvait le *khal* lui était odieuse. Aussi posta-t-elle en outre son *khas* en faction devant l'entrée. « N'introduis personne sans ma permission, intima-t-elle à Jhogo. Personne. »

Eroeh contemplait le malade d'un air effaré. « Il se meurt », murmura-t-elle.

Daenerys la gifla. « Le *khal* ne peut mourir. Il est le père de l'étalon qui montera le monde. Il n'a jamais coupé sa chevelure. Il porte toujours les clochettes que lui donna son père.

– Mais il est tombé de cheval, *Khaleesi*... », objecta Jhiqui.

Les yeux emplis brusquement de larmes, Daenerys se détourna, tremblante. *Tombé de cheval !* Oui, il était tombé, oui, elle l'avait vu, de ses propres yeux, tout comme les sang-coureurs et, sans doute, ses servantes à elle et les hommes de son *khas*. Tout comme combien d'autres encore ? Le secret n'en serait pas gardé, et elle savait ce qu'il en coûtait, de tomber de cheval. Un *khal* qui ne pouvait monter ne pouvait gouverner, et Drogo était tombé de son cheval.

« Il faut lui donner un bain », s'obstina-t-elle. Elle refusait de s'abandonner au désespoir, ne le devait pas. « Fais apporter la baignoire tout de suite, Irri. Doreah ? Eroeh ? Trouvez-moi de l'eau, de l'eau fraîche, il est tellement brûlant. » Du feu sous une peau d'homme...

Les esclaves installèrent le pesant cuvier de cuivre rouge dans un coin de la tente, et lorsque Doreah reparut avec la première jarre, Daenerys y trempa un lé de soie pour tamponner le front bouillant de Drogo. Ses yeux la regardaient, grands ouverts, mais il ne la vit pas. Et ses lèvres eurent beau s'entrouvrir, remuer, elles ne lâchèrent finalement qu'un gémissement. « Mais où est donc Mirri Maz Duur ? s'emporta-t-elle, à bout de patience à force de peur.

– Qotho va la trouver », dit Irri.

Comme l'eau tiédasse que versaient les femmes dans la baignoire empestait le soufre, elles l'adoucirent en y mêlant de l'huile amère et des poignées de menthe écrasée. Pendant ces préparatifs, Daenerys s'était agenouillée tant bien que mal auprès de son seigneur et maître et s'appliquait, malgré l'embarras de son ventre et l'irrépressible fébrilité de ses mains, à lui dénouer sa tresse, ainsi qu'elle avait fait avant leur première étreinte, sous les étoiles. Une à une, elle en déposait les clochettes côte à côte et avec d'autant plus de soin qu'elle tenait davantage à se persuader qu'il les réclamerait, sitôt convalescent.

« *Khaleesi ?* » Précédée d'un soupçon de vent coulis, la tête d'Aggo se risquait entre les pans de soie. « L'Andal vous prie de le recevoir. »

Ser Jorah... « Bien, dit-elle en se relevant pesamment, introduisez-le. » En lui, elle avait confiance. Il saurait mieux que quiconque la conseiller, le cas échéant.

En se coulant dans la pénombre de la tente, Mormont eut besoin de quelques secondes pour s'accoutumer au brusque changement de luminosité. L'intolérable chaleur du sud l'avait contraint d'adopter les culottes bouffantes en soie chinée et les sandales de monte ouvertes lacées jusqu'au genou. Une torsade en crin nouée autour des reins lui servait à ceindre son fourreau. Torse nu sous une veste d'un blanc douteux, il avait la peau rougie de soleil. « La rumeur court le *khalasar* de bouche à oreille, dit-il enfin, que Khal Drogo serait tombé de son cheval.

– Aidez-le..., supplia-t-elle. Au nom de l'affection que vous prétendez me porter, aidez-le. »

Il se mit à genoux pour examiner Drogo, le considéra longuement, sans complaisance, puis, se tournant vers elle : « Congédiez vos femmes. »

Sans un mot, la gorge nouée d'appréhension, elle leur indiqua sa volonté. Aussitôt, Irri poussa les autres vers la sortie.

Alors, ser Jorah dégaina son poignard et, avec une dextérité, une délicatesse qu'on n'eût guère attendues de sa corpulence, entreprit de retirer le pansement de Drogo, les feuilles noircies d'abord, une à une, puis l'amalgame qu'elles formaient avec la boue bleue. Cette dernière avait séché, durci autant que les murs de torchis de la ville des Agnelets et, craquelée comme eux, cédait sous la lame, par plaques, aisément, sans trop soulever la chair tuméfiée. De la plaie déblayée se dégageait une puanteur douceâtre et tellement compacte que Daenerys manqua défaillir. Les résidus d'emplâtre et de feuilles barbotaient, croûteux, dans une mare fangeuse de pus et de sang que cernait l'auréole noire et luisante de la chair en putréfaction.

« Non ! suffoqua Daenerys, inondée de larmes, non, par pitié, dieux, *non...* ! »

Aux prises avec quelque adversaire invisible, Khal Drogo se débattit. De sa blessure découlait un flux semi-coagulé de sang corrompu.

« Votre *khal* est autant dire un homme mort, princesse.

– Non, non ! il ne peut pas mourir, il ne *doit* pas, ce n'est rien, rien qu'une écorchure... ! » Elle saisit l'énorme main calleuse entre ses mains minuscules, l'étreignit follement. « Je ne lui permettrai pas de mourir... »

Un ricanement amer lui répondit. « Qe vous soyez reine ou *khaleesi*, vous ne sauriez le lui interdire. Epargnez vos larmes, enfant. Pleurez-le demain, pleurez-le dans un an, pour l'heure, nous n'avons pas le temps de nous affliger. Il faut partir, et vite, avant qu'il ne meure. »

Elle bafouilla, éperdue : « Partir ? Pour où ?

– Asshai, selon moi. Asshai se trouve au diable, vers le sud, aux confins du monde connu, mais c'est un grand port, dit-on. Nous y trouverons un bateau pour regagner Pentos. Un fameux voyage..., ne vous y méprenez pas. Avez-vous confiance en votre *khas* ? Acceptera-t-il de nous accompagner ?

– Khal Drogo lui a commandé de veiller sur moi, mais... – elle hésita –, mais s'il meurt... » Elle se palpa nerveusement le ventre. « Je ne comprends pas. Pourquoi nous enfuir ? Rien ne nous y force... Je suis *khaleesi*, je porte l'héritier de Drogo. Il sera *khal* à la mort de Drogo... »

Ser Jorah se rembrunit. « Ecoutez-moi, princesse. Les Dothrakis ne suivront jamais un nourrisson. Ils s'inclinaient devant la force de Drogo, mais devant elle seule. Lui disparu, Jhaqo, Pono et les autres *kos* vont se battre pour sa succession, et ce *khalasar* se dévorera lui-même. Le vainqueur ne tolérera plus de rivaux virtuels. Votre fils, il vous l'ôtera dès sa naissance et le donnera aux chiens. »

Elle s'étreignit à pleins bras. « Mais *pourquoi* ? s'écria-t-elle. Pourquoi tuerait-il un innocent nouveau-né ?

– Parce que c'est le fils de Drogo. Parce que les devineresses ont vu en lui l'étalon qui montera le monde, le héros que promettent les prophéties. Mieux vaut le mettre à mort que de risquer sa rage quand il atteindra l'âge viril. »

Dans son sein, comme s'il avait entendu, Rhaego rua, lui rappelant brusquement l'histoire jadis contée par Viserys quant au sort réservé par les chiens de l'Usurpateur aux enfants de Rhaegar. Le fils aussi de ce dernier n'était qu'un bébé, et pourtant les tueurs l'avaient arraché des bras de sa mère pour lui fracasser la tête contre un mur... Ainsi se comportaient les hommes. « Je ne veux pas qu'on touche à mon fils ! cria-t-elle, éplorée. Je donnerai l'ordre à mon *khas* de le préserver, et les sang-coureurs de Drogo le... »

Elle n'acheva pas. Ser Jorah l'avait empoignée aux épaules et martelait : « Un sang-coureur meurt avec son *khal*, enfant, vous le savez pertinemment ! Ils vous emmèneront à Vaes Dothrak pour vous remettre à ces sorcières ! leur dernier devoir vis-à-vis de lui..., et, cela fait, partiront le rejoindre aux contrées nocturnes. »

Bien qu'elle ne voulût à aucun prix retourner à Vaes Dothrak et passer le restant de ses jours parmi ces horribles vieilles, elle devait reconnaître qu'il disait vrai. Mais, plus encore que le soleil étoilé de sa vie, Drogo s'était révélé son inébranlable bouclier. « Je ne l'abandonnerai pas, s'opiniâtra-t-elle d'un ton misérable tout en lui reprenant la main. Jamais. »

Le battement de la portière détourna son attention. Mirri Maz Duur entrait en boitillant, plongeait une profonde révérence. Les journées de marche à la traîne du *khalasar* l'avaient fourbue, comme en témoignaient à l'envi ses yeux cernés, sa mine hagarde, les ampoules de ses pieds en sang. Qotho et Haggo la suivaient, charriant son coffre, et, de saisissement, quand ils aperçurent la plaie de Drogo, l'un lâcha prise, et son fardeau heurta bruyamment le sol, l'autre poussa un juron tellement infect que la fétidité même de l'atmosphère en parut fanée par comparaison.

Sans paraître s'émouvoir autrement, Mirri Maz Duur considérait, elle, Drogo d'un œil morne. « La plaie s'est infectée.

– C'est ton œuvre, *maegi* ! » éructa Qotho. Avec un bruit mou, le poing de Haggo s'écrasa sur la joue de l'épouse divine qui roula au sol, où il la roua de coups de pied.

« *Arrête !* » hurla Daenerys.

Tout en saisissant son compère à bras-le-corps, Qotho gronda : « Une *maegi* mérite mieux que des coups de pied. Emmenons-la dehors. Nous la clouerons au sol pour qu'elle serve de monture à tous les passants. Et aux chiens, après. En attendant que les belettes lui fouillent les entrailles, que les corbeaux charognards festoient de ses yeux, que les mouches-à-sang viennent pondre entre ses cuisses et se gorger du pus de ses mamelles en ruine... » Là-dessus, il empoigna d'une main de fer l'aisselle tendre et fragile de la femme, la remit rudement sur pied.

« Non, intervint Daenerys. Je vous défends de la blesser. »

La lippe de Qotho se retroussa sur ses sombres canines en un sourire d'effroyable dérision. « Non ? Tu me dis non, à moi ? Tu serais mieux inspirée de nous supplier de ne pas te clouer dehors près de ta *maegi*. Tu es aussi coupable qu'elle de tout ça. »

Ser Jorah s'interposa, l'épée dégainée à demi. « Gare à ta langue, sang-coureur. La princesse est encore ta *khaleesi*.

– Aussi longtemps du moins que respire le sang de mon sang, rétorqua Qotho. A sa mort, elle n'est plus rien. »

Elle sentit quelque chose se raidir en elle. « Avant d'être *khaleesi*, j'étais le sang du dragon. Appelez mon *khas*, ser Jorah.

– Inutile, dit Qotho. Nous nous retirons. Provisoirement..., *Khaleesi*. » D'un air non moins menaçant, Haggo lui emboîta le pas.

« Ce bougre-là ne vous porte pas dans son cœur, princesse, souligna Mormont. Vous connaissez le dicton dothrak : "Une seule vie pour le chef et ses sang-coureurs" ? Qotho voit nettement le terme, et un homme mort n'a plus rien à craindre...

– La mort n'a encore frappé personne, riposta-t-elle froidement, quoiqu'elle fût bien plus effrayée qu'elle n'osait en convenir, même à part elle. Mais il se pourrait que j'aie besoin de votre épée, ser Jorah. Mieux vaudrait revêtir votre armure. »

Il s'inclina : « A vos ordres », et sortit.

Elle se tourna vers Mirri Maz Duur qui soupira, d'un ton las comme son regard : « Ainsi, vous m'avez sauvée, une fois de plus...

– Et tu dois le sauver, à présent. Je t'en prie.

– Vous n'avez pas à prier une esclave, dit-elle sèchement. Commandez. » Elle s'approcha de Drogo qui se consumait sur sa natte et examina longuement sa plaie. « Prier ni commander n'y changeront rien. Son état passe les pouvoirs d'une guérisseuse. » Il avait les yeux clos. Elle lui entrouvrit une paupière. « Il a pris du lait de pavot comme sédatif.

– Oui, confessa Daenerys.

– Et le cataplasme de cosse-foc et de ne-pue-pas que je lui avais appliqué sous un bandage en peau d'agneau ?

– Ça brûlait, disait-il. Il l'a arraché, et les femmes-aux-herbes lui en ont apprêté un autre, humide et lénifiant.

– Ça brûlait, oui. Le feu recèle d'immenses vertus curatives, même vos imberbes savent cela.

– Refais-lui un de tes cataplasmes, supplia-t-elle, et, cette fois-ci, je m'assurerai qu'il le garde.

– Il est trop tard maintenant, madame. Je ne saurais désormais que lui aplanir les voies sombres et lui permettre de chevaucher en paix jusqu'aux contrées nocturnes. Demain matin, il ne sera plus. »

En Daenerys, ces mots se plantèrent comme un poignard. Quel forfait, quel crime, avait-elle donc perpétré pour que les dieux se montrent si cruels ? Elle était enfin parvenue à trouver une place à elle, un havre, enfin parvenue à goûter l'amour et l'espérance, elle était enfin sur le point de rentrer chez elle..., et il fallait perdre tout cela, d'un coup ? « Non ! protesta-t-elle, sauve-le, sauve-le, et je t'affranchirai, je le jure. Tu sais sûrement un moyen..., un recours magique, un... »

Mirri Maz Duur s'accroupit sur ses talons et, de ses yeux noirs comme les ténèbres, scruta Daenerys. « Il existe une incantation, dit-elle tout bas, d'une voix presque imperceptible. Mais elle est rude, dame, et sombre. Il est des gens qui trouvent la mort plus propre. Moi, je l'ai apprise à Asshai, et je l'ai payée cher, très cher. Mon maître était un sang-mage des Contrées de l'Ombre. »

Daenerys se sentit brusquement glacée. « Alors, tu es vraiment une *maegi*... ?

– Le suis-je ? » Mirri Maz Duur se mit à sourire. « Seule une *maegi* peut à présent sauver votre cavalier, dame Argentée.

– Et il n'y a pas d'autre voie ?

– Pas d'autre. »

Khal Drogo s'étrangla, frissonnant.

« Vas-y », lâcha Daenerys. La peur était indigne d'elle, d'elle, le sang du dragon. « Sauve-le.

– Il faut payer le prix, l'avertit l'épouse divine.

– Tu auras de l'or, des chevaux, tout ce que tu voudras.

– Il ne s'agit pas d'or ou de chevaux, dame, quand on parle de sang-magie. Seule la mort peut acheter la vie.

– La mort ? » Instinctivement, ses bras se portèrent autour de son ventre, et elle oscilla d'avant en arrière sur ses talons. « Ma mort ? » Elle se dit qu'elle était prête à mourir pour lui, s'il le fallait. Elle était le sang du dragon, elle n'aurait pas peur. Rhaegar, son frère, n'était-il pas mort pour la femme qu'il aimait ?

Le soulagement la fit pourtant grelotter quand Mirri Maz Duur affirma : « Non. Pas la vôtre, *Khaleesi*.

– Vas-y », répéta-t-elle.

La *maegi* acquiesça d'un signe solennel. « Qu'il en soit selon votre volonté. Appelez vos gens. »

Comme Rakharo et Quaro le plongeaient dans le bain, Khal Drogo s'agita faiblement. « Non, grommela-t-il, non. Dois monter. » Néanmoins, aussitôt dans l'eau, toute énergie sembla l'abandonner.

« Amenez son cheval », ordonna Mirri Maz Duur, et ainsi fut fait. Mais lorsque, conduit par Jhogo, le grand étalon rouge pénétra sous la tente, l'odeur de la mort lui dilata les naseaux, il hennit, se cabra, l'œil exorbité, et il fallut trois hommes pour le maîtriser.

« Que comptes-tu faire ? demanda Daenerys.

– Il faut le sang pour procéder. »

Aussi rieur qu'intrépide et, avec ses seize ans, mince comme un fouet, la lèvre supérieure ornée d'une ombre de moustache, Jhogo recula de biais, la main à l'*arakh*, puis, se laissant choir à genoux, supplia : « Il ne faut pas, *Khaleesi*, pas ça ! Laissez-moi tuer cette *maegi*.

– La tuer, c'est tuer ton *khal*, dit-elle.

– C'est de la sang-magie ! protesta-t-il, c'est interdit !

– Hé bien, en tant que *khaleesi*, je déclare, moi, que ce n'est pas interdit. A Vaes Dothrak, Khal Drogo a tué un étalon dont j'ai mangé le cœur pour doter mon fils de force et de courage. C'est pareil. *Pareil.* »

L'étalon rua, se cabra lorsque Rakharo, Quaro et Aggo prétendirent l'entraîner vers la baignoire où, tel un homme déjà mort, le pus et le sang suintant de sa plaie, souillant l'eau, marinait le *khal*, tandis que, dans une langue inconnue de Daenerys, Mirri Maz Duur fredonnait des formules magiques et qu'un coutelas, tout à coup, paraissait en son poing. D'où provenait-il ? mystère. De bronze rouge martelé, il semblait fort ancien, avec sa forme de feuille et sa lame couverte de glyphes immémoriaux. La *maegi* le plongea dans la gorge de l'étalon, juste à la jointure de sa noble tête, et il eut beau crier, se démener, le flot pourpre de sa vie giclait à force dans la baignoire. Il se serait effondré si les hommes du *khas* ne l'avaient fermement tenu. « Va, va, vigueur du cheval, va, passe dans le cavalier, chantonna Mirri, tandis que le sang brouillait de volutes le bain de Drogo, va, va, vigueur de la bête, passe dans l'homme, va. »

Tout en s'arc-boutant contre la masse de l'étalon, Jhogo manifestait une terreur sans nom par l'expression de sa physionomie, terreur de *cela*, terreur de toucher la chair morte, terreur aussi de la laisser tomber. *Un simple cheval*, songea Daenerys. Pour payer la vie de Drogo, qu'était-ce que la mort d'un simple cheval ? Elle aurait volontiers donné mille fois plus cher.

Quand les hommes lâchèrent enfin la bête, l'eau du bain s'était colorée d'une pourpre si sombre que de Drogo, visage à part, ne se discernait strictement plus rien. Mirri Maz Duur n'ayant que faire de la carcasse, Daenerys ordonna de l'emporter et de la brûler. Tel était l'usage, elle le savait. Un homme mourait-il, on tuait sa monture et, sur le bûcher funèbre, on la plaçait sous lui pour qu'elle le porte aux contrées nocturnes. Le *khas* traîna l'étalon dehors. A l'intérieur, tout était inondé de sang. Il n'était jusqu'aux parois de soie qui ne fussent éclaboussées d'écarlate, et les tapis, noircis, chuintaient sous le pied.

Une fois allumés les braseros, Mirri Maz Duur jeta sur les charbons une poudre rouge d'où s'exhalèrent des fumerolles aux senteurs épicées, plutôt agréables, mais en voyant Eroeh s'enfuir en sanglotant, Daenerys fut prise de panique. Revenir en arrière ? elle s'était trop avancée... Elle se contenta de congédier ses femmes. « Partez aussi, dame Argentée, conseilla Mirri Maz Duur.

– Je resterai, dit-elle. Il m'a prise sous les étoiles, l'enfant que je porte est le sien, je ne veux pas le quitter.

– Il le faut. Dès que je commencerai à chanter, plus personne ne doit entrer. Mes incantations vont réveiller de vieilles puissances noires. Ici danseront les morts, cette nuit. Aucun vivant ne doit les voir. »

Daenerys s'inclina, vaincue. « Personne n'entrera. » Elle se pencha au-dessus de la baignoire où Drogo gisait dans son bain de sang, le baisa au front d'un baiser léger. « *Rends-le-moi* », chuchota-t-elle à Mirri Maz Duur avant de s'esquiver.

Bas sur l'horizon, le soleil, et un ciel d'un rouge meurtri. Le *khalasar* avait dressé le camp. A perte de vue, de toutes parts, des tentes et des nattes. Un vent brûlant soufflait. Jhogo et Aggo creusaient la fosse où incinérer l'étalon. Une foule s'était amassée, qui dévisageait Daenerys avec des prunelles d'un noir minéral et des visages qui semblaient autant de masques en cuivre repoussé. Elle aperçut ser Jorah Mormont qui, vêtu désormais de maille et de cuir, son large front dégarni baigné de sueur, se frayait un passage entre les Dothrakis pour se porter à ses côtés. Mais, quand il vit les empreintes écarlates laissées par ses bottes devant la tente, il blêmit sous son hâle. « Qu'avez-vous fait, petite sotte ? l'apostropha-t-il.

– Je devais le sauver.

– Vous pouviez encore vous enfuir. Je vous aurais menée saine et sauve à Asshai, princesse. Bien la peine que...

– Suis-je vraiment votre princesse ? demanda-t-elle.

– Vous l'êtes, vous le savez. Puissent les dieux nous sauver tous deux.

– Alors, aidez-moi. »

Il grimaça. « Si seulement je savais comment ! »

A cet instant, la voix de Mirri Maz Duur s'éleva en une psalmodie plaintive, un ululement suraigu qui fit courir une sueur froide le long de l'échine de Daenerys. Au sein de l'assistance s'esquissa comme une houle de murmures mêlée de reflux. La flamme rougeâtre des braseros conférait à la tente une espèce de translucidité glauque, et l'on discernait, au travers de la soie mouchetée de sang, des ombres mouvantes.

Mirri Maz Duur dansait, et pas seule.

La peur, à présent, se lisait ouvertement sur les faces des Dothrakis. « Ceci *ne doit pas être !* » tonna Qotho.

Il était revenu sans que Daenerys s'en fût avisée. Haggo et Cohollo le flanquaient. Ils avaient rameuté les imberbes, les eunuques experts dans le maniement du scalpel, de l'aiguille et du feu.

« Ceci *sera*, rétorqua-t-elle.

– *Maegi !* » gronda Haggo. Et Cohollo lui-même, Cohollo qui, dès la naissance de Drogo, lui avait voué sa vie, Cohollo qui toujours s'était montré plein de bienveillance vis-à-vis d'elle, Cohollo lui cracha à la figure.

« Tu mourras, *maegi*, promit Qotho, mais l'autre doit mourir avant. » Tirant son *arakh*, il s'avança sur la tente.

« Non ! cria-t-elle, il ne *faut* pas ! » Elle le saisit par l'épaule, mais il l'écarta sans ménagements, et elle tomba à genoux, les bras croisés pour protéger son ventre. « Arrêtez-le, commanda-t-elle à son *khas*, tuez-le. »

Rakharo et Quaro se tenaient de part et d'autre de la portière. Quaro fit un pas en avant, mais ses doigts se refermaient à peine sur le manche de son fouet que Qotho, pivotant avec des grâces de danseur, brandissait son arme, l'abattait. Avec un flamboiement funeste de rasoir, la lame courbe atteignit le jeune homme au flanc, lacéra le cuir, la peau, le muscle, les os du bassin, s'abreuva dans une fontaine de sang. Quaro hoqueta, stupide, recula, libérant l'*arakh*.

« *Cavalier !* » Mormont dégaina vivement. « Viens çà te frotter à moi ! »

Qotho pirouetta en jurant, et son *arakh* rougi s'envola si vite contre l'adversaire que, telle une ondée fustigée par le sirocco, s'en éparpilla le sang de Quaro en une vapeur d'embruns, mais l'épée le cueillit à un pied de la face de ser Jorah, l'y maintint un instant, vibrant, tandis que Qotho fulminait sa rage. Revêtu de maille, les mains et les jambes protégées d'écrevisse d'acier, la gorge d'un gorgeret massif, le chevalier avait en effet omis de coiffer son heaume.

Qotho battit quelques pas de retrait, tout en multipliant pardessus sa tête d'étincelants moulinets qui semblaient l'auréoler d'éclairs et rendaient périlleux chaque nouvel assaut. Ser Jorah parait de son mieux, mais Daenerys eût juré que le sang-coureur maniait quatre *arakhs* et disposait d'autant de bras, tant ses attaques étaient rapides. Elle entendit l'acier mordre dans la maille, vit des étincelles jaillir d'un gantelet, et, soudain, ce fut Mormont qui reculait, chancelant, Qotho qui menait l'offensive. Le côté gauche du visage ruisselant de sang, la maille entamée à hauteur de la hanche, le chevalier boitait, sous les quolibets de Qotho qui le traitait de lâche, de femmelette, d'eunuque en fer-blanc. « Tu vas mourir ! promit-il, l'*arakh* frémissant aux reflets rouges du crépuscule, et maintenant ! » Une ruade sauvage déchira le ventre de Daenerys quand, se faufilant sous l'épée, la longue lame courbe retrouva la brèche déjà pratiquée dans la maille et s'enfonça profondément dans la hanche du chevalier.

Mormont poussa un grognement, tituba. Une douleur aiguë lancina le ventre de Daenerys, quelque chose lui mouilla les cuisses. Qotho poussa un cri de triomphe, mais son *arakh* avait buté contre l'os et, le temps d'un clin d'œil, s'y trouva pris.

La plaisanterie avait assez duré. Ser Jorah abattit son épée de toutes ses forces et de tout son poids, ravagea si bien la chair et l'os que l'avant-bras de Qotho ballotta en berne, oscillant au bout d'un lambeau de peau tendineux. Le coup suivant prit le Dothraki à l'oreille, si virulent que toute sa face sembla exploser.

Dans le tumulte indescriptible qui s'ensuivit et où, par-dessus les vociférations de la foule en furie, persistait à monter le chant inhumain de Mirri Maz Duur, sous-tendu par le râle et les plaintes de Quaro : « De l'eau..., de l'eau... », Daenerys eut beau appeler à l'aide, nul ne l'entendit. Rakharo affrontait Haggo, *arakh* contre *arakh*, et leur danse ne s'interrompit que lorsque, en sifflant, le fouet de Jhogo vint s'enrouler autour de la gorge du sang-coureur. Une saccade, et celui-ci tituba à la renverse, perdit l'équilibre ainsi que son arme. Avec un rugissement de fauve, Rakharo ne fit qu'un bond et, à deux mains, lui fendit le crâne jusqu'aux yeux. Entre les orbites agrandies pointait la lame, comme agitée d'un fou rire sanglant. Quelqu'un décocha une pierre, et Daenerys, éperdue, s'aperçut que son épaule saignait. « Non ! sanglota-t-elle, non, par pitié..., arrêtez, arrêtez ! c'est trop cher payé ! trop cher... » Une grêle de pierres lui répliqua. Elle essaya de ramper vers la tente, mais Cohollo l'empoigna aux cheveux, lui rejeta la tête en arrière, et elle sentait déjà le froid de l'acier sur sa gorge quand son cri : « Mon enfant ! », fut peut-être entendu des dieux, car, au même instant, Cohollo s'effondrait, mort. Une flèche d'Aggo venait de lui percer l'aisselle, les poumons, le cœur.

Quand, à la longue, elle retrouva la force de lever la tête, la foule se dispersait en silence, les Dothrakis regagnaient furtivement qui sa natte, qui sa tente. Certains sellaient leurs chevaux et prenaient le large. Le soleil s'était couché. De par le *khalasar* brasillaient de grands feux dont les flammes orangées crépitaient avec rage en crachant des escarbilles aux nues. Elle tenta de se lever, des douleurs atroces la tenaillèrent, qui la broyaient comme un poing géant, suffoqua ; tout juste réussissait-elle à happer de brèves goulées d'air. La voix de Mirri Maz Duur sonnait funèbre comme un glas. Et à l'intérieur de la tente s'enlaçaient des tourbillons d'ombres.

Un bras se glissa sous sa taille, celui de ser Jorah qui la remettait sur ses pieds. Il avait la figure poisseuse de sang, et elle s'aperçut qu'il lui manquait la moitié d'une oreille. Puis la douleur la reprit, qui la convulsa contre lui, et elle l'entendit appeler les servantes à l'aide. *Auraient-ils tous tellement peur ?* Elle connaissait la réponse. Un nouveau spasme la plia en deux, et elle se mordit les lèvres pour ne pas hurler. Il lui semblait qu'un couteau dans chaque main son fils la hachait menu pour s'ouvrir passage. « Crebleu, Doreah ! beugla ser Jorah, vas-tu venir, à la fin ? File chercher les sages-femmes !

– Elles ne viendront pas. Elles la disent endiablée.

– Elles viendront, ou j'aurai leurs têtes !

– Elles sont parties, messire..., pleurnicha-t-elle.

– La *maegi* », dit quelqu'un d'autre – Aggo ? « La *maegi* saura. »

Non ! voulut crier Daenerys, *non, non, pas ça, il ne faut pas !* mais, lorsqu'elle ouvrit la bouche, il n'en sortit qu'un long gémissement de douleur, et une sueur l'inonda de la tête aux pieds. *Mais qu'est-ce qu'ils ont ? Comment ne voient-ils pas ?* A l'intérieur de la tente dansaient les ombres, les ombres menaient la ronde autour du brasero et du bain de sang, des ombres sombres contre les parois de soie, des ombres dont certaines n'avaient rien d'humain. L'une avait la forme d'un loup gigantesque, une autre vaguement celle d'un homme, mais nimbé de flammes.

« La femme agnelet connaît les secrets de l'enfantement, confirma Irri. Elle l'a dit, j'ai entendu. »

Non ! hurla-t-elle, mais en pensée seulement, car aucun son, fût-ce chuchoté, ne franchit ses lèvres. On était en train de l'emporter. Elle ouvrit les yeux, ne distingua malgré ses efforts qu'un ciel mort et plat, noir et aride et sans étoiles. *Par pitié, non.* De plus en plus fort retentissait la voix de Mirri Maz Duur, si fort qu'elle finit par emplir l'univers entier. *Les formes !* hurla Daenerys, *les danseurs !*

Et ser Jorah l'emporta dans la tente.

ARYA

L'arôme de pain chaud qu'à chaque échoppe exhalait tout du long la rue aux Farines flattait plus délicieusement ses narines qu'aucun parfum respiré jamais. Elle s'en emplit à ras bords les bronches avant de se rapprocher du pigeon. Un grassouillet, lui, tacheté de brun, qui picorait ardemment un croûton coincé entre deux pavés, mais qui s'envola dès que l'effleura l'ombre d'Arya.

L'épée de bois siffla, l'étourdit à deux pieds du sol, et il s'abattit dans une émeute de plumes brunes. En un éclair, elle fut sur lui, l'attrapa, pantelant et se débattant, par une aile, et il eut beau lui piquer la main, elle referma les doigts sur son col et le tordit jusqu'à ce qu'en craquent les vertèbres.

Comparé aux chats, c'était *facile*, prendre les pigeons.

Un septon qui passait par là lui décocha un regard torve. « Le meilleur endroit pour en trouver, lui dit-elle en s'époussetant avant de récupérer sa latte à terre. Les miettes les attirent. » Il décampa.

Une fois l'oiseau noué sa ceinture, elle entreprit de descendre la rue. Sur une carriole à deux roues, un homme poussait une fournée de tourtes au refrain desquelles se flairaient myrtilles, abricots, citrons... Son estomac vide émit un gargouillis creux. « Pourrais-je en avoir une ? s'entendit-elle demander. Une au citron ou... ou à n'importe quoi. »

A la manière dont il la lorgna de haut en bas, l'examen ne le séduisit point. « Trois sols. »

Avec sa latte, elle tapota la tige de sa botte. « Je vous l'échange contre un pigeon gras.

– Les Autres emportent ton pigeon ! »

L'odeur des tourtes, toutes chaudes encore, lui faisait venir l'eau à la bouche mais les trois sols, elle ne les avait pas..., ni un. La leçon de

Syrio sur la vertu de *voir* lui revint en mémoire, un coup d'œil sur l'homme la renseigna. Il était court, un rien ventripotent, et ses mouvements semblaient indiquer un tantinet de partialité en faveur de sa jambe gauche. Et elle était juste en train de penser : « Si j'en rafle une et, hop ! détale, jamais il ne me rejoindra... », quand il menaça : « Fais gaffe à tes sales pattes ! y sait les traiter, le guet, les ratons voleurs... »

Un regard furtif vers l'arrière et, en effet, plantés au débouché d'une ruelle, deux pandores, deux. Taillés dans un lourd lainage richement teint d'or, leurs manteaux plombaient presque jusqu'au sol, noire était leur cotte de mailles, noires étaient leurs bottes, noirs leurs gants. A sa ceinture, l'un portait une longue épée, l'autre tenait un gourdin de fer. Non sans une ultime œillade d'adieux aux tourtes, Arya s'écarta de la carriole et pressa le pas. Quoique les manteaux d'or ne lui eussent pas prêté d'attention spéciale, leur seule vue lui nouait les tripes. Elle avait eu beau depuis sa fuite se tenir toujours le plus loin possible du château, de partout, même au diable, se distinguaient, tout en haut des remparts saignants, les têtes en train de pourrir. Et sur chacune se chamaillaient, drus comme des mouches, des tas de corbeaux. Dans Culpucier courait le bruit que les manteaux d'or s'étaient acoquinés avec les Lannister et que, lordifié, doté de terres dans le Trident, leur commandant siégeait désormais au Conseil du roi.

Elle avait entendu beaucoup d'autres trucs, des trucs effarants, des trucs insensés. Selon d'aucuns, Père avait, avant de périr à son tour de la main de lord Renly, assassiné le roi Robert. D'autres affirmaient que c'était *Renly* qui avait, au cours d'une querelle d'ivrognes fraternelle, tué le roi. Sans cela, dites, pourquoi il aurait filé en pleine nuit comme un voleur, hein ? Celui-ci contait que le roi avait été tué à la chasse par un sanglier, mais celui-là rétorquait qu'il était mort *en mangeant* un sanglier, qu'il s'était tellement empiffré qu'il avait eu une attaque à table. Mais non, chuchotait un troisième, il était bel et bien mort à table, mais empoisonné par Varys l'Araignée. Pas du tout ! par la reine. Vous n'y êtes pas, la vérole. Allons donc..., étouffé par une arête de brochet.

Toutes les versions s'accordaient au moins sur ce point : la mort du roi Robert. Les cloches des sept tours du grand septuaire de Baelor avaient effectivement déversé sur la ville, un jour et une nuit, le tonnerre d'un deuil aux allures de marée de bronze, et elles ne sonnaient de la sorte, à en croire un garçon tanneur, que pour le décès d'un roi.

Elle ne désirait qu'une chose au monde : rentrer chez elle, mais quitter Port-Réal n'était pas si aisé qu'elle l'espérait d'abord. Le mot « guerre » était sur toutes les lèvres, et les manteaux d'or pullulaient aux remparts comme les puces sur... hé bien, sur elle-même, par exemple. A hanter Culpucier pour dormir tantôt sur un toit, tantôt dans une écurie, bref, partout où elle pouvait à peu près s'étendre, elle n'avait guère tardé à reconnaître que le quartier méritait amplement son nom.

Jour après jour, depuis sa fuite du Donjon Rouge, elle avait tour à tour visité, inlassablement, chacune des sept portes de la cité. La porte du Dragon, la porte du Lion et la Vieille Porte ? invariablement closes et barrées. La porte de la Gadoue et la porte des Dieux ? ouvertes, mais uniquement aux gens qui souhaitaient entrer ; on ne laissait sortir personne. Les bénéficiaires d'un laissez-passer s'en allaient par la porte de Fer ou la porte du Roi, mais des hommes d'armes en manteau rouge et heaume à mufle de lion y tenaient les postes de garde. En épiant depuis les combles d'une auberge située près de la seconde, Arya vit que l'on fouillait charrettes et fourgons, que l'on forçait les cavaliers à ouvrir leurs bagages de selle, que l'on interrogeait toutes les personnes qui prétendaient passer à pied.

Elle envisagea quelque temps de franchir la rivière à la nage, mais outre sa largeur et sa profondeur, la Néra était, de l'avis unanime, peuplée de traquenards et de courants vicieux. Quant à soudoyer un passeur ou à prendre un bateau, il fallait de l'argent, n'est-ce pas ?

Le seigneur son père, elle s'en souvenait fort bien, lui avait inculqué de ne jamais voler, mais les motifs qu'il invoquait devenaient de plus en plus flous. A moins de se tirer d'affaire, et le plus tôt possible, elle se verrait forcée de courir le risque des manteaux d'or. Elle n'avait pas trop souffert de la faim depuis qu'elle savait estourbir les oiseaux, mais elle craignait que l'abus de pigeon ne finît par la rendre malade. Elle avait dû en manger deux crus, avant de découvrir Culpucier.

A « Cul », les venelles étaient bordées à tout-touche de gargotes où, dans d'énormes chaudrons, bouillassait en permanence du rata depuis des années ; il était possible d'y troquer la moitié de votre pigeon contre un quignon de la veille et « un' d' brun, un' ! », voire, à condition de la plumer vous-même, d'obtenir qu'on vous fasse croustiller la moitié restante. Arya se serait damnée pour un bol de lait et un gâteau au citron mais, après tout, le brun se laissait bouffer. Sur cette mixture à base d'orge, où se repéraient généralement des copeaux d'oignon, de navet, de carotte et même, parfois, de pomme, nageait une pellicule de gras. La viande, autant s'efforcer de n'y point trop penser. Un bout de poisson, une fois...

L'ennui était qu'il y avait toujours du monde, dans ces gargotes, et que, si vite qu'elle expédiât ses repas, des yeux la dévoraient. Avec des intentions on ne peut plus limpides, certains visaient ses bottes ou son manteau. D'autres, en revanche, se glissaient sous ses cuirs comme pour la palper, qui l'effaraient davantage encore, faute de comprendre ce qu'ils lui voulaient. A deux reprises, on l'avait suivie puis poursuivie dans l'immonde dédale. Quant à l'attraper, cours toujours. Jusque-là du moins...

La gourmette d'argent qu'elle comptait vendre ? dérobée, de même que le balluchon de bons vêtements, dès la première nuit, pendant qu'elle dormait dans les ruines d'une bicoque incendiée, passage du Porc. Les filous ne lui avaient laissé que ce qu'elle avait sur la peau, le manteau qui l'enveloppait, sa latte et, grâce au Ciel, Aiguille..., parce qu'elle était couchée dessus. Sans quoi, envolée aussi, Aiguille. Ce qu'elle avait de plus précieux au monde. Depuis lors, elle prenait soin, durant ses vagabondages, de draper le pan du manteau sur son bras droit, pour bien camoufler l'épée à sa hanche, et d'exhiber la latte, que nul n'en ignore, dans sa main gauche afin de dissuader les voleurs. Encore que. Il était des individus, dans les gargotes de Culpucier, que n'eût pas même dissuadés la vue d'une hache d'armes..., et cela suffisait pour lui faire passer le goût du pigeon et du pain rassis. Plus souvent qu'à son tour, elle allait se gîter le ventre creux plutôt que de tenter les malignités.

Une fois sortie de la ville, elle trouverait des baies à cueillir, ou des vergers où chaparder pommes et cerises. Elle se rappelait en avoir vu, depuis la grand-route, au cours de ce maudit voyage vers le sud. Elle déterrerait des racines dans la forêt, tuerait même un lapin, de-ci de-là. Tandis qu'en ville, quel gibier ? des rats, des chats, des roquets efflanqués. On prétendait que les gargotes vous donnaient une poignée de sols contre une portée de chiots, mais cette idée la révulsait.

Tout en bas, la rue aux Farines débouchait sur un labyrinthe de ruelles sinueuses et de boyaux transversaux. Soucieuse de distancer le plus possible les manteaux d'or, de se noyer dans la cohue, Arya s'y jeta. Elle avait appris à tenir le centre de la chaussée. S'il fallait parfois esquiver carrioles ou chevaux, du moins les voyiez-vous venir, tandis qu'à raser les immeubles toujours vous agrippait quelque main. Et il n'y en avait que trop, de ces venelles où, les façades se touchant presque, force était de brosser les murs !

Une bande de bambins stridents la dépassa au galop, derrière un cercle de tonneau, et la nostalgie l'étreignit de l'époque où, comme eux, elle-même et Bran et Jon et Petit Rickon jouaient à en faire rouler de même. Rickon..., quelle taille avait-il, maintenant ? Et Bran, pas trop triste, Bran ? Elle aurait donné n'importe quoi pour que Jon fût là, près d'elle, l'appelant « sœurette » en lui ébouriffant les cheveux. Non qu'ils eussent besoin qu'on les ébouriffât, son reflet dans les flaques le lui disait suffisamment. Impossible d'être plus hirsute, allez.

Ses tentatives pour aborder les enfants qui traînaient le ruisseau, dans l'espoir de s'y faire un ami avec qui partager le gîte, avaient échoué lamentablement. Sans doute ne savait-elle pas leur parler, ou s'y prenait mal. Mine de rien, les tout-petits se contentaient d'abord de la lorgner avec circonspection puis, pour peu qu'elle s'approchât trop, prenaient leur essor. Leurs grands frères et sœurs la criblaient de questions auxquelles elle ne pouvait répondre, la traitaient de tous les noms, cherchaient à la dépouiller. La veille encore, une va-nu-pieds famélique d'au moins dix-huit ans qui l'avait étourdie d'un coup de poing s'échinait à lui arracher ses bottes quand un bon coup de latte, pan ! sur l'oreille la fit déguerpir, sanglante, avec des piaulements d'orfraie.

Arya dévalait la colline vers les bas-fonds de Culpucier quand une mouette la survola d'une aile nonchalante. Trop haut pour la latte, mais assez bas pour évoquer des images de mer. *La* solution, peut-être, pour s'évader... ? Dans les contes de Vieille Nan, les navires marchands n'avaient guère d'autre fonction que d'emmener des gamins furtifs cingler vers toutes sortes d'aventures. Pourquoi pas elle ? Une virée du côté des quais la tenta ; aussi bien se trouvaient-ils sur sa route vers la porte de la Gadoue qu'elle n'avait pas encore visitée, ce jour d'hui.

Un silence incongru stagnait sur les docks quand elle y parvint. Elle aperçut deux nouveaux manteaux d'or qui, côte à côte, arpentaient le marché aux poissons, mais ils ne la remarquèrent même pas. La moitié des éventaires étaient vacants, les bateaux moins nombreux que dans ses souvenirs. Sur la Néra même avançaient, en formation d'escadre, trois galères de guerre dont les coques dorées fendaient les flots au rythme cadencé des rames. Après les avoir contemplées un moment, elle reprit sa marche le long de la berge.

En voyant les gardes apostés au troisième bassin, son sang ne fit qu'un tour. Ils portaient le manteau gris soutaché de satin blanc. Les couleurs de Winterfell... Elle en eut les larmes aux yeux. Derrière eux dansait sur ses ancres une pimpante galère marchande, à trois bancs de rames, dont elle ne put déchiffer le nom, tracé en caractères étrangers. Myrotes, braaviens, voire haut-valyriens. Elle saisit un débardeur par la manche. « Pardon, dit-elle, quel est ce bateau, s'il vous plaît ?

– *La Charmeuse du Vent*, de Myr.

– Elle est *encore* là ! » se trahit-elle. L'homme la considéra d'un drôle d'air, haussa les épaules et s'en fut. Elle prit sa course vers le bassin. *La Charmeuse du Vent*, le bateau que Père avait affrété pour la reconduire à la maison..., attendait donc toujours ? Elle le croyait parti depuis une éternité !

Deux des gardes jouaient aux dés. Le troisième faisait sa ronde, la main au pommeau. Honteuse de se laisser voir en pleurs comme le dernier des mioches, elle s'immobilisa pour s'éponger les yeux. Les yeux les yeux les yeux, pourquoi diable... ?

Regarde avec tes yeux, chuchota la voix de Syrio.

Elle regarda. Tous les hommes de Père lui étaient familiers. Des inconnus, ces trois en manteau gris. « Hé, toi ! la héla celui qui déambulait. Que viens-tu fiche par ici, mon gars ? » Les deux autres levèrent le nez de leur partie.

Consciente qu'ils se lanceraient d'emblée à sa poursuite, elle réprima d'extrême justesse une furieuse envie de prendre ses jambes à son cou, se contraignit même à faire quelques pas dans leur direction. C'était une fille qu'on recherchait, ils la prenaient pour un garçon, qu'à cela ne tienne, elle *serait* un garçon. « Voulez pas acheter un pigeon ? » Elle désigna sa ceinture.

« Tire-toi ! » gronda l'homme.

Elle obtempéra. Posément. De quoi aurait-elle eu peur, hein ? Dans son dos, la partie de dés reprenait déjà.

Elle n'aurait su dire par quel miracle elle avait regagné Culpucier, tant l'aveuglait l'angoisse, lorsque, hors d'haleine, elle se découvrit parvenue aux abords de l'affreux cloaque au creux des collines. Il s'en dégageait une pestilence à nulle autre pareille, une puanteur de porcheries, d'écuries, de foulons de tannage qu'agrémentaient les parfums suris de vinasse et de pute au rabais. Arya se fraya sombrement un passage dans la populace, et ce n'est qu'en reniflant les premiers effluves de rata qui s'échappaient, bulle à bulle, d'une gargote qu'elle s'en aperçut : disparu, le pigeon... Il avait dû glisser de sa ceinture quand elle s'était mise à courir ou lui être volé en catimini. Peu s'en fallut qu'elle ne pleurât de nouveau. Elle devrait donc refaire en sens inverse toute cette trotte jusqu'à la rue aux Farines pour en trouver un, et d'aussi dodu ?

Au loin retentirent tout à coup des volées de cloches qui rebondissaient à travers les rues.

Elle releva les yeux, tout ouïe. Que pouvaient-elles bien annoncer, cette fois ?

« Quoi qu'y a, main'nant ? beugla un gros homme dans la gargote.

– 'co' ces cloches..., larmoya une vieille édentée, misé'ico'de ! »

A l'étage claqua un volet, la tignasse rousse et tirebouchonnée de soie peinte d'une putain surgit. « C'est-y l' 'tit roi qu'est mort, c' coupci ? » cria-t-elle en déballant son décolleté sur la rue. « 't un puceau pour toi, rigola quelqu'un d'invisible. Sa fête, et tôt fait ! » Elle s'esclaffait quand un type à poil la prit par derrière à bras-le-corps et, lui mordant la nuque, pétrit à pleines mains les lourds nichons blancs qui ballottaient sous la chemise.

« Pauv' connasse ! beugla le gros homme. Pas l' roi qu'est mort, c' le tocsin, ça. Qu'un' tour qui sonne. Quand c'est pou' l' roi, c'est tout' les cloches d' la ville.

– Hé ho ! toi, 'rrête de m' mordre, ou c'est les tiennes, d' cloch', que j' vais t' sonner..., menaça la femme à la fenêtre en donnant du coude dans son client. Mais si c'est pas l' roi qu'est mort, c' qui ?

– Que l' tocsin, j' te dis, répéta le gros homme. Pour appeler, rien que. »

Soulevant des gerbes d'éclaboussures, deux gamins à peu près de l'âge d'Arya passèrent à toutes jambes de flaque en flaque, et la vieille eut beau les maudire, ils ne ralentirent pas le train pour si peu. D'autres gens affluaient, qui tous montaient la colline pour voir à quoi ce tapage rimait. Arya s'élança derrière le moins rapide des garçons et, quand elle l'eut quasiment rejoint, cria : « Où vas-tu ? Que se passe-t-il ? »

Sans cesser de courir, il lui jeta par-dessus l'épaule : « C'est les manteaux d'or qui l'emmènent à Baelor.

– Qui ça ? haleta-t-elle, accélérant de son mieux.

– La *Main* ! Paraît qu'on va y couper la tête, Buu dit. »

Creusée par le va-et-vient des charrois s'ouvrait à leurs pieds une profonde ornière. Le copain de Buu l'enjamba d'un bond, mais Arya ne la vit pas, trébucha, s'aplatit, s'écorchant un genou contre une pierre et se meurtrissant les deux mains en tâchant d'amortir son rude atterrissage, Aiguille emberlificotée entre ses jambes. Malgré les sanglots qui la secouaient, elle rassembla ses genoux. Le pouce gauche saignait abondamment, la moitié de l'ongle arrachée. Elle se mit à le suçoter, tremblante comme la feuille. Son genou dégoulinait aussi.

« *Place !* cria-t-on depuis la rue adjacente, *place à messires Redwyne !* » A peine eut-elle le temps de se jeter de côté qu'au risque de la piétiner déboulaient au galop quatre gardes montés sur d'énormes chevaux. Ils portaient des manteaux à damier bleu et lie-de-vin. Derrière venaient côte à côte deux jouvenceaux dont les juments baies se ressemblaient comme des gouttes d'eau. Les jumeaux Redwyne, ser Horas et ser Hobber, Arya en avait cent fois croisé dans la courtine la tignasse orange et le vilain museau carré constellé de taches de rousseur. Leur seul aspect faisait pouffer comme des folles Sansa et Jeyne Poole, qui les appelaient messers Horreur et Baveux. Révolue, l'heure de les trouver comiques...

La foule entière se portait du même côté, chacun se hâtait d'aller satisfaire sa curiosité. La clameur des cloches semblait se faire de plus en plus intense et pressante, de plus en plus âpre. Arya se laissa emporter par le flot. Le pouce lui faisait si mal que ne pas pleurer, voilà tout, mobilisait son énergie. Tout en boitillant dans la montée, elle se mordait les lèvres, l'oreille aux aguets des propos qui fusaient tout autour.

« ...la Main du Roi, lord Stark. Ils le traînent au septuaire de Baelor.

– On m'avait dit qu'il était mort.

– Va pas tarder, va pas tarder. Que ce cerf d'argent, tiens, pile ou face, formel, vont y faire valser le cap.

– Pas trop tôt, le traître... ! » Le type cracha.

Arya s'extirpa un filet de voix. « *Jamais* il... », commença-t-elle, mais que pesait son avis d'enfant ? Les répliques s'enchaînaient par-dessus sa tête.

« *Couillon !* le gardera, son cap, ouais. Depuis quand, dis, qu'on les raccourcit, les traîtres, sur les marches de Baelor ?

– Ben..., compteraient pas, des fois, le défaire chevalier ? Paraît qu' c'est lui qu'a tué l' vieux Robert. Y a coupé l' cou dans les bois, pis, quand l'ont trouvé, lui, là, peinard : ' C' t' un vieux sang'ier qu'a bousillé Sa Majesté !

– Menteries, tout ça ! c'est son prop' frère qui s' l'a fait, l' Renly, çui aux cors d'or.

– La ferme, menteuse toi-même ! dis n'importe quoi..., 't' un vrai gentilhomme, Sa S'gneurie. »

En débouchant sur la rue des Sœurs, la presse avoisinait la caque de harengs. Arya s'abandonna, plus morte que vive, à la marée qui montait invinciblement la colline de Visenya. Tout en haut, sur l'esplanade de marbre blanc, le grouillement s'était pétrifié au profit de vociférations hystériques. La populace s'interpellait, tout en jouant des coudes pour se rapprocher le plus possible du grand septuaire, et le fracas des cloches achevait de vous abasourdir.

Noyée dans ce magma, Arya ne discernait que des bras, des jambes, des bedaines et, brochant sur le lot, la fine silhouette des sept tours. Latte ferme en son poing, elle réussit néanmoins à s'y faufiler, se coula sous des ventres de chevaux, finit par repérer un tombereau de bois qui lui ferait un observatoire idéal, mais d'autres eurent la même idée, que récompensèrent, avec des coups de fouet, les injures du charretier.

Comme une forcenée, désormais, elle fonça carrément dans la foule pour se porter au premier rang, se vit rejetée contre un pan de pierre – le piédestal, s'aperçut-elle en levant les yeux, de Baelor le Vénérable, le roi septon. Sans plus hésiter, elle glissa la latte dans sa ceinture et se mit en devoir de grimper. Quitte à laisser sur le marbre peint des empreintes de pouce sanguinolentes, elle parvint à se hisser jusqu'entre les pieds de la statue, s'y pelotonna.

Et c'est alors qu'elle vit Père.

Soutenu par deux manteaux d'or, lord Eddard se tenait devant le septuaire, dans la chaire du Grand Septon. Si somptueusement vêtu fût-il, avec son manteau de laine grise bordé de fourrure et son doublet de velours gris rebrodé de perles à l'effigie du loup, sa maigreur et l'expression douloureuse de sa longue face la stupéfièrent. Il était moins debout que maintenu debout. Le plâtre de sa jambe se révélait grisâtre, comme corrompu.

Derrière lui, le Grand Septon en personne. Un vieillard courtaud, gris, gras à lard, drapé de longues robes blanches et coiffé d'une immense tiare de cristal et d'or repoussé qui l'auréolait d'arcs-en-ciel au moindre mouvement.

Massés aux portes du temple, face à la chaire de marbre, une poignée de grands seigneurs et de chevaliers semblaient ne servir là que de repoussoir à Joffrey, tout soies, tout satins écarlates brochés de cerfs caracolants, de lions rugissants sous sa couronne d'or. En grand noir flammé d'écarlate et le cheveu bien endeuillé d'une mantille de diamants noirs le flanquait sa reine de mère. Arya reconnut encore, avec quatre des membres de la Garde, le Limier, bizarrement bardé d'acier fuligineux sous les vastes plis du manteau de neige. Survint Varys qui, sur ses babouches silencieuses, infiltra ses damas à ramages parmi la noble assistance. Quant au barbichu miniature à cape d'argent, cela pouvait bien être l'ancien soupirant transi de Mère.

Enfin dans ce tas se trouvait, d'azur soyeuse et bien auburn, bien lissée, bouclée, les poignets cernés de bracelets d'argent, Sansa. Que fabriquait-elle en telle compagnie ? se renfrogna sa sœur, à quoi rimaient ces risettes aux anges ?

Boudiné dans une armure magnifique en laque noire filigranée d'or, une espèce de poussah commandait le long cordon de piques en manteaux d'or qui contenait la plèbe. Son manteau personnel avait l'éclat métallique du véritable brocart.

Après que la cloche eut cessé de tonner et que peu à peu se fut fait le silence sur l'immense esplanade, Père leva la tête et se mit à parler, mais d'une voix si ténue, si exténuée qu'à peine Arya pouvait-elle saisir ses paroles. De l'arrière, des gens commencèrent à crier : « *Quoi ?* » et « *Plus fort !* » Le poussah laqué et doré escalada la chaire dans le dos de Père et le houspilla rudement. Arya fut tentée de hurler : « *Bas les pattes !* », en comprit la futilité, personne ne l'écouterait, n'en mâchouilla sa lèvre que plus ardemment.

Haussant le ton, Père reprit : « Je suis Eddard Stark, sire de Winterfell, Main du Roi. » Sa voix, désormais, portait jusqu'au bout de la place. « Et je viens ici confesser, devant les dieux et devant les hommes, ma félonie.

– *Non...* », geignit Arya, tandis que de la populace, au-dessous, montaient les premières huées, bientôt épaissies par une clameur unanime d'immondices et de quolibets. Sansa s'était enfoui le visage dans les mains.

De manière à dominer ce tapage ignoble, Père éleva encore la voix. « J'ai trahi la foi de mon roi et la confiance de mon ami Robert ! cria-t-il. Son sang ne s'était pas encore refroidi que, malgré mon serment de défendre et de protéger ses enfants, je tramais de déposer et d'assassiner son fils pour m'emparer du trône. Veuillent le Grand Septon, Baelor le Bien-Aimé, les Sept m'être à présent témoins de la vérité que j'énonce : Joffrey Baratheon est l'unique héritier légitime du Trône de Fer et, par la grâce de tous les dieux, seigneur et maître des Sept Couronnes, protecteur du royaume. »

Une pierre partit de la foule et, en voyant Père chanceler, Arya ne put réprimer un cri. Les manteaux d'or empêchèrent lord Stark de tomber. Du front ouvert dégoulinait le sang le long du long visage émacié. Les pierres se mirent à grêler. L'une d'elles atteignit le garde de Père, à gauche, une autre rendit un son creux sur le pectoral noir et or du poussah. Deux des chevaliers de la Garde vinrent se placer, bouclier brandi, devant la reine et Joffrey.

Sous le manteau, la main d'Arya se glissa vers Aiguille dans son fourreau et en étreignit la poignée comme jamais elle n'avait étreint chose au monde. *Par pitié, dieux, sauvez-le ! Ne les laissez pas lui faire de mal...*

Le Grand Septon s'agenouillait cependant devant la reine et Joffrey. « Plus nous péchons, plus nous souffrons, entonna-t-il d'une voix profonde et qui s'enflait bien plus fort que celle de Père. Ce pécheur a confessé ses crimes devant les dieux et devant les hommes, ici, dans ce lieu sacré. » Mille arcs-en-ciel nimbèrent sa tête comme il élevait des mains suppliantes. « Les dieux sont justes mais, Baelor le Vénérable nous l'a enseigné, non moins miséricordieux. Quel châtiment réserver à ce traître, Sire ? »

D'innombrables gorges glapissaient, mais Arya ne les entendait pas. Le prince Joffrey..., le *roi* Joffrey, pardon, émergea de son rempart de boucliers. « Ma mère m'enjoint de laisser lord Eddard prendre le noir, et lady Sansa m'a supplié d'épargner son père. » Sur ces mots, il regarda Sansa droit dans les yeux et *sourit*, si bien qu'Arya crut une seconde sa prière exaucée, mais déjà il se retournait vers le peuple et déclarait : « Le cœur des femmes a de ces faiblesses..., mais aussi longtemps que je serai, moi, votre roi, la félonie ne demeurera pas impunie. Sa tête, ser Ilyn ! »

La foule poussa un rugissement, et sa houle battit si rudement le piédestal de Baelor qu'Arya sentit la statue tituber, pendant que le Grand Septon se pendait aux basques du roi, que Varys se précipitait en se tordant les bras, que la reine elle-même tentait apparemment de raisonner son fils, mais Joffrey leur opposait à tous le même branlement de tête négatif. Et dès que parut, décharnée, dégingandée tel un squelette sanglé de maille, la justice du roi, seigneurs et chevaliers s'écartèrent comme par enchantement. Loin, très loin, du fin fond de quelque cauchemar, Arya entendit sa sœur crier d'une voix stridente puis la vit à genoux, convulsée de sanglots. Ser Ilyn Payne gravit les degrés de la chaire.

Abandonnant son refuge aux pieds de Baelor, Arya se jeta dans la foule et, Aiguille au poing, atterrit sur un homme en tablier de boucher qu'elle envoya rouler à terre. Aussitôt, un poing l'atteignit en plein dos, faillit la renverser à son tour, et comme les corps se refermaient sur elle, trébuchant, poussant, trépignant le malheureux boucher, Aiguille entra dans la danse.

Du haut de la chaire, ser Ilyn Payne fit un geste, le poussah éructa un ordre, et les manteaux d'or plaquèrent violemment lord Eddard le ventre contre le marbre, le buste dans le vide, vers l'extérieur.

« Hé, toi ! » cria une voix colère à l'adresse d'Arya, mais la petite passa en trombe, écartant, bousculant les gens, frappant tout ce qui lui faisait obstacle. Une main lui saisit la jambe, elle y tailla, rua dans des tibias. Une femme s'effondra, elle lui passa sur le corps, tout en frappant de droite, frappant de gauche, mais cela ne servait à rien, *à rien !* trop dense était la foule, elle n'y avait pas plus tôt ouvert une brèche que la brèche se refermait. Quelqu'un lui bourra les côtes. Et toujours la tympanisaient les pleurs éperdus de Sansa.

Ser Ilyn tira une longue épée de son fourreau d'épaule et, lorsqu'il la brandit au-dessus de sa tête, le soleil fit danser sur le métal sombre au fil plus aigu qu'aucun rasoir des risées si étincelantes que *Glace !* frémit Arya, *c'est Glace qu'il a !* et, le long de ses joues, ruisselèrent des larmes qui achevèrent de l'aveugler.

Au même instant, une main surgit de la foule, qui, tel un piège à loup, lui emprisonna si brutalement le bras qu'elle en lâcha Aiguille, perdit l'équilibre et serait tombée si l'agresseur ne l'avait retenue avec autant d'aisance qu'une simple poupée. Une figure se pressa contre la sienne, de longs cheveux noirs, une barbe hirsute, des dents gâtées. « *R'garde pas !* jappa une voix de rogomme.

– Je... je... je... », hoqueta-t-elle.

Le vieux la secoua si fort qu'elle claqua des dents. « Ta gueule, et ferm' les yeux, *mon gars* ! » Vaguement, comme venant de très très loin, elle perçut un... *un bruit...*, plutôt la douce rumeur d'un soupir, comme si d'un million de poitrines s'était exhalé le souffle simultanément. Avec une roideur de fer, les doigts du vieux s'enfoncèrent plus avant dans son bras. « R'gard'-moi. Ouais, com' ça, *moi.* » Son haleine embaumait la bibine sure. « T' souviens, *mon gars* ? »

C'est l'odeur qui lui rafraîchit la mémoire et, du coup, elle vit la tignasse graisseuse, le manteau noir maculé, crasseux, les épaules déjetées, les prunelles noires qui louchaient sur elle. Le frère noir venu rendre visite à Père, ce fameux soir où...

« M' reconnais, main'nant, 'spa ? Futé, l' gars. » Il cracha. « Terminé, ici. Vas m'accompagner et fermer ta gueule. » Comme elle ouvrait la bouche pour répliquer, il la secoua de nouveau, plus fort encore. « *Ta gueule*, j' dit. »

L'esplanade commençait à se vider. Autour d'eux, la cohue semblait se diluer, les gens retournaient à leur existence à eux. Mais d'existence, Arya n'en avait plus. Complètement vidée, elle se mit machinalement en marche aux côtés de... *Yoren, oui, c'est Yoren qu'il s'appelle...* Elle ne se rappela même l'avoir vu ramasser Aiguille que lorsqu'il la lui rendit. « 'spérons qu' ça t' servira, mon gars.

– Je ne suis pas... »

Elle n'eut pas le temps d'achever qu'il la poussait dans l'ombre d'un porche, lui fourrait ses doigts sales dans les cheveux, les lui tordait, tirait de manière à découvrir sa gorge. « Pas un *gars* futé, ça qu' tu v' dire, hein ? »

Dans son autre main, il tenait un couteau.

Comme celui-ci volait vers sa figure, Arya se rejeta en arrière, mais elle avait beau ruer, se débattre, démener sa tête en tous sens, loin de se relâcher, la prise, et avec quelle poigne ! s'accentuait, et à la sensation que se déchirait son cuir chevelu se mêla inextricablement la saveur saumâtre des larmes.

BRAN

Des hommes, des hommes faits, les plus âgés, dans les dix-sept dix-huit ans. Plus de vingt, même, l'un d'eux. La plupart des autres plus jeunes, seize ou moins.

Il les épiait depuis l'encorbellement de la tourelle où logeait mestre Luwin, et vers lui montait le concert d'ahans, de jurons, de grognements qui, dans la cour, ponctuaient le cliquetis mat, *clac clac clac*, des épées de bois, lui-même par trop émaillé des claques flasques ou cinglantes qu'escorté de gémissements ou de cris aigus produisait le choc des lattes contre le cuir ou à même la chair. A longues foulées véhémentes, ser Rodrik ne cessait d'aller et venir parmi ses gars, maugréer, de plus en plus rubicond sous ses blancs favoris, tançant celui-ci, tançant celui-là, tançant tout et tous. « Non ! martelait-il, non ! non ! non et non ! » Jamais Bran ne l'avait vu si furieux.

« Ils ne se battent pas très bien... », hasarda-t-il d'un ton dubitatif, tout en grattouillant sans entrain derrière les oreilles Eté dont les dents crissaient sur un manche de gigot.

« Le fait est, convint mestre Luwin avec un gros soupir, l'œil attaché à la grande lorgnette de Myr qui lui permettait de mesurer les ombres et de noter la position de la comète en suspens, ce matin-là, quasiment au ras de l'horizon. Mais, avec le temps... Ser Rodrik est dans le vrai, nous manquons de sentinelles sur les remparts. La crème de la garde a suivi le seigneur ton père à Port-Réal, ton frère a pris le reste, ainsi que tous les garçons passables disponibles à des lieues à la ronde. Nombre d'entre eux ne reviendront pas, et il nous faut coûte que coûte leur trouver des remplaçants. »

Non sans rancœur, Bran jeta un œil sur les recrues en nage. « Si j'avais encore mes jambes, je les battrais tous. » Le souvenir le poignit de la dernière fois où il avait, durant le séjour du roi, manié une épée.

Une simple latte, certes, mais il n'en avait pas moins flanqué par terre le prince Tommen à une bonne cinquantaine de reprises. « Ser Rodrik devrait m'apprendre à utiliser le merlin. Si je possédais un merlin muni d'un long manche, Hodor me tiendrait lieu de jambes. A nous deux, nous pourrions faire un chevalier.

– Je trouve ton idée... peu réaliste, Bran, objecta le mestre. Au combat, bras, jambes, pensée, tout ne doit faire qu'un. »

En bas, ser Rodrik se mit à glapir : « Tu te bats comme une oie ! Quand il pique, tu piques plus fort, mais *pare*, bons dieux ! bloque ! Tes picorages ne suffisent pas ! Si vous teniez des épées véritables, le premier coup de bec t'emporterait le bras ! » Un rire fusa, le vieux chevalier fonça sur le rieur. « Et tu rigoles ! Toi ! Ce culot ! Quand *tu* te bats comme un hérisson... !

– Il était une fois, s'entêta Bran tandis que ser Rodrik, dans la cour, poursuivait sa mercuriale, un chevalier qui n'y voyait pas, Vieille Nan me l'a raconté. Même qu'en faisant tournoyer sa longue hampe équipée de lames aux deux bouts, il frappait deux types à la fois.

– Symeon Prunelles-d'Etoiles, commenta Luwin tout en reportant des chiffres sur son registre. Quand il perdit la vue, il plaça des saphirs d'astres dans ses orbites vides, à ce que prétendent du moins les rhapsodes. Ce n'est qu'un conte, Bran, un conte comme celui de Florian l'Idiot. Une fable issue de l'Age des Héros. » Il fit clapper, *tt tt*, sa langue. « Oublie ces songeries... Elles n'aboutiront qu'à te briser le cœur. »

« Songeries » dériva le cours de ses pensées. « J'ai de nouveau rêvé de la corneille, la nuit dernière. Celle à trois yeux. Elle entrait dans ma chambre et me disait : "Suis-moi." Je le faisais, et nous descendions dans les cryptes. Père s'y trouvait, nous parlions ensemble. Il était triste.

– Et pourquoi triste ? » Luwin s'était remis à lorgner le ciel.

« Quelque chose à propos de Jon, je crois. » Son rêve l'avait singulièrement bouleversé, bien plus qu'aucun des autres avec la corneille. « Hodor n'acceptera pas de descendre dans les cryptes. »

A l'évidence, le mestre avait eu un long moment d'inadvertance. Il retira son œil de la lunette, cligna. « Il n'acceptera pas quoi... ?

– De descendre dans les cryptes. A mon réveil, je lui ai dit de m'y mener, pour voir si Père s'y trouvait vraiment. D'abord, il ne m'a pas compris mais, à force de le faire aller dans tous les sens, j'ai fini par le conduire en haut de l'escalier, seulement, là, il a refusé de descendre. Il se tenait juste sur le seuil, à répéter : "Hodor !" comme s'il avait peur du noir, et pourtant j'*avais* une torche. Et ça m'a mis tellement en colère que j'ai failli lui cogner la tête, comme fait toujours Vieille Nan. » Affolé par l'air soudain réprobateur du mestre, il ajouta précipitamment : « Mais rien que failli.

– Bon. Hodor est un homme, pas une mule à rosser.

– Dans mon rêve, je descendais en volant avec la corneille, mais je n'y parviens pas quand je suis éveillé, crut-il bon d'expliquer.

– Mais pourquoi vouloir descendre dans les cryptes ?

– Je vous l'ai dit ! pour chercher Père. »

Le vieillard se mit à tripoter sa chaîne. Une manie qu'il avait quand il se sentait mal à l'aise. « Bran, cher enfant, un jour, lord Eddard y trônera en pierre, aux côtés de son père et du père de son père et de tous les Stark jusqu'aux vieux rois du Nord mais..., mais les dieux veuillent que cela n'advienne que dans bien des années. Ton père est prisonnier de la reine, à Port-Réal. Tu ne le trouveras pas dans les cryptes.

– Il y était la nuit dernière. Je lui ai parlé.

– Et têtu ! soupira le mestre en repoussant son registre. Tu souhaiterais aller voir ?

– Je ne peux pas. Hodor s'y refuse, et les marches sont trop étroites et tournantes pour Danseuse.

– Le problème ne doit pas être insoluble. »

Pour suppléer Hodor, on manda la sauvageonne Osha. Abstraction faite de sa taille et de sa robustesse, elle ne geignait jamais, se rendait sans récriminer partout où on le lui commandait. « J'ai trop longtemps vécu au-delà du Mur, dit-elle, pour qu'un trou dans le sol suffise à m'effrayer, m'sires.

– Viens, Eté », dit Bran quand elle l'eut enlevé dans ses bras nerveux. Le loup-garou lâcha son os et, à leur suite, traversa la cour et dévala le colimaçon qui menait dans le caveau glacial. Mestre Luwin les précédait avec une torche, assez suffoqué que Bran – un *comble* ! – ne s'offusquât pas d'être transporté dans les bras et non sur le dos. Eu égard aux bons et loyaux services d'Osha depuis son entrée à Winterfell, ser Rodrik l'avait fait délivrer de sa chaîne. Et si un reste de défiance mal dissipé la contraignait encore à porter aux chevilles ses lourds bracelets de fer, du moins ceux-ci ne compromettaient-ils point la sûreté de son grand pas dans l'escalier.

En dépit de ses efforts, Bran ne pouvait se rappeler à quand remontait sa dernière visite aux cryptes. *Avant*, de toute façon. Durant sa petite enfance, il allait y jouer régulièrement en compagnie de Robb, de Jon et des filles. Que ne les avait-il avec lui, là, tous, à présent..., le caveau lui eût paru moins lugubre, moins ténébreux. Entré tout faraud dans ces ombres peuplées d'échos, Eté se pétrifia, brusquement circonspect, leva le museau, flaira les frissons de l'air mort, découvrit finalement ses crocs et recula, l'échine basse, l'œil tout moiré de reflets d'or par la torche que tenait le mestre. Malgré sa solidité de vieux fer, Osha même semblait mal à l'aise. « Pas gaie, l'engeance, comme abord, déclara-t-elle en considérant la longue file des Stark roidis sur leurs trônes de granit.

– C'étaient les rois de l'Hiver », souffla Bran. Il pressentait confusément l'incongruité de parler trop fort en ces lieux.

Osha sourit. « L'hiver n'a jamais eu de rois. Si vous l'aviez vu de vos propres yeux, vous le sauriez, rejeton d'été.

– Ils ont régné sur le Nord des milliers d'années », dit Luwin en levant la torche pour mieux éclairer leurs faces de pierre. Certains étaient chevelus, barbus, aussi hirsutes et aussi farouches que les loups lovés à leurs pieds. Rasés de près, d'autres avaient des physionomies maigres et acérées comme le fer des longues épées qui barraient leur giron. « Des hommes durs pour une dure époque. Allons. » D'un pas vif qui laissait dans le sillage de la torche une longue langue de feu, il s'enfonça plus avant entre les rangées de piliers que ponctuaient les innombrables effigies.

Plus vaste que Winterfell lui-même, la crypte s'ouvrait toujours plus outre devant eux. A en croire Jon, elle comportait bien d'autres niveaux souterrains, des caveaux encore plus sombres et plus noirs qui recelaient les restes des tout premiers rois. Mieux valait n'y point perdre la lumière. Lors même qu'Osha, Bran blotti contre elle, eut repris sa marche derrière Luwin, Eté refusa de s'éloigner de l'escalier.

« Te souviens-tu de ton histoire, Bran ? demanda le mestre pendant qu'ils avançaient. Voyons si tu sauras dire à Osha qui ils furent et ce qu'ils firent... »

Au fur et à mesure qu'il les dépassait, Bran examinait leurs traits, et aussitôt lui revenaient en mémoire les chroniques, telles que les lui avait inculquées le mestre et Vieille Nan, ressuscitées. « Celui-ci est Jon Stark. Lorsque débarquèrent les pirates, à l'est, il les rejeta à la mer et construisit le château de Blancport. Son fils, Rickard Stark, pas le père de mon père, un autre Rickard, conquit le Neck sur le roi des Paluds avant d'en épouser la fille. Voici Theon Stark, mais si, le tout menu aux cheveux raides et à la barbe avare ; on le surnommait "le Loup affamé", parce qu'il n'arrêtait pas de guerroyer. Ce grand rêveur-là est un Brandon, dit Brandon le Caréneur en raison de sa passion pour la mer ; sa tombe est vide ; il entreprit la traversée des mers du Crépuscule, et on ne le revit jamais. Son fils, Brandon l'Incendiaire, eut un tel chagrin de sa disparition qu'il mit le feu à tous les vaisseaux carénés par lui. Ici repose Rodrik Stark, qui gagna l'île aux Ours dans un concours de pugilat puis l'offrit aux Mormont. Et voici Torrhen Stark, le roi-qui-s'agenouilla ; sa reddition à Aegon le Conquérant fit de lui le dernier roi du Nord et le premier sire de Winterfell. Oh, là, c'est Cregan Stark ! Il affronta le prince Aemon, un jour, et le Chevalier-Dragon reconnut n'avoir jamais eu affaire à plus fine lame. » Comme on était presque arrivé au bout, désormais, il se sentit sourdement envahi d'une mélancolie. « Et voici mon grand-père, lord Rickard, qui périt décapité par le roi Aerys le Fol. Sa fille, Lyanna, et son fils, Brandon, occupent les tombes voisines. Pas moi, un autre Brandon, le frère de Père. Ils ne devraient pas avoir de statues, c'est un privilège réservé aux lords et aux rois, mais Père les aimait tant qu'il les a fait représenter tous deux.

– La fille est une beauté, dit Osha.

– On l'avait promise à Robert, mais le prince Rhaegar la ravit de vive force et la viola. Robert partit en guerre pour la ravoir. Avec sa masse d'armes, il tua Rhaegar au Trident, mais la mort de Lyanna le sépara d'elle à jamais.

– Une triste histoire, s'émut Osha, mais ces trous béants le sont davantage encore.

– La tombe de lord Eddard, quand son heure sera venue, dit mestre Luwin. Est-ce dans celle-ci que tu as vu ton père en rêve, Bran ?

– Oui. » Ce souvenir le fit frémir. Il jeta un regard d'angoisse tout autour, et les petits cheveux de sa nuque se hérissèrent. Avait-il des bourdonnements d'oreille, ou bien... ? ou bien quelqu'un était-il là ?

Mestre Luwin approcha sa torche de l'ouverture. « Il n'y est pas, tu vois. Et n'y sera pas de sitôt. Les rêves ne sont que des rêves, enfant. » Il y aventura son bras, l'y perdit comme dans la gueule de quelque monstre. « Tu vois ? Absolument vi... »

Les ténèbres bondirent en grondant sur lui.

Le temps pour Bran d'entr'apercevoir des prunelles où flambait un vert sulfureux, l'éclair de canines, du poil aussi noir que le noir ambiant, le mestre piaillait en se débattant, la torche voltigeait, carambolait la face de pierre de Brandon Stark, tombait à ses pieds, commençait à lui lécher les jambes et, à la lueur soûle de ses hoquets, révélait Luwin aux prises, à terre, avec le loup-garou, lui martelant la truffe de sa main libre, l'autre enfermée dans des mâchoires inexorables.

« *Eté... !* » s'époumona Bran.

Et Eté survint, déboulant de l'ombre comme un typhon d'ombre, qui boula dans Broussaille et l'envoya rouler, puis les deux loups se culbutèrent l'un l'autre en un tourbillon de fourrures grise et noire, de morsures et de grondements, tandis que, les doigts en sang, le vieux mestre tâchait de trouver ses genoux. Afin de lui venir en aide, Osha dut d'abord adosser Bran au loup de pierre de lord Rickard. Les halètements de la torche projetaient jusqu'à la voûte et le long des murs la sihouette gigantesque des loups toujours enchevêtrés.

« Broussaille ? » appela une voix menue. A l'entrée de la tombe de Père se tenait le petit Rickon. Non sans un dernier grincement de dents à l'adresse d'Eté, son loup rompit et vint le rejoindre d'un bond. « Laissez mon père en paix, vous, reprit l'enfant à l'intention du mestre, et sur un ton d'avertissement. Laissez-le en paix.

– Voyons, Rickon, dit Bran d'une voix douce, Père n'est pas ici.

– Si. Je l'ai vu. » Des larmes brillaient sur ses joues. « Je l'ai vu, la nuit dernière.

– En rêve... ? »

Il fit oui de la tête. « Laissez-le en paix, laissez-le en paix. Il revient, comme il l'avait promis. Il revient. »

Jamais de sa vie Bran n'avait vu mestre Luwin si troublé. Le sang dégouttait de la plaie que les crocs de Broussaille avaient ouverte à travers la manche en lambeaux. « La torche, Osha », s'arracha-t-il avec un masque douloureux. Elle s'en saisit avant que celle-ci ne se fût éteinte. Des traînées de suie noircissaient les deux jambes de la statue d'Oncle Bran. « Cette... cette *bestiole*, reprit Luwin, devait rester enchaînée aux chenils, non ? »

Rickon tapota le museau sanglant de Broussaille. « Je l'ai délivré. Il n'aime pas la chaîne. » Il se lécha les doigts.

« Rickon, dit Bran, tu veux bien venir avec moi ?

– Non. Je me plais ici.

– Il y fait noir. Et froid.

– Je n'ai pas peur. Je dois attendre Père.

– Tu peux l'attendre en ma compagnie. Nous l'attendrons ensemble, toi et moi et nos loups. » Ils avaient beau lécher chacun ses blessures, pour l'heure, les garder à l'œil ne serait pas du luxe.

« Bran, intervint le mestre d'un ton ferme, je sais dans quel esprit tu parles, mais Broussaille est trop féroce pour qu'on le laisse en liberté. Je suis sa troisième victime. Accorde-lui ses aises dans le château et, tôt ou tard, il tuera quelqu'un. Quelque peine que j'en éprouve, la vérité me force à dire qu'il faut l'enchaîner ou... » Il buta sur l'alternative.

... *ou l'abattre*, acheva Bran en son for, qui proféra : « Il n'est pas fait pour la chaîne. Nous attendrons dans votre tour, tous ensemble.

– Cela ne se peut ! » affirma le mestre.

Osha grimaça un sourire. « Le garçon est not' p'tit seigneur et maît', ici, j' crois m' souv'nir. » Elle rendit la torche à Luwin, reprit Bran dans ses bras. « Va pour vot' tour, mestre.

– Tu viens, Rickon ? »

Son frère hocha la tête. « Puisque Broussaille vient aussi », dit-il en s'élançant sur les talons d'Osha. Et force fut au mestre d'emboîter le pas, non sans surveiller prudemment les loups.

Il vivait au sein d'un tel capharnaüm qu'y retrouver quoi que ce soit tenait du prodige, aux yeux de Bran. Des piles de livres branlantes encombraient les tables et les sièges maculés de bouts de chandelle et de flaques de cire à cacheter, un fouillis de fioles bouchées les étagères, sur son trépied la lunette en bronze interdisait quasiment l'accès à la terrasse, des cartes célestes occupaient les murs, les plans d'ombre gisaient dans un méli-mélo de paperasses, de jonchaie, de tuyaux de plume, les pots d'encre se casaient au petit bonheur, les fientes des corbeaux nichés dans la charpente éclaboussaient le tout indistinctement, et le tohu-bohu de leurs *croâ* rauques ou stridents parachevait votre confusion. Aussi s'en donnèrent-ils à cœur joie pendant qu'Osha nettoyait, pansait, bandait les plaies du mestre selon les instructions laconiques de celui-ci. « C'est extravagant, dit-il comme elle appliquait sur les morsures un onguent caustique. Que vous ayez fait tous deux le même rêve est bizarre, je vous l'accorde, mais, pour peu que l'on y arrête sa réflexion, il n'y a rien là que de naturel. Le seigneur votre père vous manque, et vous le savez prisonnier. L'esprit s'enfièvre volontiers de ce qu'il appréhende et sécrète des lubies saugrenues. Rickon est trop jeune pour...

– J'ai quatre ans révolus ! » protesta l'enfant qui, l'œil vissé dans la lunette de Myr, étudiait les gargouilles du Donjon Vieux. A deux points opposés de la vaste pièce ronde, les loups-garous, plantés sur leur séant, ne délaissaient le soin de leurs blessures que pour ronger des os.

« ... trop jeune pour se rendre compte, et..., *oooh !* par les sept enfers, ça brûle... ! non, va toujours, encore... Trop jeune, je maintiens, mais toi, Bran, tu es assez vieux pour le savoir, les rêves ne sont que des rêves.

– Certains oui, certains non. » Osha versa sur une longue entaille du lait-de-feu rougeâtre. Luwin sursauta. « Les enfants de la forêt pourraient vous dire une ou deux choses à propos des rêves. »

Malgré ses joues baignées de larmes, le petit homme gris branla tenacement du chef. « Les enfants... n'existent que dans ta cervelle. Voilà. Morts et envolés. Suffit, suffit. Les compresses, maintenant. Puis tu bandes. Bien serré. Ça va suinter.

– Vieille Nan assure que les enfants connaissaient le chant des arbres, qu'ils savaient voler comme les oiseaux et nager comme les poissons et parler aux bêtes, dit Bran. Elle assure qu'ils faisaient une musique si belle que, rien qu'à l'entendre, on se mettait à pleurer comme un nouveau-né.

– Magie que tout cela, magie, décréta le mestre avec un drôle d'air. Trop aise, s'ils se trouvaient là... ! Une de leurs incantations rendrait mon bras moins douloureux, et ils pourraient sermonner Broussaille afin qu'il ne morde plus. » Du coin de l'œil, il décocha un regard colère au grand loup noir. « Retiens ceci, Bran : l'homme qui croit aux sortilèges se bat en duel avec une épée de verre. Et ainsi firent les enfants. Tiens, laisse-moi te montrer quelque chose... » Il se leva, non sans brusquerie, traversa la pièce, revint avec une fiole verte dans sa main valide. « Regarde un peu », dit-il en la débouchant. S'en déversa une poignée de têtes de flèches d'un noir brillant.

Bran en préleva une. « C'est du verre... » La curiosité attira Rickon près de la table.

« Du verredragon, énonça Osha en s'asseyant auprès de son patient, bandes à la main.

– De l'obsidienne, rectifia mestre Luwin tout en lui tendant son bras. Forgée aux foyers des dieux dans les entrailles de la terre. Les enfants de la forêt s'en servaient pour chasser, voilà des millénaires. Au lieu de maille, ils portaient de longues chemises de feuilles tissées et des houseaux d'écorce grâce auxquels ils semblaient se fondre dans la végétation des bois. Et leurs épées étaient d'obsidienne et non d'acier.

– Sont toujours. » Après avoir appliqué une à une les compresses molletonnées, Osha les enveloppait étroitement dans de longs lés de lin.

Bran éleva la tête de flèche pour la mirer. Merveilleusement poli, le verre noir étincelait. Il le jugea beau. « Je peux en garder une ?

– Si tu veux.

– J'en veux une aussi ! s'écria Rickon, non, quatre. J'ai quatre ans. »

Le mestre les lui fit compter. « Prends garde, elles restent acérées. Ne va pas te couper.

– Parlez-moi des enfants », reprit Bran. Le sujet lui importait fort.

« Que désires-tu savoir ?

– Tout. »

Mestre Luwin tripota sa chaîne au point précis où elle lui échauffait le cou. « Ils vivaient à l'Age de l'Aube qui précéda tout, bien avant les rois et les royaumes. Ils furent les tout premiers. En ces temps-là, il n'y avait ni châteaux ni forts ni villes ni la moindre apparence de marché ni de bourg entre ici et la mer de Dorne. Il n'y avait pas d'êtres humains du tout. Seuls les enfants de la forêt habitaient les terres que nous appelons aujourd'hui les Sept Couronnes.

« Beaux malgré leur teint sombre et leur petite taille – même à l'âge adulte, elle n'excédait pas celle d'un enfant –, ils avaient pour demeures secrètes au profond des bois les grottes, les lacs et des hameaux d'arbres. Leur stature frêle leur conférait prestesse et grâce. Mâles et femelles chassaient de conserve, armés d'arcs en barral et de filets volants. Leurs dieux étaient les anciens dieux de la forêt, des cours d'eau, des pierres, les dieux dont nul ne prononce les noms. Appelés *vervoyants*, leurs sages sculptaient dans le tronc des barrals des figures étranges chargées de surveiller la selve. D'où provenaient les enfants de la forêt, combien de temps dura leur règne en ces lieux, personne au monde ne le sait.

« Mais voilà quelque douze milliers d'années survinrent, en provenance de l'est, les Premiers Hommes, lesquels empruntèrent le Bras de Dorne avant qu'il ne se fût cassé. Ils survinrent armés d'épées de bronze et de grands boucliers de cuir, et ils montaient des chevaux. Jamais jusqu'alors on n'avait vu semblables bêtes de ce côté-ci du détroit. Aussi les enfants de la forêt durent-ils en être aussi épouvantés que les Premiers Hommes en découvrant, eux, les faces des arbres-cœur. Toujours est-il qu'au fur et à mesure qu'ils établissaient fermes et fortins, ceux-ci abattaient les faces et les livraient au feu. Scandalisés d'un tel sacrilège, ceux-là partirent en guerre. Mais leurs vervoyants eurent beau, si l'on en croit les vieilles chansons, recourir à la magie noire pour déchaîner les mers afin qu'elles noient le pays et fracassent le Bras, ils s'y prenaient trop tard pour refermer la porte, et les hostilités perdurèrent jusqu'à ce que la terre ne fût plus qu'une fange rouge saturée du sang des hommes et du sang des enfants de la forêt, mais des enfants plus que des hommes, car les hommes étaient plus grands et plus forts, et le bois, la pierre, l'obsidienne trop piètres contre le bronze. Tant qu'à la fin, dans les deux camps prévalant la raison, chefs et héros des Premiers Hommes se rencontrèrent avec vervoyants et selvedanseurs dans les bois sacrés de la petite île abritée par le lac connu jusqu'à nos jours sous le nom de l'Œildieu.

« C'est là que fut conclu le pacte aux termes duquel les Premiers Hommes recevaient en partage les terres côtières, les hautes plaines et les grasses prairies, les montagnes et les marécages, les enfants devant quant à eux conserver à jamais la forêt profonde et la hache épargner désormais les barrals par tout le royaume. Et, après qu'on eut doté d'une face chaque arbre de l'île afin de rendre les dieux témoins des paroles échangées, fut solennellement institué l'ordre sacré des verts-hommes pour assurer la sauvegarde de l'Ile-aux-Faces.

« Dès lors s'acheva l'Age de l'Aube et débuta l'Age des Héros. L'amitié instaurée par le pacte entre les hommes et les enfants dura quatre mille ans. Tant et si bien qu'au fil du temps les Premiers Hommes en vinrent même à répudier en faveur des dieux secrets de la forêt les dieux qu'ils avaient importés. »

Le poing de Bran se resserra sur la pointe d'obsidienne. « Mais vous prétendiez disparus tous les enfants de la forêt...

– Ici, oui, grogna Osha, les dents occupées à sectionner les dernières ligatures du pansement. Les choses sont différentes au nord du Mur. C'est là que les enfants ont trouvé refuge, ainsi que les géants et que les autres races du passé. »

Mestre Luwin soupira. « Ah, femme, femme... ! tu ne méritais que la mort ou les fers, les Stark t'ont traitée avec trop de mansuétude. C'est te montrer bien ingrate à leur égard que de farcir de sornettes la cervelle de leurs garçons.

– Où sont-ils passés, alors ? insista Bran. Je veux savoir.

– Moi aussi, dit Rickon.

– Bon, bon..., maugréa le mestre. Aussi longtemps que se maintinrent les royaumes des Premiers Hommes, soit tout au long de l'Age des Héros, de la Longue Nuit puis de l'époque où naquirent les Sept Couronnes, le pacte fut respecté. Mais, à la fin, de nouveaux peuples franchirent le détroit.

« D'abord survinrent les Andals, une race de grands guerriers blonds qui, maniant le feu et l'acier, portaient peinte sur la poitrine l'étoile à sept branches des nouveaux dieux. Après les avoir combattus des centaines d'années, les six couronnes méridionales finirent par succomber. Dans nos seuls parages, où le roi du Nord parvint à repousser chacune des armées qui tentaient de déborder le Neck, persista la règle des Premiers Hommes. Partout ailleurs, les Andals brûlèrent les bois sacrés, livrèrent les faces à la hache, massacrèrent tout ce qu'ils purent attraper d'enfants, proclamèrent le triomphe des Sept sur les anciens dieux. De sorte que les enfants, contraints à fuir vers le nord... »

Eté se mit à hurler. Le saisissement laissa le mestre bouche bée, mais quand Broussaille se dressa d'un bond pour joindre sa voix à celle de son frère, une angoisse invincible broya le cœur de Bran. « *Cela vient* », murmura-t-il avec la conviction du désespoir. Et il s'aperçut que son siège était fait depuis la nuit précédente, depuis que la corneille l'avait emmené dans la crypte faire ses adieux. Dès cet instant, il avait su, mais refusé d'y croire comme de l'admettre, s'était délibérément cramponné à l'espoir que mestre Luwin disait vrai. *La corneille*, suffoqua-t-il, *la corneille à trois yeux*...

Les hurlements s'interrompirent aussi brusquement qu'ils avaient débuté. Eté trottina vers Broussaille et entreprit de lécher le sang qui lui encroûtait la nuque. Du côté de la baie se fit entendre un battement d'ailes.

Un corbeau parut, qui se jucha sur l'appui de pierre grise et, ouvrant le bec, émit un râle rauque de détresse.

Les yeux de Rickon s'emplirent de larmes, sa main s'ouvrit et, une à une, en tombèrent les pointes de flèches avec un menu bruit de grêle au sol. Bran l'attira contre lui, l'étreignit.

Le mestre, lui, contemplait l'oiseau noir avec autant d'horreur que s'il se fût agi d'un scorpion à plumes. Avec une lenteur de somnambule, il se leva, s'approcha de la baie, siffla, et le corbeau sautilla sur son bras bandé. Du sang séché maculait ses ailes. « Un faucon, souffla-t-il, peut-être un grand duc. Pauvret. Un miracle qu'il ait pu passer. » Il prit le message attaché à la patte. Glacé jusqu'aux moelles, Bran le regarda dérouler le papier, demanda : « Que dit-il ? » tout en serrant son frère à l'étouffer.

« Tu l' sais déjà, mon gars », le rudoya Osha sans penser à mal. Elle lui posa la main sur la tête.

Mestre Luwin les considéra d'un air égaré. Un bout d'homme gris perdu dans sa robe de laine grise, avec du sang sur la manche et des yeux gris brillants de pleurs. « Messires, articula-t-il enfin d'une voix réduite à un filet enroué, nous... nous allons devoir trouver un sculpteur qui le... qui connaissait bien son aspect... »

SANSA

Tout en haut de sa tour, au cœur de la citadelle de Maegor, Sansa n'aspirait plus qu'à se fondre dans les ténèbres.

Après avoir hermétiquement clos les courtines de son alcôve, elle dormit, s'éveilla en larmes, se rendormit. Le sommeil se refusait-il, elle demeurait tapie sous ses couvertures à grelotter de chagrin. Ses femmes allaient, venaient, lui servaient ses repas, mais la seule vue de la nourriture lui était insupportable. Les plats s'empilaient, intacts, sur la table, devant la fenêtre et s'y avariaient jusqu'à ce que l'on s'avisât de les remporter.

Elle sombrait parfois dans un sommeil de plomb que ne venait troubler nul rêve et en émergeait plus fourbue que lorsque ses paupières s'étaient fermées. Son pain blanc, pourtant, car, si elle rêvait, c'est Père qui hantait ses rêves. Qu'elle veillât, qu'elle s'assoupît, elle le voyait, elle voyait les manteaux d'or le plaquer sur la balustrade, elle voyait s'avancer ser Ilyn de sa démarche d'échassier, elle le voyait dégainer Glace de son baudrier d'épaule, elle voyait le moment... le moment où... où elle avait tout fait pour se détourner, *voulu* de toutes ses forces se détourner, où ses jambes s'étaient affaissées sous elle, où elle était tombée à genoux, et où, néanmoins, quelque chose avait empêché sa tête de pivoter, tandis que la populace huait, vociférait, et son prince venait tout juste de lui *sourire*, de lui sourire ! de la ranimer, le temps d'un battement de cœur, avant de prononcer cette sentence abominable, et les jambes de Père..., ses jambes, voilà l'image qui l'obsédait, leur *saccade* quand ser Ilyn... quand l'épée...

Je vais peut-être mourir aussi, se dit-elle, sans que cette idée lui parût si effroyable que cela. Il lui suffirait de se jeter par la fenêtre pour mettre fin à ses tourments, et, plus tard, les chanteurs consacreraient des chansons à son deuil. Quelle honte pour tous ceux qui l'avaient trahie que le double spectacle de son innocence et de son corps, en bas, fracassés sur les pavés... Elle trouva la force de traverser la chambre dans cette intention, de pousser les volets..., mais alors son courage l'abandonna, et elle courut, secouée de sanglots, se réfugier dans l'antre de l'alcôve.

Ses servantes tentaient bien de lui parler lorsqu'elles venaient apporter les repas, mais sans obtenir un mot de réponse. Le Grand Mestre Pycelle vint même un jour, les bras chargés de fioles et de bouteilles, s'inquiéter de sa santé, lui toucha le front, la contraignit à se dévêtir et la palpa par tout le corps, tandis qu'une chambrière la maintenait, finit par se retirer en lui remettant une potion d'hydromel et d'herbes : « Une gorgée tous les soirs. » Elle s'exécuta docilement et se rendormit.

En rêve, des pas, un raclement de cuir contre la pierre lourd de présages funestes, grimpaient l'escalier de la tour. Marche après marche, lentement, l'homme montait vers la chambre. Et elle, pelotonnée contre sa porte, ne pouvait rien faire d'autre, grelottante, que l'écouter se rapprocher, se rapprocher inexorablement. C'était ser Ilyn Payne, elle le savait, il venait pour elle, Glace au poing, il venait lui trancher la tête. Et impossible de s'enfuir, impossible de se cacher, pas moyen de verrouiller la porte. A la longue, les pas s'immobilisèrent, et elle sut qu'il était là, juste derrière le vantail, là, debout, muet, avec ses prunelles mortes et sa longue face vérolée. Alors, elle s'aperçut qu'elle était nue. Elle se mit en boule, essaya de se voiler le plus possible avec ses mains, pendant que la porte s'ouvrait peu à peu en grinçant sur ses gonds, et la pointe de la grande épée se glissait dans l'entrebâil...

Elle se réveilla balbutiant : « Pitié, pitié, je serai *bonne*, je serai bonne, pitié, non », mais il n'y avait personne.

Les pas, lorsqu'on vint véritablement la chercher, elle ne les entendit pas. Et ce n'est pas sur ser Ilyn que s'ouvrit la porte, mais sur Joffrey, sur le vaurien qui avait été son prince. Le claquement du battant lui donna le premier l'alerte, et elle n'eût su dire, blottie qu'elle était dans son lit derrière les rideaux tirés, s'il était midi ou minuit que brutalement ceux-ci coulissaient sur une lumière aveuglante. D'un geste instinctif, elle se protégea les yeux puis distingua les intrus, là, debout, qui la dévisageaient.

« Vous ferez partie de ma suite à l'audience, cet après-midi, décréta Joffrey. Veillez à prendre un bain et à revêtir des atours dignes de ma fiancée. » A ses côtés se tenait, plus hideux que jamais dans l'éclat du matin, Sandor Clegane, en doublet brun uni et mantelet vert. A l'arrière, deux chevaliers de la Garde, en grand manteau de satin blanc.

Elle attira la couverture jusqu'à son menton pour disparaître le plus possible. « Non..., gémit-elle, s'il vous plaît..., laissez-moi en paix.

– Si vous ne vous levez de vous-même pour vous habiller, mon Limier y pourvoira, répliqua-t-il.

– Je vous en conjure, mon prince...

– Je suis roi, maintenant. Sors-la-moi du lit, Chien. »

Elle se débattit faiblement quand celui-ci l'empoigna par la taille et la souleva, faisant glisser la couverture à terre. Plus rien ne couvrait sa nudité qu'une fine chemise de nuit. « Fais ce qu'on te dit, petite, souffla-t-il, habille-toi. » Et il la poussa, presque gentiment, vers sa garde-robe.

A reculons, elle prit du champ. « J'ai fait ce que demandait la reine, j'ai écrit les lettres, j'ai écrit ce qu'elle me dictait. Vous m'avez promis de vous montrer miséricordieux. Laissez-moi, par pitié, rentrer à la maison. Je ne trahirai pas, je serai bonne, je le jure, je n'ai pas un sang de traître, *pas une goutte*. Je veux seulement rentrer à la maison. » Bonnes manières aidant, elle s'inclina humblement. « S'il vous agrée, conclut-elle d'une voix faible.

– Il ne m'agrée *point*, riposta Joffrey. Mère prétend que je dois toujours vous épouser, vous resterez donc et obéirez.

– Je *ne veux pas* vous épouser..., pleurnicha-t-elle, vous avez fait *décapiter* mon père !

– C'était un traître. Jamais je n'ai promis de l'épargner. Seulement de me montrer miséricordieux, et je l'ai été. N'eût-il été votre père, je le faisais écorcher ou écarteler, je lui ai accordé une mort propre. »

Les yeux agrandis, Sansa le vit pour la première fois. Il portait un pourpoint écarlate matelassé à motifs léonins et une cape de brocart dont le collet montant encadrait ses traits. Comment avait-elle jamais pu le trouver beau ? s'ébahit-elle. Avec ses lèvres molles et rouges comme les vers qu'on trouve après la pluie ? Avec cette fatuité féroce dans le regard ? « Je vous hais », chuchota-t-elle.

Le visage du roi Joffrey se durcit encore. « Ma mère prétend malséant qu'un roi frappe son épouse. Ser Meryn ? »

Elle n'eut pas le temps d'y songer que le chevalier était sur elle, repoussait la main qu'elle portait à son visage pour le protéger et, de son poing ganté, lui assenait un revers à la tempe. Sans même se souvenir qu'elle fût tombée, elle reprit conscience en se retrouvant recroquevillée sur un genou dans la jonchaie. La tête lui sonnait encore. Au-dessus d'elle se dressait ser Meryn Trant. Du sang rougissait les phalanges de son gant de soie blanc.

« Obéirez-vous, à présent ? Ou me faut-il lui ordonner de vous châtier derechef ? »

Elle se sentit l'oreille engourdie, y porta les doigts, les en retira rouges et poisseux. « Je... comme... comme il vous plaira, messire.

– *Sire*, rectifia-t-il. Je compte sur vous à l'audience. » Il tourna les talons et sortit.

Ser Arys et ser Meryn le suivirent incontinent, mais Sandor Clegane s'attarda le temps de la remettre rudement sur pied. « Epargne-toi de souffrir, fillette, donne-lui ce qu'il veut.

- Ce qu'il... ? Mais que veut-il ? Dites..., je vous en prie.

– Il veut que tu souries, que tu sentes bon, que tu sois sa dame d'amour, dit le Limier d'un ton râpeux. Il veut t'entendre gazouiller par cœur les jolies petites babioles que t'a inculquées ta septa. Il veut que tu l'aimes... et que tu le craignes. »

Quand il fut parti, Sansa s'affaissa de nouveau sur les joncs et fixa le mur d'un œil vide jusqu'au moment où ses camérières osèrent se faufiler auprès d'elle. « De l'eau pour mon bain, très chaude, s'il vous plaît, dit-elle. Et du parfum. Et un peu de poudre, pour dissimuler cette contusion. » Le côté droit de sa figure était enflé et commençait à lui faire mal, mais Joffrey voudrait qu'on la trouve belle.

La chaleur du bain lui remémora Winterfell, et elle y puisa un regain d'énergie. Elle ne s'était pas lavée depuis la mort de Père, et la saleté de l'eau la stupéfia. Ses femmes épongèrent le sang de sa tempe, lui récurèrent le dos, lavèrent ses cheveux et les brossèrent tant et si bien qu'ils finirent par recouvrer leurs cascadantes boucles auburn. Hormis pour leur donner des ordres, elle ne desserrait pas les dents. C'étaient des Lannister, pas des Stark, elle s'en défiait. Le moment venu de se parer, elle choisit la robe de soie verte qui lui avait valu tant d'hommages lors du tournoi. Joffrey s'était montré si galant, le soir, au festin... Peut-être cette tenue le lui rappellerait-elle, peut-être, grâce à elle, la traiterait-il moins mal ?

Elle sirota un verre de babeurre, grignota quelques biscuits pour tromper l'attente et se caler vaille que vaille l'estomac. Midi sonnait quand ser Meryn reparut. Il avait endossé son armure blanche : corselet d'écailles émaillées soutachées d'or, heaume faîté d'une échappée d'or, gantelets, gorgeret, jambières et bottes de plates étincelants, lourd manteau de laine agrafé par un lion d'or. Etait-ce de manière à mieux exhiber sa trogne austère, ses orbites équipées de sacoches, l'aigreur de sa large lippe, la rouille grisâtre de ses cheveux ? on avait démonté sa visière. « Madame, dit-il avec une révérence aussi profonde que s'il ne l'avait pas giflée au sang trois heures à peine auparavant, Sa Majesté m'a chargé de vous escorter à la salle du trône.

– Vous a-t-elle également chargé de me frapper si je refusais de venir ?

– Refuseriez-vous de venir, madame ? » Il lui dédia un regard intégralement dénué d'expression. Sans condescendre fût-ce un coup d'œil à l'ecchymose qu'elle lui devait.

Elle ne lui inspirait pas d'antipathie, saisit-elle soudain ; ni de sympathie ; elle ne lui inspirait strictement rien ; elle n'était à ses yeux que... qu'une *chose*. « Non », dit-elle en se levant. Elle brûlait d'exploser, de lui rendre coup pour coup, de le prévenir que, s'il s'avisait jamais de récidiver, elle, une fois reine, le ferait exiler..., mais le conseil du Limier lui revint en mémoire, et elle déclara simplement : « Je ferai ce qu'ordonne Sa Majesté.

– Comme moi, répliqua-t-il.

– Oui..., mais vous n'êtes pas un authentique chevalier, ser Meryn. »

Pareille remarque eût fait s'esclaffer Sandor Clegane, elle le savait. D'autres l'eussent maudite, engagée à clore le bec, voire priée de leur pardonner. Ser Meryn Trant ne fit rien de tel. Ser Meryn Trant se contenta de n'avoir cure.

Elle trouva la tribune absolument déserte et, luttant pour ravaler ses larmes, s'y tint, debout, seule, avec tous les dehors de la déférence, aussi longtemps qu'en bas, sur son trône de fer, Joffrey dispensa ce qu'il se plaisait à baptiser justice. Neuf cas sur dix le barbant manifestement, il daignait s'en décharger sur son Conseil et ne cessait de gigoter pendant que lord Baelish, le Grand Mestre Pycelle ou la reine Cersei les résolvaient. Mais lorsqu'il se mêlait de prendre une décision, personne, pas même sa mère, ne parvenait à l'en faire démordre.

On amena un voleur devant lui ? Ser Ilyn dut lui trancher la main, là, toutes affaires cessantes, en pleine séance. Deux chevaliers vinrent lui soumettre leur différend quant à un lopin de terre ? Il leur intima d'avoir à se battre dès le lendemain, non sans spécifier : « Et *à mort.* » A deux genoux, une femme le supplia de lui rendre la tête d'un homme exécuté comme traître ; cet homme, elle l'avait aimé, disait-elle, elle désirait le faire enterrer décemment. « Si tu as aimé un félon, trancha-t-il, tu dois être toi-même coupable de félonie. » Et il la fit traîner en prison par deux manteaux d'or.

Au bas bout de la table du Conseil siégeait, bouille de crapaud, cape de brocart et pourpoint de velours noir, lord Slynt. Chacune des sentences du roi déchaînait de sa part un branle enthousiaste. Sansa foudroyait du regard son ignoble gueule. Avec quelle brutalité il avait jeté Père au bourreau... ! Que ne pouvait-elle l'écharper. Que ne surgissait-il un héros pour le jeter à terre, *lui*, le décapiter. Mais une petite voix intérieure susurra : *Il n'y a pas de héros*, qui lui évoqua les paroles prononcées, ici même, dans cette salle, par lord Petyr : « La vie n'est pas une chanson, ma douce. Tu risques de l'apprendre un jour à tes cruels dépens. » *Les grands vainqueurs, ce sont les monstres, dans la vie*, songea-t-elle, et la voix du Limier, là-dessus, retentit en elle, râpeuse et froide comme du métal sur la pierre : « Epargne-toi de souffrir, fillette, donne-lui ce qu'il veut. »

En dernier comparut un beugleur de taverne rondouillard accusé d'avoir composé des couplets ridiculisant le feu roi Robert. Joffrey lui fit apporter sa harpe, lui intima de chanter son œuvre devant la Cour et, bien que l'homme se défendît en pleurnichant de plus jamais le faire, insista pour l'entendre. Consacrée tout du long au combat de Robert avec un cochon, elle ressortissait au genre drolatique. Cependant, si flagrante que fût l'allusion au sanglier responsable de la mort du roi, de-ci de-là se glissait une équivoque qui pouvait passer pour viser la reine. La chanson terminée, Joffrey s'annonça enclin à la miséricorde. Moyennant quoi le coupable conserverait à son choix sa langue ou ses doigts et bénéficierait d'un délai de vingt-quatre heures pour se décider. Janos Slynt branla frénétiquement son approbation.

Plus rien n'étant à l'ordre du jour, Sansa poussa un soupir de soulagement, sans se douter que son propre supplice allait débuter. Car elle eut beau fuir au plus vite la tribune dès que le héraut eut proclamé la séance levée, Joffrey l'attendait de pied ferme au débouché de l'escalier à vis. Avec lui se trouvait le Limier, ainsi que ser Meryn. Le jeune roi l'examina sous toutes les coutures d'un regard critique. « Vous avez bien meilleure mine que tout à l'heure.

– Votre Majesté est trop bonne. » Des mots creux, mais qui eurent l'heur de déclencher un hochement et un sourire.

« Vous m'accompagnez », commanda-t-il en lui offrant un bras qu'elle ne pouvait qu'accepter. Au simple contact de sa main, naguère, elle eût délicieusement frissonné ; toute sa chair s'en révulsait, à présent. « Mon anniversaire est pour bientôt, reprit-il tout en la menant vers la sortie arrière de la salle du trône. Il y aura un grand festin, des cadeaux. Qu'allez-vous m'offrir ?

– Je... je n'y ai pas songé, messire.

– *Sire !* jappa-t-il. Vous êtes vraiment idiote, n'est-ce pas ? Ma mère me le dit assez.

– En vérité ? » Après tout ce qui s'était passé, les rosseries qu'il lui adressait n'auraient plus dû pouvoir la blesser, mais elles la blessaient encore. Surtout que la reine s'était toujours montrée si gracieuse envers elle...

« Et comment ! Même qu'elle s'inquiète pour nos enfants. S'ils allaient être aussi bêtes que vous... Il m'a fallu la rassurer. » Il fit un geste, et ser Meryn se précipita pour ouvrir une porte.

« Votre Majesté est trop bonne », murmura-t-elle, quitte à se dire aussitôt : *Le Limier disait vrai, je ne suis qu'un petit oiseau répétant les mots qu'on m'a serinés.* Le soleil s'était déjà caché derrière le rempart de l'ouest, et les pierres du Donjon Rouge y gagnaient le sombre éclat du sang.

« Je vous ferai un enfant dès que vous en serez capable, reprit-il comme ils traversaient le terrain d'exercice. S'il est imbécile, je vous ferai décapiter et me trouverai une épouse plus intelligente. Quand pensez-vous être capable d'avoir des enfants ? »

Elle ne parvenait pas à le regarder. Il l'humiliait par trop. « Selon septa Mordane, la plupart... la plupart des filles de haute naissance fleurissent vers douze ou treize ans. »

Il hocha la tête. « Par ici. » Il l'introduisait dans la conciergerie, la menait au bas de l'escalier qui montait aux créneaux.

Elle s'écarta vivement de lui, pantelante. Elle venait de comprendre ce qui l'attendait. « *Non !* s'étrangla-t-elle, s'il vous plaît, non, ne me faites..., je vous en conjure... »

Il serra les lèvres. « Si. Je veux vous montrer ce qu'il advient des traîtres. »

Elle secoua farouchement la tête. « Je n'irai pas. *Je n'irai pas !*

– Je puis charger ser Meryn de vous y traîner... Piètre plaisir, je vous préviens. Vous feriez mieux de m'obéir. » Il tendit la main, Sansa se ratatina pour l'éviter, buta contre le Limier.

« Obéis, petite », souffla celui-ci en la repoussant vers le roi. Sa bouche se crispa du côté brûlé d'une manière si expressive que le conseil informulé en devint quasiment audible : *Il saura t'y contraindre de toute façon. Donne-lui donc ce qu'il veut...*

Elle se força à prendre la main de Joffrey. Chaque seconde de l'ascension fut un cauchemar, chaque marche un combat. Il lui semblait chaque fois devoir extirper ses pieds d'un bourbier qui les engluait jusqu'à la cheville, et il lui fallait grimper un nombre de marches inimaginable, un millier de milliers de marches, et pour affronter quoi, là-haut ? l'abomination.

Depuis le faîte du rempart, on dominait le monde entier. Sur la colline de Visenya se découvraient trop nettement le grand septuaire de Baelor et le parvis où Père avait péri, et, à l'autre bout de la rue des Sœurs, les ruines calcinées de Fossedragon. A l'ouest, le soleil tuméfié ne montrait plus qu'un front sanglant derrière la porte des Dieux. Dans le dos de Sansa, la mer, l'immense mer salée. Au sud, le marché aux poissons, les docks, les eaux tumultueuses de la Néra. Au nord, enfin...

Elle se tourna de ce côté-là, la ville l'occupait tout entier. Des rues, des ruelles, des collines, des bas-fonds, des ruelles encore et encore des rues jusqu'à l'horizon cerné par les remparts de pierre. Et pourtant, au-delà s'ouvrait la campagne, avec ses forêts, ses champs, ses fermes, et, toujours au-delà, au nord du nord du nord, se dressait Winterfell.

« Que regardez-vous là ? s'impatienta Joffrey. C'est ici que se trouve ce que je voulais vous montrer, juste ici. »

Presque aussi haut qu'elle – il lui arrivait au menton – et entaillé de créneaux tous les cinq pieds courait, sur la face externe du chemin de ronde, un parapet massif. C'est là, sur les merlons, qu'étaient empalées les têtes, le visage tourné vers la ville. Sansa les avait aperçues dès son arrivée sur les lieux, mais le spectacle de la rivière, de la ruche humaine et du crépuscule était autrement joli. *Il peut bien m'obliger à les regarder,* se dit-elle, *il ne saurait m'obliger à les voir.*

« Voici celle de votre père, s'acharna-t-il. Celle-ci. Tourne-la, Chien, qu'elle n'en perde pas une miette. »

Sandor Clegane saisit la tête par les cheveux et la fit pivoter sur sa pique. On l'avait plongée dans le bitume pour la conserver plus longtemps. Sansa la regarda paisiblement sans la voir du tout. Cela, songeat-elle, ne ressemblait réellement pas à lord Eddard, cela ne semblait même pas *réel.* « Combien de temps dois-je regarder ? »

Joffrey parut désappointé. « Souhaitez-vous contempler les autres ? » Il y en avait une interminable rangée.

« Si cela vous agrée, Sire. »

Après lui avoir fait les honneurs d'une bonne douzaine, Joffrey lui désigna deux piques vacantes. « Je les réserve à mes oncles Stannis et

Renly. » L'état des têtes suivantes indiquait des exécutions fort antérieures à celle de Père et une longue exposition aux intempéries. En dépit du bitume, il y avait beau temps qu'elles étaient devenues méconnaissables pour la plupart. « Votre septa », signala-t-il devant l'une d'elles. Sansa n'aurait pas même, sans cela, deviné qu'il s'agît d'une femme. La putréfaction avait eu raison de la mâchoire, les becs d'une oreille et de presque toute une joue.

Sans se faire au fond la moindre illusion, Sansa s'était jusqu'alors interrogée sur le sort réservé à septa Mordane. « Pourquoi l'avez-vous tuée, *elle* ? s'enquit-elle. Elle était vouée aux dieux...

– Pour trahison. » Sa lèvre renflée trahissait un embarras – un dépit ? – croissant. « Vous ne m'avez toujours pas répondu pour mon cadeau d'anniversaire. Peut-être serait-ce à moi de vous en offrir un, plutôt... Vous agréerait-il ?

– Si tel est votre bon plaisir, Sire. »

A son sourire, elle comprit qu'il la raillait. « Votre frère aussi est un traître, vous savez. » Il retourna le chef de septa Mordane vers la cité. « Mes souvenirs de lui datent de Winterfell. Mon chien l'appelait "le lord à l'épée de bois". N'est-ce pas, Chien ?

– Ah bon ? répliqua le Limier. J'ai complètement oublié. »

Joffrey haussa les épaules d'un air agacé. « Votre frère a défait mon oncle Jaime. Par astuce et par fourberie, dit Mère. Elle en a pleuré. Les femmes sont d'une faiblesse... ! même elle, encore qu'elle s'en défende. Elle prétend que nous devons rester à Port-Réal, en cas que mes autres oncles attaquent mais, moi, je m'en moque. Après le festin donné pour mon anniversaire, je compte lever une armée et aller tuer votre frère de ma propre main. Voilà ce que je vous offrirai, lady Sansa : sa tête. »

Emportée par dieux savent quel accès de démence, elle s'entendit riposter : « Et si c'était *la vôtre* que m'offrait mon frère ? »

Il se renfrogna. « Gardez-vous de jamais me narguer ainsi. Une véritable épouse ne doit pas narguer son seigneur et maître. Apprenez-le-lui, ser Meryn. »

Cette fois, le chevalier lui emprisonna la mâchoire pour l'empêcher d'esquiver les coups et la frappa à deux reprises, de gauche à droite puis, plus fort encore, de droite à gauche, lui fendant la lèvre. Salé d'un afflux de larmes, le sang découla le long de son menton.

« Vous avez tort de pleurer tout le temps, l'avisa Joffrey. Vous êtes beaucoup plus mignonne quand vous souriez et riez. »

Elle se força à sourire, de peur qu'il n'incite ser Meryn à récidiver si elle y manquait, mais lui, loin de s'amadouer, persistait à multiplier les mines de réprobation.

« Mais torchez-moi ce sang, vous êtes repoussante. »

Vers l'extérieur du chemin de ronde, le parapet, mais, vers l'intérieur, rien, rien que le vide, rien qu'un beau plongeon jusqu'à la courtine, qu'un plongeon magnifique, peu ou prou de quatre-vingts pieds. Une simple poussée, se dit-elle, suffirait. Il se tenait juste au bon endroit, *juste juste*, avec ses vers gras de lèvres et ses risettes maniérées. *Tu pourrais le faire*, se dit-elle, *tu pourrais. Fais-le, tout de suite*. Elle risquait de tomber avec lui ? et alors ? aucune importance, aucune.

« Tiens, fillette. » Sandor Clegane venait de s'agenouiller devant elle, *entre* elle et Joffrey. Et il se mit, avec une délicatesse imprévisible de la part d'un pareil colosse, à tamponner la lèvre tuméfiée, à en étancher le sang.

L'instant était passé, l'occasion perdue. Elle baissa les yeux. « Je vous remercie », dit-elle quand il eut fini. En bonne petite et qui jamais jamais n'omettait ses bonnes manières.

DAENERYS

Des ailes obombraient ses songes enfiévrés.

« *Tu ne voudrais pas réveiller le dragon, si ?* »

Elle descendait une immense salle, haut voûtée d'arceaux de pierre. Elle ne pouvait regarder en arrière, ne *devait* pas regarder en arrière. Devant se trouvait une porte, une porte qui semblait minuscule, en raison de la distance, mais dont, même de si loin, se discernait la peinture rouge. Elle hâtait le pas, et, sur le dallage, ses pieds nus laissaient des empreintes sanglantes.

« *Tu ne voudrais pas réveiller le dragon, si ?* »

Sous le soleil étincelait la mer Dothrak, la plaine houleuse et vivante aux senteurs capiteuses d'humus et de mort. Le vent balayait les herbes et y faisait courir de longues risées aquatiques. Drogo l'enserrait dans ses bras puissants et, d'une main, lui caressait le sexe, l'ouvrait et y suscitait la douce moiteur qui n'appartenait qu'à lui, et le sourire des étoiles – le firmament diurne était constellé d'étoiles – ruisselait sur eux. « La maison », murmurait-elle à l'instant où il la pénétrait et déversait en elle sa semence, mais soudain s'éclipsaient les étoiles, d'immenses ailes voilaient l'azur, l'univers s'embrasait.

« *...voudrais pas réveiller le dragon, si ?* »

Le chagrin creusait les traits de ser Jorah. « Rhaegar fut le dernier dragon », disait-il. Ses mains translucides se chauffaient aux rougeoiements d'un brasero où se consumaient, tels des charbons ardents, des œufs de pierre. Il se tenait là un instant, l'instant d'après le dissipait, chair incolore et fluide d'une fluidité plus impalpable que la brise. « Le dernier dragon », soufflait-il, aussi ténu qu'une volute, avant de s'évanouir. Elle percevait, dans son dos, l'étau des ténèbres, et la porte rouge se faisait, là-bas, plus lointaine, plus inaccessible que jamais.

« *...voudrais pas réveiller le dragon, si ?* »

Viserys se dressait devant elle, vociférant : « Le dragon ne quémande pas, catin ! Le dragon n'a pas d'ordres à recevoir de toi ! Je suis le dragon, et la couronne m'écherra. » L'or en fusion dégoulinait comme de la cire sur son visage, y ravinant des ornières de chair en feu. « *Je suis le dragon, et la couronne m'écherra !* » glapissait-il, et ses doigts, cinglants comme des aspics, lui mordaient les tétons, les pinçaient, s'acharnaient à les tordre lors même que les yeux incandescents se mettaient à couler comme marmelade le long des joues calcinées, noircies.

« *...voudrais pas réveiller le dragon, si ?* »

La porte rouge était si loin, là-bas, si loin ! et si proche, si proche le souffle glacé qui la talonnait, l'effleurait déjà... ! Qu'il l'atteignît, et elle mourrait, mourrait d'une mort pire que la mort, d'une mort qui la condamnerait à hurler seule dans les ténèbres pour l'éternité. Elle prit ses jambes à son cou.

« *...voudrais pas réveiller le dragon...* »

Une formidable chaleur l'habitait, une chaleur qui lui dévastait le sein. Grand, fier, son fils avait le teint cuivré de Drogo mais sa blondeur d'argent à elle, et des yeux violets taillés en amandes. Et il lui souriait, levait la main vers elle mais, lorsque s'ouvrait sa bouche, il en sortait des flots de feu. Au travers de sa poitrine, elle voyait son cœur en flammes et, en un clin d'œil, plus rien, des cendres, une mèche de chandelle recroquevillée. Elle pleurait son enfant, pleurait la promesse des douces lèvres attachées à sa gorge, pleurait, mais ses larmes fumaient et s'évaporaient au contact de sa peau.

« *...voudrais pas réveiller le dragon...* »

Parés du somptueux manteau, mais délavé, des rois, des spectres bordaient l'allée centrale de l'immense salle. Leur poing serrait de pâles épées de feu. Ils avaient tantôt des cheveux d'argent, tantôt d'or, tantôt de platine blanc, des prunelles tantôt d'opale et tantôt d'améthyste, ou de jade, ou de tourmaline. « Plus vite ! criaient-ils, plus vite ! plus vite ! » Sous sa course éperdue se liquéfiaient les dalles. « *Plus vite !* » criaient les spectres d'une seule voix, et, tout en pleurs, elle se ruait de l'avant. Un grand poignard de douleur lui dévalait l'échine, et elle sentait sa peau céder, se déchirer, et l'âcre odeur de sang brûlé la suffoquait, et l'ombre des ailes planait sur le galop panique de Daenerys Targaryen.

« *...réveiller le dragon...* »

La porte se dessinait devant elle, si près, si près ! la porte rouge, la salle n'était plus guère qu'un mirage, tout autour, le froid, derrière, perdait du terrain. Et voici qu'abolie la pierre elle se retrouvait volant au travers de la mer Dothrak, volait haut, de plus en plus haut, par-dessus les longues risées vertes, et l'ombre terrifiante de ses ailes mettait en fuite tout ce qui vivait, tout ce qui respirait. Et le parfum de la maison flattait ses narines, elle l'apercevait, la maison, là, juste après cette porte, là, des prairies verdoyantes et de vastes demeures de pierre et des bras qui lui tiendraient chaud, *là*. Elle ouvrit la porte à la volée...

« *...le dragon...* »

...et vit, revêtu d'une armure aussi noire et satinée que son étalon, coiffé d'un heaume dont rougeoyait sourdement l'étroite visière, son frère Rhaegar. « Le dernier dragon, chuchota tout bas, quelque part, la voix de ser Jorah. Le dernier, le dernier. » Elle releva la visière noire de l'apparition. Derrière se dissimulait son propre visage.

Puis seule subsista sur ces entrefaites, indéfiniment, la souffrance du feu qui lui dévorait les entrailles, parmi des murmures d'astres.

Avec le réveil coïncida une saveur de cendres.

« Non, gémit-elle, non, par pitié.

– *Khaleesi ?* » Des yeux de biche effarouchée. Jhiqui en pleurs planait au-dessus d'elle.

Dans la tente close régnaient l'ombre et le silence. Quelques flocons cendreux montaient encore d'un brasero, qu'elle suivit des yeux jusqu'à leur disparition par le trou de fumée, là-haut. *Voler*, songea-t-elle, *j'avais des ailes, j'étais en train de voler*. Rien d'autre qu'un rêve... « Aide-moi, souffla-t-elle en essayant de se lever. Apporte-moi... » Sa voix était à vif comme une blessure, et elle ne parvenait pas même à se formuler ce qu'elle désirait au juste. D'où lui venait tant de souffrance ? Il lui semblait qu'on l'avait mise en pièces puis rapiécée vaille que vaille. « Je veux...

– Oui, *Khaleesi.* » En un clin d'œil, Jhiqui s'était ruée hors de la tente, évanouie pour appeler. Il fallait à Daenerys... quelque chose..., ou quelqu'un..., quoi ? mais capital, elle le savait. La seule chose au monde qui lui importât. Elle se laissa rouler sur le flanc, réussit, malgré les couvertures qui lui emmêlaient les jambes, à s'accouder. Mais qu'il était donc malaisé de bouger, si mal... Le monde tanguait vertigineusement. *Il me faut...*

Elle se retrouva sur le tapis, rampant vers les œufs de dragon, quand ser Jorah Mormont la souleva, vaguement rétive, pour la remporter sur sa couche de soie douillette, aperçut, par-dessus l'épaule du chevalier, ses trois servantes, et puis la moustache floche de

Jhogo, la large face épatée de Mirri Maz Duur. « Je dois..., leur balbutia-t-elle, il me faut...

– ...dormir, princesse, dit Mormont.

– Non, protesta-t-elle. S'il vous plaît. S'il vous plaît.

– Si. » Il la recouvrit de soieries, toute brûlante qu'elle était. « Dormez, *Khaleesi*, reprenez des forces. Pour nous revenir. » Puis Mirri Maz Duur fut là, la *maegi*, qui lui insérait une coupe entre les lèvres. Du lait suri, d'après le goût, mais avec quelque chose d'autre, quelque chose d'amer et visqueux. Un breuvage tiède qui lui coula le long du menton. Qu'elle avala tout de même. La tente se brouilla, le sommeil l'engloutit à nouveau. Sans rêves, cette fois. Elle flottait, sereine, détachée, sur une mer noire et sans grèves.

Au bout d'un certain temps, combien ? une nuit ? un jour ? une année ? elle se réveilla. La tente était plongée dans l'ombre, ses parois de soie battaient comme des ailes au gré du vent. Elle ne tâcha point, cette fois, de se lever, se contenta d'appeler : « Irri ? Jhiqui ? Doreah ? » Toutes trois parurent instantanément. « J'ai la gorge sèche, dit-elle, tellement sèche... », et elles apportèrent de l'eau. Une eau tépide et fade, mais qu'elle absorba goulûment, priant même Jhiqui d'aller en quérir encore, tandis qu'Irri lui bassinait le front avec un linge humide. « J'ai été malade, n'est-ce pas ? » La jeune fille acquiesça d'un signe. « Combien de temps ? » La fraîcheur du linge lui faisait du bien, mais l'air désolé d'Irri l'effrayait. « *Longtemps* », souffla celle-ci. Lorsque Jhiqui revint de sa commission, Mirri Maz Duur l'accompagnait, les paupières gonflées de sommeil. « Buvez », dit-elle en lui soulevant la tête. Du vin, cette fois, du vin, simplement. Du vin doux, si doux. Après avoir bu, elle se laissa retomber sur sa couche, attentive à la calme rumeur de sa propre respiration. Une pesanteur alanguissait ses membres, le sommeil reprenait peu à peu son envahissement. « Apporte-moi..., murmura-t-elle d'une voix pâteuse et lointaine, apporte..., je veux tenir...

– Oui ? demanda la *maegi*. Que désirez-vous, *Khaleesi* ?

– ...te-moi... œuf... œuf de dragon... t'en prie... » Ses amarres devenaient de plomb, et elle était trop lasse pour les retenir.

A son troisième réveil, des rayons d'or pleuvaient à verse dans la tente par le trou de fumée, et ses bras étreignaient un œuf de dragon. Celui, le pâle, dont des volutes de bronze et d'or veinaient les écailles crémeuses, et elle en percevait l'ardeur contre sa peau nue qu'emperlait, sous les couvertures de soie, une légère transpiration. *La rosée de dragon*, songea-t-elle. Elle effleura du bout des doigts la coquille, en suivit les jaspures d'or, et du cœur même de la pierre lui parvint en guise de réponse une espèce de tension sinueuse qui ne l'effraya nullement. Tout effroi s'était enfui d'elle, enfui en fumée.

Elle se palpa le front et, malgré son imperceptible moiteur, le trouva frais, la fièvre avait cessé. Se mit tant bien que mal – un moment de vertige et des douleurs entre les cuisses... – sur son séant. Se sentit néanmoins assez vigoureuse, à la longue, pour appeler ses femmes qui accoururent. « De l'eau, dit-elle, une carafe, aussi glacée que vous le pourrez. Et des fruits, peut-être... – des dattes.

– Bien, *Khaleesi.*

– Je veux ser Jorah », reprit-elle en se levant. Jhiqui se hâta de la draper dans un peignoir de soie. « Et un bain bouillant, et Mirri Maz Duur, et... » La mémoire afflua d'un bloc, la fit défaillir. « Khal Drogo », se força-t-elle à proférer, tout en scrutant, terrifiée d'avance, les physionomies des suivantes. « Est-il... ?

– En vie, oui », répondit Irri d'un ton placide..., mais une ombre voilait son regard, et à peine eut-elle prononcé ces mots qu'elle s'élançait au-dehors sous couleur d'aller chercher l'eau.

Daenerys se tourna vers Doreah. « Parle.

– Je... je vous ramène ser Jorah », répliqua la Lysienne avant de s'enfuir sur une courbette.

Jhiqui n'aspirait qu'à faire comme ses compagnes, mais sa maîtresse lui saisit le poignet pour l'en empêcher. « Qu'y a-t-il ? Je dois savoir. Pour Drogo... et mon fils. » L'enfant ! Comment l'avait-elle oublié jusque-là ? « Mon fils..., Rhaego..., où est-il ? Je le veux. »

La servante baissa les yeux. « Votre... » Sa voix s'amenuisa en un murmure d'épouvante. « Il n'a pas vécu, *Khaleesi.* »

Daenerys la relâcha. *Mon fils est mort*, songea-t-elle, pendant que Jhiqui s'éclipsait. La nouvelle n'en était pas une. Elle le savait déjà. Elle l'avait su dès son premier réveil, et par les larmes de Jhiqui. Non, dès *avant* son réveil. Le souvenir lui revint, vivace, immédiat, de son rêve et du grand cavalier à la peau cuivrée, à la longue tresse d'or pâle que consumaient les flammes.

Elle aurait dû pleurer, assurément, mais ses yeux étaient secs comme des yeux de cendres. Elle avait pleuré, dans son rêve, et ses larmes, au contact de ses joues, s'étaient évaporées. *Mon deuil m'a fuie, s'est enfui en fumée.* Elle éprouvait, certes, de la tristesse, et, pourtant..., le sentiment aussi que Rhaego s'éloignait, s'éloignait d'elle comme s'il n'avait jamais eu d'existence.

En entrant peu après, ser Jorah et Mirri Maz Duur la trouvèrent inclinée sur les deux autres œufs de dragon, toujours à leur place dans le coffre. Elle avait l'impression que d'eux émanait, comme de celui avec lequel elle avait dormi, cette même ardeur plus qu'étrange, extraordinaire. « Approchez, ser Jorah », dit-elle. Elle lui prit la main, la guida sur l'œuf noir jaspé d'écarlate. « Que sentez-vous ?

– Une coquille, dure comme un roc, lâcha-t-il prudemment. Des écailles.

– De la chaleur ?

– Non. Le froid de la pierre. » Il retira sa main. « Comment vous trouvez-vous, princesse ? Est-il bien sage de vous lever, faible comme vous l'êtes ?

– Faible ? Forte, Jorah. » A seule fin de lui complaire, elle s'étendit néanmoins sur les coussins amoncelés. « A présent, parlez-moi de la mort de mon fils.

– Il n'était pas vivant, princesse. D'après les femmes... » Comme il hésitait, elle s'aperçut qu'il n'avait plus guère que la peau sur les os, clopinait au moindre mouvement.

« Parlez. D'après les femmes, disiez-vous ? »

Il détourna des yeux hagards. « D'après elles, il était... »

Elle attendit, mais il ne put dominer sa vergogne, se rembrunit davantage encore. L'air quasiment d'un cadavre lui-même.

« Monstrueux », acheva Mirri Maz Duur à sa place. Et Daenerys comprit soudain que, tout énergique qu'était le chevalier, la *maegi* l'était davantage, et plus forte, et plus cruelle, et plus dangereuse, infiniment plus. « Contrefait. C'est moi qui l'ai mis au monde. Couvert d'écailles comme un lézard, aveugle, avec un tronçon de queue et de petites ailes de cuir analogues à celles d'une chauve-souris. Quand je l'ai touché, sa chair s'est détachée de l'os, et il grouillait d'asticots de tombe, il empestait la putréfaction. Il était mort depuis des années. »

Les ténèbres, songea Daenerys. Les épouvantables ténèbres attachées à ses pas pour la dévorer. Un regard en arrière, elle était perdue. « Mon fils était en vie et vigoureux lorsque ser Jorah m'a portée dans la tente, affirma-t-elle. Je le sentais ruer, je le sentais lutter pour naître.

– Advienne que pourra, riposta Mirri Maz Duur, mais la créature que j'ai tirée de votre sein était bien telle que je l'ai décrite. Sous cette tente se trouvait la mort, *Khaleesi*.

– Des ombres, rien de plus ! crissa ser Jorah, mais d'un ton sous lequel perçait l'embarras. J'ai vu, *maegi*, je t'ai vue danser, seule, avec les ombres.

– La tombe en projette de longues, messire de Fer, rétorqua Mirri. De longues ombres sombres et contre lesquelles, à la fin, ne saurait tenir la lumière. »

Son fils, ser Jorah l'avait tué, Daenerys le savait. Mais si l'amour seul et la loyauté lui avaient dicté sa conduite, il ne l'en avait pas moins portée, elle, dans un lieu où nul être vivant ne devait entrer, il n'en avait pas moins livré son enfant à elle en pâture aux ténèbres. Et il le savait, lui aussi. Le teint gris, les orbites creuses, le clopinement... « Les ombres vous ont également touché, ser Jorah », dit-elle. Il demeura coi. Elle se tourna vers l'épouse divine. « Tu m'avais avertie que seule la mort pouvait acheter la vie. J'avais cru comprendre celle du cheval.

– Non, répliqua Mirri Maz Duur. En cela, vous vous êtes menti à vous-même. Vous connaissiez pertinemment le prix. »

Le connaissait-elle ? Le connaissait-elle véritablement ? *Si je regarde en arrière, c'en est fait de moi.* « Le prix a été payé, reprit-elle. Le cheval, mon fils, Quaro et Qotho, Haggo et Cohollo. Le prix a été payé, payé, archipayé. » Elle se dressa sur les coussins. « Où est Khal Drogo ? Fais-le-moi voir, *maegi*, sangmagicienne, épouse divine ou quoi que tu sois. Fais-moi voir Khal Drogo. Fais-moi voir ce que j'ai acheté des jours de mon enfant.

– Puisque vous l'ordonnez, *Khaleesi*, venez, je vais vous mener à lui. »

Daenerys avait méconnu son état de faiblesse. Ser Jorah dut lui glisser un bras sous la taille pour l'aider à se relever. « Bien assez tôt plus tard, pour cela, princesse, objecta-t-il posément.

– Je veux le voir tout de suite, ser Jorah. »

Après la pénombre de la tente, l'éclat du monde extérieur l'aveugla. Le soleil avait des tons d'or en fusion, la terre était lézardée, déserte. Les servantes étaient là, les bras chargés qui de fruits, qui de vin, qui d'eau. Jhogo s'approcha pour aider Mormont à la soutenir. Un peu en retrait se tenaient Aggo et Rakharo. La réverbération de la lumière sur le sable l'empêcha d'en voir davantage tant qu'elle n'eut pas mis la main en visière au-dessus de ses yeux. Alors elle entrevit les cendres d'un feu, des chevaux, une vingtaine tout au plus, qui, d'un pas accablé, tournaient en quête d'un brin d'herbe, et, disséminées de-ci de-là, quelques tentes, quelques nattes. Une maigre bande de bambins s'était agglutinée pour la regarder, des femmes, au-delà, vaquaient à leurs occupations, des vieux fixaient d'un œil las l'azur d'une platitude infinie tout en balayant mollement les mouches-à-sang qui les importunaient. Une centaine de personnes, peu ou prou. En ces lieux où quarante mille autres avaient dressé le camp, la seule animation, désormais, venait du vent et de la poussière.

« Le *khalasar* de Drogo est parti, dit-elle.

– *Khal* n'est pas *khal* qui ne peut monter, rappela Jhogo.

– Les Dothrakis ne suivent que la force, ajouta ser Jorah. Navré, princesse. Il n'y avait pas moyen de les retenir. Ko Pono s'est mis en route le premier, sous le nom de Khal Pono, et nombre d'hommes ont embrassé sa cause. Jhaqo n'a pas tardé à l'imiter. Les derniers indécis se sont, nuit après nuit, évaporés dans la nature par bandes petites ou grandes. Sur la mer Dothrak, où Drogo naguère n'en menait qu'un seul, errent désormais une bonne douzaine de *khalasars*.

– Demeurent les vieillards, dit Aggo, et les débiles, les malades, les froussards. Ainsi que nous, qui l'avions juré. Nous vous demeurons.

– Les autres ont emmené les troupeaux de Khal Drogo, *Khaleesi*, dit Rakharo. Nous étions trop peu pour nous y opposer. Prendre au faible est le droit du fort. Ils ont également emmené la plupart des esclaves. Ceux du *khal* aussi bien que les vôtres. Il ne vous en reste qu'une poignée.

– Eroeh ? » La physionomie terrifiée de la jeune fille se découpa sur les murs de la ville à sac.

« En tant que sang-coureur de Khal Jhaqo, Mago s'est emparé d'elle et, après l'avoir montée tout son soûl, l'a donnée au *khal*, qui l'a offerte à ses six autres sang-coureurs. Ils en ont usé à leur guise puis l'ont égorgée.

– Tel était son destin, *Khaleesi* », plaida Aggo.

Si je regarde en arrière, c'en est fait de moi. « Un destin cruel, dit-elle, mais qui paraîtra enviable auprès de celui de Mago, je vous le promets, par les dieux anciens et nouveaux, par le dieu agnelet, le dieu cheval et tous les dieux existants. Je le jure par la Mère des Montagnes et le Nombril du Monde. Avant que j'aie usé d'eux à ma guise, Mago et Ko Jhaqo auront loisir de jalouser ma pauvre Eroeh. »

Les Dothrakis échangèrent des regards perplexes. « Mais, *Khaleesi*..., hasarda Irri du ton dont se discute un enfantillage, Jhaqo est *khal*, à présent, et vingt mille cavaliers l'appuient.

– Et moi, se rebiffa-t-elle, je suis Daenerys du Typhon, Daenerys Targaryen, du sang d'Aegon le Conquérant, de Maegor le Cruel et, avant eux, de l'antique Valyria. Je suis la fille du dragon et, j'en fais serment devant vous, ces hommes mourront en hurlant. Maintenant, menez-moi auprès de Khal Drogo. »

Il reposait à même la terre rouge, les yeux fixés sur le soleil. Apparemment insensible aux mouches-à-sang qui hantaient son corps. Elle les chassa d'un revers de main, s'agenouilla à ses côtés. Les yeux grands ouverts, il regardait sans voir, et elle comprit aussitôt qu'il était aveugle. Elle murmura son nom sans qu'il parût entendre. La plaie de la poitrine s'était définitivement refermée. Au profit d'une cicatrice grise et violacée, hideuse.

« Pourquoi l'avoir abandonné, seul, ici, en plein soleil ?

– On dirait qu'il apprécie la chaleur, expliqua ser Jorah. Il a beau ne pas voir, son regard suit la course du soleil. Il peut marcher, plus ou moins. Il ira où vous le mènerez, mais pas au-delà. Il mangera si vous lui donnez la becquée, boira si vous le faites biberonner. »

Elle baisa tendrement le front du soleil étoilé de sa vie puis se dressa face à Mirri Maz Duur. « Tes sortilèges sont coûteux, *maegi.*

– Il vit, répliqua la femme. C'est la vie que vous réclamiez. C'est le prix de la vie que vous avez payé.

– Ceci n'est pas la vie, pour qui fut tel que Drogo. Sa vie était faite de rires, de viandes en train de rôtir et d'un cheval entre ses jambes. Sa vie était faite d'un *arakh* au poing et des clochettes qui tintaient dans sa chevelure quand il galopait sus à l'ennemi. Sa vie était faite de ses sang-coureurs, et de moi, et du fils que je devais lui donner. »

Mirri Maz Duur demeura muette.

« Quand sera-t-il comme il était ? demanda Daenerys.

– Quand le soleil se lèvera à l'ouest pour se coucher à l'est, répondit Mirri. Quand les mers seront asséchées, et quand les montagnes auront sous le vent le frémissement de la feuille. Quand votre sein se ranimera, quand vous porterez un enfant vivant. Alors il vous sera rendu, mais alors seulement. »

Daenerys fit un geste en direction de ser Jorah et des autres. « Laissez-nous. Je souhaite parler seule à seule avec la *maegi.* » Tous se retirèrent. « Tu savais », attaqua-t-elle aussitôt. Malgré la souffrance qui l'écartelait tout entière, à l'intérieur comme à l'extérieur, la colère la revigorait. « Tu savais ce que j'achetais, tu savais le prix, et tu me l'as laissé payer.

– Ils ont eu tort d'incendier mon temple, répliqua sans s'émouvoir la grosse créature à nez plat. Ils ont irrité le Pâtre Suprême.

– Il n'a rien à voir dans ton œuvre, objecta froidement Daenerys. C'est toi qui m'as flouée. Toi qui as assassiné mon enfant dans mon sein.

– Il ne brûlera pas de villes, désormais, l'étalon que l'on prétendait devoir un jour monter le monde. Son *khalasar* ne foulera pas de nations.

– Et j'ai pris ta défense..., dit-elle, au supplice. Je t'ai sauvée.

– *Sauvée ?* » La Lazharéenne cracha. « Trois cavaliers m'avaient déjà prise, non pas comme un homme prend une femme, mais comme un chien prend une chienne. Le quatrième était en moi, quand vous êtes passée par là. En quoi m'avez-vous sauvée, je vous prie ? J'ai vu s'embraser la demeure divine où j'avais soigné plus de braves gens que je ne saurais dire. J'ai vu flamber de même ma propre maison, j'ai vu des pyramides de têtes embellir les rues. J'ai vu la tête du boulanger qui cuisait mon pain. J'ai vu la tête d'un garçon que j'avais sauvé, voilà seulement trois lunes, des fièvres mortœil. J'ai entendu des enfants pleurer sous le fouet. Qu'avez-vous donc sauvé, dites ?

– Ta vie. »

Mirri Maz Duur éclata d'un rire féroce. « Regarde ton *khal*, tu verras ce que vaut la vie quand on a tout perdu ! »

A ces mots, Daenerys rappela les hommes de son *khas*, leur ordonna de se saisir de Mirri Maz Duur et de lui lier pieds et poings, mais, lorsqu'on l'emmena, la *maegi* lui sourit d'un air d'infâme connivence. Evidemment, il suffisait d'un mot pour obtenir sa tête..., mais à quoi bon le prononcer ? En serait-elle plus avancée ? Une tête... Si la vie ne valait plus rien, que valait la mort ?

Elle fit ramener Khal Drogo sous sa tente et apprêter un bain dans lequel, cette fois, n'entrait pas de sang. Elle le baigna en personne, lui décrassa la poitrine et les bras, épongea son visage avec un linge doux, savonna sa longue chevelure et la brossa, démêla jusqu'à lui rendre son aspect brillant de naguère. Il faisait nuit noire quand elle en eut terminé. Ereintée, elle s'accorda un instant de répit pour boire et manger, mais elle n'eut la force que de grignoter une figue et d'avaler une gorgée d'eau. Dormir eût été bienvenu, mais elle avait assez dormi jusque-là..., bien trop, à la vérité. Cette nuit-ci, elle la devait à Drogo, eu égard à toutes les nuits passées et à toutes celles encore à venir.

Toute au souvenir de leur première chevauchée commune, elle l'entraîna au-dehors, dans les ténèbres, conformément aux croyances dothrak qui voulaient que les heures cruciales de l'existence aient le firmament pour témoin. Il y avait, se disait-elle, des puissances plus efficaces que la haine, des charmes plus vrais et plus vieux qu'aucun de ceux auxquels la *maegi* s'était initiée à Asshai. D'encre et sans lune était la nuit, mais des myriades d'étoiles y scintillaient. Un présage...

Aucun gazon moelleux ne les accueillit là. Rien que le sol dur, poussiéreux, nu, bosselé de pierres. Point d'arbres non plus où murmurer la brise ni de ruisseau pour émousser la peur par l'entêtante mélodie des eaux. La présence des astres, allons, compenserait. « Rappelle-toi, Drogo, chuchota-t-elle. Rappelle-toi notre première chevauchée commune, au soir de nos noces. Rappelle-toi la nuit où, au vu et au su du *khalasar*, nous fîmes Rhaego, tes yeux dans les miens. Rappelle-toi comme elle était fraîche et limpide, l'eau du Nombril du Monde. Rappelle-toi, soleil étoilé de ma vie. Rappelle-toi, et reviens-moi. »

L'accouchement l'avait laissée trop à vif pour qu'elle pût l'accueillir en elle, ainsi qu'elle l'eût souhaité, mais Doreah lui avait appris bien d'autres recours. Elle utilisa ses mains, ses seins, ses lèvres, elle le griffa, le couvrit de baisers, murmura, supplia, conta des histoires, l'inonda finalement de larmes. Mais Drogo demeura de glace et muet.

A l'heure où l'aube, enfin, blanchit l'horizon désert, elle sut qu'il était perdu sans retour pour elle. « Quand le soleil se lèvera à l'ouest pour se coucher à l'est, dit-elle, navrée. Quand les mers seront asséchées, et quand les montagnes auront sous le vent le frémissement de la feuille. Quand mon sein se ranimera, quand je porterai un enfant vivant. Alors, soleil étoilé de ma vie, tu me seras rendu, mais alors seulement. »

Jamais ! glapirent les ténèbres, *jamais jamais jamais !*

A l'intérieur de la tente, elle prit un coussin, un coussin bien douillet, soyeux et bourré de plumes et, l'étreignant contre sa poitrine, retourna auprès de Drogo, du soleil étoilé de sa vie. *Si je regarde en arrière, c'en est fait de moi.* Même marcher l'endolorissait, et elle n'aspirait qu'à dormir, dormir, dormir d'un sommeil sans rêves, sans rêves surtout.

Elle se mit à genoux et, après l'avoir baisé aux lèvres, pressa le coussin sur le visage de Drogo.

TYRION

« Ils tiennent mon fils..., répéta Tywin Lannister.

– Oui, messire. » L'épuisement rendait plus lugubre encore la voix du messager. Tout lacéré, maculé qu'était son surcot, on y discernait le sanglier moucheté Crakehall. *Un* de vos fils, songea Tyrion qui prit une lampée de vin et, sans piper mot, se prit à penser à Jaime. Quand il le levait, son coude ne manquait pas de lui rappeler l'arrière-goût de sa brève bataille personnelle. Malgré l'extrême affection que lui inspirait son frère, il n'eût pas consenti pour tout l'or de Castral Roc à l'accompagner dans le Bois-aux-Murmures.

C'est dans un silence de mort que les capitaines et bannerets assemblés autour du seigneur son père digéraient les détails du désastre. Seuls le troublaient, à l'autre bout de la longue salle frissonnante de vents coulis, les craquements et les sifflements de la bûche qui brûlait dans l'âtre.

Après les épreuves de l'interminable chevauchée forcée vers le sud, la perspective de passer ne fût-ce qu'une seule nuit dans une auberge avait puissamment réconforté Tyrion..., encore qu'il eût préféré toute autre à *celle-ci*, décidément trop pleine de souvenirs. L'allure éreintante adoptée par son père coûtait au surplus le prix fort. Les blessés suivaient de leur mieux, de peur d'être abandonnés à leurs seules ressources, mais le nombre croissait chaque matin de ceux qui, dans les fossés, s'étaient endormis pour jamais. Et il en tombait, tout du long, davantage chaque après-midi. Et chaque soir voyait s'évanouir dans l'ombre plus de déserteurs que le précédent. Suivre leur exemple avait presque tenté le nain...

Il dormait à l'étage, tout à la béatitude d'un lit de plumes et de la tiédeur de Shae contre lui, quand son écuyer l'était venu morfondre en lui annonçant les fâcheuses nouvelles de Vivesaigues. Il s'était donc donné tant de mal en vain. Pour rien, la ruée au sud et les marches qui n'en finissaient pas, pour rien, les cadavres au bord de la route..., pour des clopinettes ! Des jours et des jours que Robb Stark était à Vivesaigues.

« Mais comment s'est-il pu... ? geignit ser Harys Swyft. *Comment ?* Même après le Bois-aux-Murmures, vous teniez Vivesaigues encerclé de fer, investi par une énorme armée... Ser Jaime avait-il perdu la tête pour la diviser en trois camps ? Il devait bien savoir à quel point cela la rendrait vulnérable, non ? »

Mieux que toi, toujours, bougre de poltron sans menton ! Que Jaime eût perdu Vivesaigues, soit, mais il ne décolérait pas d'entendre débiner son frère par des minables comme ce Swyft, ce léchi-lécheur éhonté dont la prouesse la plus éminente avait été de marier sa sœur, non moins fuyante de menton, à ser Kevan et de se raccrocher par là à la maisonnée Lannister.

« J'aurais agi de même, répondit l'oncle d'un ton bien plus calme que n'eût été celui du neveu. Il faut, pour parler comme vous le faites, ser Harys, n'avoir jamais vu Vivesaigues. Jaime n'avait guère le choix. Le château se dresse exactement au confluent de la Culbute et de la Ruffurque. Celles-ci dessinent les deux côtés d'un triangle et, pour peu qu'un danger les menace, les Tully ouvrent en amont des vannes afin de transformer le troisième côté en une large douve et en île le site entier. Les murs tombent à pic sur l'eau et, depuis les tours, les défenseurs bénéficient d'une vue imprenable sur des lieues à la ronde. Pour couper leurs communications, l'assiégeant se voit donc contraint à établir un camp au nord de la Culbute, un autre au sud de la Ruffurque, et un troisième entre les deux, face au fossé, à l'ouest. Telle est la solution, la seule.

– Ser Kevan dit vrai, messires, intervint le courrier. Nous avions eu beau ceindre nos camps de palissades en pieux, cela n'a pas suffi, pris à l'improviste comme nous le fûmes et coupés les uns des autres comme nous l'étions par les rivières. Ils ont fondu d'abord sur le camp du nord. Personne ne s'y attendait. Marq Piper avait bien lancé des raids contre notre train, mais avec cinquante hommes au plus. Ser Jaime était parti la nuit d'avant lui régler son compte..., enfin, à ce qu'il *prenait* pour lui. On nous répétait que l'ost Stark se trouvait sur la rive gauche de la Verfurque et marchait vers le sud...

– Mais vos patrouilleurs ? » Le visage de Gregor Clegane paraissait sculpté dans la pierre. Le feu de l'âtre lui forait des orbites noires et orangeait sombrement son teint. « Ils n'ont rien vu ? Ils ne vous ont prévenus de rien ? »

L'homme couvert de sang secoua la tête. « Ils s'étaient évanouis. Encore un coup de Marq Piper, on pensait, nous. Quand il en rentrait un, d'aventure, il n'avait strictement rien vu.

– Un type qui ne voit rien n'a que faire de ses yeux, gronda la Montagne. Arrachez-les-lui et donnez-les au suivant en l'avertissant qu'avec un peu de chance quatre vaudront mieux que deux... mais que, dans le cas contraire, son successeur en aura six. »

Lord Tywin daigna tourner sa noble tête pour scruter ser Gregor et, dans ses prunelles où jouait à présent la lumière, Tyrion vit pétiller de l'or, mais sans parvenir à déterminer si c'était répugnance ou assentiment. Toutefois, si lord Tywin n'avait guère coutume, en ses conseils, de s'épancher beaucoup, s'il préférait ne prendre la parole (et, en cela, Tyrion tâchait de l'imiter) qu'après avoir patiemment écouté, pareil mutisme, en l'occurrence, lui ressemblait peu, si laconique fût-il de nature. Et il n'avait pas seulement touché son vin...

« Vous disiez qu'ils vous sont tombés dessus en pleine nuit ? » glissa ser Kevan.

L'homme acquiesça d'une inclination fourbue. « Sous la conduite du Silure, leur avant-garde a préparé l'attaque générale en liquidant les sentinelles et jetant bas les palissades. Et à peine nos gens comprenaient-ils ce qui se passait que des cavaliers submergeaient les berges et galopaient au travers du camp, torches et lames au poing. Moi, je dormais dans le camp de l'ouest, entre les rivières. Quand le vacarme du combat nous eut alertés et que nous vîmes les tentes en flammes, lord Brax nous mena aux radeaux, mais tous nos efforts pour passer à la perche sur l'autre rive se heurtèrent à la violence du courant qui nous entraîna vers l'aval, sous les murs mêmes des Tully, dont les catapultes se mirent à nous bombarder. J'ai vu de mes yeux l'un de nos radeaux réduit en miettes par leurs projectiles, j'en ai vu chavirer trois autres et leurs passagers se noyer..., tandis que ceux qui réussissaient à traverser se trouvaient à leur débarqué cueillis par les Stark. »

Dans son tabard violine-et-argent, ser Flement Brax affichait la mine ahurie d'un qui n'en croit pas ses oreilles. « Le seigneur mon père...

– Désolé, messire. Lord Brax portait plate et maille quand s'est retourné son radeau. C'était un preux. »

C'était un âne, rectifia Tyrion à part lui, l'œil perdu dans les remous qu'il imprimait à son vin. Franchir, et de nuit, et armé de pied en cap, et attendu en face par l'ennemi, une rivière à bord d'un vulgaire radeau, si c'était là d'un preux, eh bien, vive à jamais la couardise. Au fait, lord Brax s'était-il senti si preux que cela pendant que tout son bel acier l'entraînait au fond de l'eau noire ?

« Notre propre camp fut également envahi, poursuivait le messager. Tandis que nous tentions la traversée, de nouveaux Stark surgirent, de l'ouest, eux. Deux colonnes de cavalerie lourde. J'ai repéré l'aigle Mallister et le titan déchaîné de lord Omble, mais c'est le garçon en personne qui les conduisait, flanqué d'un loup monstrueux. A ce qu'on m'a dit, puisque je n'étais pas là, la bête a tué quatre hommes et déchiqueté une douzaine de chevaux. Retranchés derrière un mur de boucliers, nos lanciers soutinrent la première charge mais, en les voyant engagés, Vivesaigues ouvrit ses portes, et Tytos Nerbosc opéra une sortie qui les prit à revers.

– Miséricorde ! s'exclama lord Lefford.

– Pendant que Lard-Jon Omble incendiait les tours de siège en construction, lord Nerbosc délivrait ser Edmure Tully et tous les autres prisonniers. Au vu de la situation, ser Forley Prester, qui commandait le camp du sud, retraita en bon ordre avec deux mille piques et autant d'archers, mais le reître tyroshi qui conduisait ses francs-coureurs amena ses bannières et passa à l'ennemi.

– Maudit soit-il ! » Ser Kevan semblait plus furieux que surpris. « J'avais prévenu Jaime de s'en défier. Quand on se bat contre écus sonnants, on n'est fidèle qu'à sa bourse. »

Lord Tywin noua ses doigts sous son menton. Seule la mobilité des yeux trahissait une attention soutenue. L'or dru des favoris sertissait des traits d'une telle placidité qu'on eût dit un masque, mais Tyrion ne laissa pas que de discerner d'infimes gouttes de sueur sur le crâne rasé.

« Comment s'est-il *pu*... ? pleurnicha derechef l'affreux Swyft. Ser Jaime pris, le siège rompu..., mais c'est une *catastrophe* ! »

Ser Addam Marpheux n'y tint plus. « Mille grâces de nous signaler l'évidence, ser Harys. La question est : que faire, à présent ?

– Que *pouvons*-nous faire ? Avec l'armée de Jaime anéantie, prisonnière ou en fuite, voici les Stark et les Tully le cul carré sur nos lignes de ravitaillement. Nous sommes coupés de l'ouest ! S'il leur prend fantaisie de marcher contre Castral Roc, qu'est-ce qui les arrêtera ? Nous sommes battus, messires. Nous devons demander la paix.

– La paix ? » D'un air pensif, Tyrion fit tournoyer son vin, l'avala d'un trait, précipita sur le carrelage sa coupe vide qui se fracassa en mille morceaux. « Voici votre paix, ser Harys... Telle que l'a brisée sans retour mon charmant neveu lorsqu'il a jugé bon d'agrémenter le Donjon Rouge avec la tête de lord Eddard. Il vous sera moins malaisé de siroter dans cette coupe que de convaincre, *maintenant*, Robb Stark de conclure la paix. Il est en train de *gagner*..., ne l'auriez-vous pas remarqué ?

– Deux batailles ne font pas une guerre, objecta ser Addam. Nous sommes loin d'avoir perdu. Je frotterais volontiers mon acier contre celui du petit Stark.

– Il se pourrait qu'ils consentent une trêve et un échange de prisonniers..., suggéra lord Lefford.

– A moins qu'ils ne troquent à trois contre un, nous ne faisons guère le poids, répliqua Tyrion d'un ton aigre. Et qu'offririons-nous pour mon frère ? La tête en putréfaction de lord Eddard ?

– J'ai ouï dire que ses filles sont au pouvoir de la reine Cersei, s'entêta à espérer Lefford. Si nous les rendions à leur frère... »

Ser Addam l'interrompit d'un reniflement de dédain. « Il faudrait être le dernier des sots pour échanger Jaime Lannister contre deux fillettes.

– Alors, il suffira de payer sa rançon, quel qu'en soit le coût », s'obstina Lefford.

Tyrion roula des yeux goguenards. « Si le goût de l'or titille les Stark, il leur suffit de faire fondre son armure.

– Quant à demander une trêve, argua Marpheux, non. Ils y verraient un aveu de faiblesse. Nous devrions leur courir sus incontinent.

– Nos amis de la Cour devraient se laisser facilement persuader de nous rejoindre avec des troupes fraîches, lâcha ser Harys. Et quelqu'un pourrait retourner lever une nouvelle armée à Castral Roc. »

Lord Tywin se dressa brusquement. « *Ils tiennent mon fils !* répéta-t-il d'une voix qui trancha dans ces babillages comme une épée dans de la graisse de rognons. Laissez-moi. Tous. »

Telle une incarnation perpétuelle de l'obéissance, Tyrion se leva pour se retirer dans le tas, mais son père le cloua d'un regard. « Pas toi, Tyrion. Reste. Toi aussi, Kevan. Les autres, dehors. »

Le sifflet coupé de saisissement, Tyrion reprit ses aises sur le banc puis, comme ser Kevan traversait la salle en direction des fûts de vin, « Oncle, appela-t-il, auriez-vous l'obligeance de...

– Tiens. » Son père lui tendait sa propre coupe. Intacte toujours. Définitivement estomaqué, Tyrion se mit à boire.

Lord Tywin se rassit. « C'est toi qui vois juste à propos de Stark. Lui vivant, nous aurions pu l'utiliser pour négocier une paix avec

Winterfell et Vivesaigues, une paix qui nous eût offert la latitude nécessaire pour en finir avec les frères de Robert. Mort... » Ses doigts se reployèrent en un poing crispé. « Démence. Pure démence.

– Joff n'est qu'un galopin, souligna Tyrion. A son âge, j'ai moi-même commis des bourdes. »

Un regard acéré lui répondit. « Nous devrions, je présume, lui savoir gré de n'avoir pas encore épousé une pute ? »

Tyrion continua de lamper son vin, tout en se demandant, mine de rien, de quoi lord Tywin aurait l'air s'il le lui flanquait à la gueule.

« Notre position est pire que tu ne le sais, reprit celui-ci. Il semblerait que nous ayons un nouveau roi. »

La nouvelle assomma Kevan. « Un nouveau... *quoi ?* Qu'a-t-on fait à Joffrey ? »

L'ombre de l'ombre d'un dégoût fit frémir les fines lèvres de lord Tywin. « Rien..., pour l'instant. Mon petit-fils occupe toujours le Trône de Fer, mais l'eunuque a perçu des rumeurs dans le sud. Renly Baratheon a épousé Margaery Tyrell à Hautjardin voilà deux semaines, et il revendique la couronne, maintenant. Ses beau-père et beaux-frères ont ployé le genou devant lui et juré de le servir l'épée à la main.

– De mal en pis. » Quand ser Kevan fronçait les sourcils, son front ridé se creusait de canyons.

« Ma fille nous ordonne de gagner sur-le-champ Port-Réal afin de protéger le Donjon Rouge, le cas échéant, contre le roi Renly et le chevalier des Fleurs. » Sa bouche s'étrécit encore. « Nous le *commande*, figurez-vous. Au nom du roi et de son Conseil.

– Et comment le roi Joffrey prend-il les choses ? interrogea Tyrion, non sans un tantinet de délectation noire.

– Jusqu'ici, Cersei n'a pas jugé utile de l'en informer. Elle redoute qu'il ne veuille mordicus marcher en personne contre Renly.

– Avec quelle armée ? demanda Tyrion. Vous ne comptez pas lui donner *celle-ci*, j'espère ?

– Il parle d'emmener le guet...

– Mais s'il l'emmène, qui défendra la ville ? hoqueta ser Kevan. Et avec lord Stannis à Peyredragon...

– Oui. » Il abaissa son regard sur son fils. « Je t'avais cru tout juste bon pour une livrée de bouffon, Tyrion, mais il semblerait que je me sois trompé.

– Holà, Père... ! On dirait presque un compliment... » Il étira délibérément son buste au ras de la table. « Et de Stannis, rien ? C'est lui, l'aîné, pas Renly. Que lui inspirent les prétentions de son cadet ? »

Son père se rembrunit. « J'ai toujours vu en lui, dès le premier instant, un adversaire plus dangereux que tous les autres réunis. Or, il ne fait rien. Oh, naturellement, Varys tend l'oreille. Stannis construit une flotte, Stannis recrute à prix d'or, Stannis fait venir d'Asshai un ensorceleur d'ombres, mais que signifient tous ces bruits ? En est-il un seul de fondé ? » Il haussa les épaules avec irritation. « La carte, Kevan. »

Après que son frère eut obtempéré, lord Tywin déroula le cuir, l'aplanit. « Jaime nous laisse dans un beau pétrin. Roose Bolton et les restes de son armée sont à notre nord. Nos ennemis tiennent les Jumeaux et Moat Cailin. A l'ouest, Robb Stark nous interdit de battre en retraite vers Port-Lannis et le Roc, à moins que nous ne choisissions de livrer bataille. Jaime est prisonnier, son armée détruite, en tout état de cause. Thoros de Myr et Béric Dondarrion harcèlent toujours nos fourrageurs. A l'est, les Arryn dans le Val, Stannis à Peyredragon. Au sud, enfin, Accalmie et Hautjardin qui convoquent leurs bans. »

Tyrion sourit d'un sourire crochu. « Courage, Père. Rhaegar Targaryen ne s'est en tout cas point relevé d'entre les morts.

– J'espérais mieux que des calembredaines de ta part, Tyrion. »

Par-dessus la carte, cependant, l'érosion sapait de plus belle le front d'Oncle Kevan. « Sitôt que l'auront grossi ser Edmure et les seigneurs du Trident, Robb Stark disposera de forces pour le moins équivalentes aux nôtres. Sans compter Bolton sur nos arrières... Si nous restons ici, Tywin, nous risquons de nous retrouver coincés entre trois armées.

– Mais je n'ai pas la moindre intention de rester ici. Il nous faut en finir avec ce blanc-bec de lord Stark avant qu'à Hautjardin Renly ne soit en mesure de marcher. Bolton ne m'inquiète pas. C'est un prudent, et la leçon reçue sur la Verfurque aura redoublé sa prudence. Pour nous poursuivre, il prendra son temps. Aussi... partirons-nous demain pour Harrenhal. Les patrouilleurs de ser Addam en éclaireurs, Kevan. Donne-lui autant d'hommes que de besoin. Et par groupes de quatre. Je ne veux pas de disparitions.

– Bon, mais... pourquoi Harrenhal ? C'est un endroit lugubre, maléfique. Certains disent : maudit.

– Libre à eux. Devant nous, tu me lâcheras ser Gregor et ses malandrins. Et, tant que tu y es, Vargo Hoat avec ses francs-coureurs, ainsi que ser Amory Lorch. Trois cents chevaux pour chacun. Je veux voir flamber la région de la Ruffurque jusqu'à l'Œil-dieu, dis-le-leur.

– Ils la brûleront, dit ser Kevan en se levant. Je transmets tes ordres. »

Une fois retiré son frère, lord Tywin condescendit un coup d'œil à Tyrion. « Un rien de rapine devrait emballer tes sauvages. Invite-les à escorter Vargo, convie-les à razzier tout leur soûl – victuailles, effets, femmes –, à emporter tout ce qu'ils voudront et à flanquer le feu au reste.

– Indépendamment du fait qu'il serait aussi vain de prétendre enseigner le pillage à Timett ou Shagga qu'à un coq le cocorico, commenta Tyrion, je préférerais les garder avec moi. » Si rebelles et raboteux qu'ils fussent, il les considérait comme *siens* néanmoins, leur faisait plus volontiers confiance qu'à aucun des hommes de son père. Pas de sitôt qu'il les céderait...

« Dans ce cas, il faudrait apprendre à les maîtriser. Pas question qu'ils mettent la ville à sac.

– La ville ? » Tyrion perdit pied. « De quelle ville s'agit-il ?

– De Port-Réal. Je t'envoie à la Cour. »

C'était la dernière des choses à quoi Tyrion Lannister se fût attendu. Il reprit sa coupe et l'examina un moment avant de la porter à ses lèvres. « Et pour quoi faire, je vous prie ?

– Gouverner », lâcha son père ex abrupto.

Tyrion explosa de rire. « Il se pourrait que mon exquise sœur eût à en dire un mot ou deux !

– A son aise. S'il n'est d'urgence pris en main, son fils nous précipitera tous dans l'abîme. Avec la bénédiction de ces chenapans du Conseil : notre ami Petyr, le vénérable Grand Mestre et ce mirifique écouillé de Varys. Quels diables de conseils donnent-ils à Joffrey pour qu'il gambade ainsi d'extravagance en extravagance ? Qui a pu lui souffler celle de lordifier ce rustre de Janos Slynt ? Il a eu un *maquignon* pour père, et on nous le fieffe de Harrenhal..., de *Harrenhal*, où trônaient des rois. Jamais il n'y foutra les pieds, si j'ai voix au chapitre. Une lance en sang qu'il s'est, paraît-il, arrogée pour blason. Mieux fait, selon moi, de choisir un fendoir saignant. » Pas une seconde il n'avait haussé le ton, mais l'or de ses yeux flambait de fureur. « Et congédier Selmy, n'était-ce pas insensé ? Vieux, soit, mais le prestige que conserve dans le royaume le nom de Barristan le Hardi ? L'honneur en a rejailli sur tous ceux qu'il servait. S'en peut-il dire autant du Limier ? Son chien, on lui refile des os sous la table, on ne l'assied pas près de soi au haut bout. » Il brandit l'index sous le nez de Tyrion. « Puisque Cersei se révèle incapable de plier le môme, à toi de le faire. Et si ces fichus conseillers cherchent à nous berner... »

Tyrion connaissait la chanson. « Piques, soupira-t-il. Têtes. Créneaux.

– Voilà. Tu as tout de même retenu quelques-unes de mes leçons.

– Plus que vous ne vous figurez, Père », répliqua-t-il d'un ton paisible. Il acheva son vin, reposa la coupe, songeur. Plus satisfait, dans un sens, qu'il n'avait cure de l'admettre. Trop hanté, dans l'autre, par le souvenir de la bataille en amont pour ne pas se demander si cette nouvelle mission ne consistait pas à tenir à nouveau la gauche. « Pourquoi moi ? s'enquit-il d'un petit air penché. Pourquoi pas mon oncle ? Pourquoi pas ser Addam, ou ser Flement, ou lord Serrett ? Pourquoi pas quelqu'un de plus... *grand* ? »

Lord Tywin se leva sèchement. « Tu es mon fils. »

Ce fut une illumination. *Ah... !* songea Tyrion, *tu le considères comme foutu. Espèce de salopard. Maintenant que Jaime est à tes yeux autant dire mort, tu n'as plus que moi...* L'envie le tenaillait de le gifler, de lui cracher à la figure, de tirer son poignard et de lui arracher le cœur pour voir, pour voir s'il était vraiment fait, comme l'assuraient les petites gens, de vieil or massif. Il se contenta de ne pas bouger, de ne pas moufter, de ne rien trahir de ses sentiments.

Comme lord Tywin se dirigeait vers la sortie, les débris épars de la coupe crissèrent sous ses talons. « Un dernier détail. » Il se tenait déjà sur le seuil. « Tu n'emmènes pas ta pute à la Cour. »

Tyrion demeura figé à sa place bien après que son père se fut éclipsé. Puis il finit par regagner le nid douillet de sa soupente, en haut, sous la cloche. Tout bas qu'en était le plafond, mince inconvénient pour un nain. De la lucarne s'apercevait le gibet dressé dans la cour par son père. En bout de corde, animée par les soupirs intermittents de la brise nocturne, virait lentement la dépouille de l'aubergiste. Aussi décharnée, désormais, parcheminée, ténue, déchiquetée que les espérances des Lannister.

Avec des murmures ensommeillés, Shae roula vers lui quand il se posa sur le bord du matelas de plumes. Il glissa ses doigts sous la couverture, les reploya en coupe sur un sein soyeux, et elle ouvrit les yeux. « M'sire », dit-elle avec un sourire assoupi.

Quand il sentit s'ériger le téton, Tyrion la baisa au front. « Je mijote, ma toute douce, murmura-t-il, de t'emmener à Port-Réal. »

JON

La jument hennit tout bas quand il resserra la sangle. « Paix, ma belle », dit-il doucement en la flattant pour la rassurer. La bise bruissait dans l'écurie, lui soufflait au visage un froid de mort, mais il s'en fichait. Ses doigts roidis par les cicatrices avaient beau lui compliquer la tâche, il n'en arrima pas moins fermement son paquetage à l'arçon. « Fantôme ? chuchota-t-il, ici. » Et le loup fut là, prunelles de braise.

« Jon, je t'en prie. Il ne faut pas. Pas ça. »

Il se mit en selle, saisit les rênes et fit volter la bête face à la nuit. Samwell Tarly se dressait en travers du porche, avec sur l'épaule une pleine lune qui épiait. Il y gagnait une ombre portée formidable, gigantesque et noire.

« Tire-toi de là, Sam.

– Tu ne *peux* pas faire ça, Jon. Je ne te laisserai pas faire ça.

– J'aimerais mieux ne pas t'amocher, Sam. Gare-toi, ou je te passe sur le corps.

– Tu n'en feras rien. Il faut m'écouter. S'il te plaît... »

Jon enfonça les éperons, la jument bondit vers la porte. Un instant, Sam tint bon, la face aussi ronde et noire qu'était blême et ronde celle de la lune derrière lui, la bouche béante en O de stupéfaction, mais, à la dernière seconde, alors qu'ils étaient déjà quasiment sur lui, sautilla de côté, comme l'avait escompté Jon, trébucha, tomba, la jument s'enleva par-dessus l'obstacle, et la nuit, droit devant, l'engloutit.

Jon releva le capuchon de son gros manteau et lâcha la bride. Châteaunoir reposait dans le plus grand silence quand il en sortit, Fantôme courant sur son flanc. Derrière, bien sûr, des hommes veillaient, sur le Mur, mais les yeux fixés vers le nord et non vers le sud. Personne ne le verrait partir, personne n'était au courant, personne, hormis Sam qui, dans les vieilles écuries, devait être en train de se ramasser. Pourvu que sa chute ne l'eût pas esquinté. Bien capable, avec sa corpulence et sa gaucherie, de s'être cassé un poignet. Ou foulé la cheville rien qu'en se rangeant. « Je l'avais prévenu ! grogna-t-il tout haut. Puis ce n'étaient pas ses oignons. » Tout en galopant, il ployait et déployait sa main brûlée. Elle lui faisait encore mal, mais la suppression des bandages lui procurait une vraie jouissance.

De part et d'autre du ruban sinueux à quoi se réduisait la route royale dans les parages, la lune argentait les collines. S'éloigner le plus possible avant que l'on constate son départ, voilà ce qu'il convenait de faire. Quitte à abandonner la route dès le lendemain et à couper à travers champs, bois et cours d'eau pour mieux semer ses poursuivants, la célérité, pour l'heure, primait la ruse. Et d'autant plus qu'ils auraient moins de peine à deviner sa destination.

Le Vieil Ours se levant invariablement dès le point du jour, il avait jusqu'à l'aube pour interposer le plus grand nombre de lieues possible entre le Mur et lui. Jusqu'à l'aube..., *si* Sam ne le trahissait pas. *Si* son sens du devoir et ses maudites frousses ne l'emportaient pas sur son affection véritablement fraternelle. Qu'on l'interrogeât seulement, et il avouerait tout. Mais de là à l'imaginer capable d'aller braver les gardes apostés devant la tour du Roi pour les sommer de réveiller Mormont, non, sûrement pas.

Non. C'est lorsque Mormont se serait lassé d'attendre en vain son petit déjeuner qu'il l'enverrait chercher. On trouverait alors la cellule vide et, sur le grabat, bien en évidence, Grand-Griffe. Il avait eu bien assez de mal à la laisser là, mais il n'était pas si perdu d'honneur qu'il pût l'emporter. Même un Jorah Mormont, au moment de fuir, y avait répugné. Nul doute que lord Mormont, se persuadait-il, finirait par découvrir plus digne de la porter. Mais penser au vieil homme le chagrinait. Sa désertion, il le savait, mettrait du gros sel sur la plaie toujours à vif de l'opprobre du fils. Une manière bien misérable de récompenser sa confiance, mais qu'y faire ? Comment qu'il s'y prît, il avait en permanence l'impression de trahir quelqu'un...

Même à présent, où il doutait de suivre la voie de l'honneur. Les choses étaient autrement plus simples pour les gens du sud. Ils avaient leurs septons pour les écouter, les conseiller, prononcer : « Les dieux veulent ceci cela, par ici par là se situe la frontière entre bien et mal. » Tandis qu'en adorant les anciens dieux, les dieux sans nom, les Stark pouvaient toujours interroger les arbres-cœur. Si tant était qu'ils entendissent, les arbres-cœur ne répondaient pas.

Quand la distance eut effacé les derniers feux de Châteaunoir, i mit la jument au pas. Il avait devant lui un fameux voyage et ell seule pour l'effectuer. S'il souhaitait pouvoir, en chemin, la troque contre une monture fraîche dans quelque fortin ou hameau de rencontre, mieux valait qu'elle demeurât présentable.

Il lui faudrait aussi, et vite fait, se changer – c'est-à-dire, selon toute probabilité, voler de nouveaux vêtements... Noir était tout ce qu'il portait : depuis le cuir de ses cuissardes, la bure de ses braies et de sa tunique, le cuir de son justaucorps sans manches et le lainage épais de son manteau jusqu'aux fourreaux taupés de sa dague et de son épée, sans compter la maille de la coiffe et du haubert planqués dans les fontes. Qu'on le capturât et, de pied en cap, tout le condamnait à mort. Et il n'était, au nord du Neck, trou si perdu que l'arrivée d'un étranger en noir n'y éveillât instantanément la curiosité générale et la suspicion. Sitôt envolés les corbeaux de mestre Aemon, nulle part Jon ne serait en sécurité. Pas même à Winterfell. Bran inclinerait peut-être à le recevoir, mais le bon sens de mestre Luwin prévaudrait, qui, comme de juste, n'entrebâillerait pas seulement les portes pour crier : « Passe ton chemin ! » Winterfell ? folie même que d'y songer...

Mais le spectre du château surgit, net comme de la veille, avec ses hauts murs de granit, les senteurs complexes : fumée, chien mouillé, rôts..., de la grande salle, et la loggia de Père, et sa propre chambre dans l'échauguette. Toute une partie de son être n'aspirait à rien tant qu'à savourer de nouveau le rire de Bran, déguster l'une des tourtes bœuf-et-jambon de Gage, entendre Vieille Nan ressasser ses contes, l'écouter narrer Florian l'Idiot et les enfants de la forêt.

Mais il n'avait pas quitté le Mur dans ce but ; il l'avait quitté parce qu'il demeurait, contre vents et marées, le fils de Père et le frère de Robb. Le don d'une épée, fût-elle aussi belle que Grand-Griffe, ne l'avait point métamorphosé en Mormont. Pas davantage n'était-il Aemon Targaryen. A trois reprises, le vieillard avait dû choisir et, à trois reprises, choisi l'honneur ? libre à lui. Puis comment savoir s'il était resté par lâcheté, par faiblesse, ou par courage, par loyauté ? Jon se le demandait encore. Du moins comprenait-il fort bien ce que le mestre avait voulu dire quant au tourment de choisir ; il ne le comprenait que trop.

Tyrion Lannister affirmait que la plupart des hommes aimaient mieux nier les vérités dures que les affronter ? Parfait, mais comment s'y prendre quand on se trouvait soi-même pétri de contradictions négatives ? Il était ce qu'il était, Jon Snow, bâtard et parjure, un maudit sans mère et sans amis. Condamné jusqu'à son dernier jour, qu'il vînt tôt, vînt tard, à être en marge, à se tenir, muet, dans l'ombre, à n'oser dire son vrai nom. En quelque lieu des Sept Couronnes qu'il se rendît, sa vie ne serait que mensonge, forcément, s'il voulait s'épargner l'hostilité de tous. Bagatelle, au reste, pourvu qu'il vécût assez longtemps pour prendre sa place aux côtés de Robb et l'aider à venger les mânes de Père.

Robb, il le revoyait, lors de leurs adieux, campé dans la cour, saupoudré de flocons qui fondaient sur ses cheveux auburn. Il serait forcé de se présenter à lui déguisé, à la dérobée. Il essaya d'imaginer l'expression de son frère au moment où il se démasquerait. Robb secouerait la tête, sourirait et dirait... dirait...

Le sourire, il ne parvenait pas à le voir. Il ne parvenait pas à le voir, si fort qu'il s'y efforçât. Et il se surprit à songer au déserteur que Père avait décapité le jour de la découverte des louveteaux. « Tu as juré. » La voix de lord Eddard résonnait comme en ce matin clair. « Tu as prononcé les vœux devant tes frères et devant les dieux anciens et nouveaux. » A nouveau, Desmond et Gros Tom traînèrent l'homme vers le billot. Les yeux de Bran s'agrandirent comme des soucoupes, et il fallut lui rappeler de tenir ferme son poney. Le moindre détail reparut. Le regard de Père quand Theon Greyjoy lui apporta Glace. Sur la neige, l'ondée de sang. La tête qui roulait jusqu'aux pieds de Theon et la manière dont celui-ci l'avait, telle une vulgaire balle, réexpédiée.

Qu'aurait fait lord Eddard si, au lieu de cet étranger loqueteux, le déserteur avait été son propre frère, Benjen ? Cela eût-il rien changé ? Sûrement, oh, *sûrement*..., et Robb ne manquerait pas de l'accueillir, lui, à bras ouverts, voyons. Il le *devait*. Sinon...

Ce « sinon »-là était intolérable. Et comme, à tenir court les rênes, ses doigts blessés s'ankylosaient douloureusement, il talonna les flancs de la jument pour lui faire prendre un bout de galop, comme si la course devait dissiper ses doutes. Sans redouter la mort, il refusait de mourir ainsi, troussé, ligoté, décollé comme un brigand banal. S'il fallait périr, que ce soit du moins l'épée au poing et en combattant les meurtriers de Père. Il n'était pas un véritable Stark, ne l'avait jamais été... ? Il saurait tout de même mourir en Stark. Pour les forcer à reconnaître, tous, qu'Eddard Stark avait engendré non pas trois fils mais quatre.

La langue pendante, Fantôme soutint l'allure près d'un demimille mais, lorsque cheval et cavalier tendirent tous deux le col pour accélérer, il ralentit, s'immobilisa, tout yeux, deux braises dans le clair de lune, disparut, là-bas derrière, mais Jon ne s'en inquiéta pas : il suivrait, mais à son propre pas.

Devant clignotaient à travers les arbres, sur les deux côtés de la route, des lumières clairsemées : La Mole. Hormis l'aboi d'un chien sur son passage et le braiment rauque d'une mule dans quelque écurie, le village ne broncha point. De-ci de-là se devinait, aux fentes des volets clos, la lueur sourde d'un foyer, mais le noir demeurait la règle.

Si La Mole paraissait à peine plus qu'un hameau, c'est que les trois quarts de son habitat se trouvaient sous terre, bien au chaud dans de profonds celliers que reliait un labyrinthe de boyaux. Souterrain, le bordel lui-même qui, à la surface, n'exhibait guère qu'une cabane aussi mesquine que des lieux d'aisances, il est vrai distinguée par sa lanterne rouge au-dessus du seuil. Sur le Mur, les hommes désignaient les putains par le sobriquet « trésors enfouis ». Qui savait si, cette nuit, tel ou tel de ses frères en noir ne fouissait pas, là-dessous ? C'était aussi se parjurer, cela, mais nul ne semblait s'en soucier.

Il ne ralentit que bien au-delà du village, alors qu'il était aussi en nage que la jument. Sa main lui faisait mal, il grelottait, mit pied à terre. Goutte à goutte fondait en petites mares une congère dans le sous-bois. Il s'accroupit et joignit ses doigts en coupe pour recueillir ce suintement glacé d'eau de neige, en but puis s'en aspergea le visage au point d'en avoir des fourmillements dans les joues. Depuis des jours et des jours sa main ne l'avait si fort tourmenté, et la tête lui cognait aussi. *Pourquoi me sentir si mal*, se dit-il, a*lors que j'agis comme je le dois ?*

La jument étant toute maculée d'écume, il la prit par la bride et décida de marcher un moment. Des ruisselets coupaient la chaussée pierreuse et tout juste assez large pour deux cavaliers de front. Très malin, ce triple galop, idéal pour se rompre le cou. Quelle mouche l'avait donc piqué ? Etait-il si pressé de mourir ?

Il dressa l'oreille. Du fin fond des bois parvenaient les cris d'une bête en détresse. La jument hennit, renâcla. Le loup avait-il débusqué quelque proie ? Les mains arrondies en porte-voix, il cria : « *Fantôme !* », mais il eut beau répéter : « Ici, Fantôme, ici », seul lui répondit dans son dos l'essor froufroutant d'une chouette effarée.

Les sourcils froncés, il poursuivit sa route. Au bout d'une demi-heure, la jument fut sèche, mais Fantôme n'avait toujours pas reparu. Malgré son désir de reprendre au plus vite sa chevauchée, Jon finissait par s'inquiéter. « *Fantôme !* appela-t-il à nouveau. Où es-tu ? Au pied ! *Fantôme !* » Rien dans ces bois ne pouvait sérieusement menacer un loup-garou, ce loup-garou ne fût-il encore qu'adolescent, rien, sauf..., non, Fantôme était trop futé pour attaquer un ours, et s'il y avait eu dans les parages une meute de loups, on les aurait sûrement entendus hurler.

Autant manger un morceau, décida-t-il. Cela lui calerait l'estomac, le délai permettrait à Fantôme de les rattraper, et ce sans danger, tout dormait encore, à Châteaunoir. Dans ses fontes, il préleva un biscuit, un bout de fromage et une petite pomme brune toute ridée. Il avait également fauché aux cuisines du bœuf salé et une bonne tranche de lard fumé, mais il comptait les réserver pour le lendemain. Ensuite, il faudrait chasser, ce qui le retarderait.

Il s'assit sous les arbres et grignota fromage et biscuit pendant que la jument broutait sur la lisière de la route. Il avait gardé la pomme pour la bonne bouche et, pour avoir perdu de sa fermeté, la chair en demeurait juteuse, aigrelette à souhait. Il en suçotait le trognon quand un bruit l'alerta : des chevaux, et en provenance du nord. En deux bonds, il rejoignit la jument. Les gagner de vitesse ? non, ils se trouvaient trop près, avaient dû l'entendre, et ils étaient de Châteaunoir...

Il entraîna vivement la bête à l'écart, derrière un massif épais de vigiers gris-vert. « Paix, paix », lui souffla-t-il avant de se tapir pour épier au travers des branches. Si les dieux daignaient, les cavaliers le dépasseraient. Il pouvait d'ailleurs tout bonnement s'agir de quelques croquants de La Mole, de fermiers se rendant aux champs, sauf qu'en pleine nuit ce qu'ils fichaient dehors... ?

Le martèlement des sabots devenait plus net de seconde en seconde. Ils allaient bon pas, d'après la progression du son, et, d'après son ampleur, devaient bien être cinq ou six. Déjà leurs voix trouaient la végétation.

« ...certain qu'a pris c'te direction ?

– Certain, certain...

– Pu partir vers l'est, aussi bien. Ou couper à travers bois. Ce que j' f'rais, moi.

– Dans le noir ? Idiot. Si tu te casses pas la gueule, tu te paumes, tu tournes en rond, et le Mur sous le pif quand le soleil se lève !

– Parle pour toi..., regimba Grenn, vexé manifestement. Moi, plein sud, là. 'vec les étoiles, tu sais l' sud.

– Et s'y a des nuages ? susurra Pyp.

– Ben, j' pars pas, là. »

Un autre intervint : « Savez quoi, *moi*, si j'étais lui ? La Mole, à creuser mon trou ! » Au rire strident qui fracassa les bois, Jon reconnut Crapaud. La jument s'ébroua.

« Vos gueules, un peu. » Halder... « J'ai cru entend' quèqu' chos'.

– Où ça ? Moi, rien. » Les chevaux s'immobilisèrent.

« Tu t'entends même pas péter, *toi*... !

– Si fait, s'enferra Grenn.

– *Chhhuttt !* »

Tous se turent, l'oreille tendue, tandis que Jon retenait son souffle. *Sam*, songea-t-il. Qui n'était allé ni chez le Vieil Ours ni au pieu mais réveiller les autres. Bande d'enfoirés. Qu'ils ne soient pas au poste à l'aube, et on les taxerait eux-mêmes de désertion. S'en doutaient-ils seulement ?

Le silence s'éternisait. De sa cachette, Jon ne discernait que les jambes des chevaux. Enfin, Pyp reprit : « T'avais entendu quoi ?

– Ch'ais pas, reconnut Halder. Un truc comme un cheval, j'aurais dit, mais...

– Y a rien, ici. »

Du coin de l'œil, Jon entrevit se mouvoir une forme pâle dans les fourrés. Un frisson des feuilles, et Fantôme émergea des ombres si brusquement que la jument tressaillit, hennit. « *Là !* cria Halder.

– C'te fois, oui !

– Traître », dit Jon au loup en sautant en selle. Mais à peine eut-il tourné la tête du cheval vers le profond des bois dans l'espoir de s'y fondre en douce qu'il se vit rejoint.

« *Jon !* piailla Pyp.

– 'rête, dit Grenn. Peux pas nous échapper. »

Il fit volte-face en dégainant. « Arrière. Ne m'obligez pas à vous frapper. Désolé, mais je le ferai.

– A un contre sept ? » répliqua Halder. Sur un signe de lui, les garçons se déployèrent pour cerner Jon.

« Que me voulez-vous ? s'insurgea-t-il.

– Te ramener auprès des tiens, dit Pyp.

– Les miens, c'est mon frère.

– Tes frères, c'est *nous*, main'nant, dit Grenn.

– Sais qu'y t' coup'ront la têt', s'y t' prenn' ? argua Crapaud avec un rire nerveux. C' trop con. 't une connerie juste pour l'Aurochs.

– C' pas vrai ! protesta Grenn. Chuis pas com' ça. C' tait sérieux quand j'ai juré.

– Moi aussi, rétorqua Jon, mais vous ne comprenez donc pas ?

On a assassiné mon *père* ! C'est la guerre, et mon frère se bat dans le Conflans, et...

– On sait, déclara Pyp d'un ton solennel. Sam nous a tout dit.

– On est désolés pour ton père, enchaîna Grenn, c' pas ça qui coince. Mais un' fois qu' t'as juré, y a pas, peux pus partir.

– Je le *dois*..., insista Jon avec ferveur.

– Rappelle-toi les termes du serment, glissa Pyp. "*Voici que débute ma garde*, as-tu dit. *Jusqu'à ma mort, je la monterai*."

– "*Je vivrai et mourrai à mon poste*", poursuivit Grenn en acquiesçant d'un signe.

– Je n'ai que faire qu'on me les serine. Je les connais aussi bien que vous. » La moutarde lui montait au nez. Ne pouvaient-ils lui foutre la paix ? Fallait-il vraiment lui rendre le départ encore plus déchirant ?

« "*Je suis l'épée dans les ténèbres*", entonna Halder.

– "*Je suis le veilleur au rempart*" », poursuivit Crapaud.

Jon s'étant mis à les injurier, ils affectèrent une surdité totale. Pyp poussa son cheval pour se rapprocher, tout en récitant : « "*Je suis le feu qui flambe contre le froid, la lumière qui rallume l'aube, le cor qui secoue les dormeurs, le bouclier protecteur des royaumes humains*."

– Arrière ! l'avertit Jon, l'épée brandie. Je ne plaisante pas, Pyp. » Aucun d'entre eux ne portant seulement d'armure, il lui serait aisé de les tailler en pièces s'il le fallait.

Mine de rien, Matthar était parvenu à se placer derrière lui. Il fit à son tour chorus : « "*Je voue mon existence et mon honneur à la Garde de Nuit*." »

Jon poussa sa jument de manière à la faire tourner sur place. Il se trouvait désormais entièrement cerné.

« "*Pour cette nuit-ci*..." » Depuis la gauche, Halder pénétrait dans le cercle.

« "*...comme pour toutes les nuits à venir*" », acheva Pyp. Il se pencha vers la bride de la jument. « A toi de choisir, maintenant. Tue-moi ou suis-moi. »

L'épée s'apprêta à frapper..., dut y renoncer. « Maudit sois-tu ! gronda Jon avec désespoir. Maudits soyez-vous tous !

– Devons-nous te lier les mains, ou nous donnes-tu ta parole de rentrer sans faire d'embarras ? s'enquit Halder.

– Je ne m'enfuirai pas, si c'est ce que tu redoutes. » Comme Fantôme s'aventurait à découvert, il le cloua du regard. « Bravo pour ton aide. » Une expression penaude assombrit les prunelles rouges.

« Faudrait se magner, dit Pyp. Qu'on soit pas de retour avant le point du jour, et c'est nos têtes à *tous* que le Vieil Ours voudra. »

Du trajet, Jon Snow retint peu de chose. Il lui sembla plus court qu'à l'aller, peut-être parce que son esprit divaguait ailleurs. Pyp dicta l'allure, galop, pas, trot, galop derechef. La Mole apparut, disparut, la lanterne rouge n'y brillait plus. Et ils allaient si bon train que les tours de Châteaunoir se silhouettèrent, encore assombries par la pâleur du Mur, une heure avant l'aube, sous les yeux de Jon. Sans qu'il éprouvât, cette fois, l'impression de rentrer chez lui.

On avait pu le ramener, se dit-il, on ne pourrait le retenir. La guerre n'allait s'achever ni demain ni après-demain, et ses bons amis ne pourraient le tenir à l'œil jour et nuit. Il attendrait son heure en les berçant de l'illusion qu'il était satisfait de son sort... et, sitôt relâchée leur vigilance, envolé, l'oiseau. En évitant cette fois la grand-route. Vers l'est, par exemple, en longeant le Mur, peut-être jusqu'à la mer – plus long mais plus sûr. Ou même par l'ouest jusqu'au pied des montagnes et, là, plein sud en franchissant les plus hauts cols. La voie qu'empruntaient les sauvageons. Tuante, périlleuse, mais du moins ne l'y suivrait-on pas. Et qui se maintenait toujours à cent bonnes lieues de Winterfell et de la chaussée royale.

Trop anxieux pour dormir, Sam les attendait, affalé dans les vieilles écuries contre des bottes de foin. Il se leva, s'épousseta. « Je... je suis heureux qu'ils t'aient trouvé, Jon.

– Moi pas », riposta-t-il en démontant.

Pyp sauta à bas de son cheval et, avec un regard de dégoût vers la vague éclaircie du ciel : « Un coup de main pour panser les bêtes, Sam. Nous avons une longue journée devant nous que nous n'affronterons, grâce à lord Snow, ni frais ni dispos. »

Quand le jour se leva, Jon se rendit aux cuisines comme de coutume. Hobb Trois-Doigts lui remit sans mot dire le déjeuner du Vieil Ours : trois œufs durs bruns, ce matin-là, du pain frit, une tranche de jambon et une jatte de prunes ridées.

Assis près d'une fenêtre de la tour du Roi, Mormont écrivait. Son corbeau lui arpentait les épaules de long en large en maugréant : « *Grain ! grain ! grain !* » L'entrée de Jon lui arracha un cri strident. « Pose ça sur la table, dit le Vieil Ours en levant les yeux. Tu me donneras de la bière. »

Sur la tablette extérieure d'une autre fenêtre encore close de son volet, Jon s'en fut prendre le pichet requis, emplit une corne puis y pressa dans son poing le citron tout frais tiré du Mur par le cuistot.

Le jus glacé gicla entre ses doigts. Mormont buvait cette mixture tous les jours et lui imputait haut et fort la conservation de ses dents.

« Nul doute que tu n'aimais ton père, lui dit-il en prenant la corne. Mais nos affections nous détruisent invariablement. Te souviens quand je te l'ai dit ?

– Me souviens », répondit-il d'un ton maussade. Même avec Mormont, il n'avait nulle envie d'évoquer la mort de Père.

« Tâche de ne jamais l'oublier. Les vérités dures sont celles qu'il convient de tenir serré. Passe-moi l'assiette. Encore du jambon ? ! Tant pis. M'as l'air crevé, toi. Si fatigante, ton escapade au clair de lune ? »

Sa gorge se sécha. « Vous êtes au courant ?

– *Courant !* répéta le corbeau, depuis l'épaule de son maître. *Courant !* »

Le Vieil Ours renifla. « Penses-tu qu'on m'ait fait lord commandant de la Garde de Nuit parce que j'étais bouché à l'émeri, Snow ? Aemon m'a prévenu que tu partirais. Je lui ai dit que tu reviendrais. Je connais mes hommes... et mes *gars* aussi. Si l'honneur t'a jeté sur la route royale, l'honneur a su te ramener.

– Ce sont mes copains qui m'ont ramené.

– Ai-je dit *ton* honneur ? » Il scrutait l'assiette.

« On a tué mon père. Vous attendiez-vous que je reste passif ?

– Pour parler franc, nous nous attendions à te voir faire exactement ce que tu as fait. » Il tâta d'une prune, cracha le noyau. « J'avais donné l'ordre de te surveiller. On t'a vu partir. Si tes copains ne t'avaient pas récupéré, on t'épinglait en route, et pas des copains. A moins de posséder un cheval muni d'ailes comme un corbeau. Est-ce le cas ?

– Non. » Il se sentait idiot.

« Dommage, nous serait utile, un cheval pareil. »

Jon se redressa de toute sa hauteur. Il se persuadait qu'il saurait mourir ; oui, il saurait, toujours ça de pris. « Je connais le tarif de la désertion, messire. Je n'ai pas peur de la mort.

– *Mort !* s'écria le corbeau.

– Ni de la vie, j'espère ? » riposta Mormont en découpant le jambon avec son poignard. Il en tendit une lichette à l'oiseau. « Tu n'as pas déserté – pas encore. Tu es là, devant moi. Si nous décapitions tous les gars qui vont à La Mole la nuit, le Mur n'aurait que des spectres pour le garder. Cependant, peut-être projettes-tu de redécamper demain ou dans une quinzaine. C'est ça ? C'est ça, ton espoir, mon gars ? »

Jon demeura muet.

« Bien ce que je pensais. » Il entreprit de dépiauter un œuf. « Ton père est mort, garçon. Crois-tu pouvoir le ressusciter ?

– Non, confessa-t-il du bout des dents.

– Bon, dit Mormont. Nous avons, toi et moi, vu des revenants, et ce spectacle-là, je ne me soucie pas d'en reprendre. » Il avala l'œuf en deux bouchées, débarrassa ses dents d'une parcelle de coquille. « Ton frère est en campagne avec toutes les forces du nord derrière lui. Le moindre de ses bannerets commande plus d'épées que tu n'en saurais dénombrer dans la Garde de Nuit tout entière. Pourquoi te figurer que *ton* aide leur est nécessaire ? Es-tu un guerrier surpuissant ? As-tu dans ta poche un djinn pour doter ton épée de vertus magiques ? »

Il n'y avait rien à répondre à cela. Le corbeau s'était attaqué à un œuf et en perforait la coquille à petits coups précis. Puis il inséra son bec dans la brèche et en extirpa des morceaux de blanc et de jaune.

Le Vieil Ours soupira. « Tu n'es pas le seul que touche cette guerre. Selon toute probabilité, ma sœur fait partie de l'armée de ton frère, ma sœur et les espèces de filles qu'elle a, vêtues de maille comme des hommes. Maege est un vieux snark rance, tenace, emporté, buté. Pour ne te rien cacher, je supporte mal ses parages, mais elle a beau être une sacrée garce, ne t'y méprends pas, je l'aime autant que toi tes demi-sœurs. » Le front plissé, il prit son dernier œuf et, avec moult crissements, l'écrasa dans son poing. « Peut-être moins, quand même... Quoi qu'il en soit, sa perte m'affligerait encore, et, cependant, me vois-tu filer ? J'ai juré, ni plus ni moins que toi. Ma place est ici..., et toi, garçon, où est la tienne ? »

Je n'ai pas de place, voulut-il dire, *je suis un bâtard, je n'ai pas de droits, pas de nom, pas de mère et, maintenant, même plus de père*. Les mots refusèrent de sortir. « Je ne sais pas.

– Moi si, affirma le lord commandant Mormont. Les vents froids se lèvent, Snow. Au-delà du Mur s'allongent les ombres. Cotter Pyke parle dans ses lettres de grandes hardes d'orignacs qui affluent vers le sud et vers la mer, à l'est, ainsi que de mammouths. Il dit qu'à moins de trois lieues de Fort-Levant l'un de ses hommes a relevé des empreintes énormes et difformes. Des patrouilles de Tour Ombreuse ont découvert des villages entièrement désertés, et, la nuit, ser Denys m'informe qu'on voit les montagnes embrasées de feux gigantesques et qui brûlent du crépuscule à l'aube. Un captif pris tout au fond des Gorges jure à Quorin Mimain que Mance Rayder est en train de masser son peuple, les dieux seuls savent à quelle fin, dans un nouveau repaire secret de son invention. Ignorerais-tu que ton oncle Benjen est loin d'être, depuis un an, notre unique disparu ?

– *Ben Jen !* croassa le corbeau, le bec barbouillé de bribes d'œuf, en branlant du chef, *Ben Jen ! Ben Jen !*

– Non », reconnut Jon. Il y en avait eu d'autres. Beaucoup trop.

« La guerre de ton frère serait-elle, à tes yeux, plus vitale que la nôtre ? » aboya le vieil homme.

Jon se mâcha la lèvre. Le corbeau le gifla de l'aile en scandant : « *Guerre ! guerre ! guerre ! guerre !* »

« Hé bien, non, dit Mormont. Les dieux aient pitié de nous, mon garçon. Tu n'es ni aveugle ni imbécile, dis-moi : quand les morts se mettent à chasser, la nuit, le titulaire du Trône de Fer, ça te paraît vital ?

– Non. » Il n'avait pas envisagé les choses sous cet angle.

« Le seigneur ton père t'a envoyé à nous, Jon. Pourquoi ? ça...

– *Quoi ? quoi ? quoi ?* piaula le corbeau.

– Tout ce que je sais, c'est que le sang des Premiers Hommes coule dans les veines des Stark. Les Premiers Hommes édifièrent le Mur, ils conservent, à ce que l'on prétend, des souvenirs oubliés du commun. Comme ta bestiole, tiens..., qui nous a conduits à ces créatures, qui t'a alerté quand l'une d'elles grimpait l'escalier. “Coïncidences !”, ricanerait évidemment ser Jaremy, mais ser Jaremy est mort, moi pas. » De la pointe de son poignard, il piqua un bout de jambon. « Je suis convaincu que le sort t'appelait ici, et je veux vous avoir avec nous, ton loup et toi, quand nous irons au-delà du Mur. »

D'exaltation, Jon en eut froid dans le dos. « Au-delà du Mur... ?

– Tu as bien entendu. Je compte retrouver Ben Stark, mort ou vif. » Il mastiqua, déglutit. « Attendre ici, les fesses au chaud, que tombent les neiges et sifflent les bises glacées ? non merci. Il faut savoir ce qui se passe. Ce coup-ci, la Garde de Nuit marchera en force. Contre le roi d'au-delà du Mur, contre les Autres et contre tout ce qui pourra rôder par là. Et je la commanderai personnellement. » Il lui pointa sa dague vers la poitrine. « L'usage veut que l'ordonnance du lord Commandant le suive aussi comme écuyer, mais..., mais je n'ai pas la moindre envie de m'éveiller, aube après aube, en me demandant : “Aura-t-il à nouveau filé ?” Voilà pourquoi j'exige une réponse, lord Snow, et une réponse immédiate. Es-tu un frère de la Garde de Nuit... ou rien qu'un petit bâtard désireux de jouer à la guerre ? »

Jon se redressa, prit une longue inspiration. *Pardonnez-moi, Père. Robb, Arya, Bran..., pardonnez-moi, je ne puis rien pour vous. C'est lui qui a raison. La voici, ma place.* « Je suis... à vous, messire. Votre homme. Je le jure. Je ne m'enfuirai plus. »

Le Vieil Ours s'ébroua. « Bon. Va ceindre ton épée. »

CATELYN

Des milliers d'années lui semblaient s'être écoulées depuis que, pour quitter Vivesaigues à destination de Winterfell, au nord, elle avait franchi, les bras chargés du nouveau-né, la Culbute à bord d'un petit bateau. Oh, c'était toujours la Culbute qu'elle traversait à présent, mais dans l'autre sens, et pour regagner la maison, sa maison natale, et le nouveau-né jadis tirebouchonné dans ses langes portait désormais plate et maille.

Il était là, Robb, assis à la proue, la main posée sur la tête de Vent Gris, presque absent, tandis que souquaient les rameurs. A ses côtés, Theon Greyjoy. Oncle Brynden suivait, dans une autre barque, avec Lard-Jon et lord Karstark.

Elle-même s'était installée vers la poupe. Tout en se laissant porter par la violence du courant, on se rabattait pour doubler la masse impressionnante de la tour d'Abée. Le fracas des flots qui s'y engouffraient, l'écho de leurs éclaboussures contre les godets de la roue lui rappelaient tant sa jeunesse qu'un triste sourire lui vint aux lèvres. Du haut des remparts de grès pleuvaient son propre nom, clamé par les soldats et les serviteurs, celui de son fils et des « Winterfell ! » enthousiastes. Aux créneaux flottait un peu partout l'étendard Tully : la truite au bond, d'argent sur champ mouvant de gueules et d'azur. Une vision réconfortante, mais qui échouait à lui relever le cœur. Se relèverait-il jamais, son cœur, à présent ? *Oh, Ned, Ned...*

Au bas de la tour d'Abée, les rameurs négocièrent un large virage et, à pleins bras, pleins dos, se mirent à éventrer les tourbillons. Comme se révélait alors l'arche évasée de la tour d'Aigues, un grincement douloureux de chaînes annonça qu'on entreprenait d'en relever la pesante herse. Et, de fait, tandis qu'ils se rapprochaient, celle-ci monta peu à peu, rougie de rouille dans sa partie basse, qui ne leur livra passage que comme à regret, dégouttante d'une boue brunâtre, ses crampons griffus brandis à quelques pouces à peine au-dessus de leurs têtes. Les yeux attachés aux barreaux de fer, Catelyn s'alarma. La rouille ne les rongeait-elle pas jusqu'au cœur ? Opposeraient-ils beaucoup de résistance au boutoir d'un bélier ? Ne conviendrait-il pas de les remplacer ? Un genre de préoccupations qui ne lui laissait guère de répit, ces temps-ci...

Passant tour à tour du grand jour à l'ombre et de l'ombre au grand jour, ils enfilèrent la voûte et se retrouvèrent au bas de nouveaux murs. Des embarcations de toutes tailles les entouraient, amarrées à la pierre par des anneaux de fer. Au bas de l'escalier d'eau les attendaient les gardes de Père, en compagnie de ser Edmure Tully. D'aspect ragot, le jeune gaillard se distinguait par l'auburn hirsute de sa toison que complétait une barbe ardente. Son pectoral de plates attestait les plaies et bosses de la bataille, le sang et la suie souillaient son manteau rouge et bleu. Près de lui se dressait, sec comme une pique, profil crochu flanqué de favoris ras poivre-et-sel, son libérateur, lord Tytos Nerbosc. Le jais serti dans son armure d'un jaune éclatant figurait des pampres compliqués, et un manteau cousu de plumes de corbeau drapait ses maigres épaules.

« Amenez-les », ordonna ser Edmure. Trois hommes entrèrent dans l'eau jusqu'au genou et, avec leurs gaffes, attirèrent la barque à quai. Au bond que fit Vent Gris pour retrouver la terre ferme, l'un d'eux lâcha sa perche et se jeta si vivement en arrière qu'il perdit l'équilibre et prit un bain de siège pour le moins brutal. Les éclats de rire qui saluèrent l'exploit parfirent sa mine piteuse. Mais déjà Theon Greyjoy barbotait au flanc de la barque et, enlevant lady Stark par la taille, la déposait au sec, deux marches plus haut.

Edmure descendit aussitôt l'embrasser. « Chère sœur... ! » murmura-t-il d'une voix enrouée. Il suffisait de voir la coupe de sa bouche et le bleu sombre de ses yeux pour le pressentir un sourieur-né, mais il ne souriait pas, maintenant. Il avait l'air épuisé, usé, meurtri par la bataille et perclus de souci. Un pansement trahissait sa blessure au col. Catelyn l'étreignit passionnément.

« Ton deuil est mien, Cat, lui dit-il en l'entraînant à part. Quand nous avons appris, pour lord Eddard... Les Lannister le paieront, je le jure, tu seras vengée.

– Cela me rendra-t-il Ned ? » répliqua-t-elle avec âpreté. Sa plaie était trop à vif pour qu'elle modérât ses mots. Penser à Ned lui était impossible, pour l'heure, intolérable. Elle refusait de penser à lui. A quoi bon ? Elle avait besoin de toutes ses forces. « Chaque chose en son temps. Je dois voir Père.

– Dans sa loggia. Il t'attend.

– Lord Hoster est cloué au lit, madame », intervint l'intendant. Depuis quand ce brave homme était-il devenu si gris, si vieux ? « Il m'a chargé de vous mener à son chevet sur-le-champ.

– C'est moi qui le ferai », dit Edmure. Il lui fit gravir l'escalier d'eau, traverser la courtine inférieure où, jadis, pour elle, Brandon Stark et Petyr Baelish avaient croisé le fer, et que surplombaient les formidables murailles du donjon. Puis, comme ils franchissaient une porte gardée par deux plantons à heaume faîté du poisson, elle s'enquit, le cœur serré d'avance par la réponse qu'elle sollicitait : « Il va si mal ? »

Edmure s'assombrit. « D'après les mestres, nous ne tarderons pas à le perdre. Il souffre... en permanence, et atrocement. »

Une rage aveugle la submergea, qui n'épargnait rien ni personne au monde, une rage qui englobait, avec Edmure et les Lannister et les mestres et Lysa, Ned et Père eux-mêmes, et les dieux monstrueux capables de lui ôter ces derniers coup sur coup tous deux. « Tu aurais dû m'avertir, dit-elle. M'envoyer un message dès que tu l'as su.

– Il l'a interdit. Il ne voulait pas que ses ennemis le sachent à toute extrémité. De peur que, s'ils soupçonnaient la gravité de son état, dans cette atmosphère de guerre civile, les Lannister...

– ... n'attaquent ? » acheva-t-elle durement. *C'est ton œuvre*, insinua une voix intérieure, *ton œuvre à toi. Si tu n'avais pas commis la folie de t'emparer du nain...*

Ils achevèrent en silence l'ascension de l'escalier à vis.

A l'instar du château lui-même, triangulaire était le donjon, et triangulaire aussi la loggia de lord Hoster, avec un grand balcon de grès qui saillait à l'est comme l'étrave d'un puissant vaisseau. De là, le seigneur de Vivesaigues plongeait sur les murs et redoutes et, au-delà, sur les remous du confluent. Aussi y avait-on transporté son lit. « Il se plaît à jouir du soleil et de la vue sur les rivières, expliqua Edmure. Regardez qui je vous amène, Père. Cat... »

Alors que, d'une stature et d'une corpulence déjà conséquentes dans sa jeunesse, leur père n'avait cessé, l'âge venu, de s'empâter, c'est un homme amenuisé qu'elle retrouvait, sans chair ni muscles, la peau et les os. Jusqu'au visage, ravagé. Révolus aussi, la barbe et les cheveux bruns filetés de gris dont la mémoire le parait encore. Blancs comme neige, désormais...

A la voix d'Edmure, il ouvrit les yeux. « Chaton, murmura-t-il d'une voix exténuée de naufragé, mon chaton. » Le tremblement d'un sourire effleura ses traits, tandis qu'à tâtons sa main cherchait celles de sa fille. « Je guettais ta venue...

– Je vous laisse bavarder », dit Edmure en le baisant tendrement au front.

Après qu'il se fut retiré, Catelyn s'agenouilla au chevet du vieillard sans lâcher sa main. Une grande main décharnée, maintenant, débile, avec trop de peau pour son excès d'os. « Il fallait m'avertir, dit-elle. Une estafette, un corbeau...

– On intercepte les estafettes, on les interroge. Et les corbeaux, on les abat... » Un spasme le prit, qui crispa ses doigts captifs. « Des crabes dans mes entrailles..., et qui pincent, pincent sans répit. Jour et nuit. Des pinces féroces, les crabes. Grâce aux décoctions de mestre Vyman, vin-de-songe et lait de pavot..., je dors pas mal... mais, pour ta visite, quand tu viendrais, je voulais avoir toute ma conscience. J'avais peur..., quand les Lannister ont pris ton frère, leurs camps nous cernaient..., peur de disparaître sans t'avoir revue..., peur...

– Je suis là, Père. Avec Robb, mon fils. Il aimerait aussi vous voir.

– Ton garçon..., souffla-t-il. Il avait mes yeux, je me rappelle...

– Il les a toujours. Et nous vous amenons Jaime Lannister enchaîné. Vivesaigues est à nouveau libre, Père. »

Il sourit. « J'ai vu. Quand tout a débuté, la nuit dernière, je leur ai dit... fallait que je voie. M'ont transporté à la conciergerie... Contemplé d'en haut. Ah, c'était magnifique..., ces torches, un raz de marée, tous ces cris portés par les eaux..., savoureux, ces cris..., crebleu ! Alors que leur maudite tour de siège montait, montait... Serais mort volontiers, la nuit dernière, et heureux..., sauf que j'aurais voulu d'abord voir tes enfants. C'est ton garçon qui a fait cela ? Ton Robb ?

– Oui, se rengorgea-t-elle farouchement. Robb et... Brynden. Votre frère aussi se trouve ici, messire.

– Lui. » Sa voix n'était plus qu'un murmure presque inaudible. « Le Silure... De retour ? Du Val ?

– Oui.

– Et Lysa ? » Un soupçon de brise animait par intermittence les fins cheveux blancs. « Miséricorde ! ta sœur..., elle aussi ? »

Le ton trahissait tant d'espoir et de nostalgie qu'elle ne se sentit pas le cœur de tout déballer. « Non. Je regrette...

– Oh. » Ses traits s'affaissèrent, une lueur s'éteignit dans ses yeux. « J'avais espéré... J'aurais aimé la voir, avant de...

– Elle est aux Eyrié. Avec son fils. »

Il hocha la tête d'un air las. « Lord Robert, bien sûr, puisque le pauvre Arryn..., ça me revient... Mais pourquoi ne t'a-t-elle pas accompagnée ?

– Par peur, messire. Aux Eyrié, elle se sent en sécurité. » Elle baisa le front ridé. « Robb doit s'impatienter. Acceptez-vous de le recevoir ? Et Brynden ?

– Ton fils, chuchota-t-il. Oui. L'enfant de Cat..., il avait mes yeux, je me rappelle. A sa naissance. Oui..., amène-le.

– Et votre frère ? »

Son regard s'évada vers les deux rivières. « Silure, dit-il. S'est-il marié ? Déniché quelque... fille pour épouse ? »

Jusque sur son lit de mort..., s'affligea-t-elle. « Toujours pas. Vous le savez bien, Père. Et qu'il n'en fera jamais rien.

– Je lui avais pourtant dit..., *ordonné* : “Marie-toi !” J'étais son suzerain. Il le sait. Mon droit, de lui assigner un parti. Un bon parti. Une Redwyne. Vieille maison. Et beau brin de fille, charmante..., taches de rousseur..., Bethany, voilà. Pauvre petite. Toujours en panne. Ouais. Toujours...

– Non, Père, rectifia-t-elle. Bethany Redwyne a épousé lord Rowan voilà des années. Elle en a trois enfants.

– Et quand cela serait ? maugréa-t-il, quand cela serait ? Cracher sur elle et sur les Redwyne... Cracher sur *moi*. Sur moi, son suzerain, son frère..., ce Silure. J'avais d'autres propositions. La fille de lord Bracken. Les trois de Walder Frey..., “N'importe laquelle”, il disait... S'est-il marié, à la fin ? Me moque avec qui, pourvu... ! quiconque.

– Personne. Mais il a fait des lieues et des lieues pour vous voir, il s'est battu pour revenir à Vivesaigues. Si ser Brynden ne nous avait aidés, je ne me trouverais pas ici.

– Il a toujours été un guerrier, concéda-t-il de mauvais gré. Dans ses moyens, ça. Chevalier de la Porte, mmouais. » Il se laissa aller, d'un air indiciblement las, sur le dos, ferma les paupières. « Envoie-le. Plus tard. Je vais un peu dormir. Trop mal fichu pour batailler. Envoie-le-moi plus tard, ce foutu Silure... »

Elle l'embrassa, câline, lui lissa les cheveux et le laissa là, dans l'ombre de son cher donjon que baignaient ses chères rivières, et assoupi dès avant qu'elle n'eût quitté la loggia.

A son retour sur la courtine inférieure, elle découvrit ser Brynden, bottes encore humides, en grande conversation dans l'escalier d'eau avec le capitaine des gardes de Vivesaigues. Il vint aussitôt à sa rencontre. « Est-il... ?

– Mourant. Comme nous craignions. »

A découvert parut sur les traits ravinés de son oncle un réel chagrin. Il plongea ses doigts dans sa rude tignasse grise. « Me recevra-t-il ? »

Elle acquiesça d'un signe. « Mais il se dit trop mal fichu pour batailler. »

Le Silure pouffa. « Et moi un trop vieux soudard pour le croire. Jusque sur son bûcher funèbre, ce sacré Hoster persistera à me bassiner avec la petite Redwyne. »

Sa pertinence la fit sourire. « Je ne vois pas Robb...

– Il doit être allé dans la salle, avec Greyjoy. »

Juché sur un banc s'y trouvait effectivement Theon qui, tout en dégustant une pinte de bière, amusait la garnison de Vivesaigues avec les merveilleux carnages du Bois-aux-Murmures. « En nous voyant surgir des ténèbres avec nos lances et nos épées, certains tentèrent bien de s'échapper, mais nous avions étranglé la nasse aux deux extrémités. Et les Lannister durent croire que les Autres en personne s'abattaient sur eux lorsque le loup de Robb se jeta dans leurs rangs, car je l'ai vu de mes propres yeux arracher le bras d'un type à hauteur de l'épaule, et leurs chevaux s'emballèrent rien qu'à le flairer. Je ne saurais vous dire au juste combien des leurs furent...

– Où puis-je trouver mon fils, Theon ? l'interrompit-elle.

– Il s'est rendu dans le bois sacré, madame. »

Exactement ce qu'eût fait Ned... *Il est le fils de son père autant que le mien, je ne devrais jamais l'omettre. Oh, dieux de dieux, Ned...*

Elle finit par le trouver, sous le dais de verdure que formait la ronde des grands rubecs et des vastes ormes séculaires, agenouillé devant l'arbre-cœur, un barral svelte à la face moins menaçante que mélancolique. Il avait fiché son épée en terre devant lui, et ses mains gantées en enserraient la garde. Nombre de ses compagnons l'entouraient : Lard-Jon Omble, Rickard Karstark, Maege Mormont, Galbart Glover, entre autres, et même Tytos Nerbosc, son grand manteau de corbeau déployé derrière ses talons. *Voilà les fidèles des anciens dieux*, se dit-elle brusquement. Et la question la traversa : *A quels dieux sacrifié-je, moi, ces temps-ci ?* sans qu'elle y trouvât de réponse.

Il eût été malvenu de les déranger dans leurs oraisons. Ce qui revenait aux dieux revenait aux dieux..., dussent ces dieux, dans leur cruauté, lui ravir encore le seigneur son père après lui avoir ravi Ned.

Aussi patienta-t-elle. L'haleine de la rivière agitait la cime des arbres, et sur la droite se distinguait la tour d'Abée, les flancs tapissés de lierre noueux. Et les souvenirs affluèrent, tumultueux. C'était sous ces mêmes frondaisons que Père lui apprenait à monter. C'est en tombant de cet orme-ci qu'Edmure s'était cassé le bras. Cette charmille, là-bas, les avait vues, elle et Lysa, s'égayer d'embrasser Petyr.

Que d'années, depuis lors, sans qu'elle y eût seulement ressongé... Avoir été si jeunes, tous, elle pas plus âgée que Sansa, Lysa moins qu'Arya, Petyr moins encore, si bouillant, pourtant. Elles se le cédaient mutuellement, tantôt graves, tantôt gloussantes. Les images lui en revenaient avec tant de vivacité qu'il lui semblait presque éprouver sur ses épaules, comme alors, la pression moite des doigts du bambin et, sur ses lèvres, le goût de menthe de ses baisers. Partout croissait la menthe, dans le bois sacré, et Petyr adorait en mâcher. Quel petit diable il faisait, jamais en repos. « Il essaie de me fourrer sa langue dans la bouche, avait-elle un jour confessé à sa sœur, une fois seule à seule. Comme à moi, chuchota Lysa, les yeux baissés, le souffle court. Et ça m'a bien plu. »

Comme Robb se relevait lentement et replaçait son épée au fourreau, elle se demanda s'il avait jamais embrassé de gamine dans le bois sacré. Très probablement. Elle avait surpris mainte œillade humide vers lui de Jeyne Poole et de quelques servantes – des filles âgées parfois même de dix-huit ans – ..., puis ne venait-il pas de subir l'épreuve du feu, ne venait-il pas de tuer ? Bien sûr, qu'on l'avait embrassé. Des larmes lui brouillaient la vue. Elle les essuya d'une main rageuse.

« Mère..., dit Robb en la découvrant là. Nous devons réunir un conseil. Il y a des décisions à prendre.

– Ton grand-père souhaiterait te voir. Il est très malade, Robb.

– Ser Edmure m'en a parlé. Je suis navré, Mère..., pour lord Hoster et pour vous. La réunion prime, toutefois. Nous avons reçu un message du sud. Renly Baratheon a revendiqué la couronne.

– Renly ? s'étonna-t-elle, non sans scandale. J'aurais cru..., je m'attendais que ce soit Stannis.

– Comme nous tous, madame », approuva Galbart Glover.

Le conseil se tint dans la grand-salle, autour de quatre longues tables à tréteaux disposées en carré ouvert. Vu l'extrême faiblesse de lord Hoster, demeuré à dormir et à rêver sur son balcon des soleils et des rivières de sa jeunesse, Edmure occupait la cathèdre seigneuriale, avec pour voisin immédiat Brynden le Silure et, à sa droite et à sa gauche ainsi que sur les bancs latéraux, les bannerets Tully. La nouvelle de la victoire s'était répandue jusqu'au Trident et en avait ramené les vassaux fugitifs. Devenu lord par la mort de son père sous la Dent d'Or, Karyl Vance se présenta, escorté de ser Marq Piper et d'un Darry, fils de ser Raymun, pas plus vieux que Bran. Quittant sa Haye-Pierre en ruine, lord Jonos Bracken fit une entrée rêche et bravache avant d'aller s'asseoir le plus loin possible de Tytos Nerbosc.

Aux seigneurs du nord, moins nombreux, était échu, vis-à-vis d'Edmure, le quatrième côté. A la gauche de Robb, le Lard-Jon puis Theon Greyjoy ; à la droite de Catelyn, Galbart Glover et lady Mormont. Emacié, creusé par le chagrin de ses deux fils tués dans le Bois-aux-Murmures, lord Rickard, crasseux et la barbe hirsute, se joignit à eux comme en cauchemar. Il était sans nouvelles du troisième, l'aîné, qui, sur la Verfurque, avait commandé les piques Karstark contre Tywin Lannister.

La discussion fit rage jusque fort avant dans la nuit. Chaque lord ayant le droit de parole, tous d'en user... et abuser, tous de vociférer, jurer, disputer raison, cajoler, blaguer, marchander, tous d'assener leurs chopes sur la table, et de menacer, de sortir en trombe et de revenir, maussades ou matois. Sans bouger pied ni patte, Catelyn écoutait, tout ouïe.

Roose Bolton avait reformé les lambeaux de la seconde armée au débouché de la route sur le Conflans. Ser Helman Tallhart et Walder Frey tenaient les Jumeaux. Les troupes de lord Tywin avaient franchi le Trident en direction de Harrenhal. Et le royaume avait deux rois. Deux rois, et pas à l'amiable.

Nombre des assistants voulaient marcher tout de suite, à l'est, sur Harrenhal pour affronter lord Tywin et anéantir une fois pour toutes la puissance des Lannister. Le jeune et bouillant Marq Piper insistait pour frapper un grand coup en attaquant Castral Roc, à l'ouest. D'autres conseillaient la patience. Vivesaigues, soulignait Jason Mallister, se trouvant carrément en travers des lignes d'approvisionnement Lannister, il suffisait d'attendre le moment propice et, tout en empêchant lord Tywin de recevoir des troupes fraîches et des vivres, de conforter les positions et de laisser un peu souffler les hommes. Aucune de ces solutions ne satisfaisait lord Nerbosc : il fallait achever la besogne entamée au Bois-aux-Murmures, et marcher sur Harrenhal, mais en y associant Roose Bolton. Il trouva, comme toujours, son contradicteur en la personne de Bracken qui se dressa pour clamer : « C'est au sud que nous devons nous rendre.

Afin de jurer allégeance au roi Renly et de joindre nos forces aux siennes.

– Renly n'est pas le roi », objecta Robb qui, jusque-là, n'avait pas ouvert la bouche. A l'instar de son père, il savait écouter.

« Vous n'envisagez pas, j'espère, de vous rallier à Joffrey, messire ? s'insurgea Galbart Glover. Il a fait exécuter votre père !

– Cela suffit à me le rendre odieux, répliqua Robb, mais pas, que je sache, à légitimer Renly. Qu'on le veuille ou non, Joffrey demeure, et de plein droit, en tant que fils aîné de Robert, l'unique possesseur authentique du Trône de Fer. Qu'il vienne à mourir, et je me propose d'y œuvrer personnellement, son cadet, Tommen, est le premier appelé à lui succéder.

– Mais c'est toujours un Lannister ! jappa ser Marq Piper.

– J'en conviens..., dit Robb avec embarras. Cependant, si nous les récusons l'un et l'autre, hé bien, comment pourrions-nous avouer Renly ? Il n'est que le second frère de Robert. Pas plus que, pour Winterfell, Bran ne saurait prendre le pas sur moi, pas davantage ne le peut Renly sur lord Stannis pour la couronne.

– Lord Stannis précède incontestablement, approuva lady Mormont.

– Mais Renly est déjà *couronné*, insista Piper. Hautjardin et Accalmie l'appuient, et les gens de Dorne vont le faire sans lambiner. Que Winterfell et Vivesaigues se portent eux-mêmes à ses côtés, et le voilà fort de cinq des sept grandes maisons du royaume. Voire de *six*, si les Arryn le rejoignent à leur tour... Six contre le Roc ! D'ici moins d'un an, messires, nous verrons sur des piques leurs têtes à tous, la reine et son roitelet de fils, lord Tywin et le Régicide, le Lutin, ser Kevan, *tous* ! Voilà ce que nous gagnerons à prendre parti pour le roi Renly. Lord Stannis a-t-il rien d'équivalent à nous offrir en contrepartie ?

– Le droit », s'obstina Robb. On aurait cru entendre les accents de Ned.

« Ainsi, nous devrions, selon toi, nous déclarer en faveur de Stannis ? demanda Edmure.

– J'ignore. J'ai eu beau prier les dieux de daigner m'éclairer, ils ne m'ont pas répondu. Si les Lannister ont tué mon père sous l'accusation — mensongère, nous le savons tous — de félonie, Joffrey n'en est pas moins le roi légitime et, à le combattre, nous *serons* des traîtres.

– Le seigneur mon père ne manquerait pas de vous inciter à la plus grande prudence, intervint le vieux ser Stevron, avec le sourire inimitable des belettes Frey. Temporisons, laissons ces deux rois jouer leur partie de trônes et, quand ils en auront terminé, libre à nous de ployer le genou devant le vainqueur... ou de le braver. Les préparatifs belliqueux de Renly ont dû prédisposer lord Tywin à ne point exclure l'hypothèse d'une trêve... assortie de la restitution de son fils. Si vous me permettiez, nobles sires, d'aller débattre à Harrenhal rançons et clauses au mieux de nos intérêts... »

Des rugissements indignés noyèrent sa suggestion. « *Poltron !* » tonna le Lard-Jon. « Quémander une trêve ? s'emporta lady Mormont, comme si nous étions en fâcheuse posture ? » Et Rickard Karstark de hurler : « Au diable vos rançons ! pas question de *rendre* le Régicide !

– Et une paix... ? » suggéra Catelyn.

Tous les regards convergèrent sur elle, mais elle ne fut sensible qu'à celui de Robb, le seul qui lui importât. « Ils ont tué le seigneur mon père, madame, votre époux », répliqua-t-il d'un ton sans appel. Il dégaina son épée, la déposa devant lui, l'acier nu brilla d'un éclat funeste sur le bois rugueux. « L'unique paix que je réserve aux Lannister, la voici. »

Le Lard-Jon aboya son assentiment, aussitôt relayé par d'autres qui beuglaient, tiraient l'épée, tapaient du poing sur la table. Catelyn attendit qu'ils se fussent calmés pour reprendre : « Lord Eddard était votre suzerain, messires, mais je partageais sa couche, moi, j'ai porté ses enfants. Croyez-vous mon amour inférieur au vôtre ? » Sa voix faillit se briser, elle se roidit pour la raffermir. « Robb, si cette épée pouvait le rendre au jour, jamais je ne te la laisserais rengainer avant que Ned ne se retrouve à mes côtés..., mais il n'est plus, et cent Bois-aux-Murmures n'y changeraient rien. Ned n'est plus, ni Daryn Corbois, ni les vaillants fils de lord Karstark, ni tant d'autres braves tombés de même, et nous ne reverrons aucun d'entre eux. Faut-il encore multiplier les morts ?

– Vous êtes femme, madame, gronda la voix orageuse du Lard-Jon, et les femmes n'entendent goutte à ces choses-là.

– Vous incarnez le sexe tendre, ajouta lord Karstark d'un air ravagé. Le nôtre est altéré de vengeance.

– Donnez-moi Cersei Lannister, messire, et vous verrez de quelle *tendresse* est susceptible le mien, riposta-t-elle. Il se peut que je n'entende goutte aux questions de tactique et de stratégie..., mais la puérilité n'a pas de secrets pour moi. Quand nous sommes entrés en guerre, les armées Lannister dévastaient le Conflans, Ned était prisonnier sous prétexte de félonie. Nous nous battions pour nous défendre et pour libérer mon seigneur et maître.

« Eh bien, nous avons atteint notre premier objectif, et le second nous a échappé pour jamais. Quitte à pleurer Ned jusqu'à mon dernier jour, je me dois de penser aux vivants. Je veux qu'on me rende mes filles, et elles sont toujours aux mains de la reine. S'il me faut troquer nos quatre Lannister contre ses deux Stark, je parlerai crûment de marché et rendrai grâces aux dieux. Je te veux sauf, Robb, je veux te voir occuper le siège de ton père et gouverner à Winterfell. Je veux que tu vives ta vie, que tu embrasses, te maries, engendres. Je veux poser le point final à ce cauchemar. Je veux rentrer chez moi, messires, pleurer mon époux. »

Un silence impressionnant salua la fin de son plaidoyer.

« La paix..., repartit Oncle Brynden. Une douce chose que la paix, dame..., mais sur quoi la fonder ? Il est bien joli de faire fondre en soc son épée, mais s'il faut la reforger dès le lendemain...

– A quoi rime la mort de mon Torrhen et de mon Eddard si je ne dois regagner Karhold qu'avec leurs os ? demanda Karstark.

– En effet..., acquiesça Bracken. Gregor Clegane a dévasté mes terres, massacré mes gens, réduit la Haye-Pierre en un tas de décombres fumants. Et j'aurais à ployer le genou, maintenant, devant ceux qui l'ont dépêché ? A quoi bon nous être battus, s'il faut nous retrouver Gros-Jean comme devant ? »

A la stupeur de Catelyn et à son grand dépit, Nerbosc abonda : « Sans compter qu'à traiter avec le roi Joffrey, ne passerons-nous pas pour traîtres aux yeux du roi Renly ? Nous serons frais, si le cerf l'emporte sur le lion !

– Quant à moi, déclara Marq Piper, décidez ce qu'il vous plaira, jamais je n'avouerai un Lannister pour roi.

– Ni moi ! piailla le petit Darry. Jamais ! »

Le tohu-bohu s'enfla de plus belle, au désespoir muet de Catelyn. Avoir été si près du but, pensait-elle. Ils avaient failli l'écouter, *failli*..., mais l'occasion était perdue. Envolée, la paix et, avec elle, la chance de panser les plaies, tout espoir de sécurité. Elle regardait son fils, le scrutait tandis qu'il écoutait, oh, perplexe, le sourcil froncé, mais marié d'avance à cette guerre qu'il faisait sienne, les lords débattre. Il s'était engagé à épouser une fille de Walder Frey, mais sa véritable fiancée, comment s'y méprendre un instant ? reposait en évidence sur la table : son épée.

Et les petites ? Qu'adviendrait-il d'elles ? Les reverrait-elle jamais ? Le Lard-Jon bondit brusquement sur ses pieds.

« MESSIRES ! hurla-t-il à ébranler la charpente de la grand-salle.

Voici ce que je dis, moi, à ces deux rois. » Il cracha. « Renly Baratheon ne m'est rien, pas plus que Stannis. Pourquoi devraient-ils m'imposer leur loi, à moi et aux miens, depuis quelque trône fleuri de Dorne ou de Hautjardin ? Que savent-ils du Mur, du Bois-aux-Loups, des tertres des Premiers Hommes ? Même leurs *dieux*, du toc ! Et les Autres emportent de même les Lannister, j'en ai une indigestion. » De derrière son épaule, il tira son interminable estramaçon. « Pourquoi ne pas nous gouverner nous-mêmes à nouveau ? Ce sont les dragons que nous avions épousés, et les dragons sont morts ! » Il pointa sa lame sur Robb. « Le *voici*, le seul roi devant qui je consens à ployer *mon* genou, messires, tonitrua-t-il : le roi du Nord ! »

Sur ce, il s'agenouilla et déposa son arme aux pieds du fils de Catelyn.

« J'accepterai la paix dans *ces* conditions-*là*, dit lord Karstark. Qu'ils gardent leur château rouge et leur siège de fer. » Il tira son épée du fourreau. « Le roi du Nord », conclut-il en s'agenouillant aux côtés du Lard-Jon.

Maege Mormont se dressa. « Le roi de l'Hiver ! » clama-t-elle en jetant sa masse épineuse auprès des épées. Déjà se levaient à leur tour les seigneurs riverains, les Nerbosc, Bracken, Mallister..., dont les maisons n'avaient jamais relevé de Winterfell, mais Catelyn les contempla, stupide, joncher le sol de leurs épées, ployer le genou en proférant d'une voix forte les vieux mots oubliés dans le royaume depuis trois cents ans, depuis qu'Aegon le Dragon était venu placer sous un seul sceptre les Sept Couronnes..., les vieux mots qui retentissaient à nouveau, répétés par tous les échos de la grand-salle de Vivesaigues :

« Le roi du Nord ! »

« Le roi du Nord ! »

« *LE ROI DU NORD !* »

DAENERYS

Dans ces parages de mort pourpres et calcinés, le bon bois ne se trouvait guère. Sans être parvenus à glaner que du cotonneux rabougri, des buissons violacés, des javelles de chiendent brunâtre, les fourrageurs ébranchèrent les arbustes les moins contrefaits, les dépouillèrent de leur écorce et les disposèrent vaille que vaille, une fois débités, en un carré creux dont on bourra le cœur de broussaille, d'aubier, de chaume, de ramilles. Au sein du maigre cheptel disponible, Rakharo choisit un étalon qui, sans valoir évidemment le rouge de Khal Drogo, le pallierait tant bien que mal et qu'après l'avoir régalé d'une pomme Aggo sacrifia sur le bûcher d'un seul coup de hache entre les deux yeux.

Affalée à terre pieds et poings liés, Mirri Maz Duur contemplait ces apprêts d'un œil noir et anxieux. « Il ne suffit pas de tuer un cheval, dit-elle à Daenerys. En soi, le sang n'est rien. Tu ne possèdes ni la formule nécessaire pour opérer ni la sagesse nécessaire pour l'inventer. Tu prends la sang-magie pour un jeu d'enfant ? *Maegi* signifie *sage*, voilà tout, et tu le prononces comme une insulte... Ignorance puérile et puérilité ! Quels qu'ils soient, tes projets sont vains. Faismoi détacher, et je t'aiderai.

– J'en ai assez de ses jacasseries », dit Daenerys à Jhogo. Le fouet qui la cingla sur-le-champ fit taire l'épouse divine.

Par-dessus le cadavre du cheval, on édifia une espèce de plateforme composée de bûches taillées dans le tronc des plus petits arbustes, les branchages et les branches des plus gros, tous orientés d'est en ouest, d'après la course du soleil. Là-dessus vinrent s'amonceler les trésors de Khal Drogo : sa grande tente, ses vestes peintes, ses selles et harnais, le fouet que lui avait offert son père à la puberté, l'*arakh* qui avait tué Khal Ogo et son fils, un arc formidable en os de dragon.

Lorsqu'Aggo voulut y joindre les armes offertes à Daenerys le jour de ses noces par les sang-coureurs, elle s'y opposa. « Elles m'appartiennent, j'entends les garder. » Après qu'une nouvelle couche de broussaille eut tout recouvert, on tapissa le faîte avec des bottes de chiendent.

Le soleil approchait du zénith quand Mormont attira Daenerys à l'écart. « Princesse..., commença-t-il.

– Quel nom me donnez-vous là ? l'apostropha-t-elle. Viserys était bien votre roi, non ?

– En effet, madame.

– Mon frère est mort. Je suis son héritière, l'ultime descendante du sang targaryen. Tout ce qui lui revenait me revient, désormais.

– Ma... Votre Majesté. » Il mit un genou en terre. « L'épée qui lui appartenait vous appartient, reine Daenerys. Et mon cœur aussi, qui ne fut jamais sien. Je ne suis qu'un chevalier, je n'ai rien d'autre à vous offrir que mon exil, mais je vous conjure de m'écouter. Laissez s'en aller Khal Drogo. Vous ne serez pas seule. Personne, j'en fais serment, ne vous emmènera contre votre gré à Vaes Dothrak. Rien ne vous oblige à vous joindre au *dosh khaleen*. Suivez-moi vers l'est. Yi Ti, Qarth, la mer de Jade, Asshai-lès-l'Ombre..., nous verrons les merveilles que nul encore n'a vues, nous boirons les vins que les dieux trouveront opportun de nous servir. Par pitié, *Khaleesi*. Je sais ce que vous tramez. Pas cela. *Pas cela.*

– Je le dois, dit-elle en lui effleurant le visage d'un doigt affectueux mais attristé. Vous ne comprenez pas...

– Je comprends que vous l'aimiez, s'étrangla-t-il avec la violence du désespoir. Mais j'avais beau adorer ma femme, je ne l'ai pas suivie dans la mort. Vous êtes ma reine, vôtre est mon épée, mais ne me demandez pas de vous laisser gravir le bûcher de Drogo. Je ne vous regarderai pas brûler.

– Est-ce là ce que vous craignez ? » Elle lui frôla le front d'un baiser. « Je ne suis pas infantile à ce point, messer.

– Vous ne comptez donc pas mourir avec lui ? Votre Majesté me le jure ?

– Je vous le jure. » Proféré dans la langue des Sept Couronnes qui, de droit, lui appartenaient, ce serment acquérait une étrange solennité.

Au troisième niveau de la plate-forme, on amassa des ramilles pas plus épaisses que des sarments, puis un matelas de brindilles et de feuilles sèches, le tout orienté du nord au sud, de la glace au feu, surmonté enfin de coussins moelleux et de draps de soie. Le soleil commençait alors à décliner vers le couchant. Daenerys convoqua les Dothrakis restants. Moins d'une centaine, mais combien d'hommes Aegon commandait-il au départ ? Aucune espèce d'importance.

« Vous allez être mon *khalasar*, dit-elle. Ceux d'entre vous qui sont esclaves, je les affranchis. Otez vos colliers. Si vous le souhaitez, partez, nul ne vous fera de mal. Si vous restez, on vous traitera en frères et sœurs, maris et femmes. » Les prunelles noires dardées sur elle demeuraient circonspectes ou inexpressives. « Des enfants, des femmes, des vieillards ridés, voilà ce que j'ai sous les yeux. Enfant, je l'étais hier. Je suis femme, aujourd'hui. Demain me verra vieille. A chacun je dis : accorde-moi tes mains et ton cœur, et tu auras toujours ta place à mes côtés. » Elle se tourna vers les trois guerriers de son *khas*. « A toi, Jhogo, j'offre le fouet à manche d'argent que je reçus pour présent de noces et te nomme *ko*. Jure seulement, je t'en prie, de vivre et mourir en sang de mon sang, de chevaucher près de moi pour ma sauvegarde. »

Il reçut le fouet de ses mains, mais sa physionomie trahissait l'embarras. « *Khaleesi*, bredouilla-t-il enfin, cela ne se peut. Sang-coureur d'une femme, je me couvrirais d'opprobre... »

Elle affecta d'ignorer l'objection, appela : « Aggo ? » *Si je regarde en arrière, c'en est fait de moi.* « A toi, j'offre l'arc en os de dragon que je reçus pour présent de noces. » Plus grand qu'elle, il était magnifique, avec sa double cambrure, sa luisance noire. « Je te nomme *ko*. Jure seulement, je t'en prie, de vivre et mourir en sang de mon sang, de chevaucher près de moi pour ma sauvegarde. »

Les yeux à terre, il accepta l'arc. « Je ne saurais prononcer ce serment. Seul un homme peut conduire un *khalasar* et nommer un *ko*.

– Rakharo, poursuivit-elle nonobstant, voici le grand *arakh* à garde et lame rehaussées d'or que je reçus pour présent de noces. Je te nomme *ko*, toi aussi, et te prie de vivre et mourir en sang de mon sang, de chevaucher près de moi pour ma sauvegarde.

– Vous êtes *khaleesi*, répondit-il en prenant l'*arakh*. Je chevaucherai à vos côtés pour votre sauvegarde jusqu'à l'instant où vous prendrez la place qui vous revient, à Vaes Dothrak, au bas de la Mère des Montagnes, parmi les devineresses du *dosh khaleen*. Vous promettre davantage m'est impossible. »

Elle hocha la tête d'un air aussi calme que si elle ne venait pas d'essuyer un refus et, s'adressant à son dernier champion : « A vous, ser Jorah Mormont, fleur et premier de mes chevaliers, je n'ai pas de présent de noces à offrir, mais je jure de vous remettre un jour de mes propres mains une épée telle que le monde n'en a jamais vu de pareille, en acier valyrien forgé par les dragons. Accordez-moi seulement votre foi, vous aussi.

– Vous l'avez, ma reine, dit-il en s'agenouillant et en déposant son épée devant elle. Je jure de vous servir, de vous obéir et de mourir, s'il le faut, pour vous.

– Quoi qu'il advienne ?

– Quoi qu'il advienne.

– J'en accepte votre parole. Les dieux me préservent de vous le faire jamais déplorer. » Elle le releva et, se dressant sur la pointe des pieds pour atteindre les lèvres du chevalier, les baisa gentiment et dit : « Vous êtes le premier de ma Garde Régine. »

Les yeux bridés du *khalasar* entier pesaient de tout leur poids sur sa personne quand elle regagna sa tente. Aux regards en coin que lui décochaient en marmonnant les Dothrakis, elle comprit qu'ils la croyaient folle. Peut-être n'avaient-ils pas tort ? Elle le saurait bien assez tôt. *Si je regarde en arrière, c'en est fait de moi.*

Le bain était bouillant quand, aidée d'Irri, elle s'y plongea, mais elle le fit sans barguigner ni pousser un cri. Elle aimait ces températures excessives et le sentiment de propreté qu'elle leur devait. De l'eau, aromatisée par Jhiqui avec les essences achetées au marché de Vaes Dothrak, s'exhalaient d'entêtantes vapeurs. Tandis que Doreah lui lavait, démêlait, lissait les cheveux, qu'Irri récurait son dos, elle ferma les paupières et, abandonnée, ouverte à cette chaleur capiteuse, en savoura la progression entre ses cuisses endolories, fut prise d'un long frisson lorsque, y pénétrant, celle-ci parut en dissiper les crampes, et les meurtrissures, et lui procura l'impression de flotter.

Une fois décrassée, peaufinée, épongée, séchée, une fois que sa chevelure eut recouvré jusqu'au bas des reins son aspect de cascade d'argent liquide, une fois qu'on l'eut parfumée d'épice-fleur et de cinname, une touche à chaque poignet, derrière chaque oreille et sur chaque téton de ses seins alourdis de lait, une fois que, délicat et frais comme un baiser d'amant, le doigt d'Irri se fut doucement frayé passage entre ses lèvres intimes pour y apposer la dernière, Daenerys congédia ses femmes afin de préparer Drogo pour sa suprême chevauchée dans les contrées nocturnes.

Après l'avoir méticuleusement lavé par tout le corps, elle brossa et huila ses cheveux, en éprouvant la pesanteur, y emmêlant ses doigts pour la dernière fois, se remémorant la première, le premier soir. Combien d'hommes pouvaient, à leur mort, se vanter, comme lui, de ne les avoir jamais coupés ? Elle y enfouit son visage, se gorgea de leur sombre fragrance d'herbe et de terre tiède, de fumée, de sperme et de cheval. L'odeur de Drogo. *Pardonne, soleil de mes nuits. Pardonne tout ce que j'ai fait, ce que je dois encore faire. J'ai payé le prix, soleil étoilé de ma vie, mais trop cher, trop cher...*

Elle lui natta les cheveux, glissa dans sa moustache les anneaux d'argent, suspendit une à une chaque clochette. Tant de clochettes, d'or, d'argent, de bronze. Et de clochettes sans autre fonction que de prévenir l'ennemi, le terrifier d'avance. Elle lui enfila ses culottes de crin, ses cuissardes, le ceignit de lourds médaillons d'or et d'argent, lui passa sa veste favorite, une vieille veste aux couleurs passées. Pour elle-même, elle fit choix de pantalons flottants de soie, de sandales lacées à mi-jambe et d'une veste pareille à celle du *khal*.

Le soleil touchait l'horizon lorsqu'elle appela pour faire transporter le corps sur le bûcher. Jhogo et Aggo s'en chargèrent, la précédant sous l'œil muet des Dothrakis, et le déposèrent sur les coussins et les soieries, la tête tournée vers la Mère des Montagnes, là-bas, au nord-est.

« L'huile », commanda-t-elle, et des jarres furent déversées sur le bûcher jusqu'à ce que l'huile, imbibant les tissus, l'herbe, les branchages, dégouttât jusque sous les bûches et que l'atmosphère en fût embaumée. « Mes œufs », ordonna-t-elle à ses femmes, et quelque chose dans sa voix leur fit prendre le pas de course.

Ser Jorah lui saisit le bras. « Ma reine, Drogo n'aura que faire d'œufs de dragon dans les contrées nocturnes. Il vaudrait mieux les vendre à Asshai. La vente d'un seul nous permettra d'affréter un bateau pour regagner les cités libres. La vente des trois vous rendra riche pour le restant de vos jours.

– On ne me les a pas donnés pour que je les vende », répliqua-t-elle.

Et elle escalada le bûcher pour les placer elle-même autour du soleil étoilé de sa vie. Le noir sous le bras du cœur. Le vert lové dans la tresse, contre la tête. A l'entrejambe, le crème-et-or. Et le baiser d'adieux lui laissa aux lèvres des effluves d'huiles.

Comme elle redescendait, Mirri Maz Duur la dévisagea. « Folle ! cria-t-elle d'une voix rauque.

– Y a-t-il si loin de la folie à la sagesse ? riposta-t-elle. Ser Jorah, prenez cette femme et ligotez-la au bûcher.

– Au... ! Non, ma reine, écoutez, non...

– Faites ce que je dis. » A le voir hésitant, sa colère explosa : « Vous avez juré de m'obéir ! Quoi qu'il advienne ! Aide-le, Rakharo. »

Sans desserrer les dents, l'épouse divine se laissa traîner au bûcher et planter parmi les trésors de Drogo. Daenerys l'inonda d'huile de sa propre main. « Je te remercie, Mirri Maz Duur, dit-elle, pour tes leçons.

– Tu ne m'entendras pas crier, prévint la *maegi*, ruisselante, pendant que l'huile imbibait ses vêtements.

– Si. Mais c'est ta vie que je veux, non tes cris. J'ai bonne mémoire : seule la mort peut acheter la vie. » Mirri Maz Duur ouvrit la bouche mais garda le silence. Dans ses yeux noirs, une expression indéfinissable avait supplanté le mépris. La peur, peut-être. Daenerys se recula. Il ne restait plus qu'à scruter le coucher du soleil et le lever de la première étoile.

Lorsque disparaît un seigneur du cheval, il est censé aller, monté sur son coursier, prendre sa place au sein des constellations. Plus ardente aura été sa vie, plus étincelant sera son astre dans les ténèbres.

Jhogo l'aperçut le premier. « *Là* », dit-il d'une voix étouffée en désignant l'orient. Bas sur l'horizon, la première étoile était une comète rutilante. Rouge sang, rouge feu, avec une queue de dragon. Le présage passait l'espérance de Daenerys.

Elle prit la torche que tenait Aggo et la jeta entre les bûches, l'huile prit aussitôt feu, les broussailles et l'herbe un clin d'œil après. Des flammes furtives et prestes comme des souris rouges jaillirent du bois, patinant sur l'huile et bondissant d'écorce en branche et de branche en feuille. La chaleur sans cesse croissante lui souffla d'abord au visage des halètements doux et précipités d'amant mais devint intolérable au bout de quelques secondes. Daenerys recula. Les craquements du bois se faisaient de plus en plus forts. Mirri Maz Duur se mit à chanter, ululer sur un ton strident. Dans leur course à qui mieux mieux vers le haut, les flammes se tordaient en tourbillonnant. Le sol chatoyait, l'air lui-même avait l'air de se liquéfier sous l'action de la chaleur qui arrachait aux bûches des crachats et des pétarades. Les flammes enveloppèrent Mirri Maz Duur, dont le chant monta plus âpre, plus aigu..., buta sur un hoquet, un autre, encore un autre et un autre..., avant de se métamorphoser en une plainte abominable, ténue, suraiguë, lourde d'agonie.

Et voici que les flammes atteignaient Drogo, son Drogo, voici qu'elles le cernaient, que ses vêtements prenaient feu, le vêtant un instant de bourre de soie flottante, orangée, de vrilles virevoltantes et grasses de fumée grise. La bouche entrebâillée soudain, Daenerys se surprit à retenir son souffle. Quelque chose en elle aspirait à suivre

Drogo comme l'avait appréhendé Mormont, à se ruer à ses côtés pour le supplier de lui pardonner, pour le prendre en elle une dernière fois, pour fondre sa chair à sa chair et finir par ne plus faire avec lui qu'un, dans le feu, pour jamais.

L'odeur ne différait pas de celle de la viande de cheval sur les feux d'étape. Dans le crépuscule incessamment noirci rugissait le bûcher, d'un rugissement de grand fauve où se perdaient les gémissements affaiblis de Mirri Maz Duur, et ses longues flammes bondissaient lécher le ventre de la nuit. Quand la fumée fut par trop épaisse, les Dothrakis s'écartèrent en toussant. Un vent d'enfer déployait de gigantesques bannières de flammes orange, les bûches craquaient, sifflaient, des nuées d'escarbilles giclaient dans les flots de fumée, volaient au firmament noirci comme autant de lucioles tout juste écloses. Et plus le brasier battait l'air de ses immenses ailes rouges, plus reculaient les Dothrakis, plus reculait ser Jorah lui-même, mais Daenerys ne cédait pas un pouce de terrain, loin de là. Elle était le sang du dragon, et le feu l'habitait.

Cette vérité, elle l'avait dès longtemps pressentie, se dit-elle en se rapprochant encore de la fournaise, mais un brasero ne suffisait pas. Sous ses yeux, les flammes se tortillaient comme à ses noces les danseuses, avec des pirouettes, des chansons, des déhanchements, des tournoiements de voiles jonquille, ponceau, tango certes périlleux mais d'un attrait, d'un attrait si puissant quand les animait cette incandescence... ! Elle leur ouvrit les bras, s'empourpra, translucide. *Ce sont des noces aussi*, songea-t-elle. Mirri Maz Duur s'était tue, qui la prenait pour une enfant, omettant que les enfants grandissent, et qu'ils apprennent, les enfants.

Un pas de plus et, malgré les sandales, ses pieds perçurent l'ardeur du sable. La sueur ruisselait entre ses seins, le long de ses cuisses et, sur ses joues, recouvrait le tracé des pleurs du passé. Ser Jorah, derrière, avait beau s'époumoner, il ne comptait plus, seul comptait le feu. Les flammes étaient si belles, d'une splendeur si incomparable, et si ensorcelante chacune d'elles, en ses atours jonquille, ponceau, tango, sous le long manteau sinueux de fumée diaphane... Elle y discernait des griffons rubis, des serpents topaze, des licornes d'opale azurée, elle y discernait des poissons, des renards, des monstres, des loups et des oiseaux diaprés, des arbres en fleurs plus somptueux l'un l'autre. Elle discerna un cheval, un grand étalon gris ciselé de brume et que sa crinière auréolait de flammeroles bleues. *Oui, mon amour, soleil étoilé de ma vie, oui, va, maintenant, chevauche, maintenant, va.*

Sa veste ayant commencé de se consumer, elle s'en défit d'un mouvement d'épaules et la laissa tomber tout en se rapprochant davantage encore. Et, tandis que, sur ses talons, le cuir peint s'enflammait soudain, elle offrit au foyer sa poitrine nue dont les tétons pourpres et enflés ruisselaient de lait. *Maintenant*, pensa-t-elle, *maintenant*, et, une seconde, elle vit devant elle, monté sur l'étalon de brume et une lanière flamboyante au poing, Khal Drogo. Il sourit, puis son fouet s'abattit avec un sifflement ondoyant de reptile sur le bûcher.

Un fracas semblable à l'éclatement de la roche, et la plate-forme chancela, croula sur elle-même, non sans projeter sur Daenerys une pluie de brandons, de braises et de cendres. Quelque chose d'autre aussi qui, par bonds et rebonds successifs, vint s'écraser à ses pieds : une parcelle de pierre pâle, convexe et veinée d'or, craquelée, fissurée, fumante. Et, si furibonds que fussent les rugissements du brasier, ils avaient beau abolir le monde, Daenerys perçut tout de même des glapissements de femmes et des cris émerveillés d'enfants.

Seule la mort peut payer la vie.

Alors retentit, brutale et sèche comme la foudre, une deuxième détonation qui l'environna de fumée, de remous au travers desquels elle entrevit tituber le bûcher, les bûches, irradiées jusqu'au cœur, exploser, dans un vacarme assourdissant que perçaient, parmi hennissements et cris de terreur panique, les prières instantes : « Daenerys... ! » et les imprécations de ser Jorah. *Non*, désirait-elle en vain lui répondre, *non, mon bon chevalier, n'ayez crainte, je ne risque rien. Le feu est mien. Je suis Daenerys du Typhon, sœur de dragons, femme de dragons, mère de dragons, voyez ! Ne VOYEZ-vous pas ?* Sur une prodigieuse gerbe de flammes et de fumée qui gicla vers le firmament, le bûcher s'écroula d'un bloc, la cernant de braises mais, loin de frémir, elle entra plus avant dans la tornade ardente, appelant ses enfants.

Alors éclata, aussi tonitruante, elle, qu'un cataclysme universel, la troisième déflagration.

Une fois que le feu se fut suffisamment éteint et le sol assez rafraîchi pour y poser le pied, ser Jorah Mormont vint la retrouver, prostrée parmi les cendres, les résidus charbonneux, rougeoyants, les ossements calcinés d'homme, de femme, d'étalon. Nue, noire de suie, ses moindres effets consumés, son opulente chevelure entièrement grillée..., intacte à cela près.

Bercés au creux des bras, le dragon crème-et-or lui tétait le sein gauche, le vert-et-bronze le sein droit. Lové autour de ses épaules, l'écarlate-et-noir lui coulait sous le menton son long col sinueux. A l'approche de ser Jorah, il dressa la tête et darda sur lui des prunelles d'un rouge ardent.

Sans mot dire, le chevalier tomba aux genoux de Daenerys, et les hommes du *khas* ne tardèrent pas à l'imiter. Jhogo vint le premier déposer son *arakh* devant elle et, en murmurant : « Sang de mon sang », se prosterna jusqu'au sol fumant. « Sang de mon sang », reprit Aggo en écho, puis Rakharo, d'une voix forte : « Sang de mon sang. »

Les suivirent ses servantes, puis les autres, tous les Dothrakis, hommes, femmes, enfants, et elle n'eut qu'à lire dans leurs yeux pour savoir qu'ils lui appartenaient désormais, aujourd'hui, demain, toujours, lui appartenaient comme jamais ils n'avaient appartenu à Drogo.

Comme Daenerys Targaryen se remettait sur pied, son noir émit un chuintement qui, par la bouche et les narines, se résolut en faisceaux pâles de fumée. Délaissant aussitôt le sein, les deux autres firent chorus en déployant des ailes translucides qui brassaient l'air, et aux vocalises des dragons, pour la première fois depuis des centaines d'années, s'aviva la nuit.

Le Nord
La Grève Glacée
La Forêt Hantée
LE MUR
Tour Ombreuse
Château-noir
Fort Levant
Baie des Phoques
Baie des Glaces
Ile-aux-Ours
Ultime
Karhold
Bois-aux-Loups
Fort-Terreur
N
Winterfell
Blanchedague
Route Royale
Quart-Torrhen
LES TERTRES
Blancport
La Veuve
Moat Cailin
Le Neck
La Morsure
Les Trois Soeurs
Griseaux
Les Quatre Doigts
Les Jumeaux
Îles de Fer
Salvemer
Les Eyrié
VAL D'ARRYN
La Porte Sanglante
Verfurque
Bleufurque
Vivesaigues
Ruffurque
Carte par James Sinclair

Le Sud
Les Trois Soeurs
Les Quatre Doigts
Route Royale
Verfurque
Iles de Fer
Salvemer
VAL D'ARRYN
Les Eyrié
Bleufurque
Le Trident
La Porte Sanglante
Goëville
Pyk
Ruffurque
Culbute
Vivesaigues
Harrenhal
Baie des Crabes
La Dent d'Or
L'Oeildieu
Route Royale
Peyredragon
Castral Roc
Port Lannis
Route d'Or
Néra
Port-Réal
LE BIEF
Route du Front de Mer
N
Bois-du-Roi
Torth
Route de la Rose
Mander
Accalmie
Baie des Naufrageurs
Hautjardin
Marches de Dorne
Bois de la Pluie
Cap de l'Ire
Mer de Dorne
Villevieille
Le Bras Cassé
Les Météores
DORNE
Lancehélion
La Treille
Carte par James Sinclair

Achevé d'imprimer en janvier 1999
sur presse Cameron
par ***Bussière Camedan Imprimeries***
à Saint-Amand-Montrond (Cher)

N° d'édition : 579. N° d'impression : 986110/4.
Dépôt légal : janvier 1999.
Imprimé en France